新時代人

Les Modernes

Jean-Paul Aron

フランス現代文化史メモワール

ジャン=ポール・アロン

桑田禮彰・阿部一智・時崎裕工❖訳

新評論

Jean-Paul ARON
LES MODERNES

This book is published in Japan by arrangement with les Editions Gallimard, Paris,
through le Bureau des Copyrights Français, Tokyo.

新時代人

Les modernes

目次

1 一九四五年一一月 ストラスブール大学の哲学研究所 9
2 一九四五年一一月 『レ・タン・モデルヌ』誌第二号 15
3 一九四六年五月 『クリティク』誌創刊号 20
4 一九四七年一月一三日 ヴュー＝コロンビエ座におけるアントナン・アルトーの講演 27
5 一九四八年三月 「革命民主連合」の創設 33
6 一九四九年 ジョルジュ・バタイユ『呪われた部分』 38
モーリス・ブランショ『ロートレアモンとサド』 38
7 一九四九年六月 クロード・レヴィ＝ストロース『親族の基本構造』 48
8 一九五〇年春 「地中海クラブ」の創設 54
9 一九五〇年五月一一日 イヨネスコ『禿の女歌手』の初演 57
10 一九五一年一月 ジッドの死 65
11 一九五二年夏 スリジー一〇日間討論会の創始 68
12 一九五二年七月末 ピエール・ブーレーズとの出会い 82
13 一九五三年四月 アンドレ・ヴュルムセールとの出会い 85
14 一九五三年六月 フランス精神分析学界の分裂 88
15 一九五三年 アラン・ロブ＝グリエ『消しゴム』 94

16 **一九五三年** ロラン・バルト『零度のエクリチュール』 100
17 **一九五三年一二月** 「ドメーヌ・ミュジカル」の創設 104
18 **一九五四年春** パリのマーグ画廊におけるジャコメッティ絵画展 116
19 **一九五四年五月** ベルリナー・アンサンブルの興行 121
20 **一九五五年八月** スリジーにおけるハイデガー一〇日間討論会 130
21 **一九五六年二月** 第二〇回ソ連共産党大会とフルシチョフ報告 144
一九五六年一〇月 ソ連軍戦車のブダペスト介入 144
22 **一九五六年春** パリ市立近代美術館におけるニコラ・ド・スタール回顧展 150
23 **一九五七年** ロラン・バルト『神話作用』 155
24 **一九五八年五月〜六月** ド＝ゴール将軍の権力への復帰 163
25 **一九五九年** ジョニー・アリデー 170
26 **一九六〇年一月五日** レヴィ＝ストロースのコレージュ・ド・フランス就任講演 173
27 **一九六〇年三月** 『テル・ケル』誌の誕生 180
28 **一九六〇年春** 『パリ＝プレス』紙の「雑報面《バージュ・マガジヌ》」 194
29 **一九六〇年春** ジャン＝リュック・ゴダール「勝手にしやがれ」 200
30 **一九六〇年四月** サルトル『弁証法的理性批判』 205

31　一九六〇年九月　「一二一人」宣言　213
32　一九六一年四月　アルジェリアの将軍たちによるクーデター　221
33　一九六一年五月三日　モーリス・メルロ゠ポンティの死　225
34　一九六一年七月　新写実主義の初の祭典　233
35　一九六二年二月　ミシェル・ビュトール『モビル』　238
36　一九六二年七月九日　ジョルジュ・バタイユの死　244
37　一九六三年　ミシェル・フーコー『レーモン・ルーセル』　249
38　一九六三年　ブリュス・モリセット『ロブ゠グリエの小説』　271
39　一九六三年　フランソワーズ・ジョフロワ宅における或る日曜日の午後　280
40　一九六三年　ロラン・バルトとの夕食　285
41　一九六四年一月五日　高等師範学校におけるラカンのゼミナール　295
42　一九六五年秋　ジャコブ、ルヴォフ、モノーのノーベル生理学賞受賞　306
43　一九六六年四月　ミシェル・フーコー『言葉と物』　314
44　一九六七年六月　六日戦争　320
45　一九六八年四月一六日～一七日　クリュニーのシンポジウム　332
46　一九六八年　五月革命　338

47 一九七一年 『年報《アナール》——経済・社会・文明』 364
48 一九七二年三月 『アンチ・オイディプス』 372
49 一九七二年 パリにおける「現代芸術の一二年」展 392
50 一九七四年 カルル・フリンカー画廊におけるビザンティオスのデッサン展 399
51 一九七六年 ジャン・ボリ『フランスの独身者』 404
52 一九七七年 ロジェ・ケンプ『ダンディー——ボードレールと仲間たち』 409
53 一九八一年五月一〇日 フランソワ・ミッテランの共和国大統領選出 415
54 一九八三年 マネ展 423

原注 436
訳注 440
訳者あとがき 441
人名・作品名索引 494

凡例

1　本書は Jean-Paul Aron, *Les modernes*, Gallimard, 1984の全訳である。原著は一九八六年にfolio/essais 叢書の一冊として携帯版も出版されたが、その際初版にわずかな修正が加えられた。本書は初版本を底本としつつ、携帯版での修正も活かして訳出してある。

2　本書の副題は原著にはなく、本書版元・新評論と相談の上、訳者の責任で付したものである。

3　原著の脚注は、本書では「原注」として末尾にまとめ、対応する訳文箇所の行間に（1）（2）（3）……のアラビア数字を付して示した。なお、原著脚注は全体で計一九四あるが、そのうちの一四（本文で略号表記した団体の正式名称表記、本文で外国語表記した言葉のフランス語表記、本文でおそらく周知として著者名なしで上げられた著書の著者名、本文で通称表記した活動家の本名表記、本文で俗語表記したフランス語の通常表記、などもっぱらフランス人の一般読者に対する編集上の配慮から付されたと思われるもの）は、原注のかたちでは訳出せずに、必要な場合はその情報内容を活かしながら本文に挿入することとした。

4　行間に付した漢数字〔一〕〔二〕〔三〕……は訳者による注を示し、「訳注」として、これも末尾にまとめた。

5　本文中の［　］は著者による中略指示もしくは補足、〔　〕は訳者による補足である。

6　原著は五四のエピソードから成っており、各エピソードのタイトル冒頭には年（場合によっては月・日も）が付されている。このエピソード・タイトルには、原著の目次では1から54までの通し番号が振られているが、原著本文では通し番号は付いていない。本書では、読者の便宜を考慮して、本文のエピソード・タイトルにも通し番号を付した。

7　改行は原著どおりである。

8　本書末尾の「人名・作品名索引」は原著にないが、読者の便宜を考慮して、訳者の責任で付した。

9　原著には、誤字・脱字、日付・人名等の誤りなどが、いくつか見つかった。ほとんどは単純なミスであることが明らかなので特に指摘することなく、正しく直した上で訳出した。

新時代人

Les modernes

フランス現代文化史メモワール

ああ　どこで摘めばいいのか
この冬のさなかに　花なんて
ヘルダーリン

あるがままの生命としてはへとへとに疲れきっているが、
その実際の立ち振る舞いからすると妙に元気がよくて…
——それが新時代人である。
J＝K・ユイスマンス

1

一九四五年一一月　ストラスブール大学の哲学研究所

カンギレムが君臨し、まわりの者は彼の怒気に恐れをなしている。彼は、感じやすい魂たちを誘惑しようとするが、いささかぼくとつでシャルリュス〔＝プルースト『失われた時を求めて』の登場人物〕ふうの彼の口調では、その魂たちに強い印象は与えても、その魂たちをだましおおすところまではいかない。たとえばひとりの学生がやって来て、ある流行作家に感激したことを彼に打ち明ける。カンギレムはとたんに居丈高になり、アリストテレスの『動物部分論』や、カントの『判断力批判』といった大げさな典拠を上げながらまくし立てるのである。あのパラメード男爵シャルリュスが激しい口調で自分の爵位を並べ立て、若い馬丁たちの抵抗を蹴散らすみたいに。

したがって、カンギレムはこの頃はまだ、時代の空気になど関心がないような顔をしており、その息吹を胸いっぱい吸い込むのは少し後になる。彼は若い頃ベルクソンに傾倒し、ベルクソンに関する論文も何本か書いたことさえあったが、この一九四五年時点から少し時が経つと、つとめてそうした論文を世間に忘れさせようとする。だが、この時点ではまだ、彼はベルクソンと縁を切ってはいない。ただこの頃のカンギレムの好みは、ゴルトシュタインやフォン・ユクスキュルといった「ゲシュタルト理論」を唱えるドイツの精神医学者や生物学者に向かっている。当時彼らはフランスではまったく知られていなかったが、カンギレムの最高傑作である医学博士論文『正常と病理』に着想を与えるのである。この論文が公刊されたのは、隣接した領域の問題を扱ったメルロ＝ポンティの著作『行動の構造』が出たちょうど一年後の一九四三年だった。

カンギレムが文学について語ることは、めったにない。だがその彼も、次の三つだけは別で、それらに対する熱い想いを公然と口にしている。まずプルースト『失われた時を求めて』の第一章。「かなり前から私は早寝するようになった」という書き出しの言葉を倦むことなく引いている。次はヴァレリー。秩序の友である大学教員たちから、「デカルト的なマラルメ」という危なげのない近代主義的なイメージで受け取られているあのヴァレリーである。最後にアラン。アランと言えばまず「高校の先生」というイメージが浮かぶ。宗教色はなく合理主義者で急進社会党員。社会的地位など問題にせず、パリ流の活発で気どった人間関係を通じて文学と関わっている。ほとんど文才のない学者 clerc が、とにかくものを書く気になるのは、この仲間づきあいのおかげだが、必ず結局は代理人まかせで文筆生活を送る羽目に陥るのである。一九六〇年、フーコーの学位論文『狂気の歴史』の口頭審査のとき、カンギレムはその内容審査の報告をするが、フーコーが謙遜の気持ちをこめて、「ほんとうに狂気を説明するためには詩人の霊感が必要なのでしょうが、私が詩人でないのが残念です」と言うと、彼はこの受験者にすっかり惚れ込んでこう言い放つ。「詩人ですよ、あなたは」。

毎週水曜日にイポリットがパリから列車でやって来る。ストラスブール大学にはイポリットについて好意的な噂が広がっている。ちょうどナタリー・サロートの作品の登場人物たちが、言語にならない深いところで動き回りもがき突然豹変するように、思想はフランス文化の中でひそかに広まり動き回ったのち、突如記念碑として打ち立てられる。イポリットはまだこの時点では、やがて至るところで論議の的となる注釈『ヘーゲル「精神現象学」の生成と構造』を刊行していない。指摘しておかなければならないのは、この『精神現象学』という西洋哲学の最高傑作の一つが世に出て実に一四〇年経った後に、イポリットが、まずは翻訳によってフランス人に初めてその手ほどきをする、ということである。一九三〇年代頃まで、フランス人はヘーゲルが話題になるのを耳にすることすらなかったのだ。なるほど一九世紀にヴィクトル・クーザンはヘーゲルについて語ったが、ヘーゲルをどうしようもないほど貧しいものにしている。ブランシュヴィックはヘーゲルの重要性を認めていない。ブランシュヴィックによれば、ヘーゲルは文体がいかがわしく、否定的なものに怪しげな嗜好を持ち、思考の運動神経とも言える判断力が道に迷ってしまうような、うさんくさい百科全書的な性向を備えている。両大戦間に、「正規軍に属さない義勇兵」といった感じの人びとが、この奇才の偵察に乗り出す。まずアランは用心しながら、『美学講義』と『宗教哲学講義』から入っていこうとする。どんな版かは定かではないが、フランス語で読めたのである〔二〕。ジャン・ヴァールはもっと無謀で、『精神現象学』をドイツ語で読み、「不幸な意識」に関する小さな論文をひっさげてソルボンヌ大学に挑みかかる。だが、そうした冒険が呼び起こした反響は、その時点ではまだアカデミズムの城壁を越え出ていない。一九四五年にイポリットが注目を浴び始めたとき、ほんとうの先駆者アレクサンドル・コジェーヴの名を覚えている者はほとんどいなかった。コジェーヴは一九三三年から一九三九年まで、高等研究院の第五部門において、ひと握りの若い知識人たち(その中にはジョルジュ・バタイユ、レーモン・クノー、ラカン博士がいた)の前で、「欲望の弁証法」や「美しい魂の矛盾」を見事に発掘して、彼らを茫然とさせている。時の為せる業は不公平である。コジェーヴのおかげで静かに芽を出したヘーゲル研究の成果を、フランス解放の喧騒の中でイポリットが刈り取ることになるのだから。しかもイポリットは、あの発芽のときの活力を再び甦らせることは決してなかった。一九五〇年のことだったが、クルティウスは私にこう語っている。「私はロジェ・ケンプの求めに応じるかたちでイポリットと面識を得ました。そのとき彼はヘーゲルについて語ってくれましたが、あんな話では、アビトゥア（ドイツの大学入学資格試験）の受験生すらたじろがせることなどできなかったでしょう」と。

そう、私たちフランス人は外国の著述家を好まない。いやむしろ、フランス式のやり方でしか彼らに耳を貸さない、と言うほうがいい。ネルヴァルの『東方紀行』は、ウィリアム・レインの『近代エジプト人の風俗習慣』の翻案である。どうやら、外国思想を逐語的に翻訳されると、フランス人はうんざりするらしい。一九八四年現在、フロイトはいまだ完全には翻訳されていない。フランス文化は、目をかけてやるといった高飛車な態度で、ときには他に先駆けて、外国の文化に注目する。一八世紀にはシャフツベリ、リチャードソン、フィールディング、あるいはスターンに注目し、二〇世紀にはジョイス、ボルヘス、ユンガー、そしてフォークナーに注目するというぐあいである。そのときフランス文化は、外国文化を都合のいいように解釈し、飼い慣らしてしまう。忘れられた文化は数えきれないほどあるが、それは仕方がない、というわけだ。ちょうどそれらの文化は、ヴェルサイユ宮廷からは、いかなる場合にもフランスの王族と同等とは認めてもらえないサヴォワ公、ロレーヌ公、ライン宮中伯といった王族のようなものである。

イポリットには、何かロマネスク様式の柱頭のような荘重な雰囲気、天上から自らの言葉を借りてくる予言者めいたところ、自分の学生にではなく宇宙に向かって訴えかけるような雄弁さがある。彼が話す言葉は、時空を越え、概念の本体的リズムに合わせて展開されるのである。イポリットは、大好物のヘーゲルを取り上げた後に、ときおりクローデルを自分のテーマとして取り上げるようになるが、そのうち流れにすっかり足を取られてしまう。しかし私には、もしイポリットが長生きしてリオタールの指導を受けたとしても安全に航海ができただろうとは思えない。イポリットは、港に帰還すべき男なのである。たとえ錨を下ろしたままでいるのが苦痛であっても。そうした彼の空白感を埋めてくれるのがフーコーだ。イポリットは、熱心にフーコーの初期作品をたどり、フーコーが言う「非理性的なもの」「無秩序」「逸脱」に夢中になる。フーコーの初期作品とは、認識によっていったん解体された上で再生された言説、きちんと分節化された言説、したがって真理の言説である、というわけだ。

少し口うるさいところがあって声が甲高く、一九世紀の社会福祉監査医の名残をとどめているラガシュは、私には怖い存在だが、私は彼を高く評価している。ほぼ二〇年間忘れ去られていた彼の著書『愛の嫉妬』が、一九八〇年以来、再び人びとの話題に上っている。ラガシュは、一九五三年から一九六〇年までの短い期間をラカンとともに走り、その後、ラカン急進派から独立するが、それが報われたのである。

ラガシュは先駆者として一九三〇年、哲学科に医学・精神分析課程を創設し、一九五〇年代にはすばらしい成果を上げる。ラガシュと同様、高師卒《ノルマリアン》で教授資格者《アグレジェ》のジャン・ラプランシュも、ラガシュにぴたっとつき従って、ラガシュとまったく同じ道を歩んでいる。いくつかの病院の通勤助手、精神病院のインターン、そして診療所長をつとめ、医学博士論文、文学博士論文を提出し、大学の高い役職につき、重要な個人診察を担当するのである。ラガシュは、組織作りの手腕も備えており、一九四五年から一九四八年までの間に、ストラスブール大学に精神分析のそうそうたる顔ぶれを結集させ、たちまちストラスブールは、パリを除けばフランスでは類例のない精神分析の拠点になる。このグループは一九六〇年以降は、完全にラカン派に取り込まれる。ストラスブール大学の医学部は、「無意識」なるものに全員一致で与している数少ない医学部の一つであるが、そこではカムレル、イスラエル、そしてエプタンジェールが警戒にあたり、他学部でも、パリ・フロイト派からの特命を受けたムスタファ・サフアンが、自ら先陣を切ってラカン式の教育法を実践している。

2

一九四五年一一月　『レ・タン・モデルヌ』誌第二号

『レ・タン・モデルヌ（現代＝新時代）』という誌名のせいで、私はこの雑誌を見誤っている。この雑誌が一つの歴史を開始するのではなく一つの歴史を締めくくっているということ、そして、この雑誌が主体 sujet と意味 sens を高く評価することによって、諸々の客体 objet と構造 structure のうちに地歩を固めつつあるイデオロギーをさかんにかき乱そうとしているということに、私は気づいていない。当時二〇歳のクロード・ルフォールは他に例を見ない明快さで書かれた一文をこの号に寄せているが、その中で、ダニエル・ゲランの著作(1)のいささか皮相な経済主義を批判して、「ファシズムは倒錯した表象から生まれる」と指摘している。ファシズムとはペテンであり、借り物の生を生きるにすぎず、ファシズムに対する狂信はその見かけ apparence の中で生じるとルフォールは言う。こうしてルフォールが批判する事態のうちには、或る感性の呪わしい兆候が感じられないだろうか。数十年間にわたって戦後のフランスを支配することになるこの感性は、事物を捨てて言葉を取り、現前を捨てて幻想を取るのだ。まるで西欧の良心は、いったん殲滅収容所で「見せかけ simulacre」を味見するというおぞましい回り道をした上で、今度はその「見せかけ」を思想という高尚かつ普遍的なやり方で押しつけてきたかのようである。

『レ・タン・モデルヌ』誌に掲載される言説は、古すぎるか新しすぎるかなので時代に即応していないのに、いとも簡単に革新的とみなされるのはなぜか。読者にとっては発信内容よりも発信システムのほうが重要だからであり、社会文化的に見て『レ・タン・モデルヌ』誌の顔ぶれが他と比べてきわめて異色だからである。フランスの文学雑誌の中で、作家がかつてこれほど親密に大学教員と共存したことなどあっただろうか。たしかに戦前には、バタイユや少数の大胆な者たちが、『ビフュール』『アセファル』『ドキュマン』といった同人誌でリーダーシップを取っている。だが、そうした同人誌の編集委員が誰であるか気にとめた者などいただろうか。一九四五年の『レ・タン・モデルヌ』誌の登場は、やはり不意の衝撃である。五〇〇年にわたる古い伝統を思い出していただきたい。創作する芸術家は、博識を持つ学者を軽蔑する。文人たちは、時の支配階級（まず貴族階級 classe nobiliaire、次に平民出身貴族階級 classe patricienne）と共謀し、申し合わせて学者たちを排斥してきた。摂政オルレアン公フィリップ二世が女役者フロランスとの間にもうけた子、サン＝タルバン神父が、一七一八年にソルボンヌ大学に博士論文を提出すると、パリの名士たち――すなわちオルレアン公爵夫人をはじめとする、パリで上流とみなされている者たちの全体――が、この稀有な出来事を祝い、やがてメモワール作家サン＝シモンは夢のような出来事として伝える。だが、それほど昔にさかのぼらなくてもよい。一九世紀といえば、大学の得意分野である科学を、小説家、劇作家といったフィクション作家が自らのシンボルマークとして使う時代である。つまり、芸術が自らの正統性の根拠としてこの科学というシンボルマークを持ち出すようになるのはこの頃からなのであるが、当時の文壇の連中は、大学教員を仲間として信任することを、かたくなに拒んでいる。

ひとりの紳士が目の前に現れる。細身で、ちょっとぎこちないところがあり、やつれた感じもただよわせ、ひげを少したくわえている。背は低くもなく高くもないが、態度が横柄だ。眼鏡の奥の目は青みがかっている。顔は、頬がこけ肌にあまりつやがないが、話し始めると生き生きとした表情になる。相手の話を聞くときの眼差しには気品が感じられ、言葉は穏やかかつ滑らかで、それが口から発せられると歯が少しのぞく。これがテーヌだ。自分で興がのって話しているかぎりのテーヌは、現代批判の化身、たいへんな博識を持ち愛想がよくペダンチックなところもある化身、小じんまりしているが見事な化身であり、つまるところ大学教員である。身にしみついたこの大学教員らしさは拭い去れないにしても、彼の場合は、まったく飾り気がないこと、社交界から認められているること、マナーをこころえた配慮ができることなどが救いとなっており、また他人に対してかなり献身的である(2)。

ゾラやモーパッサンが試験の答案を採点している姿など、想像できるだろうか。なるほど、コレージュ・ド・フランスにミシュレがいる。だが、もともとコレージュ・ド・フランスは、正確には一五三〇年に誕生し、その後は学校教育に対する王たちの不信感が後盾になって、確固とした地位を築く教育機関である。学校は修辞学の本拠地だから想像をはばたかせるのに適した場ではない、というわけである。

ドレフュス事件の頃に「知識人 intellectuel」と呼ばれることになる人びとのうちの、二つのカテゴリー間のこのフランス的断絶、役人として語る者と自由に表現する者とのこの二分状態、識者のこの分割は、外国人には理解不可能である。どうしてドイツ人に理解できるだろうか。ルターの国では、神学校は教育ないし社会生活の空間であると同時に、精神生活の空間である。マルティン・ルター教授が、西洋で最もすさまじい宗教的・文化的革命のひとつの火ぶたを切るのは、自分の学説を掲示（送付かもしれない）することによってである。カント以来、全社会階層を揺るがすような真の哲学は、ドイツの大学に深く根を下ろしている。ヘーゲルはベルリンで大学創設者という役を果たすし、最も破壊的で最も分類不可能な思想家ニーチェ自身、大学教授という聖職者の身分からは中途半端なかたちでしか離れられない。アメリカでは一九世紀末以来、著名な小説家や芸術家がイェール、プリンストン、ハーバードの各大学で教鞭を取ったが、それで名声が危険にさらされることはなかった。ミシュレが婦人科医コストの著作を、あるいはゾラがプロスペル・リュカを熟読しようが、文筆家たちが一八八〇年代の精神科医たちに興味をそそられようが、デュルケームが政界でも文人サークルでも厚い信望を得ようが、事態は何一つ変わらない。プロイセンの将校が自分たちのサークルに閉じこもり、イギリス紳士が自分たちのクラブに閉じこもるのと同じで、フランスの作家は、断固として作家どうしのつきあいの内へと引きこもっているのである。

しかるに一九四五年一〇月、大学教員と作家が友好関係を結んで、型破りのチームを組む。リーダー役のサルトルは、まだ高校教員だが、すでに文学と同時に哲学で著名だ。彼は哲学の読者層を桁はずれに——ベルクソンでも遠く及ばないほど——広げている（もっと後のドゥルーズとガタリの共著『アンチ・オイディプス』やモノーの『偶然と必然』の場合と同様に、人びとがサルトルの『存在と無』を買うのは、持っていたいからで、読むためではない）。追随者というよりも伴走者であるボヴォワールも、サルトルと同様の経歴を持つ。メルロ＝ポンティはデビューしたばかりだが、『行動の構造』と『知覚の現象学』をすでに刊行し、波に乗っている。レーモン・アロンは教授職を待命中で、要職を夢見ており、スタイルだけは君主顧問といった趣きである。こうした教授資格者たちの周りを衛星のように取り巻くのは、半分ブルジョワ、半分アウトサイダーといった、性格のあいまいな一九世紀タイプの伝統的文筆家連中である。世間に見放されたヴィオレット・ルデュック、黒人でアメリカ人のリチャード・ライト、尊大さの中に不安げなところのあるナタリー・サロート、そしてまもなく、ごろつきで殉教者のジュネが加わることになる。

3

一九四六年五月　『クリティック』誌創刊号

編集責任者ジョルジュ・バタイユ。編集長ピエール・プレヴォ。編集委員モーリス・ブランショ、ピエール・ジョスラン、ジュール・モヌロ、アルベール・オリヴィエ、エリック・ヴェイユ。

創刊号が出る数週間前、ヴェイユの友人である私の叔父レーモン・アロンは、私の父マックス・アロンに、この月刊誌への協力を求める。この雑誌の狙いの基本は、大学教員に限らず、あらゆる専門領域の学識者を作家と結びつける点にある。『クリティック（批評）』という誌名は、ひとつの企てを端的に表している。言説に創作の代わりをさせ、論理に「生きられる現実 le vécu」の代わりをさせることである。四〇歳にして名を上げたサルトルに対し、四九歳のバタイユは一般読者にはほとんど知られていない。だがバタイユは一九三〇年以来たいへんな活動を行なっており、パリの「文化人仲間」の間では高い威信を誇っている。この「文化人仲間 clan culturel」というものはフランス特有の一種の制度である。前章でふれたばかりだが、しばらくこの制度に話を戻さなければならない。

長きにわたりこの制度は、貴族階級と密接に結びついていた。その制度から産み出される製品としての文学は、消費者ばかりか生産者も貴族であった（シャルル＝ドルレアンに始まり、ドービニエ、レス枢機卿、ラ＝ロシュフコー、一七世紀の貴婦人たち、サン＝シモンを経て、シャトーブリアンに至るまで）。だが一六世紀以降、この制度は、法服貴族、商人、職人などの子弟に門戸を開く。君主たちが、不穏な動きを示す封建諸勢力に直面し、新たな支持者を集めようとしてこっそり彼らを庇護するのである。ところが君主たちは、魔法使いの未熟な弟子のように、自ら身銭を切ってこうした勢力を文化界の中に結集させておきながら、あたふたする。この文化界の腐食を明らかにしたのはトクヴィルが最初である。貴族階級に迎え入れられたブルジョワの作家・哲学者・学者が、一七三〇年以降になると、貴族階級の師として主人の地位につく(3)。主人であった貴族のほうがすでに信仰を失ったからである(4)。まず神への信仰が失われる。もはや神は大きくぐらついている建造物の丸天井頂上の要石でしかなくなる。次には王権への信仰が失われる。王権はかれこれ一世紀近くも、貴族階級を迫害し殺害し、貴族階級の威光を奪ってきた。今や貴族階級に残されている道は、「考える賓客」と一体となり、この礼儀をわきまえた狩猟民が彼らのもとに持ち込んだ扇動的な思想を、我が物にすることだけである。ぜいたくな生活の代用品ないし狂気のはけ口として、政治転覆や自然権や普遍的決定論を求めるしかない。一七六〇年には、すべてが、しかるべき場所に収まる。作家は、取り巻き連中から貴族と同等の扱いを受け、輝かしい仲間づきあいの一員となって、フランスの大使たちが払われる以上の敬意をもって君主たちから丁重に遇されるまでになり、文化は、紋章で飾られた邸宅や美しい調度品のとりこになっているこの反体制的な黒幕たちの手に握られるようになる。これで、スタンダールやバルザックが登場する舞台が整うのである。

この組織を平民出身貴族 patricien と呼ぶことにしよう。こう呼ぶと、この組織によって支配階級のうちへ導入される調整システムの輪郭が、かなり正確に浮かび上がる。一七八九年の大革命以前に、貴族は不信ないし絶望から、ヴォルテール、ディドロ、ルソーといった第三身分のさまざまな階層出身の独創的な著述家たちに、自分たちの特権を譲り渡し、著述家たちもその恩に報いる。「著述家たちが得意な揶揄 malice とは、貴族に対抗してブルジョワを押し出すことではまったくなく、たんに、社会によって生み出された怪物に対抗して人間の本性を押し出すことであった」とサルトルは書いている。(5)

一九世紀になると、階級転落ということが、もはや問題にならなくなる。転落先の平民階級が権力の座につくからである。だが、ルイ一五世治下ではブルジョワ化した「文化人仲間」に威信を与えていた反体制の姿勢が、今度は孤高を保とうという動機を「文化人仲間」に与える。新たな主人つまり平民たちは、穏やかな人間関係をぶち壊すような作家たちに、体制転覆の嫌疑をかけるのである。作家たちは、何一つ不自由のない隠遁生活（フロベールはクロワセ、ゾラはメダンでそうした生活を送る）や、秩序無視の放浪生活を送りながら、自分たちの殻に閉じこもるが、たとえばレストランでの会食、カフェでの人づきあい、雑誌や同人の打ち合せ会など、同業者どうしの団結を誇示しながら、いつでも互いに接触している。文化人仲間という制度は、社会体の中へ広がろうが、仲間内へと収縮しようが、そのメンバー相互のつながりかたを見ると、古めかしい閉鎖階級の面影をいつも残している。

この閉鎖階級は、白日の下に生きていながら鮮明には見えない。かつての洗練を競う才女《プレシューズ》たちの時代でも、私がこの文章を書いている現在でも事情は同じだ。この閉鎖階級の機能の仕方は門外漢には分からない、ということである。「一味に加わる en être」には、長い忍耐と、いくつかのつらい通過儀礼が必要だ。地方出の志願者には、いや場合によっては、まだきちんとした手ほどきを受けていないパリの人間にも、こう教えてやってほしい。自費出版するなら別だが、そうでない限り自分の出版社とは、文オだけでは維持できないような「あうん」の関係を保つべきだ、と。

したがって当然、「文化人仲間」は、敵を実際に粉砕する前に威嚇し威圧する大型兵器のような仕方で力を誇示する。一七世紀のアカデミー・フランセーズ、一八世紀の『百科全書』派、一九世紀の「青年フランス派」と自然主義者、二〇世紀初頭の『ラ・ヌヴェル・ルヴュ・フランセーズ（新フランス評論）』誌、そして一九二五年頃のシュルレアリストを見ればいい。一九四五年から一九八四年に至る時期で見ても、文化人仲間は、雑多な美学的・イデオロギー的流派に分かれ、対抗・競合し合う出版社や雑誌ごとに分散しながら、どんな事例を取り上げてみても、有無を言わせず自社の掟に従えと迫る全体主義的な企業のような姿で現れている。強情な奴には気をつけよ、そういう奴には「服従」か「追放」か、二つに一つ選ばせるしかない、というわけである。

文壇 milieu littéraire もこの「文化人仲間」である。文壇は、内部の疑り深い司法機関の保護のもとに、新たな試みが行なわれようとするとき、自らの栄光を増すようなことならどんなことでも、自らのメンバーに許可を与えている。かくしてジョルジュ・バタイユに許可が下りる。彼は『クリティク』誌創刊に先立つほぼ一〇年前の一九三七年に、ロジェ・カイヨワ、ミシェル・レリスとともに「社会学研究会」を設立する。この設立こそ、まもなく始まる戦後思想史のための、慎み深くも輝かしい序曲である。まず、研究会の現場では、深刻な問題を非宗教的に論じたがるフランス的な嗜好、気どったささやき合い、大学教員ならではの論証技巧、この三つが奇跡的に結びつく。次に、テーマとしては、以後四〇年間にわたり思想界を窒息させるほどに席巻する「聖なるもの」「欲望」「性」「権力」が取り上げられる。そして最後に、人文科学に庇護されるかたちで作家の団結が実現される。これはその後今日まで続く作家・学者連合体の非公式な下絵であり、この連合体は、フランス解放の際に、ジャン・ヴァールが会長をつとめる「フランス哲学会」(教育と文学の合流地点で起こっている重要な事柄は、ここで必ず話題として取り上げられている)によって、その門戸が一般に開かれるようになり、その後、一九六〇年前後に高等研究院、一九六八年にパリ第八大学〔=ヴァンセーヌ校〕、さらに一九七〇年から一九八〇年にかけてコレージュ・ド・フランスで、公認されることになる。

この異様な結びつきの前触れが、すでに一九三一年にトロカデロ民族誌博物館で現れている。ミシェル・レリス、マルセル・グリオール、ジョルジュ=アンリ・リヴィエールといった、シュルレアリストの古参と人類学者、つまり詩人と研究者がまとまって、モースの授業に熱心に出席している。それにバタイユが加わる。バタイユは、次のようなきわめて魅力的な提案をどんと打ち出し、その後もこの提案を引っ込めることは決してなかった。侵犯を熱烈に支持する学者と軽佻浮薄から抜け出した作家を結び合わせて前衛のイメージを刷新しよう、というのである。一九二〇年以来、フランスの知識人階級を揺さぶっている精神的危機が先鋭化し、他方で一九二九年の大恐慌が資本主義に自らの運命についての問いを深刻につきつけているとき、モースは、経済的現実、社会的現実、政治的現実がからみ合う集団的現実を扱う現象学によって、聴衆を魅了している。この現象学は、デュルケーム派の実証主義と、マルクス主義の機械論とに向けられた爆弾テロである。モースは象徴的現実がすべてを支配すると説き、民族学を普遍的な認識モデルとして設定し、想像力と知の間の境界線、芸術と思想体系の間の境界線を消し去る。

一九四六年、『クリティク』誌編集委員会では、バタイユのすぐそばの名誉ある席にブランショが座る。ブランショはこのとき三九歳で無名に近いが、すでに影響力を持ち、一九四一年に『謎の男トマ』を、一九四三年に『アミナダブ』を公にしている。この二つの爆竹が爆発するのはもう少し後のことである。彼は『イジチュール』や『骰子一擲』のマラルメの後継者で、当時フランスでないがしろにされていたハイデガーに近い。バタイユのほうはむしろニーチェの末裔と言えるかもしれない。しかし、ブランショもバタイユも、サドの話になると意気投合する。サドは、彼らが自分たちの「終わりなき対話」と名づけるものの熱源なのである。二人は別々の道を通りながら、いずれも「無 rien」を自らの思想の根本として提示する。「無」は、言語を正当化すると同時に気化させる。「無」が、「存在を生み出すことを断念すべし」という規範——言語にとっての至高の規範——を表現するからである。アーヌがトマの実存の内部を深く理解していく場面で、ブランショは次のように記す。

そこではすべてが生気を失い荒廃しているように思われた。人けのない海辺だ。壮大な難破の後、どこまでも引いていく潮に見捨てられて、さまざまな不在が、次第に奥行きを増しながら、ゆっくりと風化していた。彼女はいくつかのさびれた見知らぬ街を通った。そこで彼女が出くわしたのは、形態表現の化石とか社会情勢のミイラなどではなく、さまざまな運動、さまざまな沈黙、さまざまな空虚が葬られたひとつの墳墓であった。そして彼女は、音の裏側でできている響き、虚無 néant の異様な響きに打たれた。彼女の前には、夢のない眠り、死者たちを夢想の生の中に埋葬する失神、どんな人間でも、どんなに弱い精神の持ち主でも精神そのものになれるような死、といった感嘆すべきものが広がっているのだ。(6)

一九四六年、『クリティク』誌は、マラルメ以来フランス文化の中に広がっている自殺願望を、積極的に育む立場を取る。この願望は、もっともらしい死の舞踏のかたちを借りて一九八四年現在も、あいかわらず私たちの感性を毒し腐敗させている。やがて一九六〇年代に、文学の機能の容赦のない解体へ行き着くと同時に、ソフィストたちの君臨というばかげた事態へと行き着くことになるプロセスが、こうして終戦の一年後にシェーヌ書店において、一九六二年に夭逝する国立図書館メダル部門司書バタイユと、奇妙な文学者ブランショとによって開始されるのである。ブランショは人前にほとんど姿を見せず、パリふうの人づきあいの原理すべてに背き、自分の隠密行動を慎重に管理したので、彼自身の存在の魅力も彼自身の役割の重大さも彼自身の威厳の比類のなさも、文章表現 écriture について彼が最初に与えた指示から、ほぼ理想に沿ったかたちで生まれ出たかのようである。ブランショは、次のように指示した。「存在することをやめたものに意味を与えよ。さもなければ、意味を持たないもの、もはや決して意味を持ちえぬものを存在させよ」と。

4

一九四七年一月一三日　ヴュー＝コロンビエ座におけるアントナン・アルトーの講演

一八三〇年二月から四月にかけて、パリ科学アカデミーにおいて、キュヴィエとジョフロワ＝サン＝ティレールとの間で論争が起こり、新聞・雑誌は騒ぎ立て、三面記事で世論を巻き込んだ。この論争について、ゲーテは次のように書いている。

国家の歴史の場合と同じで、科学の歴史においても、一見きわめてささいに思われる偶発的な原因がもとで、それまで知られていなかった党派の存在がおおっぴらになるということが、よく見られる。現在のひと騒動も、それである。

死期が迫った八一歳の老人のすばらしい明晰さが、あるときは瑣末なよもやま話の中へ拡散し、あるときは水面下のめまぐるしい動きを突然浮上させるという「出来事」の持つ両義性を明らかにしている。専門家の手になる歴史に、こうした本質的な真理を明らかにすることを求めても、期待はずれに終わる。

専門家の歴史は、変動局面の考察と長期的な時間の分析との間で揺れながら、一方では変動局面という素顔のみを探り、他方では長期的時間という外見のみを調べる。ほとんど変化しない長期的な事象それ自体のうちに、変化の志向、変動局面を生み出す動きを探り当てようとしても何の役にも立たない、というわけである。しかし、そうした素顔・外見の背後には、さまざまな力が動いている。それらの力は、はじめは拡散し、かすかな強度しか持たなくても、強勢部が一致するにつれて音を響かせるようになり、最後に一つに結晶して大音響を立てるのである。ルイ一五世の治世の末期からルイ一六世の治世にかけて、パリの大貴族たちが、自らの邸宅に居ながらにして、洗練された美食に励み、成り上がろうとする資産家たちがそれを真似する。大革命は、この気どった風俗を終わらせるどころか、いっそう広めることになる。恐怖政治のさなか、最初のレストランが生まれる。総裁政府時代、経済危機の極みの中で、それが数を増やしていく。誰もがレストランを話題にし、誰もがレストランに夢中になる。執政政府時代には、爆発的なレストラン・ブームが訪れる。

公衆の判断を聴診し、その判断のかすかな拍動をキャッチし、その成長を見積り、その疲労を算定できるような豊かな科学、一種の聴診技術を、新たに打ち立てる必要があると私は思う。そうした科学なら、アルトーをめぐる騒ぎに関しては、その騒音の局面もしくは調子が途中で変わるのを、鋭く聴き分けられるだろう。まずは、スキャンダルめいた騒ぎが絶え間なく続く。一九二四年のリヴィエールとの論争に始まり、アルフレッド＝ジャリ劇場の予期せぬ事件、『チェンチ一族』をめぐるエピソード、メキシコやアイルランドへの旅行を経て、一九四三年のロデーズにある精神病院への収容に至るまでの騒動である。しかしこうした騒動が栄光へとつながる一点を見極めなければならない。スキャンダルとは反動的なものであって、世論が挑発的な行動を押さえつけ抑止しようとするときの手段である。スキャンダルは二つの声を対決させる。一つは不協和な声、ときに耳に届かないほど弱い声（たとえば一八六七年における印象派）、もう一つは叱責する声である。アルトーの場合は第二次世界大戦中に叱責の声がかすんで、彼の評判に水面下で質的な変化が起こり、その変化が量的に翻訳されて、入手が難しい彼の本が値上がりする。一九四五年、アルトー需要は社会全体に広がる。一九四六年以降になると、好意的な風評は、さらに礼賛の大合唱へと変化するのである。

その大合唱の第一のハイライトは、一九四六年六月七日、責め苦を受けていたアルトーのパリ復帰を経済的に援助する、ということで行なわれた慈善祝典である。一五〇〇席のサラ＝ベルナール劇場が超満員の中、アメリカから戻ったアンドレ・ブルトンが身を震わせながら、開会の辞を述べる。「私は知っております。ランボーが、そしてランボー以前にはノヴァーリスとアルニムが語った意味で、アントナン・アルトーは見たのだということを」。さらに彼はこう続ける。「自由そのものが回復されなければならない世界において、アントナン・アルトーが自由の身になったことに、いつも私の心から離れないものの名において、私は拍手喝采します。私は、あらゆる月並な否認の言葉を投げ捨てて、異才の人アントナン・アルトーに私の全幅の信頼を捧げ、アントナン・アルトーのうちにある英雄的な否定、私たちなら生きてみたいと死ぬほど願うことすべてに対する英雄的な否定に頭を垂れます」。こうでも言わなければ、シュルレアリストたちがかつてアルトーに加えた冷たい仕打ちを帳消しにすることはできなかっただろう。その仕打ちとは一九二八年にストリンドベルイ作『夢』の公演がボイコットされ（二度目の公演は警察に守られて行なわれている）、アルトーが国際的な金権政治とつながっていると誹謗中傷されたことである。「ああ、あれは彼にとって他の役と同じような一つの役にすぎなかったのです。彼は、スウェーデン大使が出資するかもしれないという風の噂を耳にしながら、『夢』を上演する monterことによって、まさに夢を企んでいたmonterだけなのですから」。

大司祭ブルトンの贖罪の祈りの後で、アダモフはアルトーが存命の最も偉大な詩人であると宣言し、ジューヴェはアルトーを予言者に任命する。そしてコレット・トマは人びとが敬虔に沈黙する中でアルトーの未刊詩の一篇を暗唱するが、突然そのとき停電になり、ボルテージの上がった会場は魅惑的な闇の中に沈められる。

第二のハイライトはイヴリ精神病院である。アルトーはそこから自由に外出して、よくロジェ・ブランと一緒に、サン゠ジェルマン゠デ゠プレとモンパルナスにはさまれた界隈を徘徊しながら、東方の三博士の再来を思わせる存在感をこの界隈になじませていく。

第三のハイライトが、一九四七年一月一三日の夜九時からヴュー゠コロンビエ座で始まる講演である。この日、パリの文化的制度の中で、アルトー評価が突然変異を起こす。その日までパリの文化的制度は、アルトーの最近の名声を正確に聞き取れていなかった。いや、音声の衝撃についての客観的評価は存在しない。そうした衝撃は、衝撃を与える側の力によってではなく、衝撃を受ける側の受けとめ方によって測られる。今の場合も「文化人仲間」は突然特定の音声を選別し、それをしかるべき装置によって増幅させるようになるのである。ヴュー゠コロンビエ座でアルトーは全力を投入し、裏方の人びと（物見高い出版者、冒険に夢中の青年、俳優、演出家、作家などが来ており、そのうちの二人ロマン・ヴァインガルテンとジャン・ロードが、このときの状況を一部始終、私に語ってくれたのである）とは一線を画しながら、アダモフやピシェットという崇拝者たち、カミュやオディベルティという期待の新星たち、ブルトンやジッドというベテラン・スターたちと一体となる。驚くべき光景が展開される。七七歳のジッドが五一歳のブルトンに席を譲ったかと思えば、アルトーが講演原稿をごちゃ混ぜにして、床に投げ出し、ひざまずいてそれを集め始める。そのうちアルトーは平静さを失い、分けの分からない言葉を発する。すると、ジッドがアダモフの手を借りて舞台に上がり、アルトーを抱擁する。会場は大変な興奮に包まれ、アルトーのこの常軌を逸した講演に拍手喝采を送る。狂気がありきたりの消費財として幅を利かし、内容のない記号、振動以上のものは何も約束しない音声を正当化するイデオロギーが大手を振ってまかり通るのである。

なるほど、この出来事の九年前にアルトーは、自分が死んだあと自分の仕事を食い物にし、かすめ取り勝手に切りきざむはずの者たちを予言者ふうに告発しながら、息切れしている芸術を救うために、力強さと滑稽さを求めている。

現代演劇が退廃しているのは、一方では真剣さに対する感覚、他方では笑いに対する感覚を失ったからである。つまり現代演劇が一方で厳粛さ——すなわち間髪を入れない毒の効能、要するに危険——と、縁を切ったからである。

他方で現代演劇が、ほんとうのユーモアに対する感覚、そして、笑いの持つ身体的でアナーキーな解体力に対する感覚を失ったからである。

現代演劇が、あらゆる詩の根底にある深いアナーキーの精神を失ったからである。(7)

しかしアルトーは、演出家の神話を振りかざして原作に固有の財産を奪い取る。しかも、忘れられた世界というユートピアの幻想をまき散らす。演劇が、厳しい鍛錬を行なえば、その世界の秘密を再発見できるはずだ、と言うのである。さらに問題なことがある。アルトーは、思索が降伏するときに台頭する「魔術 magie」とか、一九三三年から一九三九年にかけて、文学にとって刺激として役立つよりも、拡大する全体主義体制にとって政府の標語として役立つような「非情 cruauté」とかといった、うさんくさい価値に夢中になっているのである。

5

一九四八年三月　「革命民主連合」の創設

春、ストラスブールにあるオベットの大ホール（ここにあったアルプの壁画は、戦争直前に家主たちの文化財破壊行為《バンダリスム》によって跡形もなく消されてしまった）で、私はサルトル主宰の騒然とした討論会に出席している。サルトルは、「革命民主連合」の福音を説きながらフランス全土を駆けめぐっているのである。

一九四七年、ストライキが多発し、「社会主義労働者インターナショナル・フランス支部」（＝フランス社会党の前身）が右旋回する。四月には、ド＝ゴール派が「フランス人民連合」を設立し、ボナパルティスムの雰囲気が広がる。一〇月五日、ヴァンセーヌの森で、一九四六年一月以来政権から遠ざかっていたド＝ゴール将軍が、興奮した五〇万人の人びとを前に演説。数日後の市町村議会選挙で「フランス人民連合」が大勝利を収める。

同じ一〇月、ジョルジュ・イザール宅で、『エスプリ』『レ・タン・モデルヌ』『フラン＝ティルール』『コンバ』各誌紙のジャーナリストおよび作家が、フランスにおける危機の増大を広く読者に訴えようと会合を重ねる。カミュ、サルトル、メルロ＝ポンティ、ムニエ、ドムナク、そしてアルトマンがつねに列席する。第一次宣言が作成され、『エスプリ』『レ・タン・モデルヌ』両誌上に同時発表されることが決まる。ところが土壇場でメルロ＝ポンティが動いて、この宣言の『レ・タン・モデルヌ』誌掲載のほうは中止される。共産党と彼の「道連れ」が最もうまくいっていたときだったから、共産党員を悲しませるのは、しのびなかったのである。

　実際、ノール県のストライキに対するモクによる残忍な弾圧の後、トレーズの共産党からもモレの社会党からも独立した組織を新たに創ろうという考え方が、進歩的知識人の間で広がる。共鳴者のグループが『フラン＝ティルール』紙に集まる。アルトマン、フェルニオ、ルフォール、ルー、ロンサック、ロザンタール、トレノ、そして脚光を浴びているサルトルとルッセである。『エスプリ』誌とつながりのあるジャン・ルーがムニエに働きかけ、ムニエは、発足しようとしていた指導部に、フレッスを『エスプリ』代表として送り込む。こうして一九四八年三月一〇日、サルトルは「革命民主連合」の誕生を発表するのである。急がねばならない。すでに三月五日、マルローが「フランス人民連合」の集会で、〔NATOへと向かう〕大西洋主義のスローガンを掲げている。このマルローに対して、一九日、バグラム・ホールでサルトルとルッセが反撃する。地方キャンペーンの始まりである。

　このキャンペーンの目玉は、四月末の「パリ冬季競輪場《ベルディブ》」での壮大な集会である。階層を越えたパリの極左全員が二万の座席を占める。ルッセが、アメリカ合衆国で抜け目のないところを見せ、仲間の知らないうちに「アメリカ労働総同盟産別会議」の財政援助を取りつける。その結果が、夜の部の最後に、資金援助者側から急遽送り込まれたアメリカ人学者による原爆賛美・冷戦賛美の説教となる。どよめき、激怒、混乱。「革命民主連合」のみじめな崩壊である。終戦に続く数年間の特徴は、文化人が戦闘的な熱狂とでもいうべきものに取りつかれ、せわしなく動き回り、委員会や協議会といったものを過度に好むという点である。誰よりも孤独好きの思想家や、誰よりも自律的なジャーナリストや、誰よりも団体行動の苦手な教員が、一斉に唱和する。次々と宣言が出され、嘆願書が積み重なる。集会が休みなく続けられるうちに、およそ両立しがたいような気質の持ち主どうしが仲よくなる。一九四八年九月、アメリカ国籍のパスポートを引き裂かれたゲリー・デイヴィスが、シャイヨ宮の国連臨時本部に行き、政治亡命と世界市民権を要求する。ところが容赦なく追い払われた彼は、寝袋にくるまってパリの至るところで野宿するようになり、またたく間にその噂が伝説のようになって広まる。一〇月初めになると、この勇敢なパイロットの名前が中心に据えられるかたちで、知識人階級の間に激しい興奮が巻き起こる。二二日、世論を喚起するために、記者会見が開かれる。多忙を極めるカミュや、クノー、ポーラン、ブルトン、リチャード・ライト、ヴェルコール、アルトマンらがそこに駆けつけ、「連帯会議」を仕立て上げる。

二世紀このかた、「文化人仲間」にとって公的活動は、余技ではなく、ふつうの務めになっているかのようだ。「文化人仲間」という制度は、国政に参入することによって、それ自体の正統性とそのメンバーの正統性を獲得しているわけである。したがって、世間の目を気にせずに隠遁するという危険を冒す者はきわめて少ない。フロベール、ボードレール、バルベ＝ドルヴィイ、ゴンクール兄弟といった、何人かのダンディーたちは例外的な存在である。アングロ＝サクソン系、ゲルマン系、ラテン系の他国とは反対に、社会的な絆が脆弱で、団体生活が凡庸なものにしかならず、親しいつきあいは家庭の中だけに限られていることが多いフランスでは、文化が、その信奉者の間に人間関係を組織し、さまざまな運動や党派に、文化の中央権力の周囲を回る衛星としての機能を与え続けている。一九世紀のシャトーブリアンからバレースまで、文化の主流はどちらかといえば反動的であり、さらに二〇世紀になっても、レオン・ドーデからドゥリュ＝ラ＝ロシェルまで、それは変わらない。ドレフュス事件以降は、左翼知識人が次第に勢力を拡大していき、第二次世界大戦後になると舞台の全体をほぼ占領する。だが敵のほうもめげずに、すぐさまアメリカで体勢を立て直し陰謀をたくらむ。そこで左翼知識人の側では警戒命令が出されて、日常的な緊張状態が強いられ、或る種の倫理的な動員がかけられることになる。

文学は誇り高い称号にこと欠かないがその中でも「モラリスト」は最も価値のある称号である、とサルトルは言っている。彼が生前不仲であったにもかかわらず、追悼として賞賛の言葉を贈ったカミュは、モラリストの典型である。カミュは、悪に対抗するために連帯することを決意し、御都合主義を拒み、感情《サンチマン》の権限を正当に認めるのだから。同情 attendrissement と憤慨 révolte という感情こそが、フーケ事件からカラス事件まで、ドレフュス事件からローゼンバーグ夫妻スパイ事件まで、ヴェトナム戦争からアルジェリア戦争まで、文筆家たちに闘争心を起こさせる。しかし、そうした感情はまた、カミュには、アルジェリア在住フランス人《ピエ＝ノワール》である母ひとりへの愛のためにアルジェリア独立運動への参加を断念させ、「文化人仲間」にはパレスチナ人に対抗してイスラエルの利益を優先させるほうを選ばせるのである。「文化人仲間」は、ユダヤ人の大量虐殺に関して自責の念を持ち、ユダヤ人に絶対的な特権を与えているからである。

ここに、自分はあらゆる点で有罪であると思っている知識人の複雑な人間像がある。この有罪意識が知識人たちの献身的な行動を説明する。彼らは一九四〇年に敗北したこと、ペタンによる政治が行なわれたこと、ルクレール元帥およびラットル元帥による勝利が連合軍の力を借りた偽物であることをあるがままに受け入れていない。なぜなら彼ら自身がフランスと一体化して自国の失墜をくやしがっているからである。知識人たちと同じ穴のむじなで、或ること〔=対独協力〕について許しを乞わなければならない者――それもかなりの地位についている者――たちの有罪意識に関しては、言うまでもない。「生きることは恥であるという気持ちに代わって、生き延びることは恥だという気持ちが強くなっていた」とシモーヌ・ド・ボヴォワールは『物の力』の中で書いている。サルトルは占領下において、ほとんど「抵抗運動」を行なわないので、当局からは泳がされている。ヴァレリアンの丘では死刑執行の数が増し、ドランシーのキャンプはアウシュヴィッツに向かう途上のユダヤ人でつねにあふれ、ソセ通りの人びとに対する虐待が果てしなく続き、地下潜伏者がロンドンに情報を伝えロンドンから指令を受けているというときに、パリは芸術活動でざわめき、少なからぬ人数の対独協力の作家や作家もどきのかたわらで、行動に出ない者たち non-engagés が平穏に自分の仕事に励んでいる。例外はある。共産党員は全員が例外。その他では『エスプリ』誌同人（ムニエは一九四二年に逮捕される）。占領末期に単独で活動していたルネ・シャール、マルロー、カミュ、フランソワ・モーリヤック。そしていずれも銃殺刑に処されたカヴァイエスとマルク・ブロックという偉大な大学人。勇敢だった者もそうでなかった者も、フランス解放後は、罪を贖おうという熱情を同じように抱きながら結びつき、自己処罰体制を創り上げる。この体制が、その後、時代精神に中毒症状を与え続けることになるのである。

6

一九四九年

ジョルジュ・バタイユ『呪われた部分』
モーリス・ブランショ『ロートレアモンとサド』(8)

この二〇年間ジョルジュ・バタイユをこき下ろす批評に目をとおしてきたが、読んでも読んでも私には、そのどこにも「倹約の時代における過剰の言語」という非常識この上ないものをこき下ろしている箇所は見つからない。

あらゆるものが最小化される時代である。精神分析の治療時間が、あのラカン博士のペースに従って短くなる。神話がレヴィ＝ストロースとその一派によって細かく断片化される。過去が数量史によって、人口動態の小単位系、経済の小単位系、さらには文化の小単位系にまでも細分化される。詩が「文章破壊者たち graphoclastes」の手にかかり、ミクロレヴェルの形式的構造へと解剖される。

同時にあらゆることが、だらだらと長引き柔軟性を失っていく。なけなしの資本を必死に倹約しながらため込んで、結局は投資のやり方を間違えるというのがケチの本質なのである。精神分析の治療は三〇年間も続く。「テクスト的 textuel」と言われる修辞学は、無際限に反復的である。そこでは、くどい説教のように何度も繰り返して同じ箇所の参照が指示される。ジュネットはあまりにたびたび引用されるので、彼の作品は他人の著作の中でも十分に読むことができるほどである。系列史 histoire sérielle は、ばらばらな変化の集まりにすぎないものとなり、生成を硬直させる。芝居や映画は、いつまで経っても終わらず、四時間、五時間、場合によっては六時間にも及ぶ。シェローは、自分の芝居の上演時間を二時間に圧縮したら、自分の名誉に傷がつくとでも思っているのかもしれない。こういうデミウルゴス的な饒舌さ、「未熟」な作者が抱く「未完性」の幻覚が、シェローほど才能に恵まれていない大部分の同業者の間にも、次第に広まりつつある。

　バタイユは、どうしてこんな危ないことに関わり合ってしまったのだろう。〔二〕彼はニーチェ以来絶えてなかった力強さで、次のことについて語ったのである。「過剰なもの」や「エスカレート」。あらゆる実践とあらゆる理論を隷属状態から一気にふりほどく極限への移行。市場の諸メカニズムを呑み込んでしまう蕩尽。必要という狭い枠から自然を解き放つ奢侈。たんなる交換ではなく返還かつ極致となるような供儀。余剰と共謀する無。濫費と関係づけられる死。内部存在の統一と真理を基礎づけている体験・意識・経験の充満。「言い落とし《ノン゠ディ》」から立ち現れる主体（「主体」などを持ち出されたら、スイユ書店のスポークスマンであり、同時に息の詰まる高慢な連中のスポークスマンでもあるフランソワ・ヴァールにとっては大損害だ(9)）。宇宙的な規模で行なわれる交感《コミュニカシオン》。要するに、彼のエピゴーネンたちが毛嫌いし恐れているものについて語るのだ。バタイユは、多くの点でニーチェに似ている。しかしまず第一に、書くことの喜びの頂点が傲慢さになってしまう点がそっくりである。

　この灼熱の思考が、あの消火器のような連中を、いかなる点で支えているのか。この思想的激情の中から、フィナスの饒舌や(10)、ソレルスの戯言は、どのような糧を汲み取るのか。彼らは、このような最悪の体質を、バタイユのうちの何から受け継いだのか。実に残念なことだが、彼らの体質の源は、バタイユその人が広めた「知は暴力の十分な表現になる」という幻想である。大学教員たちは、この思わぬ幸運を逃してなるかとばかりにバタイユという奔馬を取り押さえようとするが、バタイユ自身が熟慮のもとに彼らと共犯関係を保ち続けていたので、捕獲はたやすい。そうした教員の中には、モース、デュメジル、コジェーヴなどのように、バタイユ自身に霊感を与えるほどの者もいるが、バタイユにただただつき従うだけの者もいる。『ドキュマン』誌編集部はそうした追随者であふれていたが、バタイユにはほとんど当惑の様子が見られなかった、とバルトは書いている。『クリティク』誌編集部にしても同様だろう。またさらに、取るに足りないほどの小者たちがいるが、バタイユは、たとえば「社会学研究会」で彼らの方法論を積極的に受け入れてやっている。バタイユによれば、そうした学者先生たちは禁忌の権化になっていないから、というわけだが、実際は分かったものではない。こうしたおしゃべりな連中が大喜びでとびつく話題が「法」であって、その際彼らは、法のうちの呪われた部分を何とか清算しようと躍起になる。荒れ狂う情熱が、かくして暗礁に乗り上げる。灼熱の存在が冬眠を余儀なくされる。

両大戦間にフランスの感性が氷河期に入り、その冷気が集団的想像の領域に浸透して、文化を制圧するとき、バタイユも流氷に呑み込まれてしまう。彼は一九三九年に、カイヨワと仲たがいしながらも、それに先立つ一九三七年にカイヨワが行なった「社会学研究会」開会記念発表『冬の風』を引用し、カイヨワに向かって、いくつかの微妙な点を除き、このテクストに賛同する旨を伝えている。「以下に引用するあなたのテクストは、その方法を明快にし、その主張をもっと鮮明にした上で——できれば扇動的なところを多少抑えて——、規約に添付しておくべきものだと私には思われます（規約にはこの種の序文が付されるのが慣例になっていますから）。実際私は、あなたが表現している動きそのものについて、同じように考えています〔三〕」。

気候はもはや温暖ではない。いま世界には秩序転覆の大いなる風が吹き始めている。それは、虚弱な者たち、病んだ者たち、そして鳥たちを越冬させずに殺してしまう、危険で、しかもあまりに健全すぎるあの風にも似た、冷たく厳しい北極からの風である。このとき自然の中で、知らぬ間に満ちてくる死の潮のように、緩慢だが有無を言わせない無言の選別作業が行なわれる。定住民たちは暖房過多の住居に逃れ、こごえて血が循環しなくなった手足を蘇生させようと必死になる。彼らはあかぎれや霜焼けの手当てをしながら震えている。彼らが身の危険を感じて尻込みしている屋外では、頑健な遊牧民が体全体に歓喜をあふれさせ、帽子もかぶらず風に向かって微笑み、その冷やかで挑発的な暴力に陶酔して堅い髪がひたいにたたきつけられるに任せる。

年老い衰え半分倒れかかったこの社会にとってはつらく厳しい季節、おそらくは氷河が勢力を拡大する第四紀が始まる。それは、批判検討の精神の時代、冷酷で礼儀などまったく気にかけない不信の時代である。この精神は、力を愛し、抵抗能力があるかないかで対象を判断するのであって、策略を素早く暴くためにも策略に訴えざるをえない。こうした気候は非常につらいものとなり、淘汰は実に徹底したものになるだろう。各人は、特別に鍛えられた触覚——触覚は他の感覚よりも具体的・現実的で、見かけにごまかされず、空虚なものと充実したものとを見事に識別するではないか——を用いて、歌の良さは分からないが訓練された敏感な耳を持つ者の前で、また、装飾品の良さは分からないが裏を見抜く目を持った者の前で、自分の力量を示さなければならないだろう。こうしたきわめて低温の時期になれば、血液循環が良好の者は、顔色が冴え肌がみずみずしくなって、喜々として自らの生活条件を楽しみ、肺が要求する多量の酸素を十分吸い込んでいることから、すぐに見分けがつく。そうでない者たちは、衰弱しきって舞台から追い払われ、穴の中で身をこわばらせ身を丸め、ちぢこまる。落ち着きなく動き回っていた者が動かなくなり、口達者が沈黙し道化が姿を見せなくなる。最適者が自由に動き回れるようになるのだ。彼らの歩みを妨げる雑踏がなくなり、彼らの声を遮る耳あたりのいいだけの無数のおしゃべりもなくなる。もし彼らが希薄になった空気の中で互いに支え合い、認め合い、自分たちの力を自覚しつつ、手に手を組んで固く団結し、そのことで彼らのもとから冬が過ぎ去るならば、新たな春が彼らの運命を祝福するはずである。(11)

バタイユがにらんでいたとおり、カイヨワはまもなくこんな話をした覚えはないと言い始めるが、それで彼を咎める必要があるだろうか。見事な言葉が使われているにもかかわらず、血の活力を感じさせるこの調子、雪嵐《ブリザード》まで持ち出すこの優生学の響きは、おそらく、「社会学研究会」の常連だったドゥリュ＝ラ＝ロシェルの耳には心地よかっただろうが、私には耳ざわりである。一九三〇年代の沈滞の中で、厳寒期は刺激的だ、などと誰が思うだろうか。景気が停滞し、政治の危機的状況が長期化し、右翼が反乱への誘惑をかき立て、人民戦線が国際的な使命を放棄し、第一次世界大戦の痛手から回復できない自治体が無力感を訴え、痛ましい事件・事故や、物資の欠乏といった病的な徴候が山をなす。そして、歪んだ哲学が引き寄せられ、死のイデオロギーによって死を丸め込もうとする魔術や、「非情さは非情さのイデオロギーによって回避される」とする不気味な夢想が甦る。モースのイヌイット研究やグラネの中国人研究を後盾にして、祝祭とか雪中の大饗宴とかが流行する。サドが大当たりする。ただし、一九世紀が満場一致で推挙するサド――フロベールは愛情をこめてサドを「じいさん le vieux」と呼ぶ

――、地下に隠れつつ大変な力を発揮する炎のサドに取って代わった氷のようなサドである。それはまた快楽のサドであり、ブルジョワ的禁欲の憂さ晴らし、反逆者を何名も輩出した或る家系の先祖であって、現在では「拷問」や「聖なるもの」といったレトリックを売りにしているあらゆる口舌に内実を与えるためだけに鎮座させられている作家である。そうしたサドとは、バタイユが指摘するように、「見せかけ《シミュラークル》」にすぎず、非存在の原産地を示す「統制呼称 appellation contrôlée」にすぎない。そのような非存在の実例ならば、あまたの独裁者たちによって供給され、また容赦なく生産され続けている。

したがって、ジョルジュ・バタイユが一九四五年以来、とりわけ一九六二年の彼の死去以来、ニュールックの大学人から「守護神」にまつり上げられているのは、誤解のせいでは少しもない。サルトルはバタイユを神秘主義と告発している。バタイユは少くとも、断念を歌い上げる詩人の典型である。バタイユにおいては、アルトーにおけると同様、溶岩が冷えて固まるように、生命は文学という鏡の中に自分が忌避された姿を見い出す。バタイユは、ラカンからロブ＝グリエやフーコーに至る一群の野次馬たちを生み出す。この連中は、「まなざし」から現実性を奪う。「まなざし regard」は、ギリシャ語で *θεωρία* だが、このギリシャ語それ自体はフランス語に入ると「理論 théorie」という、行き詰まったフランス文化の合言葉になってしまい、「まなざし」の現実性を失うのである。

窮地に立たされた精神は、二つの誘惑の間で揺れる。歴史に訴え歴史的経験から平安を汲み取るか、それとも絶望のうちに歴史を見捨てるか、である。一九三〇年から一九四五年までの時期には、情勢の悲劇が時代の外への単純な逃避を禁じる。巧妙な抜け道は、時代を引き合いに出して時代から脱出すること、つまり絶対的な出来事を指摘することである。モーリス・ブランショにとっては、フランス革命とサドがそれである。この二つの絶対的な出来事をとおして、歴史と文学は同時に、意味の究極へと登りつめ、しかるのちに恐怖政治の中にその意味を廃棄する。これ以上の熱狂の高みがあるだろうか。ヘーゲルの表現を借りれば、キャベツのように簡単に人間の首を切り落とせる特権的な瞬間。最終幕の拍手の中で、普遍的自由の名のもとに、個人や親しい交わりや私生活がゼロになるカタルシスの瞬間。社会が自らの本質の核心に出会い、それにならうようにして、文章表現《エクリチュール》が自らの本質の核心に出会う忘我の瞬間。サドは神格化される。ブランショは、サド侯爵の持つ滑稽なイメージを少しずつ着実に消していき、サドのうちの徹底的な破壊願望のみを浮かび上がらせ、サドのうちの作家と世間とのズレだけに注目させようとする。サドのうちの作家は、所有されることも測定されることもなく、描写されることすらなく、その姿が世間に明かされるとしたら、その不在について語る不安に満ちた表現を介する他はない、というのである。

文化大臣マルローの提案に応じるかたちで、人びとがパリの建物の外壁に化粧直しをほどこしていた或る日のこと、マラルメ一筋の詩人アンドレ・デュ＝ブシェが私に言う。「パリが真っ白《トゥ・ブラン》になるね」と。あの場面で間違いなく彼はラカン流の言葉遊びによって、自分の師ブランショの名前に注意を向けるようにとほのめかしていたはずである。ブランショ Blanchot とは「熱い白 blanc chaud」と聞こえるすごい名前である。「白」は「不在」を示す。マラルメの言葉を使えば「白さによって守られる、何も書き込まれていない紙」を指す。ここで白を黒と言い代えても似たようなものである。黒は夜を示し、白は幻を示すではないか。オルフェウスには、「夜の暗闇の中を遠ざかっていくエウリュディケー、身体を被い顔を隠したエウリュディケーが見える。彼は、目に見えるときの彼女ではなく、目に見えぬときの彼女を見たいのである」(12)。「熱さ」に関して言えば、それは、この冷やかな口舌の中にあって、ノスタルジーがめざす対象、あるいは不安にかられた探求がめざす対象ではないか。ブランショの友人シャールは、次のように指摘している。「或る特定の時代は、人間の本性の最も汚れた部分に寄りかかる悪から、身も凍るような〔傍点、引用者〕襲撃を受ける。詩人は、この嵐の中心で、自己を拒否することによって、自分のメッセージの意味を完成させ、あの人びとの仲間に加わるだろう。それは、苦痛から正統性を奪い取ることによって、正義を背負う頑固な荷役人が永劫に回帰することをしっかり支える人びとである」[13]。シャールのこの人間的なニーチェ主義、一新されたヒューマニズム、〔「苦痛」という言葉で表現された〕非情さの拒否を歓迎したい。シャールはここで、この時期にブランショによって偶像視されていたサドを、暗に問題にしているのである。

しかし、「熱さ」と「白さ」の間で煩悶しながらも、ブランショは、結局は白の経帷子《きょうかたびら》のほうを選ぶ。一九世紀末以来、西欧の精神の中では死が徘徊しているのである。免疫学は、生物学的な合目的性を至るところで逸脱するような「安全」のイメージを生み出した。芸術の場合でも無菌不妊状態が求められ、感染の危険からも妊娠の危険からも守ってくれる言語を生み出すことがめざされる。

「無について雄弁に語る者〔＝肝腎なことは何も語らない雄弁家〕のことは、私にはもう決して話さないでください」。ボードレールは、一八六六年二月一八日付のナルシス・アンセル宛の手紙でそう書いている。だから私も、この四〇年の間、内部の全派閥が一致してブランショを文学的な厳密さの精華として崇めているパリの「文化人仲間」から冒瀆とみなされる危険を覚悟で、次のようにはっきり言っておく。「窪み creux」「間隙 interstices」「沈黙 silence」についての空疎な雄弁は、私に嫌悪をもよおさせる。威厳を傷つけられたときのむっとした調子、海や森や山について語るときの慎しみを気どった表情、一派をなしているというもったいぶったあの態度、くどくど繰り返されるあのくだらない話が、私は大嫌いだ。

たしかに言語はあらゆるものを殺す。だが高貴な死は存在にあふれている。新参のヘーゲル主義者ブランショが玩んで嬉しがっている否定性には、活力が欠けている。この否定性は、破廉恥と軽薄が相半ばするニヒリズム、非存在をめぐるサロン的なゲームである。ユーモアは、言語の喉元をつかみその饒舌を遮ることによって、このニヒリズムと比べるとずっと確かな仕方で、非存在との間の仲介者となってくれる。ユーモアとは、「同」であると同時に「他」でもある恐るべき怪物であって、無意味なことを利用し、それに内側から生気を与えるようにして、そこに隠れた豊かさを暴露しつつ、当の言説を「所記〔＝意味されるもの〕signifié」の零度から二度、三度、そしてそれ以上へと引き上げるのである。「ユーモアの難しさとは、新たな印象を、その印象が生まれ出てくる当のもののただ中で、人びとに発見させる点にある」[14]とモンテスキューは言っていた。たとえばプルーストの物語《レシ》は、挑発的な一種の「悪しき霊」を出現させることによって、物語それ自体の舫綱《もやいづな》・配列・リズムを、一歩ごとに断ち切る。〔プルースト『失われた時を求めて』の一節で〕ド・サン＝トゥベルト夫人のサロンに、祝宴の晩、ローム王妃の親戚だが影の薄いガラルドン侯爵夫人が現れる。彼女は、王妃とつながりがあることを自慢したくなる。でも、王妃のほうは彼女を知らないから、そっけない無関心の態度を取られるといけないので、オリアーヌに群がる人混みをかき分けて王妃に近づき、王妃の顔をじろじろ見ながら、返事を当てにせずにこう言う。「ご主人はお元気？」と。

　この一節が口うるさいフランスの新時代人を笑わせるか、いや微笑ませさえするか、私には自信がない。彼らは、この一節にすべてを見い出しているつもりでいながら、この一節が文学的に表現している実にささやかなものに気づかないのである。語り手の想像は、侯爵夫人の言葉を短絡させ、或る種の凡庸さの中にいくばくかの言外の意味を注ぎ入れ、その言葉を楽しむと同時に忌避している。文章表現《エクリチュール》はどんなものでも多声的《ポリフォニク》である。文章表現は、一方で自らを取り巻く文化の声を展開すると同時に他方で書き手の声を展開するので、書き手は二重に緊張しながら、自分の言明をよりよく転覆させるためにのみ自分の言明と一体化しようとする。ブヴァールとペキュシェ〔＝同名のフロベールの小説の登場人物〕に、何としても一体化しようとするフロベールを見てみよう。フロベールは彼らとともにボワタールの『庭園設計者完全マニュアル――造園術』をむさぼり読み、この本にのめり込み、多種多様な着想にうっとりする。憂鬱な着想がありロマンティックな着想があり恐ろしい着想がある。エキゾティックな着想があり厳粛な着想がある。荘厳な着想があり神秘的な着想がある。夢想的な着想もあれば、ヴュルテンベルク王国の庭園で最近著者が経験した幻想的な着想もある。「そこには人びとが、イノシシ、隠者、墳墓、そして一艘のボートに次々と出くわし、そのボートがひとりでに岸から離れて人びとを閨房へと運んでいき、そこで人びとがソファに座っていると噴水でびしょ濡れになるという仕掛けがある」。ブヴァールとペキュシェは、イチイの木を孔雀の形に刈り込み、畑の門に「漆喰をふいてその上にアブド・アルカーディル〔＝アルジェリアの抗仏運動指導者〕、黒人、裸婦、馬の足、どくろをかたどるように、五〇〇のパイプ用火皿を順序よく並べる」という大仕事を成し遂げた後に抱き合う。このとき、フロベールが彼らの熱意に酔いしれ、彼らの気まぐれに感動し、彼らをやさしく見守る様子を見てほしいのである。

これが作家の恐るべき悪意である。作家は、自分が敬愛しているものを揶揄し、テクストによってテクストを覆し、テクストを組み立てるその同じ手つきでテクストを壊していく。ユーモアはなるほど、それなりに「能記〔＝意味するもの〕signifiant」の勝利の目印になる。ただし、その能記とは、ふつう考えられているそれではない。ユーモアは、言葉の表面で、能記のカードをかき混ぜにやって来る。さあ今度は、読者、対話相手、公衆がそれを解読する番である。しかし周知のとおり、凍りついた精神たちは、そうした骨の折れる仕事が嫌いなのである。

7

一九四九年六月　クロード・レヴィ＝ストロース『親族の基本構造』(15)

アメリカで戦時を過ごし帰国したばかりの一九四五年から一九五〇年までのレヴィ＝ストロースについて、いく人かの同僚たちが私に語ってくれた情報を、私は持っている。その同僚たちは、民族学修了証取得のために、人類博物館におけるレヴィ＝ストロースの講義を受けている。この修了証は簡単に取得できるので、哲学教授資格受験の学生たちに人気がある。その同僚たちによると、レヴィ＝ストロースは傲慢で不機嫌なことが多く、自分の大きさに見合うだけの敬意が払われていない、とでも言うように苛立っている人物である。

レヴィ＝ストロースは、一九五九年にコレージュ・ド・フランスに赴任して、穏やかになる。自分の現存在が自分の本質と突然合致したように感じられたのかもしれない。スピノザが『エチカ』第五部で反論の余地をいっさい残さずに説明する至福の瞬間だ。したがって、この先あちこちで優遇されるという事態も、レヴィ＝ストロースにとってはほとんど瑣末なことであって、自然の普遍的な秩序の中で、彼が正統な場に身を落ち着けるためにいわば必然的に設定された待遇の、飾りにすぎないのである。

一群の歴史家と社会学者たち（その中にはブローデルやロジェ・バスティドがいた）が幸運を求めてブラジルに出かけるあの流謫の時代に、レヴィ＝ストロースはアマゾニアのナムビクワラを訪れ、処女作、国家博士副論文『ナムビクワラ・インディアンの家庭生活と社会生活』(16)をまとめるが、一九四九年に、私はその書物をまだ読んでいない。彼はその後、この「フィールド」との接触を絶ってしまう。フロベールにとって一八四八年の事件が、またボードレールにとってベルギーがそうであったように、〔四〕彼にとってフィールドとの接触は嫌悪を催させるのである。あの原住民の中にあって、レヴィ＝ストロースに嫌悪を覚えさせるもの――それは、或る悲壮な体験である。彼はこの体験をようやく、小説ふうの傑作『悲しき熱帯』において、御祓をするかのように、たった一度だけ正面から受けとめて語ることになる。彼は、この作品の中では、私の友人マロリーにそそのかされて、胸襟を開いて語っているのである。〔五〕

レヴィ＝ストロースは、社会情勢から遠く離れ、注や文献目録の添えられた物語《レシ》に囲まれると、落ち着きを取り戻す。そして、そのときすでに事物の実証的現実のうちの一部を手探りし始めている。そこには、人類学視察官の心をよぎりかき乱すあの驚き、あの共感、あの感動はもはやない。言語は、煙のように儚い経験性がやって来ては、みじめにはね返される固い核のようなものである。言明が手をすり抜けることはない。言明は、カードに記入されて思いどおりに管理される。現代の人文科学に内在する決定機関である言語学は、情報科学に支援され、完全な知的安逸とでも言うべきものの諸条件を与えている。ディオキシリボ核酸（DNA）の高分子が遺伝学者に抵抗しないのと同じように、言語学が扱う対象も実験者に抵抗しない。もはや危険も、偶発性もないのである。操作域は前もって決定されているから、あとはその域内で、言葉の織物の中を互いに孤立した駒が動き回れるようにするだけでよい。行動の無媒介性とか日常性は、行動を原理的に表現する抽象的な装置の犠牲となる。フランスでは、レヴィ＝ストロースとともに、現実を理論に置き換える作業が華々しく行なわれるのである。

一九五〇年に私は、『親族の基本構造』では本文と序文が対照的になっているということに、はっきり気づいていない。私の注意を引くのは、序文のほうである。この序文は、民族学者ならではの説得力を持つ美しい小品に仕上がっており、モースのような躍動感のある文章で文化と自然との諸関係が語られている。当時支配的だった現象学にどっぷり浸かった学生がこれを読めば、大喜びしたに違いない。しかし、この本の独創性は別の点にある。すなわち、どんなささいな違反も押さえつける規制、どんなに取るに足りない領域でも非合理な領域ならすべて除去するような古風な婚姻規制を理解するために、構造音韻論を適用した点にある。このような厳しい規制のもとでは、言説はそうした規制の伝達に関与するメッセンジャーとなり、あらゆる社会現象がコミュニケーションを指し示し、コミュニケーションの上に構築される。たとえば経済においては財やサービスが流通するというかたちで、また親族間のやり取りでは氏族から氏族へ、血族から血族へと外婚が行なわれ女性が交換されるというかたちで、コミュニケーションが行なわれるのである。

したがって、思わず口にされた言葉であっても、儀礼・芸術・呪術を支配する或る記号体系の余波・痕跡であることになる。このコードのうちには、レヴィ＝ストロースが嫌悪する「主体」の身の置きどころはない。一九五八年、『構造人類学』の中で彼は木彫りのすばらしいマオリ像を描写する。その像は、口が曲がり目が六角形になった幻想的な存在であるが、この像には胸から腹にかけて驚くべき装飾がほどこされている。反発し合うと同時に求め合うように見える二人の人物、二つの頭である。彼はそこに二つのプロセスを読み取る。構造が変質することを妨害するプロセスと、構造を順調に作動させるプロセスである。この二つのプロセスの最終的な帰結が、「装飾‐道具、動物‐物品、語る‐木〔＝言葉と木〕という二項間の対立結合関係である。北西海岸の『生きている船〔における船と生命の対応関係』は、ニュージーランドで見られる船と女性の対応関係、器具と器官の対応関係と、まったく同じものなのである(17)」。

しかし、レヴィ＝ストロース好みの領域、彼の心のふるさとは神話である。彼は神話の複雑に入り組んだ諸々の図柄を飽くことなく弁別し、そのかみ合わせを分解し、そのいったん細かくバラされたメカニズムを復元し、その謎を繊細な代数学によって解明する。神話とは、原始共同体が生活から離れ、自らのドラマを演じ自らの慣習を調整し自らの不安を解消する場となる特権的な説話行為である。コレージュ・ド・フランスで数年間にわたって神話の構成を明らかにしているときのレヴィ＝ストロースは、散乱した物質に命令を下すデミウルゴス神さながらである。

次第にこの探究者は、感情《サンチマン》のどんなささいな権利要求をも抑えつける軍人へと変貌していく。四方八方に触手を伸ばすレヴィ＝ストロースの作品には、決定論が嵐のように吹き荒れる。彼の作品に私が親しみを覚えるのは、わずかにその破天荒さによってだけだ。『生《なま》のものと火にかけたもの』の中で音楽の隠喩が類比的に使われたのは残念である。そこでは、ソナタ、フーガ、シンフォニーという形式に従って分析が行なわれて、その展開が見かけ倒しに終わっている。そもそも、ソナタとシンフォニーは同じ慣例に従った二つの形式であるが、フーガはひとつの作曲様式であり、形式を外的に分ける呼び名ではない（たとえば、ベートーヴェンのソナタやシンフォニーにはフーガが多い）。私だったら、こうしたほとんど説得力のない比喩ではなく、数学的な基本構成を与えたはずだ。それほどまでに、この作品の中ではレヴィ＝ストロースが生命から奪い取った「過剰なもの」は、知的な模造品の中へ移し変えられているのである。

家族、食物、身体の外観といった自然から文化への通路は、二項論理に従って機能している。この二項論理にうってつけのモデルを提供するのが、トゥルベツコイとヤーコブソンの音韻論である。さまざまな民族語を支配する法則は、語彙のレベルではなく、語の音素単位のレベルで探究しなければならない。そこに見い出されるのは、「子音と母音の対照であり、この対照が、集約音と拡散音、鋭音と重音の対立の作用をつうじ、一方でいわゆる『母音三角形』〔左上図〕、他方で『子音三角形』〔左下図〕を生み出す(18)」。

a

u　i

k

p　t

これらの区別は社会的事実にも適用することができる。民族語・社会的事実いずれの場合においても、その区別は無意識的である。だが、この「言い落とし」としての区別は、フロイトの場合の「言い落とし」、つまり通俗的な欲望の無意識とは何の関係もない。この区別は、主体性（超越論的主観性さえ）が容赦なく排除された範疇的な catégoriel 無意識である。妥協を知らないこうした形式主義《フォルマリスム》は、『蜜から灰へ』の末尾で展開される思弁において頂点に達する。そこではすべての内容が、すなわち料理体験を構成する与件が一掃されてしまっている。腐ったもの、煮たもの、焼いたものは、純粋な媒介作用であって、媒介されるべき事物ではまったくないのである。

人文科学の草分けを好んで自称するレヴィ＝ストロースは、謙虚で情熱的な人物のようにも見える。だが、そうした見かけに欺かれないよう、特に気をつけなければならない。「私は、精密科学の研究が耕した肥沃な領域から人文科学を隔てる溝を、ほんの少しだけ埋めたいのです」などと言っているので、彼は、人文科学における射程の短い科学性の輪郭を、控えめに描き出そうとしているようにも見える。

しかし、ここで問題はイデオロギーだ、ということに気づかない者がいるだろうか。つまり、一九四〇年代の悪夢のような数多くの残虐行為・殲滅行為からの結論の引き出し方の問題である。人間の存在はもはや容認できないのだから、人間についての知識だけで我慢せよ――こうした結論がベースにあるから、無文字社会を研究対象に選べば発見が得られるという考え方が出てくる。無文字社会が選ばれるのは、歴史を持たないからではなく、レヴィ＝ストロースも指摘するように[19]、波乱に富む生成に巻き込まれた〔目の前の〕「熱い」社会に対して、無文字社会が「冷たい」点で優れているからなのである。

8 一九五〇年春 「地中海クラブ」の創設

やり手の実業家の中には、経験だけに頼る者と、ものを考える者がいる。この両者をはっきり見分けなければならない。前者は純粋な収益を追求し、後者は未来社会からの不明瞭なメッセージを形にする。「地中海クラブ」の創設者ジェラール・ブリッツは、当代の主要な哲学者の一人である。彼は、おそらく一九三八年に、師バトリン氏に出会う。バトリン氏とは、定価のついた娯楽、あり余るほどの食べ物、スポーツ、無料のゲーム、ときにはおまけとして恋愛まで提供するというやり方で、長期バカンス事業を始めた大金持ちのイギリス系カナダ人である。[20] だが、商品メニューの中に「太陽の光」を取り入れるというアイデアは、「地中海クラブ」ならではの独創である。人びとがようやく物の不自由な生活から脱出しつつあるとはいえ、冷戦下の緊張を強いられ、冬の風に吹かれて精神を凍らせ始める頃、ブリッツは、人びとの集団的感性の奥底にあってまだ散らばっていた太陽への憧れを一つに寄せ集めるのである。

集団的感性の中心となり地平となるのが身体である。つまり身体が、集団的感性に訪れるさまざまな幻影や蜃気楼の結び目になる。フランスにおける身体の最初の勝利は、一九四六年、第四共和国憲法で行なわれた「万人の健康権と扶助を市民社会の基礎とする」という宣言である。続いて、豊かな文明の不文律、食糧保証が確かなものとなる。一世紀前の一八四六年から一八四七年にかけての冬に、当時人口が一〇〇万人であったパリで、セーヌ県知事が内務大臣に向かって、「完全に相続権を奪われた者、貧しい者、困窮した者で、空腹を満たせない者が約六〇万人おります」と注意を促しても、それが不敬扱い、妄想扱いされることは、まずなかった。

だが恋愛は、一九五〇年になっても、あいかわらず夜の夫婦の寝室や、禁じられた遊びの闇の中に押し込められ、日陰者の身のまま苦しめられている。いくつかの自由の間の、こうした時代遅れのアンバランスを解消するため、最初の目覚しい改善策を提供するのが休暇村である。休暇村は、外部との仕切りが男女の仕切りを取り去るような、さまざまな快楽空間（浜辺、食卓、テント、やがてバンガロー、さらにホテル）として広がっていく。ほかの場所では人目が気になる女性たちも、「地中海クラブ」には快楽を満喫するために出かける。と言っても彼女たちは、長期的な利益を無視するわけではない。さまざまなタブーが緩んでいくにつれて、女子店員やタイピストは戦略を変え、明日なき恍惚に浸るのをやめ、良縁をつかむほうを選ぶようになっていく。

こうして地中海西部のバレアレス諸島のアルクディアでは、とびきりの大金持ち向けのプランに従って、いっさいがアレンジされる。自然の美しさにマッチする日焼け。手にも足にも届く範囲に用意されたスポーツ。金もうけの罪を贖って余りある海（つまり、西欧を生んだこの海は、健康的な生活に憧れた若い男女が恋愛の冒険にやって来ると、まずは商売ぬきで、その冒険に名前〔たとえば「地中海の恋」〕を貸し、その成就を見守ってくれるのである）。ありふれて、かえって人目につかなくなるカップルの抱き合う姿。ジャム、ケーキ、砂糖菓子が気前よく出される朝食。孤独を感じさせない気配り。徹底した指導力（「善良なまとめ役 G. O.：Gentils Organisateurs」と呼ばれるスタッフ――フランス人にはほとんど見られないような社交性を備え、実によく働くスタッフ――を要に据えた制度が作られている。この制度が、現代の強迫的な生活の特徴である分刻みのスケジュールはそのままで、お祭り気分の仲間づきあいを可能にするのである）。すでに錆びついていた階級間の柵のぐらつき。平和的な貪欲さが好きかってに振る舞える土地での集団的な気分転換、などである。

一九五四年、売り出し中の「地中海クラブ」の取締役にジルベール・トリガノが就任し、お膳立てがすべて整う。彼は、それまでのやり方をそのまま継承するのではなく、一歩先を行く事業方針を打ち出す。フランスが消費生活の初歩を身につけたからである。海洋、砂漠、山岳、オアシスが、日用品に範をとって、啞然としたいという情欲の道具になる。地球という惑星は次第に、場所も名前も、政治も歴史も、ばらばらの記号となって舞い踊る万華鏡に変貌しつつある。それらの記号は、目がくらむような動きで、一箇所にひしめき合ったかと思うと、互いに入れ替わり、今度はパッと消え去るのである。

9

一九五〇年五月一一日　イヨネスコ『禿の女歌手』の初演

一九四五年から一九五一年にかけて、パリで芝居はジロドゥーの『シャイヨーの狂女』と、サルトルの『出口なし』『墓場なき死者』『恭しき娼婦』『汚れた手』『悪魔と神』が満員札止めの人気だ。私は、サルトルでは『嘔吐』、小説集『壁』、さらには『自由への道』といった小説のほうを好んでいる。サルトルの芝居は、状況設定にサルドゥーふうなところがある。自己欺瞞や他人の眼差しを舞台上で実験しようとする意図はあるものの基本構想について言えば、サルドゥーを一歩も出ていない。そこで提示される主張は、月並みな言葉によりかかっており、何も侵犯することがない。

カミュの『カリギュラ』も上演されている。私はこの芝居を一九八一年に再び見たが、いつも退屈な思いをするのは、ただただスペクタクルの要素が欠けているせいであってくれれば、と思う。

戦後、さまざまな概念がブルジョワ階級を心地よくくすぐる。彼らは、哲学劇とアヌーイ劇の間を揺れる。アヌーイは一九三六年以降、年に一つずつ作品を発表し、一九四四年の『アンチゴーヌ』からは「憎悪劇」という様式で書いているが、このジャンルではマルセル・エーメのほうが一枚上手である。

したがって、この時期、演劇では特記すべきことはほとんど見当たらない。しかし、ただ一つだけ例外がある。早くも一九四七年からジューヴェが注目していたジュネの『女中たち』だ。これは、仰々しさが目立つものの、ジュネの芝居で大当たりしたものの一つである。ジュネは、ブランショとともに神聖不可侵の特別な地位にある作家であるから、彼をこき下ろすのは賢明ではないのだ。コクトーはジュネを豚箱から救い出し、サルトルはジュネを神聖化し、ジャコメッティは五回もジュネの肖像を描く。一九五二年から一九五三年にかけて全集が出版され、ジュネは批評にも売り上げにも恵まれる。一九五八年、アルトーの弟子でベケットの天分を発見したロジェ・ブランが、完成したばかりのリュテス座で見事にジュネの『黒ん坊たち』を上演する。一九六〇年、ピーター・ブルックがジュネの『バルコニー』をひっさげて、パリ征服をもくろむ。一九六六年、ブランがオデオン座で、フランス軍を侮辱するジュネの『屏風』を上演し、絶大な権力を持つ文化大臣アンドレ・マルローの祝福を受ける。ミシェル・ビュトールといえば、現代作家の中で最も虚栄心が強く、四半世紀の間に一度か二度しか同業者に賛辞を述べなかった人物だが、その彼が『レクスプレス』誌で、「自らが存在することを正当に要求できるような芝居は、『屏風』以外にはない」と明言する。

主要なジャーナリストたちも、これに足並みをそろえる。ドールは、自分の万神殿《パンテオン》の中でブレヒトのすぐ下の席をジュネに与えているし、サンディエはこの偉大な過ちの叙情詩人の作品ほど甘美なものはない、と述べている。一九八二年、ドイツの映画監督ファスビンダーが、ジュネ原作の映画「ブレストの乱暴者」のフィルム編集を終えたとき、麻薬の濫用で死ぬ。この映画はフランスで話題になるものの、ファスビンダーではなく、原作者のジュネばかりが取り上げられる。一九八三年には、演劇人生の絶頂期にあったパトリス・シェローが『屏風』を再演する。

ジャン・ジュネには、たしかに名声の条件がすべてそろっている。ヴィヨン以来、人を引きつけてやまない「ごろつき」という面。サド以来、特別扱いされる「囚人」という面。ルソー以来、人の心を強く揺さぶる「生活破綻者」という面。レティフ＝ド＝ラ＝ブルトーヌからランボーに至るフランス文学に花を添えている「放浪者」という面。モンテーニュからジッドまで、ラ＝フォンテーヌからマラルメまで、数世紀にまたがる「耽美主義者」という面。アグリッパ・ドービニエからアントナン・アルトーまで、例が多すぎて枚挙にいとまがないほどの「犠牲者」という面。ジョルジュ・サンドからバルビュスに至る「民衆」という面。ヴォルテールからサルトルに至る「活動家」という面、等々。

しかしジュネは、支配的な文化との間にいくつかの共通点を持っている。それらは以上に掲げたさまざまな面ほどパリ的でない。三〇年ほど前から、ブルジョワの感性は、犯罪、裏切り、（一九五〇年代にはまだ大変な物議をかもした）同性愛といったものを目の前にすると、まるで罪滅しの儀式に臨んでいるみたいになって興奮する。その感性の内容が、「恨み《ルサンチマン》」――ニーチェに従えば、貴族に対する奴隷の勝利――から「自己嫌悪」へと変化したのである。つまりブルジョワたちは、第二次世界大戦中のたび重なる責任放棄、無気力なひらきなおり、瀕死の文明が繰り出す延命策にひたすら迎合する姿勢など、これまで自分たちがやってきたことで恥辱にまみれ、自己嫌悪に陥っている。その同じブルジョワの感性が、オブラートにくるまれた暴力とか、花飾りで覆われた卑劣さとか、饒舌で凝りに凝った言説のうわべの輝きとかの中に、興奮作用と鎮静作用を合わせ持つ麻薬を発見するのである。ジュネの作品における悪は、ボードレールの悪魔主義やサド的瀆聖の対極にある見せかけ《シミュラークル》である。社会は、自分の機構の中で身動きが取れなくなると、さまざまな幻想を欲しがるようになるものであるが、そうした社会の幻想欲を満たすのにおあつらえ向きなのが、この見せかけである。ただ一人ジョルジュ・バタイユだけは、それにだまされなかった。この点に関して、私としてはバタイユを称賛しないわけにはいかない。ジュネの作品ではときどき、人を嘲る口汚い言葉（「このオレはね、人からクソミソに言われるようなダチ公と一緒じゃ、カッコ悪くていやなんだ！」『ブレストの乱暴者』）が使われ、文章に激しい調子を与えているが、私も、そうしたこれ見よがしの下品さとか、まき散らされる隠語とか、「非情」や「死」を道具にして洗練された文芸ゲームをパロディーふうに行なってみせる儀式めいた茶番とかに対して不信を抱いており、そうした自分の不信感を一度も抑えつけたことはなかったのである。

観客は、新人作家を発見できないが、その代わりに七〇歳を過ぎた老人作家を発見する。成熟した人物——つまり評判は確かだが、すでにお払い箱になっている人物——を巧みに擁護するジャン＝ルイ・バローが、一九四三年に『繻子の靴』を演出することによって、高名な作家でフランス大使、すでに財産と人気に十分恵まれたクローデルを、舞台奥の薄暗がりから引っぱり出すのである。「文化人仲間」によって認められたひとりの作家の歴史の中には、多くの人びとがその作家を強く呼び求める運命的な瞬間がある。ジャン＝ルイの芸術とは、いつもそうした機会を嗅ぎつけ、タイミングよく、実に感動的な魅力を実現させてやることである。たとえば、仲間内では正当に高い評価を得ていたイヨネスコの場合は、バローはイヨネスコを軌道に乗せるのに、パッとしない『犀』を選び、ベケットの場合は運よく『おお、美わしの日々』を演出するというぐあいである。

こうして一九四五年ごろ演劇は、作家の側へではなく演出家の側へと動いていく。演出職人が才能ある劇作家を保護するシステムの元になるのは、両大戦間にジューヴェ、デュラン、ピトエフ、バティという四人の独占欲が結実した「四人連合《カルテル》」であり、もっと広い観点から言えば、おそらくは、社会から排斥された芸術家に向かい合う発掘者の勇気と決断力が語り草になるような社会状況である。この頃からフランス語では、演出家が戯曲を「上演する」ことを、戯曲を「〔舞台に〕上げる monter」と言うようになるが、演出家は、戯曲に仕えるのをやめ戯曲を意のままに扱うようになって、まさに戯曲を低いところから高いところへ、あるいは非存在から存在へ移動させるようになるのである。

一八九九年に、リュニェ＝ポーは、ボナールによる舞台装置でジャリの『ユビュ王』を「初演＝創作 créer」する。これが演出家・映画監督など「制作者 réalisateur」の時代の華々しい幕開けである。一九二〇年から一九四〇年にかけて、劇作家たちの中には、何らかの点で、演出家によるこうした越権行為の恩恵に浴する者もいる。たとえばジロドゥーは、ジューヴェが「私はジロドゥーが私に書いてくれる作品はすべて私自身の作品だと思っている」と主張したおかげで、恩恵をこうむっている。しかしアルトーは、愛想よく作家と折り合いをつけるそうしたやり方を取らず、現場責任者としての演出家の絶対支配を強く主張し、頑固で役立たずでおしゃべりな作者をひたすら追放しようとする。こうした作者の追放が実現されるのは、その四〇年後のことである。

一九五〇年代という時期の目立った特徴は、最高責任者の地位にさまざまな団体が進出することである。資金に乏しく、不安定な生活を余儀なくされていた俳優たちが、ミシェル・ド・レ、ロジェ・ブラン、ジャン＝マリ・セロー、シルヴァン・ドム、ジャック・モクレール、ジャック・ファブリといった勇ましい推進役に支えられ、いくつかの協会を作る。冷淡な市場を逆に魅了してやろうと意気込む彼らを援助するために、コンクールが創設される。一九四八年、二二歳のニコラ・バタイユがランボー原作の『地獄の一季節』を上演し、さまざまな波紋を呼ぶ。彼は、自分を中傷する連中に一杯食わしてやろうと、アカキア・ヴィアラと組んで『精神的狩猟』を書き、ランボーの未刊作品と銘うって刊行する。大反響が起こり、この模作《パスティッシュ》が激賞される。ランボーの注釈家たちが動き出し、たしかにランボーふうに書かれている言葉の特徴を克明に分析し、その魅力の質を徹底的に調べ、そこに隠されたものが本物かどうかを慎重に検討する。ただ一人ブルトンだけが執拗に、贋作であると叫び続ける。ことの真相が暴かれ、だまされた者たちは地団太を踏む。ニコラ・バタイユはすっかり売れっ子である。

一九五〇年の初めにニコラ・バタイユは類い稀な慧眼で、イヨネスコが彼のところに持ってきたばかりの原稿、のちに『禿の女歌手』と呼ばれる戯曲を上演することに決める。ある日、ベケットはこの戯曲について、天才の片鱗が認められる、とロジェ・ケンプに語っている。この戯曲では、空間、時間、言葉、登場人物、すべてが転覆される。しかし、奇跡的なことだが、こうした全面的な破壊略奪の中から、豊かな意味がほとばしり出る。つまりここでは、言説は支離滅裂になっているが空虚との裏取引きはまったく行なわれておらず、この言説が、衰弱しきった単語一つ一つにせっせと力を回復させているのである。消防隊長が、迷路のように錯綜した自分の話《レシ》の中をさまよっているが、突然、明証がひらめいたような調子で、「玉の輿に乗るようにと育てられた誠実な愛国者の娘が、かつてロスチャイルドと知り合いだった女たらしと結婚したんだ」ときっぱりとした口調で言う。このとき、無秩序の中に手がかりが突然生まれ、分けの分からなかった話の流れの中に社会的現実が突然浮上して、筋立《ナラシオン》てが整え直される。不条理が「生きられる現実」によって揺さぶられるのである。同様に、列車の中で向かい合わせに座って、互いに相手が誰だったかどうしても思い出せない夫と妻のマルタン夫妻が交わす対話は、いささか時代遅れのポスト・ダダイスムふうの気晴らしとは、いっさい関係ない。これは、不可能だった意志疎通が、結局はユーモアによって修復されるという日常の悲劇なのである。一九八四年現在、もし氷河文明がユーモアの最後の火を絶やすことに成功していたとすれば、今ここで、エリザベートとドナルドが互いに相手を思い出すことはもはやないだろう。読者が、実際に私自身がやったように、レストランとか地下鉄のホームといった、どこか人混みの中で、見ず知らずの人の顔が馴染みの人物に似ているこことにハッと気づいて、そのことを近くにいる人たちに思わず伝えてしまったとしよう。もし、そんな場面にめぐり合わせたら、話しかけられた側の人たちの冷淡な態度をしっかり確認してもらいたい。私が話しかける相手の苛立ちは、私が文化的なモデルを引き合いに出して、たとえば「あそこにいる人は誰それの絵に描かれた人物と似てませんか」と言うときに頂点に達する。私は通りを歩いているとき、カルパッチョやアングル、カラヴァッジョやバルドゥング＝グリーンらの絵に描かれた人物に似た人をよく見つける。バルドゥング＝グリーンが描く顔は、特に我が故郷アルザスで見かける。そうした思いがけない発見を、私が不用意にも、きまじめな人たちにふと漏らしてしまった場合、彼らが冷淡な態度を見せるのは、私のことを頭がおかしい変人と考えているからではない。彼らはむしろ、あの現実界と想像界が見え隠れし、神話が世界の中に空想と喜びを刻み込む、あの輪郭が定かでない大地の上を、私の後に従って自分が歩めないことに、苛立っているのである。

『禿の女歌手』は、『ラ・ヌヴェル・ルヴュ・フランセーズ』誌のリーダーであるクノーやポーランというすばらしい支援者を得たにもかかわらず、客足がいっこうに伸びない。ジャック・ルマルシャンによると、初日に、かなり俗物が多そうな観客席から攻撃的な反応があったらしい。猫の額ほどのノクタンビュール座を満員にしようと、ニコラ・バタイユは仲間と一緒に毎日午後になると、興行のポスターを背中に下げてサン＝ミシェル大通りを歩くが、二週間後に興業中止となるのである。しかし、それに意気銷沈することなく、一九五一年一月にはマルセル・キュヴリエがモンパルナスのポッシュ座で見事な『授業』を、また一九五二年にはシルヴァン・ドムがヌヴォー・ランクリー座で『椅子』を、さらに一九五四年にはジャン＝マリ・セローがバビロン座で『アメデ、あるいは厄介払いの方法』を、それぞれ初演している。

たしかにベケットは正しい。『椅子』の結末の間延びとか『アメデ』の後半の冗長さとか、イヨネスコ芝居の弱点が年を追うごとに、いっそう目につくようになってきたが、それでも、「そこには天才の片鱗がある」。しかし、一九五九年の『無給の殺し屋』からあとは、一九六二年の『瀕死の王』があるとはいえ、壊滅状態である。『瀕死の王』にしても、シェイクスピアふうの鋳型の中に古めかしい着想が無理やり流し込まれたといった感じの作品だ。言葉にしがみつく文化、ただし、言葉の宝庫に飛びつくといったふうではなく、ただ言葉から保証のようなものを手に入れようと言葉にしがみつく文化――そうした文化の衝撃に、まるでイヨネスコは突然持ちこたえられなくなったかのようである。もはや、面と向かってブランショやレヴィ＝ストロースをあざ笑う役回りを引き受けるのをやめてしまったかのようである。集団で制作に取り組む働きバチを前にして作家としての尊厳を放棄してしまったかのようである。生まれつき政治参加にアレルギーのあるイヨネスコが、一九五九年以降今日まで二五年ものあいだ貧弱な哲学的寓話を書き、その中で、ときにうさんくさい大義に身を捧げるのは一種の辛辣さなのだろうか。

10

一九五一年一月　ジッドの死

フランス文化は死者に対して病的に反応する。故人を賞賛するにせよ罰するにせよ、つねに度を越している。ヴォルテールを極端に誉めちぎるかと思えば、ジッドを二度も埋葬する。埋葬したすぐあとで墓地のありかまで隠し、闇に葬るようなことまでするのである。

一九四七年のジッドはノーベル賞受賞後で、出版界、ジャーナリズム、パリ文壇で絶頂にある。一九六六年一〇月にブルトンが死んだときも実証された――新聞記事が一〇行だけという惨めな反響――ように、生きているときの栄光というものは実に覚つかないものであり、死後もその栄光を人びとの沈黙から守る手立てなどない。ジッドの栄光は一九五〇年にはすでに、見かけだけのものになってしまっている。つまり彼の栄光は、表面が生成の虫に喰われてぼろぼろになり、目に見えないところでは、さまざまな力の衝撃を受けたり、長い間に溜まった厭世感の重みが加わったりして、いまにも押しつぶされ崩壊しそうな状態である。ユゴーは『レ・ミゼラブル』の中で、ジャン・ヴァルジャンを、彼の時代の秘密を暴き出す掘削機のようなものとして描いている。こうした時代の掘削についての認識論が入念に作り上げられるのは、いつのことになるのだろうか。

　ジッドが死ぬと、それまで抑圧されていたものが復活する。ジッドとともに幕を閉じた時代は、主体の時代として告発される。主体とは、息切れした或る世界の紋章である。それは、政治参加、欲望、情念が、何もはばかることなく一人称で表明され、「生きられる現実」が厚かましく終始人前に現れ、言語が文体と合体しようとし、書物が不安と快楽を看板にして書き上げられるような世界である。一九五一年に時代は、もはやそんな世界のパンを口にしなくなっており、しかもそのことをはっきり人びとに思い知らせるのである。異口同音にジッドへの反感の声が上がる中、唯一そうした動きを牽制したのは、『レ・タン・モデルヌ』誌に載ったサルトルの感動的な記事である。しかし、サルトルは、自分の時代とピタッと一致しているわけではない。若すぎるのか、それとも年を取りすぎているのか、それは見る者次第であるが、私は若さのほうに賭ける。サルトルによるジッド追悼は古くさい手法を取らず、流行を蹴散らし、慣例を拒否しているからである。『ユマニテ』紙が「たったいま死んだ屍」――この「屍が死んだ」という一見おかしな表現は、「屍」＝「屍同然の老人」の意で「老人ジッドが猛毒の文化によってすでに息の根を止められていた」という意味なら誤りではない――とジッドに対して罵声を浴びせかけ、ハゲタカどもが襲いかかり、「ジッドはネルの肌着を三枚重ね着して危篤状態を生きていた」とまで言い立てる者さえ現れる。このとき、サルトルは次のことに注意を促す。あの慎重なジッドが一九一一年に、（「ジッドのペンは男色家のおぞましい下劣さで汚れている」と断言するタルデュー博士のような人物が存在する現実の真っ只中で）ためらうことなく『コリドン』を出版すること。[21] あの寒がり屋のジッドがこれまたためらうことなく極寒のソ連へ赴き、後になって「ソ連に行ったのは間違いだった」ときっぱり認めること。あの南国好きのジッドが熱帯地域政策に対しては寛大な態度を取らず、ミシェル・レリスその他のシュルレアリストたちよりも前に、そしてセリーヌとその『夜の果ての旅』に先駆けて、反植民地主義の卓越した書物を何冊も書いていること。

アメリカの女流作家スーザン・ソンタグは、ときどきポスト・ジッド的で反ジッド的な現代を先導するいく人かの人びとに共感を表明し、さらには、私には真似できないような媚びさえ売っているが、一九八一年に、感動をこめてこう私に語ってくれたことがある。「私は一四歳のとき、故郷コロラドの片田舎でジッドの『日記』の翻訳を読み、他の人びとが神に出会うような仕方で、フランスの文化・文明・国民に出会ったのです」と。おそらく彼女は、あれほどナルシスト的な気どりや弛緩した感傷癖や凝りすぎの表現があっても損なわれない自由、あふれるような自由にびっくりしたのだろう。この自由に備わる自発性こそ、ここ三〇年来のジッドに対する反感が集中する暗黙の標的である。たしかに彼には、羊のように従順な人びとの社会を手なずけるための武器が、誰よりも乏しかった。

11

一九五二年夏　スリジー一〇日間討論会の創始

一九四五年から一九四六年にかけて、大学教員たちが出版社や文芸評論誌になだれ込むが、一九三〇年以来のトロカデロ民族誌博物館、モースの講義、「社会学研究会」、そして高等研究院におけるコジェーヴの講義などの歴史が証言しているように、このとき大学教員たちは、突然変異によって「文化人仲間」の光のもとに出現するわけではない。ずっと以前から、彼らは出版・雑誌を牛耳る計画を練ってきたのである。

すべては帝政期および王政復古期に始まる。カビが生えたような学者連中の中にあってギゾー、ヴィルマン、クーザン、ロワイエ＝コラールといった若き狼たちは、大教室の教壇で息が詰まりそうになりながら、ふてぶてしく文筆への野心を吐露している。

一八四八年の革命が間近に迫って、政治問題や社会問題の騒ぎのせいでヴィクトル・クーザン氏が巻き起こしていた哲学的・宗教的問題の騒ぎがいくぶん鳴りをひそめていた頃、彼が、自分は忘れられてしまうのではないかと恐れ、身を震わせていたのを、私は覚えている。「目立つことだ、目立たなければならない。私たちは目立つ必要がある nous avons besoin de paraître と、私は感じる…」と彼は言った。王が「余は欲する」ということを「私たちは欲する nous voulons」という言葉で表現するが、それと同じ調子で彼は「私たちは持つ nous avons」という表現をよく使っていたのである。彼は文部大臣になると（在職は八ヶ月間にすぎなかったが）、『ル・モニトゥール・ユニヴェルセル』紙その他の公報を、自分で書いた裁定・通達・談話・随筆・試案などで埋め尽くした。クーザン氏自身の表現によれば「賢者中の賢者」であるダミロン氏が、そのことで、「君は目立ちすぎだ。読者がうんざりするよ」とやんわり咎めると、クーザン氏は、「目立たなければならないんだから仕方がないよ」と答えるのである。[22]

コレージュ・ド・フランスへアングロ＝サクソン文学を導入した優れた紹介者フィラレット・シャールの場合は、サン＝ジェルマン街にある貴族の大邸宅にひっきりなしに通っている。ブルボン王朝末期のことである。彼はそこで小説家や侯爵と軽く顔を合わせただけで、知ったかぶりで辛辣で嫉妬深いところを悟られてしまっている。おまけに彼は、キュスティーヌ将軍が、竜騎兵たちにうまく気晴らしをさせられずに彼らから暴行を受け、丸裸にされてサン＝ドニの森に放り出されているところを保護されるという事件があったときに、その哀れな将軍の風前の灯火になっている自尊心までをも完膚なきまで叩きつぶそうと躍起になるほど風紀に関して情け容赦なかった。

社交かつ文化の場である「パリ文壇」は傲慢で徒党を組み、学者たちをつねに排除してきたが、そこへの参加を試みた学者の名前を挙げればきりがないだろう。しかし、平等主義の一九世紀が与えてくれリショは、画家、音楽家、小説家、詩人といった本来の創作家たちと顔を合わす機会には恵まれるが、そんなときにも自分の衒学趣味や不器用を改めない。

教員が最初の快挙を成し遂げるのは、ドレフュス事件のときである。そのとき思想的エリートのかなりの部分が権利の名のもとに「知識人」連合に結集するが、教員たちはこの連合の積極的なメンバーとなる。こうした団体行動は、以後も散発的に行なわれるが、教員と作家の溝は第二次世界大戦まで遂に埋まることはない。ジッドはパスポートの職業欄に「文人 homme de lettres」と書いている。もし彼に「大使」という肩書――サン＝シモンからシャトーブリアンを経てクローデルに至るまで、フランスで男女を問わず自ら「物書き」をもって任じる者が高く評価する肩書――があったなら、たぶんこの「文人」という比類のない肩書の代わりに「大使」と書いたかもしれないが、もし「大学教授」の肩書があってもそれを使うことはなかっただろう。大学教授などジッドにとっては取るに足りないものに思われたはずだから。文学者の条件は、尊大な独立を自ら誇るということである。医者作家には、デュアメルのような小物もいれば、セリーヌのような天才もいるが、小物であれ天才であれ、彼らがこの兼業を口にするのは自分の私生活を語るときだけだ。公的生活を語るときその話題にふれるのは、面目に関わると思っているのである。

教師たちは粘り強くこっそりと、ポイントを上げていく。ビザンティウムの城壁を数世紀にわたって徐々に崩していったトルコの遊牧民のように、彼らは、これまで決して攻め落としをあきらめなかった「文化人仲間」の要塞を、いまや完全に包囲するに至る。

一九一〇年に、事前の警告もしないまま突然、大学教員は目覚しい勝利を収める。すでに教会財産が世俗化され競売にかけられていたが、ポール・デジャルダンがブルゴーニュにあるシトー会修道院を手に入れ、そこでポンティニーの「一〇日間討論会Décades」を創始するのである。彼は一九世紀の最高の上流趣味を身につけた学者である。一八六四年に彼の妹ルイーズは、皇帝と皇妃に代父母役をつとめてもらって、チュイルリー礼拝堂で洗礼を受けている。また、父エルネストは、ジャック゠ギヨームとカトリーヌ゠アベル゠ジュスティーヌ・ド・ベフロワ゠ド゠レニーとの間に生まれており、ヴィクトル・デュリュイによって設立されたばかりの超一流校、高等研究院でローマ美術を、ついでコレージュ・ド・フランスで碑銘学を、それぞれ教えている。そしてポール本人は、高等師範学校を卒業し、文学教授資格を取り、『ル・タン』『レ・デバ』『ル・フィガロ』各紙の記事で注目されていたが、一八九二年、三三歳のとき、「精神的活動のための連合l'Union pour l'action morale」をパリで設立し、カトリック教徒、プロテスタント教徒、自由思想家、大学人、貴族、さらにはのちに元帥になるリヨテまでこれに賛同させている。

こうした寄せ集めのうちでは、進歩的キリスト教がその主調音となる。進歩的キリスト教がめざす社会の再生こそが、一九世紀をつうじフランスのブルジョワが自らの正統性を主張するために押し進めてきた闘いの左翼側にあって、この闘いの存在理由をなすからである。ブルジョワは、革命期から第一帝政期にかけては戦士としての名誉を掲げる。七月王政期から第二帝政にかけては優雅な物腰が旗印である。第三共和政期になると健康維持の熱意が前面に出る。急に彼らは、「生命の尊厳」を謳い文句に、長生きすることに心をくだくようになるのである。気がつけば至るところから死が人びとを脅かしている。フランスは、シャルル六世治下の暗い時代以来、何度も世紀末の恐怖を味わっている。一三九〇年代、一五九〇年代、一六九〇年代、そして一七九〇年代という各世紀末の一〇年間のことを考えていただきたい。一八九〇年、社会情勢は人びとを戦慄させるに十分である。プロイセンに敗北し領土が侵略されたショックから人びとがほとんど立ち直れない状態で、出生率の低下が目立ってくる。社会は激しく揺れ動き、一八九三年には、権力階級をあざ笑うように六三四件ものストライキが行なわれるが、これはたんなる前兆にすぎず、遂にはゼネストと呼ぶほかないものへと突き進む。人びとの生活態度はたががはずれ、アルコール中毒や梅毒が広がり、精神異常が急増する。さらには退廃的な気分の広がりを証言するかのように、魂の抜けたような表情の人びとが混雑した町にあふれるようになる。

こうした奈落の底で、バレースは超国家主義と戦闘的反ユダヤ主義に光明を見い出す。デジャルダンの場合は、新共和派に属するカント主義者の一人であり、倫理に信頼を置くが、信仰とのつながりを断つわけではない。彼は一九一〇年にポンティニーで、まずは自分があえて参加を呼びかけた作家〔という個性派〕と大学教員〔という公務員〕を接近させることを手始めに、個性派と公務員を結びつける霊的交わりの精神 esprit de communion を発揮して、無垢の信仰を取り戻す。それまで状況をうかがっていたデジャルダンが、この年に好機到来と見て、前年に創刊された『ラ・ヌヴェル・ルヴュ・フランセーズ』誌の扉をたたく。そこにはコネがいくつかあり、ジッドとシュランベルジェが彼の論文をあらかじめ読んでくれていて…――こうした経緯の結果として、ポンティニーでは、それ以前には見られなかった次のような光景が、以後三〇年近くも毎年繰り返されるのである。詩人、小説家、演劇人が、会場の所有者によって招待され、段取りが数ヶ月前から決まっている滑稽なほどフランス的な舌戦に参加して、他人の話の腰を折ることもなく、わきあいあいとした雰囲気で、一流のソルボンヌ大学教授たちや最難関の教授資格試験トップ合格者たちから、哲学と文学の話（歴史や数学の話はない）にじっと耳を傾けている、という光景である。

したがって一九一〇年には、ジッド、彼の義弟ドルーアン、アンリ・ゲオン、ジャン・シュランベルジェ、ジャック・コポーといった『ラ・ヌヴェル・ルヴュ・フランセーズ』誌の創刊チームが、一糸乱れず舌戦に出向いている。この「討論会」は一九一四年にいったん打ち切られるが、一九二二年に再開され、これに全社を挙げて飛びつくのは、「文学的国際《インターナショナル》労働者同盟」の尖兵とでも言うべきガリマール書店である。ポンティニーでは、次のような人びとが、互いに初めて顔を合わせることになる。ロジェ・マルタン゠デュ゠ガール、イギリス人ではバーンズ女史とストレイチー女史、プルーストの発見者であるドイツのロマンス語学者エルンスト゠ローベルト・クルティウス、イタリア人プレッツォリーニ、シャルル・デュ゠ボスとその夫人、アンドレ・モーロワ、ジッドのおかげで一本立ちできた若き映画人マルク・アレグレ（ポール・デジャルダンは、ジッドには行動が制約されるのを我慢してもらう代わりに、ジッドの特殊な性癖（゠同性愛）を認めることを決心する）、ジャン・タルデュー、シュルレアリストのティルロワ、その他にも大勢いる。

学者たちにとって、この「一〇日間討論会」とは第七天つまり理想郷である。共謀しても裏切られる心配がなく、他愛もないやり取りに学問的な香りを嗅ぎつつ、異なる階級が連帯するという陶酔を味わいながら、知と想像界との大いなる交流に立ち会えるからである。自分専用の浴槽を持ち込むのはロジェ・マルタン゠デュ゠ガールだけで、作家も教員もその大部分は、修道院のそっけなさ、居心地の悪さを上機嫌で受け入れる。出席者としてはジャンセニスト、プロテスタント、厳格主義者がほぼ同数ずついるので、ジャンセニズム、プロテスタンティズム、厳格主義が三重になって、禁欲生活を出席者に受け入れさせたわけである。ただ、了解済みのこの禁欲生活にふさわしくないものが一つあった。料理である。世話をするのは、有能でしかも控え目なすばらしい女性デジャルダン夫人で、彼女は、美食によってこの修道院生活に精力を注入するという重要な役を担っているのである。フランスでは一九世紀に、群れなす富裕な大食漢に敵対する反対勢力が存在したことを、見忘れてはならない。この反対勢力は、ポール・ロワイヤルの後継者のカトリック教徒と美食を軽蔑する碩学とからなっており、両者は第三共和政期に合流する。今、二〇世紀の末に頭角を表しているのは彼らの息子たちである。社会科学高等研究院で私が最も好感を持てる同僚たちの中にフランソワ・フュレがいる。彼は、ジャック・ル＝ゴフ、マルク・フェロー、アンドレ・ビュルギエール、ジャン＝ピエール・ペテル、ルッジエロ・ロマノといった、それぞれに程度の差こそあれ、美食家のブルジョワの偉大な歴史を生き続けている人びとに対抗して、食事についての無関心を公言してはばからない。

ポンティニーでは、友情が結ばれ（レーモン・アロンとアンドレ・マルロー）、愛情が芽生え、結婚がまとまる（ラモン・フェルナンデスとマドレーヌ・ショメット、ルネ・ポワリエとジャンヌ・メロ、レーモン・アロンとマルタン＝デュ＝ガールの秘書シュザーヌ・ゴーション）。しかし、ここですばらしいのは、何といっても文化的な会話の健全さだ。これはすぐれてフランス的なジャンルであり、ドイツ、イギリス、イタリアをはじめ他のどこにも類例を見ないものであって、すでに一六世紀に判事や司祭がまとめ上げた技法に、つまり説得のためのレトリックとか人の歓心を買う技術に由来している。

こうした善男善女の全員が、さまざまな仕方で、この新たな雄弁術を用いてはどうか、という勧めを受けた。高等法院長クリストフ・ド・トゥ閣下は、彼らの話をお聞きになったり、彼らにお答えになったりすることを心から楽しんでいらっしゃっていたが、あるとき、雄弁のすべては「自分の演説にさまざまな作家の文章の代表例をふんだんに盛り込むこと」という一点にある、とおっしゃった。これは古代ギリシャ＝ローマの演説家にはおよそ考えられないことだったので、ある日私が、隣りの席にいた友人のデスペス殿にその不満を漏らしたところ、彼は、雄弁術を賞賛し推賞する彼自身の九回目の演説を古代人の流儀で行ない、その後で私にこう語った。「いくつかの文章をつぎはぎして行なった前三回の演説と比べると、今回の演説ばかりはつらかったですよ」と。(23)

いずれにせよ、説教台に対しても法廷に対しても、フランス文化はその負債を文学という自己資本で返済している。つまり信心と法服の世界は、文学の文献引用によって養われているのであるが、のちの時代の政治や医学の世界も、また一般的に言えば、すべての凝った話し方も同様である。イギリスでは上流社会のサークルで文学を談じることはありえない。文学は低俗な話題だからである。ゲルマン語圏の国では、宗教的信仰の土台から離れたところで思想を広めたりすれば大問題とみなされる。思想を広める行為は、ルター教義の痕跡を深くとどめているので、たとえ世俗化されている場合であっても、宗教的な響きを残しており、大学と学者とが堅固な核をなす共同体的決定機関を必要とするのである。フランスでは、思想の広まりがおしゃべりの中に拡散してしまっても、思想の貧困化とか堕落と受け取られることはない。作品とそれを支配する言語の間に、まったく断絶がないからである。作品は、それとはっきり形を取る以前でも以後でも、会話や手紙の中で表現され、新たに作り出されたり作り直されたりする。創作することとはいつでも、製作すると同時に語ることである。

オーソン・ウェルズははっきり言う。「フランス人というのは面白いですね。彼らはいくらでも自分たちの仕事にコメントすることができる。我が国では、そうした才能は悪趣味とされています。

ところがフランスでは、それがひとつの芸術様式になる。私の作品について、なぜあの人物たちはあの扉の後ろを通ったんですかとか、あの扉はカフカの『審判』の扉をイメージしているのではありませんかと聞かれても、私はいつも平凡なことしか答えられません[24]」。

もっとも、シャルル・デュ＝ボスがベレンソンにポンティニーを訪れるメリットについて抗弁の余地のない論拠を提示しているか、怪しいものだと私は思う。ベレンソンは、世間に背を向けた老練なリトアニア系ユダヤ人で、アメリカ合衆国に亡命したのちイタリアに居を定め、その地で商業的手腕とドイツ流の知を発揮している人物であるが、デュ＝ボスは、奔放な言葉とか、知性と食卓との実にフランス的な絆とかのきらめく魅力によって、ためらっているそのベレンソンを「討論会」に参加する気にさせてみせると自負しているのである。

ああ、あなたのような比類のないユマニストをユマニスムがテーマとなる私どもの「討論会」へお招きするためなら、私はどんな努力でも惜しまないつもりでおります。会期は八月二六日から九月五日までの予定で、会場にはジッド、ヴァレリー、モーロワ、ファーブル＝リュス、フランソワ・モーリヤック、ラモン・フェルナンデス、グレトゥイゼン、おそらくT・S・エリオットとエルンスト＝ローベルト・クルティウス、そしてゼゼット[25]と私が参っているはずです（ゼゼットと私は必ず参ります）。あなたをイ・タッティ[26]の穏やかで満ち足りた生活から引き離すことなど、僭い希望ではないかと案じておりますが、万に一つの可能性を信じて、ご芳名をプログラムに記載させていただきますとともに、取り急ぎ次のことを申し添えさせていただきます。大切なのは、少しも形式ばらず、まったく自由な対話であります。しかも、この対話とて、昼食からティータイムまでだけのもので、当然のことながら私的な会話が一番の魅力となるでしょう。この地の美しさについては、私などよりもよくご存じでしょうから、お話するまでもないのですが、フィレンツェを完璧に表現したジッドの言葉を繰り返すならば、この土地には「謹厳なる気品」がございまして、それほど居心地の悪い思いはなさらないかと存じます(27)。

デュ＝ボスは午前中の軽食時間の魅力について語っていない。そこでは、おしゃべりのおかげで食欲にはずみがつき、良質の無秩序の中で参加者たちの魂が一つになり身体が共鳴し合って、皮肉っぽいが感じのよいフランス的なタイプの社交性が、ときに間の抜けたいたずらの色合いを帯びてくる。

或る日の朝食のとき、デジャルダンとブランシュヴィックが並んで座っていた。私が彼らのところへ行って挨拶をすると、デジャルダンがいやに礼儀正しく立ち上がって、こう言う。「レオン・ブランシュヴィックとはお知り合いでしょうか」。するとブランシュヴィックが遊びに加わって立ち上がると、私に握手をしてこう言う。「はじめまして。ポール・デジャルダンの噂は聞いていらっしゃいますか(28)」。

こうした真似のできないおしゃべりの流れに乗って、一九二二年から一九三九年まで、議論が交わされる。詩的霊感と恩寵について。政治における時代錯誤について。自伝と虚構について。必然的な自由について。名誉と時代について。労働者階級を前にしたブルジョワジーの進展について。専門技術と良識について。バロック様式と、民族ごとの還元不能な趣味多様性について。有害な出版について。調停者ゲーテについて。レジャーについて。神的な事柄の玄人としてのヴィクトル・ユゴーについて。国際連盟の再建について。孤独について。素朴芸術《プリミティヴィスム》について。運命について。フランスにおける外国人問題について、等々。

アカデミー会員でコレージュ・ド・フランス教授であり卓越した文献学者ガストン・パリスが再婚した相手がデジャルダン夫人の母であるが、夫人はその母からスリジー＝ラ＝サル城を相続した。一九五〇年、このバス＝ノルマンディー地方にある一六世紀の美しい建造物に、デジャルダン夫妻の娘アーヌ・ウルゴン＝デジャルダンは文化の拠点を設立する。これが一九五二年以降、討論と対決の中心地へと変貌していく。この拠点は、大学と文化が再会する時代に、ポンティニーの系譜を引き継いで、時代の流れに絶えず耳を澄ましてきた自らの活動の、三〇周年をつい最近祝ったところである。彼女の両親が分担していた「会場に対する情熱」と「思想に対する情熱」をウルゴン夫人は一つに結び合わせ、家政にも人間にも気を配り、人の話に耳を傾けて語りすぎず、情熱家として感激屋として人の交歓を後押しするが、積極的参加の姿勢が不足している客には沈黙をもって制裁するなど、厳しい態度に出ることもためらわない。

優雅な人物や弁舌のさわやかな人物には無条件に特権が与えられることを始めとしてデジャルダン流のいっさいが、ここスリジーでも受け継がれている。朝食のときの、くつろいだ中にも学問的な雰囲気がただようところまで同じである。とはいえ、大きく変わった面もある。

まずはじめに、学者にしてみれば芸術家とつきあうことは、驚きを感じることではなくなり、何よりも、名誉なことではなくなる。学者は、まだ文化的な制度の中で絶対的な権力を握ってはいないが、すでにその支配に加わっている。事実、学者は一九四五年以来、文化的な制度に襲いかかっており、それをはばむことなどとても無理である。学者はスリジーに自分たちの習慣を刻み込む。すなわち議論にまじめくさった学術性の雰囲気を刻み込む。デジャルダンが、自らはパスカル的心情を持っていたにもかかわらずポンティニーで巧みに用いた「気晴らし」戦略としてのゲームもレジャーもここでは、やめになる。遅くとも午前一〇時には議論を始め、午後も休みなく議論、夜もときに必要とあれば議論、というぐあいになる。

だが新しい「討論会」の本当の独創性は、行動の相互浸透を実現した点にある。「文化人仲間」は教員たちに応揚な立ち振る舞いの魅力的な手本を示し、彼らをあか抜けさせ洗練させる。四世紀の歴史を持ち、楽しく華やかで情熱と活気にあふれた文学談義、スタール夫人を夢中にさせ、夫人をして「ドイツの重苦しさと比べてフランスが優れている点はここにある」と言わせた文学談議に、教員たちは玄人はだしになって、どちらが本家か分からなくなる。反対に、教員は自分たちの饒舌に創作家をなじませ、彼らに教育をほどこし、彼らに「ソクラテスのように自らの無知を思い知らせてやる」。人びとは非常に驚くべき野合に立ち会うことになる。アカデミズムや学問世界には無縁と自称するすべての者、素養からしても趣味からしてもアカデミズムや学問世界を避け憎む傾向のあるすべての者が、光輝く雑居生活の中に入り込み、こうした野合を楽しんでいる。あの妥協を知らない男、あの孤独好きのセヴェーヌ人、あの植物学者・動物学者の詩人、あらゆる説明的な言い換えをつまずかせる純粋対象を記述するあの男、フランシス・ポンジュは、一九五三年にスリジーに駆けつけ、一九五五年にはここへ何度も足を運ぶ。『授業』によって、あらゆる教育法をうさんくさいものとして提示したイヨネスコは、一九五五年、スリジーでアダモフとオバルディアとともに演劇に関するまじめくさった長広舌に没頭する。『ラ・

ヌヴェル・ルヴュ・フランセーズ』誌編集長マルセル・アルランは、レヴィス侯が第一次十字軍のときに聖母の軍旗を振りかざしたように、ガリマール書店の軍旗を振りかざして、ポンティニー以来のいわば先祖伝来の同盟条約のもとデジャルダン家のこの生産活動に関与している自分の出版社を、スリジーへと導いていく。ただ一九五五年以降はこのデジャルダン家とガリマールの絆は次第にゆるみ、代わりに、あらゆる種類の知的流行の擁護者スイユ書店と、新時代の闘争性を売りものにしながら蟻みたいに動き回るミニュイ書店が台頭する。しかしながら一九七〇年以降、スリジーで公式に作家と学者の結婚を執り行なうのは、最も自立的な出版社の一つ、クリスティアン・ブルゴワの役目になる。それまでの何年間かブルゴワは、おそらくフランス文化の冬の風に吹きつけられたせいで、麻痺状態に陥ることになるだろう。

ウルゴン夫人は、デジャルダン家の伝統を尊重しつつ、この伝統をよりいっそう展開するために全力を尽くす。生物学、情報科学、数学が彼女のレパートリーになる。私の父マックス・アロンは一九六〇年、エティエーヌ・ヴォルフとロベール・クーリエとともに、性欲に関する討論会の議長をつとめる。スリジーに感謝すべきだろう。実際のところ、フランスの伝統の中では、科学——人文領域で用いられる最近の比喩的な意味ではなく、本来の意味の科学——は、文化の領域には属していないからである。一八世紀、科学は文学のラベルが張られないと、文化の領域にすべり込めず、文化のサロンに潜り込めない。傲慢な科学主義の時代一九世紀においても、小説家が間をとりもたなければ、科学は文化と関係を持つことはできない。礼拝堂の中でも遺伝や退化についての知識は得られるが、科学の専門家であるかぎり、文学という閉鎖的な領域には近づけない。ポンティニーで、ポール・デジャルダンは、科学者にはためらいがちに握手の手を差し出すだけで、〔専門研究者からではなく〕科学認識論《エピステモロジー》の権威レオン・

ブランシュヴィックとガストン・バシュラールから物理学についての話を聞くことのほうを好んでいる。これに対して彼の娘は、もろ手を上げて専門研究者を迎え入れる。かつての学者と作家の分離壁の顕著な名残は、いく人かの学者たちが雄弁へ適応できないことくらいである。彼らは、話し言葉が幅を利かせる空間で自分たちの概念を響かせる権利をはるか昔から奪われてきたのである。

12

一九五二年七月末　ピエール・ブーレーズとの出会い

一九五〇年、教授資格試験の筆記試験を終え口述試験を待っている時期に私は、文芸のパトロンとして知られるアンリ・グーアン、イザベル・グーアン夫妻が所有し文化センターとして使われるようになったばかりのロワイヨモン修道院を初めて訪れる。私はアルチュセールから親切な招待を受けて、彼がかわいがっている高等師範学校生グループにくっついて行く。

一九五二年の夏、私はフーコーとともにここを再訪し、客間《サロン》（まだ銀行家、広告業者、実業家などのセミナー用宿泊所にはなっていない）で、大勢の人に囲まれて一人の或る青年が激しい口調で文学を論じているのを耳にする。その青年はもっぱら、前年亡くなったジッドについて語り、彼をののしっている。それは、新しい指導部が前任者を権力の座から排除したことをエレガントに表現するアメリカふうの言葉を用いるならば、まだ「戦利品の行方がはっきりしない」時期である。それはまた、三〇年経って年老い不毛化し時代遅れになったように見えても、一九八四年現在あいかわらず指導的な立場に踏みとどまっている知識人世代がやっと配置につくかつかないかの時期である。

あの、いらついて、ギロチンの刃のように断定的にものを言い、予言者のように自信に満ち、しかも品性に欠ける男は誰なのかと人に聞くと、名前はブーレーズといい、仲間の間では有名で、揺りかごから出るか出ないかで「四重奏曲のための書」一篇とピアノ・ソナタ二篇を発表し、メシアンからピカ一と宣言された人物だという答えが返ってくる。たしかに、一九四五年以降ウィーン派の後継者たることを自認し、特にシュトックハウゼンやクセナキスといったヨーロッパ音楽の精華をフランスに結集させるパリ派が大ブームとなる中、二七歳のブーレーズが自分の将来は約束されていると考えるのも、もっともである。だから、彼はたびたび名誉欲の亡者と思われてきたが、それは当たらない。彼はただ、自分は天才も栄光も独占的主座も授かる運命にある、といつも信じていただけである。

すべてが見直しを迫られる時期にあっては当然のことであるが、ブーレーズはロワイヨモンに新たな案内人を招き入れる。選ばれたのはルネ・シャールとマラルメである。[29] まもなく彼は、この二人の霊にそれぞれ長調の楽曲を捧げる。シャールの古い詩にもとづく「主なき槌」（一九五五年）と、マラルメの有名な詩にもとづく「プリ・スロン・プリ——マラルメの五つの肖像」（一九六〇年）である。

ブーレーズとの接触は、フーコーの文化的旅程表に重大な影響を及ぼす。音楽は、いつもフーコーの弱点だった。フーコーは、言説をつうじて音楽と再会する。フーコーに音楽との仲をとりもってくれたのはブーレーズが初めてで、以後フーコーはミシェル・ファノ、ジルベール・アミ、夭逝したジャン・バラケといったブーレーズ一派と親交を結ぶ。そのブーレーズ一派は、ドメーヌ・ミュジカルの浮き沈みの末に解体していく。

音楽に関してブーレーズは、少なくとも私の前では、自分の好みを語ることはほとんどなかった。ただしドビュッシーについては「いつも火傷させせられた」とか「斬新な技巧のために決して情動を犠牲にすることのない大した男だ」と述べ、ウェーベルンについても「一九四五年に彼から、芸術は世界ではなくシステムに、事物ではなく言葉にすべてを負うているということを知らされた」と言っている。

夜会の終わりに、よくブーレーズは豪華なベッヒシュタイン製のピアノに向かい、パリ時代のモーツァルトのソナタ——もはや私の記憶は定かではないが、いずれにせよイ短調でもトルコ行進曲でもなかった——を演奏した。私はその演奏のことをたびたび思い返すが、いつもリーダー役ないし進行役をつとめる中で、ブーレーズはほとんどモーツァルトに気遣いを示すことはなかっただけに、あの演奏は注目に値する。まるで自分に向かって「楽しんでよし」と認可を下したかのように、彼は突然くつろいだ様子になった。メシアンは構造分析に凝っていたにもかかわらず、授業の中で「モーツァルトについて言うべきことは次のような月並みなこと以外にありません。つまり、ハ調協奏曲（K.467）のヘ調のアンダンテや、クラリネット協奏曲のアダージョ、あるいは「コシ・ファン・トゥッテ」の別離の場面での五重奏は傑出している、ということです」とたびたび言っていたらしい。ブーレーズが、いわく言いがたいもののぜいたくを、めったに自分に許さなかったのは残念である。

13

一九五三年四月　アンドレ・ヴュルムセールとの出会い

現在、ル・クルーゾにある見事な「民俗環境博物館」を運営するマルセル・エヴラールは、一九五〇年代にはリールで画廊書店を営んでいる。私はトゥルコワン高校の学監カンティニオという苦手な男のどなり声を聞きたくなくて、よく、ぶらっと高校を出るとその店にくつろぎに行く。私はそこで初めてポリアコフの油絵を見る。アンリ・デュポン、アリス・デュポン夫妻のおかげで、ポリアコフとはしばらく後に友人になる。このリール人夫妻には私はひとかたならぬ恩義がある。

四月の或る日のことエヴラールの店に行くと、たまたま地階でアンドレ・ヴュルムセールを囲む会が開かれている。彼は『ユマニテ』紙の指導的思想家の一人であり、激情家で、一九五〇年のクラフチェンコ裁判の際に「ロシアを攻撃する者は誰であれ、ヒトラーの側につくことになる」と、きっぱりと断言し、また同じ年に、ソ連が高度に政治的な理由からギリシャの共産党員やレジスタンスを粛清したことを敢えてほのめかしたジャン・カスーを、ごろつきと決めつける。私はいつもヴュルムセールのことを、イデオローグというみっともない服を身にまとった愚か者だとみなしてきた。信念の名に値しないような信念をこね上げただけの存在、理由の連鎖の中にかき消えていく浅薄な思想、大義名分を守るために捧げられる情熱――こうしたものを私は嫌悪する。したがって、そうしたものとは無縁な或る時代の精神にもとづく『ユマニテ』紙の中にいることで、この教条主義者は、自分が救いがたい愚か者であることを証明しているにすぎない。中央委員会から派遣された代表として、ヴュルムセールは或る重大な事件について地方の知識人たちと話し合っているところである。それは、一九五三年三月一五日、ルイ・アラゴンが指導する党の知的機関紙『レットル・フランセーズ』に掲載されたピカソによるスターリンの肖像画の件である。

ピカソは政治局から公式に非難された。世界の真実を暴露したからには、罰をまぬがれないというわけだ。顔が少し歪み、髪がほつれているかにも見え、目つきはいささか陰うつで、口ひげがかすかにけいれんしているかのようなこのスターリンは、多少奇抜な解釈をほどこしてみました、で済む問題ではない。スターリンとは、或る観念と或る特殊な身体とが合体する場としての歴史であり時局のことだからである。この決定的に重要な顔を歪めることによって、ピカソは、相手の顔を汚せばそれでその相手を糾弾したことになるような単なる道徳的なテロ行為にのめり込んだのではなく、厳密に言えば、革命社会および自然の――この両者の――法の外に、自分の身を置いたのである。

しかし、絶対誤ちを犯さない目で、違反を摘発することなどできるのだろうか。ピカソが描いたのとはまったく違う顔・ひげをよく知っていると私たちが思い込んでいる偉大で高貴なスターリン、そのスターリンの正確な顔立ちを自分は見て取っていたと絶対に言いきれるだろうか。むしろ芸術家ピカソのまなざしによって、外見の下に、外見そのものを生み出したほんとうの原動力のようなものが見事に見抜かれたのではないか。

この点で、ヴュルムセールの態度はきっぱりしている。哲学教授資格を持つフェデルブ高校の若い教員で、その抜きがたいほど素朴な正統的共産主義信仰にもかかわらず、私が好意を持ち続けているミシェル・シモンや、この種の論法を用いられると動揺し始めるミシェル・フーコーを前にして、ヴュルムセールはこう宣言する。「フランス共産党書記長トレーズによって有罪宣告された以上、あの肖像画は自滅している。自らの過ちのせいで、あるいは結局は同じことだが、自らの害毒のせいで死んでいるのだ」と。他のあらゆる問題と同様、美学の問題においても、労働者階級の民主的な——それ故、科学的な——化身である共産党書記長には誤ちを犯すすべがない、というわけである。

14

一九五三年六月　フランス精神分析学界の分裂

革命になじむ月というものが存在する。五・六・七の三ヶ月、そのうち六月がピークである。たとえば一七九三年六月二日には、山岳派がジロンド派と決別し、恐怖政治の発端となる。一八四八年六月二三日から二六日にかけては、パリ六月蜂起が起こり、血みどろの鎮圧が行なわれる。そしていま、スターリンの死後三ヶ月も経たない一九五三年六月一日、東ドイツで暴動が勃発する。一七日には、ベルリンが大混乱になる。公共の建築物や党本部が数万人の労働者によって襲撃され、それをただちに民兵が鎮圧する。

その前日の六月一六日、パリでは過半数によって信任を拒否されたラカンが、すみやかに会場から退出し、「パリ精神分析協会」会長の席をあけ渡す。ラガシュ、フランソワーズ・ドルト、ジュリエット・ファヴェ＝ブトニエが、「フランス精神分析協会」創設を告げる。ラカンは、詩人ピエール＝ジャン・ジューヴの妻であるブランシュ・ルヴェルション＝ジューヴとともに、これに賛同する。

ことの発端は、ナシュト、セナック、マール、ルボヴィシ、ディアトキーヌ、パシュ、そしてシュランベルジェといった「師たち」に対する、若者たちの反抗である。若者たちの反抗は本質的には、一九五三年三月五日に精神分析医の養成および教育を目的として開設された「精神分析研究所」の、支配的グループによって打ち立てられた専制的な体制に対する闘いである。この「研究所」は、複数指導体制の「パリ精神分析協会」から直接流れ出たもので、「協会」との関係を維持し続けるが、この関係が少数派から追及されることになる。「研究所」ではナシュトが君臨し、細ごましたことを禁ずる抑圧的な規則を発表して学生を小学生扱いし、学生に心ない差別や許しがたい経済的圧迫を加え、すでにきちんと守られていたことの遵守をあらためて要求したため、導火線に火がつく。学生たちは不安を覚え、情報の開示を求めるが、この暴君に冷淡に追い払われる。一九五三年五月一五日、怒りが爆発し、ジェニー・ルディネスコが、ナシュトへ、そしてまだ「パリ協会」会長であったラカンへ公開質問状を送りつけ、その同志の学生たちもすぐにこの公開質問状を支持する。一九六八年の五月革命の先駆けとなる「五月革命」である。

はじめのうち孤立していたいくつかの中核グループが集まって学生側の抵抗運動が構成されていく。この抵抗のそうした自発的な性格が強調されるべきである。私たちの解釈によれば、この抵抗は節度あるかたちをとってはいるが、憂慮すべき権威主義、恥ずべき権威主義の風土に対する挑戦的な応答とみなされねばならない(30)。

三〇年後、この事件についての関心の対象は、怒れる学生たちと思いやりのある教員たちから、いわばさまざまな出来事のクライマックスで身を引いたラカン博士その人へと移る。すべての人が浮き足立っているときの彼に注目していただきたい。彼は内部対立が深まる「パリ精神分析協会」の会長から退き、再起を期しながら、配下には勝手に行動させておいて、ひと戦さ終わってから彼らと再び合流するのである。自ら中心となって陰謀をめぐらしておきながら、自分はその陰謀に片足をつっ込んでいただけだと言い張る。彼とその一味の関係はどっちつかずで、仲間の言い分は彼の言い分とくい違っている。紛争の間ずっと彼の影がちらついているのだが、彼自身は紛争から遠ざかったところにいる。騒ぎの中で彼のことが話題にされず、彼自身のほうも騒ぎに見向きもしないときでさえ、彼はその騒ぎにちゃんと先手を打っている。絶対の忠誠を誓った臣下とでも言うべきドルトを除けば、ほかのベルジュ、ラガシュ、ファヴェ＝ブトニエは操り人形であり、ラカンが自らの主導権を確保するためなら臆面もなく手放しかねないダミーにすぎない。

ラカンは戦前、鏡像段階とか家族に関する何本かの論文や、パラノイアに関する博士論文を書いていたため、一九五〇年代にはすでにかなり有名である。彼は二〇年来、ジョルジュ・バタイユのサークルに参加している。バタイユはラカンを前衛文学へ、さらには自宅へと招く。そのバタイユ宅でラカンはバタイユの妻シルヴィアを誘惑する。彼女はジャン・ルノワール監督の「ランジュ氏の犯罪」や、とりわけ「ピクニック」で有名になった女優だ。ラカン博士の妻になった彼女は、彼に二人の義兄弟〔姉妹の夫〕を持参金としてもたらす。一人はアンドレ・マソン。ラカンはずっと以前からシュルレアリストに近づきたいとうずうずしていたので、マソンと結びつく。もう一人のジャン・ピエルは、それほど華々しさはなかったが、それでもやはり、バタイユの死後『クリティク』誌の編集責任者となり「文化人仲間」の中でミニ独裁を行なう。たえずラカンは、思想家たちのほうへ、特に、思想の中で抜きん出ている人びとのほうへ走る。この偉大な精神は自律したためしがなく、ニーチェがいう「星辰の友情」

によって結ばれた人びととは大違いの、流行というお墨つきに――いや少くとも既成価値に――とらわれた綺羅星たちの中でなければ動けないのである。
だが「パリ精神分析協会」が再編成され会議が再開されたとき、ラカンは会長に選ばれたにもかかわらず、たちまち反動的な多数派から、協会の存在を根本から脅かしているという嫌疑をかけられる。ラカンが告発された理由は、〔学生のような〕脆弱な精神の持ち主たちを扇動したというより、むしろそうした人びとに暗々裏に有害な働きかけをしていたことである。

パリ精神分析協会において、六月二日、ラカンはセナック博士から、いささか劇的な非難文書を突きつけられた。その中には、さまざまな不満がはっきり述べられていたが、その核心は、弟子の反抗の原因であった。「この抵抗は権威主義に対する反発であり、教師側からのいかなる〔扇動的〕働きかけとも無関係に生じた」（私〔＝ラガシュ〕はそう確信するし、誰もこれに反証を挙げることはできないだろう）というラカン側の反論に対して、セナックはまったく返答することができなかった。〔ラカンを告発する〕権威側の一人は、次のようにさえ言った。「たとえラカンがこの紛争をあおったのではなかったとしても、彼には、彼自身が存在しているというただそれだけの理由でこの一件に責任がある」と。[31]

いささかの疑いもなく、ここでは旗色の悪い告発者のほうが正しい。一九五三年時点でラカンは、吹き荒れる冬の風に陶然となっていた若者たちをとりこにしている。このとき五三歳の彼の冗漫な言葉は、その著作とは対照的である。彼のゼミナールはすでに有名になっている。この頃、言葉が事物に対して優位に立ち始め、その後今日に至るまで言葉の優位は揺らいだためしがないが、そうした〔危機的状況の〕中で、詩情――とは言っても実態は、マラルメとシュルレアリスムが無意識的《レミニサンス》に借用され混ぜ合わされたもの――が知を包囲するといったかっこうのゼミナールでの言説は、ほとんどが「小インテリ」からなる聴衆を安心感で満たしているのである。

熱狂的な理論家ラカンが、苦痛と病気という現実を卑俗なものとみなし、精神分析の治療を健康回復プランから遠く離れたものとみなしたとしても不思議はない。彼の態度は、一八世紀から一九世紀に変わる頃のフランスの一般医 praticiens の態度に似ている。その頃の一般医にとっても病気からの治癒は、「臨床的方法」のたんなる副次的な結果にすぎない。したがって現在、一回四五分と取り決められた分析時間を数分に切り詰めるよう〔患者が〕求めて、医師を相手にたえず起こされている訴訟は、救いがたいものに思える。「分析医と患者が出会う診療時間は、主体性の領域――ましてその主体性の気まぐれの領域――には属さない〔理論〕システムの豊かさをいささかも損なうものではない以上、切り詰められるはずだ」と言うのであるから。

おそらくこうした「最小の経験 minimal experience」は、第一次世界大戦以降、西欧精神全体を侵し第二次世界大戦後に絶頂に達する〔芸術の〕省略表現 représentation de l'ellipse の中に刻み込まれている。すべては音楽の領域で始まる。音楽において、〔空間的〕「小ささ」が〔時間的〕「短さ」と結びつくのである。シェーンベルクの作品ではさまざまな形式が単純に凝縮され、ウェーベルンの作品では簡潔さが模範となる。トランジスタ・ラジオの時代に、ミニチュア化は順調に進む。私が最も感嘆している芸術作品、絶望しきることなくこの氷河期を私に生きさせてくれた作品も、最小原理に従っている。イヨネスコの『授業』はちょうど四五分で終わり、ベケットの『クラップの最後のテープ』もほぼ同じ長さだ。

ジャコメッティが彫刻をほどこした素材は、まずそれ自体に向かってちぢこまり、次に虚無から傲然と立ち上がってくるように思われる。ニューヨーク近代美術館にある作品群のうちの三体のかぼそい人物は、空虚な空間を包み込みながら、絶対的な不在の中で疑いようのない存在感を示している。

このように私たちの知覚は細分化され、野心は抑制され欲望は貧弱になる。私たちは、厳寒期に自分の知覚・野心・欲望を動かす燃料を節約するために、そうしたものそれ自体を小型化し持ち運びが容易になるようにと心がけているのである。最近開催されたすばらしいビザンティオス展[32]で私が驚いたのは、全面的に改造がほどこされたひとつの世界の中でのオブジェの節約、つまり侵犯者であり周縁人であるはずの画家による物不足状況への譲歩である。

しかしラカンの技法は、こうしたミニマリズムにではなく、むしろアメリカの「ミニマル・アート」、つまり実在を造形的に衰弱させ「生きられる現実」を粉末化する技術につうじ、とりわけ、いま私たちの身の回りに広がり現代文化からまともな時間感覚を奪う撹乱技術につうじている。だから現代文化は、私たちが一日中、街を歩いていても仕事をしていてもテレビを見ていても、雨つぶのように浴びている儚いイメージを引き受けつつ、それと同じ仕方で、七時間にも及ぶ大スペクタクルを、いやな顔ひとつ見せずに引き受けるのである。

15

一九五三年　アラン・ロブ＝グリエ『消しゴム』[33]

ロブ＝グリエは創作者 créateur ではない。創作者という言葉には、「虚無から存在への大いなる跳躍」「起源」「生成」といった語義が含まれているが、これらの語義は彼の作品には当てはまらないからである。彼は啓示者 révélateur であり、そのかぎりで、彼の世代のうちで最も重要な作家の一人だ。重要なのは、ただ啓示者であるかぎりにおいてである。文学的観点からすれば、彼は面白味に欠け重要性を持たないように私には思える。

ロブ＝グリエは時代の風が流行の大嵐となって吹きまくる以前に、その方向を言い当てる第一人者である。一九五三年に彼は、現象の尺度を一新し、現象が抱えている内容という重荷を取り除いて、目に見える外観の薄い皮膜だけを残してやり、そうして軽薄になった現象を、時代遅れになったのにあいかわらず小説の舞台を占拠しているもの——人間、登場人物、意識——の代わりに置いて将棋の駒のように操作する。ここには、一九五〇年代にいつのまにか徐々に形成され、一九六〇年以降広く実用化されるショーウィンドー空間の驚くべき予見がある。商品であふれるこの空間が、商品を陳列することによって自己否定する世界をしっかりと支えるのである。

たしかに数世紀来、眼は人びとの関心が集まる器官であり、ジョルジュ・バタイユからラカンを経てメルロ＝ポンティまで、眼が重要な地位を占めるようになって久しい。一九三六年にラカン博士は、その最も断定的な著作の一つの中で、眼に「私たちの自己同一性を鏡の中で練り上げる」という大げさな使命を与えている。だが一九五三年までは、視覚を主観から完全に切り離そうとするような大胆な者はいない。メルロ＝ポンティにおいては、眼は主観の座であり仲介者である。つまり眼は、主観の志向性によって物質の中に放り込まれ、そこに沈み込んでいる。ところが今やロブ＝グリエとともに、小説『消しゴム』――筋書きは省略し端役を上げれば、殺人者と調査官という二役を演じるワッツなる人物、被害者デュポン、一〇八のうろこを持つ蛇ウロボロスが登場――の中で、情景は形式化され、さまざまな対象が旋回し錯綜し連接する場となる。この小説のうちに密度や深みを探し求めてはならない。対象を表面に――奥行きの次元なしに――並べ、ひじょうに綿密に――ほとんど綿密強迫的に――記述することによって、この小説の言説それ自体は、細部一つ一つにしっかりつなぎとめられ、現存在を排除する様式、いうなら無重力状態を表現している。

ロブ＝グリエは、こうした材料を、それらの材料の内容の無さ故に使用しているのである。バルトは一九五四年四月、『ラ・ヌヴェル・ルヴュ・フランセーズ』誌に掲載された『消しゴム』を論じた文章の中で、消しゴムはいかなる機能も持ちえていない、と指摘している。消しゴムの道具性は一つの意味ではないか、と言われるかもしれないが、そうした意味は、消しゴムなど眼中にないときに初めて存在しうる。サンドイッチ（たとえばデュポンが消費するそれ）は食べるために、橋は渡るために、消しゴムは字を消すために作られるが、作者の眼差しは、目的論的形而上学にだまされない。彼の眼差しは道具としての対象に集中的に注がれ、対象からその役割をはぎ取り、対象を延長へと還元する。たしかに、当の対象は決して自らの延長から外へ出たことはなかったわけである。「対象の機能は見せかけにすぎなかった。眼がとらえる対象のたどる道筋こそ、ほんとうの現実である。対象の人間性は対象の使用の彼方で始まる」。

いったい、どんな人間性 humanité のことを言っているのか。ロブ＝グリエが立脚しているのは、人為的技巧 artifice という意味での人間性である。彼はブリュス・モリセットに語る。「はじめはレーモン・ルーセルの構成方法に従って、作品の筋立てをウロボロスのうろこの数である一〇八の要素に分割したかったのです」と。ルーセルという偉大な人物が、現代において行なった没収と横領の実践については、後で立ち戻ることにしたい。だが、ここでただちに次のように明言しておこう。ロブ＝グリエの作品には、『ロクス・ソルス』『アフリカの印象』『額の星』といったルーセルの作品を、直接であれ間接であれ想起させるようなものはまったく何もない、と。ルーセルのペン先からは、度はずれた歴史、ジュール・ヴェルヌやポンソン＝デュ＝テライユの模作、デリーを始めとする甘さを売り物にする小説家たちの偽作が生まれてくる。マルシアル・カンタレル〔＝『ロクス・ソルス』の登場人物〕や、トレゼル氏〔＝『額の星』の登場人物〕のたわ言に私は――サン＝シモンふうの表現を用いれば――おかしくておかしくて思いきり吹き出してしまう s'épouffer de rire。だがロブ＝グリエの作品のほうは、私はかなり努力したつもりだが、たった一ページの中で何度となく退屈させられただけであった。

それはそれとして、ロブ＝グリエの崇拝者の先頭に学者たちがすぐに立ったことも容易に理解できる。現実から遊離したこの言説、意味を奪われたイメージに調子を合わせて語られるこの言説は、「原典解釈 l'explication de textes」――もともとは仏文学部の入試科目であったものが各種の大きな選抜試験に採用されたために高校や中学の低学年にまで広まっている――にとって格好の材料である。ロブ＝グリエの作品においては、すべてが整然とし明晰だ。深みのない言葉・対象の間で、すべてが表面的に整理され調整され構成されている。文明・歴史・主体というあの文学教育の十字架、つらい重荷が取り除かれる。とりわけ主体については、実証主義的な教員は味気ない逸話を語ることによって、最初に仮定された真理を再構成するだけである。しかし衒学者たちにとって最も心地よいのは、〔世界を股にかけた〕巡回教員としてのロブ＝グリエ自身である。当時の読者には思いもつかなかったことのはずだが、実はロブ＝グリエは農学部出身の職人・肉体労働者であり、国立統計研究所の特派官吏、熱帯野菜・果実の専門家であって、モロッコからギニアへ、ギニアからアンティル諸島へと奔走し、かなりの変わり者だが感じのよい話好き、陽気な楽天家、大食漢で、やがて地球上のさまざまな地域に一跳びで赴き、その地で自分の作品について、また、自分の手法に従っていると彼に思える非凡な作品について講義をするようになる。

ロブ＝グリエが文学に入る以前の仲間[34]の中には、韜晦の霧にかすむロブ＝グリエの精神を鋭く嗅ぎ取って、大胆な解釈を提出する者もいる。すなわちロブ＝グリエの小説技法も理論的な批評も教育的情熱もいっさいは、或る途方もない喜劇から生まれたものである、と。だが不幸――あるいはロブ＝グリエの幸運――は、その喜劇が深刻の時代の真っ只中で開花していることである。この時代にあっては、生まれつつある「見せかけ《シミュラークル》」の文明によって、虚妄を好む傾向が度を越してあおられる。ロブ＝グリエの冷やかな作品には、一点のユーモアもない。記述は、どんな他愛もない出来事をも、その残り滓に至るまで消し去る。『消しゴム』においても、そっけない文章の下に張りめぐらされた推理小説ふうなぼんやりした筋立てに沿って、出来事が追い払われている。一九五五年の『覗く人』では、ロブ＝グリエによって、人間を諸事物の間でいささかでも孤立させ特権化するような要素は、すべて一掃される。彼は、文字どおりの無、全き無を考え出す。無気力、無感動の無だ。ニーチェの無は戦略的である。無の地平が敵を包囲しているからだ。ベケットの無は、絶頂に達した解体で満ちあふれている。この無意味の過剰から意味がほとばしる。自然と同様に言語においても崩壊は多産である。言語表現不可能の空白の極点で、衝撃的な言葉が発せられるのである。ところがロブ＝グリエにおいては、無はもはや凍結さえも生み出さない。ここでは、冬の凪は氷の融解温度、つまり筋書きの零度をもたらす。バルトはきわめて適切にも、この筋書きの零度をマナに関連づけている。マナとはレヴィ＝ストロースの言う社会のゼロ類型のこと、「社会システムの現存在の前提条件を導入すること」以外の特性を持たない制度形態のことである。「当該社会システムに帰属するそうした前提条件の現前——これ自体は意味作用を持たない——によって、その社会システムは自らを全体として誇示できるようになる」(35)。一九五〇年代に象徴的な領域の至るところから、少しも膚を刺さない寒気とか蒼ざめた白といったもののモデルが、どっと吹き出すのである。

この異常気象にあって、驚かずにいられないのは、最近のプランナー concepteur ——この言葉のほうが、時代遅れの芸術家 artiste という言葉よりピッタリくるように思える——たちの妙に落ち着き払った尊大な態度、さらに言えば楽観主義を装った態度である。ロブ＝グリエこそその一人で、彼は臆面もなく、想像界を再発見した先駆者気どりでいるが、そんな想像界は化膿した現実に消毒液を引っかけただけのものである。

論争があるにしても、それは教科書的で取るに足りない。エジプトのファイユーム〔六〕の現実を、けばけばしい彩色画に描かれた現実に置き換えて議論しようと言っているようなものである。ロブ＝グリエには、イデオロギーに関して、何でもいっしょくたにしてしまうという厄介な傾向がはっきり認められる。彼は衰弱したリアリズムに対抗しつつ想像界の体制を確立することによって、自分で追い払ったばかりの覇権主義的主体を復活させる。対象を「現‐存在〔＝そこにあること〕être-là」と定義することによって、彼は自分では気づかずにフッサール流の本質主義、世界に立ち戻る現象学を称賛する結果になる。自ら拒否する諸価値を自ら背負い込む時代、たとえばラカンのように主体にうわべだけの領分を与えつつ主体を切除する時代、シャボン玉を信ずるように記号を信じている時代――こうした時代が孕む矛盾を、ロブ＝グリエは、その時代に先立つ一〇年ほどの間に繰り広げてみせるのである。

16

一九五三年

ロラン・バルト『零度のエクリチュール(36)』

精神が冬ごもりに入ると、文章表現《エクリチュール》にそれが反映する。文章表現がみるみるうちに冷えきってしまうのだ。はじめて記号の体温を測定したロラン・バルトの功績は、計り知れない。

一九五三年、バルトは三八歳、ほとんど無名に近い。一九四七年から一九五〇年にかけて『コンバ』紙に掲載されたいくつかの論文を加筆修正したこの『零度のエクリチュール』という著作が彼のデビュー作となる。出版と同時にバルトは『クリティク』『テアトル・ポピュレール』『レットル・ヌヴェル』といった最先端の雑誌に寄稿を開始し、一九五四年から一九五六年までに『神話作用』の大部分を掲載することになる。

ブランショが歴史と出会うのは、たったの一度、恐怖政治という一種の「公現祭 épiphanie」のときだけである。それは、文学がサド侯爵をつうじ絶頂に達したとたんに奈落に落ち込むという絶対的な出来事であった。これに対し、バルトの場合はいつでも時代を気にかけている。彼は陰鬱な存在論より、最新の活動形式のためのベースとなる知識社会学のほうを好む。

古典主義時代には、「問題」となるようなことは一切なかった。演劇、雄弁、市民秩序、社会諸階級といった言葉の意味は、すべて明快である。古典主義時代が終わる一八世紀末に、危機がくっきりと浮かび上がる。大革命が世界を幾重にもなった闇で包み、突然シャトーブリアンの作品において、言説が自己愛の噴出――つまり大がかりな演出と熱狂的な陶酔の対象――となって実現されるのが見られる。そうした危機はフロベールとともにエスカレートする。ブルジョワジーは、文章表現の中に闘いと反抗の場を発見する作家をはねつけるのである。しかし生産者が主権を握るに従って、生産物は生産者の手から離れていく。テクストは作者が投ずる賭金の用をなしながらも、その賭金は作者の手をすり抜けていく。あと作者にできることといえば、テクストを端的に否定することだけだ。マラルメが一種の殺戮行為をとおして行なうのが、それである。

こうして文学が自分の原動力――つまり専門家と素人が協力して作り上げようとしていた無垢な話し言葉――を完全に打ち砕いてしまうには一世紀もかからなかった。いや、まずその壊滅作業に文学が没頭するようになるまでで言えば、七〇年もかからなかったのである。

もし芸術作品の死滅が、無意味な諸体系の中へ集団的感性が徐々に埋没していく事態を反映しているとすれば、マラルメの後で創作したところで何になるのだろうか。本を書きながら「自分が創作したのは空虚であり、その空虚感の中に、この空虚を出版者に託しに行こうという動機を見い出した」などと宣言するような物書きは、何と手の込んで倒錯した遊びに興じていることか。おそらく、文明の絶望を我が物として受けとめ、その絶望を白日の下にさらけ出す芸術家は、文明に対して忠誠を示していると言うべきなのだろう。芸術は暗殺され、体温零度の状態で冬眠という冒険を続けている。日本人は見かけにごまかされることなく、バルトのこの著作の翻訳に『文学は冷え込んでいる』という説明的なタイトルをつけた。文学が自らの断念を説明するために用いている「白い文章表現」「中立的な文章表現」という言葉から判断して、文学はこの凍結状態を甘受している。こうした文章表現とはいわば「作家から乳離れさせられた文章表現」であって、新しい社会は自分なりの匿名の言語様式を自ら作り上げるが、あいかわらずそこには天才作家を気どる連中が口を差しはさむ余地がいくらでも残っている。

ロラン・バルトのこの試論の中のすべてに私は深い悲しみを感じるが、あとで振り返ってみると、私にはすべてが確かにそのとおりだと思える。こののち支配階級のイデオロギーの公的表現の場となるのは、デュトゥールやヌリシエの作品でもエーメ、ニミエといった最も優れた作家の作品ですらなく、禁欲の理論である。現代の技術家世代が、「生きられる現実」の訴えかけや厚かましさに抵抗する義務を負うからだ。この世代にとっては、抽象概念《アブストラクシオン》が心象風景の代わりとなり、形式的手続《フォルマリスム》が伝達手段の代わりになる。「白い文章表現」という生ける屍は、集団的享楽が公式に地下牢に放り込んだタブーには活力と今日性が備わっていることを、知識人たちによる寡頭制という非公式のルートをつうじて明らかにする。身体を享受する権利が機械の性能にならって主張されるようになると、すぐさまブルジョワジーは、自分のもとにまだ残っていたピューリタン的要求という資本を芸術に投資する。「中立的な文章表現」の政治的調整能力を言語道徳の要請に応えるものとしてはっきり提示するのは、バルトが初めてである。つまりバルトは、象徴的実践の贖罪的役割を最初に意識した。象徴的実践が、社会の表層で見苦しいまでに猛り狂う欲望の激しい力を、言説の秘教的な空間のうちに押さえ込むのである。

バルトは、ジッド、サルトルと同様プロテスタントである。一九世紀末から二〇世紀末までの間に、この三人はいずれもフランス文学の中で最先端の位置を占めている。プロテスタントの割合を考えると、これは注目に値する現象である。一九八四年現在、フランスの国内人口五二〇〇万人のうちカルヴァン派とルター派は、合わせて八〇万人しかいないのだから。しかしジッドは、ついで――ジッドに近いところから――サルトルも、自然から神秘的要素を払拭しようと努める。これに対して、ユグノーの原理にもっと忠実なバルトのほうは、誘惑と闘うための十字軍を仕立てる。〔ユグノーの〕厳格さが方法へ高められ、倦怠が認識論的威厳へと高められて、『零度のエクリチュール』はきわめて晦渋な言い回しで表現されることになる。しかし少し後の『神話作用』になると贖罪の意気込みは、バルト性来の生の歓喜をもはや完全に抑えつけるわけではなくなり、さらにのちの『サド、フーリエ、ロヨラ』や『記号の帝国』でも厳格主義が、この氷河期にあって明らかに最も刺激的な思考のひとつであるバルトの思考の躍動を封じ込んでしまうことはない。今のところバルトは妥協のないはっきりした態度で、大いなる抑圧の開幕を告げつつ「文体とは私たちの筋肉と血から臭気のように発するもの、私たちのおぞましい生物性が言葉の中に流出したものである」という冷徹な指摘を行なうに至っている。だから、この文体という魔物のうちの淫欲を未然に押さえ込み、表現のかたちを、マヒ状態に陥っている世界と釣り合うようにしなければならない。「イエス・キリストの受難」という二〇〇〇年来のイメージにおいては、死は創造の叙事詩の中の一エピソードにすぎない。バルトはこのイメージの代わりに、「無限に続く停留地から停留地へと亡霊たちがひきもきらずそぞろ歩く十字架の道」というイメージを提示するのである。

17

一九五三年一二月　「ドメーヌ・ミュジカル」の創設

ブーレーズは、デカルトが語ったような「暖房のきいた部屋に〔七〕」じっと引きこもっているような若者ではない。朝から晩まで、彼は支配的な文化的モデルに毒づいている。もちろんこれは、人を煙にまき欺く見事な手管である。象徴的覇権を握っているのは、実は彼とその友人たちのほうだからだ。その証拠に、彼の挑発に乗るかたちでジャン＝ルイ・バローはマリニー劇場でのコンサート開催を承諾し、文芸の庇護者シュザーヌ・テズナ夫人は熱心にそのコンサートを支持する。

ブーレーズはかなり若いうちから、美的な十字軍気どりの背後に、彼以前の音楽家にはめったに見られないたいへんな権力欲を抱いている。一九世紀まで音楽家は、自分たちの雇用主の多かれ少なかれ気まぐれな権力に従属している。コロレドやエステルハージに代表されるような、こうした気難しいパトロンがふつうであって、ラ＝ププリニエールのような温和な庇護者は、むしろ少ない。ベートーヴェンはこうした恥辱に満ちた関係を払いのけ、私的援助を受けることを創作者の権利として堂々と要求する。リヒノフスキー皇太子、キンスキー伯爵、ルドルフ大公という三人の貴族から無償給付されていた手当が所定の期日に届かないと、ベートーヴェンは眉をひそめる。その後、文筆家の世界ではマルクスがエンゲルスを相手に、ジョイスが多くの出資者を相手にといったぐあいに、ベートーヴェンの教訓を生かしてしっかり援助を得ているが、これとは反対にロマン派の作曲家はいずれも社会情勢に翻弄されて物乞いになるか、社会情勢を黙殺してダンディーになっている。たしかに、行動センスと政治力をあわせ持つヴァグナーがいる。だが経歴だけを比べても、ヴァグナーはブーレーズとは全然違う。ヴァグナーの場合、人生は落とし穴とつまずきの連続であり、バイロイトにおける劇場の完成まで彷徨が続くのに対し、ブーレーズの場合はさまざまに優遇された後にすべてを手に入れている。ドイツへのブーレーズの逃避行と、リヒャルト・ヴァグナーのパリへの亡命は似ているが、それは見かけにすぎない。ヴァグナーは悲嘆の連続、ブーレーズは大成功の連続なのだから。

現代の作曲家の伝記——ドビュッシーやバルトークの実生活、あるいはヴァレーズ、ストラヴィンスキー、(世捨て人気質とは程遠い)シュトックハウゼンという三人のウィーン人の人生——を実際にいくら調べてみても、ブーレーズが示す支配欲、管理欲、(はっきり言うと)権力欲のようなものは、まったく見つからない。数々の名誉に恵まれ、国際的なオーケストラの指揮者となり、アメリカで認められ、日本からラブ・コールがかかり、五〇歳でフランスに戻ったブーレーズは、ポンピドゥー・センターの「音楽研究創作学院」の長となり、コレージュ・ド・フランスに戻り、至るところで君臨し、いっさいを支配している。

少なくとも一九五〇年代には、このブーレーズの野心は、それまでフランス文化とまったく縁がなかったような音楽をフランス文化の領域に初めて導入するという、喜ばしい結果をもたらしている。[37] 私が司会をつとめたまったく非公式の或る討論会で、理論家たちの議論が激しく交わされる中、ミシェル・フィリポは、フランスでは文学的言説が慢性的に音楽を押しつぶしてきたが、音楽家自身がその共犯者であった、と指摘する。その結果として、どれほどのことが起こったかについて、出席者たちは刺激的な考察を提供してくれる。

ジャン＝ピエール・ペテル――［…］偉大な音楽家たちを輩出した社会は、同時に、伝承芸能や民衆音楽が自らのステータスを維持し、今日なお著しい活況を呈している社会です。ある意味でシューベルトは、集団的なお祭り騒ぎのようなものを呼び起こす天才ではないでしょうか。［…］イタリアにおいても同様に、オペラのアリアは街の歌から生まれ、完成するまでにおびただしい数の要素を取り込みますが、それでも街の歌という生き生きした根から切り離されていないように思えます。逆にフランスでは、周知のように、伝承芸能や民衆音楽の伝統は徹底的に抑圧されてきた。［…］数多くの古い文献（家長日誌、回想録など。あるいは、たとえばノエル・デュ＝ファイユの『田園閑話』）は、一六世紀フランスの田園地帯の至るところで、機会があるごとに人びとが歌い踊っていたことを証言しています。それは、労働と苦痛の重苦しい大地――ときに恐怖に満ちた大地――の上を、さっと通り過ぎる花、音楽と舞踏の花、幸せな気持ちにしてくれる花ですね。一八世紀末には、まだそうしたものはいくらか残っていましたが、徐々に消えていきます。当時フランスを訪れたイギリス人アーサー・ヤングは、旅館でも乗合馬車の中でも、どこへ行っても実に「フランスふうな」、つまりはパリふうの小唄《シャンソネット》しか聞こえてこないのでいらいらした、と述べていますす。要するに、刺激的な口説き文句や政治的な冗談・風刺が、月並みなメロディーに乗せられて歌われていたわけです。この頃から「民衆的 populaire」という言葉は、「サロンの下手な模倣」とか

「新聞記事の二番煎じ」を意味するようになります。[…]

ジャン＝ポール・アロン――私たちの話は、文学的で基準重視の référentiel ひとつの文明――つまりフランス文明――の音楽に対する関係に及んでいます。富裕な者が、同じ家系にあって貧しいくせに威厳だけは保とうとする身内を扱うように、この文明は音楽を丁寧な態度で冷遇する。音楽がフランス文明から受けた扱いは、一九世紀に、結婚しない娘たちが忍従と貞節を強いられ、痛ましい運命を余儀なくされたのと似たようなものです。できれば話題を、話し言葉のほうへ、またフランスにおける言葉への音楽の従属とか、叙情的朗唱法 déclamation lyrique とか、ラモーやリュリにおける歌唱理論のほうへ戻したいと思います。[…]

ロジェ・ケンプ――音楽に関する国王公開状は、「フランス語の詩句であれ他の何語であれ、古くからあるどんな詩作品も音楽として」歌わせることを万人に禁じ、違反者は一万リーヴルの罰金に処すと定めています。声音を二つ以上、バイオリンを六つ以上使うことを役者に禁じている一六七三年の勅令もあります。このような特別扱いと封じ込めは[…]何を意味するのか。奔放な音楽は、私たちの世襲財産にとって命取りになりかねない、ということではないでしょうか。[…]音楽は話し言葉に従属しなければならない、とリュリは主張しています。この主張にもとづいて彼は、イタリア・オペラの全体的枠組みを保持しながらも、レチタティーヴォとアリアの役割を逆転させます。アリアとは、それなりに入念に仕上げられた音楽的形式に則る感情表現、情動表現でした。オペラの筋立ての軸をなすレチタティーヴォは、作品をのびのびとしたものにするために、ときどき中断されました。イタリアではアリアは、省略されることの多いレチタティーヴォに対し優位に立っています。しかしフランスでは、ギリシャ＝ローマ神話にはぐくまれたレチタティーヴォが根本的な要素になります。アリアは精彩を失い二次的なものになってしまう。情熱に身を任せること以上に慎みのないことはない、とされたわけです。リュリはイタリア・オペラを、まさにフランス的な趣味の名において、すなわち礼儀作法の名において手直しします。［…］リュリとともに、私たちは奉仕音楽 musique servante の領域に入ったのです。と言っても彼を過小評価するわけではないのですが。ヴォルテールは、こうした音符 notes を尊重する姿勢に心から魅了されています。彼ならば、数ヶ所だけ抑揚を和らげリュリのレチタティーヴォを朗唱することはありうる。リュリは悲劇作品に全身全霊を捧げているわりには、きわめて単純な調性 tonalité を用いているからです。つまりチェンバロのリズムによる通奏低音を基調とするオーケストラです。ラモーはその反対で、ドビュッシーが書いているように、一七三三年、多くの人びとが「イポリットとアリシー」の中に音楽の過剰を見つけて腹を立てることになります。

ミシェル・フィリポ――たしかにフランス音楽は、なかなか記述描写 description から身を引き離せないでいる。私はさきほどから、フランスの音楽家でほんとうに純粋音楽に取り組んだのは誰か、と考えていました。結局、私には分かりません。ドビュッシーでさえ、「前奏曲集」の最後のところで〔記述描写的な〕表題を用いています。ベルリオーズはほとんどつねに一つの物語を描き出している。「イタリアのハロルド」でも「幻想交響曲」でも、そうです。一七世紀および一八世紀のチェンバロ曲は風景画であり肖像画です。［…］作品に「四重奏曲」「ソナタ」「交響曲」などという〔記述描写的でない〕名前がつけられるのは、フランスではまったく例外的なことです。そうした作品が、たとえばドビュッシーや、まさにラヴェルにおいて生み出されてきたにもかかわらず。

イヴ・プティ＝ド＝ヴォワズ――たえず一八世紀は、ソナタに対する不信、さらには反感を表明しています。ダランベールは進歩的精神の持ち主でしたが、ためらうことなく、ソナタを「いかなる意味も持たない単語を並べた辞書」と定義する。マブリー神父はル＝シュヴァリエのソナタについて次のように明言します。「個性も調和もなく、いかなる情熱をも呼び起こさず、スタイルを欠き、思いがけない転回や飛躍のいっさいがそこではとげとげしく、ぎすぎすしている」と。

ミシェル・フィリポ――偉大で天才的な音楽理論家ラモーのことを考えていただきたい。純粋な技巧から抜け出るやいなや、彼は芝居の意味に、つまり逸話・朗唱・レチタティーヴォに、立ち戻ります。同じ頃、ドイツにはヴェルクマイスターという偉大な音楽理論家がいました。この無名の人物のおかげで、以後三世紀にわたって傑作が生み出され、西洋音楽が根本的に再検討されるようになります。平均律を考案するのが彼で、この平均律からバッハが生まれ、そればかりでなく、シェーンベルクに至るまで君臨する調性構成 organisation tonale の全体が生まれることになるのですから。いかなる描写内容からも解放された抽象化を、彼はめざしました。ヴェルクマイスターは、七オクターブ〔一オクターブ＝八度音程〕が生み出す音程が、一二カント〔一カント＝五度音程〕が生み出す音程と等しくないのはなぜかと自問します。これに対してラモーは『和声法提要』においてさえ、音楽が情念描写のためにいかに用いられるかをあいかわらず検討している。彼は音楽を、社会史、道徳的言説、結局は文学へと、差し向けるのです。

そして今やご覧のとおり、第二次世界大戦後に成人した音楽は自らの尊厳ある領域を作り上げ、そこにあらゆる立場の芸術家や知識人を引きつけ、あらゆる慣習を打ち破って、ついには作家たちのうちに音楽に対するライバル意識をかき立てるまでに至っている。このような作家の側のライバル意識は、作家があらゆる思考人の社交生活の中心にいる一九世紀にもそれ以後にも、およそ考えられないことであった。リスト、ショパン、ストラヴィンスキーのことを考えてみればいい。彼ら作曲家はサロンや文人サークルを舞台に作詞家——つまり文学者——を相手に色恋沙汰を繰り広げるが、つねに主導権を握るのは相手の側の文学者、たとえばジョルジュ・サンドであり、(ポール・ヴァレリーに心酔した) ポリニャック公爵夫人であり、ジャン・コクトーである。ところが現在、本来的意味かつ比喩的意味で、指揮棒を振って意のままに人を操っているのはブーレーズであり、言いなりになっているのは詩人・随筆家・小説家たちである。彼ら文学者たちは「ドメーヌ・ミュジカル」入会申込書を握りしめながら、リュシ・ジェルマンやシュザーヌ・テズナに、それぞれが主催する祝賀パーティーへ招待してくれるよう懇願している。そして、その会場となったフォッシュ大通りとオクターヴ＝フイエ通りでは、すでに名をなしていたミシェル・ビュトールが、今をときめく作曲家たちに菓子 (フール・グラッセ) を勧める姿が見られることになる。

私は、音楽からの無駄話に対するこの報復に、割れんばかりの拍手を送りたい。ただ残念なのは、最近の音楽の至上権が言説のうちへ、それゆえ文学のうちへと目に余るほど逆流していることである。想像的なものを束縛するような仕方では決して理論を用いないヴェルクマイスターやラモーとは逆に、フランスの「セリー音楽家」は、はじめから理論を、情動の奔放さに対処するための保安システムのようなものとして用いる。その結果、教員・作家・芸術家が一致団結して言語に執着し、フランス音楽の中で息苦しい「理論性」の潮流を生じさせ、この潮流が長い間フランス音楽にとって障害となってきたのである。

このような結果になったからといって、ブーレーズが傲慢かつ無邪気に斬新さを主張するのをやめるわけではない。

ひどく恐れられると同時に強く求められてもいる「新時代 modernité」は、それ自体の内に顕著な推進力を備えている。最初に道だけつけてやれば、あとは新時代が自分で、硬直した環境の中へ乱入し、荒々しく周りを侵食する（ただし、いったん最初の侵食が終わったら、今度は谷を埋めなければならない〔…〕）。ああ、次のような問いが立ち塞がらなければ、いっさいは単純だったのに。「私たちは作品の若く傷つきやすい不朽性をお見せしたいが、そうした作品を、これから先は誰が演奏するのか(38)」。

一時代が「歴史的生成は自分を特別扱いして秘かに天才を与えてくれた」と考えて、鼻高々になる——これほどありふれたことはない。本来ならば、旧時代人と新時代人の論争が社会の歴史に節目をつける。しかし私たちの場合は、芸術を不可能なものにすることによってすでに芸術の新時代性を抹殺してしまった以上、そうした歴史の道からはずれているのである。

私は民族精神医学 ethnopsychiatrie の研究者たちに、最近三〇年間のフランス文化を研究テーマに取り上げてもらいたいと思っている。このテーマは彼らの研究領域にピッタリのはずである。きっと彼らは労せずして、時代感情の前代未聞の病理、驚くべき倒錯を検出するだろう。そうした病いの兆候を、かえって得意げに人前でひけらかす人びとへの軽蔑を自らの著作に散りばめているニーチェに敬意を表し〔彼の「反時代性 intempestivité」の逆のものとし〕て、この病いを「没時代性 tempestivité 症候群」と呼ぶことを私は提案したい。

あのおめでたいマクルーハンと、あの無神経なカーター大統領補佐官ブレジンスキーは、単純な人間にはよくあることだが、なかなか鼻が利いた。彼らはテクノロジーとエレクトロニクスの出会いから生まれた突然変異、「テクノトロニクス」(ブレジンスキー)の福音を告げながら、実は歴史の終焉の年代記を書き始めているのだ。私たちの伝達手段は、待ち時間を一掃することによって、心性とそれを守護する諸々の実践を一変させている。待ち時間はもはや障害でも不安の種でもなくなり、数時間でパリからチリのバルパライソまで移動できるようになり、電話の相手はシンガポールやホノルルから目の前にいるような調子で話しかけてくるようになり、スリッパにはき替え家族で夕飯の腹ごなしをしながら無重力状態で繰り広げられる英雄的な光景を目撃できるようになり、ますます常軌を逸して拡大するプログラミングをとおして制御しきれないとされるような未来はもはやなくなる。そうである以上、「瞬間」――つまり持続から切り離された人工的で抽象的な拍動――が、いっさいを支配する傾向が出てくる。

厚みのない時間の中で、事物は見かけに押しつぶされ、内容は空虚な形式にその座をあけ渡す。芸術は意味の死によって死に、見せかけの中への実在の蒸発に抵抗しない。それもそのはずで、死んだ芸術の役割は、実在の中へ見せかけを導入することなのである。その結果、現在(=芸術没後)の美的空白の中で、新しさとしての新時代性はもはや創作にはつながらず、消費者に牛耳られた市場の全面的拘束のもとに置かれている。つまり新しいものは、姿を見せるやいなや、その価値が下がるのである。

しかも、理論という殻は何の役にも立たない。一九五四年、レヴィ=ストロースやロブ=グリエの著作の中と同様、ブーレーズの作品の中にも理論という殻はいくらでも見つかる。でも、理論体系というものは逃げ口上にしかならない。理論体系は、空気の中に姿をくらます機会だけを待っている揮発性の記号を操作しているだけだからである。したがってなるほどブーレーズは一九五〇年頃「前衛」であるが、しかしそれは彼がその厳格主義をつうじて、崩壊が迫っていること、芸術が死に瀕していること、芸術の新しさ＝新時代性が洗剤のそれ以上の価値を持たなくなっていることを、身をもって証明するかにすぎない。

「新時代」の芸術家が初めて工業製品に直面するとき、ボードレールは実に見事にこう述べる。新時代の芸術家はダンディーと共謀して、一方の足を「その場かぎりのもの」の上に置き、もう一方の足を「時を越えたもの」の上に置く、と。この場合の「ダンディー」とは、現在の中から現在を覆すのに必要なものだけを取り上げ、自分が順応している世界という舞台の上に異端的な舞台装置を作り上げる者のことである。(39)

しかしながら正真正銘の創作者は、こうした新時代の芸術家＝ダンディーという反逆者など出し抜き、特定の好機に従属することはまったくなしに、むしろ時間の外に好機を自ら作り出した上で、逆に今度はその自作の好機を再発見するのである。ここで「時間の外に」とは、ニーチェが同一者 le Même の回帰の辛辣な例証として示した「星辰の友情」において、ということである。しかるに「ドメーヌ・ミュジカル」の内部であれ、その周辺や系譜の中であれ、先人たち――特にベートーヴェンは大変受けがいい(40)――の「新時代性」に対していくらか譲歩が行なわれているものの、筋金入りの「新しさ nouveauté」を追求しようとする気迫は衰えず、「ドメーヌ・ミュジカル」では枝葉末節にこだわる神学論争に従ってレパートリーが選ばれている。(41)

その神学論争は、「今日的」新時代人と「古典的」新時代人を区別し、さらにそれら両者と、いわば潜在的に新時代性を有しているので正当に新時代的と言える音楽家たちとを区別する。この最後の音楽家の中には、マショー、デュファイ、ガブリエーリ、ジェズアルド・ディ・ヴェノサ公爵（そのひときわエレガントな音楽性がストラヴィンスキー以後に再発見された人物）、モンテヴェルディといった、いく人かの中世あるいはルネサンス時代の人びと、また、もっと時代を下ったところでは形式的知の三人の予言者たち、すなわち「音楽の捧げ物」のバッハ、「二台のピアノのためのハ長調のフーガ」のモーツァルト、「大フーガ変ロ長調 Op.133」のベートーヴェンがいる。

「古典的」新時代人は八人いる。一九六五年、バルトークの没後二〇周年記念日に、ブーレーズが「バルトークは重要だが、『古いシステム』の人だった」と嘆くのを私は聞いたが、にもかかわらずバルトークは五つの作品がよく演奏されている。ベルクはその先駆的役割に応じた十分な扱いを受け（六作品。そのうちクラリネットとピアノのための四曲は三度演奏され、残りの叙情的な二曲は二度演奏されている）、ドビュッシーは控えめな扱い（三作品）だが、それはおそらくブーレーズが自分の嗜好を徹底的に抑えたせいだろう。ラヴェルは窓際に追いやられたといった感じで、難解だが洗練された作品二つ。「四本の手で演奏される二台のピアノのためのリチオッタ」と「カヌードの書物のための飾り扉」である。ラヴェルという作曲家の立場は複雑である。彼は「新時代人たち」からあまり好まれておらず、いわば周縁に追いやられており、受け入れられてはいるが積極的に評価されるのではなく、「不愉快だが良いものは認めざるをえない」といった扱いである。敬愛される父シェーンベルクについては、「ドメーヌ」は一四作品を演奏している。特異な英雄ストラヴィンスキーは一九作品が取り上げられてたびたび再演されたから、計二五回演奏されたことになる。エドガール・ヴァレーズはよく検討され厳しい留保がいくつかつけられたものの、取り上げられた作品が五つ、演奏は八回である。最後にウェーベルンについては、ブーレーズ自身に語ってもらおう。

ウェーベルンの作品目録に載った全三一作品のうち二〇作品の初演は「ドメーヌ・ミュジカル」によるものである。一九〇八年に作曲された「パッサカリア」(作品1)は、一九五八年にパリで初めて演奏された。五〇年の遅れである。一九四一年から一九四三年にかけて作曲された「第二のカンタータ」(作品31)は初演が一九五六年であった。たった一三年の遅れである(42)。

しかし、こうした長い間の屈辱的な扱いに対する償いは、大変なものであった。一九五四年から一九六四年にかけて、ウェーベルンは四四回も演奏されるのである。ウェーベルンがあらゆる新時代性の鑑《かがみ》だということなのだろう。

「今日的」新時代人の「ドメーヌ・ミュジカル」による演奏回数となると、極端に多くなる。ここに分類される音楽家は四六人に上り、その堅固な核となるのが、もちろんまずはブーレーズ、存命中ではあるが「古典的」新時代人に分類されてもおかしくないようなメシアン、シュトックハウゼン、なぜだかよくわからないが一一回演奏されているプスールらである。

影の薄い人びとの一人にクセナキスがいる。彼は、たまにしか顔を出さない端役であるが、それは彼の独創性とウィーン派に対する不信感が致命的な欠陥となっているからである。

いっさい登場しない人びと、たとえばデュティユーは優れた音楽家だが「新しさ」とは関係ないわけだ。

18

一九五四年春

パリのマーグ画廊におけるジャコメッティ絵画展

一九五四年、パリでもニューヨークでも抽象芸術が君臨している。こうした情勢の圧力に抵抗する者は、次のうちのいずれかを選ぶしかない。大時代調《ポンピエリスム》を取るか、それとも圧倒的な名声を獲得するかである。前者の道を選ぶのは、ブレイエやシャプラン＝ミディ（ビュッフェはまだ彼らに加わっていない）であり、後者の道を選ぶのは、まず一六世紀のティツィアーノのように二〇世紀にどっかり腰を据えたといった感じのピカソ、青春のフィナーレの仕事として一九五一年に八二歳でヴァンス礼拝堂に装飾をほどこすマティス、さらにはダリ、エルンスト、キリコといった無期限有効のフリーパスでどんな出来事もかいくぐるシュルレアリストたち、一九一七年以来「前衛」から姿を消し、復帰の望みがないエピナル版画みたいなシャガール、倦きもせず複製されるミロ、そして大変な高値で売られ、三〇年前から西欧のあらゆる美術館に展示され、晩年にはハイデガーから格別の支援を得るブラックである。

歴史は、異なる諸世代の重なり合いを黙認するばかりか、積極的に整えることさえある。ベートーヴェン〔一七七〇―一八二七〕が一八五〇年まで生きていたと仮定しよう。この一八五〇年という年は、ショパン〔一八一〇―一八四九〕の死の一年後、シューマン〔一八一〇―一八五六〕の自殺の六年前という時点であるが、もしこのときベートーヴェンが革新的な最後の四重奏曲を発表したとしたら、やはり大いに称賛されたはずである。マネ〔一八三二―一八八三〕が油絵を描き始めるとき、初老のドラクロワ〔一七九八―一八六三〕はサン＝シュルピス教会にあるサン＝ザンジュ礼拝堂の見事なフレスコ画を制作し、八〇歳のアングル〔一七八〇―一八六七〕は傑作を描き続けている。リヒャルト・シュトラウス〔一八六四―一九四九〕が最後の四つの歌曲《リート》を書くのは、アントン・ウェーベルン〔一八八三―一九四五〕の没後三年を経た一九四八年のことであって、これらの作品のうちに、一八八〇年のドイツが威風堂々と浮上しているのである。

これとは反対に一九五〇年代に、「流行の先端を行きin」、まだ辞書に名前が載っていないのは、非具象芸術家である。そうした反抗者たち――特にエリオン、フェルナンデス、バルテュス、ベーコンを上げておこう――の中ではジャコメッティ一人が光っている。一九四五年から一九六〇年にかけて、ジュネ、ポンジュ、タルデュー、デュパン、デュ＝ブシェといった作家たちが彼のアトリエに詰めかける。呪われた時代は過ぎ去った。私たちの時代は、列車に乗り遅れるのではないかという神経症的な恐れを抱くようになるのである。この時代は、新時代性を備えた新しいものとの待ち合わせ時刻をいつも気にかけ、完璧に時刻を厳守し、できるなら約束の時刻よりも前に現れる。ジャコメッティと戦前くされ縁のあったシュルレアリスムから出たしつこい噂にそそのかされて、私たちの時代はジャコメッティとの会合に出る気になった、と言わねばなるまい。レリスはそこでジャコメッティと知り合い、彼のところにサルトルを連れて来る(43)。サルトルは早くも一九四八年に、『レ・タン・モデルヌ』誌にジャコメッティの彫刻に関する文章を書き、それがすぐに翻訳されてニューヨークのピエール・マティス画廊におけるジャコメッティ展カタログに掲載される。しかしながら、マーグがジャコメッティの絵画に関心を持つようになるのは、ルイ・クレイユーからの説得的な勧めがあったからである。一九五〇年代に彼の絵画は、よりいっそう挑発的になり、線やタッチが、支持体・背景・地平のないまま、交差し結び合わされて見慣れた図形になる。それは、慣用的な内部‐外部の対立や、一九世紀が巧妙に設定した内面性‐主体の相同関係《オモロジー》を壊すような絵画である。

主体は魂の諸状態にもサロンでささやかれるような性格学にも依存しない——このことをジャコメッティの肖像画は、逸話を追い払い本質的なものへと直進することによって力強く証言する。この肖像画は、意識が自らのうちに実体性を隠すことなどなく外的世界と深く関わり合っているということを、月並みな印象に惑わされることなく考えついたフッサールの正しさを証明しているのである。あいにくマスメディア文明は、この〔意識‐世界の〕相互浸透をコミュニケーションとみなし、実在を一種のコードとみなし、精神をメッセージの送受信装置とみなしてしまった。この文明は、芸術作品を言説と混同するという過ちを犯したのである。

ジャコメッティは実在の人物にまなざしを注ぎ、彼自身のそぎ落とされた彫刻が支配する空間と同様の荒涼とした空間の中に、その人物たちを配置する。しかしその絵画のほうは、あいかわらず私たちの習慣と折り合いをつけている〔彫刻のような〕三次元を備えた表現形式とは逆に、遠近法を告発することによって、一五世紀に始まる或る運動、心理学が仲介役になる運動を打ち砕いている。

出発点となるのはルネサンスが芽をふく時期であるが、その頃、視界の奥行きを表現しようという努力は生の領域に属しており、生き生きした身体が幾何学に対して凱歌を上げている。ウッチェッロやピエロ＝デッラ＝フランチェスカの作品で、遠景・近景の配置を決めるのは感覚の思いがけないきらめきである。次第に、位置の違いに代わって心の中での区別が表現され、感覚の対比に重ねて感情の葛藤が表現されるようになる。一五世紀末頃の明暗法のブームとともに、西欧芸術は精神の錬金術に専心する。

大勝利を収めるのは色彩である。色彩の圧倒的支配をまぬがれる画家・絵は、一人としておらず一枚としてない。色彩は、カラヴァッジョと彼に追随する者たちでは高熱を発し、フィリップ・ド・シャンペーニュからシャルダンまでは慎ましくなり、レンブラントでは悲劇のほとばしりとなり、ティントレット、グレコ、ルーベンス、ドラクロワでは演劇的感興を帯びる。そして色彩は、早くも一八世紀末に実在を光の描写の中へと放散させてしまうターナーを前触れとして、印象派の画家の作品、とりわけモネの最後の作品において絶頂に達する。

抽象画家たちは、セザンヌが開始しモンドリアンが一般化したフォルマリスム（＝形態主義）の実験を続ける者たちを別にすれば、いずれも色彩に活気を与えており、明暗法の西欧的伝統を受け継いでいる。しかるにジャコメッティもまた、ロブ＝グリエが「人格《ペルソンヌ》は滞在が禁止されている interdit de séjour」と宣言するまさにそのとき、人格を再現する représenter ことに満足せず、人格から色彩を奪って薄暗い色調を与え、錯綜する線が織りなす迷路の中でモノクロの人格と戯れ、伝統的で上品な趣味に挑戦する。私は或る日、サン＝ジェルマン＝デ＝プレで人気のある文字主義者《レトリスト》ポムランが、半ば非難、半ば皮肉といった感じで、ジャコメッティに向かって次のように叫ぶのを聞いたことがある。「よごれた絵を描いているね Tu peins sale、アルベルト！」と。

これが当時の一般的な意見である。ジャコメッティは、なるほど彫刻家ではあるが、絵は書きなぐるだけだからほんとうの画家ではない、というわけである。おそらくジャコメッティは背景《フォン》にほとんど興味を抱いていない。なぜなら彼にとって重要なのは、五世紀にわたってたえず「主体」の環境を「微に入り細をうがって描き lécher」続けてきた肖像画家の手法をまったく取らずに、しかも造形上の不退転の決意を持って何としても顔の魅力を引き立たせること、つまり発生の瞬間に捕らえられた力としての主体の存在感、いまにも跳び出しそうな主体の存在感をカンバスに押し込めることなのだから。

まさにこのことからジャコメッティのデッサンのエネルギー、大部分が頭部の仕上げに集中するデッサンのエネルギーが出てくる。彼は、とにかく全力を頭部に集中し、頭部の輪郭をはっきりさせ、頭部を支配して、頭部からまなざしを湧出させようとする。高低と距離が排除されているように思われる画面構成の中で、異様だが威厳に満ちたあの魔物が見る者をすくませる。

まさにこのことから、自ら納得ずくの節約主義、事物の屈辱的な歴史に見合った禁欲主義も出てくる。無から現れる顔、知覚されるものがまったくない状態で浮かび上がる目や口――何ときわどい賭けだろう。これ以上を要求してはなるまい。不可能なことを期待してはなるまい。ジャコメッティに、セザンヌの陥った窮地から決然と抜け出してほしいとか、ジャコメッティに、言説が消した炎を「見えるもの le visible」の中からもう一度燃え上がらせてほしいとか。彼は、疑い深い峻厳を生きるという代価を払うことによってのみ、言説の氷を砕くことができるのだから。

19

一九五四年五月　ベルリナー・アンサンブルの興行

一九四九年九月の創立以来一度もベルリンを離れることのなかったベルリナー・アンサンブルが、パリで行なわれた第一回国際演劇祭において、ブレヒトの『肝っ玉おっ母とその子供たち』とクライストの『こわれ甕《がめ》』を上演する。これが乱痴気騒ぎになる。最先端の批評家たちはたいへんな興奮ぶりだ。ギー・デュミユールに挑発され映画批評から演劇批評へ移った才能豊かな若き国立行政学院《エナルク》卒業生ベルナール・ドールは、修道生活に入るといった感じでブレヒトにのめり込む。ロラン・バルトは「今日から演劇は観ない」と宣言する。完璧さに到達した以上、そこから下降するのはごめんだというわけである。この約束は守られる。

パリの文化生活は、一八世紀以来、慢性的に激しい発作に見舞われている。この発作は、お決まりの経過をたどり、或るときは熱狂 engouement となり、或るときは憤慨 fureur となる。今現在、憤慨のほうはもはや問題にならない。冬の風に打ちひしがれ、私たちの感受性は突然生気を失う。モースやグラネが見事に描いた〔憤慨が爆発する〕北極圏の大乱痴気騒ぎは、フランスの温暖な気候に、そう簡単にはなじまないのである。ブルトンは早くも一九五〇年代からこうした状況に気づき、一九六〇年頃には確信をもって、いく人かの友人に芸術的ないし文学的スキャンダルの終焉を悲しげに宣言する。

しかしながら、一時的な熱狂 emballement のほうはあいかわらず続き、消費のリズムに合わせてむしろ増加してくる。「消費のリズムに合わせて」とは、もはや実在にではなく亡霊——内容なき、厚みなき、持続なき記号としての欲望——に狙いを定める誘惑がおびただしく氾濫していくのに応じて、ということである。事物が饒舌の中に蒸発すると、今度はその饒舌を支配する紋切り型の表現が見かけだけの秩序を復元しようとする。こうして、さまざまな流行が誕生する。流行は対象をどんどん再生産することによって、新しさを殺し対象を否定するのである。

一九五四年、ブレヒトは栄光の頂点にある。それは彼が一九三〇年から一九五〇年にかけて最悪の逆境の中で奮闘してきたことの到達点である。彼はドイツでナチズムの台頭を目撃し、ドイツを去ってからは辛酸をなめながら、プラハからウィーンへ、チューリヒからデンマークへ、モスクワからパリへ、ニューヨークから再びパリへ、開戦時にスウェーデンからソ連へ、さらにハリウッドへ移り、そこで戦時を過ごし、一九四七年、ワシントンで開かれた反米活動調査委員会に召喚されるまでそこにとどまり、結局一九四八年、チューリヒからドイツ民主共和国のベルリンに戻ることになる。彼の演劇はアメリカ合衆国の全土で、また対称的に鉄のカーテンの向こう側のベルリンやワルシャワ、プラハで上演されている。ベルリナー・アンサンブルのパリ公演大成功の五ヶ月後、ブレヒトはスターリン国際平和賞を受賞する。

フランスでは、私たちは他者たちといわく言いがたい関係を続けている。私たちと他者との直接の関わりが無いままでありさえすれば、私たちは他者を愛するのである。一九四五年のヘーゲル・ブームを思い出してみよう。一九八四年現在でも、ヘーゲルはほんの一部しかフランス語に翻訳されていない。三〇年前からフランスの支配的イデオロギーにつきまとっているフロイトの場合も同様である。しかし、とりわけ私たちの文化的な外国愛好の高まりにおいて驚かされることは、そうした文化的外国愛好が政治的な激しい外国嫌悪の発作に伴って生じるということである。たとえば一七世紀にはスペインに対して、一八世紀にはイギリスに対して、一九世紀末から二〇世紀初頭にかけてはドイツに対して激しい嫌悪が現れている。誰もが口を開けば復讐を叫び、犠牲となったアルザス＝ロレーヌ地方――ついでに言っておくと、この地方は一八七一年、たたき売りされるように、あっさりビスマルクの手に渡った――ばかりを話題にしているとき、最も愛国的なはずの連中、最も進歩的なはずの連中、最も音楽に精通しているはずの連中が南ドイツのバイロイトに出かけ、メッカを訪れたイスラム教徒みたいに熱狂しながら帰ってくる。サン＝サーンス、フォーレ、シャブリエ、さらに、自作の「ラクメ」の楽譜をポケットに入れたままヴァグナーの『パルジファル』を見て涙が止まらなかったレオ・ドリーブに続いて、免疫があると思われていたドビュッシーが『パルジファル』の魅力に屈する。まるでフランス人たちは、自分の宿敵を、自ら全力を尽くして一体化すべき立派な父として思い描いているかのようである。

ドイツは一九四五年に壊滅状態になるが、その後もこうした象徴的な優位を保っている。次から次へと押し寄せる波のように、ドイツの著述家たちが私たちの目の前に手本となって現れる。ヘーゲルに続いて、現象学者と競合しながらハイデガーがやって来るし、さらに一九六〇年頃にはラカンによって見直され修正されながらフロイトが、またレーモン・アロンに付き添われつつマックス・ウェーバーも登場する。「新時代性」の鑑のような三人のウィーン人（＝ウィトゲンシュタイン、カルナップ、フランク）については言うまでもない。「ドイツの著述家」という場合の基準となるのは、ドイツ国民というよりも、むしろプロイセン人、バイエルン人、オーストリア人に共通する言語つまりドイツ語である。

　このような状況と平行して、一九四五年以前はあれほど軽蔑されていたドイツ演劇が、一転して幸福の日々を迎える。一九五一年、ジェラール・フィリップのおかげでクライストの『ホンブルク公子』が大成功を収める。そしていま、一九五四年五月、パリの人びとは同じクライストの『こわれ甕』を目の当たりにするわけである。一九八二年、パリでは『ペンテジレーア』と『ホンブルク公子』が同時に上演され、後者はもはやフランスの舞台を離れることがなくなる。ビュヒナーは、アルバン・ベルクが支持しようがしまいが、もてはやされ続ける。一九七二年、大先達のレンツは、ドゥルーズとガタリが『アンチ・オイディプス』の冒頭で彼を論じたことによって、広く世に知られるようになる。ゲーテとシラーは一九七〇年代末から人気を取り戻している。そして今日では、なるほどドイツ出身の劇作家の作品を目にするのは稀になっているが、パトリス・シェローは自分の並はずれた新時代的作品の一つを捧げて、タンクレッド・ドルストの名誉を称えているし、地方演劇活動推進センターやパリ小環状線の舞台ではたびたび、ボート・シュトラウス、ペーター・ハントケ、マックス・フリッシュ、フリードリヒ・デュレンマットといったオーストリアやスイスの劇作家の作品が、「代役」と意識されることもなく、ドイツ作品の役をつとめている。

　このように称賛を受けている人びと全体のうちで、被迫害者の数が高い割合を占めている点に注意すること。フッサール、フロイト、シェーンベルク、ベルク、マルクーゼ、ブロッホ、アドルノはユダヤ人、トーマス・マンは反体制派《ディシダン》、フリッツ・ラングは反体制派かつユダヤ人、ヴァルター・ベンヤミンはユダヤ人かつマルクス主義者、ベルトルト・ブレヒトの場合はたんなるマルクス主義者である。さらに、突然さまざまな話題について得々と語れるフランス人たちの抜群の技術に注目すること。一九五〇年代に世界中の人びとが奪い合っているブレヒトについては、フランス人たちは何も、いやほとんど何も知らない。最近の二つの先導的作業が発端となって、ブレヒトはようやく無の闇から引きずり出されることになる。一九五一年にヴィラールが『肝っ玉おっ母』を、一九五二年にはジャン＝マリ・セローが『例外と原則』を、それぞれ上演したのである。そのときの反響はささやかだった。一九五四年に何が起こるのか。ばらばらだった経験が一つにまとまり結晶するのである。私たちは自分たちがすでにブレヒトと会う約束をしていたことを、知らずにいたわけである。

インテリの役割とはどういうものかを十分に示してくれた点で、ベルリナー・アンサンブルによる『肝っ玉おっ母』の上演は教育的であり、快楽と知を区別せず、社会的人間を取り巻く状況の極小の細部まで教えてくれ、そうした状況が孕む矛盾を綿密に検討するが、その矛盾を解決しようとはしない。「肝っ玉おっ母」は、「種腹」と「金に目のない女」という不可分に結びついた二つの役をあわせ持ち、連続性のないこれら二つの役の間を往き来する。そのことによって彼女は、満足感と不快感が入り混じった反応を観客のうちに引き起こす。観客のこの反応は、自分の欲望と後ろめたさのぶつかり合いの投影であり、自分が行なっている闇取引と、あまり気持ちのいいものではないその責任の引き受け方とがぶつかり合うこととの反映である。正直に言えば、私としてはブレヒトの作品には、もっと別の仕方で私を楽しませてくれるもの、『肝っ玉おっ母』ほどもったいぶったところのない面白さを見つけたいと思っている。たとえば『ガリレオの生涯』の中の、憤慨した老枢機卿が「神は、ご自分の威厳に対する侮辱でしかない哀れな屑同然の地球、くるくる回る場違いな地球に御子を送られたが、そのことによって、ご自分の力と信用を無駄遣いされたのだ」と考える場面では、それが見つかる。ここでは神話が実に見事に教訓を粉砕している。私は舞台の上から教訓を聞かされると、その舞台がどんな技術を誇っていようとも、うんざりする。教訓がアナーキーな抵抗に遭って、あちこちで破綻している初期作品群と、教訓が見事な一大絵巻になりおおせている最晩年の天才的作品群との間に来る、〔地獄の道を舗装する善意の〕敷石のような論証くさい作品群に、私が不信感を持つのはそのためである。主奴関係を扱った『プンティラ』、善悪の問題を扱った『セツアンの善人』、権力の濫用を扱った『アルトロ・ウイの興隆』、個別利害と一般利害を扱った『コーカサスの白墨の輪』などが、そうした作品である。こうした記念碑的な作品にも他のいくつかの作品にも、一九六〇年代の演出家たちが、ストレーレルを除けば、生命の自由を注ぎ込むのに成功することはきわめて稀である。

精神はさまざまなモデル――レヴィ＝ストロースの「構造」、ロブ＝グリエの「客観的まなざし」、ブーレーズの「セリー」――をとおして、まるで自己を再発見したようなふりをしている。こんなにいろいろなモデルが時代の空気の中を流通しているのに、「新時代」の舞台はいったい何をそこに提供しているか。せいぜいイヨネスコの「形にならない深淵」とか、ベケットの「普遍的解体」である。ブラン演出で先頃初演されたばかりのそのベケットの『ゴドーを待ちながら』とは、主体性を追い払い、代わりに不条理を置いて、神に見捨てられた孤独〔＝被投性〕をうたう詩である。形式的記号の管理体制は、そんな投げやりの芝居と、そういつまでも付き合っているわけにはいかない。こうした管理体制は、葛藤・情念・性格などからなる古くさい枠組みから解放された演劇に秩序を回復させなければ、自らの新たな隆盛を説得的に広くアピールできないからである。まさにそのとき、このドイツ人が原作と演出と対観客関係とを分節化し統合する魅惑的な装置を捧げ持って登場する。その装置のうちでは、いずれの要素も総体との関連においてしか存在しない。だから観客は舞台上の芝居によって変えられ、芝居の展開の不可欠の要因として利用される。劇の進行は、いくらでも融通が利きながらも完璧に作動するシステムとなる。つまり、何ひとつあらかじめ決まっていないのに、有無を言わせぬ仕方ですべてが実現するのである。たとえば、最初、「肝っ玉おっ母」は、自分が拝金主義によって自分を見失っていることに気づいていない。彼女がそれに気づく前に、観客が彼女の正体を暴くのである。『ガリレオの生涯』では、教皇ウルバヌス八世が、さまざまな圧力をかけてくる大審問官に対して、「違う！　違うといったら違う！」という有名な抗弁を試みるとき、観客は教皇がすでに大審問官に屈していることを知っている。教皇が〔自らの地位にしがみつくかのように〕教皇位を示す飾り物を滑稽なまでにたくさん身にまとい、しかもサンピエトロ大聖堂が近づくにつれガリレオ・ガリレイとの間に少しずつ大きな距離を取るようにして、ガリレオを後に残し先に行ってしまうからである。

リサイクルに野心的に取り組む「文化人仲間」が、事前調整が万全といった感じのベルリナー・アンサンブルの公演を見て、右述のような作用と反作用とのすばらしい連鎖に心を打たれないはずはない。「文化人仲間」は、自らのメンバーの多くが誘惑されているマルクス主義をリサイクルして、別のメンバーたちが魅了され始めている構造主義に適合させるために、マルクス主義を修正しようとしているのである。実際、「文化人仲間」がベルリナー・アンサンブルから引き出す教訓は、まず弁証法的かつ記号論的である。弁証法的教訓とは、「変化しないものは何ひとつ無い」という教訓である。たしかにそこでは、舞台と観客が手に手を取り合って進化する。しかし結局、観客は舞台を半分しか信用せず、演技者は自分が負っている役の責任を拒絶する。また記号的教訓とは、「感情は存在せず、コード化された行動だけが存在する」という教訓である。さらに倫理的教訓も引き出される。『新芸術《アルス・ノーヴァ》』は規律と厳格の中にしか存在しない」という教訓である。結局、一九五四年にパリのファンたちがためらうことなく心を許すのは、『バール』の反社会的作家ブレヒトでも『三文オペラ』のごろつき作家ブレヒトでも『肝っ玉おっ母』や『ガリレオの生涯』の神話作家ブレヒトでもなく、教条主義者ブレヒトなのだ。

さらに、理論を実際に役立つようにし教訓を魅力的にする仕事がブレヒトの政治史に委ねられていることも、指摘しておかなければならない。それは、彼の政治史がかき集めてくる芝居の題材を見るだけで、明らかである。彼の政治史は、主体性を見捨て、相互の分裂を乗り越えるために衝突し前進する諸集団に対してのみ義務を負いながら、「現実態の知」として、「理念」の試練を受けるために、あらゆる場所、あらゆる時代に出向いて行く。『マハゴニー』のアラスカからブラウン警視総監〔=『三文オペラ』の登場人物〕のイギリスまで、『プンティラ』のフィンランドから『アルトロ・ウイ』のアメリカ合衆国中西部まで、テレサ・カラール〔=『カラール夫人の銃』の登場人物〕のスペインからシェン・テ〔=『セツアンの善人』の登場人物〕の中国まで、『肝っ玉おっ母』と『ガリレオの生涯』の抑圧的で残酷なバロック期の一七世紀から、シカゴの屠殺場やコーカサスの集団農場《コルホーズ》やセツアンの売春やフランスの対独協力の二〇世紀——革命的で疎外された二〇世紀——まで、自己征服をめざす人間の広大だが画一的な領野を扱っていくのである。そして結局、『セツアンの善人』という寓話も『三文オペラ』という笑劇も『肝っ玉おっ母』という叙事詩もすべてが、個人と社会を和解させるという同じ一つの企てであることになる。

ちょうどディエン・ビエン・フーの陥落から数週間ほど経った頃である。そうした状況下のパリで、このブレヒト劇がどれほど大きな衝撃を与えたか。同一のパラダイムをさまざまに奏でながら、利害対立をあおって平和へ向かわせ、不平等を明らかにして統一へ向かわせ、溝を穿って歩み寄りへ向かわせる、という演劇手法のカタルシス効果がどれほどのものだったか、想像していただきたい。ロラン・バルトは一九五五年に『テアトル・ポピュレール』誌上で次のように指摘する。「いま私たちは、なぜ伝統的演劇理論が根本的に誤っているかを理解している。伝統的理論は観客を排除しているのであり、それは責任放棄の演劇理論なのである。それに対してブレヒトの演劇理論は助産婦の力を保持している。それは再現した上で判断させるからであり、混乱させると同時に孤立させるからであり〔…〕異議申立ての演劇理論ではなく連帯の演劇理論であるからだ」(44)。それに先立つ一九三九年に、ヴァルター・ベンヤミンはブレヒトが、神聖な舞台を客席から人為的に切り離す窪みとしてのオーケストラ・ピットを埋めてしまったと指摘している。現在では、オーケストラ・ピットはいくぶん床が上げられたものの、低めの舞台に変えられ、あいかわらず役者と観客との平等性を演出する空間となっている。

しかし私は、芸術におけるイデオロギーに息が詰まる。芸術におけるイデオロギーで私が理解できるのは、六五〇年前のシエナのシモーネ・マルティーニが描いたフレスコ画〔「グィドリッチオ・ダ・フォリアーノ騎行図」〕の中で、白馬にまたがり金の鎧を身にまとい威風堂々とした様子をして、攻め落とした要塞のことを考えているフォリアーナの傭兵隊長の像に読み取れるようなもの、すなわち暗示的に表現されるものだけである。ブレヒトの独創性は、事態を変化させたことではなく、事態の悲劇性に見合った言語を発明したことである。この言語は現実を自らの主題とし、「有益な転覆」という神話を内に備えているのである。

20

一九五五年八月　スリジーにおけるハイデガー一〇日間討論会

スリジー文化センターが、創設以来四年目になる今年、一〇日間討論会の開催にあたって実に見事な企画を立てる。ウルゴン夫人は、純粋なデジャルダン家の伝統にどっぷりつかりながら、きわめて時宜を得たテーマを嗅ぎ分けるのである。ツキディデスがいれば彼女を誉めそやすことだろう。

ちょうどこのときハイデガーが旬を迎えているのである。彼の注釈者であり使者（ギリシャ語の *ἄγγελος* のこと。このギリシャ語から、フランス語の「天使 ange」が生まれた。そもそも「天使」とは、「例外的な資格を持って絶対的な言葉を伝える者」のことを意味する）であるジャン・ボフレが、聖母マリアの被昇天のような、フランスという天国におけるこのハイデガー受け入れに尽力して一三年になる。(45)

ライプニッツは、実体は複雑であればあるほど完全である、と考える。ボフレとはどのような人物か。いまどき珍しいくらい武骨で尊大なマルシュ地方出身の男か。その出身地をどこかに引きずりつつ、それを周囲に忘れさせようとかなりスノッブに振る舞い、「文化人仲間」の末席に早くから受け入れられ、同郷人のジュアンドーや当節流行の物書きたちとつきあい、サロンにも晩餐会にも嫌悪感を覚えないパリ人か。いずれも公立小学校教員をやっていた両親の息子として才能の片鱗を見せる五〇男か。「実力」つまり選抜試験合格によって学位と名誉を獲得したフランスにいくらでもいる知識人か（高等師範学校にニザン、サルトル、アロン、カヴァイエス、メルロ＝ポンティら巨星たちがどっと入学する記念すべき時期にボフレもそこで学び、哲学教授資格を与えられる）。パリ二〇区のはずれで、めぼしい家具といったら本しかないような雑然としているが落ち着いた住居に長いこと引きこもっている世捨て人か。ソクラテス以前の哲学者からパスカルまで、アリストテレスからシェリングまで、デカルトからカントまでを堂々と論じ切る碩学か。それとも芸術家なのか。私は学者たちの間では彼ほどスケールの大きい物書きを他に知らない。その文体は、彼の厳格な哲学と結びついて、過去を執拗なまでに直説法現在形で表現する。直説法現在形が隠れていたものを顕わにするからである。

ただ一つしかない現在がこのように立ち現れるということこそ、黎明における存在の隠された意味に他ならない。やがてヘーゲルが「現在時の精神的明るさ」と名づけることになるこうした現在は、過ぎ去る瞬間に還元されるどころか、遠い過去であれ遠い未来であれこの上なく遠く離れたものをすら、この上なく近いものとして開示する。その意味で、この現在の出現は、時間のすべての地平の交差点に位置する。ホメロスによれば、カルカスにとって存在とはこの現在のことであるが、それと同様、私たちにとっても存在とはこの現在のことなのである。したがって、存在とともに現在となるものは、現在の背後で新たに始まりつつある未来においても、すべてを貫いている。そのとき私たちは或る長い系譜の結果として、すべてによって待ち望まれ時間とともに到来し続けるも

のが花開く可能性を発見するのである。(46)

　私は一九五六年にロジェ・ケンプの仲介でボフレに会って、その現在形の活用語尾に魅力を感じる。二〇年前のカイロへの旅行について、彼は私が現場に居合わせているかのような気分にさせてくれる。「私はカイロ高校を出ます。フェルナン・ロンブローゾと会う約束があるのです」。話を元に戻そう。ボフレはどのような人物か、という話だった。昇進のための論文や有力者詣でといった自分を見失うような駆け引きを潔しとせず、ついにはアンリ四世高校やコンドルセ高校に引っ込み、高等師範文科入試準備級で比類のない講義をする非社交的で高慢な周辺人か。エピゴーネンなのか。ニーチェのように、既存の価値を管理したり悪用したりする者――たとえばヘーゲル――にも、天才の諸特性をときには認めるとすれば、エピゴーネンと呼ばれてもボフレが気分を害することはないだろう。この意味でボフレはハイデガーのエピゴーネンであり、「或る独創的・根源的言説の解読家」という厳密な古代的意味での託宣者《オラクル》、ハイデガーの言葉を託宣する者である。

　一九四二年にボフレはリムーザン地方の町ゲレ近くのクルーズ川で水浴する。ちょうどエドムント・フッサールの『イデーン』を読んだばかりの時期であって、その水浴の最中にボフレは突然、物質的実在のどっしりした確実さにあらためて深い感銘を受ける。それまでボフレは、物質的実在を途轍もない権威によって保証してくれるデカルトの神の庇護のもとで生きてきた。すべてが一変するようなこの水辺での体験の中でボフレはきわめて特殊な喜びを味わう。プラトンが理性の内に基礎を見い出した喜びである。「実際、『驚く』というこの感情以上に哲学的なものはない」（『テアイテトス』一五五D）。パスカルは彼の「夜」の中で、そしてマルブランシュもデカルトの幾何学に酔いしれた波瀾万丈の夜の中で、その「驚き」という感情について示唆に富む経験をしている。ボフレは、冷たい水の確実さを疑ういかなる口実も——方法的口実すら——ない、と強烈に確信する。自分の腕・足・皮膚・筋肉が、自分の「驚き」という感情と一緒になって、しっかりと水の存在を保証してくれているからである。

同じ年の秋になって、彼は『存在と時間』を読む。胸踊る冒険、日ごとに新しくなる歓喜、その後果てしなく続けられていく対話が始まる。この対話は対話者の一方であるハイデガーが一九七六年に亡くなったにもかかわらず続けられていくが、それはこの対話が経験的な諸事情にもとづいているのではなく、両者の間のやり取り——汲み尽くせないほどの謎と霊感のやり取り——にもとづいているからである。虐殺と強制移送が荒れ狂っていた一九四二年の末にハイデガーはボフレに対して、人間の歴史性に由来するhistorial悲劇と同時に、マラルメが呟いて以来の西欧文化における言葉paroleと死との親近性を開示する。大砲の轟きと詩的な沈黙が、ボフレの中で、〔根源的な〕不安の表層に広がる。この不安をとおして彼は、最も奥深いところに隠れた存在を発見しているのである。

色が豊かさの極みにあるとき、形式は充実の極みにある。

このセザンヌの言葉を、彼はあえて自由に言い換える。

現れが豊かさの極みにあるとき、現れざるものはそれ自身の秘密の充実の極みにある。(47)

そうだとすれば、すべてが動揺し解体されつつあるとき、ボフレは癒し甦らせる風のようなものとして、私たちの「苦難の時代」に関する揺るぎない教訓をハイデガーから受け取るのか。しかし、「苦難の時代」についてはすでにニーチェがきっぱりとした判断を下していた。「権力への意志」と「同一者の永劫回帰」とを、対になって補い合う二枚の鎧戸のように結びつけるハイデガーのニーチェ解釈を認めるなら、神にも生成にも科学にも人間にも超人にさえも、期待できることはもはや何もない。(48)

意志の意志とは、「する」ことに与して「ある」ことを根底から忘却した状態にある権力への意志の実相です。「ある」ことが忘却されている以上、「する」ことは、地平を欠いた慌しさ――至るところに一つの世界を作動させその世界の内に計画化の地平を開くという慌しさ――の中にあって、なお何ごとかを「する」という以外の意味を持たなくなります。

こうして「何も期待できない」と一切を切り捨てても、なおこの切り捨ての言葉には、ギリシャ人のまなざしに宿っていた(とヘルダーリンが言う)或る辛辣さ、「鍛え上げられた」怒りが上げる唸り声を聞き取ることができる。ニーチェがそうしたギリシャ人のもとへ戻るのは、ハイデガーのように彼らに存在の祖国へ連れて行ってもらうためだけでなく、彼らの生き方の精髄――すなわちヘーゲルが大いに利用した完璧な都市国家に先立って存在した情熱――を再発見するためでもある。それは神話を地で行く極端で陽気で無垢なギリシャ人、軽やかさの中に深遠なところのあるギリシャ人、軽やかさの中から軽佻浮薄の部分を取り去るすべを心得たギリシャ人、アクロポリスの明るさに幻惑されることも洞窟の暗さの中に湧き出る有毒な観念に盲従することもないギリシャ人である。どんな場所、どんな時代にあっても英雄たちは、おそらくこうしたギリシャ人の中に発見できる深淵の中でこそ飛翔する。そもそも英雄たちというものはキリスト教徒の天にではなく、光が射さないほどの霧深い逗留地に集《つど》っているものだからである。

［…］目には見えないが、途方もない軌道、星の通り道がおそらく存在しており、私たち一人一人のそれぞれに異なる道や目的はその大きな軌道の小さな切片となっている――こうした思索の高みにまで昇ろうではないか。しかし、私たちがこうした究極の可能性の次元で実際に友人以上のものとなるには、私たちの生はあまりに短く、私たちの視力はあまりに弱い。そうであればこそ、星々の次元における私たちの友情を信じようではないか。この地上にあっては敵どうしでなければならぬにしても。(49)

ニーチェは流行・新しさ・進歩など現代の偶像を窮地に追い込む。新時代は「季節はずれ」であり、ボードレールの言う逍遥する永遠であり、「甘美なる永遠」である。たしかにハイデガーは、西欧の形而上学が二〇〇〇年以上もの間、組織的に排除し続けてきた時間を導き入れることによって西欧の精神に革命をもたらし、歴史を逆向きにたどり直しながら歴史の中に、根無し草になるという人間の悲痛な運命を読み取り、機械文明の成功を目の当たりにしつつ傲慢なまでに堂々と、技術の問題を道具性の領域から存在論の領域へと移し変える。つまり彼は、言語という基本的な素材の上で時代と出会い、その時代の十字架としての苦悩を背負って、存在の住処に言語を招き迎え入れ、もてなし祝福する。そうすると、さまざまな言葉がその恵みの大地としての存在の中に湧き出し、まるで――メルロ＝ポンティの表現によれば――「語られているものの宇宙のほうが生《なま》のものの宇宙よりも明らかである」(50)かのようになる。とは言っても、ハイデガーが構造崇拝に陥ったり記号神話にのめり込むわけではない。彼は、意味作用《シニフィカシオン》が能記に対して明確な優位を持つと認めており、そうした崇拝・神話とは無縁なままである。しかしハイデガーにおいて、ほんとうに「意味」の重要性は考えられているだろうか。彼が言うように、私は「生きられる経験」の中で図らずも目がくらみ自分の弱さから諸々の質を「存在者」に帰属させてしまうとしよう。そして存在がそれらの質を灰燼に帰したとしよう。そのとき私が存在の爆発的な氾濫の中で狩り出すのは、ほんとうに「意味」なのか。ハイデガーの言う存在は無から現れるのであり、無と調和したかたちでしか、「驚き」「驚きの中の驚き」にはならない。それは肉も霊も持たず輪郭も衣装もない存在、まばゆい現前以外のいかなる属性も備えていない存在である。この存在は一閃《いっせん》する一つの問いかけ——この問いかけについて問いかけること、デカルト哲学の明証がまどろんでいる宿屋の看板を倦むことなく探すラムネーにならって、さらに問いかけることは許されており、冒瀆などとはみなされないが——の内で措定されるのである。

礎となる著作『存在と時間』刊行の四年後、ハイデガーはフランスに慎ましやかに入ってくる。一九三一年五月一〇日付の雑誌『ビフュール』最終号（第八号）に、アンリ・コルバンが一九二九年にドイツで出版された『形而上学とは何か』の抄訳を載せる。ほどなくしてジャン・ヴァールの大げさな指摘のせいか、ソルボンヌでは「現存在 Dasein」が話題になり始める。一九三五年にガリマール書店はその新しい「エセー叢書」の中で、コルバンによる『形而上学とは何か』の全訳、『存在と時間』と『カントと形而上学の問題』の抄訳、講演『ヘルダーリンと詩の本質』の全訳を一冊にまとめて刊行する。

しかし当時はまだ、ハイデガーの原書は特権的な人びとの手にしか入ってはいない。戦争中、リヨンでボフレが一冊の『存在と時間』原書を入手したのは、ユダヤ人のレジスタンス活動家ジョゼフ・ロヴァンからであって、ロヴァンはこのあとすぐに収容所送りとなる。一九四五年、ハイデガーをめぐる噂が流れる。ラットル＝ド＝タシニ将軍の部隊がドイツに侵攻すると、二人の兵士（フランス陸軍第一師団の文化班長フレデリック・ド・トヴァルニキと写真班員アラン・レネ）が隊列を離れてこの大人物に会いに行ったというのである。

ドイツからの解放が実現した日、ボフレはハイデガーに宛てた熱烈なメッセージを、当時は飛行士をしていたアルザス人の〔ゲルマニスト〕パルメールに託す。

> 実際、あなたと共に、哲学それ自体があらゆる月並みから解放され、自らの尊厳の本質的部分を回復しているのです。

このメッセージに対して、ハイデガーは一九四五年一一月二三日、ヒューマニズムに関する書簡で応え、これがこののち無限に続く対談の発端になる。

> 豊饒な思索は、書かれることや読まれることに加えて、会話による交流 *συνουσία*、私たちのこうした営み——これは〔私たちいずれもが〕教えを与えると同時に受け取る営みです——による交流を要求します。

一九四六年一月には『レ・タン・モデルヌ』第四号にドイツ・ロマン主義やドイツ現代思想にもつうじていた中世哲学史家のモーリス・ド・ガンディヤックのハイデガー取材記事が載る。ガンディヤックはハイデガーの自宅で、何となくヒトラーの口ひげを思い出させるハイデガーのそれのあたりに神秘家の口調をしっかり聞き取っている。ハイデガーがマイスター・エックハルトやシュバーベンの教父たちに精通していることが分かり、ガンディヤックは特にそうした口調が気になったのである。同じ年の五月・六月に出た『クリティク』誌の創刊号と第二号で、アレクサンドル・コイレがハイデガー哲学の進展を跡づける。そしてボフレは毎年恒例の行事として「フライブルク詣で」を始める。一九四七年にハイデガーはボフレへの献辞を付して『ヒューマニズムについて』(51)を出版する。

ハイデガー主義は、フランスではマルクス主義という毒に対する解毒剤の一つとして広まる。一九五〇年、高等師範学校に狂信的なファンが現れる。フォコン＝ランボワとグリナが頭に古靴を載せて『存在と時間』の一節を朗読するというおかしな儀式を執り行なうと、周りがコーヒーカップをスプーンで叩いて応えるのである。グラネルはもっと冷静にそうした狂信的グループから離れ、高等師範学校文科受験準備学級時代の友人のドゥギーとロネの助けを得て、ハイデガーの或る講演で語られた詩論の理解に努める。その講演を彼は一九五九年（『思惟は何と呼ばれているか』）と一九六八年（『問い1』）に翻訳している。一九四九年のギュルヴィッチの著作『ドイツ哲学の今日の傾向』と、一九五三年六月の『形而上学道徳雑誌』の特別号はハイデガーに大きな紙幅を割いている。こうした雪崩を打ったようなハイデガー導入の動きの中にあって、アカデミーへのハイデガー受け入れ——博士論文、修士論文、研究論文のテーマとして認められること——も決まる。教授資格審査員の中の最年少だったビローは一九五〇年代にハイデガーについての論文に着手している。

不協和音も聞こえてくる。一九三三年におけるハイデガーのナチス支持の政治姿勢をめぐる論争のことである。この論争は『レ・タン・モデルヌ』誌上で一九四六年にカルル・レーヴィット、エリック・

ヴェイユ、アルフォンス・ド・ヴェーレンスの間で始まり一九四七年まで続けられた後、今度は『メディタシオン』誌上で一九六一年にジャン＝ピエール・ファーユによって再開され、ファーユに対してフェディエが『クリティク』誌上で応戦する。さらに一九七五年に『社会科学研究学報』誌上でピエール・ブルデューの問題提起〔八〕に従うかたちでもう一度行なわれる。こうしてこの論争は果てしなく続くが、ボフレは他界するまで、この論争の再発に対してつねに身構え、いったんそれが再発すると素早く、もっともらしい論拠や事実の先後関係についてのぼんやりした説明を展開していく。

今回、一九五五年八月から九月にかけてこのスリジー一〇日間討論会が開催されるにあたっても、ボフレはこの機会を利用してハイデガーに対する激しい非難を公的に終息させ、彼自身が評価するように「二〇世紀最大の思想家」として、ハイデガーを「文化人仲間」に正式に認めさせようと情熱的に奔走する。

いわば「大赦を受ける極悪人 le jubilaire」ハイデガーとその夫人を含め、この討論会への参加者は計五六名である。聖職者――イエズス会神父フェサール師、神父クレベール師、神父レジェ師、モレル司祭、ペパン司祭。若手哲学者――グリナ（彼の奇行についてはすでに語った）、フィロネンコ、ドゥルーズ。画家――シャルル・ラピック。大御所――ガブリエル・マルセル、レオン・ピエール＝カン。著名人――ヴェーレンス（ルーヴァン大学のカトリック老フッサール研究者）、リクール（ストラスブール大学のプロテスタント若手フッサール研究者）。人気上昇中――リュシアン・ゴルトマン、ジャン・スタロバンスキー。一〇日間討論会の「低音部助奏 basse obligée」としての常連――モーリス・ド・ガンディヤック、ジュヌヴィエーヴ・ド・ガンディヤック。平均的大学人――シモーヌ・ペトルマン、ジャンヌ・パラン＝ヴィアル。著名外国人――ハイデガーの通訳をつとめるコスタス・アクセロス、ベダ・アレマン（チューリヒのゲルマニスト）。フラマン語圏ベルギー人二名、ペルー人一名、スペイン人一名、北米人一名、そしてドイツ人はたった三名である。「ポンティニー流」の開会の儀式が始まり、まず部屋が割り当てられる。ハイデガーには、のちにトインビーやピアジェに与えられた最も豪華な部屋が割り当てられる。次に討論会の進行予定が発表される。ハイデガーは、密教と顕教を一つにし専門家と市民とを結びつけるという「フランス式」のやり方に不安を感じているようだ。二八日の日曜日、討論の開始に先立ってハイデガーが「哲学とは何か」と題する講演を行なう。彼はその中で、哲学の創始者としてのギリシャ人という自分のテーマをあらためて取り上げ、存在についての言葉――つまり意識と観念によって曇らされてしまう以前の思惟を産み出す言葉――をめぐって論を展開する。

二九日月曜日、討論が危うく決裂しそうになる。大哲学者の講演を聞きながらすでに前夜から討論会場は騒然となっており、翌日になっても講演に対する恍惚か驚愕か、礼賛か憤怒かで真っ二つに分かれていたからである。

三〇日火曜日、ハイデガーは、カントを注釈することに決める。神の現存在の唯一可能な根拠に関する一七六三年の著作である。しかしそれは功を奏さず、三一日水曜日の午後の討論も怒声・怒号のうちに終わる。九月一日、ガブリエル・マルセルが発言を求めて「ハイデガーは翻訳不可能なものの中に身を落ちつけて独り悦に入っている」と非難し、ポール・リクールが「ハイデガーは『聖書』を十分研究しないまま考察の外に置くという危険な賭けに出ている」と告発し、リュシアン・ゴルトマンが「ハイデガーの思想は死を背景とした選民思想だ」と主張して、ジュリアン・マリアもいくつかの点から、ハイデガー批判を展開するといったぐあいで、状況好転の兆しはまったく見えない。

おそらく次のようなリクールの指摘が考察に値する。彼によれば、ハイデガーは歴史状況の流れに無関心であるが、一六世紀以降プロテスタント的資本主義の発展によって、社会への不適応が生まれ、アイデンティティが失われ、物が漂流し、全般的な根無し草状況が広がり、想像世界と現実世界を共に枯渇させる見せかけ《シミュラークル》が君臨する。一九世紀になるとユダヤ人が西欧文化へ再統合されるが、そのことによって西欧文化は新たな混乱、彷徨の兆候、或る種の不安定さを抱えることになる。そうしたものは、離散を常とする民が社会復帰を果たしたことの当然の結果として、技術文明のもたらす儚い表象や脆弱な産物に接ぎ木されるのである。こうして一九から二〇へと世紀が変わる頃、ユダヤ教‐キリスト教世界、〔問題となるユダヤ世界はキリスト教世界に先立つものではなく、後から接ぎ木されたものであるから〕より正確にはキリスト教‐ユダヤ教世界はギリシャ人の遺産――存在が唯一無二の光源から輝き出し、宇宙の住人すべてを迎え入れてくれるギリシャの遺産、ヘラクレイトスやパルメニデスやエンペドクレスの遺産――を清算してしまうのである。

九月二日金曜日、またしても討論会は決裂の瀬戸際まで行く。ハイデガーは巧みにヘーゲルを援用し、『精神現象学』序文にある有名な思弁的命題を説明し始める。すると、今度は大いなる癒しの風が一同の上に吹き渡り、六日目の討論会は和解ムードのうちに終了する。

九月三日土曜日、ハイデガーの弟子かつ友人でありヘルダーリンに関する著作が高い評価を得ているベダ・アレマンが、ヘルダーリンの『平和の祝典』を分析して参加者全員を満足させる。そして四日の日曜日、ガブリエル・マルセルが短い演説を行なって、民族間の平和に手を差し伸べるようハイデガーに懇請した後で、ハイデガーはこの一週間の大仕事を要約する作業を行なう。

ハイデガー夫妻はすぐにはフランスを発たず、ボフレとアクセロスに付き添われてパリ郊外のマント＝ラ＝ジョリにジャック・ラカン夫妻を訪ねる。精神分析家ラカンは、この頂上会談では、自尊心をくすぐられる快感に歓待する快感が合わさって最高の悦びを味わっていたはずである。このときはハイデガーのほうがラカンに会いに行くが、前年の一九五四年にラカンがフライブルクを旅行した折には、ボフレの仲介のおかげでかろうじて、この哲学者に「お目通りが許される」というぐあいだったからである。

ハイデガー主義はフランスでは、こののち順調に広がっていく。一九五六年に巨匠ハイデガーは、セザンヌの「土着性 Bodenständigkeit」を現地で理解するために、そしてルネ・シャールを訪問するためにプロヴァンスに赴く。ルネ・シャールとは、ソクラテス以前の哲学およびマラルメのニヒリズムを共有する「星辰の友情」によって、数年前から親交があるのである。この友情の星座には、ヘルダーリン、トラークル、リルケなど「詩の詩人」と並び、セザンヌとともに、セザンヌの模範的な継承者であるブラックが含まれている。セザンヌとブラックは「絵画の詩人」である。「絵画の詩人」とは、形を歌い形と色との適合を歌う詩人であり、造形表現にもたらしたとたん愚にもつかないものとしか見えなくなりそうなものを、はじめの孵化の状態で何とか歌い上げようとする詩人である。ハイデガーは風景を静かにじっと眺める。風景とは、豊かな大地の見事な紋章だからである。その大地を、彼は一九三五年に次のように定義している。大地とは「無目的にそこにあるわけではないものの横溢、疲れを知らず枯れることのない横溢のことである。大地の上に、また大地の内に、歴史性を背負った人間は自分が世界の中で逗留するための礎を築くが、大地を来たらせるのは作品である。この『来たらせること faire venir』こそ厳密な言葉で思惟されなければならない。作品が大地を来たらせるということは、作品が、ひとつの世界の作品としての大地の中で作品それ自体を支え維持しているということであり、そのようにして作品が大地を解放して大地が大地であるようにするということなのである[52]」。彼は愛するエクスに一九五八年の春に帰ってくる。当地の大学から「ヘーゲルとギリシャ人」という講演（一九五九年に『カイエ・ド・スュド』誌に掲載）を依頼され招かれたのである。

一九六四年に私はフライブルクでマルティン・ハイデガーに紹介される光栄に浴する。そのとき、彼は「バーゼルへ行って昼食を取ろう」とジャン・ボフレ、ロジェ・ケンプ、マリア・ビンドシェドラーと一緒に私を誘ってくれる。彼はそこのバイエラー画廊でセザンヌの晩年の作品である一枚の「サント゠ヴィクトワール山」をぜひ見たいと言う。ギリシャ人の西欧とは夕日が沈んだまま二度と昇って来ない空間のことだが、それと同様にセザンヌの「サント゠ヴィクトワール山」は、いくら追い求めてもつかまえられない感覚的現実を執拗に表現し続ける形象なのである。

21

一九五六年二月
一九五六年一〇月

第二〇回ソ連共産党大会とフルシチョフ報告
ソ連軍戦車のブダペスト介入

「共産党は、たんなる硬直した機械装置ではない。共産党とは、その支持母体、すなわち解放を行なおうとする階級にふさわしい熱狂である。この階級は、必死になって歴史を導き、真理と正義が完全に実現するような黄金時代、人間たちが和解し勝利をかみしめるような黄金時代を現出させようとしているのだ」。

以上のような表象が、トゥール会議以後半世紀余りの間、フランスのたいへんな割り合いの知識人たちの頭にこびりついていた。ようやく一九七五年頃になって、共産党は体勢がぐらつき始め、国民の支持率が大幅に低下し、駆け引きさらには裏取引まで強いられ、心ならずも日和見主義から妥協へと追い込まれて、知識人たちの意識も変わることになる。

それにしても、この間の事態については、啞然とせざるをえない。ほぼ六〇年間にわたって、(ヴィクトル・セルジュの旅行からフルシチョフ報告に至る、あるいは独ソ不可侵条約からアフガニスタン侵攻に至る)おそるべき新事実が発覚し幻滅を味わわされてもなお、知識人たちの信条は揺るがなかったのだから。共産主義を信奉する知識階級の信念は、周期的に試練にさらされても、そのつど愚鈍な忠誠心のおかげで甦るもののようである。

フランスの知識人たちは、忍耐が限界に達するときに、つまり、資本主義と帝国主義が共謀して「機関銃、爆弾、そしてさまざまなおどろおどろしい機械装置」[53]を使い若者の命を一〇〇万単位で奪っているときに、卑劣にも植民地への大旅行を楽しむような輩は別として、拒否の権化、共産党のもとに結集している。バルビュスは熱烈な愛国者であり第一次世界大戦の英雄になったが、軍隊、勇気、軍人の栄光を罵るようになり、やがて〔共産党員となって〕ソ連を崇拝する。一九一八年、戦争がますます激化する中、彼の著書『砲火』は、すでに二三万部売れている。一九二五年、ちょうどモロッコのリフ山脈で「平和をもたらす」戦闘が行なわれているときにブルトンが一歩を踏み出すのも、苛立ちが理由である。

ファシズムの脅威に直面したとき、いったい誰の言うことに従えばよいのか。社会党は空疎な感傷に支配されているし、急進社会党は農事共進会の強情でおしゃべりな連中の集まりだ。そこで知識人は、大挙して国際的マルクス主義運動へと向かう。彼らはこの運動の中に、闘士たちを、構造を、闘争の美徳を見い出し、この運動の中から、街頭で民主主義の敵に立ち向かえる突撃隊が現れてほしいと切実に願うのである。一九三四年には、二月六日以降、共産党は、左翼の思想家・芸術家・科学者たちが結集する共同戦線のすべての団体（一九三五年三月四日に「反ファシスト知識人監視委員会」が設立され「労働者に対する第二次声明」を発表するが、この声明に署名するはずの知識人は一二〇〇人以上に上る）に対して、思いどおりに浸透工作を進める。一九三五年、パリでミュンツェンベルクの指導のもと「文化擁護国際会議」が開かれる。この会議の雑踏の中にフランス人の参加者としてはアラン、バルビュス、ロマン・ロラン、マルロー、ジッド、そして共産党に対する信奉の点で比肩する者のいないアラゴンといった顔ぶれが見つかる。共産党はこの統一的な動員によって大変な恩恵をこうむる。一九三六年の選挙で共産党の下院議員数は一二議席から七二議席に躍進し、一九三二年から一九三六年にかけて、国内の党員数は二万五〇〇〇人から三五万人に増大する。

ただし、社会参加を最も拒んでいた次のような知識人が共産党のもとに結集するのは、戦時下のどん底の社会状況においてである。クロード・ロワ（『アクシオン・フランセーズ』紙から参加）、ディオニス・マスコロ、ジャン・デュヴィニョー、J・F・ロラン、エドガール・モラン、エディット・トマ、ロベール・アンテルム、マルグリット・デュラス、ロジェ・ヴァイヤン、ルネ・シャール、フランシス・ポンジュといった面々である。ドイツ占領下の数年間にナチスの犠牲となった共産党員たちは、いったん戦争が終わり危険が遠ざかると、巧妙に組織された共産党礼賛の論拠になる。一九四五年、共産党は栄光の頂点にいる。政界の至るところで金もうけが横行し、投機が日常化し、公金が横領され、私利私欲と策略一色という状況にあって、共産党は、知識人たちの目に純粋無垢と映る。知識人たちには、共産党の歩みが予期せぬ事故や、経理上の不祥事や、三面記事の種になりかねない失態によって停止することなど、考えられなくなる。〔共産党によって〕ときおり無実の人間が有罪宣告されても、彼らはそれほど心を痛めなくなり、また、モスクワ大公判のような重大事件でさえも、彼らに不当と感じられるには至らない。一九三八年、ジョルジュ・フリードマンは、ソ連とイデオロギー的に対立する立場であるにもかかわらず、〔粛清された〕被告人たちの有罪を平然と支持する。

「共産主義は無謬である」というばかげた考え方は、フランスで代々積み重なってきた悪しき伝統を受け継いでいる。一八世紀以来、時代権力に対する幻想《ユトピー》が政治哲学や文化哲学を活気づけるという伝統である。貧窮と衰弱の中にあって、いかなる教員、いかなる作家、いかなる学者が明るい明日の魅惑に逆らえるだろうか。共産主義とは、乗り越えられた矛盾であり、万人の幸福であり、再発見された人間である。「旅の道連れたち[54] compagnons de route」は、こうした妄想の中で体制転覆をもくろむ。一九八四年現在も、彼らはひるんでいない。たとえば、最近〔首相〕ピエール・モロワや〔大統領〕フランソワ・ミッテランとまでも対立し〔閣外に去っ〕ている〔社会党の〕ニコル・ケスティオは、〔共産党系の〕「労働総同盟」（CGT）問題に関してはミッテランを高く評価している。彼女によると、「労働総同盟」は未来を構築するからである。共産党がずっと以前からこうした「道連れたち」からのラブ・コールを利用してきたことに、読者は驚かなければならない。共産党は、相手が近親の間柄でも、今はまだ受け入れる時機ではないと判断すれば、「進歩主義者」呼ばわりしてはばからない。

フランスの知識人は、社会参加したことのない場合は、人類が自己と世界の主人になる未来を想い浮かべると、死ぬほど恥ずかしく感じる。「自分はプロレタリアを侮辱していることになる。明け方に床につき、人生の半分をバカンスで過ごし、ネクタイとスーツに身を包み、ブルジョワ言葉を話すのだから」というわけである。彼は二重に疎外されている。一つは抑圧的な社会からの疎外であり、彼はこの社会を正当と認めていない。もう一つは抑圧された階級からの疎外であり、彼はこの階級の外部にとどまっている。彼は、我が身の下劣さを拭い去ろうと、喜々として狂信と禁欲の中へ飛び込み、ありとあらゆる点で低姿勢を貫くことに同意する。一九四五年、ソルボンヌ大学のある教員がガロディに共産党入党の意思表示をすると、ガロディはこの教員に個人活動の範囲内で闘うよう勧める。それに対してこの教員は、「いや、私はもっと有益で、もっと社会的な何かに奉仕したいのです」と答えている[55]。アナーキーだった連中、浮かれていた連中が自分から謙虚さを身につけようとする。ロジェ・ヴァイヤンは「スターリングラードの攻防戦の後では、もはや将官たちをからかうことなどできない」と叫んでいる。

明らかに、こうした潔癖主義者たちが、一九四五年以来、フランス思想を苦しめている冷気の発生源の一つである。彼らは「笑い」を、不健全で軽薄な態度、現実生活への侮辱、不潔な快楽趣味などと非難する。労働者は遊びに興じたりしない、というわけだ。さらには、共産主義に与すべきか、不安を抱きつつ、きまじめにためらっている人びともいる。自分は、出身階層からしてエゴイスト・詐欺師という烙印が押されている以上、共産主義者に値しないのではないか、と。一九三四年、ヴァイヤン＝クチュリエ宛の書簡の中で、挫折を繰り返しているエディット・トマは、「救われそうもない根っからのプチブル女性である私に、『革命的作家・芸術家協会』に加入する権利があるのかしら」と漏らす。するとクチュリエは返書で「もちろんあります」と答え、ちょうど福音書で正義の人イエスが悔悟しているマグダラのマリアに罪の許しを与えるように、寛容な態度でこのプチブル女性に罪の許しを与えている。

それでも、この悔悛した者たちは、独特な喜びを経験している。彼らは、歴史が病いから快復する激変期にささやかな貢献をしたことを、計り知れない誇りと感じているのである。サルトルは、ほぼ公平に彼らを見ているると思えるが、この彼らの思い上がりには、ときに苛立ちを覚えているようである。

服喪と栄光とで目が見えなくなった共産党の知識人は、騎士団気どりで、お互いどうしを「我らが時代の不滅の英雄」と呼び合ったものだった。この頃のことだと思うが、私の同窓生の一人が、皮肉っぽい調子でやんわりと私に言った。「僕たち共産主義者の知識人はね、自分の優越感につらい思いをしているんだよ[56]」と。

一九四五年から一九五〇年までの間で見れば、共産党の細胞に属することは、「最先端の流行」以外の何ものでもない。しかし、旗印がなければ特権階級は存在しない。それは、「文化人仲間」を見れば分かる。「文化人仲間」として作家たちを団結させているのは、パリという旗印、フランスの主権を表す象徴である。それと同じように、ボルシェビキが新しい社会を作った、それ故、ロシアがすべての共産主義者の祖国であることは明らかだ、というわけである。一九五三年に自由の身になったディオニス・マスコロは、あいかわらずこの錦の御旗に幻惑されている。

〔…〕共産主義の敵対者たちがソ連を非難して指摘している事柄を例外なくすべて事実だとみなすとしても、なお問わなければならない。ソ連は、人間の物質的欲求を満たすのに必要な条件を絶対的に尊重することを基礎とする社会か否か、と。ソ連はまさしくそうした社会なのである。(57)

フランスの左翼にも盲目的愛国心《ショービニスム》はあるから、彼らはソ連に主導権を握られていることにむずがゆさを感じてはいるが、それでも共産党の模範性を信じている。この確信が、後ろめたさ、内部抗争、惰性といった病いを、いつまでも引き起こし続けている毒ないし病原菌として働いているのである。そうした病いの徴候は、次のような事実にはっきりと現れている。第一に、一九七一年にフランソワ・ミッテランのおかげで持ち直した社会党が、衰えたライバル共産党の要求事項を受け入れる。第二に、社会党の先頭に立つ「社会主義研究調査教育センター」が、ド＝ゴール主義という主題に共産党への理解という変奏をからめつつ、ブランド・イメージを構想する。そして第三に、一九八一年に社会党が、たんに組合の力に配慮する戦術のためばかりではなく、育ちの良い同志〔＝共産党〕に対して自分が雑種であることで罪悪感を抱いているという事情もあって、不遇な協力者〔＝共産党〕を優遇するのである。

22

一九五六年春

パリ市立近代美術館におけるニコラ・ド・スタール回顧展

一九五二年一〇月、私はリール駅でちょうど列車から降りたとき、アンリ・デュポンにばったり出会う。この男はレピュブリック広場で書店を営むかたわら、実は画商もやっており、リエージュ生まれで風変わり、身のこなしがぎこちなく、口の中でもぐもぐ言うので、私には一文のうちの数語しか聞き取れない。無愛想だが、寛容で魅力的、きわめて聡明な男だ。苦悩を知らない「従兄ポンス」〔＝バルザックの同名小説の主人公〕、卑しさのないレオトー、といったところか。彼の家は凝った造りで、とびきり美人の奥さんアリスの手入れが行き届き、置物・家具・絵画であふれている。とりわけ絵画は、自分のブティック・ギャラリーに展示するのがもったいないほどお気に入りの作品が並ぶ。彼のギャラリーは、この当時国内有数の規模を誇っていた。ノール県の織物産業が、パリの芸術家たちに販路を提供するかたちになっているのだ。デュポンの有力な顧客たちは、著名な収集家も含め、彼にとって気の置けない仲間である。そうした顧客としては、ジャン・マジュレル、アンドレ・ルフェーヴル、多少離れたところにフィリップ・ルクレールがいる。ルクレール邸の壁には、野獣派のルオーと光あふれるボナールの絵と並んで、数枚のマネシエの絵が掛かっていたが、ルクレールはデュポンを介さず自力でやろうということで、リール市のはずれにある小さな町エムに自分で建てさせた——この地域の人びとは信仰心が篤い——教会のステンドグラス制作を、このマネシエに依頼している。

毎日私は、トゥルコワン高校からの帰り、デュポンのところへ寄ってはおしゃべりをする。話題になるのは、彼が売りたがらない『百科全書』、一九世紀のマイナーな恋愛詩人たち、ドーミエやグランヴィルの素描、彼と同郷のベルギー表現主義の画家たち、またとりわけ、リオペル、エステーヴ、ヴィエラ＝ダ＝シルヴァ、ポリアコフ、そしてアトランといった彼の友人たちである。

デュポンはスタールについては語らない。おそらく、スタールを毛嫌いしていたポリアコフ——スタールとポリアコフはロシア人どうしであったし、気質も合わず商売上のいざこざさえあった——の影響であろう。スタールの作品の相場は、五年前から急上昇しているのだから。

一九五五年秋、パリに戻った私は孤児同然で、父親みたいだったデュポンと会えなくなり、その代わりをしてくれる者もいないので、何とか遠い親類のような人物を見つけ、自分にどうしても必要な「絵のある溜まり場」を世話してもらう。私は、その頃国立自然誌博物館でラマルクの手稿を読んでいたが、その作業が終わると、毎晩、ボ・ザール街のミシェル・ヴァランのところへ出かけることになったのである。そこには、絵画についてめったに語らないベケットが最近論じたばかりのブラム・ヴァン＝ヴェルデ、ド＝ゴール将軍の政権復帰に向けて陰謀を企て始めているミシェル・ドゥブレの弟オリヴィエ・ドゥブレ、あるいはメサジエといった人びとの作品が並んでいる。私は、タリカや、「キネティック・アート」の女神ドゥニーズ・ルネと親しくつきあうが、一九四九年にスタールを窮地から救ったジャック・デュブールとはつきあわない。一九五六年、パリ近代美術館における回顧展が、私にスタールをあらためて発見させ、私を感激させる。彼は晩年に具象を導入し直すが、この具象はそれまでの抽象と連続している、と私はずっと感じていた。この感じが正しかったということが、この回顧展において、鳴りもの入りで証明されたように思えたのである。

ハルトゥングにせよスーラージュにせよ、マテューにせよランスコイにせよ、さらにはタル＝コアトにせよビシエールにせよ、いずれも、セザンヌ以前の画家たち——光の戯れのうちで私たちの視力を回復させようとする画家たち、技術によって凌辱され知によって独り占めされた実在に、もう一度活力を取り戻させようとする画家たち——の着想を受け継ぎ、世界の秘密、鼓動、激情といったものを、記述することなく翻訳している。一八六〇年以降、印象主義は、知覚されるものへの回帰を執拗なまでに追求したが、モネは一九二六年、八六歳のときに連作「睡蓮」において、この回帰から驚くべき結論を導き出す。すなわち抽象芸術に華々しい端緒と、身に余るほどの栄光に満ちた資格を与えるのである。

奇妙なことにスタールは、ブラック経由で、むしろセザンヌに自分の姿を重ね合わせる。セザンヌは実に見事に、しかし私たちにとっては不幸なことに、まなざしの破綻を明らかにして、同時代の芸術の弔鐘を鳴らす。まなざしは風景や人物をむさぼるように凝視するあまり、自らの意に反してそれらを思考対象へ変貌させてしまうのである。このセザンヌを発端として、キュビスムからコンセプチュアルアートに至るまで、七五年の間、絵画内容は際限なく空っぽになっていく。スタールは、二〇世紀の画家が「生きられる現実」に対して抱く後ろめたさ、恨み、高まる嫌悪感に直面しながらも、さまざまな感覚にさいなまれる叙情詩人であり続ける。それらの感覚が最高に輝くのは、彼が「コンポジシオン」と呼ぶ、一九四六年から一九四八年にかけての作品、すなわち、細かく震えるような線影、苛立たしげな太い描線が、ここと限定できないひとつの中心で互いに交わり、いかなるイメージよりも巧みに物語を展開する作品である。

この力強い構成とは対照的に、一九五〇年から一九五三年までの数年間の作品は、一色塗りの大きな長方形や正方形を配し、壁を連想させる。壁は、堅固さと安全性のしるしである。これらの形態それ自体は、まだ何であるのかよく見分けられないが、それらの形態から突然いくつかの対象が生まれ、その対象のほうは次第に、私たちが識別しようとすれば見分けられるようになる。それらの対象の到来は、あたかも何かが新たにどっと吹き出したみたいで、あらゆる種類の色彩が一挙に開花する。以前の作品では色彩は、灰色・褐色・ベージュといった中間色や暗色に限られていた。いまやスタールが、マティスの影響のもと強烈な色価もいとわず、好んで常用するのは緑・黄・赤である。さらに、まぶしいほどの光の下で、野太い描線、大きいタッチ、厚みのあるマチエールから、具体的形象がどっとあふれ出る。近景と遠景の重なりをとおして数隻の船の形がはっきりして、海には水平線が現れる。スタールは自らの抽象絵画期の極みにおいても、近景と遠景の重ね合わせの技法は決して手放さなかった。遠近法にはまったく心を動かさないポリアコフとは対照的である。

一九八一年、私はグラン・パレでこのニコラ・ド・スタール回顧展の作品の一部を再び見ることになるが、一九五六年に見たとき以上に、一九四七年と一九四八年の抽象画には感動し、晩年の具象画にはうろたえてしまう。空、海、瓶が、何とか蘇生しようとしながら、結局は死滅しているのである。おそらくスタールはそのことを自覚し、自らの時代に対して、果敢に立ち向かおうとはしないまま不誠実な態度を取り続け、やがて栄光の絶頂において死を選ぶ。悪逆のかぎりを尽くす征服者《コンキスタドーレス》でも現れなければ、「何でも構わない」という空虚な状態——つまり、彼の死以来うがたれた空白——をもう一度充実させることなどできず、爆薬でも使わなければ蜃気楼は追い払えず、意味が姿を消した空間に造物主《デミウルゴス》がやって来て、自分の製造印を押してくれでもしなければ、事物の重みを取り戻すことなどできないのかもしれない。

23

一九五七年　ロラン・バルト『神話作用』(58)

人類学によって立派な台座に据えられた神話をバルトが路上に引きずり降ろしたことを、私は好ましく思う。レヴィ＝ストロースに対して神話は或る普遍的な精神的遺産の精髄を開示する。神話は、正真正銘の巨像遺跡、精神的に巨大な過去の遺物であり、なるほど〔レヴィ＝ストロースにより〕その巨大さにふさわしく一大絵巻のように堂々とした書物のかたちで復元されて私たち読者に与えられるものの、その書物の中では、神話は、畏敬の対象ではなくなり、私たちの眼の前で細かく分析されてこなごなになっている。レヴィ＝ストロースは、おぞましいほどの独占欲にかられ、神話をしめ上げて、神話が自らの内部に隠していた世界・思想・経済・家族・欲望などを断片のかたちで吐き出させ、社会的に「生きられる現実」の固く秘められた奥底を、聞かされるこちらが困ってしまうほど明けすけに吐露させるのである。神話を縦横に貫くあふれるような力、神話にたぎる激情が、冷やかな一覧表になって私たちの前にしつらえられる。慣行や表象がまる裸にされ、私たちの学説によって没収されて、規格化され整理される。私たちがこの知をかなぐり捨て、神話を輝かせている楽しさに身を委ね、たとえばオルフェウスの崇高な歌声にセイレンたちが激怒する場面とか、セイレンたちが自分たちのすみかにオデュッセウスをおびき寄せるのに失敗し、悔しさに身もだえする場面で、突然大声で笑い出そうものなら、教育者然とした連中の逆鱗にふれ、悪くすれば軽蔑されかねないのである。

一九五四年から一九五六年にかけて、バルトは、日常性を扱った試論を書くことで、こうしたご立派な注釈とは一線を画すわけである。彼は三面記事、雑誌記事、映画、娯楽などに、いわば聴診器を当て、ブルジョワの想像力の産物に特有の口調を聴き取って、「自然と見えるもの」の中に沈んでいた或る現実を浮かび上がらせる。「或る現実」とは、ボードレールの言う「新時代《モデルニテ》」のこと、つまり、自分で仕掛けた罠に自分ではまる運命、羅針盤が狂って使いものにならない海域に向かい〔羅針盤を使って〕出帆せざるをえない運命にある「新時代」のことである。

一九五〇年代に流行したプロレスを見てみよう。リングの主役たちは、決まった役を割り与えられ、イタリア喜劇のように、異様な身なりと態度で、その役を演じる。ずんぐりした乱暴者で、胸くそが悪くなるほどぶよぶよに太ったトーヴァンは「卑劣な裏切り者」。体にしまりがなく、くせ毛の金髪で大男のリュミエールは「逆切れするおとなしさ」。小柄で尊大な色男マゾーは「滑稽な虚栄心」。ブルーとピンクの部屋着を身につけ女性っぽく振る舞うジャズ《ザズー》・ファンみたいなオルサノは「執念深いあばずれ」である。すべてのサイコロに細工がしてある以上、プロレスラーの役目は勝つことにではなく、自分に期待される身ぶりを完璧にやり遂げることにある。思いがけないことは起こらないのだから、スポーツも格闘もなく、あるのはただ、運命という船の船首像（「苦痛」・「敗北」・「正義」）の看板がかかった壮大な見世物だけである。

したがって、プロレスとはまさしく「人間喜劇」である。そこでは、この上なく社会的で微妙に異なるさまざまな情念（うぬぼれ、正義感、洗練された残酷さ、「報い」の感覚）が、いつも運良く、これ以上ないほどはっきりした記号に出会う。この記号が、そうした情念を一つにまとめ、表現し、プロレス会場の隅々にまでこれ見よがしに運んでいくのである。情念が本物か否かは、この段階ではもはやどうでもいいことが分かろう。観衆が求めるのは情念のイメージであり、情念そのものではない。劇場と同様プロレスでも、「ほんとうはどうか」という問題は存在しない〔…〕。このように外的形態を生かすために内面を空っぽにしてしまう手法、形式によって内容を汲み尽くしてしまう手法は、堂々とした古典芸術の原理そのものである。プロレスは、芝居のパントマイムと比べ、けた違いに効果的な無媒介のパントマイムだ。プロレスラーの身ぶりは、いかなる仮構作業も、いかなる舞台装置も、要するにほんとうらしく見せるためのいかなる置き換えも、必要としないからである。(59)

ビフテキのフライドポテト添えから豪華クルージングまで、石けんや洗剤から「黒人国のビジョン」〔九〕まで、女優グレタ・ガルボの顔からピエール神父の図像集その他の意味ありげな多くのテクストまで、この書物で扱われる話がどこから生まれてくるのか、もはや読者にはよく分からなくな〔り読者は神話の魅力にふれ〕る。集団的な夢から生まれてくるようにも、著者の魅力的な魔法から生まれてくるようにも思える。しかし残念ながら、だからと言って、それらの話〔の神話性〕からバルト自身が力を汲み取るわけではないのだ。彼は、これらの話を解放してやったかと思うと、途端に退却し始める。構造主義の福音がバルトに「いかなる言語も形式的体系をなしており、いかなる言語の内容も、聖パウロの言う『虚空に鳴り響くラッパ』以上の重要性を持たない」と教える。するとバルトは、それまではわき目もふらずに没頭していた神話の研究から頭を起こし、そのからくりを分解してみせて学者風を吹かすようになるのである。〔たとえば〕「牛乳」という単語は、「私は今朝、牛乳を買った」という命題の中と、「今朝カルカッタで、国際赤十字社が子供たちに牛乳を配給した」という命題の中とでは同じ意味を持たず、前者では「栄養をつけるために飲むもの」のことであるが、後者ではそれとはまったく異なって、インドにおける貧困や西洋からの慈善を語るために引き合いに出されている云々、というわけだ。要するにバルトは、力強く自らの手のうちに引き寄せたはずの刺激的な自由奔放さの産物を、著作の末尾で真理の領域へと移植してしまうのである。

私は、あくまでも神話に備わる差異を保護し、何としても記号学者たちの還元主義や帝国主義から神話を守りたいと思う。神話は通過儀礼を要求する。つまり神話の中に入り込むには、恐るべき試練を受ける必要がある。その試練の狙いは、周囲の愚かさや流行の解読モデルから、それらを信奉している者を解き放つことにある。目の前の明白な光景（八百長試合、前もって割りふられた役割、キャラクター化された容姿）のとりこになっている群衆、共犯者だけが思いのままにできる虚構の道具となり距離を取らずに自らの役回りを演ずる観客にとって、神話は不透明である。神話は密教的であって、神話学者たちによるきわめて特殊な共謀、積極的な連帯、たえざる強化を必要とする。神話学者たちは、少数の支配者のようなところがあるが、だからと言って学識のあるエリートではない。単純な人のほうが学識豊かな人よりも神話にアレルギーを起こすことは少ないのである。神話は、見事な芸術作品から生まれるときも、どうということない状況から生まれるときも、いつも「場違い」という感じで生まれ出る。神話の判読 déchiffrement は、神話を文法のうちに制度化するような解読 décodage とは別物である。『失われた時を求めて』の中で、ゲルマント公爵の舞踏会にシュルジス夫人〔＝公爵の愛人〕の二人の息子が到着する場面がある。二人の息子のうち兄は慎重、弟は愚鈍という違いはあるものの、二人とも同じようにハンサムで、母親の完璧さの異なる化身である。兄ヴィクテュルニアンは母の顔色と背丈を受け継ぎ、弟アルニュルフは母の目つきを受け継いでいる。ちょうど「軍神マルスと、愛と美の女神ウェヌスが、最高神ユピテルの『力』と『美』にほかならなかった」ように。何も私は、この到着の場面には、読者を『失われた時を求めて』の神髄に引きずり込むものがある、などと言いたいのではない。そんなものはいっさいない。ただ、私はこの挿話が、きっと大学教員たちには、しかつめらしい関心しか呼び起こしていないと思う。何しろ彼らはシャルリュスの言い落としこそが思わず吹き出したくなるような彼の魅力なのに、その言い落としを見て取れないのだから。しかし、きまじめな精神が月並みなことにしか気づかないところで、神話的な精神は、嬉しくて思わず跳び上がりたくなるようなことを見つける。

神話は祝祭的なのである。神話は教訓的でも実用的でもなく、知識の獲得には少しも役に立たない。そのために神話は、駄弁家と工学者双方を遂には怒らせることにもなる。冬の北風は、想像界の跳躍力をすっかり凍りつかせ、意志のパロディー、権力のカリカチュアといった代替エネルギーの議論を展開してきた。このカリカチュア化された権力が、現代文明の試金石である。すべてがここに流れ込み、すべてがここから流れ出す。こうした権力は現実感覚に欠けるため、現実の中では至るところで互解し、大惨事や茶番劇の中に避難所を見い出す。小暴君がオフィスや工場にはびこる。言語はこうした権力の支配欲の餌食になってしまうが、神話は、言語を否定する言語であって、たえずこうした支配欲をかわし、シェイクスピアの言う「緑の眼の怪物」のように、支配欲の餌食〔となった言語〕を鼻であしらう。無力な目撃者からすると、そうした神話の身のかわしようは狡猾で邪悪で嫌悪すべきものと見える。捕まえようとしても、ウナギのようにするりと逃げる。神話は、努力すれば生まれるようなものではないから、なおさら扱いが難しいのである。神話はふつうの言語を経由しながら、巧みに神秘を光の中にすべり込ませる。その光のうちで、協調性のかけらもない役者たちを何とか団結させるための陰謀が仕組まれるのである。神話学者はと言えば、自分が圧倒的な独立性を維持できることが嬉しくてならない。実際、彼の覇権はあらゆる攻撃に持ちこたえる。彼は、自分がこうむる攻撃を揶揄することによって、それを芽のうちに摘み取ってしまうからである。私たちは、書き言葉を持たない人類の言説を骨抜きにすることによって、いかなる無邪気さをも失ってしまった。いま私たちの頭にこびりついているのは、それらの言説の厳密さばかりである。結局私たちは退化の道をたどっている。この退化は私たちに、アルトーが無秩序 l'anarchie と呼ぶもの、すなわち「論理」の漸新的な風化を教えてくれる。アメリカ・インディアンやメラネシア人なら、論理が自分たちの不安定な状態を一時的にしのぐための仮着にすぎないことを知っているのである。

だからと言って、神話が経験的知識の中で道に迷っている、ということではないから、安心していい。神話は形相的 eidétique で、根本的な意義に照準を合わせている。三〇年前、哲学教員だった私は、よく授業を中断して、ちょっと型破りな演習を行なっていたが、すぐに他の教員たちがそれを聞きつけ、当局然とした口ぶりで私をなじったものだった。私は生徒たちにあだ名をつけていたのである。そのあだ名は、つねにではないが、多くの場合、彼らの本名からかけ離れており、一人一人の体つき、立ち振る舞い、人となりにぴったりであった。生徒たちは快くこの演習を受け入れ、むしろ積極的に協力してくれ、私たちの直観を相互にやり取りすることをとおして、最後には彼ら自身で「本質に到達するには、演劇性こそが、隘路ではあるけれども王道である」という結論を引き出したのである。

いずれにせよ、神話はすぐれて破壊的な言説であり、一座の興をそぎ、辛辣なやり方で真実を暴露する。それゆえ神話はふつうの言語から迫害され、場合によっては魔女狩りの犠牲になる。白い文章表現《エクリチュール》の時代には、燃え上がる炎は好まれない。白い文章表現は自らの権威を誇示しようと、ブヴァールとペキュシェ、ヴェルデュラン夫人、バルダミュ、さらにはパンタグリュエルにまでも、ためらうこともなくショック療法をほどこす。すなわち彼らを一種の見せしめにして、彼らから生命力を容赦なく奪い去るのである。

私は、「私たちの冬の時代における神話学者は、機械化時代初頭におけるダンディーにあたる」と確信し、社会全体に広がる感覚麻痺に対抗して立ち上がろうとする人びとの協会を設立した。会員は、漂流船に乗って航海する、という契約を結ぶ。さまざまな不安を積み込み、現代文明の万能薬かつ紋章になっている安全第一の精神に挑もうという、この現代版「メデューズ号の筏」の座席は、非常な高値で売りに出される。パリのインテリ管理体制 intellocratie 内には、この船の座席を購入する者はほとんどいない。その体制の牽引車たる者たちは、予期せぬことには、ほとんど見向きもしないのだ。そもそも彼らは、この阿呆船に乗船する一流の漂流人たちの「どこの港にも寄らず、リオタールも乗り込ませない」という考え方が分からないのである。

私は危険を覚悟で、親しい仲間や反体制的な連中とともに、この船に乗り込む。親しい仲間としては、創作家や才人たちが、そして大画家コンスタンタン・ビザンティオスがいる。「反体制的な連中」というのは、いかなる服従をも拒否し、度を越して規則を破ることに慣れきった連中である。私の筏の上では、肌合いが異なり、ときには敵対もするが、熱に浮かされている点では似た気質の者どうしが、隣り合わせている。すなわち、ドニ・ユイスマンの隣りにはポール・シャントレル、ルイ＝アンリ・ド・リニエールの隣りにはジェラール・ヴァシェール、ロベール・アロン＝ブリュヌティエールの隣りにはイヴ・プティ＝ド＝ヴォワズ、ローラン・ディスポの隣りにはジャック・ラングといったぐあいだ。こうなるのも肩書や名誉を持ち込む者はいないからである。女性としては唯一人フランソワーズ・ヴェルニが、その過激な言動ゆえに、この反時代的な共同体への参加を認められている。

乗船候補者の選抜は、妥協なしの厳しいものであって、そのためには満場一致が必要であった。私は、銀行と乗船券売場の中間に位置するいっぷう変わった事業所、「万国『メデューズ号の筏』会社」を設立した。レセップスは、自分の運河から上がる利益を最大限効果的に運用するために、自分の運河にスエズ運河会社を付設したが、それにならったのである。我が社もレセップスの会社の後塵を拝して、株券を発行する。私の眼の前で、物見高い連中、不安そうな連中、難破愛好家といった感じの連中が、数千株単位で買っていった。ジャン・デュヴィニョーもそうした連中の一人で、彼が株を買うとき私は同志愛を込めた微笑みを投げかけたのに、徹底して反乱に加わる気などない彼は、すぐにその株を転売してしまった。それでも彼は、我が偉大な出航という神話には、ちゃんと参加している。桟橋までやって来て、あたたかい別れの言葉で私たちを見送ってくれたのである。

24

一九五八年五月〜六月

ド＝ゴール将軍の権力への復帰

構造が均衡しても、またイデオロギーが調和しても、それだけでは社会は安定しない。構造の均衡とかイデオロギーの調和は、社会の安定の見かけの原因にすぎない。社会は、生成の統一不可能な二つの流れの層──深みを底流するそれと、表面で具体的な出来事となって砕け散るそれ──が何とか調整されることによって安定する。このことは、持続する生成のうちのいかなる時期においても、つねに当てはまる。一八五〇年頃にヴィクトリア朝時代の極端な羞恥心が大声で言いふらしているのは、一七五〇年ならブルジョワ階級が数人の医師の声をとおして小声でささやいていることである。終わりつつある現在のすぐ後ろに、始まりつつある現在が迫って〔社会が不安定にな〕るときには、この途切れることのない流れの中に〔二つの層の調整の困難が生じ〕通り抜けが難しい隘路ができているわけである。したがって「新しさ」は、それがあると思える場所には決して存在しない。歴史は、表面に現れたときには、すでに時代遅れになっている。未来を作り出す歴史は、まだはっきりしない仕方で人びとの感性に語りかけ、人びとの感性を揺さぶるのである。

一九五八年、フランスの実質的な状態と表面的な状態は、完全にアンバランスである。政治論争とか、一触即発の状況といった表面的状態が、フランスという国の奥底で素描されつつありすでに否定しようもない運動と、ずれているのである。矛盾は、集団的な「生きられる現実」と実際のさまざまな社会学的圧力の間にあるだけでなく、この集団的な「生きられる現実」それ自体の中で、表層と内的緊張の間にも見られる。一九五二～三年頃、第二帝政の初期一〇年間以来絶えて無かった好景気が始まる。フランス人の生活は劇的な変化を遂げる。第一の要因はマーシャル・プランである。一九四九年以降、アメリカから天の恵みのような援助がヨーロッパの工場に投入される。フランスへの援助額は二八億ドルに上った。第二の要因は、「富は欲望と共謀する」という古くからある自由主義的な格言のとおりになったこと。第三の要因は、「享楽は特権から生まれる」というマルクス主義的な決まり文句がお役御免になったこと。そして第四の要因は、保守的で吝嗇《りんしょく》の農村社会が突然目覚め、消費物——つまりたえず獲得されては放棄される物——に魅了されるようになったことである。けれども、噴火中のこの歴史は、すでに時代遅れになったもの——つまり植民地主義——と、あいかわらず格闘している。いまだ第二次世界大戦の余韻さめやらぬ中、フランスにおいては植民地主義が、ケチのつき始めであると同時に最後の頼みの綱でもあることが明らかになる。人びとは、身も心もペタンに捧げたかと思うと、今度は一転して、破廉恥にも幻影の祖国を旗印にド゠ゴール支持へと向かい、一九四五年にインドシナでクライマックスを迎えるドラマのうちに、思いがけず、大した損害も出さないで憂さを晴らし名誉を回復するチャンスを見い出すわけである。人びとは、儚い名誉の保証を求めて、あのインドシナという遠い領土にしがみつく。しかも、本国の日常生活は戦闘の直接的影響を受けないから、なおさら、そうした無責任な態度が問題とされることも少なくなる。さまざまな象徴の燦然たる輝きの代償は、インドシナの地での人的損失であり、その犠牲者の大半は職業軍人であった。

こうした焦燥の混じった要求に対して、状況は試練を課すことをやめない。ベトナムでは、消耗戦の後、最悪の事態が次から次へと押し寄せる。一九五四年五月、ディエン・ビエン・フーの陥落は、マンデス=フランスを政権の座につかせる。停滞し敗血症にかかった歴史に対して、進展している歴史が収めた一応の勝利と言えよう。だが、アルジェリア人たちの蜂起とともに病いは再発し、以前よりもいっそうひどい症状を呈する。一九四〇年以降、フランスは屈辱感に襲われ続けてはいるものの、コルシカ島と南アフリカを混ぜ合わせたような模範的領土アルジェリアだけは、統治され服従する住民に対する入植者側の肉体的・知的・精神的優位を雄弁に証言している。アルジェリアは、至るところで痛手を受けていたフランスの主権の神聖不可侵の空間であり、自らの利益を追い求めて当地に渡ったアルジェリア在住フランス人《ピエ=ノワール》と、その地の輝かしいイメージのうちに自らの存在を確認する本土のフランス人とを結びつける場である。国民を包む表皮も動物の皮膚に似て、ひどい火傷を負えば生命維持器官を保護することはできなくなる。一九五六年、反乱が広がり、フランス人の生命維持器官は危機にさらされるのである。インドシナ、チュニジア、モロッコをあっさり手放したマンデス=フランスに、もはや安々とその清算計画を続行させておくわけにはいかない。彼は権力の座を追われる。外国の観測筋は、第四共和政が一種の癌に蝕まれ、近いうちに死の宣告を受けることを知っている。第四共和政とは、一九四〇年に恥辱の中で息絶えた第三共和政と、ド=ゴール将軍が行なったその第三共和政の復元作業との間に生まれた雑種、生まれつき欠陥を持った体制ではないか。ド=ゴールは、第三共和政という愚母に対する追慕の情の犠牲となった父である。第四共和政は、急激な諸変化に揺さぶられ、体質が脆弱なせいでそれに耐えられなくなった私生児的体制、アルジェリアにいるフランス人たちが国家の恥という脅し文句を振りかざしたとたん、危篤になるような小心翼々とした体制である。一九五七年から一九五八年にかけての時期、第四共和政とは、悲劇の舞台装置で演じられた目まぐるしい内閣交代劇のことであり、強硬に植民地主義を押し進めつつ右翼の熱狂を警戒しようという「社会主義労働者インターナショナル・フランス支部」の二枚舌のことであり、強権的ド゠ゴール派がド゠ゴール将軍の政界復帰のためにめぐらす策略、戦闘的行動と陰謀が入り混じったさまざまな策略のことである。この同じ時期に、国家財政が破綻をきたす。経済的発展のためのいっさいが熟しているのに、いっさいが危い。対外貿易は深刻な赤字である。フランス銀行は準備金を食いつぶしてしまう。国庫は底をつく。

アルジェリアでは一九五八年上半期に状況は、どんどん悪化していく。徴集兵が全員アルジェリアに派遣される。インドシナ経験者が多い士官たちは自慢げに、ヴォー・グエン・ザップやホー・チ・ミンの革命戦争理論を、徴集兵たちがアルジェリアで応用できるように、説明してやっている。耐えがたい状況には、過度に単純化されたイデオロギーがうってつけというわけだ。パリでは、このアルジェリアというすばらしい地方を是非とも保持すべしという意見が支配的である。スーステル、ついでラコストによって入念に準備された計画に従って、アルジェリア原住民にフランス市民権を与えれば、フランスの覇権は維持できる。〔しかし〕行動主義の軍人たちは、〔そうした〕妥協の可能性を決定的に断ち切るために、モロッコから帰国するベン・ベラ〔＝アルジェリア人反乱の指導者〕を乗せた飛行機の進路を変更させ、アルジェで彼を投獄する。ひたひたと押し寄せるアルジェリア人反乱に直面するアルジェリア在住フランス人たちにも、フランス国民の関わり方が優柔不断であるように思える。彼らは大規模な行動と断固たる解決を要求する。今や彼らには、時間は残されていないのだ。一九五七年、アルジェで〔植民地主義者の〕クーデター計画が発覚する。それはマシュ将軍によって阻止されるが、いつまた再燃するか分からない。一九五八年四月二六日、士官たちにそそのかされた下層「白人」たちが、緊急対策臨時政府――一七九三年に設置され、そののち極右扇動家によって慢性的に悪用され続けたあの公安委員会の二番煎じ――をパリに打ち立てるよう要求する。五月九日、コティ大統領がフリムランに危機の打開を命じたとき、在アルジェリア軍トップの将軍四人は、この共和国大統領に次のように警告する。もしも、フランスの法の下に三つの県〔＝オラン県、アルジェ県、コンスタンティヌ県〕を保持するという意思が即刻表明されなければ、私たちはもはや何の責任も持てないと。彼らは自分では気づかずに事態の核心をついている。実際、五月一三日、アルジェは植民地主義に執着する反徒の手に落ち、総督府が占領され、公安委員会が設立されるのである。

同日、フリムランが国民議会で首相に任命される。共産党議員たちは投票を棄権している。五月一五日、サラン将軍がアルジェでの演説の最後に「ド＝ゴール万歳」と叫ぶ。その数時間後にパリでは、ド＝ゴール本人が、報道機関を前にして「私には共和国の諸権限を引き受ける用意があります」と発表する。ド＝ゴール将軍と植民地主義的反徒たちとのスキャンダラスな腐れ縁が始まる。彼は反徒たちの一味か。一味ではないのか。

五月一五日以降、毎日午後になると、私はサン＝ジェルマン＝デ＝プレでロジェ・ステファヌと会う。彼はいかにもパリ人といった人物で、フランス解放の際に英雄的に行動したという伝説、マルローへの若い頃の傾倒、リユシ・フォールとの親交、そして（当時は稀なことだが）私生活の誇示、などで知られている。彼の友人、高師出の魅力的な哲学者ジャン＝ジャック・リニエリが、自動車の事故で非業の死を遂げたとき、ステファヌは、ラ・モット＝ピケ通りのリニエリと二人で暮らしていたマンションで、弔問客から、文化界および社交界でリニエリが見せた最高にしゃれた立ち振る舞いにふれた弔辞をもらっている。こうした弔問客の先頭にいたのがフランソワ・モーリヤックで、彼の弔辞はシャトーブリアンがポリーヌ・ド・ボーモンの死に際して、ローマの貴族階級について語ったのとよく似ている。ステファヌはなかなかの才人で、『冒険家の肖像』――私はこの本でロッセル大佐なる人物の存在を知る――を書いたり、政治に熱中して、一九五〇年にはクロード・ブールデとジャック・ルバルとともに『オプセルヴァトゥール』誌を創刊したりする。しかし彼は、一九五九年にアルジェリア戦争がしこりになって、この雑誌から離れることになる。彼は左翼でありながらド＝ゴール派であったが、そのことを隠さず、このすさまじい時期にもド＝ゴール将軍への崇拝の念と自らの混乱とを倦むことなく公言し続けている。彼が打ち明けたところによると、自分は見かけほど自立した人間ではなく、軍事政権の兵役についてもいいが人質になるつもりはないというのである。

五月一七日、スーステルがアルジェに駆けつけ、植民地主義的反徒たちをなだめにかかる。パリでは、軍隊・警察が動くのではないかという観測が流れる。ド＝ゴール将軍が善意と狡猾の入り混じった感じの記者会見を行なうと、翌二〇日、ギー・モレがド＝ゴールに賛意を表明する。二二日、ピネーがコロンべに向かう。二四日、コルシカ県が〔植民地主義者に占拠され〕パリに反旗をひるがえし、そっくり、アルジェの植民地主義的反徒側についてしまう。二四日から二九日にかけて、表面化しないだけで実質的には内乱状態になる。大臣たちが命令を発しても、もはや実行されない。私は毎晩ヌイイに帰る途中、エトワール広場を通っていたが、そこで待機中の大型車輛から、法を守る任務を負う機動隊員たちが、はっきりした口調で「アルジェリアはフランスのものだ！」と叫ぶのを耳にする。私はその言葉にファシズム独特の響きを聞き取る。それは、一九三四年から一九四五年にかけて私が子供から青年になる頃、「愛国青少年団」や「親独義勇軍」のデモの中から聞こえた響きである。トゥルーズのミケル落下傘部隊と、ランブイエのグリビュス機甲師団とが合同して行なう「復活」というコードネームで呼ばれる〔植民地主義的反徒鎮圧の〕作戦を、五月二六日から二七日にかけての夜に実施することが、いったんは決定される。だが、ぎりぎりの二六日夜になって、フリムランとド＝ゴールが会談を行なう旨の知らせが入り、この作戦は延期される。この会談については、二七日の正午直前に、次のようなド＝ゴール将軍の公式声明だけが発表される。「私は昨日、共和国政府樹立に必要な正規の手続きに着手しました」。この声明の一語一語が、企てられていた作戦に不意打ちを食わせる痛烈な打撃となる。

こうして、第四共和政の親類縁者たちによる服喪の作業が始まる。避けられないものに何とかなじもうと、しかつめらしい葬列ができ集会が持たれる。二七日、「労働総同盟」によってストライキが打たれ、二八日、ナシオン広場からレピュブリック広場まで大規模な大衆デモが行なわれる。このデモの中で、知識人たち、とりわけ共産党員たちは、呆然自失といった顔つきをしている。「こんなふうに労働者階級が植民地主義的反徒を前にして降伏するなんてことが、どうしてありうるのか」という顔である。ジャック・ル＝ゴフの姿が見える。いかにも彼らしく、事態の厳粛さに浸りきっているといった様子である。これ以後、街頭運動の中で彼に出会うことはまずなくなる。左翼的心情を抱えてはいたものの、もはや彼にはその心情を、自分が本格的に打ち込むようになった歴史家としての作業から切り離す余裕はなくなるのである。

五月二八日、胴元の「できました、勝負です」という声が響くときのように、賭けの変更が禁じられ、紛争を清算する作業が着手される。二八日夕から二九日未明にかけて、ド＝ゴールは両院議長と会談する。二九日夜、社会党が党内部の混乱を押し切り、ド＝ゴール候補への投票を呼びかけ、六月三日、コティ大統領が正式にド＝ゴールを首相 président du Conseil に任命する。

25

一九五九年　ジョニー・アリデー

一九五九年一二月三〇日夜、マルカデ＝パラスの舞台上で、ラジオ番組「パリ＝カクテル」の公開録音が行なわれ、コレット・ルナールがゲストに迎えられたときのこと。背が高く髪はブロンドでスタイルはいいが品性ゼロといった感じの一七歳の青年が、歌いながら身体をくねらせ、遂には、そのまま床をころげ回る。ジョニー・アリデーである。

一九六〇年九月二〇日、アルハンブラ劇場で、アリデーは、ドゥヴォスによるショーの幕が開くと、分けの分からない言葉を叫びながら登場する。

一九六一年、アリデーは瞬く間に栄光に包まれ、押しも押されもしないスターになっている。

一九五八年、それまで注目されることはほとんどなかったロックンロールが、パリでも地方でもその胎動を開始する。そもそもロックンロールは、一九五〇年頃アメリカで、黒人のジャズに対する白人からの挑戦として生まれ、はじめビル・ヘイリーの頃には「噂」に上る程度だったのが、いつのまにか、五年も経たないうちにエルヴィス・プレスリーとともに「大騒ぎ」になる。フランスで幅を利かせるようになるのは、さらに五年後である。当時のフランスは、アルジェリア問題で窮地に立たされたがド＝ゴール将軍のおかげで立ち直り、景気はピークを迎えるものの、何度かすさまじい逆風にも見舞われ、人びとが商品の専制的支配に隷属し、イメージが実在を追い払い、言葉が事物に取って代わる時代である。

社会もノイローゼにかかる。フロイトは、こうした社会のノイローゼが衛生上どのような機能を持つかを明らかにしている。考えてもみよう。あの川もこの山も、あの涙もこの笑いも、そして道行く人びとが肩の上に頭をのっけているということも、等しく世界が存在する証しである。こうした証しを空虚によって置き代えて、それで西欧文明が無事で済むものだろうか。意味の殺害に続く虚無は耐えがたい不安を生み出す。この不安を何とか払いのけようと、それを中和する別の病理が動員されるわけだ。

一方にはヒステリーが現れる。渦を巻く諸々の仮象が、信条・イデオロギー・概念といった主体の確固とした地盤を一瞬もたらしたかと思うと、たちまち消し去る。模擬行動への逃避は際限もない。常軌を逸した身体的快楽が追求される。途切れない持続的時間が、ぶつ切れですぐ消える拍動へと分裂する。欲望のおもむくまま疑似餌に群がるように対象を奪い合い、とりわけ、隷属状態を自らすすんで求め、権威と抑圧を覚めない夢の中で信奉するなどということが起こる。パリ第八大学（ヴァンセーヌ校）の熱狂的な小知識人たちが金魚のフンのようにラカンを追い回し、自分たちの仲間になってほしいと懇願するがラカンの返事は冷やかで、私としてもラカンという魔術師を、このときばかりは賢者と認めざるをえない。彼の返事はこうだ。「あなたがたは師を探し求めていますが、あなたがたにとっては、私の持っている平穏さを発見するほうがいいですよ」。要するにラカンは「あなたがたは、支配者を探し求めながらも、まあ何とか、私のような自由主義者に出会えたのです」と言いたいわけだ。

「ロック歌手」たち（その「ショー」は、人類学にとって格好の研究素材である）には、風刺画のようなかたちで病いの兆候がはっきり現れている。心理的抑圧の身体的症状への転換、あからさまな露出症、調教への嗜好——アリデーとそのグループのショーで、共和国保安機動隊が先を争って「ファン」を叩きつぶすのを見ればいい——が目につくのである。

しかし同時に他方でフランス人は、深淵の表象に対抗して、もっと有効な或る抑止メカニズムを見つけ出す。つまり生命維持という名目のもとに生きる味わいを犠牲にした上で、全国民的福祉事業に乗り出し、栄養や健康を、仕事や場合によっては失業を、太陽やレジャーを、そして身体や性行為を享受する権利を確保する。ヒステリーが果てしなく自己抑圧を追求し続けるのに対し、強迫神経症は目的地に到達する近道を教えてくれる。強迫神経症は、消費の大渦に巻き込んだり言葉の破目をはずしたり欲望を無秩序に解き放ったりする代わりに、言説の独裁体制を敷く。非決定がシステムに組み込まれ、空隙がそれなりの役割を担う独裁体制である。この社会にしてこの思想あり、だ。かくしてフランス文化は、ネイティヴ・アメリカンの料理だろうが婚姻規則だろうが、プルーストの模作だろうがマラルメの沈黙だろうが、狂気、芸術作品、さらには弁証法的唯物論までも、統一コードの中に送り返すのである。

26

一九六〇年一月五日　レヴィ＝ストロースのコレージュ・ド・フランス就任講演

一九世紀末から一九一四年に始まる第一次世界大戦にかけて、或る衝撃波が中央ヨーロッパを揺り動かす。拡大する画一性と付和雷同の趨勢に直面したオーストリア＝ハンガリー君主制は、その政治的多元体制と貴族スタイルが力を失い、凋落するのである。この君主制の崩壊を先取りする芸術運動がプラハとウィーンの間で起こる。この運動は、無意味と調子を合わせ、芸術と文学が被告とされる裁判で検察側に立って証言し、結局は両者に対する死刑宣告を下させる一因を作り、この悲劇を或る根源的な言説――リルケとトラークル、ブロッホとムージル、カフカを見よ――の中で古代の合唱隊《コロス》のように、朗々と唄い上げるのである。

第一次世界大戦後になると、崩壊し分裂してもあいかわらず時代の最先端をいくこの「中央帝国Empire du Milieu」〔＝旧オーストリア＝ハンガリー帝国〕では、数学者・科学哲学者・言語学者が主体の幻想を打ち砕く遠征に出発する。ウィーンでは、ウィトゲンシュタイン、カルナップ、フランクらが、真理の条件を民族語の論理的統辞法に委ねてしまう。プラハでは、ヤーコブソン、トゥルベツコイ、そして両者の追随者たちが、音韻論において構造言語学の基礎となる法則を定式化する。フランスでは一九二〇年から一九四〇年までの間、マラルメ主義とシュルレアリスムが相伴って反心理学を声高に叫んでいるせいで、この中央ヨーロッパにおける大きな動きの反響はほとんど聞き取れない。ようやく一九五〇年頃、フォルマリスムが、新たに提出されたばかりの文章表現と音楽の規則論の中にまぎれ込んで、巧みにパリ文化界の歓心を買うようになる。

そのときまで数十年来好機をうかがっていた「生きられる現実」の狩人たちが、この頃からここぞとばかりに、うさんくさい執念をもって獲物を窮地に追い込む。〔「生きられる現実」に対する〕ノスタルジーが広がる。人は愛するものしか憎まないのである。「生きられる現実」に対する欲望は、身を隠したとはいえ、諸システムを逃れており、作動が停止したわけではない。その欲望は自分の素行を改めようと懸命になり、自分を去勢する。『神話作用』の結末は、いわばこうした欲望の悔悛にバルトが捧げた賛歌である。

こうして一九六〇年代には、自己欺瞞の盾に守られた真新しいフランス文化が正式に自らの新居を披露する。新居の土地は整地され、新居の周囲は浄化されて経験の悪臭が消えている。一九五〇年の博士学位論文『親族の基本構造』で知られていたレヴィ＝ストロースが、民族学における機能主義的・印象主義的方法に対抗する激しい闘いを先導する。彼の闘いは、幻の敵を追い回しながらその危険な陰謀に対抗する武力闘争を声高に求める小説・批評・音楽の贖罪者たちの闘いと重なることになる。一九五七年以降、パリで緊張が高まるが、それは下から沸き上がったものである。新たにこの動きに加わったいくつかのグループが徐々に熱を帯びていき、想像上の敵と決着をつけたいと願うようになっていく。学生たちの挑発に乗るかたちで、大学では講演の開かれる頻度が次第に増していき、企てに制度的外見が定着していく。すし詰めの聴衆を前にした発言者たちは、まるで大きな訴訟で勝訴したかのような調子で、「新時代人が勝利した」と絶叫する。まだ高校生のようなダニエル・ドゥフェールが駆けつけ、上気した顔でロブ=グリエの長口舌を聞いていたのを私は思い出す。バルトは、マルティネの弟子アルフォンス・ジュイアンからソシュールについての手ほどきを受けたばかりだが、この好機を逃すような人間ではない。彼は身震いしながらこの革命に賛意を表明し、献身を惜しまない。

あちらでもこちらでも戦闘準備の号令が響く中、大学は、事態を鎮静化するための手続きに着手することを決定する。一九六〇年一月五日、レヴィ=ストロースがコレージュ・ド・フランスで就任記念講演を行なうのである。

フランソワ一世が当時貧血症状に陥っていたソルボンヌを補おうとして創設した教育機関コレージュ・ド・フランスは、レヴィ=ストロース就任のこのときから第四の隆盛期に突入する。まず第一の隆盛期に、ビュデ、カルヴァン、エラスムスのおかげで、コレージュ・ド・フランスの輝きは確固としたものになるが、それもつかの間のことで、ブルボン王朝下パリの「文化人仲間」と前代未聞の競合関係に入ると、その輝きはくすんでしまう。要するにはじめは才女《プレシューズ》たちが、次に哲学者《フィロゾフ》たちが牛耳ったアカデミー、文化的徒党《シャペル》、サロンといった圧力団体に立ち向かおうにも、コレージュ・ド・フランスにはスタッフが整っていなかったのである。だが一九世紀になると、学者たちが自信を取り戻し、コレージュ・ド・フランスを貴族院と同格程度まで引き上げる。入口の小さな扉に、人並はずれた野心を抱いた者たちが、どっと押し寄せる。七月王政下では、コレージュ・ド・フランスは第二の隆盛期を迎え、フィラレット・シャール、エドガール・キネ、ミツキェーヴィチといった名士あるいは権威たちの溜まり場となり、ルナン、ミシュレのおかげで文学と教育が結びつく最初の場となる。生物学の分野では、マジャンディからクロード・ベルナールに至る独創的な人物がそこに合流し、ベルナールは、コレージュの古典研究部門が第二帝政からこうむった損害を十分埋め合わせるだけの働きをする。休眠状態が五〇年続いた後、コレージュは、両大戦間に三度目の栄光の場面を迎える。フェーヴル、フォシヨン、アルブヴァクス、モース、ペラン、ジョリオ、ランジュヴァン、ルリシュといった、物理学・医学・人文科学における最も傑出した人物たちがここに結集するのである。まばらにしかいない聴講者に向かって講義をしたヴァレリー、パリ一六区の大勢の御婦人がたを魅了したベルクソンも忘れることはできない。一九五三年、メルロ＝ポンティがコレージュ・ド・フランス教授に選出され、第三の隆盛期の最後を飾るが、彼はレヴィ＝ストロース就任の一年後に早世してしまう。

そのレヴィ＝ストロースが現在の隆盛期の端緒となる。彼は文学的「新時代性」のイデオロギーと共謀し、学者性と芸術とを頂点において総合する。彼は二〇年に及ぶ在職の間――はじめのほぼ一〇年間のうちに六点の代表作を完成させている――、諸システムを讃える詩を歌い続ける。後年それを引き継ぎ、かたずを呑みながら聞き入る聴衆の前で諸システムを称賛するのは、フーコーとバルトである。レヴィ＝ストロースは、システムの普遍的な有効性を説明する。彼の人類学講義において問題にされるのは、専門的知ではなく、まさしく人間精神の働き方そのものなのである。

ときにはレヴィ＝ストロースが、「世界の表象を可能にする諸カテゴリーのアプリオリな統一」というカント哲学的特徴を、人間精神に与えているように見えることもある。けれども、野生の思考は、私たちの厳密さに服従しはしない。野生の思考には、有無を言わせぬ固有の厳密さがある。その論理は、私たちの論理よりも魅惑的である。『生《なま》のものと火にかけたもの』を開くと、自然から文化へのありがたい渡し守としてジャガーが登場し、人間に火をもたらす。焼かれたジャガーの死体からタバコが生まれ、タバコの煙が豚を生み出し、豚が肉をもたらし、肉を食べるものとしてジャガーの介入が必要となり、そのジャガーが再びタバコの源となり…というぐあいに、また振り出しに戻る。こうしたわくわくするような循環論法、心ときめくような矛盾が、形式的な装置によって制御されながら、展開され調整され結合されていく。

そうだとすればライプニッツの結合法が原始的知性を理解する鍵になる。原始的知性は、跳躍しながら積分を行なうことで差異の落とし穴を乗り越えるからである。この知性は、おびただしい可能性の中から、自らの基礎の構築に必要なものを正しく選び出す。たとえば親族の基礎について言えば、父、母、子、そして母方の叔父が選ばれるが、母方の叔父は文化の役割を果たしており、この文化は、近親相姦を捨てて花嫁の交換を選び、同族結婚を捨てて妻の兄弟に外部から来てもらうほうを選ぶのである。この基本的な「原子」から始まり、次第に複雑になるさまざまな変形作用を経て、家族の多形的様式《ミュルティフォルム》が生まれていく。

神話は、このようなさまざまな変貌の一つ一つが選ばれる場である。神話は自らの一貫性を少しも失うことなくあちこちぶらつき、どこからでも枝を出し、網のように広がる。神話は、隔離状態とか飛地状態を、壊してしまう。神話の秘密は、一定の場所には一定の言語が対応しているわけではない、ということである。この不均整のおかげで神話は、一種のマスター・キーを、つまりはるか彼方まで冒険の旅に出る権利を手に入れる。ボロロ神話を解明するためには、アマゾンをアラスカに結びつける一八七もの比較項を逐一調べなければならない。この地球規模の地理学は、パズルのピースを組み合わせながら、「冷たい文化」の統一性を語るという義務を課せられている。この文化こそがエネルギーの源泉であって、私たちの歴史はそのエネルギーを少しずつ発散消耗させることによって「熱い歴史」になったのである。『裸の人間』は、カリフォルニアの神話とアマゾンの神話の一致にもとづいて、諸記号の脱中心化を明らかにするとともに、引きさかれた言説を縫い合わせるための特定の図式の有効性を明らかにしている。ライプニッツならその実測図を描いたかもしれない「素焼きのかまど」がまさにそうした図式の一つであって、それは発散する諸本質をありとあらゆる仕方で収束させ、その必然的な接点を作り出す理論的かつ実践的な空間である。

この最高傑作の末尾に至るとレヴィ＝ストロースは、建築家にして作曲家といった趣きで、きわめて壮大なフーガ形式で声部を積み重ねる。その壮大さは、バッハのロ短調ミサ曲冒頭のフーガがぱっとしない練習曲に思えてくるほどだ。こうした配列の熱狂と類推の濫用が何を原動力としているかは明白であろう。原動力になっているのは、技巧に情熱を傾けることですっかり満たされ制御されてしまうような審美的欲求であり、次々と現れる確実性の中に表現されたとたん消えてしまうような創造的情熱、いやむしろ創造的危険である。この末尾のテクストは、ニーチェの『悦ばしき知識』のパロディーであり、生命を憔悴させ冷凍させ低温殺菌しながら、同時代の小説的現実ないし演劇的現実のほうへと流されていく。まるでレヴィ＝ストロースは、ひと仕事済ませ、章見出し――「家族の秘密」・「残響効果」・「私生活情景」・「地方生活情景」・「水源への遡行」・「神話の曙」――をつける段になって、息抜きするひそかな権利を自分に与えたかのようである。これらの見出しは、暗号解読者レヴィ＝ストロースの言葉の気まぐれに、完全に屈従している。私は、〔『神話作用』第二巻『蜜から灰へ』で引用される神話に登場する〕あの「蜜狂いの少女」や、あの雌の「カエル」――美男の英雄アビュリにぞっこんの痛々しい年上の恋人――が好きだ。そこには、自由の発作、はっとさせられるような思いやり、終始一貫して繊細な筆運び、といったものがあるからである。学者たちは、芸術家・文学者が時代遅れになったので代わりにこの人文科学研究者という同業者を確保したのだから、彼らにとって教授レヴィ＝ストロースは担保物件のような役まわりを果たしていることになる。そしてレヴィ＝ストロースは、芸術家・文学者とは距離を置きつつ芸術家・文学者にも、たどるべき道を、「能記は滋味豊かで所記は内容空疎である。さあ、どちらを選ぶのが賢明か」というかたちで示唆するのである。

レヴィ＝ストロースのこのきらびやかな戴冠式が執り行なわれて数ヶ月後、バルトは、もう少し控えめにではあるが、それでもかなり華々しく、高等研究院第六部門に就任する。彼は、このもう一つの周縁的な教育研究施設で、覚悟を決めた数人の同僚たちとともに、彼が「新時代性《モデルニテ》」という実在感の希薄な名前で呼ぶものを守るための戦いを開始する。

27

一九六〇年三月 『テル・ケル』誌の誕生

パリの「文化人仲間《クラン》」は、誇り高い作家共同体に所属する雑多な在パリ作家たちからなり、この共同体特有の遺伝的性質とでも言うべきもののせいで少人数の派閥・分派・流派・党派等々に分裂しているが、これらの小集団はもっぱら雑誌で自己表現している。

『レ・タン・モデルヌ』『クリティク』両誌がほぼ同時期に創刊されて以来、多くの雑誌が新たに出現し消えていった。固定客を獲得している雑誌もいくつかある。たとえば、大胆にして緻密なモーリス・ナドーの『レ・レットル・ヌヴェル』、モラン、デュヴィニョー、アクセロスの『アルギュマン』である。

けれども、一九六〇年と言えば、レヴィ＝ストロースがコレージュ・ド・フランス開講講演を行ない、国中にトゥルベツコイとヤーコブソンの名前が響き渡り、ブーレーズの「ドメーヌ・ミュジカル」が大当たりし、大学からカフェ・ド・フロールまで至るところで新しさが出番を待ちかねている年なのに、新しさの権利をきちんと確立してやろうという高級誌がまったくない。バタイユが指導する『クリティク』誌はレリスやブランショを擁しているのに、長老たちに対して過度に迎合的、過度に寛大である。新しさの先導者たちは、雑誌社のドアを叩きながら自由に書かせてほしいと要求する。

一九六〇年春、数人の若者たちがこの要求に応じようと、『テル・ケル〔そのまま〕』誌を創刊する。誌名には立場が示されている。「そのまま」とは、刷新力を備えた記号の命令を何としても人びとに〔そのまま〕認めさせようという決意のみを指し示す記号なのである。

> 今日言わねばならないのは、文章表現《エクリチュール》の権力についての明晰な予見と、文章表現が目覚める場である混沌にたじろぎがないだけの冷静さと、詩を精神の最上位に置こうという決意とを伴っていなければ、もはやその文章表現は理解できないということである。それらが欠けた文章表現はすべて、文学ではなくなる。[61]

創刊時、『テル・ケル』誌の編集委員会は次の八人で構成されている。ボワルヴレ、ケロールが急いで派遣したクードル、『アール』誌に寄稿しているフリー記者ジャン＝エデルン・アリエ、『テル・ケル』二号が刊行されると辞任してしまう偽善的な女性ルノー・マティニョン、ミニュイ書店お抱え作家でランドンの右腕ジャン・ティボドー、ミシェル・マクサンス、アリエのグループの一人ジャン＝ルネ・ユグナン、そしてフィリップ・ソレルスである。ソレルスは一九五七年、二一歳のときに一篇の小説を書き、一九五九年には心理小説の最良の伝統の流れを汲む『奇妙な孤独』を書いてモーリヤックとアラゴンから絶賛され、作家活動を軌道に乗せている。

ソレルスはこの成功に乗じて、その六ヶ月後にはパリの文化空間の征服をもくろむ。彼は状況を明敏に察知して自分の過去を打ち捨て、良識に逆らい、自分の利益しか信用せず、社会的価値観に関心を持たず、感情を余計者とみなし、流行にどっぷりつかり、自分を取り巻く愚か者たちをいつでも容赦なく厄介払いし、他の愚か者に入れ替えるつもりでいる。

たとえ矛盾した表象の中で迷っていても、抵当に取られているものも手荷物もなければ、それは気軽である。なるほどソレルスは胸を打つほど無邪気な口調で語り、あきれるほど率直な意見を述べ、驚くほどの知識欲を示し、さらにはひそかな信念を抱いている。しかしそうした彼の口調・意見・知識欲・信念などはすべて、彼が無関心でいられるために差し出す貢ぎ物のようなものであり、この無関心のせいで彼は、波まかせに漂流するところまではいかないにしても、朝には或る教養にしがみつくが夕べには捨てて顧みないといった態度が習い性になっているのである。

こうしたソレルスの気まぐれも、彼の生来の学者気質をもてあそぶまでには至っていない。たしかに、管理職養成機関である高等経済商科学校（ESSEC）出身で、彼の最初の相棒であるボワルヴレやクードルと同様ソレルスも、当初は実業家をめざしていたのに気まぐれで作家を選んだように見えるかもしれない。けれども一九六〇年において、「野生の消費」と「意味を追放する言説」はすぐ近くにある。市場でも文壇でも、品物＝対象が見せかけの中をはしゃぎ回っているのである。「見せかけ simulacre」と「見かけ apparence」の違いは次の点にある。「見かけ」がただ本物を装うだけなのに対して、「見せかけ」は本物をなぶりものにし本物になりすます。そして「見かけ」が充満を欠いた空虚として現れるのに対して、「見せかけ」は儚さの乱舞によって充満のパロディーを演ずる。現代の大学人がやっているのがまさにこの「見せかけ」だとすれば、彼が思考手段を身につけるのは思考を空っぽにするためである。そうだとすればまた彼は、無（＝中味の無いこと）について語るすべを徹底的に学ばなければならない。こうした悲壮感ただよう学校でのソレルスの修業は、受難と言っていいほどの長い試練である。とにかく勉強が好きな彼は何でも猛烈に勉強する。この勉強家には多くの小学者たちと同様、独学者が住みついているのである。小学者とは、自分の知識欲に歯止めを効かせることができないために、自分で自分を教えるしかないところへ追い詰められ、参考文献の山の中で途方に暮れる人種のことである。

ソレルスが、文化に素直に奉仕していればその見返りに得られたはずの利益を若くして放棄し、むしろ文化を積極的に統治しようとしたことに、読者は驚かないだろう。彼の明敏さ、彼の活力、『テル・ケル』誌の電撃的な成功を見れば、ソレルスが時代精神から要請されて、フランスの昔からの慣習に則り、その慣習からすると極めて必然的な荒々しさをもって文化の鍛錬を行なっていることは明白だからだ。

アカデミー・フランセーズの研究目的は、開封勅書としてしたためられる前に、初期のアカデミー会員たちから実に生き生きとした言葉で枢機卿に伝えられた。会員たちは次のように語っていた。「当アカデミーの任務とは、民衆の言葉遣いの中に、また無知な宮廷人の誤用とか、なまじ文字を書けるために余計にフランス語を歪める連中とかのせいで宮殿の人だかりや裁判所の揚げ足取りの中にこびりついている垢を、フランス語から洗い落とすことである、と申せましょう[62]」。

一八世紀には哲学サロンによる圧政があり、一八三〇年には「青年フランス派」による圧政があり、一八八〇年には自然主義者による圧政があった。いずれの場合も同じような筋書き、同じような登場人物である。すなわち或る一党派が象徴的主権を詐取し、反抗する者たちを追放ないし排除するわけである。第一次世界大戦後のシュルレアリストたちとともに狂暴性は一段と激しさを増し、罵詈雑言・脅迫・暴力行為がひんぱんになり、知的・芸術的活動の分散した諸領域をパリで統合しようという全体主義的な構想が練られる。これは、うわべだけのジャコバン主義〔＝大衆主義〕である。こうした文化的テロリズムは、フランスでは大衆の力の管轄外にあるからである。この文化的テロリズムも、たとえばルイ一三世治世下のそれと同様に大衆の手を借りつつも大衆の手先とはならず、自らの支援団体である「文化人仲間」にならって自給自足で機能する。一九六〇年、普及しつつあるイデオロギー――ヌヴォー・ロマン、構造人類学、セリー・ミュージック、ラカン派精神分析、テクスト批評――を信奉しつつ結束できないでいる者たちは、自分たちが協調して演奏できる協奏曲のような表現、自分たちを受け入れてくれる場、いざというときに自分たちの身を守ってくれる私設警察を探し求めている。ソレルスとは、この専制的総合を体現する人物なのである。まもなく彼は、『テル・ケル』誌に戦闘的な性格を与える。つまり新時代性《モデルニテ》が頭のてっぺんからつま先まで全身すき間なく武装され、徹底的に正統化されるのである。新時代性の予言者はサド、名づけ親はマラルメ、後見人はソシュール、推進者はアルトー、バタイユ、ブランショ、クロソウスキー、指導者はレヴィ＝ストロース、ロブ＝グリエ、少し遅れてフーコーである。新時代性の教義は理論、証拠物件は能記（能記は便利で従順で内側を持たず、この上なく率直で自ら提示する以上のものを約束しない）、学問は記号学（記号学は能記という要素を駒として扱う）、最後に引立て役は心理学（心理学は、現代の騎士たちが情容赦なく絶滅させせようとしている寄生虫であり、前もってこちらが勝てることが分かっている戦争における敵側の英雄だ）というわけである。

ソレルスと、その二人の仲間クードルとボワルヴレは、イエズス会出身である。私たちの時代とイエズス会の間には、めぐり合わせのようなものがある。もっぱらの噂では両者いずれもローマ・カトリック教会から信用されていないにしても、私たちの時代とイエズス会は互いにとっては信頼できる相手であり、或る種の親和力が両者を結びつけていると言ってよいだろう。バルタサール・グラシアン〔＝一七世紀スペインのイエズス会修道士〕が突然評判になったり、『テル・ケル』誌の永遠の友ロラン・バルトが聖イグナティウス＝デ＝ロヨラ〔＝一六世紀スペインのイエズス会創立者〕にのめり込むのは、少しも偶然ではない。

人間の意志の自由は無限なので、人間は、最も恐るべき罪に脅かされている人生を事細かに律する義務がある。人間は人生を日々の営みによって飼い慣らし、その有為転変にも備えなければならない。あらゆる状況は、このように制御されれば味わい深いものとなる。イエズス会士は、そうした状況にもぐり込み、その状況の「見かけ」を受け入れ、そうすることで神の栄光を示そうと努める。世界は、イエズス会の道具であり礼拝室であり内陣である。しかも現代世界は、イエズス会の救済に適しているという特権を持つ。イエズス会の救済は、諸記号の中に描き出され、コードに従属するからである。ミシェル・ド・セルトーが記号学を語るときの喜びようを見よ。セルトーとは、一九六八年世代の神学者、『年報《アナール》』の影響下にある歴史学者、「ヴァンセーヌ派」の精神分析学者、システムについての科学哲学者であり、セルトー自身の言葉を信じれば、彼は自らの「修道院管区」に別れを告げ、いつでも旅の空にあって、カリフォルニアのラ・ホラ大学から社会科学高等研究院までを渡り歩き、実際のイエズス会士よりもイエズス会士的に大勢順応を〔実践すべき〕一種の苦行ととらえ、現代の支配的な言葉を神の言葉と考え、現代の精神的指導者《グル》たちを永遠の光の反射鏡とみなす。「知ですら流行しなければならない。

そして、もし知が流行しなければ、私たちは自分が無知でいることを知らなければならない。話し方も好みも時代とともに変化する。したがって、私たちは昔ふうに話してはならず、今ふうに愛さなければならないのである［…］[63]」とグラシアンも書いている。

はじめは神父たちから、続いて高等経済商科学校《エセック》の恩師たちから「新しさとは美徳である」と教わったソレルスは、年間に四号のペースで、つまり読者をじらせながら発言し続けるというやり方で、『テル・ケル』誌を発行する。スイユ書店は、食と住を提供しつつ白紙委任を与えるという破格の契約でソレルスをつなぎ止めて、この新芽に賭け共存共栄をもくろむ。この出版社の設立当初は、フラマン——戦前はアングレームで装身具商を営んでいた——とその友人バルデが、これといった路線を持たずに出版を行なっている。だが一九六〇年代になって、『ドン・カミロ』〔＝ジョバンニ・グァレスキが書いた大ベストセラー〕のおかげで、不安定だった経営が財政的に安定し、二人はケロールとフランソワ・ヴァールから大胆な企画を提案されると、エスタンとバスティドに伝統的な部門を任せ、左側は社会参加シリーズ、後方はドル箱の小型百科事典で守りを固め、進歩の最前線へと突き進んでいく。こうした上昇ムードの中で、一九六〇年三月一日に『テル・ケル』誌が誕生するのである。創刊号の巻頭には現存しているフランス最大の詩人フランシス・ポンジュの散文詩「乾しイチジク」が掲載される。それまでは知る人ぞ知るであったポンジュを、知らぬ者のないポンジュに高めたのはこの雑誌の功績である。この散文詩に続いて、クロード・シモン、ジャン・ラグロレ、ボワルヴレ、フィリップ・ソレルス、ヴァージニア・ウルフ、ジャック・クードル、ジャン＝ルネ・ユグナン、ジャン＝エデルン・アリエ、ジャン・ティボドー、ルノー・マティニョンの文章が並び、最後に大音響のフィナーレとして、再びフランシス・ポンジュの散文詩「プロエーム」がくる。間奏曲は「自分に作家の才能があると思いますか」というアンケートに対する三二人の作家からの回答。巻末では編集委員が自ら進んで試験官になり、中学校で成績をつけるように新刊書に点数をつける。[64] 最優秀賞を手にしたのは、ソレルスとアリエが一八点をつけたロブ゠グリエ『迷路のなかで』。次点は同じ二人が一七点をつけたブランショの『来たるべき書物』である。

第二号は、人気絶頂のエリュアールの作品に加え、T・S・エリオットとジャン・ロードというすばらしい寄稿者を得るが、一歩後退している。一〇月に刊行された第三号には、アルトーの重要作品出版に関する遺言執行者であるあのおせっかいな女性ポール・テヴナンを介してアルトーの遺作が載る。さらに、オリエ、ボワルヴレ、アリエ、ミシェル・ド・ミュザン、ジャン゠ルー・ダバディ、クロード・デュランといった多彩な伴奏者の中にムージルとトラークルが加わっている。

ユグナンは肌が合わず、あっさりこの雑誌に別れを告げる。一九六一年の第五号では、文学が、変化を狂おしく求める者たちの声を押さえつけて、変化をいったん停止させたようにみえる。〔『クリティク』誌の〕バタイユがこの号に寄稿したのはライバル誌に敬意を表すためである。それを「文化人仲間」も了承している。一九六一年夏の第六号で『テル・ケル』は最高潮を迎え、ヘルダーリン、ハイデガー、パウンド、そして再びポンジュという顔ぶれが並ぶ。秋には、パリを航海するときは慎重に船に乗り込むバルトが、侍者ジュネットを従えて厳かに登場する。『テル・ケル』を自らの植民地として支配するのは記号論、「科学性」であり、『テル・ケル』という土地を占領しにやって来るのは学者たちである。「凍りついた言語」の最も活動的なリーダーの一人ファーユは、当時は親しく私とつきあい、ときには私との陽気な会話を楽しんでいるようにさえ見えたのに、一九六二年春、この雑誌に迎えられてたちまち編集委員会に入る。ファーユの編集委員会入りがあっても、あいかわらず「文化人仲間」の中心人物たちが『テル・ケル』のくぐり戸に殺到して、止む気配がない。たとえばサロートとビュトールである。

現在時にへばりついた『テル・ケル』誌の青年たちにとって最大の関心事は、現在時を照らす灯台のようないく人かの人物を自分たちの側に取り込むことである。一九六一年、フーコーが『狂気の歴史』の成功を光背にして輝くようになり、この光はその後もしばらくは消えない。しかしフーコーの発言は、実存の代わりに安全のことしか考えないような怯えきった宇宙の期待に応えるものではない。彼の発言は、どんなささいな失言もしないよう注意しながら行なわれる。失言とは、私たちの欲望がまどろんでいたことの言い訳になるものであり、しっかり整えられた言説に回収されてしまうからである。フーコーはソレルスから助言を求められ丁重に扱われているが、自ら慣れ親しんだ或る方法を実践し沈黙を守っている。フーコーは、この方法の秘訣を、おそらくボシュエがモーの聖母訪問会修道女たちに向かって行なった或る説教から学んだのである。

娘たちよ、つねに沈黙を守りなさい。会話のときは慎重な沈黙を、論争のときは忍耐強い沈黙を。

フーコーは、一九六四年冬の第一七号で、ようやく口を開く。とは言っても、この号には一九六三年九月にスリジーで開かれた、新しい文学についての討論会が当たりさわりのないかたちで収録され、そのとき司会をつとめたフーコーの発言も掲載された、ということにすぎない。

転換期が訪れる。『テル・ケル』誌はまだときおり、独創的な実験にわずかながら門戸を開いている。たとえば一九六五年夏には、モンテスキューの『ペルシア人の手紙』における身体の問題を論じたロジェ・ケンプの試論が載る。ところが数ヶ月後、同じケンプがマリヴォーの小説を論じた論文は、説明なしに掲載拒否となる。一九六三年以降、ゆっくりと目につかないかたちで、雰囲気が緊張してくる。

プレネ、ボドリ、ドニ・ロッシュの参加は、純粋で強硬な或るグループの躍進ぶりを示している。このグループは、ジャン＝ピエール・ファーユの影響のもと、フォルマリスムと、政治的には労働者階級の党とを全面支持することによって、一九六五年にこの雑誌の主導権を握る。『テル・ケル』誌の「ロシア」時代が始まる。それはデリダの公現祭であって、デリダはそのグループの急進的な計画の実現の期待を担い、フーコーに代わって特別顧問に抜擢され、この雑誌で休みなく饒舌に発言するようになる。こうして一九六八年、『プラトンのパルマコン』が発表される。

このような緊張した局面で、二つのきわめて重大な事件が相次いで起こる。

一つは、一九六五年に『テル・ケル』誌（第二四号）が初めて「言語学・精神分析・文学」という副題を掲げ、自らの理論的な究極目的を明らかにするとともに、文学と呼ばれるジャンルが言語科学に完全に隷属していることを明らかにしたことである。

もう一つの事件は、一九六七年、ジュリア・クリステヴァがソレルスの取り巻きになり、さらには私生活を共にし始めることによって、研究と政治行動が混在する集団へと変身した『テル・ケル』誌の言語学的・認識論的・イデオロギー的野心に、明確なかたちを与えたことである。

『テル・ケル』誌とファーユの蜜月は終わる。関係が険悪になるのは一九六七年である。一九六八年、宣戦が布告される。五月、ビュトールが「作家協会」本部マッサ館をいっとき占拠したことがあったが、その占拠が終わった頃、私は『テル・ケル』誌のメンバーがファーユおよびその仲間たちと対決する場面に居合わせる。私の目の前では、ソレルスが傲慢に皮肉っぽく自信たっぷりにファーユを見据えている。ファーユのほうは、ライバルであるソレルスにまだ敬愛の念を抱いているのだろう、苦痛に引き裂かれそうである。そのすぐ後、大火は鎮火し醜悪な焼け跡が残る。人は尊敬の度合いに応じて復讐し合う、と言ったのはジャン゠ジャック・ルソーである。ファーユは、ソレルスと全面対決するために自らの情熱を収斂させるべき場を発見する。スイユ書店とライバル関係にある雑誌と叢書[65]である。もともとこの雑誌と叢書は、デスマッチの末フラマンの手から取り上げられたものであった。もっともフラマンは、商業的打算とパリ文壇への思惑から、機会があればすぐにでもこれらを手放す決意を固めていたのである。こうして、かなり感情的な論争が戦わされるが、それへの『テル・ケル』誌の取り組み方は驚くほど不誠実で巧妙である。

［…］このことから私たちは、次のように結論づけたい。ファーユ氏は、明確な効果、「ささやきの効果」を狙っている、と。ちょうどドイツ社会民主党の機関紙がヒトラーによる政権獲得（この機関紙はそれに加担した）以前に「ナチス共産主義者」という言葉をごくふつうに使っていた（ジルベール・バディア『現代ドイツ史』Gilbert Badia, *Histoire de l'Allemagne contemporaine*, Editions sociales, 1962 参照）のと同じように、私たちのことを指して「あいつらはマルクス゠レーニン主義者を自称しているが、実際には『ナチス』か『スターリン主義者』、あるいはその両方だ」とあちこちでささやくことが、彼にしてみれば絶対に必要なのである。ファーユ氏は、人びとが動揺すると見れば、「『テル・ケル』誌は、かつてならフランスのアルジェリアを叫んだはずの「右翼」であり、それ故、絶対に間違っている」とほのめかすではないか。だがそもそも、彼ほどの「責任感に富む」左翼の人間が、いったい私たちの編集委員会に何をしに来たのだろうか。彼は四年以上もの間、私たちとつきあいながら満足していたように見えるのだが[66]。

ファーユは、なるほど一度は自分で崇拝した相手を告発しなければならないという点では弱い立場にあるが、『テル・ケル』誌がロシア＝マルクス主義から中国＝マルクス主義へとセンセーショナルに方向転換するこの時期、共産主義とナチズムの共通性を主張するためには最高に有利な立場に立っている（彼の名著『全体主義的言語』(67)参照）。すべては六ヶ月足らずのうちに起こる。一九六八年九月には、ソ連万歳。ジュリア・クリステヴァの編集した第三五号で、全誌面が現代ソ連における記号論に割かれている。寄稿者はヴィアチェスラフ・イヴァーノフ（「フレーブニコフの詩の構造」）、A・I・シルキンとV・N・トポロフ（「三位一体と四位一体」）、E・S・セメカ（「類型学的図式と四項および八項の世界モデル」）などである。ところが一九六九年初頭になると、「プロレタリア左翼連合」（GP：Gauche prolétarienne）の結成に後押しされて、熱烈な毛沢東主義への方向転換が行なわれる。ソレルスは自分でもどうにもならないほど偶像の魅力に弱く、彼にとっては最先端を行くものが善いものなのである。一九七一年に引き潮になって「プロレタリア左翼連合」が解体するまで、ソレルスはひたすら中国を利用し続け、第四〇号ではジョルジュ・バタイユの論文と、おそまつなポール・テヴナンによるアントナン・アルトーについての「解説」の間に、「偉大な舵取り」毛沢東の詩編を載せる。理論は港に停泊したままで動かないのだが、そこで何が起ころうとも、「テル・ケル一派 telqueliens」は互いに励まし合い物資を調達し合っているのである。一九七〇年秋の第四三号から、『テル・ケル』誌は副題を「文学・科学・哲学・政治」と変更し、実践と知の無限の領域を扱い、同誌の周りを回る惑星のような雑誌群（一九七〇年一〇月創刊の『ミュジク・アン・ジュ』、一九七一年五月創刊の『パンテュール』『カイエ・テオリク』）や、同誌と共謀する雑誌群（『アール＝プレス』『レ・カイエ・デュ・レネマ』）に対して光を送る一個の恒星となるが、『テル・ケル』誌が中央に君臨するこの雑誌群の帝国は、この恒星の光がいつも一部にだけ当たるので、カルル五世の帝国みたいに、どこか一部だけがつねに輝いている。一九七〇年代になると『テル・ケル』はアメリカを味方につける。イェール大学が騒ぎ出し、由緒あるフランス語学科の「前衛」が、穏やかなテーマ批評を手堅く続けている優れた主任教授ヴィクター・ブロンバートの悩みの種になる。

毛沢東主義が破綻する段になると、ソレルスとその仲間たちは、哀悼の意を表す次のような二つのやり方を見つけ出す。

一　フランス共産党には譲歩せず（マリア゠アントニエッタ・マッチョッキ「『ヌヴェル・クリティク』への回答。ヌヴェル・クリティク、あるいは西欧の中国嫌悪の根源について」「修正主義を救助する教条主義」「中国嫌いの修正主義」）、専門的学識によって中国を昇華させる（ジョゼフ・ニーダム「時間と東洋的人間」、イオン・バニュ「洪範における社会哲学・呪術・書記言語」）というやり方。

二　『テル・ケル』内に集約された精神分析を用いるやり方。この時期にラカン主義が『テル・ケル』誌内に突如入ってくる。それまで『テル・ケル』に近かったラカンと遠かったラカンが同誌内で手を結ぶ。「近かったラカン」とは物書き、学者、哲学者、スイユ書店の著者としてのラカンであり、「遠かったラカン」とは非政治的で、心理学的転移の実り多い応用を企てるラカンである。

同時に、数年前から『テル・ケル』誌と姉妹関係にあった叢書にバルト、ブーレーズ、デリダといったスターたちが著作を執筆する。ソレルス、クリステヴァ、プレネが五大陸を彷徨する。一九七三年のこと、エクサン゠プロヴァンスの一人のおとなしい学生が私にきっぱりと言う。「僕は三ヶ月に一度刊行される『テル・ケル』誌を、幸福への招待状として受け取っています」と。

一九七六年にジャンベとラルドローの共著『天使』、一九七八年にネモの『ヨブ』がそれぞれグラッセ書店から出版され、「文化人仲間」の下層でカトリック回帰現象が突然出現し、沈滞ムードの中でうわべだけの興奮を呼び起こす。『テル・ケル』誌のキリスト教的で反動的な第五期の始まりである。同時にこれは、『テル・ケル』それ自体の失墜の始まりでもある。それまで教条的で独断的だった雑誌が、さも厳密であるかのような素ぶりを見せ始める。けれども氷塊に閉じ込められた思想がときおり自由の身になったところで、せいぜい、雪溶けにつきものの汚れた自堕落な姿を人目にさらすことぐらいしかできない。いまや『テル・ケル』誌は、一九六〇年の「宣言」で私たちを混沌から救い出すと主張していたその混沌の中に再び沈み込み、一九八二年にスイユ書店のカタログからも消え去った後、同年、『ランフィニ〔無限〕』という名称でドゥノエル書店から再び浮かび上がることになる。

28

一九六〇年春

『パリ＝プレス』紙の「雑報面《パージュ・マガジヌ》」

社会の歴史において、あらゆるものが同時に輝きを放つことがある。たとえば一七世紀のオランダでは、芸術、公的な権力、私的な富のいずれもが光り輝いていた。けれども、そうした全体的な繁栄は稀である。たとえば、「スペインの黄金の世紀」という言葉があるが、貿易は危機的な状況にあったし民族的威信は陰りが見え始めていたのであって、その言葉はただ、最盛期を迎えていた絵画と文学についてのみ言えるのである。

フランスでは、アルジェリア戦争の決着がつかない。或る街頭デモが終わったとき、地下鉄シャロンヌ駅で一二人の死者が出る。文化の方面では、冬の風が吹き荒れている。これに対して経済界は、逆境をものともせず好景気に酔っている。企業の発展によって「管理職 les cadres」という新しい社会集団が現れ、指導的立場に立つようになる。「管理職」なるものは人民戦線内閣のもとで、労働についての或るイデオロギーから生まれた。管理職は一種の技術者であって、そもそも技術者というものは、左翼労働者階層と資本家金権階層の中間に位置し、一般に社会的カトリック思想から生まれたものであり、財産所得ではなく生産性向上を自らの根拠とする点に特徴がある[68]。一八世紀以後、フランスで権力は、名誉に代えて功績によって定義されるようになる。〔まず一八世紀には〕疲弊したアンシャン・レジームの貴族階級の一部が最後のふんばりで、順風満帆のブルジョワジーのエネルギーと肩を並べるようなエネルギーをしぼり出す[69]。一九世紀になるとブルジョワジーが、自分たちはせっせと働いて利益をもたらしているのだから威信を手にする資格があると主張する。そして二〇世紀の後半になり、生産者による寡頭政治というサン＝シモンの夢が「管理職」というかたちで実現しようとしているわけである。

管理職の数は、はじめは少なかったが見る見るうちに増加し、ド＝ゴール将軍の政権復帰後にはあらゆる象徴的な制限システムからあふれ出る。理工科学校出身者《ポリテクニシャン》と高等商業専門学校（HEC）卒業生との格差、さらには両者と急増する経営管理系の地味な高等専門学校の出身者との格差が縮まる。近寄りがたいオーナーでも匿名の労働者でもない彼らは、銀行・会社・工場で互いに親しく接し、学位の点では互いに隔たりがあるが、実質的な責任感を共有する点で一体になっているのである。

彼らが身につけた権威はこれまでになかったものだから、彼らは自分たちにふさわしい社会的目印 signalétique を探し求める。一般的に、昇り調子にある社会集団は、自分たちが暴力を用いて排除したにせよ、禅譲によって取って代わったにせよ、先行する人びとからヒントを得る。管理職が手本にするのは、資本の細分化と諸条件の平準化という二つの競争環境に巻き込まれて時代に取り残され、幻想を打ち砕かれたブルジョワジーであるが、その手本も元をたどれば、ブルジョワ階級が貴族階級から相続したものにほかならない。たとえば、ひと味違う装い、美味この上ない食事、快適なインテリア、気分転換のためのレジャーといったものである。歴史のそれぞれの時代は、その時代の目印になるようなものを生み出している。たとえば、小家具・コーナー家具・小円卓・婦人用小机といったものには、一七八〇年頃の貴族たちが自分たちの退廃的な気どりをそっとしのび込ませているし、植物・クッション・絨毯・シャンデリア・カーテンなどは、一八八〇年頃にインテリアとして使われ始めた。ひるがえって、消費が目まいの症状を呈し物の過剰が物の寿命を縮めている現在において、この上ない洗練とは無意味をひけらかすことであり、それに応じて登場したのが、何の役にも立たない日常生活の伴侶、いわゆる新案商品《ガジェット》である。

『パリ＝プレス』紙「雑報面」が熱心に取り組んでいるのは、管理職という新しい読者たちに自分の欲望を満足させる仕方を教えることである。これの背景には、それまで同じアシェット・グループの傘下にあって、ラザレフが手固い編集方針を取っている類似紙『フランス＝ソワール』から影響を受けていた『パリ＝プレス』紙を立て直そうとするクリスティアン・ミヨーによるしたたかな発案がある。毎週アンリ・ゴーが、グリモ＝ド＝ラ＝レニエールの「美食家用案内地図」を最後にすたれてしまっていたスタイルをもう一度持ち出して、「いま、パリでうまい店」を紹介し（実際、それを読んだ食い道楽の連中が、流行りのレストランだけではなく無名のレストランにも、せっせと足を運んでいる）、事情通のゴシップ記者たちが、紳士用の帽子屋、美容院、紳士服テーラー、あるいはブレザーのボタン一つでも取り付けてくれるボタン屋、などを「特集」で取り上げるのである。

そうした優雅な生活イメージのおかげで、気分が浮き浮きしている管理職たちの他に、新しい読者として、社会全体の中でもっと伝統的な代表者たちを付け加えておかなければならない。すなわち、状況次第で政治指導者たちにいとも簡単にすり寄る人びと、医師・弁護士・仲買人といった経済発展の第一次受益者たちである。『パリ＝プレス』紙は、中産階級を構成する新顔（サラリーマン）と古株（自由業）――彼らは、車やバカンスに金を惜しまない購買者であり、いまだインフォーマル・グループだが操作可能な集団である――に向かって、予言者めいた演説を発していることになる。一九六〇年頃、まだコート・ダジュールの砂浜では隣りの人の場所にはみ出さずにゆったりと寝そべれたこと、テレビは贅沢品で別荘を持つなどほとんど夢であったことを思い出してみよう。一九六二年、「雑報面」の成功に乗じて、ゴーとミヨーの二人は『ジュリアール社版パリ案内』を書き二〇万部を売り上げる。彼らは『ミシュラン・ガイド』にならって毎年この本を改訂する。一九六九年に月刊誌を出版した彼らは、一九七二年以降、その月刊誌を補完し充実させるかたちで、年刊フランス・ガイドを刊行するが、これもずば抜けた売れ行きを見せる。

歴史家たちは将来、〔ゴーとミヨーの〕この大成功の内に、二〇世紀末のフランス人の趣味・習慣を明らかにする決定的な証拠を見い出そうとするかもしれない。しかし私は、そうした歴史家たちに、集団表象と集団実践をできるだけ注意深く区別するように勧める。ガイドブック『ゴー＝ミヨー』の中心部分を占め、とにかく解説の量が最も多いのは食事である。この点からすると食事は現在、奇跡的な幸運に遭遇して実に五〇年間の眠りからさめ、一九世紀の飽食の豪華さと凄まじさを取り戻したと読者は考えたくなるかもしれない。なるほど、ジャーナリズム全体が、ゴーとミヨーという二人のさくらに足並みをそろえ、興奮し破目をはずしている。『ル・モンド』紙も、遅れを取らないように、毎週金曜日、美食の分野の執筆協力者に大きなコラムを書いてもらっている。美食の人気の広がりに拍車がかかるのは、平等主義という社会の趨勢のおかげで、庶民的と言われる居酒屋にまで美食が広がることが可能になった――当たり前になった、とまでは言えないにせよ――からである。しかるに、この神話が開花しつつあるまさにそのときに、フランスは美食に別れを告げるのである。美食は、最近それが発見されたばかりの社会秩序の底辺ではそれほどでもないが、社会的序列の頂点では完全に破産する。以下の諸現象は、美食を支える伝統的諸価値の崩壊を示している。農産物加工業が急激に成長すること。よく卵を産むように、めんどりに対して徹底的な調教が行なわれること。二〇年後に急成長するマクドナルド・レストランの先駆となるドラッグストアにおける最初の「ハンバーガー」が成功すること。「スーパーマーケット」の出現にともない、衛生のために〔見た目や香りといった〕感覚的魅力を犠牲にしたセロハン包みの料理が登場すること。一九七〇年代に入って冷凍食品が登場し大ヒットすること。合理化され空調設備のある見た目に小ぎれいな空間としての「台所 cuisine」が、そこでテレビを見ながら食べる料理 cuisine に対して特権化され、料理のほうはそれだけますます通俗化されること。住居の中でダイニングが「ぜいたくをするための場」と位置づけられるようになること。最後に、気分転換・おしゃれ・自由な時間といったものを求める気持ちが強まり、物価高があまり深刻に受けとめられなくなることである。その結果、すでに事物の代わりをすることに慣れている言語が、一九六〇年以降になると食事の代わりをするようになる。美食家たちにとって、美食欄が実質的にごちそう代わりとなるのである。彼らがレストランに行って実際に味くらべをするにしても、たいていは美食欄が勧めるメニューを選ぶものだから、彼らが味わうのは依然としてその美食欄である。状況はここまで悪化しているのに、たしかにフランス料理が一九六〇年から一九八〇年にかけて輝かしい復活を遂げる。しかし、この復活は要するに、敗走する軍隊のしんがりが敵の攻撃を一瞬しのいでいるようなものにすぎない。一九七〇年代には、ゴーとミヨーが「新しい料理 nouvelle cuisine」神話を入念に作り上げ広めるが、事態は少しも変わらない。ソースの役割を減らし、一人分の分量をできるだけ少なくし、自然のままの食材を厳選し、人気のなくなった一九世紀のレシピを捨て、それ以前の古びた手本に助けを求めても、消えかかった炎がわずかに燃え上がるだけのことである。自称「新しい」料理は、片方の目で古びた料理法をにらみながら、それらを甦らせようと努め、もう片方の目ではスポーツマン・医師・エコロジストをにらんでいる。彼らのイデオロギーが美食家を断罪しているからである。

29

一九六〇年春

ジャン＝リュック・ゴダール「勝手にしやがれ」

新しさが文学と同時に映画に刺激を与えている。一九五七年、ジャーナリストたちは新たな文学の誕生に立ち合い、エミール・アンリオが『ル・モンド』紙で、ビュトール、ロブ＝グリエ、シモン、サロート、デュラスといった、版元が同じというだけで共存不可能の作家たちを「新しい小説《ヌヴォー・ロマン》」というレッテルのもとにまとめる。『レクスプレス』誌では、フランソワーズ・ジルーが映画の「新しい波《ヌヴェル・ヴァーグ》」に関する大規模なアンケートを始める。

フランスでは、新しさは言説から生まれる。言説は、きわめて独占欲が強く、自分と異なるすべてのものを強制的に自分の監視下に置くからである。ボードレール以来――いや、さらに一世紀前のディドロを言説のそうした寄生的行動パターンの端緒として――、いかなる作家も、もっと正確に言えばいかなる詩人も、絵画や彫刻に関して沈黙を守ることに同意したためしがない。それゆえ、貪欲な言葉の国フランスにおいては、遅れてやって来た言葉が先着の他の記号を勝手に我が物としてしまうとしても、何ら驚くべきことではないのである。ジャン＝リュック・ゴダールはこの点に関する自らの考えを、素朴に自信を持って次のように述べている。このローザンヌ人にも芸術に関する解説と芸術そのものを混同する傾向がはっきり認められ、この混同がパリふうのやり方なのである。

——あなた〔=ゴダール〕は批評の世界から映画の世界に入ったわけですが、批評からはどんな恩恵を受けていますか。

——『レ・カイエ・デュ・シネマ』誌にいた私たちは全員、将来は映画監督になるつもりでした。映画館やフィルムライブラリーに通うということはすでに、映画で考え penser cinéma、映画なるものを考える penser au cinéma ことでした。書くことはすでに映画を作ることでした。文字を書くこととカメラを回すことの間にあるのは量的な違いであり質的な違いではないからです。〔…〕批評家であった私はすでに自分が映画人であると自覚していました。現在、私はあいかわらず自分を批評家だと思っており、〔…〕以前にも増してそう感じています。私は、映画の中に最悪の批評を導入する危険を覚悟の上で、批評を書く代わりに映画を作っています。私は自分をエッセイストだと思っています。私は小説形式のエッセイや、エッセイ形式の小説を作っており、ただ、それらを書く代わりに撮影しているだけなのです。もし映画が消滅せざるをえなくなったら、そういうものだとあきらめてテレビの仕事に移るでしょうし、さらにもしテレビが消滅せざるをえなくなれば、紙と鉛筆の世界に戻るでしょう。私にとっては自己表現のあらゆる仕方の間にある連続性こそが、きわめて重要なのです。(70)

諸ジャンル間の連絡については、シャブロルのほうがもっと含みのある意見を持っている。

批評することは個人的冒険の一部ではあるが、しかし創作活動に比べれば、やはり一種の活動放棄につうじている。(71)

たしかに、食い道楽で享楽的なシャブロルの作品には、ゴダールほどのイデオロギーはない。なにしろシャブロルは、撮影が山場を迎えている夜明けであっても、正午に昼食を取る予定のビストロのことが気になるような男である。とはいえ、彼もデビュー当時は、クロード・ド・ジヴレなどの仲間たちと一日に三回フィルムライブラリーに通ったり、ロメールと共著でヒチコックについての本を書いたり、実践と知とを、あるいは「生きられる現実」と文章表現とを分離しない運動に加わっている。

〔そうした両者の共通性を認めたとしても〕それでもやはり、「新しい波」という言葉が、およそまとまりようのない雑多な気質の人びとを無理にまとめたもので、マスコミ的レトリックとか宣伝用スクープの類であるという事実は動かない。アラン・レネ「夜と霧」(一九五五)、アレクサンドル・アストリュック「不吉な出会い」(一九五五)、ロジェ・ヴァディム「素直な悪女」(一九五六)、フランソワ・トリュフォー「あこがれ」(一九五七、脚本モーリス・ポンス)、ルイ・マル「死刑台のエレベーター」(一九五七)などの間に、どんな共通点があると言うのか。さらに、この「新しい波」が津波のようになって盛り上がるときに公開される作品群、レネ「二四時間の情事」、マル「恋人たち」、シャブロル「美しきセルジュ」「いとこ同士」、トリュフォーの初めての長編「大人は判ってくれない」(以上、いずれも一九五九)などの間にも共通点はない。

文化の領域におけるフランス人の社交性には見境いというものがないので、美的な共通性をまったく持たない者どうしが親しくつきあう。そのおかげで、相互に仲間づきあいがあるだけで、相互に美的な共通性もあるとみなす誤解が生じるのである。私はヴァディムとマルの間に、あるいはアストリュックとレネの間に美的な共通性はないと思う。さらには、シャブロルとトリュフォーの間にもない。シャブロル「美しきセルジュ」とレネ「二四時間の情事」との間には、共通性どころか、天と地ほどの隔たりがある。リアルな描写はレネを絶望させ、迫真の演技はレネに吐き気を催させる。彼は夢幻的なものの中で落ち着きを取り戻すのであるが、その夢幻的なものとはケロール、デュラス、ロブ＝グリエから伝授された夢に関する言説のことである。私にはいかんともしがたい。レネは教養を備え、大変な読書家、完璧なプロであり、一九四五年に初めてフランスにハイデガーの写真のネガを持ち帰ったベテランのフィルム編集者でありカメラマンでもある。そのレネの作品はおおむねどれも、私をうんざりさせる。一九六一年に私は「去年マリエンバードで」に対する嫌悪をきっぱり表明したことさえある。パリでは、こんなことを声高に叫ぶ者はほとんどいなかった。良識を持ち礼儀正しく、いつも意見を求められるような人びとから、さらにはベルナール・パンゴーのような自由精神の持ち主からも、ひんしゅくを買うことになるからである。パンゴーは、「一二一人宣言」の旗印のもとで『レ・タン・モデルヌ』誌編集部に入ったばかりだったが、数週間のうちに五回も観るほどこの映画に夢中になり、熱に浮かされたような評を書くことで、やっと興奮がおさまったらしい。

「勝手にしやがれ」を初めて見たとき、思わず息を呑んだことを私は白状する。レネふうの象徴表現とマルの技巧を見慣れていた私は、このゴダール作品において時代のめまいを表現する言葉・肉体・眼差し・テンポ・カット割り・画面構成に目をみはったのである。そもそも映画というものは、行動（＝役者の動き）と言語（＝科白）に拘束されて現実世界から飛び立てないので、演劇や小説に比べると実にわずかな神話性しか持ちえないものである。だからこそ一九六〇年に私には、くだらないものに向けられたこの映画のショットが、とても面白く感じられる。それはくだらなさを惜しみなく映し出すことでくだらなさを否定しているのだ。あの貧弱な脚本――ちょっと世をすねた感じでふところの寂しい宿なしカメラマンが、警官を殺し、若い女をひっかけ、モンパルナスの彼女の部屋にころがり込むが、めんどうをいやがる彼女によって警察に密告される――、あの絶え間のないアドリブ、あの奔放な雰囲気が、「二四時間の情事」の画面を覆う詩情を装った言説の毒気から私を解放してくれる。これに続く作品群、私が一時期夢中になった――そんなこともあるのだ――少なくとも「男性・女性」までのゴダール映画にも、こうした解毒効果がある。ただし「気狂いピエロ」は除く。画面でゴダールのつまらないおしゃべりが始まった途端に、私は嫌気がさしてしまう。ベルモンドが浴槽でエリー・フォールの一節や当時のベストセラー『言葉と物』の著者フーコーの一節を読み上げたからである。しかし〔当時の〕私は、日常的なものの誘惑に欺かれて、二〇年経った今では一瞬たりとも受け入れがたいゴダールのさまざまな手法を全体として受け入れており、その作品の内容のなさと退屈ささえ胸を張って擁護している。ゴダールの仕事は技術的には大変な偉業であるにもかかわらず、ほぼどの作品にもこの内容のなさと退屈さが見い出されるのであり、スタイルがほとんど何にも依存していない火花のような作品「勝手にしやがれ」だけが、おそらく唯一の例外なのである。

30

一九六〇年四月　サルトル『弁証法的理性批判』(72)

徹底した新しさ《モデルニテ》の時代におけるサルトルの偉大さは、時代遅れのもの《アナクロニズム》に毅然として身を捧げていることにある。あらゆるものが「主体」を攻撃しているのに、サルトルは自らの理論の中心に「主体」を据える。その際サルトルは、ただデカルトを盾に取って「我れ思う」という直観の中に安住するのではなく、何ものも侵せない尊厳と何ものも制限しえない超越性とを備えた「生きられる現実」を旗印にする。精神分析はこの主体を無意識という闇で包み込むが、この闇は実は主体から生まれ出たもの、むしろ、自己欺瞞の中へ逃避する主体そのものなのである。さらに一九五〇年代末、このような主体への攻撃が(ローラン・ディスポが言う)「恐怖機械」(73)を使って活発になるときも、サルトルは英雄的に孤塁を守り、実存者の大地、意味の大地、人間と世界の具体的葛藤の大地から退却することを拒否する。一九六〇年にサルトルがマルクス自身のテクストを頼りに、現実感覚の重要性をどれほど訴えようとしているかを見ておこう。

マクシミリアン・リュベルはその見事な著作の中で、あのきわめて興味深い（私たちの現代マルクス主義者たちにとっては躓きの石である）テクストを引用している。「〔現在のインドにおける〕イタリアとアイルランドとの結合、つまり逸楽の世界と苦悩の世界とのこの奇妙な結合は、インドの古い宗教的伝統の中で、つまり官能的陽気さと厳格極まる禁欲主義のあの宗教の中で先取りされている…」。〔…〕当然私たちはこれらの〔「逸楽」「苦悩」「官能的陽気さ」「厳格極まる禁欲主義」といった〕言葉の背後に、社会構造と地理的視点という真なる概念と方法を見て取る。社会構造と地理的視点が前提として与えられているからこそ、ひとつの言葉が私たちにイタリアさらにはイギリスによる植民地化を想起させ、また別の言葉がアイルランドを想起させるのだ。しかしそんなことはここでは重要ではない。ここで重要なのは、マルクスが〔イタリアやアイルランドを持ち出すことで逆に〕「逸楽」とか「苦悩」とか「官能的陽気さ」とか「厳格極まる禁欲主義」とかいった言葉にリアリティーを与えていることである。そして、さらに重要なのは、インドの現在の状況が（イギリス人の入植以前に）古い宗教的伝統によって「先取りされている」ことを彼が指摘している点である。インドの実態がそうであるか否かは、私たちにとってどうでもいい。ここで重要なのは、総合的な洞察こそが対象に生気を取り戻させるということなのである。[74]

しかるに、この反時代人は慣例など無視して、勇敢にもジッドに敬意を表し、抽象絵画ブームの最中にジャコメッティを称賛し、ベルヴィル〔＝パリ市内東部の庶民的地区〕の独学の時計職人であり「文化人仲間」では無名の劇作家ジョルジュ・ミシェルのために尽力するものの、マルクス主義と構造主義に対しては媚を売ったり逃げ腰になりがちで両陣営からなぶり者にされる。

サルトルと共産主義者たちの対立は非常に醜悪な悲劇なので、その紆余曲折を描き出すことも、ふつうの商取引の場合のように収支決算書を作成することも、どうしても躊躇せざるをえないが何とか試みてみよう。出発点にさまざまな矛盾がからみついている、と言えよう。唯物論は正しい。人間の運命は原初の欠乏の中に封じ込まれている。「存在」は「知」に還元できない。それゆえ、歴史は構成的であり、革命は不可避である。しかし、マルクス主義者たちは間違っている。批判的な弁証法に持ちこたえるような独断的な弁証法など存在せず、生きている現実に揺り動かされないような体系など存在せず、顔の見えない形式的な全体化など存在しない。

二〇年間、次から次へと危機的な状況が続くが、サルトルはいつもそのたびに犠牲者になる。サルトルとは、一九四八年にブロツラフで開かれた国際平和会議でのファデーエフの表現によれば卑劣漢《ジャッカル》、四つんばいで歩く醜い獣であり、フランス共産党のイデオローグたちによるとダニである。サルトルとは、ばかげた夢想のこと、「恐怖政治を経ずに人間に具体的な自由をもたらす進歩主義的な第三勢力」というユートピアのことである。サルトルとは、フランス共産党との望みのない恋愛遊戯のこと、思いの吐露と拒絶がいつまでも繰り返されること、専制政治さらには組織的な虐殺にさえ破廉恥に妥協することである。シモーヌ・ド・ボヴォワールの長編小説『レ・マンダラン』の中で、サルトルの代弁者である主人公デュブルイユは、強制収容所に入れられた人びとの数を公表することを拒絶する。公表すればソ連に打撃を与え、次回の国民投票の際、右翼にとって好材料となりかねないからである。サルトルとは、みじめに右往左往すること、猛然と向かっていってもすぐさま厳しくつらい同志関係の規律にしゅんとなってしまうことである。一九五六年に起こる問題——フルシチョフ報告、ソ連によるブダペストへの軍事介入——もサルトルはただちに甘受してしまう。サルトルは一九六二年に、『レ・タン・モデルヌ』

誌掲載のメルロ＝ポンティに捧げた賛辞（『シチュアシオンⅣ』に再録）の中で、左翼の海軍二等兵曹アンリ・マルタンに対して下された有罪判決や、一九五二年に「北大西洋条約機構（NATO）」総司令官リッジウェイのパリ到着に反対して共産党が行なったデモの後に議員特権を持つデュクロが不当逮捕された事件に言及しながら、再び次のように宣言する。

これらの卑劣な子供だましに私は吐き気を催している。かつて、もっと卑劣な子供だましはあったが、これほどまでに見えすいた子供だましはなかったからである。最後の絆が断たれ、私の見方は変わった。反共産主義者は権力の犬である。私はこの場所から動かない。これからも、決してもはや動くつもりはない。(75)

この信念、この一徹な忠誠心には、プロテスタント的な響きがある。この信念から私が連想するのは、アンリ四世の妹カトリーヌ・ド・ブルボンの激情である。アンリ四世がロレーヌ家と和解し宗教戦争をハッピーエンドで終結させるために、妹を翻意させてバール公と結婚させようとしたときのことである。彼女はこう言う。「私は亡き母ナヴァール王妃からユグノー派の信仰を受け継ぎました。この信仰を手放すつもりは少しもありません」と。

『弁証法的理性批判』は、一九五六年の諸々の事件の後、波の谷間で書かれる。この著作は、マルクス主義のうちで誤謬や汚辱をまぬがれた部分を救うために、人類発展の可能性の諸条件を実存という古い武器庫の中で組み立てるが、その際、近年の階級闘争と、西欧の資本主義的帝国主義に対して至るところで起きている抵抗運動とを考慮して、この武器庫に手直しをほどこす。最優先課題は革命を正当化することすなわち、観念の内在性ではなく〔実存主義の言う〕主体の内在性と、未分化の自然の全体性ではなく〔マルクスの言う〕行動する人間の全体性とを結びつけてみせることによって、両者を媒介する作用に活力を取り戻させることである。その結果、数百ページにわたって、マルクス主義そのものを批判しながら、つまりその路線逸脱、論点先取りの虚偽、教条主義的指令などを批判しながら、全力でマルクス主義の正当化が行なわれることになる。批判されるのは、たとえば、自然現象の神話的な歴史の中に人間の歴史の運動を見い出そうとする自然弁証法であり、ときに素朴なプラグマティズムに行き着き、ときに愚鈍な理想主義に行き着くような理論と実践のねじれである。

　ブダペストの地下鉄は、ラコシの頭の中では現実的なものであった。ブダペストの地下が地下鉄の建設を許さなかったのは、この地下が反革命的だったからであるというわけだ(76)。

したがって次のように考えなければならない。人間のコミュニケーションの外には物質的な対象は存在しない。「実践《プラクシス》」なるものがあるとすれば、それはすべて人称的であり、意味を解放し、物質を乗り越え暴き立てるものである。逆に言えば、計略と強制の世界に巻き込まれていないような「実践」、その世界によって変形されると同時に「受動化される passivisé」ことのないような「実践」は存在しない。労働つまり生産活動はすべて、出来合いのものの中へと疎外される。生産する実存は、惰性的な環境の中にある以上、必ず「実践的惰性態」へ向きを変えることになる。

　哲学史の歴史はまだ揺籃の中にいる。それは概念と経験の距離について考えをめぐらすほど、自らの揺籃の枠をはみ出すところまで行ってない。しかしこの距離はいろいろで、ソクラテス以前の哲学者やハイデガーの場合は天文学的であり、逆に小さすぎる場合もある。たとえばヘーゲルの『精神現象学』は「精神」を目に見えるその〔経験的〕浮き沈みをとおして記述すると同時に、「精神」をその〔概念的〕本質の最も深く最も秘められた地点まで追いつめている。

サルトルの場合も、〔概念〕体系が「実体験」にほとんど完璧に密着し、文章の生地というより表面のニスといった感じの耳ざわりな隠語がときおり使われている。この点が私には不満である。そこには、巧妙な手管とか、偏見に隷属した主張とか、社会関係の新解釈によって闘いの同志を無理やり無罪放免にしようとする意志とかが感じられるからである。〔たとえば次のような新解釈がある。〕機械的な集合体や原子的な集列——列を作ってバスを待っている乗客や、平凡な群衆——は、状況・欲求・稀少性といった圧力が加わると、統一性を内在させた集団となる。アルジェリア、キューバ、あるいは他の場所で見られる暴動、反乱、独立戦争、内戦といった重大事態が生じるのは、まさにこのときであり、最後は再び元の集列状態に落ち着くと言うのである。

一九六〇年代にサルトルがこのような強引なやり方によってではあるが、歴史を復権させたことはきちんと認めなければならない。ブランショは一九四〇年から、彼の全著作を潤しながら流れる河のほとりに腰を下ろして、歴史なんてもう時代遅れだ、と声高に叫ぶことをやめない。その冥界の河ステュクスは、実は凍結し流れが止まっているのだ。ハイデガーの場合、服喪はブランショの場合ほど軽やかなものではない。ハイデガーは悲嘆にくれながら歴史を考察するが、ハイデガーにとってそれは今では老いさらばえて物忘れがひどくなり、自分の飛躍の炉床にも自分の開花の朝にも無関心になり果てたものになっている。ハイデガーは歴史の足跡もたどる。歴史は、「合理化」や「科学技術」という標識が置かれた道の上をあちこちひっぱり回されて朦朧となり、あの謎めいた地点に通じている道を捨て、「存在者」周遊ツアーを選択してしまう。「謎めいた地点」とは、遠い昔、惜しみなく光を放つ「存在」が、目覚めたギリシャ人の思考にその姿を現したあの地点のことである。

しかし、とりわけ、地歩を固めつつあるフォルマリスムが歴史を徹底的にこき下ろし、歴史による越権行為を非難している。フォルマリスムによれば、歴史は科学的に検証できない通時態を自らの支えにしながら共時的体系をこっそり自分のものにしている。厳密な認識には堅固なもの、しっかり手で触れられるものが必要で、そのためには認識要素を冷凍しなければならない。冷凍保存すれば認識要素は完全な無菌状態に置かれ、賞味期限が延びるからである。そうだとすれば、冷たい歴史こそ、認識要素を私たちに提示してくれる。「冷たい歴史」とは、レヴィ＝ストロースが、白熱した歴史のおぞましい流れに身を任せた〔先進〕諸民族の精神的無秩序に対置する無文字社会の生んだ「歴史」のことである。

その結果、すでに以前からマルクス主義者の攻撃の的になっていたサルトルは、一九六〇年になると今度はさらに記号論によるテロルの最初の威力も肌に感じることになる。たしかに、争点の扱いが不ぞろいであるというサルトル自身の弱点がある。つまり政治的・道徳的な論点は大問題として扱われるが知的なそれは二の次にされるという不ぞろいのことである。しかし、政治参加の問題についてはサルトルにつき、真理の問題についてはレヴィ＝ストロースにつくようなつわものが編集部で目を光らしているという『レ・タン・モデルヌ』誌の弱点もある。「つわもの」とは、ちぐはぐなところをどこまでも貫く日曜活動家とでも言うべきプイヨンのことである。彼は『弁証法的理性批判』を読み胸中おだやかではない。彼の気持ちは理解できよう。この著作は、実に奇妙な社会諸集団を明るみに出し、それを「溶融」状態――自ら発熱して、その熱で融解してしまうというおかしな統合状態――へと導くだけでは満足せず、失われた大義を追い求めることもなく、敵に愛想笑いをするまでに身を落としているのだから。「能記」と「所記」という概念があちこちで使われているし、さらに悪いことには「構造」概念が民族学から借用され、その機能特性にそぐわない化粧をほどこされている。こうした見え透いた小細工のせいで、大酋長レヴィ＝ストロースはますます増長し、『野生の思考』の末尾でサルトルに容赦のない攻撃を加えることになるわけである。

31

一九六〇年九月　「一二一人」宣言

一九五八年六月七日、ド＝ゴールはアルジェリアのモスタガネムで「フランス領アルジェリア万歳！」と叫び、ド＝ゴールに信頼を寄せていた人びとの幻想の火を吹き消す。彼らは、同じ年の五月にド＝ゴールが「歴史」から委ねられた任務はアルジェリア人にアルジェリアを返還することだと信じていたのである。

一二月には、前年の一九五七年にパラシュート部隊を指揮してカスバを平定したマシュが、アルジェ軍司令官に任命される。

一九五九年になると、保守派の安定、蔵相ピネーによる適切な財政運営、重工業の発展といった状況が重なったおかげで、軍事予算がかさんでいたにもかかわらず、経済は目覚しい復興を遂げる。一九五八年には底をついていた国庫が充填される。

一九五九年九月に、風向きが変わる。生成の地下道において開始され、それまで「ド＝ゴール無条件支持者たち godillots(77)」の非公式な動きの中に気配が感じられていたド＝ゴールの大長征が、ようやく生成の表面に姿を現す。アルジェリア人の民族自決権が突然、是認されるのである。チュニスで、「アルジェリア共和国臨時政府（GPRA）」代表者との交渉が始まる。

アルジェでは、事態の成り行きに不安を抱いたアルジェリア在住フランス人《ピエ＝ノワール》たちが、一斉に街頭に繰り出す。こうした騒乱状態は、これが四回目である。一回目は一九五五年にスーステルを熱烈に歓迎して、二回目は一九五六年にギー・モレに罵声を浴びせようと、そして三回目は一九五八年にド＝ゴールに助けを求めて、それぞれ大騒ぎになった。彼らは、自分たちを裏切るような行為をド＝ゴールに思いとどまらせようと、一九六〇年一月二四日から二月一日までバリケードを築いて騒ぎ立てる。この暴動に共感を示したマシュはパリに召還され、メス軍管区司令官に任じられる。

しかしながら、アルジェリアに派遣されている軍隊の駐屯が長引き、フランス国民の中の反植民地主義的感情も、少数派の反ド＝ゴール主義的感情もともに高まる。ド＝ゴール将軍に忠実な「新左翼」は、ド＝ゴールの行動がアルジェリア先住民の解放をめざしているという〔反植民地主義的〕信念を曲げようとしない。しかし、〔反植民地主義＝ド＝ゴール主義か、植民地主義＝反ド＝ゴール主義かについての〕野党の態度は、きわめてあいまいである。共産党は労働者階級の外国嫌いのせいで身動きできなくなり、社会党は「騒然とした地球上における人権の最後の砦」として〔アルジェリアの〕アフリカ諸県にしがみついているありさまである。これではフランスは、平等と自由というお題目を戦車に積んで、自らが苦しめている国々へフランス革命のメッセージを送っていることになるではないか。そう考え妥協を拒否する人びとも、キリスト教社会主義者、雑多な出自の進歩主義者、アナーキストの小グループ、トロツキストの学生グループといった周辺的な集団の中に集まってくる。

一九六〇年五月、「フランス全国学生連合」（UNEF：Union nationale des étudiants de France）の会

議で、興奮が極に達し、召集不服従の動議が採択される。ブランショは、この若者たちを待ち構えている危険を考えて動転する。そして、この闇の住人、この影の精神的指導者《グル》、この壊れやすい気どり屋、この文章表現《エクリチュール》と死との偉大な統合者が、市民的不服従に強い関心を抱いていることが明らかになる。ブランショが、文学上の仇敵にして闘争上の分身たるマスコロと密接に連絡を取りながら、夏の間に良心的兵役忌避に関する長大かつ詳細な哲学的論文を書き上げるのである。このきなくさい文章への知識人の署名を求めて、ブランショの腹心たちは、住民の一部どころか、才能ある人びとの最良の部分が〔バカンスで〕いない八月のパリをかけずり回る。

知識人たちの「世論へのアピール」好きの始まりは、ドレフュス事件への介入からである。知識人たちは大戦間、とりわけ一九三三年から一九三九年にかけて全体主義の危機が広がる時期には、定期的に自分たちの意見を表明する。一九四五年以降では冷戦の緊張が頂点に達する頃、盛んに声明が発表されるようになるが、それに応じて署名者名簿が厚くなるわけでも、——これは言っておく必要があるが——署名者に重大な危険が及ぶわけでもない。ところが今や知識人は兵士を逃亡へと駆り立て、もはやためらうことなく法にも庶民感情にも反する行動に乗り出し、政治活動を制限されている国家公務員や、ラジオ・テレビの俳優・演出家といった臨時職にある公務員を危険に巻き込む。

こうして一九六〇年八月、プイヨンを先頭にした勧誘者たちは、いく多の障害を乗り越え、兵役拒否を勧奨する署名を一二一人から集めて物議をかもす。そこには、新人とベテラン、有名作家と無名作家、画家と歴史家、映画人と民族学者、劇作家とエッセイスト、医師と家具商など、種々雑多な人びとが結集する。傾向の異なる雑誌が、いずれも編集委員全員で参加している。『レ・タン・モデルヌ』誌からは、サルトル、シモーヌ・ド・ボヴォワール、ジャン・プイヨン、ジャック゠ロラン・ボスト、クロード・ランズマン、マルセル・ペジュ、エルナ・ド・ラ＝スシェル、ルネ・サミュエル。『レ・レットル・ヌヴェル』誌からは、モーリス・ナドー、ジュヌヴィエーヴ・セロー、オリヴィエ・ド・マニ。出版社でまとまって参加している場合もある。ミニュイ書店の場合なら、社長ジェローム・ランドンを筆頭に、ロブ＝グリエ、クロード・シモン、マルグリット・デュラス、ナタリー・サロートが署名している。逆に、ジャン＝フランソワ・ルヴェル、ジャン＝ルイ・ボリなど、一匹狼の作家がいる。古参の反順応主義者アンドレ・ブルトンがいるかと思えば、植民地解放の二人の大学人リーダー、アンドレ・マンドゥーズ、ピエール・ヴィダル＝ナケがいる。ロジェ・ブラン、アルチュール・アダモフ、アラン・キュニらアルトーの継承者がいるかと思えば、無理やりこの宣言にもぐり込んだ共産党員、ジャン・バビ、アンリ・ルフェーヴル、エドゥアール・ピニョン、エレーヌ・パルムランがいる。ダニエル・ゲランのような海千山千の無政府主義者たちがいるかと思えば、スタンダール愛好家クロード・ロワがいる。自分の署名の結果が家族のうちに悲劇をもたらしても動じない筋金入りもいる。その一人、フロランス・マルローに対して、以後一五年間、父親アンドレ・マルローは一言も口を利こうとしなかった。

しかし、署名しなかった人びとを並べてみたほうが、はるかに興味深い。一九六〇年のパリで人気のある月刊誌・週刊誌のうちで、以下のいくつかは、アルジェリア領アルジェリアを断固支持しており、その先頭を切っているのが『レクスプレス』誌であるが、セルジュ・ラフォリがこの雑誌の代表として署名しているだけで、この雑誌の花形執筆者たちは署名していない。一九三〇年以来、つねに重要な闘争の先鋒をつとめてきた『エスプリ』誌から署名しているのは、前述のアンドレ・マンドゥーズと、妥協を知らないベグブデールだけである。たしかに、この雑誌の主幹ジャン＝マリ・ドムナクは、当時は骨の髄までド＝ゴール派であり、この英雄に決してそむくまいという決意を固めている。『フランス＝

オプセルヴァトゥール』誌では、ステファヌ以外にド゠ゴール将軍の平和主義的方針を信用する者はほとんどいないのに、ブールデもガラールもマルティネも、署名に参加していない。ブランショとレリスは、『クリティク』誌からの参加ということになるが、あくまでも個人の資格で署名しており、バタイユと彼の側近の共同執筆者たちの名前は見当たらない。

最初の一二一人に続く第二グループとして、遅ればせながら二二六人が署名に加わる。フランソワーズ・サガンとカトリーヌ・ソヴァージュ、ポール・ルベイロルとミシェル・ビュトール、クロード・オリエとマドレーヌ・ルベリュー、フランソワ・シャトレと『レ・カイエ・デュ・シネマ』誌編集委員会メンバー――ドニオル゠ヴァルクローズ、カスト、トリュフォー――らが名を連ねている。だが、このように予想したほど署名者数が伸びず異例の署名締切延長が行なわれたのは、何のことはない、夏のパリが無人の地であったからと考えるべきではないか。

ミシェル・ドゥブレ首相は、この宣言の内容を知って激怒し、署名者全員を刑務所送りにすると脅しをかける。おまけに首相が署名者リストの中に、数学界のノーベル賞「フィールズ賞」受賞者で近い親戚にあたるローラン・シュヴァルツの名前を見つけていることに、読者の注意を促しておきたい。ブーヴ゠メリが主幹をつとめる『ル・モンド』紙を含む新聞各紙がこの冒瀆的な宣言の掲載を全面的に拒否していたので、この宣言は一般の人びとの目には決してふれないはずであった。しかし、首相があまりにも騒ぎ立てたため、全面公開されることになってしまう。

国際的な反響は謀反人に好意的である。マックス・フリッシュやハインリヒ・ベルが支持を表明する。署名者に対する報復はどうであったか。はっきりと罪を問われる者、つまり公務員は、それぞれ所管の行政裁判所の法廷の前に立たされる。学者の場合、事態は穏やかに進行する。懲罰委員会が同業組合的な反応を示し、この件をあっさり水に流すことに決めたので、マルク・バルビュ、ジョルジュ・コンドミナス、ユベール・ダミッシュ、ジャン＝ピエール・ヴェルナンといった高等研究院第六部門の我が同僚たちや、ソルボンヌ大学のジャン＝ジャック・マイユーは無傷である。結局、大学視学官ジュアン・マイユーが贖罪のいけにえといった格好になり、いくつかの実害をこうむる。国民議会において報道関係用議会議事録抄作成担当という人もうらやむ地位にあったジャン・プイヨンとベルナール・パンゴーも、国民議会という城壁の中に運び込まれた正真正銘のトロイの木馬とみなされ、その職務を停止される。両者の場合は情け容赦のない調査が行なわれ、給与は支払われるものの、プイヨンには四ヶ月、パンゴーには二ヶ月の停職処分が言い渡される。ところが、寛大なことにシャバン＝デルマス大統領は、この処分内容を半分に軽減してしまう。彼が所属しているあの右翼勢力のどうしようもないほど一徹な「自由主義」に、私は驚かされる。私は、それまで自分の陣営では、狭量を厳正と勘違いしているような「正義の士」に接することが多かったからである。

これ以後、「一二一人」宣言の精神は、文化に大きな影響を与えていく。一九八四年現在のパリで、いまだに自分たちのあの破壊的な署名の伝説を大げさに吹聴している人びとを私は知っている。第二次世界大戦が終結してこのかた、これほど自然発生的に、これほど崇高な寡頭体制、これほど英雄的な反体制的同胞愛が生まれたことは一度もなかった。ちょうど一九四五年にド＝ゴール派の間で「彼は『解放闘争の同志』だ」という表現が使われたように、パリの知識人の間では誰か或る人物を指して「彼は『一二一人』の一人だ」という表現が使われるのである。

一九六〇年以来、請願行動に向かうエネルギーは、このような途方もない成功に陶酔して常軌を逸しがちになる。不正をあばく方法が洗練されるにつれて、そうした不正を黙って見逃す者などいなくなる。

その結果、不正を告発する特定の言葉が何度も執拗に持ち出されているうちに、その言葉は象徴的な重みを失ってしまう。つまりその言葉は、ちょうど私たちの周囲をよぎる儚い記号と同じように、実質を失い、空気のように軽くなり、深みも厚みも影響力も持たないまま、未分化の音の響き以外の何ものも伝えることなく漂うようになる。

おそらく「一二一人」のうちのいく人かは、幻滅が彼らを待ち伏せしていることに気づいていなかったであろう。少なくとも彼らは、自分たちには或る使命が与えられていると感じていた。現在、ポーランドにおける自由の回復を要求すれば、ただそれだけで立派に責務を果たしたことになるなどということを信じられるほど、おめでたい人がいるだろうか。誰もがポーランドの「連帯」に心から共鳴し、誰もがソ連軍のアフガニスタンからの撤退を、そしてウルグアイやチリにおける圧政の終結を要求している。ところがアラブ人の苦悩、とりわけパレスチナ人の苦悩には、それほど関心は向けられていない。パレスチナ人は、彼らを勇敢に支持する孤立したユダヤ人と同様、日常消費用の推奨品ではないからである。しかし、そもそも訴訟がらみの社会的アピールは、「文化人仲間」が日常的な表現行為を行なうのに最も好都合な――おぞましい流行語を使うならば――「未開拓分野 créneau」になっている。なぜならそうしたアピールは、名声を極めた者にとっては後方支援となり、名声への階段を昇りつつある者にとっては格好の踏み台となるからである。ただし一九七四年に婦人科医たちが、男女を問わずタブーに敢然と立ち向かって刑法違反を犯し、当時禁圧されていた中絶の権利をマスコミをつうじて主張するが、これは例外である。このケースを除くと、反逆者・被抑圧者・殉教者の賛美、マンネリ化した声明、芝居がかった政治参加は、状況を何ひとつ変えることなく、ときには猿芝居になってしまっている。たとえば一九八二年にフーコーとシニョレが仲間とともに、民主主義への自分たちの情熱を世界に示すためにワルシャワへ旅行するのがそれであり、また、一九七九年にグリュックスマンが、ジスカール＝デスタン大統領の任期中、ベトナムの難民救済を旗印に掲げて和解したサルトルとレーモン・アロンを、大統領官邸エリゼ宮の正面玄関前の階段上で迎えながら、両者に祝意を表すのも同様である。

32

一九六一年四月　アルジェリアの将軍たちによるクーデター

一九六一年四月二一日から二二日にかけての夜、ドゥノワ＝ド＝サン＝マルク指揮のもと、第一外人パラシュート連隊がアルジェ市を占領する。

四月二二日朝、地上部隊の司令官サランとゼレール、空軍の司令官シャールとジュオーが総督府のバルコニーに姿を見せる。群衆に歓呼の声で迎えられたこの将軍たちは、以下の四項目を発表する。第一に、ド＝ゴールとその一派が見返りなしに手放したフランス領アルジェリアを分離独立させること。第二に、軍司令部を設立し、戒厳令を敷くこと。第三に、反逆者とは容赦なく闘うこと。そして第四に、アルジェリアおよびサハラの放棄計画に直接関与した者をただちに逮捕し、軍法会議の裁判にかけること。将軍たちは、フランスの深層に向かって蜂起を呼びかけている。その深層にならば、信念と熱意を持った人びとがたくさんいて、祖国〔の一部アルジェリア〕をゲリラ兵たちに売った学生・作家・大学教員たちを罰することに尽力してくれるはずだ、というのである。

パリでは人びとが「彼らは来るのか、来ないのか」と真剣に考えている。一五年前からパラシュート部隊の伝説が大衆の想像力に取りついて、或るときは恐怖の対象となり、また或るときは憧憬の対象となってきた。パラシュート部隊が第一線に動員されるのは、つねに苦しい状況においてである。彼らは召集兵の場合もあるが、何よりもまず志願兵であり、「外人部隊」もしくは特殊部隊に配属され、全員がプライドを持ち仲間意識が強い。一般大衆はパラシュート部隊という言葉に胸を熱くする。とにかく一般大衆は、貴族がすでに名誉を失っていた一九世紀においてでさえ、フィクションの世界では貴族に名誉の独占権を認めていたほど、エリート主義に染まっているのである。デュマの『三銃士』の成功を見てほしい。

地中海の向こう側アルジェリアでは、実際に或る作戦が準備される。パラシュート部隊の任務は、パリでラジオ局・テレビ局、諸省庁を占拠し、売国奴を銃殺することである。フランスの側では、パリでも地方でも、秘密軍事組織ＯＡＳが「長剣の夜〔一〇〕」の期待に胸を震わせつつ舌なめずりをしている。野党は弁舌をもってこれに対抗する。二二日午後、共産党は、社会ジャコバン主義的なレトリックを並べ立てたきわめて仰々しい声明を発表し、「反乱軍将校」によって「仕組まれかつ遂行された」陰謀を告発する。四月二三日夜八時、ド＝ゴール将軍はマスメディアをつうじて国民に呼びかける。そのとき国民は再び、ド＝ゴール自身お気に入りの語調、国民の糾合者としての尊大な語調を聞き取る。

この権力は一握りの退役将軍が掌握しているかに見えますが、しかし実際には、党派心に染まった野心的かつ狂信的な士官グループによって掌握されているのです。この将軍たちと士官グループは素早く事を行なう技量を有しています。しかしその技量は限られています。彼らは、彼ら自身の狂信のせいですっかり歪んだ国民や世界しか見ていないし理解もしていないからです。

首相ドゥブレは、ド＝ゴールに比べると線が細く（ドゥブレの評判のせいでそのような印象があるのかもしれない）、非合法活動と反乱の陰謀が何を意味するかを承知しているので、落ち着きを失う。彼は夜が明けないうちに市民に懇願する。「一斉に立ち上がりましょう。歩いても馬に乗っても車に乗ってもいいから、とにかく空港に駆けつけ、反乱者の行く手を遮りましょう」と。

時期はド＝ゴールの呼びかけの後、ドゥブレのそれの前だったと思うが、私が国民議会のほうを眺めやると憲兵隊の戦車数台が建物の守備を固めているのが見える。

四月二四日の夜明けに、きわめて多数のド＝ゴール無条件支持者《ゴディヨ》のうち、ヌイイ＝シュル＝セーヌ市長プレティ、文化大臣マルロー、国民議会議長シャバン＝デルマスが内務大臣に助力を申し出る。

知識人たちは困った立場に追い込まれている。なにしろ、『レ・タン・モデルヌ』誌や『テモワニャージュ・クレティアン』誌内部で最も急進的な人びとでさえ、クーデターに対抗するため、ド＝ゴール派と対敵同盟を結ぶことを余儀なくされたからである。知識人の間では、クーデターはすぐにでも勃発する tomber du ciel のではないか、しかも文字どおり「空から降ってくる tomber du ciel」のではないか、という観測が広がる。そうした見方をまったく信じていないのは、画才に加えて非凡な明晰さを備えたコンスタンタン・ビザンティオスただ一人といってよい。けれども私は、このパリ降下作戦について後日、彼に次のように語った。「パリ降下は実際に起こる se produire ことはなかったけれど、原理的には起こっておかしくない avoir lieu en principe ものだったね」と。ちょうど一九一四年の八月にドイツ軍がシャンゼリゼを行進することについて、ペケル＝デュポールがデ＝ボルム公爵夫人に語ったように(78)。

アルジェリアでは人びとがじりじりしながら、本国フランスで行なわれるはずの浄化作戦のニュースを待ち望んでいる。作戦が成功すれば、どんなに小さな商店主も、どんなに地位の低い郵便配達人も地方総督 pacha 気どりでいられた古い時代の権利を回復できるはずだからである。入念に考え抜かれた組閣を誰もが話の種にする。まずはビドー、スーステル、マックス・ルジュヌがいい。文部大臣には、踏みにじられた文部省の威厳を回復させるために、フランス領アルジェリアに忠誠を誓う知識人であるジラルデ、ウルゴン、リュシアン・ポワリエの中の一人にしよう。さらに、ラガイヤルドのような現場慣れした人びとを入閣させれば、フランス政府とＯＡＳの間には、もはや溝がないことをはっきりと示せるだろう、と。

しかしながら状況はほとんど進展しない。そのうち、トランジスタ・ラジオにかじりついていた召集兵たちは、自分たちが国家の裏切り者として糾弾されているというパリからのニュースを聞き合法的体制と一戦交える気などなくなってしまう。何といっても〔アルジェリアの〕空軍が将軍フルケによって掌握されたことが大きい。フルケは、解放闘争の同志であったが、ここでも自らの身を張って反乱軍の手から空軍を守ろうとする。二五日、フランスは相手待ちの構えに入る。すると同日夜半アルジェで将軍たちが勝負を投げる。

33

一九六一年五月三日　モーリス・メルロ＝ポンティの死

いつもどおり体操を済ませ、安らかに床についたメルロ＝ポンティは、一九六一年五月二日から三日にかけての夜間に永眠する。享年五三歳であった。

タイミングよく訪れる最期というものがある。歴史が自らの制度に揺さぶりをかけるときのやり方である。〔しかし、すでに〕一九五三年にコレージュ・ド・フランスの教授に就任したとき、メルロ＝ポンティは時代遅れになっている。このようなことがあると、歴史の仕事ぶりは、見くびられることになる。たしかに、歴史の流れは想像力を働かせるという特性を備えているわけではないから、そこには中味のない時代や凡庸な時代が周期的にいくらでも現れる。そこで新しさが、どうせあとで無時間的なものの中にすべり込んでしまうくせに、増長するわけである。一九八四年現在の時点ではメルロ＝ポンティの著作は、かびの生えた主観主義的・有機体論的形而上学の遺跡の一つとして片づけられてしまっているものの、フォルマリスムという名のニュールックを身にまとって現代を毒し続けている新手の科学万能主義に比べれば断固として新しい。

一九六〇年の時点で、一〇年前からフランス文化の熱を奪ってきた冬の風は永続的な嵐になり、通りすがりのすべてのものを凍てつかせ、その結果、実に残念なことにメルロ＝ポンティの哲学も凍らせてしまう。「残念」と言うのは、彼の哲学のかなめは身体であり、したがって身体は実存と世界の間の葛藤の核心として重い責任を背負わされているが、その責任の重さは前代未聞のものだからである。こうした身体の突出した地位をきちんと正当化するためには、身体機能に慢性病のようにのしかかる還元主義から、身体を引き離す必要がある。「何としても生命体を制御し通常の規則に従わせよう」という強迫観念が西欧合理主義に取りついてる。科学の基本方針とは、この生命体という反逆者たちの高慢の鼻をへし折り、隊列に復帰させることである、と言ってもいいかもしれない。はじめのうち生命体は機械の保護監察下に置かれた。一七世紀、イタリア学派のボレッリとバッリヴィは、生命体を弦・てこ・滑車の働きに例えている。ついで一九世紀以降、生命は実証的方法に合わせて調整されるようになった。すなわち機械論は生体現象の研究に物理学・化学を応用することを前提に、生命の性質〔そのもの〕を物理化学的なものと結論する。近年の遺伝学の躍進は、この確信をさらに強固なものにしつつある。遺伝子が高分子によって構成されているのだから遺伝的性格も分子的となるという理屈である。けれども遺伝子は抽象概念である。現実は、遺伝情報を与えられた有機組織〔それ自体〕の中に存在する。そこから「部分的作用の総和から調和的全体が生まれる」と私たちが結論づけるならば、私たちは再び動物機械論の隠喩に逆戻りすることになる。しかし他方、「複合的なプロセスの段階的な対象化が、生体構造に関する理論的客観性の領野を開く」と私たちが結論づけるならば、私たちはちょうどカントが道徳学を扱ったように生物学を扱うことになり、生物学に不可能な任務を押しつけることになるのである。

これまでに科学万能主義という悪魔が敗北宣言をしたことは一度もない。その戦術は、獲物に不意打ちをかけるために複数の前線を構築することにある。二〇世紀初頭、生命をもたらす力を与えられた環境という前線が新たに構築される。ヴィアルトン、ルール、ウセイといったフランス新ラマルク主義者たちは、ぬけぬけと次のような迷論を表明する。

それでも［…］もし私が一本の大きなナラの木と向かい合えば［…］私はあらゆるものに取り巻かれたこの木を区別し見分ける。おそらく、あなたも見分けるであろうが、しかしその木そのものが周囲からはっきり際立って異なっているわけではない。あなたの目を打つこの木の葉の緑色も、春の間ずっとこの木を太陽が照らさなかったなら存在しなかったであろう。［…］一本のナラの木は、一つの三角形と同様きわめて抽象的な存在、頭の中だけの存在なのである。(79)

パヴロフは、神経学的条件づけの中に行動の秘密を見い出す。ワトソンは、行動の統一性を反射という要素に解体し、個々の生体反応それぞれを周囲の環境からの刺激に結びつける。これらの諸説に対してメルロ＝ポンティは、環境も有機組織同様に固定されてはいない、と反論する。彼は神経精神医学者クルト・ゴルトシュタインから、生体と環境の無際限の対話という反ストア哲学的な教えを受け継ぐ。環境からの脅威が迫ると、生体は緊急の退却手段として、安全のために危険を犠牲にするという方法、つまり危機にともなう楽しみをいったん捨ててまずは不安の抑止を図るという方法を取るが、その代償として体験が狭められ、視野が遮られる。これこそ神経症の定義であり、フロイトも神経症が神経障害ではなく、「保険」の基礎となるような反応であることをはっきり見抜いている。反対に、環境からの脅威と闘うことは、「生」を賭場に差し出して「死」との勝負をすることである。ヘーゲルはそこに、

〔生に執着する「奴」とは対照的な〕「主」の選択を見い出すが、ゴルトシュタインはもっと控えめに、そこに健康の特権を見い出す。メルロ＝ポンティの『行動の構造』は、一九四六年に〔ドイツ語に〕翻訳されると〔ドイツ人から〕激しい非難を浴びる。フランスでは、当時はまだ最初の普通救護法が制定されたばかりであ〔り、そこまでの反発はなか〕った。その頃までの医療と看護とは、「持てる者」に認められる権利で、「持たざる者」には慈善としてほどこされるものであったが、このとき国民全員の永続的な権利に昇格したのである。これに続いて他の救護政策が相次いで打ち出され、社会は有機体に見立てられて、徐々に免疫体制のもとに組み込まれていく。

技術文明の不条理さは、生命の名のもとに生命を殺すことにある。実績を上げる中で一八〇〇年頃に自分のアイデンティティを抱くようになる生物学は、それから五〇年後、パストゥールの登場とともに、その自らのアイデンティティを公的なものとして正式に承認する。パストゥールは、「生物は生物から生まれる」ということ〔＝生物学にアイデンティティを与える原理〕を証明しつつ全面的に手を加え、新たに、革新的な殺菌法を実践し、病原菌の効力を奪い、生命の諸原理の有害な働きを芽から摘み取ってしまうのである。こうしたすさまじいばかりの殺菌行為に並行するようにして、人類を大量に虐殺する最悪の行為が起こってくる。おそらく殺菌と虐殺との間には特別な関係がある。いずれの場合も、虚無への恐怖を何とかしようとして、虚無を祓いのけるために自分を虚無にするという呪術的な模倣――〔外界の死滅を恐れて自分の意識を消してしまう〕一種の「冬眠」――が行なわれているのである。

メルロ＝ポンティは、無菌化された身体を批判して生命のある身体を前面に押し出し、後者に、闘争をつうじて実存に「生きられる現実」をもたらす役割を与える。だからと言って、この身体が宿命的な障害、敵対的な諸力の連合軍に出会い、それに対して――ビシャふうの――得体の知れない生気論的な活力が必ず抵抗を示して橋頭堡を構築するというわけではない。生命と物質の弁証法が総合を生み、その総合において、主体が身体につなぎとめられることによって事物につなぎとめられる、つまり主体が身体に属することによってその主体の志向性が事物の明証性によって満たされるのである。こうしてメルロ＝ポンティは意識の優位性をしりぞけ、フッサールの思想を支配し続けるデカルトとはあっさり決別する。「感覚的現実」とは、宇宙の中に浸された身体のことであると同時に、知覚という光源をつうじて開示される身体のことである。なるほど、あらゆる知とイデオロギーをつまずかせるこの光の放射の中には、ハイデガーを思わせるものがある。だがとりわけ重要なのは、こうした「感覚的現実」としての「見えるもの」には反時代性を感じさせるものがあることである。「見えるもの」は、「新時代性」によって汚れを落とされ上澄みを取られ、ロブ＝グリエの作品の中で厚みのない外面性に還元されてしまっている。しかしメルロ＝ポンティの著作の中では「見えるもの」は、肉体を与えられ震え戦きながら、見せかけ《シミュラークル》による麻痺状態から抜け出て現象《フェノメーヌ》の中に住まうのである。この「知覚されるもの」の存在論は、見かけの下に隠された基盤を解読する絵画によって育まれている。

　セザンヌが描こうとしたのは、こうした本源的な世界だ。だからこそ彼の絵は、根源においてとらえられた自然という印象を与える。同じ人物の写真であれば、人間による加工や、人間にとっての便宜性や、人間の切迫した現前を暗示するところであろう。セザンヌは決して「〔人間を〕獣のように描く」ことをめざしたのではなく、自然世界の理解を使命とする知性、諸観念、諸科学、遠近法、伝統を、その自然世界に再び接触させること、彼の言葉を借りれば「自然から生まれ出た」諸科学を自然と対面させることをめざしたのだ[80]。

しかし絵画のほうはこのような存在論を糧に生きているわけではないし、概念と視線の矛盾を受け入れるわけでもない。セザンヌが描いたドラマ、ハイデガーとメルロ＝ポンティには感じ取れなかったドラマとは、芸術を言説か拷問かという二者択一に委ねてしまうような「存在」が舞台から退場してしまったそれである。すでに〔「存在」が退場してしまったせいで〕、自分が見とれているすべてのものを「表現し返す rendre」ことができなくなっているセザンヌには、どこか精神世界の中に逃避しているところがあり、その不可避的な結果として、すでに彼の絵には人間味がなくなっているのである。

私たちは、人間によって作られた事物からなる環境の中で生活し、日用品や、家・道路・街に囲まれ、〔…〕それらすべては〔…〕揺るぎないものであると考えることに慣れている。セザンヌの絵はこうした習慣を宙づり状態にし、人間が根を下ろしている非人間的な自然という根底を暴き出す。〔…〕風景には風がなく、アヌシー湖の水には動きがなく、凍りついた事物は頼りなげである。〔…〕それは親しみの感じられない世界であり、居心地が悪く、人間的な感情移入のすべてが禁じられている世界である。セザンヌの絵を離れて他の画家の絵を見に行くと、ほっとするが、ちょうどそれは、葬式の沈黙の後でおずおずと始められる会話が、〔死という〕この絶対的な新しさを覆い隠し、生者たちに自分たちの堅固さを取り戻させることに似ている。(81)

セザンヌもカンバスの中にいくばくかは感情を注ぎ込んでいる、と主張するジェームズ・ロードに対して、ジャコメッティは次のようなかたちで反論している。

おそらくそのとおりだ。ただし、ル＝ナン兄弟ならはっきり意図して感情を注ぎ込むのに、セザンヌの場合は自らの意に反してそうするのである。(82)

時代精神は仲間が一人でも自分から離反したことを確認すると、正しい道に穏やかに連れ戻そうとする。連れ戻せないときは叩きのめす。なるほど、メルロ＝ポンティの場合は時代精神に歩調を合わせることから始め、彼の哲学全体によって否定されているはずのマルクス主義のご機嫌を取り、ラカンに目配せをしてゼミナールに迎え入れてもらい、レヴィ＝ストロースの『野生の思考』で献辞を捧げられ、勝ち誇っている記号を扱った一冊の本を書く。しかし、メルロ＝ポンティにおいては、諸体系の墓場から至高の身体が甦っている。この至高の身体は、欲望の枯れることのない源泉であり、この源泉から主体化の最初の飛躍が行なわれ、芸術・文学が発明されるのである。(83)その身体が甦るのは、メルロ＝ポンティが、記号論者のせいで世間から白い目で見られている「生きられる現実」に堂々とこだわるからである。こうした迎合と離反の矛盾が、一九五五年以降、重大な危機に発展する。私は、メルロ＝ポンティが高等師範学校でソシュールの味方をするのに四苦八苦しているのをこの耳で聞く。最近の〔記号論の〕指導者を扱う場合には、彼ははっきり不快感を表す。かと言って、彼らを無視する勇気は彼にはない。もちろん、手を貸すところまではいかないのだが。意志の弱さは、政治家にとってと同様、創作する者にとっても有害である。譲歩を惜しまなかった見返りにメルロ＝ポンティが手にするのは、見せしめの罰と、死後の悲しむべき追放だけである。この周辺人、この唯美主義者でさえ、やはり諸制度に捕らわれ、学者に特有のきまじめさに心を引き裂かれているのだ。「大学人特有の人間関係が彼の直観

を覆い隠し、抑圧しています。その人間関係は苛立たしいものとさえ感じられ、遂には公の論争という
かたちにまで拡大していくのです[84]」。このどっちつかずな「両義性」の男へのラカン博士の弔辞である。
博士のほうは、学界の裏をよく知り、また出来事の流れに寄り添うようにしてつき従うことにかけても
大ベテランであった。

34

一九六一年七月　新写実主義の初の祭典

ジャン＝ポール・アロン――一九六〇年一〇月二七日、パリのカンパーニュ＝プルミエール通りにあるイヴ・クライン宅で、アンス、ヴィルグレ、タングリー、アルマン、スペーリ、マルシアル・レスが、彼らの良き指導者《グル》ピエール・レスタニーにこう誓っています。現代の文明および民衆芸術に借りを返すために、断末魔の「アンフォルメル抽象芸術」を物理的に根絶するまで休まずに闘います、と。彼らは九ヶ月後、仲間数人の出身地ニースで、セザール、ロテルラ、ニキ・ド・サン＝ファール、デシャン、クリストの応援を受けて挑戦的な展覧会を開催します。あれも芸術の現実回帰ではありますが、とんでもない回帰ですね。

コンスタンタン・ビザンティオス――現実へ回帰し、現実を虐待し暗殺している、とおっしゃりたいのですね。あの展覧会では、現実の主題《シュジェ》＝主体はこの上なく偽善的な具象の仮面をかぶされ、あらためてメッキをほどこされ、奪回された自由の名のもとに煙に巻かれて、あらかじめ結末が分かっていて何の危険もない操作から出てくる作品《オブジェ》＝客体、純粋な装飾品に還元されています。セザールと彼のごみ箱、アルマンと彼のハンマー、デシャンと彼の雑巾、タングリーと彼の機械、スペーリと彼のカマンベールチーズ、マルシアル・レスと彼の蛍光灯、いずれの場合も制作主体とその作品の間には、距離がないのです。芸術家あるいは自称芸術家は、もはや彫刻家でも画家でもなく、構造の組織者であり、もはや装飾だけしかめざしません。それが豊かな社会を愚弄しようが、日用品を借用したパロディーになっていようが、とにかくそれは装飾でしかないのです。

アロン――その日用品とは言説の上にめっきされた日用品ですね。

ビザンティオス――そうです。しかもその言説とは、生を窒息させている言説です。

アロン――「知覚されるもの」が問題視され始めるのは、もっとずっと前からですね。セザンヌが何度もヴォラールにポーズを取らせたのに、やっと描き上げた肖像画にはワイシャツの前身頃《まえみごろ》しか描かれていません。眼は長い苦難の道を歩みつつ、見えるものを捕らえようとしながら、それが逃げ去ることを確認するにすぎません。絵画の主題も突然変異を遂げました。絵画の主題はもはや絵画の内容ではなく絵画の本質を定義するものとなっています。そうした事柄のうちに、学者たちによる理論化以前にすでに絵画が発していた「世界の逃亡」のシグナルが読み取れるのではないでしょうか。

ビザンティオス――セザンヌにおけるまなざしの慌てふためきや、作品制作の遅さは、文化の混乱を反映しています。文化はもはや画家を前に引っぱってくれないのです。

アロン――絵画は予言的です。それは歴史の終わりを告げています。ジャコメッティは適切にも、セザンヌの作品は二〇世紀にとって、その全体がひとつの時限爆弾であると言っています。セザンヌの絵は一八八〇年からすでに、自然を表現することが英雄的行為であることを切々と訴えています。一般に信じられているように現代になってから眼がものを見れなくなったわけではなく、次の対話に示されているように、すでに一九世紀末に、時代精神によって眼はまなざすことを禁じられているのです。

ジェームズ・ロードが語るところによれば、ジャコメッティは、制作に取りかかるたびに、すぐさまこう言ったという。

「もう一度全部壊さなくちゃならない」。

「予想はつきませんでしたか［…］」。

「ここまでひどいとはね。［…］私は一九二五年にたどり着いていたところから一歩も進んでいない。いま見ているものをカンバスに再現することがどうしてもできないんだ(85)」。

絵画は、現実界と想像界の連鎖的な崩落ゆえに、死に瀕しています。ヒュームの言葉どおり、事物が現存するという抑えがたい感情の裏には、事物を否定し、目の前にあるものによって目の前にないものを作り上げようという創造的な動機があったのです。けれども、感覚をイメージに置き換える作業は、一九世紀末、すでに見せかけ《シミュラークル》が暴君として君臨する脅えきった空間の中で挫折します。セザンヌはエクサン＝プロヴァンスで自分ではそうとは知らず芸術の喪に服していたことになりますね。それは、その二〇年前からパリでマラルメがすでにやっていたことでした。セザンヌは、感覚でとらえられる真理をしっかりとつかみ取るために苦しい努力をしながら、同時にその真理の幻影を作り出すことには息切れしているのです。

ビザンティオス――それでもやはりセザンヌの殉教は礎石となりうるものであり、彼のカンバスの中で起こった悲劇は、そのカンバスが発する閃光を消し去っていません。何枚も描かれた「サント＝ヴィクトワール山」の絵は、セザンヌの知覚の側からの目覚しい巻き返しのように思えます。これはひとつの過程の始まりであり、それがキュビスムと連作「睡蓮」を経て、抽象芸術に行き着くのです。

アロン——その抽象芸術が、現在に至る進化の出発点に位置しているのですね。抽象絵画とは、描写的な要素を欠いた具象作品ではありません。抽象画では形と光の関係が、具象画の場合とはすっかり変わります。ですから、エステーヴの抽象画は〔一五世紀の〕ウッチェッロの具象画を抽象的にしたものではないわけです。〔抽象画とともに、〕顔を描くという作業が、賭けのようなもの、仮借なき闘い、主題を疎外しつつ同化するという矛盾した作業になります。

ジャコメッティは言った。

「これほどうまくいかない絵はないよ。これはもう実現不可能なんじゃないかな。結局君がもっとうしろへ下がれば、より簡単になるわけではないんだ。画家とモデルの間の距離はほとんど関係ないんだ。顔を描くということが無理なのさ。手ならば、ずっと簡単だろうけど」。

「なぜですか〔…〕」。

「手は、五つの円筒がついた、へらにすぎないから」(86)。

非形象化、つまり抽象化は意味と絵画の時代に属する出来事です。ところがその非形象化こそが、無意味と反絵画の時代を引き寄せました。

ビザンティオス——おっしゃるとおりです。抽象絵画に対する宣戦布告ともいうべき新写実主義をつうじて、私たちは、意識的かつ組織的に芸術の営みを葬り去ろうとする初めての試みを目撃しています。

このように見れば、イヴ・クラインが表面的にはかなり関係が薄いと思われる人びとと共謀している理由も、よく分かります。一九六〇年といえば、クラインが、或る技法によって絵画を否定してから五年後の年であり、その「独創的」な技法についてもふれておくべきでしょう。不燃加工したカンバスに人為的にバーナーの火を当ててできたモノクロ状態を造形表現として提示したり、石膏で友人たちの裸体の型を取ったり、青い絵の具を塗られた女性たちを生きた筆として利用したりすることで、クラインは、前もって一五年もかけて〔無意味と反絵画の時代が求める〕精神生活の威信を造形の領域で高めてきたのです。

アロン——決して手を汚してはならない、とクラインは明言していました。ですからポロックの「ドリップ・ペインティング」を、一回終わるたびに絵の具が滴り落ちて汚いという理由で認めませんでした。それで思い出すのは、〔生身の〕「未開人」にはうんざりしていたレヴィ゠ストロースが、資料カードを扱っているときは喜んで彼らについて調べていたことです。言葉は汚れを取り除き、免疫を与えてくれる。言葉はいわば普遍的な保険であり、至るところに広がる殺菌法の核心であり、生命を維持するつもりで死を普及してしまう遠大な企ての礎石になっているわけですね。

35

一九六二年二月　ミシェル・ビュトール『モビル』

一九八〇年代、ビュトールの威光にかげりが見えるのは時代が移り変わったせいではない。今度ばかりは時代に理がある。まさしく問題は、作品が作者によって腐食されたこと、すなわちこの上なく常軌を逸し、この上なくはた迷惑な虚栄心によって文章表現《エクリチュール》の経済が荒廃させられたことなのである。シャトーブリアンのうぬぼれにも限界というものがなかった。おそらくシャトーブリアンの天才はそのうぬぼれに鉄槌を下され苦しんでいた。

それにしても、ビュトールにはいくばくかの才能がある。学殖もあふれるほどある。デビュー当時の彼には霊感、つまり本質に食らいつく体験もあった。無知で無責任な批評家であればそうした本質を、「感覚的現実」の空虚な形式と取り違え見逃してしまうところである。

残念なことに、彼が果てしなく人脈を広げ、小細工や企みを弄するようになればなるほど、彼は支配的なイデオロギーを称えるようになり、その好奇心は何か下品なものになり、自然からも文化からもまるで定期的に上前でもはねるような態度になる。川や山や海が、そして起源を異にするあらゆる芸術や文学が、さらには夢が、とにかく音楽も絵画も風景も記念碑も、ビュトールという欲深い造物主《デミウルゴス》の命令に従うようになるのである。

一九五四年、当時二八歳のビュトールは、一軒の家についての物語を発表する。天才的なひらめきの中で書き上げられる『ミラノ通り』である。「持続」がビュトールにとっての問題である。彼はこの問題に自らの小説すべてを捧げている。彼のどの作品においても、事物や人物は持続のリズムを生む媒体でしかないのだが、この小説でのリズムとは或るときはアパルトマンからアパルトマンへの、或るときは部屋から部屋への、任意の点の間の行ったり来たりのことである。その端役たちの動きはミツバチの分封に似ている。彼らは住人や訪問客としてすれ違い、寄り集まり、入り乱れ、自らの同一性を保存しながら同時に放棄し、会話をしているように見えても実際は自分自身に語りかけており、ピントを合わされてははずされ、追い払われては連れ戻され、その全体は、次第に子孫が増加して膨れ上がるにつれ、閉ざされ密封されていく。

この作品は傑作の門口まで来ている。なぜなら、冬の風が至るところで生を凍りつかせ始めているときに、その生が、すなわち情熱・欲望・憂鬱が、この作品では堂々と振る舞っているからである。

　彼女の手が触れたために貴重なものとなった葉飾りのついた壁のフックたちよ、洋服だんすの扉たちよ、彼女が不在の今、あなたがたに近づくことを許してくれますか。あなたがたは彼女の秘密、彼女の幼年期の花園を見守ってきました。その花園ではどの花も私の知らない言葉の中で育っています。それらの花々をいくら引き比べてみたところで、それらの表情の中に、シャルロットのいつも変わらないうなずきや微笑みが私に隠しているものを、どうして私に読み取れるでしょうか。(87)

これがほとんど傑作と言える二つ目の理由は、主人公がおびただしい独白の洪水の中でそれを心ゆくまで楽しみながらも、まったく気分に流されていないことである。

彼が何も言わなかったのに彼女はもう座っていた。彼にとってこの部屋はいつでも彼女から避難するためのものだったが、いまや彼女がそこに侵入していたのだ。俺の爪はあいかわらず割れて、厚くて、タバコで黒いままだよ。あなたは自分の爪を磨いていたけど結局無駄だったようだね、いまでは、汚い象牙色になっているところを見ると。それに俺の労務者みたいな手は、もう握りしめることも何かをしっかりつかむこともできなくなってるけれど、あなたのほっそりとした手の中にも何もなくなってしまったね。

ねえ、あなたのあの無情な声はもう黙ることしかできなくなってるのかい。今やあなたがほっと落ち着けるのは、この俺の灰の中にまだしも残っているわずかな残り火のかたわらしかないわけだな。あなたは王位を失った女王だよ。あなたの中の駄々っ児が何度か我が物顔に振る舞ったことがあったね。そのせいであなたがとぼとぼと下ってきた道のりの長さを思い返してごらんよ。(88)

三つ目の理由は、ここでは着古された衣服や、たった一切れしかないハムや、ぶざまなダンスや、つらい思い出や、パーティーの軽薄さや、たとえば次のような〔やたらと条件法過去を使いたがる〕自制心の未練がましさが意味の輝きを放っていることである。

「〔私の主人のレオナールさんは〕何という暴君かしら」、階段を昇りながら彼女は思った。これではまるでアメデを奴隷扱いだわ。今夜のようにレオナール家に客が多い夜だって何とかすれば、私はアメデと一緒に上の階〔のヴェルティーグ家〕に行って二人して手伝うことだってできたはずだわ。そうすればアメデにしても別の世界を知るきっかけになって、いろんな楽しいことがアメデを元気づけたでしょうに〔…〕。なに構やしない、アメデを連れてくればよかったな。ヴェルティーグ夫人も拒むことはなかったろう。たぶんこちらがそう申し出たら喜んで受けてくれただろう。それが彼女のお祝の日にちょっとした華を添えることになったかもしれない。美しく着飾ったアメデが、ちょうど今頃、お得意のポーズで冷たい飲物をトレイに載せて若い娘たちの輪の中に現れたはずだ〔…〕。ヴェルティーグ夫人は私に向かってこう言ったかもしれないけど。「レオナールさんのお邪魔をしたくなかったものですから。あなたをお借りしているだけでもうびくびくしているんですよ」。〔…〕スルタン〔みたいなレオナールさん〕はちょっとうなずいてくれさえすればよかったのよ。そうすれば下々の者は楽しみ方は何でも心得ているんだし、あんなふうに台所で虚空を見つめて待ちあぐねている必要はなかったのにね。あの欲張りじいさん、あの嫉妬深いじいさんは、よくもあれだけの口達者〔の客〕を集められたものね。まるでこの日でなければだめだと言わんばかりに。(89)

けれどもこれは、ほとんど傑作に近いというだけで傑作ではない。なぜならここには、その後三〇年間ビュトールが新しさに導かれるままになることなく、逆に新しさに無理やり押しつけ続ける仕掛けがすでにすっかり露呈しているからだ。つまり彼はこの『ミラノ通り』の中で、これ以後彼のすべての文章に取りつくことになるレトリックを磨き上げているのであるが、その幾何学と機械仕掛けというレトリックは、ルーセル的陶酔の二番煎じにすぎないのである。

〔…〕たて長の窓ガラスから、ほぼ水平な光線が束になって一様な光として忍び込み、それぞれの事物の半分をくっきりと灰色に浮かび上がらせる。屋根の彼方では、月が最後の煙を照らし出す。彼が窓を開けると、いくばくかの風が鼻孔を満たす。下の窓からは音楽がツタのようにはい上がって来る。床の中心には一二の長方形。月光の直射もそれらの色を明かすまでには至らない。テーブルの上にはその大きな紙挟み。二枚の白い画用紙がその外に出されたままだ。〔…〕エジプト人の巻揚げ機、彼らの橋、彼らの鏡、そしてアントナン・クレイユのフランス国民公会議員は、静電気を応用したさまざまな装置が光り輝く大きな広場を夢みています。だが、ルーキーの小説には機械が現れることはほとんどありません。彼が探求しているのはこの上なく単純な人間関係を体験することであり、そのために彼は親戚関係を修正するんです[90]。

統一性の不在に悩みうごめく散り散りの諸記号からなる順列組合わせ、とでも言ったらよいか。ヴェルティーグ家でのパーティーから『心変わり』における鉄道旅行に至るまで、ナイヤガラの滝からサン・マルコ寺院に至るまで、いくつかの飛行場や駅から『ディアベリのワルツによるルートヴィヒ・ヴァン・ベートーヴェンの三三の変奏曲』に至るまで、ビュトールは膨大な情報を使いながら、テクストから最も大切なものを奪い取っていく。彼はそうせずにはいられないのだ。

私たちの「新時代性」の悲劇は、この新時代性が無邪気でも反体制的でもないこと、それが何かを引っくり返すにしても、そのことが勢《エラン》いからではなく、計画《プログラム》から生じることにある。新時代の作家たちは、霊感を失った代わりに意志を持っている。彼らは目的を追い求め、「変化」を錦の御旗として振りかざす。そして結局は変化の追随者となるのである。かくしてビュトールは百科全書的な夢の追随者となるが、これは一九五〇年の哲学教授資格試験に失敗した屈辱を埋め合わせるための雪辱戦である。ありふれた話題の首を締め上げていく彼の執念深さは、アメリカ合衆国についての人類学的な詩というべきこの『モビル』で頂点に達する。この迷宮のような作品に、ビュトールは万全の体勢で君臨し、裏で糸を引き、暗号を解読し、破れ目をふさぐ。この小説の導きの糸は、「ハワード・ジョンソン」アイスクリームである。それは、高速道路沿いに立ち並ぶチェーンレストランで、うまそうな三〇種類のフレーバーを取りそろえて売られている。アメリカが抱える逆説の巧みな復元がここにある。〔一方で〕ちぐはぐな法律、互いに天と地ほども違う地理的環境、強情な民族気質、信仰と祈りのかたち、隔壁、慣習、商品、住人、熱狂が、それぞれいくつも描かれる。そして〔他方〕このような複数性を消し去るものとして、支配的な言語、規制的なイデオロギー、単調な都市生活、画一的な行動様式が描かれる。まるで、保険加入の本能のようなもの、存在の中にしがみついていたい欲望、分裂への不安、社交性を選ぶ態度決定などが一緒になって、さまざまに異なるものの上に「同じものとみなすことを取り決め済」というレッテルを貼っているかのようだ。こうした「同」と「他」の符号の幻覚を、『モビル』という万華鏡は描いてみせる。ビュトールには、恣意的な作品構成や、気どった活字の組み方で読者を面くらわせる癖があるが、この癖は彼の第二の自然と呼べるようなものになっており、また、彼は物議をかもす創作と革命を起こす創作の区別ができていない。そのため、残念ながらビュトールは、あちこちでこの上なく虚しい文学的な遊びにふけり、現実を汲み尽くすなどという常軌を逸した望みを抱くことで、自分の想像力を自家消費してしまうのである。

36

一九六二年七月九日

ジョルジュ・バタイユの死

或るひそかな絆が、氷河期にある文化とバタイユを結びつけ、両者の矛盾を隠している。氷河期文化はバタイユの内に自分自身の新たなアイデンティティを発見している。バタイユは、一九世紀に作られた「追放された者」という創作者イメージを壊し、満足すべきアイデンティティを氷河期文化に与えてくれるのである。創作者たちは、一九二〇年以降社会復帰を果たしたのに、「創作者＝はみ出し者」という神話に偽善的にしがみついていた。

しかしながら、「創作者＝はみ出し者」は神話になる前に、事実であり慣行であった。実際フランスでは伝統的に、文学者は自慢できるような雇われ仕事にはつかないことになっていて（ユイスマンスやマラルメは気の毒なことに、公務員であることを自慢できなかったわけだ）、作家としての文筆活動の陰に隠れてジャーナリズムや芸術批評にたずさわったり、せいぜい芸術批評から派生する商行為すなわち絵画の仲買に手を広げることくらいなら許されるというのが慣例である。一六世紀以降でただ一つ例外として認められていたのは、文学者が外交官となって文学が国家の運命を内側から左右することである。一九二五年頃、すなわちバタイユのデビュー当時であるが、なおもその絶対的な象徴権力を行使していた医者でさえ、それをそのまま「文化人仲間」の中に持ち込むわけにはいかない。セリーヌが医師としての権力を筆名で隠すのは、もう一つの権力、作家としての権力を勝ち取るためであり、作家としての名声は彼自身の小説家としての才能のみに関わっているからである。

金銭的収入なしに営まれるような職業など存在せず、作家と言えども例外ではない。ただ、ペンというものは貴族意識を練り固めたようなものだから、金銭との関係がなかなか難しくなるのである。資産を持つことは、いっさいひけらかしたりしなければ、作家イメージをプラスにする。したがって、フロベールもジッドも自分の財産については沈黙しているが、だからと言ってその財産の処置に困っていたとは思えない。さらに、ヴォルテール、ボーマルシェ、ランボーは事業を行なっていたが、この事業も、作家としての体面に傷をつける恐れはない。彼らの事業はパリから遠く離れたところで行なわれるか、パリでこっそりと行なわれるからである。

私は、これまでとりわけ教職が作家たる条件とはなりえないことを力説してきた。作家が労働者になると、作家としての立場は危うくなるということである。つまり学者は給料をもらう公的な組織人であり、その生活のあり方や、特に報酬のあり方は、文学者という特権階級の私的で様式化されたあり方とは真っ向から対立するのである。

かくしてフランスの文士は、奴隷でも皇帝でもなれたストア派の哲人に似て、裕福か貧乏かにかかわらず栄光を保証されている。むしろフランスの文士はインドのバラモンだ。貧富が聖職者としての比類のない特権にいかなる影響も与えないのである。

あれほど多くの慣習を打ち破ったシュルレアリストたちでさえ、こうした昔ながらの作家のイメージに忠実に、庇護者を見つけ出し、それがだめなら金策に駆けずり回り、必要とあれば「若いつばめ」になったりして生活している。バタイユは、彼らと親しい関係にあるものの、こうした術策を取ることをはっきり拒む。彼は前代未聞の文学者のタイプを提示する。しかし、その文学者の新タイプは、司書というバタイユの身分から単純に導き出されたものではない。王政復古期に前衛文学者の最高の顔ぶれが集まるサロンを主催したノディエも、アルスナル図書館の館長であり、前任はサン゠シモン伯爵、後任はミツキェーヴィチ、ついでエレディアである。このノディエの場合、図書館長という職分は、文学の背後に隠されている。これに対して、バタイユは大胆にも「文化人仲間」に向かって、想像界の瑣事に関わることはやめて研究に打ち込んではどうか、とはっきり勧めるのだ。一九三〇年から一九四〇年までの下積みの一〇年間に、バタイユは、それまでの常識では考えられないような文化人グループ、「非常識」な知的倫理に従いながら「非常識」なつきあいがメンバー相互で行なわれるような文化人グループ、同業組合的意識でメンバーを選ぶのではなく、「知」を持つか否かでメンバーを選ぶ――したがって高校生でも入会できるような――文化人グループを構想し、進むべき道を自らの著作によって明確に示す。文学が研究に向かうということは、聖性が科学と、無分別が真理と、そして感情表現が厳密表現と共謀するようになるということである。

文化の世界に新顔、新しい言説が現れる。フランス文化の嫌われ者で、一八世紀以来の扱われ方もぎこちなく、またためらいがちなものでしかなかった哲学が、今や十分な権利を持ってフランス文化の仲間入りを果たすのである。先駆者として持ち出されるのはサドだ。サドはバタイユ、ブランショ、レリス、クロソウスキーにとっての天使である。サドの『ジュリエット物語、あるいは悪徳の栄え』『ソドムの一二〇日』そして『閨房哲学』の中で、哲学は虚構を貫き、虚構に住みつき、虚構を扇動しながら

「理論」を創り上げる。バタイユはおそらくこの「理論」作りの最もインパクトのある後継者である。「理論」とは、たえず攻撃を受け狼狽し続けるようなジャンル、厚かましい搾取を行ない奇形的に発展せざるをえないジャンルである。というのも、思弁を手荒く改造し、それを思弁と見せかけて、「生きられる現実」から純化されたあらゆる言語のほうへとその「思弁」を無原則に開いていこうとしているのである。バタイユは力強く、また手当たりしだいに、ニーチェ、欲望、画家マネ、贈与、ジル・ド・レ元帥、瀆罪の儀式、無秩序あるいは過剰について書き、民族学・経済学・歴史学・精神病理学を引き合いに出しながら、自分の小説と研究論文の間にある壁を取り払った上で、文学・研究の領域区分を越え一貫して、禁じられているものを味わい尽くすことに挑み専念する。残念ながら、バタイユほどの力強さを天から授からなかった虚弱な弟子やエピゴーネンたちは、バタイユのうちにあるヘーゲルからの遺産を勝手に浪費しながら、真の思想家たちならあざ笑うはずの突飛な三段論法や下品な駆け引きやイデオロギーの見本市の中へ、時代精神を引きずり込んでしまう。

哲学は現代についての最高の決裁者である。科学哲学があれば生の哲学もあり、歴史哲学があれば芸術哲学もあり、工業技術の哲学があれば一本釣りの哲学もあり、言語哲学があれば政治参加の哲学、貧困の哲学があれば哲学の貧困もある。世界が哲学的になるとともに哲学が世界になっている。永続的《ペレンニス》であることを自称しながら、至るところからひっきりなしに立ち上がってくるのはつねに哲学である。したがって哲学の終焉なるものは、おそらく私たちが死滅してのちに訪れる。もちろんその場合、キリスト教哲学と言えども同様ではないのか［…］[91]。

一九四六年、『クリティク』誌編集長バタイユは、ブランショと並んで、執筆活動を始めたばかりの若い世代のまさしく先導者をつとめており、人気の点ではサルトルに劣るが、サルトル以上に時代の空気をうまく読んで組織的に作家や大学教授を動員していて、このときのバタイユには、ドレフュス事件の際に生まれた「知識人」という言葉がぴったり当てはまる。

一九六二年におけるバタイユの死は文学にとって不幸な出来事である。彼の管理から解放された諸々の見せかけが文学の中にはびこるようになるからである。おそらく彼自身が生きていれば「バタイユの見せかけだ」と断罪したはずのありとあらゆる空しい誘惑や、死を絶対的な試金石と設定する欺瞞的な供犠が広がっていくのである。とりわけ、バタイユの後任として『クリティク』誌編集長の座を義兄ピエルが引き継いだことは不幸であった。その後、映画「ピクニック」で金物商の娘役をセンセーショナルに演じたバタイユの妻〔でありピエルの義妹である〕シルヴィアは再婚相手としてラカンを選ぶ。この結婚でラカンはピエルと義理の兄弟になるが、このピエルは実は国民経済総監督官という要職にあり、管理者としては卓越しているが判断力に欠け、それを補うために超高感度の温度計を内蔵していて、世間の評判の温度を毎日正確に把握し、結局は自分の雑誌『クリティク』を流行《モード》という独裁者の手に委ねてしまうのである。

37

一九六三年

ミシェル・フーコー『レーモン・ルーセル』(92)

フィリップ・アリエスは、意外性を備えていればどんなものにでも関心を抱くような人物だが、その彼が監修するプロン書店の叢書の一冊として、一九六一年、『狂気の歴史』が刊行される。フーコーはこの書物において、昼と夜、内と外、充満と空虚、統合されるものと秩序を乱すものといった対立項をいくつも提示し詳述するが、それら対立項どうしの関係は歪んでいるので、その関係を弁証法でとらえることはできない、とされる。なるほど肯定的なものは否定的なものと向き合うにしてもそれをいわば掃き溜めの中に放り込んでしまい、演説者は聴衆と向き合うにしてもその声が無礼なら打ちのめしてしまうからである。『狂気の歴史』は、無分別に関する優れた思想を取り上げた本ではない。古典主義時代は、反逆者に対して情容赦のない君主制の時代であったが、この書物は、その時代と一体をなす理性を扱う考古学である。

『狂気の歴史』のもととなった博士論文の口頭審査は、きわめて模範的な仕方で執り行なわれる。自らの職責をまっとうしたと強く感じられるような体験がときにはあるものだが、カンギレムは、フーコーのこの学位論文の口頭審査当日の午後、そうした感慨を覚える。カンギレムがフーコーをソルボンヌに迎え入れるときの様子は、古めかしいアカデミックな表現を使えば、まるでウェルギリウスがパルナッソス山で偉大なダンテを迎え入れるときのようであり、あるいはクレティアン＝ド＝トロワの騎士物語の中で、年老いた男爵が憂愁の混じった恍惚を感じながら勇敢な貴族に騎士の位を授けるときのようである。

このあとカンギレムとフーコーという両騎士の間で交わされる模範的な言葉のやり取りに、私が立ち会ったことについては、すでに述べたとおりである〔本書一〇ページ参照〕。閉じ込められた人びとの声を広く伝えるためには詩人の才が必要だが自分には欠けている、とフーコーが言う。するとカンギレムは、あまりに謙虚すぎるのも困ったものだといった調子で「いや、あなたは詩人ですよ、ムッシュー！」と高笑いしながら応じる。私にはそのときの「ムッシュー」という言葉の色合いをうまくは言えないが、威厳を保たなければならない場面で、真情が抑制されつつ吐露されていたと思う。

学者たちは、〔文学者に〕抜きがたいコンプレックスを抱いているものである。文化を制圧しつつある彼らを見ているかぎりは、そんなふうには感じられないかもしれない。とにかくフーコーはそのようなコンプレックスとは縁がない、と思われるだろう。彼は根っからの作家であり、文学者を人文科学の手先に変身させる時代にあって、たまたま学者になったにすぎないと見えるからである。しかし実は、彼は当時からすでに、自分の全著作——それは彼にとっても決してちっぽけなものではない——が、ルネ・シャール詩集一冊か、あるいはヘルダーリンの半ページにしか値しないと思っていたはずだし、今なおそのはずである。(93) 私は、芸術家と親しく対面しているフーコーのようなタイプの学者を見ていると、一九世紀の大ブルジョワたちが、自分たちが押さえつけた貴族階級に魅了されていたことを思い出す。

一九六〇年代、最もスノッブな大学教授のもの欲しそうな目には、何人かの人物の姿がキラキラと輝いている。そうした人物は威信を誇り、創作者は卑しい教育職など認めないという昔ながらのポーズを取る反面、抱き込むことも可能だ。たとえばブランショ、バタイユ、レリス、クロソウスキーがそれである。クロソウスキーはきわめて洗練された人物で、知とフィクションの境界に身を置き、制度に属しているとも何の当てもない道を歩んでいるとも言えるが、くだらない「文化人仲間」の社交やカフェでのおしゃべりや同業組合的つきあいなどには目もくれず、仲間うちの難解な仕事——第二次世界大戦前から、高等研究院におけるコジェーヴのゼミナールや、「社会学研究会」に参加していた——に没頭し、ニーチェ、マラルメ、サドとの高踏的な「星辰の友情」を大切にしている。ちなみにサドは彼の隣人であり、またブランショ、バタイユ、バルト、そしてすべての非情趣味の唯美主義者たちの隣人でもある。クロソウスキーの評価はきわめて高く、一九七〇年頃には、人気の絶頂にあったフーコーでさえ、パリ六区のカニヴェ通りでこの秘義伝授者——念が入ったことにこの伝授者はバルテュスの兄でもある——が主宰する集会に通い詰めたほどである。

以前からこのフーコーという学者は、音楽家たちの動向に探りを入れ、音譜には気おくれしていたものの、彼らの新しい言語の内に自分の研究を進めるための或る方法を容易に見い出していた。もはや「感じる」必要はない。「感じる」ということは耐えがたい隷属に身を置くことだし、処分済が決まっている主体性を厚かましく誇示することだから。むき出しの感覚を使うなら、形式を受信することだけに専念しよう。そうした形式を分析するのは専門家に任せて。この方法は、記号の驚異的システムにもとづいている。記号は製造者によって配列され、使用者によって登録され、技術者によって解読されるが、これら三者はシステムの中で一体となっており、このシステムは宗教の役割を果たしているのだ。仲間内では高い評価を受けていた作曲家バラケは、一九五〇年代に戦慄をまき散らした「セリー・ミュージック」をフーコーに手ほどきし、さらに一派の中心人物ブーレーズとジルベール・アミ――両者はまだ当時は仲たがいしていない――にフーコーを紹介する。ブーレーズとアミは、自分の好みを表明する権利を生涯決して捨てなかったこの思想家と、それぞれ親密な関係を保ち続ける。だが年を追うごとに、フーコーのその好みはブーレーズのほうへと傾いていった。要するにフーコーはブーレーズという権力に対して敬意を払うわけだが、フーコーはそのように権力に敬意を払えば払うほど著作の中で権力を罵倒するようになるのである。

一九六三年、フーコーはほぼ名声を手にしたが、その実感がまったくないというじれったさの中にいる。あいかわらず彼は、毎週パリからクレルモン＝フェランへ出張する身なのである。彼はロジェ・ガロディとミシェル・セールがいるこの中堅都市の大学の文学部哲学教授なのだが、実は、それ以前の数年間、フランスの教育研究機関と決別し、スウェーデン、ポーランドを渡り歩いている。しかしながら少くともワルシャワでは、フーコーはフランス大使でありまた後に側近としてド＝ゴール将軍に協力したビュラン＝デ＝ロジエに気に入られ、この大使によって、一九六五年、高等教育局長エグランの後継者争いの際に積極的に後押しされることになる。

だからと言って、このフーコーという学者がいつも愛想を振りまいているわけではない。彼はなかなかとげのある皮肉屋で、人に飛びかかって爪を立てる機会をつねにうかがい、高飛車に振る舞い、自分の優秀さは自明だとうぬぼれつつ世間には控えめを装って模範生として振る舞い、何の関わり合いもありませんという顔をしながら後ろで糸を引き、自らの出世欲の目標を理路整然とした仕方で追い求め、まるで少女のようにライバルに自尊心を傷つけられた仕返しに、見えすいた仕方でそのライバルを黙殺してみせることだってある。時計に関する或る本〔一二〕がフーコーを剽窃したということで物議をかもしたことがあるが、その本の著者についてフーコーは一九八三年に『ル・マタン』紙で次のように語っている。

> 誰ですって？　アタリねえ。その方はどなたですか。本をお書きになった？　存じ上げませんでした〔…〕。その手の連中は私の世界の外、私の研究領域の外にいる人びとです。私は毎週、公衆に開かれた施設で講義を行なっています。彼らが出入りするのは避けられないのです〔…〕。

フーコーは気難しく気まぐれで、自分の思いどおりにならないと、まるで子供のように地団太を踏む。だから、なかなか納得しないジャーナリストや強情な出版者に出会ったり、アメリカの或る大学の理事長が謝礼金の支払いを少しでも遅らせたりすれば大変なことになる。彼は——或るときは牧師ふう、また或るときは芸術家ふうの——しゃれた服に身を包み、早口で話しながら言葉をこま切れにし、すぐに笑いたがる。しかしそれは喜んでいる笑いではなく、人を拒み抑えつけるためだけの笑い、威圧的な笑い、ボードレール——私は彼を信じているが——によれば笑いの真の祖国は地獄なのであるが、その地獄からではなく天上からやって来る超越論的な笑いである。

フーコーというこの学者は、ヘーゲル、マルクス、ニーチェ、そしてシュルレアリストたち、それぞれの後につき従いながら、少なくとも四回も神を葬り去っているわけだが、類い稀な神の僕、完璧な聖職者になっていてもおかしくないのである。イエズス会士がデカルトを教育したラ・フレーシュに程近いポワチエで、フーコーもやはりイエズス会士によって教育されたが、彼はその当時、あの〔ジャンセニストの〕ポール＝ロワイヤル修道院の人びと——特に良心の問題に対する彼らの嫌悪や、文法に対する彼らの感覚――に魅惑されていたから、イエズス会士たちをひとつ間違えば裏切っていたかもしれない。ポール＝ロワイヤルの修道士たちの禁欲生活もまたフーコーを魅惑したはずである。国立図書館で見かける彼も無愛想で、怖いものなしといった印象だ。なにしろ館長の独断でフーコーには一五年間にわたる固定予約席という前代未聞の特権が与えられ、待たされることもなく、いかなる性質の制限も受けないばかりか、学術的な文献を無期限で借りられるのだから。

しかしながらフーコーは、たとえジャンセニストとつきあったとしても、長続きしなかっただろう。彼は断固として世俗に属している。この管理の告発者は、自分の土俵の中で世俗を管理することを切望しているのだ。生まれながらの審問官であるフーコーが一五世紀の「市会」に席を占め、破門を宣告する修道士の役割を得て、「王たるイエス・キリスト」のために異端者に対抗して、フィレンツェの統治を要求する姿が私には想像できる。だが彼なら火あぶりにはならなかっただろう。この学者は猿よりもすばしっこく、たえず出来事の動きに反応するからである。

それでは、フーコーは出来事がひっそりと萌すのを息を詰めて観察しようというつもりがあるのかといえば、まったく違う。彼は言葉を持たない歴史を発掘する専門家などではない。彼のお気に入りはそんな歴史ではなく、まだ大多数の人には知られていない情報を自分にだけ小声で耳打ちして喜ばせてくれる明確なメッセージなのだ。フーコーは一足先に未来の秘密を握っている――そう考えれば彼の行動の説明がつく。フルシチョフ演説の直前に共産党活動から離れたこと。人気が出始める直前のラカンを絶賛したこと。経済成長が絶頂期に差し掛かっていた一九六五年頃にド＝ゴール派になったこと。「プロレタリア左翼連合」が設立される以前に毛沢東主義者になったこと。一九六八年、五月初めからパリを離れてチュニジアにいたがパリに戻り、パリでの興奮の頂点に立ち会えなかった損害を何が何でも埋め合わせようと意気込みながら、待ちきれぬ思いで飛行機から降りたこと。やっと混乱状態から脱したばかりのパリ第八大学（ヴァンセーヌ校）で理論上の論争が目立つようになり、そのせいで生きた話し言葉の余韻がかき消される兆しを見抜いたフーコーは、即座にここで仕事を始める。

だがこの世俗的な人間は人間を好まない。人間は無躾けな存在だからだ。この「人間」と決着をつけるために、フーコーは冷凍処理というやり方を使う。印象、感情、感激、感動などの流れを片っぱしから氷結させておけば、手堅い作業――その氷塊の組成、機構、力線、構造の考察――に取り組めるというのである。したがってフーコーがレーモン・ルーセルに目をつけたのはルーセルにとっては不幸なことであった。フーコーは、この新刊『レーモン・ルーセル』で、次のような三重になった課題を設定している。一つ目は、「新時代人」がシュルレアリスムから受け継いだ遺産を明るみに出すこと。二つ目は、文学という制度に堂々と正面から踏み込むこと（フーコーは、『狂気の歴史』も『臨床医学の誕生』も文学という制度に近づく十分な資格にはならないと考えているようだが、それは間違いだ）。そして三つ目が特に重要なのだが、ルーセルの著作につきまとっている――それ自体を明確に見分けるのは容易ではない――純粋な形式にふれながら、これまで自分で考えていたことを思いきり吐き出すこと。記号論熱が高まり、時間が闖入者扱いされているというのに、変わり者のフーコーは能記《シニフィアン》のヴェールをはぐために何と系譜学を用いるのだ。もちろんその際フーコーは系譜学を「共時化」する。つまり、持続を操作するに際して、地質学者のように持続を裁断して積み重なった層にしてしまい、継起する一連の出来事を大雑把な塊と見る。こうして、彼が同一性と差異、規範と逸脱などといった音韻論的な対比規則に従って作業を進める知の領域ができ上がる。しかし、こんな強引なやり方で、社会を扱えるわけがない。社会の現前を回復するためには、フーコーはその社会の「言い落とし《ノン＝ディ》」（フーコーにはおよそ好きになれないものだが）を掌握しなければならなくなる。つまり、フーコーは歴史には意味が存在することを認めなければならなくなるのである。そこでフーコーは歴史の意味づけを拒んでおきながら、歴史の意味をこっそり裏口から招き入れることをやめない。

一八世紀中葉の数年間のうちに突然ひとつの恐怖が生まれる。それは表向きは医学用語で述べられているが、実際には道徳的な神話によってあおられている恐怖である。つまり、収容施設を出所として広がったと言われ、たちまちいくつもの都市を脅かすことになったと言われる病い、かなり実態不明の病いに人びとが脅えるのである。監獄ではやる熱病のことが噂され、〔…〕いくつもの都市を横切る道すがら病いをまき散らす死刑囚護送車の話が持ち出される。〔監獄で囚人がかかりやすい〕壊血病は感染するという想像が広がる。悪によって腐敗した空気が住宅街を汚染することになろうという予想が流れる。こうして中世の恐怖の代表的なイメージが再び幅を利かせ、激しい不安をかき立てるさまざまな隠喩のかたちを借りて、二回目の恐慌を生む。収容施設は、たんに都市から離れたハンセン病院なのではなく、市街地の目の前にあるハンセン病そのものなのだ。(94)

ルーセルを使えば実にうまいぐあいに、言説が不正利得を吐き出し、主体を覆っていた霧が消え失せる。すべてが滑らかで艶のない手続き空間の中で展開される。心理学者が思わせぶりに語る言外の意味などは、もはやどこにもない。ルーセルのテクストは何も隠し持っておらず雪のように純白だから、適切な方法に従って、装飾的表現を取り除き詳細に分析しまとめ直せばよい、というわけである。一人のヨーロッパ人がいたとしよう。彼は難破した後、黒人の首領の支配下に落ちるが、奇跡的にインクと紙が残っていたので、伝書鳩を使って一連の手紙を妻に送り、その黒人の暴君が野蛮な戦闘や人肉宴会で英雄のように振る舞うおぞましい様子を話して聞かせる。フーコーによれば、ルーセルはこのことを、もっと適切に、もっと手っ取り早く表現する。「年老いた略奪者の部族についての白人の手紙 Les lettres du blanc sur les bandes du vieux pillard」〔下線訳者〕と。略奪者 le pillard とは、ポニュケレの皇帝でありドレルシュカフの国王であるタルー七世〔＝ルーセル『アフリカの印象』の登場人物〕のことだが、さて、次のもう一つの言葉もよく見ていただきたい。「古ぼけた撞球台《ビリヤード》のクッションの上の白墨の文字 Les lettres du blanc sur les bandes du vieux billard」〔下線訳者〕。ここにある「文字」とは、「少し虫喰いのある緑色のラシャに覆われた台の縁に見える活字体の文字記号のことである。それは雨の午後のことで、親しい者が何人か田舎の別荘に閉じ込められていたが、そのうちの一人が皆の気を紛らわそうと謎々を出す。でも、答えをうまく連想させるような絵を描くほど器用ではないので、〔撞球台の〕大きな長方形の周囲に沿ってばらばらに文字を書いて、意味がとおる単語に並べ替えてくれ、と皆に言う場面である」(95)。

二文の違いは取るに足りないものだと思われるかもしれない。ちっぽけなpの文字、哀れなbの文字、それだけであるように見える。ところが実際は、一文字は巨大である。全宇宙に通じているからだ。そこでフーコーの出番である。彼は、一八世紀の言語学者たち――元の意義から離れ別の意義を持つようになりながらも見た目は同じ、つまり外見が同じままで意味が変わるという言葉の持つ力に脚光を当てる人びと――に意見を求める。『比喩論』〔一七三〇〕におけるデュマルセと同様に、またもちろんフーコーと同様に、私としてもルーセルのこの言葉遊びを楽しませてもらった。しかし私は、この言葉遊びについてフーコーとは違う結論を引き出す。つまり私としては、意味内容には指一本触れませんというふりを装いつつ意味内容を罠にはめるユーモアの悪魔的な力強さをこそ、読み取るべきだと思う。フォルマリスムには、こんなやり方で人をひっかける趣味はないし、フーコーが所記《シニフィエ》を放逐するのもユーモアからではなく、たんに能記のまばゆい光に目がくらんだためにすぎない。読者は能記が互いに連結され変容するさまを見るだけでいい。その戯れを観察し、封建時代の城——その銃眼、その天守閣、その丸太造りの塔 tours en billon ——が、いかにして渦巻 tourbillon から作られるのかを確認するだけでいい。ルーセルは、『私は自著のいくつかをどのように書いたか』の中で、自分の読者・注釈者・愛好者に、彼の幻想的な記号学を理解する手がかりを与えるために、自らそのからくりを分解してみせている。「私は導かれるようにして任意の一節を取り上げ、それを脱臼させ関節がはずれた状態に置くことによって、さまざまなイメージを引き出した。いくぶんそれは、判じ絵の中に形を見抜く作業に似ていた」。しかし、これがすべてではない。著作全体とは言わないが少なくとも、ルーセルがそうした「手続き《プロセデ》」を一貫してほどこしたと言っている著作——『アフリカの印象』『ロクス・ソルス』『無数の太陽』『額の星』など——に現れている衝撃的な特徴は、言葉と機械の対応づけである。ブデュ技師〔=『アフリカの印象』の登場人物〕は『一九世紀ラルース辞典』の「ジャカード織機」「織機《メティエ》」「織る《ティセ》」という項目の一〇ページにわたる記載から部品を調達して、突拍子もない機械装置をテーズ河の岸に据えつけた。ラブレーとフロベールの衣鉢を継ぎセリーヌに先んじて、ルーセルは知の滑稽さ、百科事典の奇妙きてれつな語り口を大喜びで〔揶揄するのではなく〕絶賛しているのである。それは、河に浸かった水車の水受け板が動くと、ここには描ききれないほど複雑な仕掛けによって、虹の七色の絹糸が巻かれている糸巻きの心棒が動くようになっている装置である。水の流れ《フィル》が糸《フィル》の運動を生み、その交錯から織物ができ上がる。フーコーはこう言う。

〔…〕流れと糸のこの戯れは同時に語の戯れ（＝言葉遊び）であって、後者の戯れにおいて、いわば自己言及的に意味の横すべり（＝「流れ《フィル》」→「糸《フィル》」）が露わになるのだが、その横すべりが導きの糸となって、言語＝河の中にある紋切り型の言い回しが作品という稠密できらびやかな布地へと織り上がるのだ。この機械のもう一つの新機軸は、ジャカード織機の場合には半月板・ロッド・パンチカードに託されていた作業を、ルーセル（作中ではブデュ）が杼《シャトル》（これはアリストテレス以来初めてついに「単独で」動くことになった）の自発性に任せたことだ。これは杼が誘導語として機能するということである。「隠されたプログラム」に従って、指定された杼は必要な場合に（出発点の）くぼみを離れ、受け入れ側のくぼみに達し、また出発点に戻るがその際、縦糸を横断する横糸を後に残す。こうしてこの手続きにおいて、予定された語が、最初の文から自発的に〔…〕湧いて出て、言語の厚みを横切り、もう一つの側に姿を見せ――そこからまた別の方向《サンス》（＝意味）に戻るのだが――、同時にその背後では色あざやかな語の航跡が、物語の軸上に巻きつくことになる。[96]

生に打ち勝つ自動運動。記号体系のみに属する神秘。もはや方向以外の何物でもない意味。ちらりと顔を見せる死（「そこに存在しながら、河と織物、時間と作品を両者の中間点で中継している」のは死ではないか？）。現実の中で人びととの楽しみを台無しにし、文学のうちに自分の十全な働き場所を見い出し文学を深淵に引きずり込む沈黙（「すべてが語られているが言葉の奥底で何かが沈黙している、という感じがする。顔、動作、しぐさはもとより、人柄や秘められた習慣や心情の傾向に至るまで、夜を背景にして沈黙している記号のように見える[97]」）。このとおり『レーモン・ルーセル』という書物は、冬の風にあおられたすべての決まり文句が集まる吹きだまりになっている。フーコーのこの本を読んでブランショ、レヴィ＝ストロース、ラカンがルーセルに引きつけられていくのも、もっともである。だから また、フーコーの関心のありかを知ってソレルスが、フーコーを『テル・ケル』誌の「新時代人」会議に招待し、一九六二年には感謝と尊敬の印に「スリジー＝ラ＝サール一〇日間討論会」をフーコーに捧げたことも驚くにはあたらないわけだ。

不幸なルーセル。自分から道案内を買って出て、私たちのために解読用格子を用意してくれたのに、彼のテクストは一向に分かりやすいものにはならず、判じ絵のような彼の作品は彼自身の解読にすら抵抗している。三面記事や斜に構えたスノビスムにバックアップされながら、この判じ絵にしっかりした輪郭を与えるのは、読者と私の仕事なのだ。『額の星』は「手続き」によって磨き上げられながら生まれた一群の著作の一つである。そうである以上、私は一九七一年三月にショワジー公園で上演されたこの戯曲を見たとき受けた衝撃を語らずにはいられない。この戯曲は一九二四年に騒然とした雰囲気の中で初演されて以来この年になってやっと初めて、ジャン・ルージュリの粘り強さのおかげで再演されたのである。(98)

誰が語っているのか。分からない。おしゃべりする者の順序を入れ換えたり、発言の順序やつながり具合を変更しても、不都合はなさそうだ。ただ一つ、形式のネットワークだけはそのまま巨大な機械装置の中で増殖し続けるだろう。『額の星』に登場する軽業師ブロンダンは私たちに『アフリカの印象』や『ロクス・ソルス』の構成を想い出させる。『額の星』のトレゼル氏は『ロクス・ソルス』のマルシアル・カンタレルと兄弟のように似ており、ヴェルサイユとそのブルジョワ版モンモランシー〔＝パリ郊外にあり『ロクス・ソルス』の舞台〕は、ともに王子様の所領であり、おとぎ話に出てくる約束の土地だ。第一幕の始めには、フーコーなら大喜びしそうな設定がほどこされているが、それはたんなる暗号文・

鍵・閂《かんぬき》・技巧といった類にすぎない。たとえば女子修道院長イネスが横にした数字の8を使って自分の心情をロペ・デ・ベガにこっそり伝えるときの巧妙なやり口がそれである。とにかくこの箇所では、たんに光と影が戯れ、まったく偶然に両者が調整されるという印象があり、したがってそこから告白がほとばしり出るのであるが、この告白にはびっくりさせられてしまう。だが第三場の途中で、ちょうど『アフリカの印象』の第一〇章でそうであったように突然調子が変わる。一羽の鳩を介した転換である。この鳩はルーセルお気に入りの狂言回しで、空は飛ぶけれども藁が詰まった機械である。この機械は効率ゼロで、不潔極まるダニの隠れ家になっており、気高く優しい――しかもスラヴ的な――愛の寓話に捧げられた機械なのだ。

神話は、私たちにとっての優先的な関心事の一つになって以来、集中的な搾取にさらされている。神話が作り出す怪物、「同」と「他」がからみ合う怪物は、商品のように切り売りされ殺菌されて、月並みなものになっている。しかしこのようなやり方は、生成なき社会の想像界なら何らかの結果を及ぼすとしても、私たちの想像界にはまったく何の結果も及ぼさない。神話は、それ自体と私たちとの間に尋常でない溝をうがち、私たちがどんな科学的・技術的手段を用いても決して衰弱しないような意味を創造することによって、私たちの行動や思考の通常の進行を妨げるからである。『額の星』では、さまざまな仕掛け・からくり・組み合わせのもとで、言語が言語に寄生して混乱の種をまき散らす。

ばかばかしさがその手段だ。三〇年後のイヨネスコにおいては、ばかばかしさがテクストを粉砕するが、ルーセルにおいてばかばかしさは、テクストが平然と我が道を行くに任せる。偶発事、脱線、逆戻りが次々と起こるが、これらすべての辻褄は見事に合っており、科白は激しい好奇心やこれ見よがしの博識に歩調を合わせて、もったいぶった配置になっているのである。そのあと、前置きも何もなしにいきなり登場人物たちは高みからころげ落ちる。ジュヌヴィエーヴが突然不機嫌になって、トレゼル氏の鳩に食ってかかるのだ。彼女の恋人クロードはそうした彼女を冷たくあしらう。

「要するに、君はあの鳩のことを何も知らないんだ。あの鳩がここに置かれたとき、まだ少女だった君に愛の物語を手ほどきすることはできなかったから」。

ジュヌヴィエーヴはうろたえることもなく彼に言い返す。

「でも、いいなずけは妻も同然だわ」。

クロードは、その言葉をもう一度繰り返えそうとする彼女を遮る。二人は別の高みに向かって再出発する。

「[…]たしかに…。それに君はロペ・デ・ベガを読んでいるくらいだから、イワンとナージャの純愛の話をしたって構わないよね」。

「ロシアの純愛の話なの?」。

ジュヌヴィエーヴは嬉しそうにこの言葉を何度もさえずるようにささやく。

もう少し先のところでは、イヨネスコの『授業』や『禿の女歌手』に登場する女中たちの原型のような一人の可愛そうな娘が、話しの流れをかき回す役をルーセルからおおせつかっている。聖エグジュペールのモミの樹の奇跡や、厳密な手順に従って遂行される洗礼の儀式についての話があった直後の場面である。織物に対してルーセルが強迫観念を持っていることは、ブデュ技師の機械仕掛けが示すとおりであるが、この場面でも織物が周囲に四本の柱が立てられた木の上に広げられている。女中〔＝エリーズ〕の泣き言をとおして、こわばった見本のような言葉が突然あふれ出る。

「ああ！　私が洗礼のときもらったのはオーガンジーなんです。私が洗礼を授かったのはどんよりした天候の日だったから、木の上に最も薄いモスリンの生地が広げられていたので〔同じように薄いオーガンジーをもらいました〕。一番薄い生地です。〔洗礼の日に運に見離された〕そのおかげで、今まで私の幸運の取り分はいつもわずかなものだったし、これからもそれが増えることは決してないでしょう」。

第三幕第三場でジュサック夫人は、ニューカレドニアを荒らす「オクロ hoquelot」という害虫どもに対する連盟の勝利について果てしなく語り続ける。

「…まもなく連盟のメンバー一人一人が、帽子や胸元を小さな記章のブローチで飾るようになり、いちばん立派な大きな記章――白地に黒い絵柄が中央に刺繡された美しい盛儀用の旗――が会長邸に置かれました〔…〕」。

もったいぶった様子でクロードが彼女の言葉を遮る。

「連隊旗が連隊長のところに置かれているようなぐあいにですね」。

このクロードはすでに、やがてイヨネスコの作品『禿の女歌手』の中でつぶやくスミス氏の役割を果たしている。スミス氏が自分の考えをはっきりと表現するのをお聞きいただきたい。

「良心的な医師ならば、患者と一緒に病気を治せないときは、患者とともに死ぬべきだ。船長は船と一緒に波間に死ぬ。船長は船より長生きしないものだ(99)」。

『額の星』には、月並みな表現がぎっしり詰め込まれているのに、芝居の進捗に沿ってひっきりなしに驚かされる。ミシェル・レリスによれば、ルーセルの物語とは「平板の極みと精妙の極みとが混ぜ合わされた異様な合金」である。ルーセルの物語は、一本の鎖の中の一つの環として逸話を扱い、その逸話を――模範例ないし例外として――鎖の全体からくっきり浮き上がらせる。逸話は言表に慎み深くかしずいているように見えるが、鎖の全体から浮き上がることによって、堂々とその言表に戴冠するようになるのである。ジュサックは、モード・ド・パーリーへの想いをこめてミルトンが卵の殻にキスした話をやっと話し終えたと思ったら、ラモーのト長調のミュゼット曲の自筆楽譜を得意になって見せびらかす。だが、ここでルーセルが観客の注意を向けさせようとしているのは、音楽家なのか（たしかに非常に才能に恵まれたピアニストであるルーセルは作曲家に愛想を振りまき、『アフリカの印象』の一〇ページをヘンデルのために割いている）。それとも、半ば年寄りじみ、半ば子供じみた音調のミュゼットというジャンルなのか。あるいはまた、ハーモニーの一つとしてのト長調という調子なのか。このメッセージは急流のような語りの中に巻き込まれ、またたく間に拡散してしまうので、その中のどれに優先権を与えてよいものか、なおさらためらわれる。マケーニュ修道院で修道女トゥリエールは、新生男児が捨てられているのを見つけ――「回転式受付口《トゥール》を操作したとき〔見つけたの〕？」とジュヌヴィエーヴは質問する――、すぐに里子に出してしまうが、そのときすでに修道女たちは巧妙な策略をめぐらし、赤ん坊の養育費を確保していた。策略とは近隣の城主たちが共同で運営している《コンセルテ》宝くじである。この芝居で最も重要なものとして提示されたあの楽譜は、物語のこうした具体的な筋立てから切り離されるわけではなく、むしろ私たちはどっと情報を浴びせられるうちに事情が分かってくる。この赤ん坊フランソワは、後でテレーズ・クレマンが自分の子だと主張するものの、実はテレーズが女中として献身的に仕えた女性ヨランド・ド・パスノーの私生児であること。ヨランドは船乗りの妻で独り身になることが多く、ラモーに夢中になって彼の子を身ごもり、或る田舎の屋敷で身分を隠して出産し、他の金目のものとともに風笛《ミュゼット》を自宅から持ち出し、これを愛情のしるしとして名前を隠して赤ん坊に持たせたこと。あのミュゼット曲が出来事の錯綜したもつれからほんとうに解放されるのは、やっと最後のフィナーレになって、ジュサックが、このようなすべての事情が思いがけず発見されたことを明かし、楽譜の書かれた見すぼらしい紙に比類のない啓示の輝きを与えるときである。

　月並みな表現と魅力的な表現との間の往復運動が力強く行なわれている。ルーセルの物語はおとぎ話めいた外見を装ってはいるが、その実オペラコミックの定番や「グラン・ギニョール座」の手法を一つ一つ積み重ねたものである。ベケットの『ゴドーを待ちながら』や『勝負の終わり』においては、言葉がテニスのボールのように行ったり来たりするうちに、はずみ方が鈍くなり、最後に意味の空虚の中で息絶えることになってしまうが、これとは反対に『額の星』における対話は、生命を甦らせる霊感を凡庸の域にまで広げていくのだ。ルーセルは晩年のフロベールの系譜に属している。口を開けば月並みな表現があふれ出すトレゼル氏、ジュヌヴィエーヴ、クロード、ジュサック家の人びとはブヴァールとペキュシェ〔フロベール『ブヴァールとペキュシェ』の登場人物〕の後継者であって、彼らなりの深淵の中に私たちを引きずり込む。粗忽が英雄叙事詩にまぎれ込み、空疎が何かの拍子に雄弁に変わるのである。

ジュヌヴィエーヴ――まあ！　子供らしい可愛い顔ね。
ジュサック夫人――画家の署名はある？……
リサンドロー――ド・ヴァジラールとあります。夭逝したあのすばらしい画家ですよ、惜しいことに！
クロード――で、この子は？
リサンドロー――…彼の娘のマルトです。ごく幼い時期に母を亡くし悲劇のヒロインとなったのですが、この肖像画はその悲哀をよく引き出しています。
トレゼル――成り行きでヒロインになったんだろうね、おそらく…。彼女の目はまったく汚れを知らないみたいだ。
リサンドロー――彼女の子守をしていたアンジェル・クレギュという美しい娘が、金には恵まれていたヴァジラールをあの手この手でたらし込んだんです。〔…〕アンジェルには、もう一人、三流のバリトン歌手でザカリ・ナイユという昔からの恋人がいたんですけどね。

ジュヌヴィエーヴ――…三流歌手でも出演契約を見つけていたのね！
リサンドロー――…合唱団員として契約してたんです…

ここでは幼女の肖像画に始まり、ぱっとしない歌手が置かれた立場に至るまで、世俗的な無駄口の中を登場人物たちは堂々巡りしているように思われる。これではジプやデリーふうの三文小説だ。しかしながら、ちょうどライプニッツにおいて誰にも気づかれないいくつもの微小知覚から突然ひとつのノイズが聞こえてくるように、くだらない話の山から、この異様なほど肩が張ったバリトン歌手が突然話題になることで、急速に話が進む。

特定の場《セヌ》という断片が強調されるのではなく、戯曲《ピエス》全体を不可分なものとするように貫いて、統一性のない諸対象や共通項のない諸状況や比較不能な諸体系が相互に結びつけられながら強調され、結果として冗漫と見える繰り返しが濫用される。繰り返しは、同一のものを反復することで筋に句読点を打つ手法になっている。

全体で純愛が少なくとも二三、やもめ暮しの物語が八つ、下女の物語が九つ、大道芸人の物語が八つ、それぞれ語られる。これは繰り返しの多い「反復芝居」(100)であると同時に「飽和芝居」である。第一幕第二場でトレゼル氏によって語られるラシーヌの草稿がたどった数奇な運命は、八つのレベルにおいて展開される。

一　トレゼル氏による前置きふうの話。ラシーヌの草稿が一本の糸に吊るされている。糸というのはルーセルお気に入りのからくり仕掛けの媒体である。

二　ブロンダンがナイアガラの滝を横断するときに渡った針金〔＝鉄の糸〕の物語。

三　ブロンダンを記念する饗宴の主催者である詮索好きで蔵書家のクラパールによる報告。この綱渡り芸人の偉業とセプティミウス・セウェルス治世下の或る武勲が関連づけられる。
四　ラシーヌがミルヴァル夫人に宛てた書簡の中で述べられるこの武勲の解説。
五　セプティミウス・セウェルス年代記。
六　セプティミウス・セウェルスの庇護を受けていた曲芸師マテオとロラの恋のいきさつ。
七　ロラとマテオの対話。
八　トレゼル氏による要約。以上の話――針金の物語、クラパールじいさんの報告、ラシーヌによる解説――を付け加えた上で、彼は草稿を実際に皆に見せながら、それらの話を一つにまとめ上げるのである。その草稿は、ブロンダンのリストパッドの中にこっそり隠されていたのだった。

飽和した芝居、「飽和芝居」とは、舞台上の話し手（ゼウ、レジェ、トレゼル、クロード、ジュヌヴィエーヴ）が、自分で引き合いに出した話者（ラシーヌ、クラパールじいさん）と合体し自己同一化し、さらにそれらの話し手も話者も想像上の、あるいは現実のヒーローたち（ブロンダン、セプティミウス・セウェルス、ロラ、マテオ）と自己同一化するというぐあいに、さまざまな自己同一化によって飽和した芝居の意である。これは三文文学と深遠な学識を結びつけるジャンル、読者を当惑させるジャンルである。自己同一化によるこのような交錯・錯綜から『額の星』では実にくだらない話が引き出される。この話のくだらなさには無邪気な天使の外観があるが、このくだらなさが知を煙にまくのだから、それに取りついているのは悪魔である。このくだらなさは、とりわけ衣装や仮面をまとうとき、一連の卑劣な行為のかたちで観客に提示される。シバ神が要求するヒンズー教徒の二人の孤児の女の子の供犠、ロラのサディズム、フロリザーヌの虐殺、知事夫人の姉妹殺し、幼いフランソワの遺棄、ロルダールによる嬰児殺人、シルヴォリーヌ殺しの陰謀、アンジェル・クレギュの腹黒い策略、さらには夫婦間の裏切り、おぞましいスパイ行為、幼児の死――こうした恐るべき出来事がこの劇を黙示録的な一大絵巻に仕立て上げている。だが、この壮大なメロドラマの悪魔性は、登場人物のそうした悪行におけるよりも、彼らの二重人格において威力を発揮している。彼らは育ちがよいにもかかわらず言動が極端で、利害にうといようでいて独占欲が強く、最も下劣な言動の共犯者であるかと思えば最も感動的な愛の共犯者でもあるといったぐあいである。ドラマが彼らを高揚させ、彼らはつねにさらなるドラマを望み、そこに抑えがたい熱情を傾ける。次に引用するのはラミュスのペルシャ語の草稿が問題となる場面である。

ジュサック――私は、その空前絶後の逸品の跡を追ってみようと思う。ラミュスはどこでそれについて語っているんですか。
クロード――自著の『隠者の宵』[101]の中です。
ジュサック――早速明日、私は田舎に発って、一歩前進するごとに一つの言葉を、あなたにお伝えしますよ。

お分かりいただけるだろうが、芸術を心ゆくまで楽しむようこの作品が誘ってくれているのに、学問的な洗練への気遣いからその誘いを断ることなど言語道断だと私は思っている。たしかに楽しみというものには、ワインのようなお勧めの指定銘柄がない。つまり、苦痛であろうが、イデオロギー、宗教、哲学、科学、さらにはデカルトの幾何学、ラグランジュの方程式であろうが、何でも楽しみの対象になりうるのである。実際、マルブランシュはデカルトの幾何学に一夜酔いしれたし、ラグランジュの方程式は我が師バシュラールの歓喜の涙を誘った。そうである以上、私は、ルーセルのユーモアを味わうことなく彼の「手続き」ばかりを自分たちなりに心ゆくまで味わい楽しむ権利を学者たちに認めよう。ただし彼らには、懺悔ではなく歓喜を選ぶ権利、解釈ではなく祝祭と自由を選ぶ権利を私に特例として認めてもらわなければならない。しかし、フーコーがルーセルの情熱的表現にほどこした詳細な分析には、無感動に徹し楽しまないことにしようという決意がつきまとっているのだ。だが安心していただきたい。ルーセルの情熱的表現は冬の疾風に抵抗し、常軌を逸した言動の中でこそ開花する意味や、妄想によってこそ照らされる世界や、暴動の中でこそ働く見えない手を、尽きることなく明らかにしてくれるのである。

38

一九六三年　ブリュス・モリセット『ロブ＝グリエの小説』[102]

一九六一年春、パリのカフェ「ドゥ・マゴ」のテラスでのこと。私は、一年前に創刊された『テル・ケル』誌にまだ関わっていたジャン＝エデルン・アリエと一緒にいる。彼はとにかく危なげで、侵犯者的――ここが私にとっては魅力的なのだが――ないし扇動家的なところがあり、人騒がせなことが好きで、要職につかないよう努めることによってかえって要職にとらわれているような男である。その彼が、作家として名を上げたばかりのロブ＝グリエがサン＝ジェルマン大通りを意気揚々と歩いているのを見かけて、私に言う。「あいつはプチ・ブルだよ」と。

これは的確な指摘だ。アリエは、ロブ＝グリエの職業的、経済的立場についてではなく、また私がすでにつまらないと述べた彼の美学についてでもなく、彼のイデオロギーについて指摘しているのである。このイデオロギーは、支配的な集団の産物なのだ。

フランスにおいてプチ・ブルが頂点を極めるのは、一般に考えられているのとは違って、一九世紀のことではない。また、一九世紀末になり、第三共和政は国民の教育や道徳に関わる重要な任務を小学校教員に与えるが、この時期でさえない。プチ・ブルが頂点を極めるのは、私たちにとって同時代の出来事なのだ。一九六〇年頃、農業人口が全人口の一〇パーセントにまで減少し、管理職が全階層にまんべんなく行き渡り、下級階層が存在をアピールし、サービス業が増大し始める。下級管理職、下級行政官、下級技術者、下級公務員のすべてが或る一つの複合的階級に流れ込むが、この新たな階級は一七九三年のサン゠キュロットの中核をなす小経営者と異なるだけでなく、バルザックやユイスマンスの作品に登場する時代遅れの下級従業員とも異なる。

この階級の人びとは以前の中産階級が抱いていた「怨念《ルサンチマン》」からある程度解放され、彼らを魅惑する金持ちと、同志ではあるが何が何でも一線を画したい貧しい人びととの間で板ばさみになっていることに、さほど苦痛を感じてはいないが、社会的に躍進すればするほどさまざまな不安要因を発見していく。技術社会が目のくらむように変化し、映像が街角やショーウィンドーや通信網の中で氾濫し、次々に消えていき、知の文明が発展する中で無知が広がるのである。

一九五〇年代にフランスで勃発する知的革命は、このような不安要因についての表象を有害なものととらえ、その表象を攻撃する。この革命は、第三次産業従事者の子息が押し寄せる大学や高等専門学校において画策される。一九五〇年、フランスの大学生の数は一〇万人に満たない。一九六八年の「事件」の直前には約五〇万人になり、一九八〇年には約一〇〇万人に達する。このようにいみじくも「駆け足で増える」と言われた学生数全体からすると、エドガール・フォールによる改革以後の文学・人文科学系学部の学生はそのごく一部にすぎないが、一九六〇年から一九七〇年にかけて象徴権力が自らの座に昇りつめるまでの作戦を支えるのは、まさにこれらの学部である。「小学者」は大学教授の時代に乗り遅れてはならじとばかりに、教授たちの次のような信仰箇条を取り入れる。

一　軟弱で印象主義的で暗い言語を打ち捨て、代わりに記号論の硬質な言語を採用すること。文学的言語はテクストの主権をないがしろにしてきたが、記号論の言語がそれを復権させる。
二　「生きられる現実」を追い払うこと。「生きられる現実」は公共の敵の最たるものであり、社会の停滞の源泉であり、滅入るようなイメージや終末論的な妄想の源泉であるから、科学的言説が責任を持ってこれを押さえつける。
三　日常生活にはびこる気まぐれな記号をきちんと管理してくれるようなさまざまなシステムの地位を向上させること。
四　共時化を推し進めて歴史学を追い出すこと。歴史学とは、小学者が恩恵に与れなかった文化を伝達する憎むべき学問であるばかりでなく、フランスでは一〇〇年ほど前から平民貴族階級と同盟を結び、つねに学者を締め出してきた学問だからである。

ロブ＝グリエは、こうした時代の喧騒のおかげで最初に利益を受けた者の一人だ。興奮した学生たちの要望を受けて、ソルボンヌは彼に何度も講演を依頼する。高等師範学校の学生および同校文科受験準備学級生がその講演に駆けつけるが、このことは、一九六四年にブルデューとパスロンが鑑定した「遺産」、つまり特権階級を育む文化的基盤が新たな価値を持つようになりつつあり、ブルデューとパスロンの鑑定が時代遅れになっていることを物語っている。新しい基盤は、アンシャンレジーム下のイエズス会士たちから借りてきた古典から離れ、そうした古典に宣戦布告する「新時代性」の側に置かれるのである。

一九五〇年代末、こうした危機的な雰囲気の中、モリセットがパリ通い(103)をする。私がユシェット座で出会ったとき、彼はニコラ・バタイユから、ランボーを模作したときの裏話を聞き出している。模作《パスティシュ》

は、アメリカでは最も優れたアカデミックな戦略に従った「ビジネス」だからである。実際、アメリカの大学の外国語学科の特徴は全般的に想像力が欠如していることにある。若い研究者は一人の作家に目をつけて学位論文を書くが、大概つまらない。それから講師になる。ライバルに勝ち続け、うらみをかわし、たくらみをくじき、三、四本の論文を専門誌に載せたり、学会発表を行なうことによって、「テニュア」を得る機会が訪れる。「テニュア」は専任資格のことだが、これには客員教授の資格も含まれる。アメリカ合衆国には公務員の学者は存在しない。要するに専任教員になっても保証は何もないので、今度は自分の領分を自分で獲得し、なりふり構わずそれを守らなければならない。単著をさらにもう一冊書き、評判のよい二、三の共著に執筆することで上昇コースに乗ることができ、頂点に達した者には正教授《フル・プロフェッサー》の職と称号が与えられる。正教授になってからも、さらに論文を書く熱意・根気・能力を持ち続ければ昇給があるものの、その昇給は不定期で不確実である。

しかるに、こうしたお定まりのコースが一九六〇年代に修正される。戦前のアメリカの教育装置はかなり貧弱だった。私立大学はごく少なく、東部ではハーバード、イェール、プリンストン、コロンビア、ジョンズ・ホプキンスといった由緒あるイギリス系の大学と一ダースほどの金持ち校、西部ではスタンフォード、中西部ではシカゴ大学があるのみだ。これに加えて、いくつかの大規模な公立大学があり、有名なカリフォルニア州立大学（バークレー校、ロサンゼルス校など）、ニューヨーク州立（コーネル、バッファロー）大学、そして中西部諸州の「ビッグ・テン」、つまりウィスコンシン州立（マジソン）大学、イリノイ州立（アーバナ）大学、インディアナ州立（ブルーミントン）大学、ミシガン州立（アン・アーバー）大学などだ。以上でほぼすべてである。一九五〇年以降、至るところで学生数が急増し、文学科の状況は一変する。教授陣が増強され、その中からスターが誕生する。拡張ムードになると、それを先導しようとする者が出てくる。そうした教授たちからすればずっと以前からうかがっていた好機が到来したわけだが、彼らはフランスの場合とは違って、作家の地位を奪おうとはせず、さすがに実業家には近づけないものの、物理学者や化学者や工業技術者と提携して大衆の支持を得ようとするのである。

モリセットは、そうした先導者の一人だ。はじめは一六世紀研究に取り組んだ彼だが、まもなく現代作家[一二]と折り合いをつけながらやっていくほうがいいと考えるようになる。彼は『精神的狩猟』をめぐる著作を手探りながら首尾よく書き上げてから、巧妙な作戦に乗り出す。当時のアメリカ合衆国では正式なフランス研究はまったく行なわれていない。バルトもヌヴォー・ロマンも流行りの研究テーマではなく、レヴィ＝ストロースひとりが、人類学者の専門研究の集まりの中で厚い信望を得ているだけである。しかしながらアメリカは、内容なき言説の約束の地だ。受け入れ態勢は整っている。分析哲学の実用主義的かつ論理学的な伝統は、パース以来、能記を問題にしてきた。言葉遊び好きの歴史も古い。たとえば一八〇九年、『ニッカーボッカーのニューヨーク史』の中で、ラカン博士の先駆者アーヴィングは、自分の生まれた街マンハッタン Manhattan の地名が、その土地でインディアンの女性が男物の帽子 man's hat をかぶっていたことに由来するなどと言っている。構造崇拝という点で一致しながらも激しく対立し合っているヤーコブソン言語学とチョムスキー言語学双方からの影響もある。さらに、感覚的なものの氾濫によって押し流されるという強迫観念、技術に対する盲信、歴史の軽視、現実生活と見せ物の混同、システムの威信の高さだってある。そしてとりわけアメリカには、「商品と同様、思想においても新しいものこそが称賛に値し、価値の高さは独創性によってではなく基本的に時間によって決まるのであって、現在は必ず過去の価値を下げる」という強烈な信念がある。

つまりアメリカがロブ＝グリエの来訪を心待ちにしているところに、モリセットがそのロブ＝グリエの来訪を告げながら論文を書き、講演をし、さらにはミニュイ書店から『ロブ＝グリエの小説』という書物を出版するわけである。この本のおかげでモリセットは好条件のポストの申し出をいくつか受け、シカゴ大学と高報酬の契約を結ぶ。このポスト獲得の一件があまりにも衝撃的な「出来事」だったので、他の人びともすぐさまモリセットに追随する。似たような出来事が次々と起こり、人びとをモリセット式のポスト獲得へと駆り立てる。一九六五年、献身的なフランス文化参事官エドゥアール・モロ＝シールは、仕事先で出会う交渉相手に、パリの最新流行誌『テル・ケル』をすぐに予約購読するよう勧める。一九六七年、暴力の神話学でジョンズ・ホプキンス大学の聴講者を興奮させる一方、パリでは難解であるとして評判が悪くずいぶん苦労していたルネ・ジラールが、ジャック・ラカン、ジャック・デリダ、ジャン＝ピエール・ヴェルナン、エドガール・モラン、そしてジラール本人が大切に扱っていた同じフランスからの移民ロジェ・ケンプの五人をボルチモア大学での討論会に招待する。彼らからお墨つきをもらおうというのである。

ジラールの主導権はじわじわと広がる。まもなくデリダの噂も、次第に尾ひれがついてふくらんでいく。アメリカのあらゆる大学の文学部が、パリから発せられる妖しい誘惑《セイレン》の声に耳を傾ける。トドロフ、ジュネット、ジュリア・クリステヴァが真理を広めるために上陸する。誰もが痛ましいほどに語彙の変換にいそしみ、マジソン、ミネアポリス、アン・アーバーの各大学では、もはやフロベールについて書く者はなく、ただ彼の作品を「読む」だけになる。コロンビア大学は、リファテールに扇動されて熱に浮かされたようになる。次はイェール大学の番である。フランス教の偶像イェール大学は、アンリ・ペールの講義が刺激となってフランス研究の先導者となり、そこでは一九七〇年頃には「スコラ哲学」

の喜劇を演ずるかのように学者たちが味もそっけもない認識論や記号論に没頭するが、その後『テル・ケル』誌から非公式にではあるがショシャナ・フェルマンが派遣される。彼女は主著の「裏表紙」で自分は本書を書くにあたって、イェール大学を訪れたアルトーとフーコーに「問い質しました」とわざわざ打ち明けてイェール大学の宣伝に努める。「新時代性」は津波のようにアメリカを東から西へと席巻する。積極的な主任教授たちは、学生を丸め込んで他大学を出し抜くために、莫大な出費をしてパリからスターを招く。東はバッファロー大学やニューヨーク大学から、西は、一九七〇年以降ベルサーニの指導のもと新時代性の軍門に下ったカリフォルニア大学バークレー校や、そもそもは『ポエティク』誌のスタイルよりも『文学史研究』誌のスタイルのほうがお似合いのユベール夫人が一九七五年頃には全身全霊を流行に捧げるカリフォルニア大学の小さな分校アーヴァイン校まで、理論の原産国フランスと全米の大学の間でスターのピストン輸送が行なわれる。

一九八四年現在、トップの三人が市場を支配している。下から順にセール、フーコー、デリダだ。デリダは大変な名声を博しているが、考えてみるとこれほど異様なことはない。デリダに対する尊敬の気持ちばかり先に立って、デリダならではの思想を見分けようという心構えが十分でない人びとの間で名声を博しているのだ。何かというとデリダの名前を口にするこうした初心者たちは、彼の著作を読解するための前提として欠かせないプラトン、ヘーゲル、フッサール、ハイデガーをほとんど知らないのではないだろうか。存在論にまったく習熟していない人間がデリダの難解な著作を検討することなどできるのだろうか。いくつかの刺激的な観念が素早く通俗化され、彼らの知的食欲を満たしているのである。「能記《シニフィアン》」はソフィストたちが振りかざし、ポール・ロワイヤルの文法家たちが大切に育み、フェルディナン・ド・ソシュールが鍛え、プラハ学派の音韻論学者たちが補強し、一九五〇年以降はフランスの記号論が聖別した観念だが、この「能記」の主導権が、デリダとともに開花の頂点に達する。もはや指示対象《レフェラン》は存在しない。すべてが言語活動《ランガージュ》だ。言語活動に先行するものは何もなく、言語活動に根拠を与えるものも何もない。意味ありげな沈黙の中で得体の知れない世界を志向するような「生きられる現実」は存在しない。「意味」の価値は地に落ち、それを再興しようにも、文章表現《エクリチュール》がなく所記《シニフィエ》がなく現前《プレザンス》がない。文章表現は、それに先行する言語記号と同様に空っぽになり、所記は枯渇しきった「事物主義《ショジスム》」の痕跡のようなものになり、現前は時代遅れの現象学の残滓みたいになっているからである。

記号には探すべきものが何も隠れていない。方法論なるものが、もはや「どのように見せかけるか」というそれでしかないなら、この記号から、感覚的現実の中でも論弁的な言表の中でも渦巻く見せかけ《シミュラークル》まではほんの一歩になり、記号はたちまち見せかけになってしまう。そのような方法論の危機にはまったく頓着しない理性を容認しておきながらこの理性自身を武器にしてこの理性を批判するという堂々巡りをやめるためには、見せかけを使って見せかけを壊滅させる方法しかなくなるからである。

これは、自分の初舞台についてどうも自信が持てない人びとの気持ちを落ち着かせるのにうってつけのトリックである。およそゼロから始まるものなどなく、起源とは芝居の初日の舞台のようなものであって、それは招待客を前にして行なわれた総稽古の再現であり、その総稽古自体も観客のいないところで行なわれた最終稽古の再現であって、先のものは後のものがあるからこそ先のものなのであり、後のものは当然の権利として先のものから優先権を得るのだ、とそうした人びとに説明してやればいいのである。

モリセットのこの著作が刊行されて二〇年後、デリダには及ばなかったものの、アメリカ合衆国で名声を得たロブ＝グリエは、フランスにおける不評を埋め合わせることになる。年季の入った教育者である彼は、毎年一定期間をニューヨークやロサンゼルスで講義を行なって過ごしている。

一九八三年二月、フランス内外の著名知識人が危機について思索をめぐらせたソルボンヌでのシンポジウムの後、『ウォール・ストリート・ジャーナル』のレーモン・ソコロフは、こんなシンポジウムは何の役にも立たないただの雑音にすぎない、と書いた。フランスは三〇年来文化に見放されており、もはや創造的な者も才能ある者もいないのだから、というわけである。お察しのとおり、私はこの点に関して彼に言いがかりをつけるつもりは毛頭ない。ただし、彼はそうしたフランス観がアメリカで一般的なものであるかのように書くことで、自分が無知か嘘つきかどちらかであると告白する結果になっていることは指摘しておこう。彼がこうしてシンポジウムについて怒りをぶちまけているまさにそのときに、フランスの最先端の思想を掲げた札つきの者たちが、彼自身の国アメリカへ次々と避難して行っているのだ。フランス人学者の著作の大部分がアメリカのもっぱら学識者向けに翻訳されているのに、彼らフランス人学者の名前がマスコミに漏れ伝わり、このようにマスコミでフランスについての沈黙が破られたのである。

39

一九六三年　フランソワーズ・ジョフロワ宅における或る日曜日の午後

学者が権勢を振るっているからといって、「文化人仲間」のエリート主義的なつきあいが廃れてきたなどと結論づけてはならない。文化人仲間が知だの倦怠だのと大騒ぎをしているまさにそのときにこそ、その仲間づきあいは、昔ながらの伝統を守っているのである。

すでに一九世紀、この文化制度は異常な状況に直面している。平等の世の中——スタンダールにならって、差異が廃棄された世の中と理解されたい——になるということは、貴族が地位を失い平民が勝ち誇り社会的地位の差がなくなって、つまるところこの文化制度が相も変わらない自らの順応主義の負の側面〔である閉鎖性〕に苦しむということなのだ。作家たちは閉鎖的でいるかぎり、社会から永久追放されかねない。こうした永久追放を予言するのにふさわしい人物は、この文化制度の頑固一徹な代弁者であり、貴族に生まれながら男爵仲間にさえ同化することがないまま、文章表現をナルシスのように文章表現自体に向け直したシャトーブリアンである。

「文化人仲間」は、支配的な社会階層とぎくしゃくした関係になるが、だからと言って自発的に活動を停止するわけではない。けれども、その活動は閉鎖的である。討論会は公開されず、住まいには気脈をつうじた者しか入れない。アルスナルのノディエ宅での夜会から、ローマ通りのマラルメ宅での夜会まで、五〇年の時間的融たりがあるが、会のスタイルに大差はない。ただ、サロンの場がレストラン経営者宅のダイニングに移されることもある。たとえば第二帝政下、反体制的な精神を共有していたガヴァルニ、ゴンクール兄弟、サント゠ブーヴ、若きゾラなどを定期的に宿泊させたマニ宅がそうである。また、例外的には、時代錯誤というべきことも起こる。ちょうど帝国検事たちがフロベールの『ボヴァリー夫人』とボードレールの『悪の華』の起訴状の準備を着々と進めているときに、マティルド皇太子妃がフロベールを歓待し、柔軟な姿勢を見せるのがそれである。

第一次世界大戦後になると、ときおり怒号が飛び交うことはあるものの、芸術と社会秩序の対立は解消する。たしかに、「アンダルシアの犬」の上映に際して、ダリとブニュエルは多少の批判を受ける。しかし全体的に見れば、先駆的芸術家たちは好意をもって信任されるのであって、かつてマネの「オランピア」やストラヴィンスキーの「春の祭典」[105]がひんしゅくを買ったような事態はもはや考えられなくなる。

一八世紀が甘味を足されて再登場する。美しいインテリア、巨匠の油絵、銘入り家具、美味なる食事、洗練された礼儀。女主人をつとめるのが、裕福な貴婦人から同様に裕福なブルジョワ婦人に変わっても、上流婦人《グランド・ダム》であることに変わりはない。けれども〔革命の〕イデオロギーは賃貸借契約を解除され厄介払いされる。もはや革命をたくらむことなど論外になったのだ。親しい他者たちに自分が囲まれる場に戻ると、いつも新鮮な喜びが感じられるものである。そうした場では、プロの扇動家でさえ羊のようにおとなしくなるように思える。もはやラモーの甥〔＝ディドロの同名の小説の主人公〕のような人間を探そうとしてもむだである。なにしろ、アンリ＝マルタン大通りにあるポリニャック公爵夫人ヴィナレッタ・サンジェのところでは、イーゴル・ストラヴィンスキーとポール・ヴァレリーの間にはさまれて、鼻つまみ者のエリック・サティの穏やかにくつろぐ姿が見られるくらいなのだから。

そして一九五〇年代には、時代の嵐に吹き飛ばされてしまったと思われていた文化人たちの社交界が、能記が所記に取って代わるのと歩調を合わせるかのように、ゆっくりと再び息を吹き返す。サルトルを先頭にして「意味」に仕えている時代遅れの騎士たちはサロンに呼ばれても出ない。対話の場所といえばカフェ「ラ・クポール」か仕事場に限られているジャコメッティも同様である。しかし、デュロック通りにあるエティエーヌ・ド・ボーモン宅では過去が生きながらえている。そこでは安っぽく飾り立てた人びとが音楽やダンスに打ち興じているのである。パリ近郊にあるデュボワ知事宅では、それに加えて、男性的な雰囲気が濃厚で、学識的な色合いが今後強まる前兆が見られる。高等師範学校出身の若者たち、すなわち早世した魅力的なパルメニデス主義者ジャン＝ジャック・リニエリと、エディシオン・ソシアル書店現社長にしてフランス共産党の有力幹部リュシアン・セーヴが来ているのである。

マリ＝ルイーズ・ブスケのサロンとエミリー・フォール＝デュジャリックのそれは、いずれも常連があまりに雑多で、本格作家と三文文士の玉石混交であるが、だからと言って厳密さが欠けているぶん華やかさがあるというわけでもないので、両サロンについては語らずに、マリ＝ロール・ド・ノアイユ宅へご案内しよう。ここでは一九二五年スタイルの華麗な饗宴が、ジャン・コクトーと公爵夫人たち、才能あふれる画家と才能のかけらも感じられない画家、ピアニストとデザイナー、「一二一人」宣言の署名者オリヴィエ・ド・マニと、ノアイユ子爵夫人が首ったけになっているろくでもない物書きたちを招き寄せているのである。

新時代性がサロンに正式に根を下ろすのは、旧ポリニャック邸から目と鼻の先である。本書「『ドメーヌ・ミュジカル』の創設」の項（一〇四ページ〜）ですでに詳しく述べたとおり、テズナ夫人が大変な度量を発揮してパリ一六区のオクターヴ＝フイエ通りに最も革新的で最も「当世風な」面々を迎え入れたのである。すなわち、ニコラ・ド・スタール、ルネ・シャール、アンリ・ミショー、フランシス・ポンジュ、ヴィエラ＝ダ＝シルヴァ、ピエール・ブーレーズ、ピエール＝ジャン・ジューヴ、アンドレ・マソンという面々である。食卓には王侯貴族の伝統を受け継ぐ美味を極めた料理が並ぶ。ありとあらゆるものが豊富に用意された上に、目立たない一口菓子に至るまで、すべてが最上のものである。

この界隈は、ジェルマン夫人の縄張りでもある。彼女は一九五九年以降、ジル・サンディエの巧みな助言のもとにジュシュー通りの劇場の所有者となり、ジュネの『黒ん坊たち』、デュビヤールの『骨の家』、そしてマックス・フリッシュの『ビーダーマンと放火犯人』を上演する。こうして彼女は不案内な海域へとためらわずに船を乗り出し、ピエール・ブーレーズにも経済援助をする。そのため、テズナ夫人と突然衝突することになる。芸術を庇護し歓待する実績から見て優先権を誇ってよいのは、テズナ夫人のほうである。いくら「文化人仲間」の花形ブーレーズがジェルマン夫人のご機嫌を取ろうが、ジェルマン宅の豪勢な歓待ぶりには、テズナ夫人のそれに匹敵するような気品が欠けているのである。

以上のような豪華絢爛なサロンに比べれば、フランソワーズ・ジョフロワの「日曜会」はかなり影が薄いと言えよう。例えるならば、劇場の一階椅子席ではなく立見席にいるようなものである。招待客を見回しても、どんな基準で選ばれたのか見当がつかない。ここでは、しょんぼりしたユマニスム（＝人文主義）が流行りのフォルマリスムの隣りをきわどくかすめて通り抜ける光景が見られる。青年期の友情や、高等師範学校文科受験準備学級のときの仲間意識や、高等師範学校の同期入学生であることなどが、こうした客たちの多様さをあいまいにまとめ上げているのである。常連の中にはドゥギー、ファーユ、アビラーシュ、フェルナンデスがいる。

ある日、ビザンティオスに連れられてこの日曜会に行ったときのことである。私は疑いの目で迎えられる。無視する者は一人もいないが、私が誰なのかを知る者もあまりいない。要するに「こいつにはほんとうに住所・身元・家族があるのか」という目で見ているのである。立ち去ろうとするときに、私は或るやり取りを目撃してびっくりする。ドゥギーがビザンティオスを脇に呼び、問い質すような調子で「あなたの連れはどういう人なんですか」と聞いている。「とんでもない奴とつきあってますね」という含みをすぐに感じた画家ビザンティオスは、相手が私たち二人のことをまともなつきあい attachement ではなく、いかがわしいつきあい accointance と見ていることがよく分かったので、正面から答える代わりに「彼は群れることを拒否する人ですよ」と口ごもりながらもやり返す。ドゥギーにとって、私は理解できない連れである。真の意味での才能とは、本人を隷属から解放するものだが、彼は才能によって隷属から解放された経験を持たないのだ。だからこそ彼は、それが時流に合っていたのでハイデガー研究者としてデビューし、それが規則だったので構造主義者になり、それが支配的となれば、あらゆる党派に属し、どんな雑誌にも、どんな立法委員会にも参加し、一九六〇年に『テル・ケル』誌に書き、ガリマール書店でピエルの庇護のもとにある『クリティク』誌に書き、ジュネットの支配下にある『ポエティク』誌にも書くわけである。孤独をいやがり、周縁にとどまることを嫌い、自立を身の毛がよだつほど恐れているから、こういうことになるのだ。パリで裸の王様になろうとしている犠牲者たちに、ぜひともこの教訓をかみしめ、頑張って立ち直ってもらいたい。

40

一九六三年　ロラン・バルトとの夕食

私はバルトと友人づきあいをしているわけではなく、一九六〇年代にときどき彼の食事の相手をするにすぎない。その食事はいつも午後八時に始められたが、それは彼が一〇時以降の夜の時間をたっぷりと使えるようにするためであった。彼は、評判 réputation になるという意味ではすでに有名だが、名声 célébrité を得るという意味ではまだ有名ではない。一九六一年、高等研究院第六部門研究主任に任命された彼は、その地位に満足している。彼はゼミに専念し、そこには受講者がどっと押しかける。この才能豊かなジャーナリスト・コラムニスト作家が、高等教育機関の中に、そして同僚の教授たちの間にピタッと収まるように見えるのである。

一九六三年四月、私はマビヨン通りの「シャルパンティエ」でバルトと夕食を取る。この店で私は、その三年前、ジャン・スタロバンスキーを囲む会に、ウジェーヌ・イヨネスコとロディカ・イヨネスコ、ミシェル・ドゥギーとその夫人、そしてビザンティオスとその夫人を招待していた。私がスタロバンスキーに話しかけているのに、この学者は私に答えずに別の相手と互いに目配せしながら話し込んでいる。

この相手が、当時「文化人仲間」内で実力者と目されていたドゥギーであった。バルトとは、話はずっとスムーズに運ぶ。私は彼の当時の関心事——彼は『モードの体系』に首まで浸かっていた——には気をとめず、プルーストの『失われた時を求めて』の話に彼を引き込む。ヴェルデュラン夫人邸で、シャルリュスが非常識にも、来客一同からまるで家の主人であるかのように挨拶を受けてしまう場面である。

ド・シャルリュス氏の面目をつぶしたのは、彼が招待し、到着し始めていた人びとの行儀の悪さ——社交界ではよくあることだが——だった。ド・シャルリュス氏への好意もあったが、このような場所に入り込んでみたいという好奇心もあってやって来た公爵夫人たちは誰もが、まるで客を迎える家の主人のところに向かうように、シャルリュス男爵のところに直進した。しかも一歩隔てたところでヴェルデュラン家の人びとが一部始終を聞いているのに、私にこう言った。「ヴェルデュランおばさんがどこにいるか教えてちょうだい。どうしても紹介してもらわなければいけないかしら？ せめて、彼女が明日の新聞に私の名前を載せないでくれればいいのだけれど。そんなことになったら私は親戚全員と縁を切ることになってしまうわ。えっ、あの白髪の女性ですって？ でも、それほど感じは悪くないわね」。ヴァントゥイユ嬢のことを小耳にはさむと、彼女はそもそもその会には来ていないのに、数人が口をそろえて「ああ、ソナタのお嬢さんね。どこにいらっしゃるのか教えてちょうだい」などと言うのである。(106)

シャルリュスは、はじめのうちは多少尾ひれをつけて話す程度だったが、次第に図に乗りついには品性を投げ捨てて、まるでヴェルデュラン家の邸宅が自分のものであり、この会の主催者がヴェルデュラン家ではなく自分であって、そこでのコンサートが好評を博したのはヴェルデュラン家ではなく自分の手柄であるかのような口ぶりで話すようになる。

音楽が終わり、彼が招待した客たちが彼に別れの挨拶をしに来たとき、ド・シャルリュス氏は、客たちが到着したときと同じ過ちを犯した。彼は客たちに、女主人のところに行って、彼女とその夫にも、自分にしたように謝意を表すようにとは言わなかったのである。長い行列ができたが、それは男爵の前だけであり、しかも彼は、それに気づいていないわけではなかった。数分後、彼は私にこう言ったのだから。「このパーティーは、ずらっと一列に並んだ聖歌隊までそろえた音楽会という感じになってきましたな。非常に愉快なことです」。先に並んだ者とは違う表現を使おうとするあまり自分の番になるとついつい感謝の言葉は長くなり、その結果、少し長めに男爵のそばにいることができるわけだが、その間、「彼の」パーティーの成功にまだ祝意を表していない人びとは、仕方なく佇んでいた（立ち去りたいと思っている夫もいたのだが、その妻が異を唱えた。公爵夫人とはいえ俗物であることに変わりはない。「だめ、だめ。たとえ一時間待つことになっても、手間をおかけしたパラメード男爵〔＝シャルリュス〕にお礼を言わずに帰るわけには参りません。いまどき、これほどのパーティーを開けるのは、あの方を置いて他にいませんもの」。或る晩、ひとりの貴婦人《グランド・ダム》が上流階級のお歴々全員を引き連れて劇場にやって来たとして、入退場に際し案内嬢のところに挨拶に行く者などいるわけがないが、このときのド・シャルリュス氏がちょうどその貴婦人で、ヴェルデュラン夫人は案内嬢のようだった）。(107)

「また近いうちに。そのときもプルーストのお話をしてください」。バルトはプルーストの作品をすみずみまで熟知しているので、あらためてプルーストについて彼に教えることなど何もない。しかし私は彼にプルーストを情熱をもって語る。この一九六三年春、バルトは、敵味方をはっきり分けた友だちづきあいや、流行りの文学雑誌や、コレージュ・ド・フランスの教壇の高みからレヴィ゠ストロースが説きサン゠ターヌ病院の演壇からラカン博士が説くイデオロギーでがんじがらめにされて、私のような情熱を忘れてしまった。

しかしながらバルトは潔癖なので、最初は分裂に苦しむ。彼はブランショに熱中しながら、三面記事や女性誌や日常性にも熱中するし、文学者の死を告げつつ、ロブ゠グリエの内に救世主の到来も見て取るからである。ところがバルトは、『神話作用』と『ミシュレ自身によるミシュレ』の中では代償を求めない行為について手探りするようになる。一九六三年の時点でこの無償の行為について依然として彼が強い関心を抱いていることは、彼と向かい合って一二〇分の間、まさに代償を求めないまま話し続けた私には確かに伝わった。彼は、苦行と苦悩という道を通って自分が輝かしい勝利を収めれば自由になることが許されると考えているのである。彼の第一の手法は半ばテーマ批評的で半ばマルクス主義的、マラルメ的かつ印象主義的、いささか歴史的ながらすでに共時的という両義性を備えており、第二の理論的手法はその両義性を一掃しようとしていたが、彼は『S／Z――バルザック「サラジーヌ」の構造分析』と『サド、フーリエ、ロヨラ』を刊行するやいなや、第三の幸福主義的な手法に着手する。こうしたバルトの試みは、独立が不可能だと分かっていながらそれを要求し続ける痛ましい試みである。熟慮の末に牢獄の中に身を置くようになった者が自分の鎖を断ち切ることなどない。『テル・ケル』の経営陣からたっぷり原稿料を支払ってもらっている者がこの雑誌と縁を切ることはないのだ。結局バルトは、ただひそかな新機軸を認めてもらうためだけに、奮闘しているにすぎないのである。

セベロ・サルドゥイの『コブラ』（ソレルスと著者によって訳された）においては[108]［…］［…］ロブ＝グリエはすでにフロベールの中にあり、ソレルスはラブレーの中にあり、ニコラ・ド・スタールの全体は二平方センチメートルのセザンヌの中にある[109]。

最後に、テクストはその気になれば、民族語《ラング》自体の規範的構造を攻撃することができる（ソレルス）[110]。

作家は母の肉体と戯れる者だ（プレネのロートレアモン論および、マティス論を参照されたい[111]）。

ジュリア・クリステヴァのこの命題も裏返してみよう。すなわち、完成された言表はすべて危険を冒してまでもイデオロギー的なものになろうとする、と[112]［…］。

テクスト理論が、明確に（ジュリア・クリステヴァがこの語に与えた意味での）意味形成性《シニフィアンス》を快楽の場として示し、テクスト実践のエロティックかつ批判的な価値を確認したにもかかわらず、その指摘はしばしば忘れられ退けられ抑えつけられている[113]［…］。

冬の風に押し流されている者が、自由に針路を変更することはない。学者たちからお墨つきで与えられたイメージを修正することはないのである。この「快楽学《エドノロジー》」は、自分が清算したつもりでいる厳格主義と、自分が一新したいと望んでいる官能主義との妥協の産物である。右の引用文で一目瞭然であるが、この快楽学はさまざまな著者へエールを送りながら、その間に、必ず言説、コード、範列、個人語《イディオレクト》および社会語《ソシオレクト》を詰め込み、それらすべてをアフォリズム形式で行きあたりばったりに提示している。ただしバルトは行間でそれらの言説等に対し、いうなら「これまで職務に精励していただきありがとう。今後は悠々自適の生活を送ってください」と、穏やかに引退を促しているのである。したがって、彼は私たち読者に困難な任務を押しつけていることになる。二つの旋律が対位法的に設定され、その旋律のいずれもが聴き取り可能である以上、バルトのうちで記号分析に抵抗するこの奇妙な「言い落とし」によってそれらの旋律がかき消されかかっているところで、読者はその対位法を解読しなければならないのである。いずれにせよ、『テクストの快楽』は、文学的テロリズムが猛威を振るって一〇年ほど経ったとき、ちょうど亡霊たちが猛威を振るって人びとが疲れ果てたときに愛の神がエーリュシオンの野で優雅にオルフェウスを迎えたように、テロ鎮静化の要求に応え、人びとのささくれ立った心をなごませるのである。

私は、この甦った快楽を適切に扱うコツをバルトから学ぼうと思ってこの本を読む。しかしバルトは、快楽というものは必ずや私たちを励まし、私たちを満たしてくれるものだ、と断言してしまう。すでにエピクロス派も、快楽の中にこの種の世間知——すなわち秩序と欲望との均衡原理——をすべり込ませることによって、快楽を峻厳な裁きに従わせ、諸々の戒律のもとでその毒気を抜いていた。おそらく快楽のこうした扱い方こそ、イグナティウス＝デ＝ロヨラとランセの注釈家バルトにとってきわめて好ましいものなのだ。まさにこの意味で、峻厳はバルトにとって快適であり、悔悟は充実なのである。こうしてバルトは、どっちつかずの状態で先へ進むことになるが、その状態についてすでにスピノザは次のように指摘していた。

快感は喜びの一種であって、この喜びは身体に関するかぎり、身体の一部分あるいは若干の部分がその他の部分以上に刺激されることに存する。そうした感情の力は、きわめて強いために身体のその他の働きを凌駕しており、しかも身体に執拗につきまとう。したがってその力は、身体がさまざまな別の仕方で動かされる余裕がなくなるほどに強い。故に快感は悪でありうる。次に、これと反対に、悲しみの一種である苦痛は、それ自体で見れば善ではありえない。しかしその力と増大は私たちの能力と比較された外部の原因の力によって規定されるのであるから、その故に私たちは、この感情について、無限に多くの強度と存在様式とを考えることができる。したがって私たちは、快感が過度になるのを防ぎうるような、そしてその限りにおいて身体の能力を減少させうるような、そうした苦痛も考えることができる。故に苦痛はその限りにおいて善であろう(114)。

私は、バルトから学ぶものが見つからないまま『テクストの快楽』の最後のページにたどり着いてしまう。「快楽語《エドノレクト》」という言葉の定義も見当たらないままである。叙述の道すがら、たびたびバルトは詭弁としか言えない議論の中に迷い込んだり、衒学的な言葉に足を取られたりしている。

快楽《プレジール》はこの世界のものだが、悦楽《ジュイサンス》はそうではない。［…］私はラカン（「忘れてはならないのは、悦楽は悦楽としてそのまま語る者には禁じられているということ、つまり悦楽は、行間でしか語ることができないということだ［…］」）とルクレール（「［…］自らの所言《ディ》で語る者には悦楽は禁じられている。逆に言えば、悦楽を享受する者は、いかなる文字──およそ可能ないかなる所言──をも、自ら厳かに執り行なう絶対的な破棄行為の中で消滅させる」）を念頭に置いている。(115)

悦楽は、筆舌に尽くしがたいとしても、それでもなお「ひととおりには決まらない」という点では快楽と同様であって、安逸ばかりでなく苦行も喜んで受け入れる、とは言える。ランベルシエ嬢にむき出しの尻を打たれたルソーの恍惚やゼノビ伯爵夫人から乱暴なお仕置きを受けたザッヘル・マゾッホの恍惚を考えれば十分である。凍てついた言説の土地に居すわり、そこから一歩も離れなければ、喜悦と苦痛を人びとと分かち合うすべが分からなくなり、筆舌に尽くしがたく思えるのである。バルトは、もって回った言い方をするばかりで、「生きられる現実」の名誉をあえて公式に回復させることもせず、理論家としての当惑を自己満足気味に記述することだけに専念しながら、文学の魅力をもっともらしく語るためにレトリックを鍛錬する羽目に陥っている。彼にとってテクストの文字は自分の贖罪の魅惑的な源泉のようなものであるから、彼はテクストの文字にしがみついて離れないが、文字と文字のすき間や、文字のない余白にあえて危険を冒しながら身を置こうとはしない。しかし、こうしたすき間や余白でこそ、真の事件が上演され、書くことの祝祭や読むことの祝祭が繰り広げられるのである。

皆、覚悟が決まる。手はずも整う。(116)

〔サド『閨房哲学』で〕侯爵夫人、その兄弟、騎士、ウジェニー――いけにえ・殉教者・聖女となる若い女性――、そして男色家ドルマンセが集まって、愛の行為を始めるにあたり手はずを整えたところである。だが、ドルマンセはオーギュスタンの持物《アトリビュ》を見て怖じ気づき、参加を辞退すると言い出す。皆で練り上げた役割のシステムが揺らぐ。私たち観客は言外の意味を探しながら、すべてのフォルマリスムの墓場であるあの深淵の中をさまよい始める。と、サン＝タンジュ侯爵夫人が高飛車に、いいかげんなドルマンセに向かって、「窮屈《エトロワ》」に考えない（しない）ようにと説く。ドルマンセがこれに従い、段取りはまた元に戻る。だが観客が大きな喜びを覚えるのは幕間、つまり文字の組み合わせの欠落部、それも見事に設定された欠落部においてである。ルーセルにおいて、機械装置や組み立て作業の中で間抜けさがのさばるときも、同様に観客は大きな喜びを覚える。またサン＝シモンの場合、彼の激しい怒りが滑稽なのではない。滑稽なのは明言されないもの、言葉にされないもの、歴史の荒波に抗いながら没落していく特権階級の嘆き、声にならない嘆きである。言葉が効力を発揮したり栄光を獲得したり暴力を振るったりするところではどこでも、つねに言葉の背後に沈黙が控え、言葉を支えているのである。

晩年、巧みに歩まれた人生の最高地点で、バルトは誰にも文句をつける気が起こらないほどの絶対的な支配力と名声を獲得する。彼は土曜日の午前にコレージュ・ド・フランスで講義をし――出席者が非常に多く、バルトは毎週忘れずクロード・モーポメのために席を確保しておく必要があったほどだ――、以前ほど時代の空気を気にかけなくなって気ままに振る舞い、自由にたどり着く一歩手前のところに身を定めて、楽しそうに夢中になって語り続ける。ところがバルトは、自らの作品で自由を表現することには、ためらいを感ずる。「テクストに忠実な」さまざまな回り道、アフォリズム、断章などによって、彼は自由から巧みに身をかわすのだ。現代作家は、乗り越え作業には向いていない。制度とメディアによってプログラム化されているので、あとで自分の特権を放棄することになる可能性があるとしても、すでにでき上がった自分の行動の型に合わせてきちんと振る舞うことが義務になっているからである。おそらくバルトも、野心と孤独のどちらを選ぶべきかで死ぬほど悩んだあげく、その選択から逃げるほうを選んだのである。

41

一九六四年一月五日　高等師範学校におけるラカンのゼミナール

一九六四年の一月五日、ラカンは、壮々たる面々の臨席を得て、ユルム通りの高等師範学校でゼミナールを開始する。(一三) 友人のレヴィ＝ストロースが最前列に陣取っている。レヴィ＝ストロースはこのラカン招聘の件であちこち駆けずり回った。

まず、高等研究院第六部門の長であるブローデルから、ラカンを講師に据える委嘱状をむしり取らなければならなかった。このようなことはふだんはすんなりいくのであるが、ブローデルは、あからさまであろうが遠回しであろうが性にふれることに関してはめっぽう頭が硬い。

次に、ラカン博士の受け入れを本人に代わって高等師範学校に働きかけなければならなかった。すでに学校側からはアルチュセールによる熱心な引きがあった――アルチュセールはこののち『ヌヴェル・クリティク』誌上の論文でラカンをマルクス並に扱わなかったろうか――とはいえ、学長のフラスリエールは無意識というレトリックによって丸め込まれるような人物ではなかった。

博士は四月で六三歳になるところである。一〇年を少し越える以前から、博士は、(ここで通常はイエス・キリストの伝記に用いられる人生の区切り方を博士のためにあえて流用するとすれば）「公の生活」に足を踏み入れていた。きっかけは一九五三年のフランス精神分析学会の分裂である。分裂が決定的になると、たくさんの論文や研究発表、「文化人仲間」内にあった最も洗練された観念との頻繁な接触、サン＝ターヌ病院でのゼミナール、等々といった天才を予感させる知的活動の数々にもかかわらず二〇年このかた求め続けて得られなかった役割が、たちどころに彼に与えられた。

その役割とは聴衆を喜ばせるおなじみのスタイルの教育、症例紹介から入りコメントに進むが思弁に熱が入るにつれてあらぬ方向に脱線する、といったスタイルの教育を行なうことである。一九五三年以後、そうしたラカンの教育は、専門家に加えて、知識人、文学者、芸術家をもおびき寄せるものとなる。

高等師範学校への異動が与えた影響は計り知れない。この格調高い場所で、思索するエリートたちを統合するこの周縁的な坩堝の中で、しかも、その最も権威あるデュサーヌ講堂で、サン＝ターヌでやっていたように毎週水曜日に儀式が執り行なわれる。その儀式はいかなる口実によっても中止されないことがよしとされるので、無意味を承知で強行されることもある。居合わせているのは毛皮のコートを着た貴婦人たち、ソレルスとその一味、リクールとアラン・キュニ、ガタリとグリュックスマン、建築家と詩人である。そのグループに加わるために、始まる少なくとも一時間前には到着していることが求められる。このとき高揚する崇敬の念は、やがてそう珍しいものでもなくなり、人びとをコレージュ・ド・フランス、高等研究院、ヴァンセーヌ校などで、フーコー、バルト、ドゥルーズらに殺到させることになる。

ということは、「決して満足させられたくないという欲望が重要なのだ」と明言していたご当人のラカンが、〔社会の〕需要を完璧に満足させているということである。すべてが満場一致で博士のイデオロギーに同意を与え、社会が彼を甘やかしているということである。社会はラカンにとって「大文字の他者」であり、その中にあって彼は絶望的なまでに自分自身でしかありえないことを鼻にかけ、一個のアウトローとして、自分の同類を、蕩尽する戦士――その野蛮で倒錯的なエネルギーの怪しい魅力を彼に教えたのはバタイユである――へと駆り立てていたはずなのに。歴史に関わる事柄に無関心であるために、ラカンは、既成秩序の安定的で普遍的な現れである――人類学者の言う――「禁忌」と、時代精神の不安定な「審級」を区別できず、また区別しようともしない。時代精神は、状況に応じて自らの使者と自らの価値を定め、支配的な感性を自らの爪によって人びとの心に刻みつけ、諸々のコードによって聞き手と話し手を一つにまとめるのである。こうした禁忌と審級との癒着からラカン主義は利益を得ているが、それはまた逆説を生まずにはいない。

というのも、野生の反精神医学主義がもてはやされているこの時代に、精神分析が流行するというのは妙ではないだろうか。しかも、精神分析の実践に元来含まれているはずのデータ、他国たとえばアメリカで特権的な考察対象となっている因果的・社会的・臨床的なデータが、〔フランスでは〕根こそぎ抜き取られているというのも、逆の意味で妙ではないか。

内省という慰戯が不得手なわりにその応用には関心が高いアメリカ人は、ごく自然に、ちょうど耳鼻科医が鼓膜を治したり、形成外科医が脊柱を治すように、資格ある医者が自我をもとのレールに戻してくれるはずだと思っている。逆に、文化が貴族にしか浸透しないために、伝統的に、感情を内省する労を惜しまない現象学の成立が促されたフランス――一六世紀から二〇世紀までの「モラリスト」の威信の高さを見よ――では、第二次世界大戦後、〔一転して〕内面性は嫌われ者になる。広島〔への原爆投下〕以来、技術文明の自己破壊的運命を肌身で感じて恐れ戦いている私たちの社会は、保険契約に殺到することで苦しみと病いと死をお払い箱にするつもりでいるが、しかし正体の見えない恐怖が足音を忍ばせて近寄り、悪夢となって突然姿を現す。ラカン博士はこうした不健全な障害を除き去ろうと情熱的に身を挺するのであって、取りつく島もないほど理論的な言説によって、「生きられる現実」から雷管を取りはずし、それに麻酔をかける。

こうしたことは一九三〇年代からすでにこっそりと始められている。アンドレ・グリーンがふざけて「疎外の屈折光学」と呼ぶものがそうである。高等研究院で、コジェーヴが自分の信奉者たちに対して「意識は他者の欲望に他ならない欲望から生まれる」と告げ知らせている。ラカンは、『ラルース大百科事典』(117)で、埋もれていたこの鉱脈をただちに掘り進める。鏡像を前にすると、幼い子供は嬉しくてたまらないといった反応を示す。それは想像界への最初の潜航であり、最初の自己同一化（ヘーゲルはこの自己同一化のその後の展開を導く）、他者としての自己の知覚、自己のイメージと自己の現実との区別、他者の内における自己の再認である。

しかしこうした自己同一性は不完全である。それは、実際には、身体から名前へと転移されることによってしか表現されない。私たちに先立ち、私たちを引き継ぎ、私たちを人間世界に挿入する用具である言語によってしか表現されない。

ここでレヴィ＝ストロースが介入する。彼は一九四五年にアメリカから帰国し、ラカンを興奮させる第二の物件を提示する。ヤーコブソンの構造言語学である。ラカン博士は、そのときどきの状況に合わせながらも二五年の間その源泉から水を飲み続けることだろう。

しかしさらに、彼の言説にはときおり聞き慣れない声も混じる。ラカンをフロイトへの回帰の水先案内人に仕立て上げた「ローマ宣言」の中にはメルロ＝ポンティの声が、そして何よりもハイデガーの声が聞き取れる。一九五三年のフランス精神分析学会の分裂直後のことである。

エンペドクレスはエトナ山に身を投げることによって、自らの対死存在を象徴するこの行為を人びとの記憶の中に永遠に刻み込む。

これはフロイトへの回帰なのか。むしろ、おしゃべり、屁理屈、技術といった事実性をとおして騒々しく語る存在者によっては語られないことを語る存在への回帰なのではないか。もっとも、自らを告げ知らせるその存在のつぶやきを、その遠い音源から聞き取れる耳をラカンが持っていればの話であるが。そしてそうした存在こそ、マラルメによって開示された詩的な話し言葉を窒息させる能記《シニフィアン》の連鎖――まさに鎖である――から解放され脱人間化された大文字の主体Sujet、「抹消線を抹消された」主体というラカンの夢ではないのか。しかし存在論は蜃気楼であり、主体は人たる証しの抹消線を手放すことはなく、それを主体に刻み込む共通言語は、晩年悔悟した博士がその前に白旗を上げる規則であり続ける。

もし私に死ぬということがあるとすれば［…］それは、ついに「他者」になるためである。そのとき、誰だって自分が「他者」になることに文句はないだろう。法に反してまでもそうであろうと欲することに一生を費やした後なのだから。(118)

一九五五年にマント＝ラ＝ジョリにハイデガーをねんごろに迎え入れ、一九六一年に亡きメルロ＝ポンティを称えたあと、ラカンは、精神現象の管理を通常の言葉に任せる。唯一の例外は、亀裂が生じると犯罪や精神病が胚胎するので言葉が出ずっぱりで修復に努めている領域である。慢性的に反乱が起きているこの領域に現実が住みついている。現実とは一種の悪臭である。それは光の不在を表す線影、テクストの不在を表す中断符のようなものであるが、他面、フロイト的イドの臭気を発する噴出力であり、もし堤防で堰き止めなければ機械の決壊を引き起こしかねないアナーキーな運動である。(119)「現実」の名のもとに堅固な大地や「社会的現実」「文化的現実」を理解する古典的な精神分析家ときっぱりたもとを分かって、ラカンは先に進むごとに軌道からどんどん逸れていく暴走列車に飛び乗る。一九世紀の終わりに、そうした「現実」はまなざしに対して突然の敵意を示さなかったろうか。「サント゠ヴィクトワール山」を誘惑しようと四苦八苦するセザンヌに対して、この山は辛辣にも「どこかへ行ってしまえ」と叫ばなかったか。

しかし自分の時代に固くつなぎ止められていた博士は、このカオスを手なずけるために、そこに諸「構造」を配置する。救難活動は想像界の手を借りて開始される。その活動は、揺りかごの中の私たちが鏡の内に自分の像を見て喜ぶときにすでに始まっている。言葉を語る者によって抑圧される悦楽を欲望と諸幻想が沈静化するときの形がそこに素描されているのである。代替的表象であるという点で想像界は、秩序を欠いた感覚的なものと純粋悟性概念との間の不可欠の媒介として機能するカントの図式からそれほど隔たってはいない。いずれにせよ、それは自我を或る種の保護鞘で包んで解体をまぬがれさせるのである。

象徴界という港に着いて初めて私たちは平安を得る。しかしそれにには何と大きな代償がともなうことか。市民法の、自然法則の、互いにからみ合ったすべての重圧がそうであり、言語に仲介を頼むことによって課せられる、継承され、また継承されうる、構築され、また構築する、ありとあらゆる拘束がそうである。言葉の戯れとして機能する無意識の拘束。能記《シニフィアン》の反復に還元された統辞法としての主体の拘束。他者の言説を欲望することに他ならない欲望の拘束。ホルモンの管理下にあるぐにゃぐにゃした情けない器官たるペニスのことではなく、勝ち誇る言葉であり、掲げられた紋章であり、権力のしるしを一身に集めたファルスであり、神性であり、部族であり、規範であるところの性器の拘束。

一九六九年、ラカンは人気の絶頂で――『エクリ』は一九六六年に一万四〇〇〇部売れている――学長フラスリエールによって高等師範学校を放逐される。ソレルスとルベルが学長室を占拠したが、学長は一歩も譲らない。一九六八年の動乱によってすっかりとげとげしくなった学長は、博士のうちに侵犯の雰囲気を感じ取ったのであろう。なにしろ博士は至るところで高等師範学校をこき下ろし、ヴァンセーヌ校の反徒たちには、修士資格がたどる運命についてくどくどと聞かせていたのである。録音を担当していた秘書＝家政婦のグロリア・ゴンザレスにこのたびも付き添われて――ベケットならこうした慣習を「古風なスタイル」と言うことだろう――ラカンはパリ大学法学部に亡命するが、そこで目下のラカン熱がさらに沸騰する。分析家や分析家見習、群れなす小知識人、以前に倍する数の舞台俳優や作家、興奮した貴婦人や令嬢に混じって、この週一度の祭祀の中に、自分自身から身を守る様式を探し求める毛沢東主義者や反精神医学者やフェミニストが付け加わる。そして一九七二年頃になると博士の理論建造物の最上階の設計図ができ上がり、あまりにも記述的すぎる記号論を放擲して、狂おしく求められていた抽象化の要求に唯一答えうる「分析素 mathème」に支えを求めるに至るのである。

この分析素なるものを、ずっと以前から知られラカンによって使われていた図式と混同してはならない。そのような図式をラカンは、一方では、体系の諸要素間の関係を表現するために――自我の理想像との同一化における主体の疎外（I.A.）、先取りされた自我像（i.a.）と自我の構成（m）、能記《シニフィアン》の収蔵目録（A）、意味作用の完成点（s(A)）――、他方では、円、直線、曲線、破線、矢線の補助を得て、精神的機制の先取効や遡及効を解明するために使用している。[120] そのようなモデルは構造的であり、老境に差しかかったラカンにとって問題だったものを解き明かしてくれない。問題とは、こうした多様なものの原理は何か、つまり、もはやいかなる修飾語も当てはまらず――表も裏もなく、内も外もない――、ちょうど始源の爆発から多くの銀河が噴出したように、さまざまな修飾語がそこから噴出する大きな穴が一つ開いているのみの位相空間における不可分者の定義は何か、博士に「結び目」についての学説――結び目 nœud が陰茎を指す隠語であることは誰にも分かっていた――を着想させたぱっくり口を開ける割れ目と荒々しい勃起とは何なのか、である。この結び目の正確な名は「ボロメオの輪」であり、ボロメオの輪とは、その一つの輪の解きはずしが自動的に他の二つの輪の解きはずしを引き起こすまでに固く結ばれた三つの輪のことである。[二四] 土壇場でまたしても登場するこうした鎖について、博士は遂に学説を形成することがない。しかしそうした鎖の再登場が自由への呼びかけになっていることは確かであって、自由を決裂の中にこそ見い出した彼は、一九八〇年にパリ・フロイト派を解散させ、何百人という腹心の部下を或る悲壮な孤立へと追い込み、フランス精神分析の瓦解を引き起こす。フランス精神分析は、彼によって、撤退する前に火を放つという自己満足のためにだけ名声の頂点にまで持ち上げられたわけであった。かくして彼は運命の皮肉により、「生きられる現実」の助けを借りるという、彼自身が軽蔑していた便法のおかげで、彼が五〇年このかたフランス精神分析に説明しようと四苦八苦していたことをすんなり分かってもらえることになる。すなわち、「欲望はいかなる対象をも追わない」という真理であり、「幻滅へと運命づけられているはずなのに抵抗しがたく、かつ換喩的である欲望は自らの衝動的な運動のうちで能記から能記へと進み、決して所記に達することがない」という真理である。商品の深淵に殺到する競走に巻き込まれた私たちの焦燥のかげろうのような標的を、驚くほど巧みに活写したというべきであろう。巷間、引き合いに出されるいかなる仲間の導師よりも巧みに、ラカンは時代の教訓を伝達している。

その教訓とは何であろうか。見せかけ《シミュラークル》についての教訓、つまり事物の不在を魅力へと高める広告塔の表面に燦然と輝く空虚についての教訓、伝達手段があらゆる場面に浸透しつつある時代における伝達不可能性についての教訓、他者を排除する不可能な性欲についての教訓である。なぜなら、ラカンによれば、性欲は他人の中にまた別の他人を求める情欲の地平だからである。そしてそれは、大学教員たちの専制によって蔓延した不毛性についての教訓でもある。博士は大学教員たちに特有の拭いがたい理論性のために二度まで大切なものを犠牲にしている。それは、精神分析医としての実践と、著作である。前者はついに従属的なものにすぎなかったし、後者は感動的な教育術の遅ればせの副産物にすぎない。彼はその両者〔における成功〕を当初から夢見ていたのであって、そのためパリ大学医学部で自分の指導教授だったクレランボーのポストをひそかに狙っている。結局は逃してしまうのであるが。またそのあと「パリ精神分析協会」「フランス精神分析協会」「パリ・フロイト派」「フロイトの大義 Cause freudienne」といったさまざまな精神分析学会における年に一度の講義や研究発表をつうじて著述の快楽に心ゆくまで身を任せてもいる。すべてが彼を半ちくな教員仲間から遠ざけるはずであった。なにしろ彼は理解力と包容力に優れた医師・臨床家であり、極上の下着と三ツ星レストランに目がない大ブルジョワであり、シュルレアリストとマラルメにかぶれ、最高度に教養があり、五〇年前には学者に対して閉ざされていた文学的な「文化人仲間」にたちどころに魅了された作家なのだから。〔ところが〕一九五〇年以後、すべてが博士を半ちくな教員仲間に近づける。彼の栄光が生み出す利息分と、彼の話し言葉が生み出す磁場がそうさせるのであろう。

　或る一点において、しかもこれが重大な一点なのだが、博士は自分を取り巻く歴史の流れに逆行している。フロイトから彼は秘法伝授の様式を学び取る。「七つの指環」（一五）を思い出されたい。それは、賢者の小集団的友愛の隠された紐帯であり、隠されたものの諸神話の祖型である。ラカンは一匹狼を自任していても、しかし、ちゃんと人びとの願いをかなえてやっているのだ。一九世紀のブルジョワには、彼らが取って代わった貴族たちの生活様式が欠けていたように、私たちには儀礼的なものが欠けている。密教主義によって博士は科学から宗派へと、真理から神秘へと横すべりする。自分の教育を指して彼自身が選んだ「ゼミナール」というタイトルからして彼の教育には宗教性の衣が着せられている。そして彼が「パス passage」と名づける試練、分析家という尊厳ある地位への昇格のための試練によって、つまりは彼が祭司をつとめる共同体の典礼によって、その宗教性は花開く。彼の教育を取り巻くオーラは、あたかも、効率優先の社会のためにあっという間にその台座から引きずり下ろされた医者たちの没落を償うかのようである。二〇世紀の初頭には、医者たる者は至高の権威であり、同時に万能のエキスパート――生物学者、心理学者、衛生学者、社会学者、物理学者、化学者をすべて兼ねる――であり、公証人――相続や縁組の相談を持ちかけられていた――であり、司祭――家族道徳の遵守に目を光らせていた――である。一九四五年以後、彼ら医者は社会の発展によって不特定多数の人びとの世話を任されるようになって凡庸化し、技術の飛躍的発展にともなって専門化し特殊化する。もっと悪いことには彼ら特有の知識がマスメディアにからめ取られて通俗化してしまう。こうしたメディアという新手の儀礼執行者に嫉妬を感ずるこの精神分析家ラカンは、選ばれた者のみに委ねられた自分の領域の固有性をかばい守り、治療の成功を犠牲にしてまで知の威信を保つことによって対抗するのである。

僧院の扉を半開きにしておいて、現在、待ち望まれていることであれば何でもかでも説教の種にして福音を説く僧院長のような、あるいは、新しさに身を売り見かけだけ新時代の到来を告げて人を欺く伝令のようなラカン博士は、レヴィ＝ストロースとともに、三〇年以上もの間フランス文化を凍りつかせている冬の太陽である。一九八一年九月の彼の死は追随者を悲嘆のうちに投げ込んだ。追随者とはロシアかぶれのマルクス主義者、中国かぶれのマルクス主義者であり、哲学者・認識論者であり、あらゆる色合いの記号論者であり、音韻学者、テクスト至上主義者、人類学者である。彼らが慰められんことを。彼らの予言者は才能ある仲裁人にすぎなかったのであり、かつてないほどに悪性の集団ノイローゼを、気どりとまやかしが競い合う特殊な言語で代弁する代弁者にすぎなかったのである。

42

一九六五年秋

ジャコブ、ルヴォフ、モノーのノーベル生理学賞受賞

ノーベル生理学賞がジャコブ、ルヴォフ、モノーに授与される。このことが、フランス人の功績に関わることであれば何でもかでも大げさに語る偏狭な愛国心《ショーヴィニスム》によっては説明のつかない大騒ぎをもたらす。この後すぐ、カストレールがレーザーの研究でノーベル物理学賞を受賞したとき〔＝一九六六年〕は申しわけ程度の反響しかないし、ネールが鉄磁気の研究で同じく物理学賞を受賞したとき〔＝一九七〇年〕は何の反響もない。これは、現代人の感性が生命的なものに迎合的で、正体の分からない恐怖に戦く社会にとって生命の認識は苦痛と死を避ける便法になっている、ということなのだろうか。〔しかし〕一九八〇年にドーセが生理学医学賞を受賞したときは、まったく反応なしである。彼は「免疫性」に賭金を投じたにもかかわらず。免疫性と言えば、世上、掛金の戻りが確かであるとの評判が高い保険の生物学版ではないか。ほんとうのことを言えば一九六五年の場合、大騒ぎの源は「文化人仲間」なのである。このことは、フランスにおける文化制度は文学によって支配され、科学者に対しては伝統的に見下したような態度を取るものだ、と考えている人びとにとっては予想外であろう。〔実は〕フランスの文化制

度は科学者を一様に排斥するわけではない。科学者の側に実力があり、科学者がたんに実行することしかできない——というふうに文学者が言う——ことを言葉で表現する能力が文化制度の側にある場合には、文化制度は、逆に科学者におもねることもあるし、後押しすることもある。一七九五年にハレー彗星が戻って来ると、ヨーロッパの科学界はにわかに活気づき、対立し合う力学諸学派間の抗争が再燃し、ダランベールとクレローの論争が持ち上がる。科学アカデミーの会議でクレローの弟子であったラランドが最終予測を提出し自分たちの方法について詳細な報告を行なったあとで、この論争における議論の論拠や含意を（署名付きか無署名かを問わず）広く紹介したのは、その大半が『ラネ・リテレール』『オプセルヴァトゥール・リテレール』『ル・メルキュール・ド・フランス』『ル・ジュルナル・アンシクロペディク』といった非専門誌紙である。[121] それは、のちの時代の、生物の統一をめぐるキュヴィエとエティエーヌ・ジョフロワ＝サン＝ティレールとの間の対決や、自然発生をめぐるパストゥールとプシェとの間の一騎打ちのときも同じであって、世論をざわつかせたり、とっ組み合いを肩代わりしたりするのは文学者の仕事である。

ディドロによれば、文学者の固有性は、科学者がその魅力を知らない言葉遣いにある。サロンやカフェ、出版業者の溜まり場といった、科学者が会話能力を鍛えられそうな至るところで科学者に言葉の魅力を知らしめ、この門外漢を垢抜けさせることが文学者のつとめである。ダランベールが文化人仲間に受け入れられたのも物質の三態の考察によってではなく、レスピナス嬢のサロンに出入りしていた著述家との関係によってである。

一八世紀にまだ科学者のこうした抜擢が可能だったのは、数学的諸科学から博物学に至る〔広範な領域の〕最良の科学者が、私的な書斎や自宅の実験室といった部屋の中で自由に仕事をしていたからである。少なくとも、学者を暗愚にし、もしくは金目《かね》当てにしてしまう大学の外にいたからである。しかし大革命以後は事情が複雑になり、科学にもつうじていることに自らの名誉を賭けていた「文化人仲間」が、公務員〔である大学教員〕をペストのように警戒するようになる。

ドレフュスを支持する一八九八年の有名な「宣言」〔一六〕も事態を根本から変えることはない。創作者たちは正義を守るために学者と手を組みはしたものの、学者たちが実験に打ち込めば打ち込むほど、その学者の自分たちの世界への受け入れを控えるようになる。イタリア人、アメリカ人、ドイツ人にはなかなかこうした奇妙な慣行を取り入れることはできない。アレクサンドル・フォンタナは私のこうした所説に異議を唱えている。両大戦間に、ジョリオ＝キュリー、ペラン、ランジュヴァンらの著名な物理学者が、圧力団体のようなやり方で政治闘争に介入しているというのだ。しかし、だからと言って、そうした著名人のおかげで、半ばエリート主義的で半ば秘密結社的な作家たちのお座敷の敷居が低くなったというわけではない。物理学者は、すでに大学人受け容れをうたっている集会、たとえばポンティニーで開催された知識階級の集会の中にすら、ほんのちょっぴり名を連ねているにすぎない。彼らが編集者のカクテルパーティーに出席するのは何か特別扱いしてもらえるような資格があったときに限られるのであって、その場合でも見るからに居心地が悪そうにしている。そうしたことが、五世紀のあいだ飽きもせず繰り返されてきた慣行、文化を口舌の徒の主権のもとに置く慣行なのである。あげくの果てに、一九六〇年以後になると、「文化人仲間」の中で権力を持っていた教員たちは、物理学者、化学者、生物学者は言うに及ばず、数学者であっても雀の涙程度しか自分たちのサークルに入れてやろうとしない。そして私は一九八〇年に至っても状況はさして好転していないのではないかと恐れるのである。〔今日〕科学関係の教員とそれ以外の教員との距離は、一九五〇年以前に、科学関係以外の教員と小説家や詩人との間にあった距離を再現している。かくして一九六五年のノーベル賞受賞者に対するもてはやしは例外的なめぐり合わせの産物にすぎないのである。

アンドレ・ルヴォフの名声は生物学者としての名声に尽きる。実際、彼の貢献は一九四五年頃、フランスにバクテリア遺伝学を導入したことである。フランスでは、当時、微生物が遺伝情報の解読に役立つなどとは想像されておらず、生粋の遺伝学者はいまだショウジョウバエにとらわれていた。ショウジョウバエがアメリカで遺伝学会の王座についたのは第一次世界大戦直後までさかのぼるというのに。フランソワ・ジャコブとジャック・モノーが真の勝利者であって、彼らは「文化人仲間」に知られていないわけではない。ジャコブはその強力な姻戚関係によって知られているし、また両者とも本を書きたくてうずうずしていることがよく知られている。その欲求が一九七〇年の大好評のベストセラー(122)によって満たされるわけである。しかし、とりわけ時代の空気に後押しされて彼らは文化人仲間の一員になる。最新の諸科学と諸技術によって流布され、精錬され、日常生活の中に浸透し、さらには一九七五年頃にアメリカにおいて発生期のコンピュータ産業の中に浸透するようになったワンセットの語彙および概念群（「コード」「プログラム」「メッセージ」など）を公式に生命の中に刻み込んだのは彼らではなかったか。ジャコブとモノーは細胞内サイバネティックスの最初の全体的モデルを提示する。核染色体の中にあるデオキシリボ核酸（DNA）の安定的分子は、細胞質のレベルで（たんぱく質）酵素の合成によって行なわれる有機体の機能および有機体の再生産に不可欠なすべての内実を含んでいる。そして酵素の合成は次の二重の制御に従っている。

一つは、たんぱく質の分子組成を決定する構造遺伝子による制御である。それらの遺伝子は、個々ばらばらに機能単位として考察されるときよりもしばしばより複雑な作用単位として、すなわちオペロンとして相互に連携している。それらは、細胞質のリボゾームに産出すべきたんぱく質の特殊性を伝えるメッセンジャーを介して、自らの情報を細胞に伝達する。

もう一つは、構造遺伝子の表現を細胞質の諸媒介をつうじて統制する調節的、抑制的、操作的遺伝子による制御である。調節遺伝子はある種の信号によって細胞のレベルでの抑制を引き起こす。それを受けて抑制物質が信号を発し、その信号を構造遺伝子と連動する「操作」遺伝子が受信する。

したがって、三つのタイプの信号があることになる。

一　構造遺伝子から発せられ、メッセンジャーによって運搬される信号。

二　調節遺伝子から発せられ、抑制物質によって受信される、すなわち抑止される信号。

三　抑制物質から発せられ、操作遺伝子によって受信される信号。

これらの信号は二種類の構造を定義する。

1　安定的かつ直線的な構造（オペロン）

2　円環的構造（調節遺伝子→細胞質抑制物質→操作遺伝子）

これらの相互作用の結果、遺伝のプログラミングが成立する。オペロンがメッセンジャーを形成するためには、その可能性が操作遺伝子によってオペロンに与えられ、操作遺伝子が抑制物質によって妨害を受けないという条件が必要である。操作遺伝子は細胞質とゲノムとの両方から指示を受け取る。それは、メッセンジャーの産出を活性化することによって抑止者を抑止する役割を担う誘導システムと、たんぱく質の産出を禁止するために抑制物質を活性化する任にあたる抑制システムとの蝶つがいの位置にある。

記号論に後押しされて、こうした文法の開示が粛々と進む。マーシャル・ニレンバーグがその機能を解析する。彼は、リボ核酸（RNA）を非細胞的環境に置くことによって、一個のアミノ酸のみを含む化合物が同じ仕方で再構成されることを示す。定量分析が示すところによると、こうした化合物を合成するためにはアミノ酸の三倍のヌクレオチドが必要となる。ヌクレオチドは三つの必須元素――五炭糖（ペントース）とリン酸残基（フォスフォリル）と含窒素塩基の三つであって、含窒素塩基はプリン塩基（アデニンもしくはグアニン）であるかプリミジン塩基（アデニンもしくはチミン）であるかのいずれかである――を含む重合体であって、DNAの基底単位をなし、染色体上に二重の連鎖を描いて配置され、自然の中に四種の排他的な結合（アデニン‐チミン、チミン‐アデニン、グアニン‐シトシン、シトシン‐グアニン）を実現し、三つずつ組になって遺伝情報のトリプレットすなわち「コドン」となっている。生物の全体で二〇種類あるアミノ酸は、たんぱく質の第一素材とその区別の原理を構成し、アルファベットの二〇個の文字のように分子内に配置され、任意の順序で配列結合されて、限りなく多くの語彙となり、限りなく多様な文を産出する。

ニレンバーグは、当時まだ理論的段階にあったヌクレオチド・トリプレットの存在、およびその一つ一つと二〇種のアミノ酸一つ一つとの情報的対応を証明する。フランス知識階級の指導的地位にある教員たちが、このすばらしいニュースを聞いて、幸福感のあまり文字どおり陶然となったことは察するに難くない。自己自身の納品書以外のいかなるものも提供するわけではない王たるテクスト、万能薬たるテクスト、物神たるテクストは、不幸にも暫定的に人文的と呼ばれている諸科学の独占的な対象でなく、私たちの自然の中核たる高分子のうちに宿っているのであって、私たち人間は、人文主義者の誇りもどこへやら、大腸菌エスケリキア・コリそのままにそうした高分子からアルゴリズムの結果出て来たものである。私たちは頭のてっぺんから足のつま先まで徹底的にテクストである。カンギレムは三度目の至福を体験する。一度目は「スワンの恋」〔＝プルースト『失われた時を求めて』第一篇「スワン家のほうへ」第二部〕の意外な新真実の発見にさかのぼり、二度目は最近のフーコーの博士論文口頭試問にさかのぼる。彼はフール通りにある科学史研究所に、〔ノーベル賞を受賞した〕三人のヒーローを別々に迎え入れる。例の悪習に従って、流行の魅惑に身を任せるのに遅れてはならじとばかりに、彼らにおもねり、また誉めそやすために。

こうした流行は研究の政治に嘆かわしい結果をもたらす。フランスにおける思想・芸術・文学を窒息させた諸々の言説の独裁に歩調を合わせて、分子絶対主義が獰猛に生命諸科学の総体に襲いかかる。それは自らの技術に従わない分野に対してなさけ容赦なく振る舞い、確固とした基盤を持っている諸科学を、事実上、根だやしにはできなかった諸科学を見くだしている。生理学や発生学がそうした科学であって、それらの科学のただ一つの間違いは、有機体をそれら相互の還元不可能な相互作用と複合性によって定義することだ〔とされている〕。〔しかし〕ストックホルムの講演で、フランソワ・ジャコブ自身が次のように指摘している。不完全な変換もしくは接合によって受け入れ側のバクテリアへと転移されたバクテリアのDNAの断片は自己を複製することができず、受け入れバクテリアの中に存在する細胞構造の一つと再結合され統合された後でなければ複製されない。「作動中の諸システムもまた、試験管の中に孤立させるよりも細胞の中にあるときのほうがより洗練された機能を発揮するように思える」[123]。そしておそらく、細胞よりも組織、組織よりも器官、器官よりも個体の中にあるほうがより洗練された機能を発揮するのである。だからこそ、一八世紀以来、決定論に対する生命体の抵抗を押しつぶそうと努めてきた哲学の路線をそのままばか正直に引き継いで、最も分化の進んだ真核生物の生理・心理過程の内にバクテリアの化学的振る舞いと同じものを推定することには大きな疑問の余地があるのである。

重合体とコンピュータの白熱した競争によってますます自信を深めた近代主義的「還元論」は、凡庸さに対して無防備である。ジャン＝ピエール・シャンジューの業績は、たしかに神経細胞に新たな光を投げかけている。しかし、そこから彼が着想した脳内活動についての諸表象が、パヴロフとワトソンによってその栄光の絶頂を迎えたと信じられている超科学主義に分子の装束を着せかけたにしても、それは唯物論のなりふり構わない悪あがきの域を出ないであろう。

その結果は周知のとおりである。「伝統主義的」実験室は、交換もしくは統合の、組織レベルにおける名残と決めつけられた事象にいつまでも関わっているという理由で処罰されている。哺乳類における排卵——もしくは冬眠動物の睡眠——の神経‐内分泌的調整といった事象のことである。逆に、流行の認識論は模範生にまつり上げられ、その先導者には国立科学研究所もしくは国立保健医学研究所から有利な助成金が与えられ、関係者には人もうらやむ職が与えられる。これでは、斬新にこだわるあまり斬新がしばしば冗長に横すべりするフランスにおいて、生物学が、文学や芸術の世界で起きていることそのままに、恐怖政治に変貌したかのようである。

43
一九六六年四月
ミシェル・フーコー『言葉と物』(124)

一九六六年四月、『レクスプレス』誌では、国内経済の活況によって経営が好転したことと、アルジェリア和平の実現で『ヌヴェル・オプセルヴァトゥール』誌のようなどっちつかずの態度の雑誌を見限った知識人の間に同誌支持が広がったことに後押しされて、〔編集長〕マドレーヌ・シャプサルが遠慮会釈のない攻勢に出て、フーコーの『言葉と物』の出版を宣伝するために一ページの四分の三を占める著者の顔写真を掲載し、その周囲に哲学の革命と天才の到来を同時に告げ知らせる雄渾な記事を綴る。

私たちは、何ものの記号でもない能記《シニフィアン》を雨あられと落としていく広告の爆撃が、何ものかの標識である文化によってそれまで何となく守られていた風景を突然に襲い始める見せ場、歴史の最後の見せ場にまさに差しかかっているのである。それは、現実と見せかけとがバロックの渦巻き意匠さながらに、互いに抱き抱かれ包み包まれ撚り合わされて、前者が後者に事実性を注ぎ込み、後者が前者に真実らしさを貸し与える瞬間、歴史の見逃せない瞬間、二度とめぐってこない瞬間である。

ちょうどラカン博士の『エクリ』が出版される時期である。それは、彼に対する学会・世間からの評価が極まった時点で現れた三〇年に及ぶ労苦の結晶である。レヴィ＝ストロースの二冊目の神話学関係の著作[125]が完成したことも、長らく待たれているロラン・バルトの記号論の傑作[126]が完成したということもまだ噂の域を出ていない時期でもある。まさにこの時期に敢然と冬営地に引きこもってしまう時代精神は、後顧の憂いなく社会情勢との関係をきっぱり断ち切るためにフーコーのこの著作を利用するのである。私はフーコーのこの著作が新時代の始まりを告げる決定的なものだと宣言する根拠が、ブームの端緒を作ったシャプサルのうちにあったとは思えない。しかし、彼女がそこに一つの出来事を嗅ぎつけたことは間違っていない。ただしこの出来事は、或るプロセスの飛躍的発展とか、ましてやその発生の瞬間ではなく、その終焉を画する役割を負わされていたのであって、この出来事は、何であれ自分が産み出してきたものに直面した歴史が、自分自身〔を総決算するため〕のバランスシートを作成する助けとなる以外の役には立たないものだ、という但し書が必要である。

歴史を歴史自身に対して徹底的に開示する言葉がここに凱旋する。制度であれ慣行であれ、儀礼であれ価値観であれ〔すべてが裸にされる〕。フーコーが扱う領野《シャン》においては、病院も保護施設も監獄も判例も法律も世論も、それらを私たちに報告する表現の外ではこしらえ物にすぎない。肉体の悪魔もいなければ、習俗と技法との物言わぬ営為もなければ、情念が行使する沈黙の権力もなければ、諸言語の影で生成の陰謀がたくらまれる隠れ家もない。バルトがモード誌の中に見つけて意味を読み解いたおしゃれを、ラカンが言い間違いの中に嗅ぎつけた抑圧を、レヴィ＝ストロースがアメリカ・インディアンの神話の中に浮かび上がらせた婚姻規則や服の着方・食卓の作法を見てみよう。いずれの場合においても、話し言葉《パロール》をつうじてこそ、純化された構造空間のうちに現実という清水が湧き出してくる。一九世紀、人間を扱う諸科学の成功によって、人間というこの卑しむべき者の終焉、またその保証人をつとめる経験性というネットワークの終焉を告げる弔鐘が打ち鳴らされる。こうした科学は、この卑しむべき者を生物や言語や財の中に追い込んで消し去ってしまうための厳密な研究分野——生物学、言語学、経済学——を萌芽の状態ではらんでいた。

残念ながら歴史はこの歩みをそのまま続けないし、「物」は「言葉」に対してそれほど意気地なく降参しない。〔たとえば〕一七五五年にティソは或るセンセーショナルなテクストの中で、自慰について、より一般的には性の健康について尽きることのないおしゃべりの口火を切る。それは次の世紀に支配的となるブルジョワ道徳の萌芽である。しかし、その著作も〔『言葉と物』と同様〕新たに何かを始めたのではなく、集団的な感性の運動、以前からあるひそやかな運動を露呈させたのである。その運動とは、商人に取りつき始める五〇年も前にペニスに取りついていた収益性への気遣いであって、警世の文言を吐き、正義の味方を気どり、万物の監督官をもって任ずるこの運動は、〔元来〕医者にのみ認められていた特権である。

しかし、読者には私が、とうの昔にどんな真剣な反省からも見放されている「個人的自我」から出発して、短絡的な一般化を行ない「生きられる社会的現実」の現存を主張しているように見えるだろう。そのような「個人的自我」は言説の或る配置によって死ぬ、とフーコーは宣言する。たしかに文学（そこでは第一人称が、いかに移し換えられ、覆い隠され、変身を遂げていようと、焦燥に駆られた主権者としていつでも前面に躍り出ようと待ち構えている）において、小説のテクストが同じ主体に貫かれていないことはよく知られている。主体は、当のテクストが、語られる事柄の時空的な目印をあたかも自分がその外にいるかのように指示するか、あるいは諸事実を「作中登場人物たちと魔術的に合体する匿名・不可視・中立の」語り手として記述するか、あるいは「登場人物が語らずして体験している事柄の言語版を提供する」[127]かによって、それぞれに異なる。

内面性という帰らぬ昔にいつまでもしがみつき、「作者が訳も言わずに欠席するとか、代理を立てるとか、分割されることなどあってはならない。気づいたら作者自身が理由も告げられずに言表から手ひどい追い立てを食っていた、などということはあってはならない」とくどくど訴える頑固者に対しては、次のようにいちいち繰り返す必要があるというわけである。すなわち、主体が或る特定の立場を、しかも言表が違えば必ずしも同一ではない立場を享受するかぎり、そうしたことは十分有りうることなのであり、「主体とは、言表を型どおりのものにしてくれさえすれば或る程度までは誰でも構わない諸個人によって充塡されうる空虚な機能であるかぎり、さらにはまた、同じ一人の個人が一連の言表の中で代る代る違う立場を取り、違う主体の位置を占めるかぎり[128]」そうしたことは十分にありうることなのだと。

人間殺しを呼びかける、こうした滑らかで冷たいレトリックには活喩法〔一七〕という名前がある。人間は、そのぶしつけな現前によって一点のくもりもない知の統治に泥を塗るだけではなく、厚かましくも知を〔思考によって〕統御しようとする。〔そこで〕知は思考を〔生きられる現実から〕解放する。〔そして結局〕思考を廃棄してしまうのだ。しかしながら、フーコーによって武勲が物語られる諸言説は、商品の側からの悪臭ふんぷんたる助力がなければ、〔人間という〕殉教者に打ち勝つことはままならなかったであろう。マルクスは無邪気にも、商品の奪回のうちに平凡人の尊厳と幸福とが賭けられていると見る。この繁栄の時代に生きていたら、諸々の製品によって漂流させられている欲望について、主体と客体とが相次いで消え失せる蜃気楼を追い求める欲望について、マルクスならどのように考えただろうか。一九五〇年代の終わりに、当時、国際大会を間近に控えたフランス・サッカーチームの合宿地であった、ランブイエの森にあるポワニーにおいて、カトリック知識人センターの主催で想像界をめぐるシンポジウムが開かれた際に、ラカンが最後に発言を求めて、単刀直入に次のように断言する。「欲望は、ギリシャ人にとって、どうしても理解しがたいものなのです」。供給のどしゃ降りによって需要が溺死させられている私たちには、とうてい近づきがたい境地である。

この発言は、ひとつの長期的進化をしめくくる不吉なエピローグであって、フーコーが目張りしようとしている、諸々の決まりごとのまさにそのすき間から歴史の風が吹き出してくることを証言している。フーコーが、歴史の流れを止めてしまう諸々の〔従来の〕システムに代えて歴史に当てはめた〔新たな〕枠組みの中で、つまり歴史の切断を規定する諸々の同形体と同位体からなる〔新たな〕織物の中で、従来と変わらず采配を振っているのは、制度化された話し言葉《パロール》である。〔たしかに〕フーコーによるこの生成の形式化を前にして構造的認識論が舌なめずりをしたことは想像に難くない。今までそんなに人材に恵まれていたわけではないこの学問領域がフーコーという熟練した臨床家、この上なく才気あふれる研究者を発見したのである。何か大きな風景の前、たとえば監禁と博愛と偽善が猛威を振るっていた一九世紀ヨーロッパの前に立って、それを描ききるという点で彼と肩を並べられる者はいない。まことに『臨床医学の誕生』と『監獄の誕生』は見事な書物である。しかし、それらの書物を仰々しく飾り立てている諸々の概念も、経験が〔フーコーに〕教えてくれたことには逆らえないし、フーコーが針小棒大に語る諸々の言語《ランガージュ》も、実際は、フーコーがそれらに注意を払った瞬間に生まれるものではない。もっと以前に、彼が言語などを無視し、実にささやかな自分の身分をはっきりした声で名乗る人びとに、ひたむきな心遣いを示しているときにそれは生まれる。よく聞き取れない口ごもりの中から、それらの人びとは礎となるメッセージを発信するのである。すなわち真理の言説に先行しこれをせき立てる言説、「生きられる現実」の言説を発信するのだ。自分が食い道楽をすることなど考えてもいない第三身分が、一七五〇年から大革命にかけて、羨望のまなざしを貴族の食堂に向ける。一八〇〇年には食卓がブルジョワの礼儀作法のモデルに抜擢されるが、そうした報復劇は貴族の食堂ですでに醸成されているのである。すでに一七五〇年頃、女嫌いで家族的でハニカミ屋で医者好きの一九世紀の全体が、態度や価値観や情緒といったものの中では配置についている。類似や序列といったものにはうまくかみ合う「エピステーメー」も、そうした態度・価値観・情緒などにはかみ合わない。そのようなエピステーメーを論じた『言葉と物』は、すでに陳腐化した一八世紀を調べ上げ際立たせるのである。

44 一九六七年六月 六日戦争

一九六七年春、イスラエル国民は北部国境の非武装地帯で農作業を企て、シリアとの間で武力衝突を引き起こす。ナセルは、五月二二日、この同盟国シリアを支援するためにティラン海峡を封鎖し、ヨルダンおよびイラクの同意を取りつけ、シナイ半島に軍を集結させる。これらは、イスラエルが、到底、容認することはできず、かならずや武力による反応を招くであろうと以前から警告していた挙動である。六月五日、このヘブライ人国家はラビン将軍の指揮のもと、シリア、ヨルダン、エジプトの三つの戦線で戦端を開き、六日間で全面的勝利を収める。

六月五日の夕刻、私はパリのド・ヴィリエ大通りのイスラエル大使館まで足を運ぶ。私はそこで何とも落ち着かない気持ちになる。〔イスラエルを支持する〕興奮した群集が戦意高揚の叫び声を上げているからである。ロンドンでもニューヨークでもブエノスアイレスでも同じ叫び声が聞けたのかもしれない。偏狭な民族愛《ショーヴィニスム》を装うことを私は得意としない。フランスのような、歴史をたんまり背負い込んだ諸民族を抱えた国での偏狭な民族愛は、私をぞっとさせる。この国で私は数々の民族愛的愚行に対して慢性的な苛立ちを感じている。偏狭な民族愛が、自己を取り戻そうとしている民族の場合は、その民族の自覚のために是非とも必要な契機であるという理屈がどうもよく分からない。ユダヤ人という立場にある私が、どうしてわざわざ偏狭な民族愛を身につけなければならないのか。

あの〔フランスがナチスに占領された〕恐ろしい四年ほどの間に訪れた迫害の頂点を私は知っている。〔しかし〕一九四四年当時、私は周りの社会から疎外された感じは持っていなかったし、そこで居心地よく暮らすことにさしたる困難を感じてもいなかった。家族がとうの昔にフランス国籍を得たことが私に思い違いをさせているのでは断じてない。〔私のような〕フランスのユダヤ人はフランス文化を獲得していることによってのみフランス人である。しかるに、文化が貧弱で、フランス語の使い方も覚つかないことが分かっているオーヴェルニュやサヴォワの農民について、人は彼らが同化〔＝フランス化〕されているとは言わない〔が、彼らをそのままフランス人と認めている〕。ユダヤ人としての身分証明をフランス人としての身分証明に書き換える場合は、たんに〔ユダヤ人のままフランス人になるための〕徒弟修業に入るわけではなく、ユダヤ人はユダヤ人としては疎外され、フランス化されることが求められる。そして彼の帰属することになる〔フランス〕文化が山地の農民に独特のアルプス的もしくはオーヴェルニュ的な根っこは保持しながらも、ユダヤ人としての彼を消し去るとすれば、それは、その〔フランス〕文化がより根本的な何ものかであり、模範的な任務の高みに身を置こうとする或る努力のしるしであり、つまるところフランス人であろうとする善き意志のしるしだからである。同化のドラマが織りなされるのは倫理の前線においてである。たえず同化に値するものでいなければならないのだ。賞罰基準のあるなしがユダヤ人と非ユダヤ人を区別するのであって、しかもその区別はユダヤ人がつねに研修中のメンバーであり正式任用への永遠の候補者であるような集団の内部で行なわれるのである(129)。

そうは言っても、ユダヤ人が贖罪のいけにえを気どることはおそらく誤りであろう。アルザス人もまた、一〇〇年経たないうちに五回もフランスとドイツの間を往ったり来たりし、そのたびにフランスの敵——アルザス人にとっては敵ではなかった——に忠誠を誓っているのではないかという嫌疑をかけられてきた。中世以来、鷹揚に認められてきた特殊な地位が剝奪されてそうなったのである。彼らは一九八四年に、親譲りの方言を差し置いて、ますます頻繁に、ますます自発的にフランス語を話すようになったという理由で、同化が完了したとみなされている。フランスの威信とフランス語の使用範囲が目に見えて縮小したまさにそのときである。

また、そうは言っても、ユグノー貴族の例がある。しばしば最も名門の出であるユグノー貴族もまた、市民の絆は宗教の共通性にあるとみなされていた時代に民族共同体から締め出され、一九世紀になって彼らを逆説的にもユダヤ人に近づけることになった経済様式と分野——すなわち、金融・商業・工業——における功績のおかげで、やっと名誉回復がなった。

さらに、そうは言っても、第四世代の同化民であり、フランス語のうちに道具や便宜以上のもの、すなわち書くという欲求をあおり立てるものを見い出した作家であり、似たような道に自分を賭け、似たような目標をめざす非ユダヤ人にも与えられた人生行路を悲喜こもごもにたどってきた市民である私は、〔それにもかかわらず〕起源の地〔＝イスラエル〕に縛られているように感じ、そして、その地〔＝イスラエル〕にあってより有利な条件を利用して他人の尊敬と高い地位とをときには狂おしく求めておきながら絶望していると自称するユダヤ人以上に、自分が正統的なユダヤ人であるように感じている。

そんなわけで、六月五日、叫ぶ人びとを前にして私は、ホロコーストが終わって二二年が経っているというのに、ユダヤ人〔であるため〕の条件の宿命性が、またしても当の条件を最悪のものにするのではないかと恐れながら、孤独を感じている。ラビンの作戦の成功が伝えられたとき、それを支持する人びとの歓声の背景にあるのはファラオの鼻をあかしたモーゼの霊力であり、ペリシテ人に立ち向かうダヴィデの勇気であり、エピファネスに対するマッカバイオスの勝利である。数千年変わることのない言説が現在を覆い隠し、自らの権利要求を「新機軸のもの」に託すような生成がユダヤ人の運命についての太古の物語の中に忍び込んで、太古の物語を忠実に実現している。それは、終末論に対してこの上ないアレルギーを持っている想像力にも感染する言語、容認しがたい言語である。私の兄のアロン＝ブリュヌティエールは露骨なほど科学的であり資質としては懐疑的であって、創設に何の関わりもなかったのにレジスタンスの英雄である。私は、その彼が次のように主張するのを聞いたことがある。「イスラエル人がパレスチナで我が家にいるかのようなくつろぎを感ずるのは、三〇〇〇年前に彼らがその所有者だったからである」。

しかし、ド・ヴィリエ大通りで、特に私を落ち着かない気持ちにさせたのは、複数性と単数性の混同である。その混同はユダヤ教とともに古く、ユダヤ教に内属し、ユダヤ教と共実体的である。ユダヤ人とは、〔まず第一に〕ヘブライ人、すなわちさまよえるイヴリ人のことである。

アブラハムは渡った〔…〕。個々の人間が人類という川の向こう岸に渡るのは、アブラハムの偉業を反復する各々のユダヤ人の船に乗ることによってである。ヘブライ人であるかぎりのユダヤ的人間は〔…〕古代の異教をキリスト教へ渡し、東方の異教をイスラム教へ渡し、諸々の新異教主義を人文主義へと渡し〔…〕た渡し守である。ユダヤ的人間は一つの岸からもう一つの岸へ行く渡し守であり、したがってまた、ユダヤ的人間は、ヘブライ人アブラハムがそうだったように、この布

教という役割を演ずるために必然的に流浪の憂き目を見る。(130)

そして、ユダヤ人は、また〔ヤコブの子孫としての〕イスラエル人 Israélite でもある。イスラエル人とは、離散したイヴリ人の普遍的精神に対して、自分たちにのみ神によって伝えられた律法と慣習の特定主義を押し立てる者のことである。アブラハム以後、流浪の民たるヘブライ人が孤高の民であり続けることを求められたのだとすれば、イスラエル人は選ばれた民ということになる。ユダヤ人は、イスラエル人であるかぎりで、自分の至高の責務という表象に閉じ込められている。神が彼らに、聖なる書物、『モーゼ五書』を与え、非ユダヤ人が働いていても自分たちは安息日を守るよう、スッコートの八日間は特別の家の中にこもるよう、キップールの日には特別な祈りに没頭するよう命じた。(一八)イスラエル人はヘブライ人を否定する。ウェスパシアヌス帝以後、この裂け目はユダヤ離散民社会を分裂させ、一九四七年以後はユダヤ離散民社会とイスラエルとを分裂させる。イスラエルによって、かえってユダヤ離散民社会の分裂はひどくなった。それまでは、ユダヤ人は自分たちの慣習を深く自覚していたのであって、ユダヤ人であると同時に非ユダヤ人であった。すなわちユダヤ人かつフランス人、ユダヤ人かつアメリカ人であった。今では彼は、ユダヤ人かつフランス人かつイスラエル国民 Israélien である。数ある被追放民の中の一つの被追放民であり、同時にあらゆる被追放民とは対立する共同体員であるという二つのアイデンティティを兼務することに満足せずに、ユダヤ人は今では主権国家の臣民でもある。シオニズムとはもはや平安を求めて祖先の土地へ立ち帰ることではなく、今や、ユダヤ人を神の使者とスパイと愛国者という三重の存在として立ち上げることを意味している。ユダヤ離散民社会がこの上なく急進的なイスラエルの軍国主義と絶対的に癒着しているということが、それを日常的に証明する。私はヨルダン河西岸のビル＝ゼイトにあるパレスチナ人のための世俗の大学と協力するユダヤ人センターの仕事をしており、その仕事に誇りを持っている。こうした私の態度は、大部分がマグレブの出身者からなるフランスにおけるユダヤ人組織、および熱狂的な徹底抗戦論者からすると、恥ずべき裏切り行為に映るであろう。私はむしろイスラエル在住の人びとの中により多くの理解者を見い出している。パレスチナ人が置かれている精神的孤立状況に義憤を感じ、ユダヤ人が掲げる英雄的な大義が招き寄せる危険に現場で向かい合っているシュロモ・ライヒ、アモス・ケナン、アモス・オズ、ウリ・アヴネリといった人びとである。私がイスラエルほど危険のないフランスという場所で行なった選択を弁護してくれていることを、私は彼らに感謝している。

しかし、私はおそらく彼らが自分たちの軽はずみに対して設けている限界を踏み越えているのだ。というのも、二つに一つを選ぶしかないのである。すなわち一方では、シオニズムとは究極の移行のための、すなわち夢見られたイスラエルから現実のイスラエルへの跳躍のためのイデオロギーなのであって、それを選ぶ場合、私的な利害のためにパリやマルセイユに亡命しているイスラエル国民は、それぞれの居場所できっぱりと祖国に賭けなければならないように思える。他方、もしそうしないのであれば、ユダヤ離散民にとっては、慣れ親しんだ社会に有機的に統合されることが是非とも必要である。一九六二年にフランスからもイスラエルからも事実上締め出しを食って首都アルジェに帰ってきたアルジェリアのユダヤ人の場合がそうである。彼らはそれまでフランスにもイスラエルにも移住せずに、旅行を除いてはアルジェリアを離れようとはしなかったのである。少なくとも彼らは、迫害もされず、かと言って隷属もせず、しかも真の光のもとに彼らの差異を開陳している。少なくとも彼らは、差異がユダヤ的実存の構成要素であることを開示している。

私は、今、扱いに注意を要する話題に手をふれている。ドイツからの解放以後、フランス知識人の広範な世論として、ユダヤ人と非ユダヤ人の分裂の責任はユダヤ人以外の人びとに負わせることが品位あるやり方とされているのだ。ユダヤ人以外の人びとの羨望と憎悪から、そして、それらのみから、反ユダヤ主義とユダヤ人が流出してくるのであり、ユダヤ人がフランスにおいて非ユダヤ人集団の中に大量に溶け込んでしまったので、ドレフュスに敵対する非ユダヤ人が卑劣な陰謀をたくらみ、ナチスの狂乱の序章を書いたというわけである〔たとえばモーリス・バレースは次のように書いている〕。(131)

その声には響きというものが欠けている〔…〕。その声には話されている言葉との対応がない〔…〕。ドレフュス派の人びとの中の最も軟弱な者にさえある対応が〔…〕。異邦人〔たるユダヤ人〕が事変に際して私たちの一人のように反応しないといって、そのことに不安を感じ、神秘的な理由を考え出すことは子供っぽくないだろうか。私たちはこうしたセム語族の子孫にインド＝ヨーロッパ語族の諸々の美点を要求する。私たちの土地、祖先、国旗が、そして「名誉」という言葉が私たちのうちに呼び起こす興奮を彼はまったく感じない。書かれた記号をいくら見ても、もはやその意味を洞察できないという錯視がここにはあるのだ。ここでは失語症は先天的な病いである。それは種族に由来する。(132)

スペインに太古の昔から住んでいたユダヤ人は、カトリック諸王によって追放された。イタリアのユダヤ人を除けばヨーロッパで最もしっかりと根づいていたドイツのユダヤ人は、国家社会主義者によって絶滅させられた。したがってユダヤ人が〔エジプト、ヨルダン、シリアの〕境界部に閉じこもったのは天命としてそうしたのではなく、自己防衛的反射による。イスラエルは追放の所産であり、反ユダヤ的な他者性神話によって生じた政治的社会的制度である。それ故イスラエルは、敵たちがユダヤ人との間に躍起になって穿ってきた距離の耐えがたい証拠としてのイスラエルを廃棄しようとするのを、永遠に監視していなければならない。

そうかもしれない。しかし、部分的過程は全体を十分に証言しない。一五世紀におけるスペインへのユダヤ人の統合、一九世紀におけるフランスへのユダヤ人の統合、ヒトラー台頭前夜におけるドイツへのユダヤ人の統合は、ユダヤ人が断絶へ向かう深い傾向を有しているからこそ目立っている。アブラハムは族長となるために躊躇なく家族との縁を切り、あらゆる依存から自らを解放するために土地それ自体に縛られることを拒否し、家畜の群れを伴って放浪し、ヘーゲルが『キリスト教の精神』の感動的な序文で語ったように、日陰と涼味を与えてくれる藪を捨てて、人間とも自然とも無縁のままに、神を、あらゆる事物とも、また敵意ある宇宙との対比のもとに神を理解していた自分自身とも限りなく隔たった支配者たる存在へと押し上げる。

アブラハムの子孫たるユダヤ人は、神の最も責任の重い被造物にすぎないが、神から離れてのち、霊的管理を任されているこの世界に自らの典礼を持ち込もうと企てる。彼の宗教は、諸他の宗教に優先して人間を包み込むが、最初にユダヤ人を包み込み、次にユダヤ人を介してすべての人間を包み込むのである。行為の一つ一つ、態度の一つ一つが、ユダヤ人に、奥義を伝授された者という自らの栄光を開示する。

彼がパンを食べるときに唱える感謝の言葉、祈りの際の服装、調理の方法、唱名のリズム、生きるためのあらゆる行為、家のあらゆる部屋、あらゆる見世物〔…〕などのすべては、彼による神のエドゥートすなわち証言が、祖先の一人一人にも同じ言葉、同じしぐさ、同じ象徴で教えられてきたものであることを彼に伝え、またそのすべては、彼と彼の兄弟たちを時を越えて結び合わすただ一つの系譜の中に彼を置くのである(133)。

しかし、このように一方で人類を貪欲に求めながら、他方で神との同盟関係を保証するさまざまな慣行によって人類とは区別されるユダヤ教とはいったい何だろうか。予言者ヨナは、自分を救い上げてくれたあとで、職業を教えてくれとせがむ漁師たちに、尊大にも「私はヘブライ人である」という答えを与える。だから、〔今回の〕イスラエルの勝利のあとでド＝ゴール将軍が彼らのことを「自信たっぷりで征服的な民族」と言ったにしても、彼らが気を悪くするいわれはない。私としてはその言葉にへつらい以外のものを見ない。そしてへつらい〔を好むということ〕こそ、露ほどの疑いもなく、ユダヤ人の実相を特徴づけるものである。反ユダヤ主義者の愚昧さ、低俗さ、下劣さとは、ユダヤ人のこうしたうぬぼれの鼻をへし折って卑屈に変え、彼らの喜ばしい確信に冷水を浴びせて下品に変える点にこそある。ユダヤ人は、イスラエルの建国というかたちで、勇ましさと誇り高さという太古の昔からの美徳を一挙に取り戻した。彼らは、成功から生まれた自信の中に例外者としての運命の確認を織り込みながら、ヒトラー主義の悲劇と国際連合の無気力とによって投げ込まれた呉越同舟の世界の中で、精一杯暴れ回っている。悲しいことに、彼らの熱意が彼らを凡庸なものにし、彼らが神聖化したがっている怒りはありふれた残酷さの様相を呈し、ベギンの軍隊は、サブラとシャティーラの虐殺〔一九〕を隠すことによって、贖いえない間違いを犯した。ひょんなことからその惨事をきっかけに、イスラエルで初めて――これはイスラエルにとっては名誉なことである——、さらにアメリカのユダヤ離散民の間でも世論の逆転が起こり、そのことがかえって、フランスにおけるユダヤ離散民の狂信的態度をより痛ましいものに見せている。私は大声を上げて彼らの仲間ではないと宣言できたことに、せめてもの慰めを見い出している。

イスラエルが生きるためには、富国強兵への過度の傾斜を改めて、しかも、首尾一貫性を自身の頭に叩き込むことが欠かせない。すなわち、過去に統治のため神政政治を取るほど東洋性の浸透している国に、アメリカ合衆国の経済的・技術的モデルを導入することはきっぱりあきらめるべきである。また、五〇〇万人のパレスチナ人を抹殺するのではなく、彼らとの対話に着手することも欠かせない。シオニズムの黎明期にヘルツルの友人であり協力者であったマックス・ノルダウは政治的立場を率直に語った。「人民なき土地のために土地なき人民を！」と。その土地に住むアラブ人はいったいどうするのか。

イスラエルが生きるためには、自らの正当性を殉教の上に打ち立てることをやめなければならない。殉教は神の御業を証拠立てるけれども、そこに神の御業を読み取るという以外のいかなる権限も正当化しない。ジェノサイドについて二〇世紀は気が滅入るほど立て続けにその実例を見せつけているが、それらは画一的に解釈できるものではない。ユダヤ人の中には自分たちの払った犠牲は比較を絶したものであって、その犠牲の超自然的な性格に見合った補償を要求してしかるべきだという感情がないだろうか。「ホロコースト」はたしかに因果的分析の躓きの石であって、大厄災がユダヤ教の宿命であり、死滅の脅威がその存続の相関者であることをあからさまにしていることは否定できず、ユダヤ教がこの地球上から抹殺される危険を証明するものでないとは言えない。〔しかし〕そのことはいかなる意味でもユダヤ教に永続的な補償請求権を与えるものではない。その請求が軽率になされる場合は特にそうである。一九八二年に〔ユダヤ人に対する〕テロ攻撃があった後のローマを考えてみよ[二〇]。いわゆるユダヤ離散民地方委員会が反ユダヤ主義の摘発に乗り出したが、何気ない市井の話題のうちにすらそれを見つけられなかった。また、アイヒマン裁判の起訴状は軽率に書かれたものではなく、その起訴状からは、〔イタリアの〕ファシスト自身が最後の最後までユダヤ人をドイツ人に引き渡そうとしなかったことが分かっている。たとえばフランスのユダヤ人の場合は、偉大さの妄想に結びついた迫害の妄想は、〔自分たちの共同体＝フランスに〕閉じこもっていることで培われている。フランスのユダヤ人は、自分たちの共同体〔＝フランス〕の儀礼に縛られているが故に流浪しない渡し守として、また、イスラエルの冒険に荷担することを〔フランス人であるかぎり〕拒否するが故にイスラエルを持たないイスラエル人として、困難な立場を生きる運命にあるのだ。

離散状態にあって〔フランスなどの国に住みつつ〕責任あるユダヤ人であるということは、霊感の源としての苦悩や、アブラハムが子孫に伝えた普遍性に対する渇望を捨て去ってしまうことではなく、他者を積極的に受け入れる集団の一員としての役割を十全に演じきることである。ユダヤ教を人類の現実から撤収させ呪いを神聖化するなどということをやめ、そうした役割を果たすことが、ユダヤ教を危機にある人類の現実に挿入することになるのである。おそらく五〇年にわたる追放措置に対する謝罪の意味もあって、一九四五年以降、何千組というユダヤ人と〔フランス人〕の通婚に法律上の認可を与えるなど手厚い好意が示され、特に気質的に反ユダヤ的な平均的ブルジョワ階級に通婚が広まったことを、フランス社会に感謝しなければならないだろう。

それはおそらく、相手にとってより理解しやすい者となるために自分のアイデンティティを放棄することなのかもしれない。しかしユダヤ人にとって次のような苦渋の選択に逃げ道はない。すなわち世界史の主体になるか、ならぬか、という選択である。今日のユダヤ離散民社会において、宗教に対する懐疑心と伝統に対する熱狂的な執着とが複雑にからみ合っていることは稀ではない。そして信仰心は分離主義へと飛躍し、ユダヤ人の本源的価値はユダヤ人以外の人類の価値に優越するという断定を生んでいる。私はユダヤ教が自らの伝説の中に引きこもるのではないかと恐れる。輝かしい独自性の神話にしがみついているその現実の離散状況が、ユダヤ教を、私たちの狂乱する表象の中に渦巻く見せかけ《シミュラークル》と同じレベルにまで引き下げてしまうのではないかと恐れる。

45

一九六八年四月一六日～一七日　クリュニーのシンポジウム

中世に一五〇〇の系列修道院を管轄し、十字軍の創始者ウルバヌス二世を輩出し、尊者ピエールが傲岸不遜なアベラールを受け入れたクリュニーの大修道院。そこは、エレミアがイスラエルの王たちに怒りを爆発させたように、その〔アベラールの〕あまりの尊大さに、ベルナール＝ド＝クレルヴォーが怒りを爆発させたゆかりの地でもある。そのクリュニーで共産主義者の知識人とその「旅の道連れ」が一九六八年の春に、文学と大学教員との団結を祝うために集合する。両者は一九三〇年以後逢瀬を重ね、一九四五年に婚約し、一九六〇年以後同棲生活に入っていたが、この度、突然、正式に結婚したくなったというわけである。

四つの権威がこの度の結婚式を取り仕切る。『ヌヴェル・クリティク』「マルクス主義学習研究センター」「ヴォジラール学際的学習研究グループ」『テル・ケル』である。パリの学者が最初の二つの、地方の教員が第三の、大学外の作家（ジュリア・クリステヴァのみ大学人）が第四の権威を構成する。

儀式は、フランスの文化制度の法的後見人に厳かに指名された構造言語学の庇護のもとに執り行なわれる。言説の批評および生産における自由な企てが、このときここクリュニーにおいて万事休すとなる。四月の一六日および一七日に、構造言語学の手先たちが文章表現《エクリチュール》の自律を廃棄する盟約の履行を誓い合う。

文章表現は、柔軟性を欠いた扱いによって、こののち定期的に食いものにされる。理論が暴走する。理論が硬直化する。理論は、言表についての言表、テクストを殺菌し麻酔にかけるためにテクストを横領するテクストに成り下がる。そして、科学認識論から信任状を受け取った形式《フォルム》の実践がブームとなる。修辞における本義性と比喩性との区別の基準、語頭音消失あるいは語尾音消失、母音融合あるいは母音抹消、文法的遮断器――フィリップ・ボーヌフィによる『ボヴァリー夫人』の研究――、中間的辞列と微視的辞列との対位法――アーヌ・ユベルスフェルドによる大デュマの研究――、形式の署名souscription――マルクスが『聖家族』の中で論じた〔ウジェーヌ・シューの小説〕『パリの神秘』のマルスラン・プレネによる読解――について発見されたものに話を限るとしても、そのいずれにおいても、語られ、あるいは書かれるメッセージが、記号の表意性が、連辞的展開が、関連づけと特徴づけとの統一が、作品をその卑俗な経験性の土壌から根こそぎ引き抜いている。

クリュニーにおける、博士たちと作家たる威信を要求する人びととの婚礼は、新時代性という名のユートピアから大まじめに引き出されたものである。一五年前に文学に見切りをつけたロラン・バルトは、この怪物的結婚の宣言を擁護する旨の意志表示をパリから行なう。すでに彼はアリバイをじっくりと練っている。のちに『テクストの快楽』という人目を引くタイトルで出版され、創造の暗殺を生成の無垢に結びつけた著作がそのアリバイである。

「新しさ」はモードではなく、価値であり、あらゆる批評の根拠である。世界に対する私たちの評価は、少なくとも直接的にはもはや、ニーチェにおいてそうだったように高貴と下賤との対立に依存してはおらず、「旧さ」と「新しさ」との対立に依存している（「新しさ」のエロティシズムは一八世紀に始まった。長い変容の過程が今なお進行中である）。現在の社会の疎外からまぬがれるためには、前方への逃避という、この手段しか残されていない。あらゆる旧い言語はただ旧いというだけですでに傷物であり、そしてあらゆる言語は反復されるやいなや旧くなる。しかるに権力的な言語（権力の庇護のもとに産出され普及する言語）は、原理的に言って、反復の言語である。言語に関するすべての公的制度は、一つのことを飽きるほど繰り返す機械である。学派、スポーツ、広告、ブランド品、歌、情報。これらが同じ構造、同じ意味、そしてしばしば同じ言葉を繰り返し語っている。ステレオタイプは政治的事実であり、イデオロギーの主要な形象である。それに対して、「新しさ」は悦びである。(134)

この悦びは幻影にひれ伏している悔悟者が身に感ずるまがい物の悦びであり、その爆発的人気に比例してお蔵入りになるのも早い工業製品の市場化にも比べられる、いつわりの到達感であり、ロラン・バルトにはいたく好まれているが、その実、たんに現代的な権力機械から由来している知的モードの快楽である。冬の風が吹き荒れる中で、注釈家は〔自分が注釈する作品の〕精神を追い抜き、大学教員は象牙の塔から出て、僭越にも国家の主要な役職を要求し、そのあらゆる毛穴を点検し、実業界、官庁、労働組合、教会といった、最も防備の遅れた組織に侵入して自分を受け入れさせ、ゼミナールを知ったかぶりのたわ言がえんえんと続く劇場に仕立て上げ、夢までも植民地にすることをためらわない。技術文明がいともあっさりと実在に対して離縁状を突きつけたのであって、それは長期にわたって行なわれてきた自然を追放する手続きの最後の仕上げであり、ゆっくり行なわれてきた自然を消化する作業の最後の仕上げである。自然は一九世紀の間は、まだ、ブルジョワジーの情欲を引きつけてやまない、無尽蔵の食物の盛られた柳の大かごだったというのに。そこで芸術家は、周囲にはびこる大食の雰囲気から、幻想によって身を守る。その行き着く先はどこか。技術は自分が仕掛けた罠に自分ではまり、装置は休みなく装置を生み出し、消費者は消費者で偽造品の中に居を定める。しかしそうしたことに対抗する芸術家はもはやいない。というのも、歴史が幕を閉じるのと一緒に芸術も死滅しているからである。一八九〇年頃のウィーンで、オーストリア＝ハンガリー帝国の最後の輝きの中でクリムト――画家というものは時代のつぶやきを伝えるために選ばれたメッセンジャーである――は忘却の美学を手ほどきする。パリではマラルメという名の一人の教員が、今後は死者が書き残した言葉としてしか物を書かないという、作家の諦観を描き上げて、詩のための鎮魂曲を完成させる。

可能的なものへ通ずる大通りでもあり、合意済みの知を脅かす暗礁でもある「生きられる現実」「傍若無人な現実」に嫌悪を抱いている学者にとっては、芸術の死滅はまさに祝福のパンである。文学および芸術の客観性を認証すること、しかもそれらの感覚的繊維を糸目が見えるほど擦り減らすためにそうすることが学者の手に委ねられる。しかるに、今日音韻学という狭い入り口からしか入れない揺籃期の科学である言語学は、三〇年このかた音韻学の権威を後ろ盾に積み重ねてきたごたいそうな研究のうちの一つですら、実験的に証明することができない。それら二つの「科学」は、現行の隠語でいう「硬派」の科学に対する「軟派」の科学にすら属してはいない。ちなみにここに言う硬派の科学とは、厳密には物理学や化学のことであり、さらには生物学のうち少なくとも分子遺伝学もしくは分子免疫学といった最も「実証的」な分野のことである。

つまるところ、問題は真理ではなくイデオロギーなのである。真理にもいくらかの取り分があるとはいえ。フォルマリスムは東方で覚醒し、ロシア貴族《ボヤール》とユダヤ人とが入り混じった、ソ連からの被追放民によってプラハで花開く。彼らは意味の泥沼に足を取られなくても済むようにしてくれる論理に長いあいだ惹かれていたプロテスタントのスカンジナヴィアとピューリタンのアメリカに、保証人もしくは好敵手を見い出す。フランスでは一九五〇年頃、次第にかたちを取り始めた構造主義的記号論に対して右翼も左翼も一緒になって拍手喝采する。共産党、スイユ書店の社会主義・キリスト教関連の出版活動、勃興するテクノクラシーが、ニュアンスを欠いた連帯のもとにそれに没頭する。極左においては集団や党派の間のねじれはさらに少ない。『テル・ケル』内のロシア出張所と、同じ『テル・ケル』内の中国出張所との間で、逸脱の換喩的連鎖あるいは間テクスト性という論点に違いはない。

フランス構造主義というモードのアメリカ合衆国への移植は、そのかなりの部分が共産党の知識人を介して行なわれる。ミシガン大学を任されていた党員が、北アメリカでのフランス研究の教育的一大拠点があったヴァーモント州ミドルベリ〔の大学〕で、度しがたいスターリン主義者ジャン・ペタールを早々にうまみたっぷりの地位に据えつけ、その後もつねに彼を再任しているのは、おそらく不注意からそうなったというのではまったくない。このジャン・ペタールこそクリュニーのシンポジウムの共同司会者である。

しかし革命的言説からの雷管はずしは、そして魔術による硫黄の匂い消しは、他の何にもまして豪勢に、三重の還元を支持するアルチュセールの著作によって、またその著作の解釈によって実行される。三重の還元とは、マルクス主義の精密科学への還元、フォルマリスムの科学性への還元、マルクス主義のフォルマリスムへの還元である。かくしてプロレタリア独裁がコードの中に書き込まれ、マルクスの体系はその状況内在的・社会学的・歴史記述的な粉飾から純化されて、何であれ集団的なものの機能を解き明かすことになる。アルチュセールはラカンのテクストを大いに気に入っている。フロイトとマルクスは、不純物を取りのぞかれ、公理化されて、不確かな諸表象に対する構造の勝利を表すものとなる。ポンピドゥー時代の〔フランスの〕支配的文化も、この上なくマルクス嫌いであったアメリカの知識人も、足並みをそろえるかのように、どちらも内部分裂を拒んでいる。リベラルな保守であるレヴィ゠ストロース、悔悛した共産党シンパのバルト、一九六〇年代の筋金入りのド゠ゴール主義者であるフーコー、生来、非政治的であるラカン、プロレタリアとイスラエルの間で引き裂かれているデリダ、資本の暗号解読家であるアルチュセール——彼らが戦う相手は同じである。その相手、階級を超え人種を超えた正真正銘のならず者、それが「人間」である。息の切れかかった歴史が抱えている耐えがたい苦悩の証人であり伝達者としての「人間」である。

46　一九六八年　五月革命

フーコー、レヴィ＝ストロース、ラカン、バルト、デリダが神聖同盟を締結したというのに、彼らの弟子のうち、最左翼に位置する者たちの間では実践の問題をめぐって論争が持ち上がる。ユルム通りの高等師範学校では、一九六五年に厳格なフォルマリストたちと、マルクスの学知から行動の指針を取り出そうと躍起になっていたアルチュセール主義者たちとを出会わせた雑誌『カイエ・マルクシスト＝レニニスト』が、一九六六年になって、純粋理論誌の外観を装った『カイエ・プル・ラナリーズ』と、階級闘争という見地からロベール・リナールとベニー・レヴィ（通称ピエール・ヴィクトル）によって創設された「マルクス－レーニン主義的共産主義青年同盟」（ＵＪ：Union de la jeunesse communiste marxiste-léniniste）とに分裂する。

アルチュセール主義とフランス共産主義の親中国的傾向とが合体する。反修正主義が北京の旗のもとに大同団結するのは、まさにその地で野蛮な「文化大革命」の幕が切って落とされた時期であるが、結局、その「文化大革命」が我が国の「毛沢東主義者」の路線決定にとって悪材料になることはほとんどない。「偉大なる舵取り」毛沢東に対する彼らの忠誠は、毛語録の無時間的遵守を経由するものであって、生成の有為転変には無関心である。毛沢東の教えとは次のとおりである。労働者階級を模範とし、搾取者としての恥ずかしさを現場で実感し、使用者側の組合分断戦術を詳細に研究し、要するに自分を水の中の魚とすべく人民の中に飛び込み、教授資格試験の準備中であろうとすでにパスしていようと、工場の中に、それも最低の地位の単能工として、しかも単能工としてのみ「組み入れ」られ、高名な家系の末裔が修道院で名もなき悔悟者としての生を自分に課すように、自分の出自を抹消し過去を廃棄し、もしブルジョワの不名誉な鎧を脱ぎ捨てることができないなら、せめてそれを隠して自分をかならずや解放してくれるプロレタリア大衆の一員となるために、嘘をつき、欺き、煙に巻けという教えである。

同時にアメリカ発の反乱が、技術者社会のからくりに対して大きくうなり声を上げる。時代は、寒さに凍えた文明が実践する苦行の第三の形態であるエコロジーのものである。ちなみにその第一は――バルトを見てもらえば分かるように――芸術作品による感情の催眠であり、第二は、いま述べたばかりの、知識人による階級的居心地のよさの断念であり、第四は、音楽や麻薬や放浪や密教的なコミュニティの力を借りた現実世界からの逃避である。

しかし一九六〇年代に入って西欧でとりわけ高揚してくるのは増殖する学生たちの要求であって、彼らはマルクス主義者であろうがヒッピーであろうが、つねに変わらず一二、三世紀の栄光の時代の相続人としての自分の高い使命感に貫かれている。その時代に学生は教員と一緒になって貴族のお歴々に対する敬意を出し渋り、その武勲を見て見ぬふりをし、その名誉の原理を鼻であしらったのである。アメリカ合衆国において抗議者たちが文字どおり賭け金を投じてまで奪還しようとしているものは、さまざまな機構の歯車となることによって辱められている彼らの良心である。彼らは祖国のピューリタン的な根っこに回帰するのであって、新しい予言者を自称し、ヴェトナムに憎悪と死をもたらした集団的有罪性の告発者を自認する。一九世紀以来、大学におけるプロテスタンティズムの使命は低俗な冒険へ迷い込んでしまっていたが、その使命が突然、再確認されたのだと見ればよいだろう。歴史は、堰き止められると先祖返りを起こすという実例である。

ドイツやイタリアでは、資本主義とその同盟軍としてのリベラルな民主主義を破壊するという大義の名において、テロリズムが知識人の心を捕らえる。フランスは言説によって暴力の過激化をまぬがれる。三〇年このかた、想像界に息苦しい思いをさせてきた言語偏重主義《ヴェルバリスム》が、反面において、私たちの生存を大目に見てくれたことに感謝しなければならないわけだ。ここフランスにおける啓蒙的傾向の圧力はきわめて大きい。それはごく一般の人びとの慣行や心性のうちにも顔を出して、国全体を植民地化している。その結果、一八九〇年から一九四〇年までのいわゆる「教授たち」の共和国と、今、教授たちがヒーローにまつり上げられているこの時代との違いが誰の目にも明らかになっている。過ぎしあの共和国においては大学人は文学と芸術の革命的変化に対しては無理解だったにもかかわらず、こと哲学的進歩とイデオロギー闘争に関しては、いきなりその最先端に立っている。それに先んずる一九世紀においては、ロワイエ゠コラールとかヴィクトル・クーザンといった内容空疎なボス教授を押しのけてまで、メーヌ゠ド゠ビラン、コント、クルノーといった正真正銘の思想家が大学で教鞭を取ることはない。そうした思想家は、動かずして当時の支配的集団の憧れが何であったかを体現している。逆に、〔「教授たち」の共和国に生きた〕デュルケーム、ブランシュヴィック、アルブヴァクスは、二五年に及ぶ災難のあとでやっと成人の落ち着きを得た第三共和国が、世俗道徳的に飛躍すべきことを大学の講壇から力説する。私たちの時代の学者はこうした博士たちとは何の関係もない。現代の学者は何かを営々として築き上げる野心など持っていないし、精神的要塞の中にいつまでも立てこもってもいない。彼らは、自分の職務のしがらみを断ち切り、実業界でも労働組合でも製造業の現場でも、至るところでふつうの人を装いながら重々しさを出し、美食対決でもスポーツ・クラブでもホモセクシュアル集会でも教会会議でも、至るところで「生きられる現実」を言語に還元する王国の王子として目立とうとしている。

言葉はフランスからテロを追い払うが、代わりにそれ自身が恐怖の的となって、憎むべき大罪に責任のある階層秩序に対する学生と小学者の攻撃を、先頭に立って導くものとなる。憎むべき大罪とは、共有財産たる知の名において行なわれる権力の簒奪であって、結局、学生や小学者は、その〔知の〕割に合わない消費者たる役回りを引き受けることをやめてしまうわけである。アメリカ、イタリア、ドイツの学生抗議運動が一九六七年にストラスブール市民に感染する。パリが扇動者の手に落ちる。一九六八年一月にナンテール校で社会学を専攻していた学生コーン゠バンディは、ド゠ゴール派の大臣ミソフを手ひどく罵る。その冬の間に、つまらぬ経緯からいくつかの騒動が持ち上がる。ヴィルヘルム・ライヒに関する講演が連鎖反応の起点となり、女子寮の占拠、性的規制に反対する請願、禁止一般に反対する請願へと進む。

三月二〇日、ヴェトナム民族委員会の突撃隊の一人が、異例なことに私有財産に反対する行動にまで進み、「民族解放戦線が勝利する！」と叫んでアメリカン・エクスプレスのパリ支店のショーウィンドーを壊す。逮捕。三月二二日、一四二人の学生がナンテール校の本部棟を占拠し、逮捕された同志の釈放を要求。

こうした反権威の運動を親中国派の運動家は、戦意を殺ぐ同業組合主義《コルポラティスム》ではないかと警戒する。親中国派は興奮している小学者に対して「工場へ！」と呼びかける。リナールは四月四日ナンテール校に赴き、フランス共産党の教育担当で、反乱を鎮めようとしていたジュカンを追放する。これと並行して、「毛沢東主義者」は極右の突撃隊に対する準軍事行動を呼びかける。

〔…〕毛沢東主義者はナンテール校を防衛するためにやって来たのだが、完全に中国式のやり方で防衛するためにやって来たのである。その言葉はこうである。「ナンテールの学生諸君、君たちはいくつかの自衛集団として組織される。我々が投石器と一切合財の投擲物を持って屋根に上がる」。彼らはファシストたち《ファフ》がもし車を使ってやって来たらそれを溝に落とすために、穴を掘り、切り株を配置する計画を立てていた。彼らはまた車をスリップさせるために油の類いを道に撒こうともしていた。これが彼らの会話である。「反発力がきわめて強いゴムを使えば、屋根から机を投げ飛ばすことも可能だ。――しかし、うまくいく保証はあるかな。――なあに、北京大学で学生がやったときはうまくいったさ。今度もうまくいくに決まっている」。五月一日の夜から二日にかけて夜通し親中国派の運動家たちと議論した戦闘的一団は、彼らに完全に心酔してしまって、そのうちの一部は朝の二時にブーローニュの森まで行って木を切り倒して投石器を作り、しまいには、見つけられる限りのものを何とか集めてしまった。その熱狂がかなりの段階に達したため、ナンテール校の反帝国主義集会の責任者であったいく人かの闘士は、その日は集会をあえて開催せず〔に様子を見たところ〕、集会は自主的に開催されることもなかった。夜になると彼らがヴェトナム民族委員会下部組織のメンバーと罵り合う集会が持たれた。集会のテーマは次のようなことである。「君たちが、まったく何のためにもならないことで皆をあおりにあおったおかげで、我々の集会が開けなくなったじゃないか」[135]。

ナンテール校の学部長グラパンはキャンパスをロックアウトする。五月三日、「三月二二日運動」のメンバーが約四〇〇人、パリに向かって押し寄せソルボンヌに乱入する。大学区長ロッシュは警察の出動を要請する。一六時、これまで外部の権力が立ち入ったことのない建物に警官たちが進入し、男子学生を捕縛し女子学生を排除しにかかる。女子学生は通りに散りじりになって野次馬に仲間の救出を呼びかける。一六時三〇分にサン＝ミシェル大通りのはずれでデモ行進が始まる。四日の土曜日、五日の日曜日と、カルチエ・ラタンで興奮が次第に高まる。

ダニー〔＝ダニエル・コーン＝バンディ〕の懲罰委員会への出頭は月曜日に予定されている。五月三日以降、「三月二二日運動」のメンバーは多方面への接触を活発化する。金曜夜の集会で「青年同盟」（UJ）は次の声明を発表する。

　我々は直接の面識はない三〇〇余名をすでにデモ隊へとまとめ上げ、現在、彼らを、抑圧に抵抗する自衛委員会へと組織立てている最中であって、彼らには人民を救済するために、すでに起きていることを伝える宣伝ビラをあらゆる街角に撒く作業に取りかかる用意がある〔…〕。(136)

これは「三月二二日運動」のメンバーを活気づけて彼らに巨大デモを組織させるために意図された声明である。彼らは五月二日にナンテール校に集められ〔て一度当局に接収され〕た資材を取り戻す。五月六日の朝、きなくさい臭いがあたりに充満する。興奮が一日中収まらない。モベール広場では一部の跳ね上がりが警察に襲いかかり、敷石を投げて放水車を撃退する。

労働組合的な態度はあいかわらずである。「フランス全国学生連合」（UNEF）はぞろっとした行列を組んで、噴出するマグマを行儀よく流そうと躍起になる。「三月二二日運動」のメンバーに「散歩」と皮肉られたデモ隊が七日の午後にシャンゼリゼを、もっと情けないデモ隊が八日の月曜日にラ・アル・オ・ヴァン〔＝旧中央ワイン市場〕からリュクサンブール公園までを行進する。反徒たちは、こんなもので終わりだろう、と考えている。ところが大変なことが始まっているのである。情勢が急変するのは八日夜から九日にかけて、「高等教育全国組合」(S.N.E.Sup.：Syndicat national de l'enseiqnement supérieur)のゲスマールが仰天するような自己批判の中で「組合は今後恥辱に手を貸すことはない」と明言したときである。恥辱とは、フランスの学生は釈放するが、外国人学生のみならず――恐ろしいことに――外国人労働者については拘留を継続したのち追放する、という公安決定のことである。

一〇日、強硬派は、フランス人と非フランス人、労働者と「インテリ」の別を問わず、逮捕者全員に対する恩赦と無条件な平等を要求する。大規模なデモが準備され、高校生が召集され、工場と大学との連帯が叫ばれる。集合場所――サンテ刑務所前。そこで膨大な数の群集が切れ目のない分列をなし、それらがセーヌ右岸へ、ヴァンドーム広場へ、法務省へと向かって進んでいく。サン＝ジェルマンとサン＝ミシェルの両大通りの交差点は警官の非常線によって塞がれる。カルチエ・ラタンに数万人のデモ隊が出現する。その中には三～四〇〇〇人の高校生、多くの労働者、サラリーマン、そして突然お膳をひっくり返したくなった、ふだんは平穏な地域住民が混じっている。バリケードがほとんど至るところに立ち上がる。ロモンド通り、クロヴィス通りとムフタール通りの交差点、ゲイ＝リュサック通りのはずれ。「赤毛のダニー」はその一つ一つを視察し、人びとに冷静を訴える。うまずたゆまず彼は繰り返す。過激に走るな、虐殺を許すな、と。共和国保安機動隊が執拗な攻撃を受ける[137]。この「ヴァルプルギスの夜」の余波には計り知れないものがある。前年、中東で大成功を収めたやり方を踏襲して、ジュリアン・ブザンソンは出来事の一部始終をラジオ局「ヨーロッパ第一放送」へ伝える。催涙弾、ゴム弾の発射音とサイレンの長鳴りが混じる騒然とした雰囲気の中で、誰もがトランジスタ・ラジオを片手に実況中継に夢中になって聴き入る。闘争は雑多な社会運動を喚起して国家規模のものとなる。首都において、セーヌ左岸は学生が尖兵をつとめる反権力の象徴となる。毛沢東派はプロレタリアとの関係を優先して学生を評価していなかったにもかかわらず。

公的労働組合三者、労働総同盟・フランス民主労働総連合・国民教育連盟は、一一日の土曜日、公安当局の横暴に抗議して二四時間のゼネストを計画する。夕方、アフガニスタンから帰国し、オルリー空港に降り立ったポンピドゥーは事態の沈静化のための施策を公表する。

一三日の月曜日、フランスはゼネストに入り、学生、高校生、労働者の示威行動がパリでも地方でも活発化する。夕刻になってソルボンヌが占拠される。

一四日の火曜日からの数日間、〔高級住宅街〕一六区の住民が上品さを失い、あたりをぶらつく工場労働者や、手持ちぶさたにうろうろするホームレスに混じって、祝祭が君臨するこの中世ふうの聖域の中に足を踏み入れる。政治家階級は、与党も野党も一緒になってこの豪奢な現象——騒擾はその最初のきっかけとなったあらゆる大義を追い越してしまった——に型どおりのイメージを貼りつける。アラン・ペルフィットは、無秩序が終息すれば、すぐにでも授業の再開が可能だろうと発言する。ジョルジュ・ポンピドゥーは恩赦法案の提出を決断し、野党は譴責動議の提出を決断する。ド＝ゴールは、五月一九日、「改革《レフォルム》はウィだが、ばか騒ぎ《シアンリ》はノンだ」と宣言する。共産党は二三日、左翼諸集団に共通の行動予定が早急に調整されることを期待する旨の声明を出す。

五月一六・一七日、学生によって口火を切られたプロセスがじわりじわりと進行を速める。フランス全土で労働者が自分の職場を占拠する。ガス・電気・ガソリンの供給を除いて、輸送・メディア・工場のすべてが停止する。ポンピドゥーは語気を荒げる。「政府は自らの義務をまっとうするであろう！」

カルチエ・ラタンで自らの義務をまっとうしているのは反乱そのものである。もはや法はなく、拘束もなく、暴力行為があたりを律しているが、全体としては警視総監グリモーの冷静沈着さのおかげで犠牲者はほとんど出ていない。五月一五日、私はヴィクトル・クーザン通りで、反徒たちとかなり深く関わっている歴史学者のフランソワ・フュレと出会う。彼は、半ば不安そうな半ばからかうようないつもの調子で、次の言葉を投げてよこす――「床上まで来ましたね、こりゃ」。たしかに洪水は国土の全体に及び、すべての学校を呑み込んでいる。高等研究院のような格式の高い学校、特に、ブローデルが取り仕切り、専制的権力の砦であり、好戦的な新時代の実験室であった第六部門までが例外ではない。そこではレヴィ＝ストロース、バルト、ジュネットが仕事をし、『テル・ケル』誌が何人もの人物を介して猛威を振るっており、構造は順調に成長を遂げ、意味は見るも無残にやつれている。五月一七日、一介の平職員が進歩主義的な何人かのお偉方に後押しされて、この由緒正しき施設の全体会議を召集する。レーモン・アロンは胸くそが悪くなって、一〇分後には憤然と席を立つ。この学者が、気質的に、専制君主だったということではない。反対に彼はリベラルで、試験には甘く弟子には愛想がよく、論敵と議論するときはつらそうである。彼は新左翼の学者、特にグリュックスマンなどから高い評価を受けてさえいる。彼は新左翼の学者の身元保証人であり、彼らがその反時代的な航海のあいだ中ずっと目を離すことがない灯台であり、異端者たる彼らが秘密の「正統派学者地図」の上でチェックマークをつけた避難港である。しかし彼は混乱を忌み嫌う。「進化というものは、階段教室においては諸々の何とか学会にならって人為的に再編成されるから、突然の飛躍によって生み出される〔かのように見える〕が、ほんとうのところは目に見えない変化の積み重ねによって生み出される」ということに確信を持っているからである。現代の混乱の中で、アロンが紆余曲折を経てつい最近たどりついたばかりの大学は、彼には理性の剣であり盾であるように思えている。その理性の現在の悲惨が、つれなくも彼を無意味の責め苦のもとに置き去りにする。理性が制度の鎧で身を固めた途端にこうなるのである。彼をこのあとすぐに受け入れるコレージュ・ド・フランスにおいても、高等研究院においても、不当な非難をこうむっている旧いソルボンヌにおいても、人びとは記号論を頼みとしている。それが安全だからである。彼は三〇年このかた、想像界の殺害と歴史の終末とがいかに悲劇であるかをへとへとになるまで叫び続けてきたが、その悲劇を目の当たりにして涙するのではなく、〔むしろ〕そうしたすべてのドグマの責任を引き受け、さらにそうしたドグマが研究領域や教育目的を限定するという欺瞞の責任を引き受けている。一九〇五年に生まれたレーモン・アロンは一九世紀型の観念論的ブルジョワである。教育に情熱を傾けた彼は、自分で言うほど悲観論者ではなく、学者の人間性の中にある知恵の最終的勝利を信じている。

五月一四日の夕刻、今度は、「世界演劇祭」シーズンの真っ最中だったオデオン座が占拠される。才気あふれるものをつねに括目して待っているジャン＝ルイ・バローは、この騒擾に機嫌を損ねることはない。しかし彼は侵入者に無視され遠ざけられて、すぐにしゅんとなってしまう。オデオン座ではほぼ一ヶ月の間、二四時間体制で切符売り場は閉鎖されたまま、主役たちが何でもいいからただ怒号するだけで、自分たちが役者であるということを忘れたような興行が続けられる。

敷石、バリケード、催涙弾、火を放たれた自動車、引き抜かれた樹木。五月二二・二三・二四日とパリおよび地方の情勢は日増しに悪化する。リヨンでは或る橋の上で警察署長がトラックに轢き殺される。ソルボンヌでは、半ば軽犯罪者、半ば無政府主義者の「カタンガ人」〔カタンガはコンゴ民主共和国南端の州」を名乗る連中が屋根裏部屋に立てこもる。〔「ヨーロッパ第一放送」の記者〕ジュリアン・ブザンソンは取材活動を邪魔され、ピエール・ノラに協力を求める。サン＝ミシェル大通りにあるノラのアパルトマンからは状況がよく観察できるのである。

そして一週間経たないうちにすべてが決着する。五月二五日、ポンピドゥーは集会に脅しをかける。二五日の土曜日と二六日の日曜日、グルネル通りの産業省で政府と労働組合との間で交渉が始まる。二七日、フランス全国学生連合が組織した大会がシャルレティ・スタジアムで開かれる。守旧派の政治家はふんぞり返ってこれに対抗する。二八日の火曜日、フランソワ・ミッテランが、もし参加法に関する六月一六日の国民投票で「ノン」が上回ったら自分がド＝ゴールの後継者として立候補する旨の宣言をする。参加法とは五月一八日にやっつけ仕事で作られたド＝ゴール派の古くさい解決策である。

二九日の昼前にド＝ゴールはエリゼ宮を離れて、謎めいた外遊に出る。まずバーデン＝バーデンでドイツ駐留フランス軍司令官マシュに会い、その後一八時四五分にコロンベに到着して、茫然自失となっている与党と将来設計に没頭する野党との駆け引きの報を受け取る。二一時にマンデス＝フランスがミッテラン、モレ、ビリエール、ドゥフェールとの長い会談の後に「全左翼連合によって彼に託された責任」〔＝ミッテラン大統領が実現した場合の首相就任〕を引き受けようと申し出る。三〇日の午後早く、ド＝ゴールはパリに戻り、まず閣議を開き、次に一六時のラジオで国民議会の解散と国民投票の中止を告知し、国民に全体主義的策動に反対する行動を呼びかける。夕刻、マルロー、ドゥブレその他の政府高官の後ろにくっついて、五月三日以来、ちんぴらのような連中から侮辱され罵声を浴びていた金持ちや保守派や善男善女が、希望にはちきれんばかりになり大勢でシャンゼリゼを練り歩く。

ポンピドゥーの新政府は五月三一日に発足する。六月には燃料が不足し始める。各ガソリンスタンドには五〇〇メートルにも及ぶ車の列ができる。ソルボンヌから何でも好きな物を一度ならず二度までも持ち出す軽犯罪者が現れる。この軽犯罪が権力側にとって、難局を切り抜けるための思わぬ助け舟となる。六月五日以降、諸学部とオデオン座が封鎖解除され、労働者・学生委員会の抵抗にもかかわらず、権力側の企ては少しずつ軌道に乗ってくる。六月六日、四〇〇〇人の機動隊がルノー工場のピケを排除する。翌七日、学生の応援を得たストライキ参加者が仕事に戻って来た管理職および労働者を押し返す。八日から一一日にかけて鎮圧側の数がふくれ上がり、あたり一帯が立ち入り禁止区域となる。六月一一日、一七歳の生徒ジル・トタンが、憲兵隊に追いかけられて、ムランの近くで溺死する。「ヨーロッパ第一放送」の無線電話交信がＰＴＴ（郵便電信電話公社）によって遮断される。ＰＴＴは、混乱の絶頂にあったひと月が終わろうとするときになってやっと、トランジスタ・ラジオという「熱い」メディアがどれほど深刻に騒擾に貢献したかを理解したのである。列車・地下鉄・バス・飛行機が復旧する。すべてが終わる。

一九六八年の五月と六月のまさにその時点でも、そして、もう少し後に私がこの「出来事」の最も鋭敏な解釈者であるエドガール・モランに頼まれて『コミュニカシオン』誌上にこの出来事に捧げた一文を載せるときにも、私は心性の激しい燃え上がりを目の当たりにしていると信じており、想像界があふれ出したのは「生きられる現実」が復活したからだと理解している。私は、この騒動を或る（文化の冷却へと向かう）進化の中に位置づけて、その進化の見分けづらい運動がこの騒動で白日の下に露呈されたのだととらえるのではなく、むしろこの騒動のうちに或る逆向きの流れの噴出を、堰き止められていた真理の爆発を、失われた楽園の郷愁を見い出している。

人びとが約束事の泥沼に足を取られ、倦怠に身を委ねているそのときに、すべての上に立つ突然の嘲笑が、そして壁という壁に刻まれた不敵な言葉が、忘れられていた熱を伝播させ、生そのものの暖かさ、氷塊を溶かす息の暖かさとなり、とりわけ羽目をはずされた言葉は、私が憎悪する諸々の約束事を粉砕している〔ように見える〕。どんなに取りとめがなく、どんなにばかげていても、私はすべての言葉を大目に見る。オデオン座で、私は愚かしさを意味の津波と混同するほどにお人よしである。

あのとき見られた抑えがたい饒舌は、かつての大学教員連中の言葉の遊びと同様に、時代精神によって刻みつけられた時代の爪痕である。かつてと同じ無 rien が、今度はことさら裸体を誇示し、放縦に無作法に振る舞って人目を引いているが、しかしチャンスさえあればいつでも衒学者の制服を着たがっている。言葉のカオスの中で、たしかに掘り出し物——ときには財宝——が、完全に涸れてしまったわけではない鉱脈から湧出することはあったが、それとても、あのとき空虚 vide の魅力に負けてしまった私を一五年後の今、赦免してくれるわけではない。

一九六八年の五月に、「いまステレオタイプとロボットを根こそぎ持っていく竜巻が吹いているのだ」と私は信じている。「深い悦楽が、こまごました欲求のけちくさい満足を突然蹴ちらしているのだ」と信じている。人びとは肉体と性を満喫し、丸ひと月間というもの夢想することも行動することも手当り次第である。そのことから私は、官僚と技術者の決定権が揺らぎ、消費者が嫌悪することを覚え、商品の権威が失墜したと結論している。欲望の神格化というものは周りの社会の規範から由来し、周りの社会こそが、たえず需要をあおって供給の価値を下落させている、という事実を私は無視しているのである。象徴が商品を放逐しているとしても、そのこと自体にさしたる意味はない。五月〔革命〕の渇望も一九五五年以後に花開いてきた渇望と同様、内容を持たず、世界に向かうのではなく自分自身に向かうからである。〔五月の〕寛容な社会のキマイラは〔それまでの〕豊かな社会のキマイラと直結している。

歴史は自らの歩みを或る詭計によって整えることにいささかのためらいも覚えないのであって、六八年五月の時点で、それまで長いあいだ法的秩序の世界で小声でつぶやいてきた事実を、よりよく理解させるために無秩序という方策を利用したのである。その事実とは、法が「禁止の命令」から「情欲の調整」へと移行する時代が到来したという事実である。それによって経済的快楽主義が、イデオロギーを牛耳る禁欲主義と共謀することになる。小説もしくは絵画における形式重視とショーウィンドー設置の広がりとの間に、看板のきらめきと知覚のまどろみとの間に、清貧の美学と出費の氾濫との間に断絶はなく、ねじれもなくなる。どこもかしこも同じ規格化作用が支配し、科学的な厳密さと気ぜわしい日常が感覚的現実に同じ圧力を加えている。学者用語とどこにでもはびこる広告によって実在の代わりに打ち立てられた「注釈の帝国」が一つあるきりである。人はもはや製品を買うというよりは、製品を普及させる言語を買うのであり、人はもはや食品を口にするというよりは、食品について言われ、書かれている事柄を食べるのである。

一九六八年の五月と六月に、私は紋切り型の罠に見事にはまっている。私は、時代遅れの機構の中で身動きが取れなくなっていた大学教員たちが免職されるものと信じている。〔実は〕六八年は、学生人口が一九世紀から二〇世紀の五〇年代までおおむね変わらなかった力関係を逆転させた時期なのである。それまでの力関係とは、師と弟子――たかだか数万人の弟子――の関係であって、師と弟子はどちらも基本的には中産階級の出であり、弟子たちは医学部や法学部では高貴な職業生活を、自然科学の学部では人びとの啓蒙を、文学部では人びとの教化を熱望していた。ところが「解放」から二〇年を経た今日、何十万人という男女学生が諸学部にひしめいている。一九三九年にはほとんど知られていなかった社会科学に、学生は確かな喜びをもって没頭している。そうした新学科の学生は、自分たちの数に見合った地位、新しい知の尊厳に見合った地位を要求している。完全に話し言葉に傾いている時代の囁きに耳を澄ましながら、彼らは、疲弊しきった大御所たちによって汚された覇権を簒奪しようと意図する。六八年五月の出来事がめざしたのは、結局のところ、大学教員文明の厳かな批准であり、怨恨に促されて新時代の歌を合唱する羊たちによる、廃墟となった家屋敷の差し押さえであって、それ以上のものではない。私は戦後の米仏文化交流に関連して、思想における「生きられる現実」の敗北は、経済成長の過程を行く社会における第三階層の急激な膨張と不可分であり、サラリーマン・下級管理職・下級公務員の子弟が大学へ殺到することと不可分であると強調しておいた。彼らは大学に、「白紙の心《ダブラ・ラサ》」という予断を持ち込んで歴史には目もくれない。歴史は、彼らの出自の負い目を、あたかも等級烙印を押すかのように暴露するからである。感情の排斥と理論の支配が、ローマ時代以来かつて到達されたことのない境遇を彼らに保証する。フォルマリスムのイデオロギー的冒険は、めぐりめぐって、カルチエ・ラタンのバリケードにつうじているのである。私はそうしたバリケードを熱帯のサイクロンのようなものだと考えていたが、それは冬の風が嵐となったものにすぎなかった。以前の嵐より被害が大きかっただけの話である。結末は周知のとおりである。一九六九年の初頭、ヴァンセーヌ校がゆっくりと前進を再開する。〔今や〕ヴァンセーヌ校は、ド＝ゴール派が六八年五月に残した置き土産であり、合意済みの思想の聖地であり、フーコー、ドゥルーズ、リオタール、ラカン主義者、言語学者、反精神医学者、能記《シニフィアン》のテロリストといったその道の案内人たちの集結地であり、権威の崩壊の象徴、取り払われた垣根の象徴、まったく無名の学者とこの上なく高名な学者との等価性の象徴、相手を対等な友人として「きみ・ぼく」と呼び合う儀礼によって結ばれた教員と学生の共同体の象徴である。そこでは映画、演劇、音楽、造形美術といったすべてが学ばれているが、それは、神秘的な才能に恵まれている芸術家に創作を任せ、自分が特許を持っているわけではない他人の諸発見の管理を押しつけられた凡才に教育を任せるという役割分担がもう終わったのだということをことさらに示すためである。

一九六八年の五月と六月に、私は複数原理が熱く高揚しているものと信じている。その中で、概念が意気消沈し、同一性が蒸発し、差異が安逸を吹き飛ばし、人と人が互いに縛られることなく一緒になり、時間が排斥されるはずであった。時間とは言っても、計画・予定・拙速といった、日常生活の前景に登場する時間の全体、危険の最たるものとしての時間である。日常的にメンバーが――ときには日に数回も――入れ替わるさまざまな委員会は、無限の職務を提案して決して自らの役割を鼻にかけることなく、しばしば自らを「行動と反省」の委員会と名乗り、その各々が他の委員会の思い上がりを諫めることに意を用いており、複数原理は命令、組織、本質を告発し、相互に両立不可能と見えるものすべてを救済しつつ相互に浸透させ、文化の諸空間を労働者に開放し、労働者街を文化的なものに開放する〔ように見える〕。私は、そこに、私たちの心情の素直な流露を阻んでいた諸システムの崩壊を予感している。奇才ヴァールにあおられるかたちで緊急出版された、構造を擁護し説明する著作(138)は、私には、白鳥の歌のように思える。五月には行動に引っぱられてメッセージがちくはぐになるのである。

我々は次のように話し合った。すなわち「デモ行進に参加するような人びとは自分で自分を守るすべを心得ている」と。だから、我々は、来たる五月一〇日には各人が自主性を発揮できるように整理係は出さないことに決めていた。ダニーはサン＝ミシェル大通りとサン＝ジェルマン大通りの交差点に二人の仲間とともに立ち、次のように呼びかけた。「住民が隊列の中に入って来れるように、つないでいる手は離してください。横の鎖は必要ありません。〔…〕皆さんすべてが自分自身の整理係になるのです」等々[139]。

しかし、こうしたさまざまな現象も、全体として見れば仮面舞踏会以上のものでない。舞台からは台本が消え失せるが、それは技巧とイメージを優先させた結果にすぎない。絵画は写真やパンツや自動車を初めて絵に描くが、それらは言語によって全面的に媒介されている。言語からすべてが流出する。なぜなら実在とは物語だからである。言語にすべてが帰着する。展覧会や美術館で絵画に付け加えられたちんぷんかんぷんの説明の中で言語は王様然としている。

情勢判断で誤りを犯したのは私ひとりではない。パリの五区、六区に催涙ガスが煙っているそのときに、毛沢東主義者は、弾圧と、それが惹起する抵抗の中に革命のための切り札を、しかと見届け〔た気にな〕る。六八年六月の初旬に、「青年同盟」の親中国派は「三月二二日運動」のメンバー内の強硬派と同盟を結び、行動委員会を共同開催する。この同盟は、その後、六八年末から六九年初めにかけて両者が「プロレタリア左翼連合[140]」として統合される序曲となるものである。

一九六九年の三月二二日、「プロレタリア左翼連合」は運動開始一周年を記念して『ラ・コーズ・デュ・プープル（人民の大義）』なる新聞を創刊する。編集長、ジャン＝ピエール・ル＝ダンテク。六月、ジル・トタンの死を追悼するとともに大統領選を妨害するため、一五〇人の毛沢東派がパリ郊外のフランでルノー工場の現場監督数人に襲いかかる。いくつかの高校でかなり大きな紛争が起こる。その頂点がルイ＝ル＝グラン高校。そこでは行動的な毛沢東派のサークルが高等師範学校文科受験準備学級にもぐり込んでいる。ジャンベ、シュゾン、ディスポ、カニュ兄弟といった面々である。共産党員は苛立ち始める。「赤い郊外」における彼らの権益を侵害するなどもってのほか、というわけである。九月一四日、アルジャントゥイユで、いわゆる「修正主義者」とプロレタリア左翼連合との乱闘が起こる。
一九七〇年の一月、五人のアフリカ人が間に合わせの手段で暖を取ろうとして中毒死する。この事件の責任は経営者たちにあるとして、ラカン派の建築家であり、周縁的な小集団「革命万歳」の主導者であった親中国派のロラン・カストロが、マルグリット・デュラス、ミシェル・レリス、ジャン・ジュネ、モーリス・クラヴェルを誘って、フランス経営者全国評議会を占拠する。経営者たちは警察の出動を要請する。カストロは護送車の中で係官に乱暴する。彼は二月二三日に有罪判決を下される。

このあたりが分水嶺である。毛沢東派が影響力をはっきりと示し、知識階級《インテリゲンチャ》は積極的に毛沢東派を支援する。毛沢東派が知識階級より強くなり、知識階級は毛沢東派の大義に忠誠を誓わなければならなくなっている。「プロレタリア左翼連合」は、学生と小学者の熱狂から生まれただけに、人に優しくという義務を自らに課している。そして純粋ばかりが売りというわけではなく、そのうえ優雅さもある。その募集活動もそうだし、その信奉者たちもそうである。信奉者たちが、見事なまでに平等主義的な組織原理のもとで平民と接触することになった良家の子息だからである。たしかに、彼らがドグマによって理論武装し毛沢東主義に与するのは、「飽食のフランス、作りもののフランス、農村人口が全体の一〇パーセントを切ってしまった一九六九年の都市化されたフランスは、人民がひしめき困窮する中国の農村の教訓に学ぶべき点がある」と確信するからである。しかも彼らは、自分らが目的達成寸前のところまで来ているということ、ブルジョワが六八年に自らの死亡証明書に日付欄を空白にしたまま署名したということを疑っていない。しかし、とりわけ重要なことは、彼らが「プロレタリア左翼連合」に、低俗なる者たちの星座の中にあって妥協を知らない者たちの一つのカーストとして、一つの寡頭体制として所属するということである。「プロレタリア左翼連合」とは彼らにとって、美食と同じくらい断食にも快楽の分け前がある時代において、彼ら自身の想像以上に居心地のよい「出家友の会」である。

それは文化人仲間《クラン》に保証人になってもらった、熱気と若さとばか騒ぎのもう一つの同好会《クラン》であり、クラヴェルにとっては、棚から落ちてきたぼた餅である。彼は、どんな闘争であれそれが名声をもたらし使徒たる高みに引き上げてくれさえすれば、闘争の中身などは一切おかまいなしに——ド＝ゴール主義だろうがカトリック主義だろうが極左主義だろうが——、ただ流行〔の闘争〕の外部にとどまっていたくはないという理由で、自らの閑暇や仕事や財産までも流行〔の闘争〕のためにすぐさま犠牲にするような人物である。この学者は十字軍にぞっこん惚れ込み、後年、一一四六年に聖ベルナールが異教徒討伐の二回目の遠征軍を唱導したヴェズレーに隠棲したほどである。さらに、三〇年の間、小説、戯曲、哲学書の執筆に努めながらもその筆先には欠けていた本物らしさと才能とを、論争と扇動においては大いに発揮しているほどである。一九七〇年一月に『コンバ』紙上で彼はサルトルに対して厳しい警告を発している。闘士たちが監獄の中で汚物にまみれているときに、この賢者はどこで何をしているのか、と。『ラ・コーズ・デュ・プープル』が反抗色を強める。サルトルもクラヴェルもインテリ官僚たちもみんなくそ食らえだ、一月二六日にダンケルクで機械の下敷きになった殉教者のことを語ろうではないか、と。過ぎたるは及ばざるがごとし。過剰なおしゃべりは有害だ。毛沢東派が造船所のクレーンを壊す。シャバン＝デルマス政府の内務大臣マルスランは眉をひそめる。闘争がエスカレートする。パリの地下鉄パシー駅で毛沢東派が切符を盗み乗客に配る。権力はいきり立つ。『ラ・コーズ・デュ・プープル』を販売することが有害とみなされる。ジャン＝ピエール・ル＝ダンテクが「三月二二日運動」の二周年記念にあたる一九七〇年三月二二日に逮捕される。その後、ピエール・ヴィクトルが四月中旬にサルトルと会食し、サルトルは二八日、『ラ・コーズ・デュ・プープル』の編集長に就任する。毛沢東主義について彼は何も知らない。彼はマルクス主義陣営の側におり、中でも一九四五年から五六年までとりわけスターリン主義者との同伴関係が注目されていたからである。しかし、彼はそのことを言い逃れしようとも、親中国派の直接行動主義を「溶融集団」[141](三二)の見地から解釈することを避けようともしない。一九六八年六月選出の強権的な国会議員たちは、四月三〇日、「破壊活動防止法」を議決して彼らの直接行動主義の有害な影響をかわそうと努力する。毛沢東派はすぐさまこれに反応して、アンシャン・レジームの頃の義賊のように、スラム街の栄養失調者支援を叫びながら、客でごった返しているフォションン食料品店を襲撃する。

この年の晩春から一九七〇年の夏にかけて、アリエの新聞『リディオ・アンテルナシオナル』は、どこにも行き場がない「中国人」(難解で理解不能な理論家のこと)たちの避難所になる。そこにはピエール・ヴィクトル、セルジュ・ジュリ、ジルベール・カストロの姿が見える。「プロレタリア左翼連合」はジャンベとミルネールを、「革命万歳」(VLR:Vive la Révolution)はロラン・カストロをこの新聞に代表として送り込んでいる。

五月二三日に、ル゠ダンテク、および『ラ・コーズ・デュ・プープル』を彼から引き継いだル゠ブリの裁判に対する抗議行動を準備するために、一つの会合がサルトルの司会でパリの自治会館で開かれる。ゲスマールは叫ぶ、「二七日には全員が街頭へ!」と。

二七日、「プロレタリア左翼連合」は閣議により解散させられ、ル゠ダンテクは一年、ル゠ブリは八ヶ月の刑を宣告される。七月にはゲスマールが逮捕され一八ヶ月を食らう。『ラ・コーズ・デュ・プープル』は発行禁止はまぬがれたものの無期限の監察処分を受ける。サルトルに対しては権力は、あえて手を出すような危険なことはしない。それが名声の然らしむるところなのか。六月二一日、このような特別待遇を自分のほうから願い下げにするために、彼は「文化人仲間」の著名人をたくさん伴って一四区のジェネラル＝ルクレルク通りで『ラ・コーズ・デュ・プープル』を販売し、二六日にもボーヌ＝ヌヴェル大通りで同じ行動を繰り返す。

「プロレタリア左翼連合」の側では、サルトルほどこうした行動を誇らしいものと受けとめているわけではない。「茶番だ、いつもの茶番だ。中国では、大学教授が清掃人として再教育を受けているというのに。文学者が自己批判するために、シンポジウム会場ではなく工場にいるというのに」というわけである。ところが、〔ここフランスでは〕刑務所に服役中で、その数がますます多くなりつつある『ラ・コーズ・デュ・プープル』の販売人を支援するための新たな会合が、一月、レリスの司会で開かれたときに、多くの文学者がその席に招待されるのだ。

同月の一五日に、リナール、ランベール、グリュックスマンの共同編集による『ジャキューズ〔我告発す〕』の創刊号が出る。この新聞はグリュックスマンのお披露目という意味があって、クラヴェルはこの学者を抜きん出た逸材としてジャン・ダニエルに紹介していたのである。正直なところを言えば、「抜きん出た逸材」というのは言い過ぎである。なにしろグリュックスマンは中国の文化大革命における三〇〇〇万人の死をあまり深刻に受けとめなかったくせに、そのすぐあとでソ連の強制収容所の実態にはいたく嫌悪を示し――したがって誰もその実態を指摘したことで彼を誉め称える気にはならなかった――、正義に関して厳格なくせに、パレスチナ人を犠牲にしてまでもイスラエルを支持しようとする抗いがたい傾向を持ち、心情は左翼であるくせにレーモン・アロンの言うことに胸のときめきを抑えることができない。

『ジャキューズ』の発行に際して、ゴダールの友人のバンベルジェが資金を提供する。彼女はジャーナリストを、おもに『ヌヴェル・オプセルヴァトゥール』からかき集め、それ以外に芸術家、作家、映画監督を手当たり次第に集める。カシア・コー、マリエッラ・リギーニ、ミシェル・マンソー、アレクサンドル・アストリュック、マラン・カルミッツ、ジェラール・フロマンジェ、ジャン＝リュック・ゴダール、カトリーヌ・アンブロ、アニェス・ヴァルダといった面々である。この新聞は、時流に合った寄稿家をなりふり構わず求めていた『リディオ・アンテルナシオナル』と手段が同じであり、「清算人たち」の登場を声高に要求する「プロレタリア左翼連合」の厳格主義者の鼻先で、暴力と祝祭とを和解させようとするロラン・カストロの機関紙『トゥ（全体）』と目的が同じである。

というのも、違いを売り物にする季節はそろそろ終わっているからである。「監獄情報グループ」がヴィダル＝ナケ、ドムナク、そして一九七〇年秋のコレージュ・ド・フランス就任講演の後で「プロレタリア左翼連合」との連帯を表明したフーコーによって創設される。

『ジャキューズ』は『ラ・コーズ・デュ・プープル』に吸収合併される。六月にジャン＝クロード・ヴェルニエの発案でモーリス・クラヴェルの指導のもとに解放《リベラシオン》通信社が結成される。クラヴェルは「異議の余地ない異議申立て役」「異議申立てのスター役」を買って出る。一九七一年の一二月一三日にフランス国営放送の討論番組「一騎討ち《ア・アルム・エガル》」に出演して、トゥールの反動的市長で「廉恥心の父」〔＝露骨な話題が出ると気を悪くする人〕と呼ばれたジャン・ロワイエと対決したときにクラヴェルはスタジオから出ていってしまう。彼の提出したフィルムが検閲されていたというのがその理由である。これは大きなセンセーションを巻き起こす。ジャン・ダニエルがそのときスタジオにいて、〔後に〕この英雄とラ・クポールで食事をする。〔クラヴェルの内には「つきあいの良さ」という〕パリっ子気質と挑発好きと反抗心という三者が同居しているわけだ。一九七一年の四月二三日に『トゥ』紙に掲載されたジャン＝

ジャック・ルベルとギー・オカンガムの共同署名記事「我々の身体の自由な処理――もううんざりだ！」がロワイエの怒りをあおり立てる。サルトルが編集していることが明らかなカストロの新聞は、「女性解放運動」（ＭＬＦ）や「ホモセクシャル革命的行動戦線」（ＦＨＡＲ：Front homesexuel d'action révolutionnaire）といった戦闘的な性的少数者集団と特権的な関係を維持する。

ショーやスキャンダルの合間を縫うようにして、どうにかこうにか闘争が続けられていく。一九七二年二月に『ラ・コーズ・デュ・プープル』第一八号は「国営企業を自主管理しよう」という記事を載せる。これが、複数の被解雇者、すなわち二人の移民と一人の「正規工」クリスティアン・リスがハンガーストライキを行なったビヤンクール工場に対する毛沢東派の介入の始まりである。釈放されたばかりのル＝ダンテクは、三人の勇気ある人びとと三週間も面会を欠かさなかったシモーヌ・シニョレに接触する。解放通信社は事件を広く報道することに躍起になる。二月一四日、サルトルに率いられた一八名がスガン島〔＝パリ南西のセーヌ河に浮かぶ中州。かつてルノー工場があった〕から排除される。二五日には弱冠二四歳の工員ピエール・オヴェルネが、ビラを配っていて、工場監督長のトラモニに殺害される。夕刻、解放通信社の記者が撮影したその殺害の様子がフィリップ・ジルダ、エルヴェ・シャバリエ、ベルナール・ラングロワの勇気ある決断によってテレビで放映される。

ジョルジュ・ポンピドゥーの七年間の任期の前半が終わる。一九七二年七月、自由主義的な立場を取り、自らの行政機構を使って「プロレタリア左翼連合」を迫害した首相ジャック・シャバン＝デルマスがピエール・メスメルと交代する。『ラ・コーズ・デュ・プープル』は夏に弱体化する。「プロレタリア左翼連合」は瓦解する。新たな新聞を創刊しようという計画が戦闘を引き継ぐことになる。

これに先立って一九七〇年の夏に、セルジュ・ジュリは、抵抗の機運をさらに押し広げて『ラ・コーズ・デュ・プープル』を締めつけていた敵の包囲網を打ち破るために新たな週刊紙を創刊する任務を与えられていた[142]。同じ年の末に、毛沢東派の指導部が彼を非難する。現実からの遊離、誇大妄想、主知主義をどうにかしろ、と。それだけではない。彼は肝心なことをし損なった。九月に、収監されているハンストの闘士たちと連帯する組織が結成されたときそれに参加しなかったのである。彼はまるで一七八九年以前に国王の寵愛を失った領主や裁判官のように地方に追放され、現場記者に格下げになるが、それは疎外の実態、痛々しい実態、心を揺さぶる実態をもう一度自分の目で見てくるためであった。彼はドゥエに二年間滞在して三面記事の取材にたずさわり、特にブリュエ＝アン＝ナルトワで起きた若い女性の暴行殺害事件のもつれた審理をつぶさに観察する。一九七三年の一月に彼は新たな新聞『リベラシオン（解放）』を活性化するためにパリに戻って来る。

『ラ・コーズ・デュ・プープル』は弱体化して労働者階級至上主義《ウヴリエリスム》に陥る。解放通信社を成功に導いたジャン＝クロード・ヴェルニエは、部数を拡大してくれそうな或るつっかえ棒のことを盛んに宣伝する。一九七二年末に用意が整う。サルトルが経営者の座についたことが公表される。結局は何も変わらなかったのであるが。政治活動家と文化人の共存という、厄介な問題を解決するために「文化人仲間」が尽力する。一九七二年一二月六日、解放通信社の本部で頂上会談が持たれる。出席者はフランス親中国派の歴史的指導者ピエール・ヴィクトル、隣り合わせに座った寡黙なサルトルと饒舌なフーコー、水夫のチョッキを着て驚いたような表情のクラヴェル、アレクサンドル・アストリュック、報告者のフィリップ・ガヴィ、司会者のヴェルニエ、のちにこの会談の模様を伝えたクロード・モーリヤックといった面々である[143]。

この創刊チームの面々は「創刊宣言」の中でそれぞれの持ち札を見せている。

宣言の骨子を次に要約する。

『リベラシオン』は民衆の中から生まれ民衆の大海に帰る。その言葉は、抑圧され搾取されている人びとの言葉である。

情報はその源泉から、すなわちカフェや街頭から汲み上げられる。

『リベラシオン』は日常性に対する日常的な批判を展開する。すなわち不正と暴力の言いなりになっている世界を批判する。労働災害や交通事故、炎上するダンスホール、堕胎で告訴された女性、刑を宣告された同性愛者、それら一つ一つ、一人一人を『リベラシオン』は見逃さない。

したがって『リベラシオン』は政治家の政治を行なわない。『リベラシオン』の政治は、民衆による民衆の条件についての直接的実験である。

『リベラシオン』は地域および市町村の現実にしっかりと立脚し、社会体の生きた諸力と密接な連携を取り合う分権化された支局に支えられる。

『リベラシオン』は多様な信条を有する互いに異質な協力者を糾合する。権威主義的社会主義を支持する者はいない。

高額寄付者や、サルトルやクラヴェルやフーコーや、安い稿料に長年甘んじてくれた鷹揚な寄稿家のおかげで、『リベラシオン』は「創刊宣言」が宣言したとおりの編集方針で、一九七三年の二月には推定で一〇万部を印刷したと言われる。その言説からは、六八年五月の神話――欲望する権利、祝祭的な話し言葉、多なるもの――も、それらの対立物――脱形式を統御する構造、多様なものを秩序づけるコード、管理を告発することの内に潜む教祖崇拝――も、いつまでも消えることはない。

一九八四年になっても『リベラシオン』の精神に変化はない。繰り返し訪れた危機(144)(一九七四年のリップ問題、ピアジェの立候補、ミッテランとジスカールの一騎討ち）[二二]、絶え間ない新機軸（無料広告、サンドイッチ型紙面構成、ホモセクシャルがカミングアウトし服役囚が自己主張し女性が問題を提起する土曜特別号）、やつぎばやの新時代化（新しいレイアウト、一九七八年五月の商業主義への旋回、一九八二年の有料広告の導入）を経てなお『リベラシオン』は、社会の欄外で居心地の悪い思いをしている左翼を当惑させるような、そして、因習に縛られたスターリン主義者や過去の遺物に未練を捨てきれない右翼の胸くそを悪くさせるような傲岸不遜ぶりを演出している。しかし、生を復活させようと躍起になりつつも、『リベラシオン』は生を枯渇させてしまうような論評を不用意に掲載している。その点が、この反抗を旨とする新聞の論理的不整合であり、敬意の表し方を間違え見かけだけになってしまったゆとりである。そこでは、教育にたずさわっているいないに関わりなく、雑多な小学者・気どり屋・雇われ執筆者が、今なお文学や芸術を、流行の好みに合わせて細工することでかえって迫害しているのである。

47

一九七一年

『年報《アナール》――経済・社会・文明(145)』

大いなる神よ、歴史はこの過酷な状況の中で何をしようとしているのですか、時代が歴史を新しさのざわめきで覆い隠してしまおうと躍起になっているこの状況の中で。一九六〇年代の〔歴史の〕専門家はこうした状況に気づいており、自分たちの権威の失墜を意識し、居心地の悪さを感じている。そして彼らは「諸構造の安定的システムの前では継起などというものは擬餌にすぎない」ということを、耳を貸してくれる者には誰に対しても繰り返し語りかける理論家に説得されて、自分たちの仕事を手控えている。

しかしすでに、第一次世界大戦後、いく人かの歴史家が、社会学、民族学、経済統計学といった、当時アメリカやドイツで人びとの関心をひとり占めしつつあった社会科学の興隆に一役買っている。ストラスブールでは、ドイツ人の手から奪回された大学に、アルブヴァクス、ジルソン、ブロンデルといった才能が集まる。そのストラスブール大学でマルク・ブロックとリュシアン・フェーヴルが、一九世紀末以来隆盛を極めた「物語としての歴史」ときっぱり縁を切るために、雑誌『年報《アナール》――経済・社会・文明』を創刊する。

ラヴィスが熱心な執筆活動によって盛り立てようとしたこうした「物語としての歴史」は、当時生まれたばかりの第三共和政の銃後の安全を民族主義的で大衆迎合的な歴史解釈によって確保しようとしたものである。ジャンヌ＝ダルクは貴族連中よりも貴族的で高貴である。なぜなら彼女は、のちにルイ九世、アンリ四世、ルイ一三世によって体現される規律に則って、集権化されたフランス、外国軍と国内の逆賊から解放されたフランスの正当な主人たる王を救ったからである。こうした諸王を真似るのがロベスピエールでありナポレオンである。

〔「物語としての歴史」においては〕神話から科学的な言明への距離は無きに等しい。神話が史料の中に受肉し、そうした史料から「未加工の清潔で混ざり物のない反駁不可能な事実」が湧き出してくるのであって、そのような事実は、キュヴィエによって発見された骨が、死滅した種について教えてくれるのと同じくらいの信憑性をもって、人類の過去について教える。実証的であると同時に教化的であるこうした歴史学は、自分好みの素材を政治‐行政的、外交的、軍事的領野の内に見い出す。民主的であると同時に庶民的であるそうした歴史学は、逆説的にも、社会的現実――人口統計学や経済学が教える婚姻や利潤をとおして、出生率や市場をとおして機能する諸力――には見向きもしない。こうした歴史学は、表象や態度をないがしろにする。なぜなら、そういった卑俗なものを隠しおおすという自らの尊厳ある使命によってあおられているためである。

『年報』は一方で低級な科学主義に食ってかかることで、他方で公式の記憶に働いている極端に愛国的な偏向を消すことで、二重の成功を収める。〔第一次世界大戦という〕戦争によってフランス的諸価値が地に落ちており、その戦争の激しさと広がりによって観察者のまなざしが個々の戦闘や条約から文明の本質へと向き変わっていたのである。ニューヨークで世界恐慌〔という全体的現象〕が始まった一九二九年に、不可思議な偶然から、ストラスブールでは歴史学が五〇年にわたって続けてきた特殊局面の研究を清算すると同時に全体化の作業に没頭するようになるのである。

ブロックもフェーヴルも彼らの初期の仲間も、歴史を非人称化するにあたっていっさい手心を加えなかったというわけではないし、固有名詞を放棄すべき不純物とみなして毛嫌いしていたということもない。ブロックはオーヴェルニュやヨークシャーの農民と同様、フランスやイギリスの領主も扱う。フェーヴルは一六世紀を解読する鍵を得るためにラブレーやルターといった英雄たちの言葉に耳を傾ける。それでもやはり『年報』が歴史学のために無限の地平を発見し、また、反面では麦畑やインゲン豆畑といった、それまで無視されてきた対象を発見することになるのは、もっぱら最新のモデルを信頼した結果である。たとえば、世界的な長期持続を舞台とするシミアンの経済学とか、素材と象徴、国語と慣用、芸術と日常性、贅沢と必要性などが解きがたく絡み合っているモースの人類学といったモデルである。このような、麦畑やインゲン豆畑といった対象のうちに、二五年後にはグベールが貪るような好奇の目をもって、ルイ一四、一五世の時代の秘密を読み込むことになる。

「解放」時代にフランスの諸科学は、「硬派」の諸科学を筆頭に苦しい方向転換を迫られる。戦前は、パリの大学であろうと地方の大学であろうと、原子とか核分裂がそれほど大きな問題だとは考えられていない。コレージュ・ド・フランスやパリ物理学校に講座を持っているのは、フレデリック・ジョリオ＝キュリーやジャン・ペランといった面々である。一九五〇年代になってもなおストラスブール大学では教育の達人と評されていたオリヴィエが学部生の授業で、天才ラザフォードの名前をばかげた擬声語（「ルフフ！　ルフフ！」）でもじって喜んでいる。生物学においては、パサデナ〔のカリフォルニア工科大学〕やスタンフォード大学やコロンビア大学で一九四〇年から四五年の間に遺伝学が化学的、分子的、微生物学的規準を採用していたのに対して、フランスで遺伝学がそのレベルに達するのはパストゥール研究所などの周辺的機関においてである。〔これと同様に〕一九三〇年以来ずっと反制度的研究の牙城となっていた人類博物館において、一九四六年にレヴィ＝ストロースが人類学者に対して言語学を導入するよう説き勧める。歴史学の分野では、一九四三年のヴィシー派民兵によるブロック暗殺という悲劇からやっと立ち直ったばかりの『年報』の庇護のもとに、ブローデルが登場するのである。

アルジェで教員をつとめていた血色のいいこの学者は、一九三〇年代にリュシアン・フェーヴルの指導のもとでフェリペ二世時代のバーバリー〔＝アフリカ北西海岸部マグレブ〕地方に関する博士論文に着手するが、すぐにこの孤立した一地方の研究に窮屈さを感じ始め、地中海沿岸全体に欲望をそそられるようになり、南ヨーロッパおよび北アフリカの図書館を転々として、結局、ドブロヴニクすなわち昔のラグーザに腰を落ち着け研究に打ち込む。そこで宝の山を掘り当てたからである。すなわち一六世紀後半のスペインの航海および商業活動のすべてについて教えてくれる古文書の保管庫である。ドイツ軍の捕虜になっていた間に書き溜めた論文は一九四七年にソルボンヌで審査されて大好評を博し、彼はフェーヴルから、『年報』、コレージュ・ド・フランス、そして（これはやや遅れるが）高等研究院第六部門における、フェーヴルの遺産の包括的相続人であると宣言される。その理由はフェーヴルのもくろみを最もよく実現した職人だということであって、そのもくろみとは至高者たる歴史学を拡張することであり、地理学・経済学・統計学・人口学・人類学のバラバラな足取りを歴史法則のもとに一つにそろえることであり、衣食住や生殖までも含めて伝統的には自然科学の管轄下にあった社会的活動が演じられるあらゆる領域を遠慮会釈なく征服することである。

一九五七年のフェーヴルの死後、ブローデルは諸権力を兼任し、教授資格審査委員会の長をつとめ、国立科学研究所に君臨し、狐よりも狡猾で、敵対者にはブルドッグのように噛みつき、彼の専門領域の中に少しでも地歩を得ようとして臆面もなくへつらったり哀れを装ったりする顧客に対しては甘く、ルイ一四世がヴェルサイユに落ち着くまでルーヴルからサン゠ジェルマンへ、それからまたフォンテーヌブローへと移ったように、一九六〇年以後は太陽王として、最終的にラスパイユ大通りの人間科学院の院長に収まるまでヴァレーヌ通りとラ・ボーム通りに宮廷を営む。フォルマリスムの恐怖政治が始まったとき、何が起きただろうか。狂喜乱舞したのはこの学者だったのである。「生成」とは「進歩」——これ自体が「啓蒙の世紀」のおめでたい楽天観の副産物として一八・一九世紀に生まれた錯覚である——を補佐するうさんくさい概念であるとしてそれを歴史から切って捨てようと熱心になっていた流れの先頭に立って、彼は三〇年このかた、土地、気候、動かしがたい農業や牧畜、年中行事や生活必需品といったものの非情な連続性をことほいできたのであって、身分の革命や心性の変化はこうした不変性の積み荷にほとんど何の影響も与えないのである。

こうしてブローデルは一九五〇年代末に自らの旗印のもとに開拓者を集め、ムーヴレと、物価の変動を記述するという手段で革命前のフランスを見事に描いたラブルースを徴用することによって、歴史学を数学や記号論と通約可能なものとする。ショニュは二五〇〇ページの著作の中で、「系列《セリ》」なる手段によって一六世紀から一七世紀にかけてのセヴィリヤの商業を再構成し、開拓者の先頭を歩く。「系列」とは、進化を年間隔で測定することを可能にする等質的かつ比較可能な単位の連続のことである。というのは系列化の狙いとは、言ってみれば、持続に支配権を渡すことによって時間から時間性を排除することであり、時間を、きれいに櫛けずられ、徹底的な掃除によって同一性へと還元され、各々の特殊な質を抜き取られた微視的シークェンスに引き延ばすことである。質なるものは真っ直ぐな一本道が分れて見えたり何本にも見えたりする蜃気楼にすぎないということになる。

一九六〇年代の一〇年間は狂気じみている。歴史学者は諸々の国勢調査や市場価格表を小出しにする単純な系列的手法にはもはやとどまってはいない。情報理論に支えられた定量的方法は貪婪で、飽き飽きするほどたくさんの原資料――中世以来の権利書・特許状の類い、アンシャン・レジーム期の教区人別帳――を掘り起こし、大衆の識字教育とエリートの読書傾向を、死生観と政治的イデオロギーを、穀物生産と徴兵制を同じ平面に並べる。この方法は経済学的指標と人口学的指標を組み合わせることによって、自らが観察する長期にわたる時代をとおして変化が微弱であることを結論づける。ル＝ロワ＝ラデュリが調べた一五、一六世紀のラングドック地方においては、地代の配分が変わり荘園の帰属がブルジョワへ移るにともなって、不作か豊作かによって、物価が上昇するか下落するかによって、たしかに〔成長には〕変動が見られ差異が見られる。しかし、永続性の要因――すなわち土地生産性の限界とか適地の希少性とか貨幣「飢饉」といった、成長に立ちはだかる構造的障壁――が、中部フランスの年代記を丸まる五〇〇年のあいだ凍りつかせるのである。

おまけに歴史学は自分が出来事 événement の影響を受けない安全なところにいると信じている。出来事というこの変わり者は、かつては、歴史学が開示する〔歴史の〕首尾一貫性の中に面倒ごとを投げ込みにやって来て、突発事や奇跡によって歴史に節目をつけたものであり、歴史学のほうも、あたかも消えなんとする利那につねに新たに起こる爆発こそが歴史の汲み尽くせない生産力を保証すると言わんばかりに、突発事や奇跡を〔歴史叙述のうちに〕気前よくばらまいたものである。こうした一見混沌と見える乱調の背後に、フランソワ・フュレは、具体的事実の神学を人間主義的目的論へとつなげる原理を探り当てる。[146] それは何と、「出来事には、〔過去へさかのぼって発見できる〕起源はないが、少なくとも〔未来に影響を及ぼす〕希望はある」〔＝出来事は、まともな素性を持たないが、子を孕んでいる〕という原理である。こうしてフュレも、自分が退けたはずの実証主義と同様に、〔最初に起源としての構造ではなく結果としての出来事ありき、とする〕後成説[一三]の呪縛を脱していない。フュレは、「噴火〔という出来事〕が最初にあるのではなく、噴火は、さまざまな徴候が先ずばらばらに姿を見せ、後に相互にからみ合い、ささやき声で始まって大合唱に終わる長い過程の最後に来るのだ」ということを言い落としている。徴候というものは回顧的には雄弁であるが、それらが表に出る瞬間には人目にふれない。〔たとえば〕一七一〇年のベックルの『オナニア』の出版はほとんど話題にもならなかった。五〇年後のティソの『オナニスム』は知らない者がいない。

「新しい歴史学」が「系列」を「一回性」に対置するという事態は、新しい文芸批評が「言説」を「言外の暗示」に対置する事態に対応している。計量的歴史学の諸「計算」が、税の天引きや三年輪作といった慣行――必ずしも言語活動に由来するわけではないありとあらゆる慣行――にどれほど決裁を求めようとも、そうした計算は諸言表の中にすでに十分な情報を読み取っている。しかるに出来事というものは、共通の「生きられる現実」の中で無言で活動しているエネルギーを解放する。すると「主体」による〔計量的歴史学にとって〕耐えがたい干渉が始まる。こうした主体はたとえ〔計量的歴史学が扱い慣れているはずの〕集団的なものであっても、「新しい歴史学」に恐怖感を与える。ブローデルにとってそうした主体は、自らの性器を露出しようとつねに身構えているおぞましいものである。アリエスはそのために高い代価を支払わされる。彼は「魂を捜し求める」と公言しながら閨房や学校や墓地の中をあまりに長くうろついたかどで、暴君ブローデルによって島流しに遭う。デュビーは、禁令に逆らいながらうまく立ち回っているほうである。彼はブヴィーヌの戦いに題材を取って、王と人民を結束させ貴族と平民を結束させた国民的感情の盛り上がりを見事に描き出す。その〔一二一四年七月二七日の日曜日のわずか〕二時間の同盟関係はカペー家による二世紀に及ぶ国民統合の運動の間に静かに熟成していたものである。言い落とし《ノン・ディ》の歴史学は今その揺籃期にある。その歴史学は、注意を払う者には今からすぐにでも胸躍る真理を開示する。〔たとえば〕かつて医者たちは、「社会的威信」の象徴体系の中で、彼らの実際の役割や実績や財産が与えてくれる以上の権勢を享受していたが、一九世紀末から二〇世紀初めにかけてのその権勢の絶頂期に、「社会的威信《プレスティージュ》」が「専門的資格《コンペタンス》」の挑戦を受けて前者が窮地に立たされる。医療の専門化は、医療が社会保障制度によって規格化され、メディアによって大衆化される前に、彼らの職業の中にゆっくりと少しずつ導入されていたわけだが、そのことが、ハイデガーの言う「技術」の問題を彼らの職業の内に引き入れてしまう。それは、対象《オブジェ》が原物《オリジネール》を覆い隠すという問題、すなわち今の場合、分割されていない全体——「身体」「精神」「実存」「身分」「地位」、どう言っても構わない——を覆い隠すという問題である。臨床家でもあり、化学者でもあり、物理学者でもあり、人体生理学者でもあり、精神病理学者でもあるというふうに分割不可能な一般医であった昔の医者の栄光は、知の原子化に対抗できず、また社会保障給付が後盾になった技巧にも対抗できない。フランスにおける医療権力の凋落は、「耳鼻咽喉科医学」「眼科医学」「小児科医学」とかいった専門分野名の誕生とともに進んだ。こうした分野名は、パリ大学医学部が自らの飛躍的発展の幸福感に酔っていた一八九〇年から一九〇〇年の間に定着したのである。

48

一九七二年三月　『アンチ・オイディプス』

一九六八年の出来事は何も新たには作り出さなかったが、豊かさの文明が離陸して以後、静かな熟成を続けてきた諸表象を明るみに引き出す。複数性、分裂、開花し鼓動する身体といった表象である。

性器は、全西欧で解禁となったというのに、フランスでは鉄格子の中でいらいらしている。一九六八年の一一月に、私は、当時まだ「流行の先端」とまではいかず、夜に横切るには危険が多かったニューヨークのソーホー地区(147)でエウリピデスの『バッコスの巫女たち』を脚色した『バッカス・シックスナイン』という舞台を見て、度肝を抜かれる。「パフォーマンス・グループ」の俳優たちが一糸まとわぬ姿で演技し、また同じ格好で、その退屈な儀式めいた芝居へ参加する者を迎え入れ座席のところまで案内している。その時ことほがれ昇華された肉体は、その後すぐにヨーロッパへ輸出される。一九六九年にはパリで『ヘアー』が喝采をもって迎えられる。それは裸体の祭典をミュージカル・コメディーにまで引きずり下ろしたものであって、そのことで別段面白さが増したということもない。エロティシズムが、ポルノショップにおけるように、言説によって疎外されているからである。

放縦と禁欲が同盟を結んだような一九六八年の五月〔革命〕のあいまいさは、ますます激しくなり、性に関する戦闘的行動主義を生む。ロラン・カストロの雑誌『トゥ』の第一二号に載った「ホモセクシャル革命的行動戦線」(FHAR)の誕生宣言のことを私はすでに〔本書三六〇ページで〕述べた。同性愛はイデオロギーと場所――バー、便所、クラブ、サウナ、映画館――という二重の仲立ちを介して自らを誇示し、また凡庸化する。そのような場所で、「バックルーム」と名づけられた専用の部屋に入ってしまえば、アメリカでそうであるように、セックスが当たり前である。その薄暗さがタブーの最後の砦を演出している。

当時は、女性たちが男性にならって自分たちの欲望を尊厳あるものとするために互いに団結する時代であり、異性に対する気遣いと主導権という特権を男性から奪い取る時代である。女性たちは、もってこいの社会情勢と、恋愛の脱神話化から利益を得る。恋愛は、あらかじめ魅惑の雷管を抜き取られることによって自由に羽ばたく。一九七四年には、あとくされのない快楽を要求するために自発的に妊娠中絶したことを、女性解放運動の祝福を受けて、誇らしげに宣言する女性の数が三四三名に上る。

男女は相互承認のための闘争に入っていく。そのことが諸々の禁止事項に揺さぶりをかけ、抱き合う者の年齢を低下させる。それまで支配階級によって相互監視の慣習を植えつけられていた一般大衆が、金持ち階層と歩調を合わせて性の罪悪視を改める。一九七四年にジスカール＝デスタンは大統領に当選するとすぐに、投票年齢および当事者能力発生年齢を二一歳から一八歳に引き下げる。一九七六年には妊娠中絶法が可決され、全女性が公式に快楽へと招待される。

それはまた男性の側が、かつては貴族階級によって承認されていたのに、大革命後にブルジョワ階級によってつれなくも廃棄された男の美の権利を認めさせるチャンスでもある。一九世紀のブルジョワは黒い衣服に身を包み、いかめしい物腰で、女性の価値――手を触れてはならない存在、ちやほやされるべき存在としての女性の価値――を高めるために、自らをひたすら消し去ろうと専心した。誘惑する者〔＝女性〕は受身である。自律的主体〔＝男性〕は醜くくなければならないという義務を自分に課さなければならない。第二帝政期のゴシップ欄担当記者は、落ちこぼれとして創造された殿方連中につばを吐きかけることをやめなかった[148]。殿方は舞踏会でもサロンでも、日焼けしていない首や胸、ほっそりしたくるぶしを隠すのがふつうであった。よろめいた拍子にちらっとでも見えれば、男性に対しても神の心配りがあることが分かって、無神論者に神の摂理を認めさせる機会になったかもしれない。

子供を作る力を持つことで称賛される男の持物が、人前に陳列されると価値の下がるものだとすれば、さえない衣装をまとうよう定められた男らしさにとって決定的な試練は下着の不体裁である。下着の不体裁は、男の持物をカムフラージュし恥ずかしい部分を目立たなくする。一九三〇年頃になると、海水浴で着られていたごく短い海水パンツから生まれたブリーフが、従来のパンツに代わって市場に登場し、そののち約三〇年間、その形と安い値段は変わらない。すべての階級がごっちゃになって国民全体の出頭する徴兵審査という通過儀礼で、兵役への適性と感情の鍛錬を示す証拠は、厚ぼったい、だらんとした口のぽっかり開いたパンツであって、そうしたパンツは、人は同時に豪胆な兵士と絹ずれの音をさせる美青年の両方であることはできないことを保証しているのである。

ところが一九五五年から六〇年にかけて革命の徴候が現れる。高度に発展した産業社会において、企業は、どちらかと言えば脇役の、あまり人には言えないような衣類のこうした分野（下着）に関心を示すようになる。「エミナンス」〔＝枢機卿の尊称〕――その名のとおり慈父のような枢機卿を商標にしており、無地の綿を初めて用いたオリジナル・モデル。「カンガルー」――これは略称であるが本質を物語っている。聞き分けのない突起物をも最大限の配慮をもって受け入れるための巨大なポケットがついている。ただし素材はおよそ美的とは言えない伝統的なものを踏襲しており、上品ぶった家族の機嫌を損ねないようにはなっている。洗濯機や食器洗い機や冷蔵庫やテレビによって家事の快適化が保証される時代には、たんに使えればよいというだけでは足りない。人の気持ちは知らず知らずのうちに、気持ちよく使えるもののほうに移っている。

一九六〇年代の終わりまでは何ごともなく推移したが、その後経済成長の頂点で突然ブリーフが敢然と先頭に立って、芸術性のために快適性を犠牲にする。「ビキニ」、色物、合成素材がメリヤス業界を包囲し、スーパーマーケットと大都市近郊を席巻し田舎にも広がって、衛生観念に縛られた陰気な運命から下着を救い出し、ネクタイとかワイシャツのようなアイデア商品かつエレガンス演出手段へと昇格させる。「エミナンス」については、主力商品が一九六九年から一九七四年の間に売上げを倍増させたが、一九七三年には一億二一〇〇万フランの売上げの五七パーセントがビキニであり、三三パーセントが色物である。「オム」はミニサイズに特化し、その信奉者に虹の七色のすべてを頒布することによって、同時期に売上げが五〇〇万から五八〇〇万フランに跳ね上がる。「ジル」も同様の急激な上がり方を示し、一九七三年には七三〇〇万フランの売上げと全国コンクールでの二等賞を実現する。「クラシック」は大敗北を喫する。アメリカの巨人「ジョッキー」は戦前の「プティ＝バトー」スタイルのような白の畝織りの独自路線に執着して、結局、フランス工場を閉鎖する。買い手の大半を占める三〇歳から四〇歳までの成人に、少しずつ母親の妨害を乗り越えてきた若者が、ついで子供が、合流する。中にはもっと先を行く若者もいる。一九歳の経済学部の学生クロードは一九七四年に興奮した面持ちで語っている(149)――「ママはセンスがいいんだぜ。素敵なブリーフを買ってくれたよ。色つきで花柄までついてるやつさ」。

赤か青のミニブリーフを身に着けていることは、多くの少年にとって自分の身体を合法化することである。「僕はスポーツをするから、色つきでビキニのブリーフが好きなんだ。服を脱いだときに開放感があって、ちょうど海水パンツをはいている感じかな」と二五歳の現場監督が語っている。しかしこれは男性だけの話ではない。男性の幸福については女性が大きな決め手になっているのであって、女性が連帯を表明してくれるからこそ、そうした下着のきざったらしさが問題にならないのである。一九七〇年頃には、この商品の買い手の七〇パーセントが女性である。こうした女性の決定的な介入に、抜け目のない広告業者が注目して、巨大広告の中で、この上なく大胆な下着姿を完璧な男らしさに結びつけ、これが一九六八年以後、フランスに降り立った外国人の目を引きつけることになる。「ジル」と「マリネ」はふさふさした胸毛とか、たっぷりとした口ひげとか、毛ずねといったものに執着する。とりわけ、前衛的なブリーフの影でいかにも輪郭のはっきりしない「スリマイユ」の一九六七年の失敗以後、あいまいなものは許されなくなる。女性客は侮辱されたように感じ、激しい嫌悪を示して、こうした「スリマイユ」のような商品から目をそむける。そして平静に戻ると彼女たちは、いじらしく「私が夫にビキニのブリーフを買うのは、そのほうが夫のお尻が丸く見えるからなのだわ」などと考える。勇気を与えられた殿方は自信たっぷりに行動するようになる。三五歳の或る管理職は次のように語る。「私は内気な性格だが、色つきブリーフをはいているほうが家の中を気安く歩き回れる。［…］そして家内のほうも薄着のときのほうが気安く自分を出している。そのおかげで私たちの夫婦生活も改善された」。もう一人はもっと大胆である。ビキニや色つきは信号のように作用するのである。「ブリーフの前が隠されているものの形にふくらんでいると、たぶんそのほうが女の子は喜ぶよ。そういうブリーフだと外からでも隠されているものの形がはっきり分かるし、ズボンをはいたときでも、ある程度分かるからさ」。

布をこれほど極端に切りつめると、その象徴〔的意味〕が形態〔的意味〕――まことにありがたい形態であるにしても――よりも重きをなすことになり、ついには「見かけ」についての、今まで提唱されたことのない現象学に行き着く。「ジル」は、時代錯誤のブリーフをはいた一人の男性が「新時代的」な友人グループの冷かしの的になっている〔という宣伝を作った〕ときに、フランス教養小説の系譜に参入する。六ダースのワイシャツによって、〔『赤と黒』の〕ジュリアン・ソレルは商人が君臨するピューリタンの時代にパリからの授爵状を勝ち取る。現在、冷かす側の連中とは誰だろうか。時代遅れなのは誰だろうか。冷かす側の連中とはおそらくはブルジョワであろう。労働者ということもありうる。ブリーフ・ファンタジーの成り行きは、階級闘争が息切れしてきた今日、男性の身体が、突然、成功と幸福との道具に変貌したことを際立たせている。

ルイ＝フィリップの治世において、重い職にある男性は、また体重も重かった。ところが突然、男が裸体に憧れ、薄着に憧れ、女性たちが引き締まった尻と平らな腹を男と競い合うようになり、それ以来、すべてをうっちゃてでも、栄養摂取を控え裸体の美学という規範に合わせることが大事になってきた。六八年の五月〔革命〕は、料理研究家という予想もしない経路をつうじて、国家的規模で、嗜好の革命を企てたことになる。

アルデッシュ地方やセヴェーヌ地方の共同体で使われているのとそっくり同じ食材に帰ろう。そうした共同体は、都会の悪を解毒する妙薬を山羊の飼育や薬草の栽培の中に探し求めているからである。エキゾティックな果物や野菜を発見し、善良な未開人の生まれ変わりを演じよう。食餌療法や衛生学を援用しよう。そうした掛け声の中に「プロ」――シェフ、料理担当記者、食通――が混じり、また、衰えた権威の挽回のためにこの機会を利用しようとする医者たちが混じる。それらの掛け声に刺激されて、世間では誰もが競って、美貌と美食という矛盾する二つの憧れの間に引き裂かれた身体のチャンピオンになろうとする。一九七二年に、こうした世間一般のざわめきから教訓を引き出したゴーとミヨーが、新しい料理法の絶対的規範を世に知らしめることになる。

食材の本物性につねに目を光らせよ。ラングドックふうシチュー、酢漬けキャベツ、アリゴテは捨てよ。特産地に対する郷愁を、素材に対する信仰へと変えよ。市場に足しげく通え。(150) 質的な序列――インゲン豆がかぶらより上で、ひらめが鱈より上、といった類いの――を押しのけ、代わりに自然の美質を置け。自然の美質とは、新鮮さ、旬らしさ、柔らかさである。

テクニックを疑ってかかれ。過度の熱処理とは手を切れ。それは料理から水気を吸い尽くし、生き生きとした力を奪い、風味を押さえつけ、くせを殺してしまう。なま物の権利を回復し、肉と魚から始めて、その権利をあらゆる食品に拡大せよ。ソースを追放せよ。それは詐欺的な作為によって調理の怠慢を覆い隠す。味つけは微妙な差異を大切にせよ。蜂蜜やえぞイチゴのヴィネガーを信頼して使え。食品に、計算された無垢を回復させよ。

一九世紀の食べ方とはもうおさらばである。客を満足させるという口実のもとに、とにかくやたらに食べさせるべく、本菜への慎ましやかな序曲と称してポタージュ・ア・ラ・レーヌでまず人を攻撃するような大層な調理〔たとえば次のような調理〕とはもうおさらばである。

若鶏を三羽用意します。臓物を抜き、毛を炎で燃やし、胃袋をそっくり取り除き、小焼串に刺して、ラードの小さな皮で覆います〔…〕。色がつかないようにこれを紙で包みます。それを大串に刺します。鍋に入れてもよいでしょう。そのときは、鍋にはあらかじめ薄く切った子牛、ハム、たまねぎ、二、三個のにんじん、味つけしたパセリのたばを底に敷いておきます。先ほどの胃袋を薄いラードの皮で覆い、再度言いますが、色がつかないようにバターを塗った紙で二、三回巻きます。肉の全体に大さじ二、三杯のコンソメスープをまんべんなくかけ、かまどにかけます。その後、肉はなべの中か、わら布団の上に置いておきます。胃袋は二〇分間火にかけます。そして火から上げて冷まします。なべの底に溜まった肉汁を絹布で濾します。その肉汁でパンがゆを作り〔…〕、胃袋のほうは極薄に切ります。切った胃袋を、二〇個の甘アーモンドと甘皮を取った二、三個の苦アーモンドと一緒にすり鉢に入れます。その全体に十分な穴を空けます。そののち先ほどのパンがゆを合わせ、よくすり潰します。それをすり鉢から取り出して、濾し布で濾したガラのコンソメスープをかけます。(151)

こねたもの、すり潰したもの――魚、野菜、家禽類などを使ったあらゆる種類のムースやピュレ――によって、食品をその鈍重な同一性から引き剝すような、そうした料理法をたくさん考案せよ。皿にはわずかな分量だけを盛りつけ、空いた部分をうんちくで埋め尽くせ。料理の現実とは、レストランに足を運べば確認できるように、どのみち、支配的レトリックが落とす影にすぎない。多くのレストランで、客はガイドブックに書いてあるメニューを優先的に注文しているではないか。

要するに、細身であって同時に活気に満ちていたいという社会の願いを聞き入れ、娘にはブルージーンズに足を通すことを許し、技術官僚や管理職には身のこなしが重くならないような栄養を、スポーツ選手には記録を出すのにふさわしいエネルギーを提供せよ。ディナーテーブルの尊厳を損なわない程度にその伝統的規範に揺さぶりをかけ、有益なものを快適なものに結びつけ、余計なものをそぎ落とし、必要なものも簡略化し純化せよ。最後に優雅の極みとして、遊び気分に味方し、同時代の麻薬中毒者が恍惚境を見い出した中国やインドからのメッセージを受け入れ、そして特に、煮たり焼いたりせずに食材をそのまま提供する技法が、一九世紀における書道や山水画と同じ調子でとりあえず絶賛されている日本からのメッセージを受け入れよ。

いずれにせよ、この地球という惑星が身体の領分であることはますます明らかになる。身体は、バカンスの期間中、地球を覆い、地球をうろつく。バカンス——年中行事としてのこのばか騒ぎは、一九三六年にフランスで有給休暇制によって庶民にも手の届くものになり、一九三八年にイギリスで天才的なプロモーターによって商業化された。「ビリー・バトリンはあなたの九月を陽光のシャワーで満たすでしょう。閑暇の魅力と歓喜を〔…〕〔イングランド東部の〕スケグネスと〔スコットランド北部のオークニー諸島にある〕クリートン＝オン＝シーの休暇村でどうぞ！」。こうした割引料金での休暇村の開放は、第二次世界大戦の直前のことだけに、おとぎ話の観がある。

個人主義的な民族の子供である私は、大勢のアメリカ人が人気のある海水浴場を葦笛と紙帽子で埋め尽くしてしまったことをいくぶんかの驚きをもって眺めたが、定価のついた快楽、規格化された休息という、こうした企画に類したものを今まで一度も見たことがなかったので、ここで私たち研究者にもまだ知られていない驚くべきものを読者のために描き出して見ようと思う(152)。

一八世紀の終わりにゴルドーニは、リグニア海のヴェネツィアと呼ばれたリヴォルノのブルジョワの間で古代の貴族の特権であったバカンス熱が高まったことを記述している。たしかに貴族階級は、年がら年中閑暇をもて余し、ウィークデーと日曜との区別、労苦の季節と気晴らしの季節との区別を知らず、気の向くままに、また気候に誘われて移動する。〔しかし〕一九世紀フランスの新しい主人〔たるブルジョワ〕は、もうけ仕事に追いまくられ、外目には体裁のよい隷従を強いられているうっぷんを、自由時間の厳禁というかたちで、可愛そうなプロレタリアに向けている。

〔第二次世界大戦後の〕豊かな社会において、初めて法が身体の権利を高らかに謳う。一九五〇年に二三〇〇人の会員を数えた「地中海クラブ」は一五年後に九万八〇〇人の会員数を公表している。最初の増え方は遅々としたものである。一九六二年に七万四五〇〇人、六三年に八万七〇〇〇人、六四年に八万七七〇〇人。一九六六年以後、爆発的に増える。六八年に一八万九〇〇〇人、七二年には二九万九〇〇〇人。地中海クラブは大量のチャーター便を仕立て、休暇村の数を倍増させ、一九六八年にアンチル諸島に進出し、一九七〇年には「ヨーロッパ・ツーリズムクラブ」を買収し、全世界を三つの大きな進出「地域《ラック》」に区分し、〔フランス中部にあって山がちの〕コレーズ県の会員であろうと地球の裏側の会員であろうと、その善良な会員に対して、どんな暴風雨があろうが、異国情緒と安心感によって織りなされる無上の喜びを提供するのだということを臆面もなく宣伝する。サラリーマンに対して、重役秘書に対して、中級・上級の管理職に対して、地中海クラブは物珍しい景観、恐ろしい原住民、獰猛な野獣などのメニューを用意する。もちろん、すべては飼い慣らされた小宇宙の中での話である。フランス人の顧客に対しては、地中海クラブは一年中、すでに手放した植民地で再び権力を行使できるかのような錯覚を提供し、風景が入れ替わり距離が廃棄され時間が休止するかのような幻覚を提供する。相手を対等な友人として「きみ・ぼく」で互いに呼び合う儀礼によって、不平等な立場の人びとが陽光のもとでの友愛へと勧奨される滞在期間中に、特別な熱狂が身体の関心事に向けられる。夏季期間中のみの共同体の中では、寛容な時代の爆発的発展に先駆け、すでに身体は胴上げされる喜びを味わっているのである。一九六八年以後、性交に好意的な道徳の自由化と歩調を合わせるかのように性器と胃袋との共同謀議が進んでくると、「食」こそは、地中海クラブがその創設このかた必死に割り込もうとしてきたビジネスチャンスであることがはっきりしてくる。なるほど地中海クラブは一日を派手な朝食で始める。それはまた運動と体重しぼりに大いに努力して体型を維持しなければならないことを意味する。バカンス族は優秀な努力家であり、彼らは褐色の力強い魅惑的な肉体の持ち主として崇め奉られることを渇望する。

しかしながら、スキューバダイビング、乗馬、ひっきりなしの性交、精力のつくごちそう、南国の月光を没収し独占しているのは、今もってなお言葉である。言葉が端的に物の代わりをしているのではないにしても。パンフレットの読者の数に比べると、実際にツアーに参加する人の数は少ない。「ジェット・ツアー」は一九七三年に四八万部のパンフレットを配布し、一九八四年には一〇〇万部以上を配布する。言葉は行動に先んじている。「クオニ」は年に六五万部の分冊式パンフレットを発行する。「ヌヴェル・フロンティエール」は一九六六年に何とか手探りで、謄写版刷りのビラによって自社商品を自画自賛し始める。そして、飽くことを知らない活字印刷物へのこだわり――三二九ページのパンフレットを二八万九〇〇〇部配布する――によって、一九八二年に二五万人、一九八三年には三〇万人の顧客を集める。これは景気が後退し為替取引が制限された時期にしては目覚しい伸びである。地中海クラブは、二〇フランで売られ、無料で借りられるカタログを、一六六万五〇〇〇部印刷している。一人の顧客を獲得するのに、最も悲観的な推計によると二五から四〇部のカタログが必要であり、最も楽観的な推計でもその数値は一〇から二〇の間である。(153)

一九七〇年代初頭、身体‐言語の急激な変化を理論化するためにガタリがドゥルーズを招き寄せる。ドゥルーズはそもそも派手な言行が似合う学者ではなかった。一九六八年まで彼の学者稼業は難解と紋切り型の間を揺れ動いている。それまで彼は高校および地方大学の教員をつとめていた。ストラスブール大学で、高等師範学校への選考に漏れた最も優秀な候補者にその不運の代償として与えられる学士奨学金をもらっていた彼は、カンギレムが傑作と誉め称えた形式論理学に関する論文で恩に報いる。「私はルイ＝ル＝グラン高校の高等師範学校文科受験準備学級で、ドゥプランを除けば彼ほど才能ある生徒を持ったことがない」というアルキエの言葉が、何度も羨望混じりに語られている。〔しかし〕哲学者の後宮《ハーレム》における彼の名声は外部にはほとんど鳴り響いていない。彼はドイツ的・百科全書的・存在論的な体系にアレルギーを持っているという点で同業者とは一線を画している。何かというとヘーゲルやハイデガーが持ち出された時代に、彼は唯名論者を自称し、ヒュームとイギリス経験論を研究する。あらゆるものが反ベルクソンを旗印に結集していた時代に、彼はベルクソンを、愛情をこめて、しかもその目的性に関する駄弁をではなく、思考と感覚的なものとの微妙な共犯関係を、その片言隻句の中に読み解いていく。彼はソフィストたち――すなわち現象の友人たち、本質の墓堀人たち――と一緒にいるときが一番満足できるようで、彼らの流離する系譜に密着する。宇宙を出来事の渦動として扱うスピノザがそうであり、宇宙を意志の急襲によって劫掠するニーチェがそうである。彼は文学的素材の中に危険を冒して飛び込み、その素材をあちこちにばらまく。(154) 差異が彼の祖国である。外なるもの、多なるもの、ささやかなるものが彼を奮い立たせる。内面性、同一性、全体性はくそ食らえである。

一九六八年には、どのような椿事も彼にとっては偉大な企てへの勇気づけに思える。カルチエ・ラタンの騒動によって、二五年間にわたって彼が人目を盗んで提出してきた証拠が一気に人びとの目にふれるようになったというのに、いつまでも炉部屋でぬくぬくとしておられようか。ちょうどその頃、彼はフェリックス・ガタリと手を結ぶ。一九六九年のことである。ガタリはドゥルーズとは資質の違う人物だ。つまり敏捷で冷笑的な根っからの扇動家であり、乳のみ子羊のようなまなざしの下に野卑な狼を隠している。ガタリは一九五五年以後、薬学に見切りをつけて、ル・ロワール＝エ＝シェールにあるラボルドの診療所で介護人をしていた。それは、一九五〇年にその地で精神医学の正統に対して反旗をひるがえしたウリの魅力に惹かれたからである。クーパーとレインとの着想になる反精神医学がその地で隆盛を迎え、スキャンダルの火元となる「狂気」と秩序の根幹である「良識」とを対立させる考え方が廃棄され、代わりに「権力」――司法・警察・医療権力――を「欲望」に対置する二分法が始まる。

このウリという無鉄砲な人物にガタリはすぐに傾倒する。それもドゥルーズのように注釈によってではなく、実践においてである。逸脱行動の完全な合法化、非公式なものの制度化、社会的領野に働く力学への欲動の挿入、社会を知らず知らずのうちに豊かにする狂気の完全雇用――そのようなものに惹かれたのである。

ガタリが、パラノイア患者や分裂病患者を扱う中で、豊かな社会では欲望が歯止めを失うこと、欲望は奇妙な懐柔策に従わざるをえない王でありかつ道化師であることに、はっきりと気づいたかどうかについて私に確信はない。一九六八年に全体性が破裂し、それが委員会・代表者会・運動・小集団といった夢幻的な社会関係の試運転のうちに分散したときに、ガタリは、おめでたくも、自分が歴史によって永続的な不安定化装置としての役割を認められ許されたと信じたのである。

参照すべき知を彼に提供してくれたドゥルーズに、彼は、自分が一五年に及ぶ反逆的な活動の中で培った破壊的な姿勢、挑発的で放縦な態度を吹き込む。二人は声をそろえて、堕落を渇望していた小学者の最高の歓びのために狂乱の詩を謳う。

ともかくも「欲望」が一万年前から社会的現実の中に住みついている。ドゥルーズとガタリの野心は決して謙虚なものではない。広大無辺な空間と時間における「人間」――彼らはこの「人間」という言葉に反感を持っているので、そのように呼ぶことを拒否するだろう――が、欲望の物質的機能の無制限の作動によって、すなわちさざ波から抗いがたい激流を創造する機械の無制限の作動によって、最終的にどこに連れていかれるのかを見定めようというのである。

出発点には、権力と大地とをかたく結びつける野生人がいる。その結合が「土地の共同の所有と使用を条件づける至高の生産原理、〔すべてを生み出し〕自らは生み出されざる偉大な静態[155]」である。最初の生産機械であり、疲れを知らない登録機械である領土は、すべての放出物――精子と糞便、畜群と穀物、夢と痙攣――を吸収する。領土のこの貪欲さに規律を与えるか、それとも自分のほうが消えてなくなるか――この二者択一は根源的である。そこで野生人はコード化する。しかし彼らの作り上げた配置の中では欲望が小きざみに震えている。

次に野蛮人が登場する。その首長――専制君主と彼の政府――のうちに生産の流れが収斂する。首長はそれをコード化するだけでは満足しない。彼はそれを超コード化する。ホッブズの語る専制君主を見よ。しかし首長は、自分が、大地という充実した身体から盗んだエネルギーを脱領土化することによって、計算不可能な帰結を生むプロセスの口火を切る。

最後の過程である文明は、資本主義のうちにその絶頂を迎える。資本主義とは投資機会を待ち伏せする貨幣の奇妙な流通である。資本主義はたちどころにその効能を発揮し、さまざまな流れのコードを解読〔＝流れを脱コード化〕し、抽象的なものを具体的にし、超越的なものを内在的にし、全速力で脱領土化し、分封し、解体し、分離し、切断する。しかし何ということか、一度倒された障害が没落のはずみで再び行く手に立ちふさがり、資本主義は自分自身の否定を招き寄せ、再領土化し、再コード化する。すべてがまた最初から始まる。国家・祖国・家庭、そしてそれに随行する抑圧の諸道具、さらに毒気を発する神話・虚言・伝説が戻ってくる。その頂点に位置するのが、自らの豪奢に身動きが取れなくなった或る老帝国が崩壊する寸前のウィーンで着想された「オイディプス神話」である。

しかし資本主義を憎むことは難しい。「私たちの社会はドップ・シャンプーやルノー自動車と同じように分裂病患者も生産する。唯一の違いは患者は売りものではないという点である(156)」。

誰からも好感を抱いてもらうために、資本主義があらためてやらねばならなかったことは、ほとんどない。自らの過剰に身を委ね、自らの剰余価値を再投資せず、調和へ向おうとする野心を放棄するだけでいい。欲望——良き欲望——は多元的であり、欲望はほぐれ、欲望は四分五裂する。欲望の常態は故障・不発・短絡・中断である。欲望の稲光には始源・終極・規則はない。欲望は「人間」という、統一のパロディーを無効化する。性は人間的なものではない。「性には二つある」とか、さらには「性は一つしかなく、それが他方に範型を押しつけた」というような不健康な錯覚の責任はフロイトにある。分子が存在し、それをむさぼる粗大な機械がある。それだけである。

というのも、欲望——良き欲望——は、支離滅裂なものだからである。能記をこそ欲望は警戒する。能記は、一度それを真に受ければ意味をいっぱい詰め込まれてしまう記号だからである。欲望が運動するのは、指示対象を引きずるフォルマリスム、すなわち所記に対して取り分を丸まる確保してやるフォルマリスム——ソシュール的であろうがポスト・ソシュール的であろうが——によっては遂に到達できない空虚の中である。イェルムスレウはそうしたフォルマリスムの狙いを修正することによって利益を得ている。彼の言語学は、声と書き言葉のどちらも経由しない電子光学や、情報科学、流態理論といった新種の諸工学と歩調が合っている。ここに言う流態理論は気体噴射の観察からたまたま得られた最近の掘り出し物である。彼の言う記号は、完璧に滑らかであり代数的内在性の領域を記述するのであって、そこでは表現と内容が互いに相手を前提し合い、その分節化は「もはや二つの序列化された言語のレベルの間〔で行なわれるの〕ではなく、内容の形式と表現の形式との間の関係によって構成された、転換可能な脱領土化された二つの平面の間で[157]」行なわれ、そこには能記の壁を突き破る流態の諸点や諸分裂や諸切断しかない。

このような流態の氾濫に恐れをなしてはいけない。この種の氾濫は、合法的な文化に通じる橋を分断するところまでは行かない。ドゥルーズは、大学から、先輩には敬意を示さなければならないという教訓をしっかりと受け取っている。尊敬の念は、暴力と微妙なぐあいにつきあっているどのページからも滲み出ている。そこここで文学的な作法がきっちりと守られ、レンツからルイス・キャロルに至る、クロソウスキーからベケットに至る、ブランショからレヴィ＝ストロースに至る、物故した、あるいは存命中の洗練された文筆家からの引用が盛られている。そこには「文化人仲間」との共同謀議があり、哲学的には貧困だが学者の評価は高いリオタールやセールやクラヴェルへの同業者的な目配せがある。そこにはサルトルに対する愛想のよさがある。そのためかどうか、意識や対他存在に関する、時代遅れの思いつきをほとんど評価しない私たちの友人たちであっても、「プロレタリア左翼連合」の影響のもとで、「溶融集団」という、〔サルトルの〕与太話をごみ箱から拾い直している。そこにはマルクスに対する念の入った賛辞がある。いかにケインズの流儀で、またアングロ＝サクソンふうのウルトラ・リベラリズムの流儀で欲望を解放しようとも、それだけではレーニンによる指導や、一九六八年のどっちつかずの状況における若者たちと、きっぱり一線を画するところまでは行かない。そもそも『アンチ・オイディプス』は彼ら若者を言葉巧みに籠絡するために書き始められたのである。物質の豊穣さとヒューマニズムの腐敗について、愛について、実践について、労働について、マルクスは繊細で奥深い言葉を語ったのに、偽造者によってその言葉は官僚的な組織と強権的な政権に都合がよいように改竄されてしまったというわけである。

しかし、そこにはとりわけラカンへの賛歌がある。たしかに〔ドゥルーズとガタリからすれば〕フロイト崇拝も、男根像としての能記崇拝も子供だましであり、精神分析は「家庭主義」と裏で示し合わせている。「オイディプス神話」には西欧的感性のすべての悲惨と欺瞞が、そして喪失感、罪悪感、不安感が要約されている。しかし、都合のよいことに、ラカンは師の言葉に対して断固として不忠実なのであって、ラカンはオイディプス神話が想像的《イマジネール》であること、そして「この神話にまつわるイメージは、もはや想像的ではなく象徴的《サンボリック》である去勢要素を再生産する限りでしか作動しない構造、オイディプス化する構造によって生産される[158]」ということを暴露する。「オイディプス神話」をそれ自身による自己批判の頂点まで導くこと、それがラカンの至高の任務である。そして、その勢いに乗って現代の万能薬たる言語学に自問自答を誘い、いかにして構造が「その構造を満たす諸々のイメージの彼方に、その構造を表象の中に拘束する象徴界の彼方に、自らの宇宙を、その構造を解体する積極的な非一貫性原理として発見する」かを説明することが彼の任務である。「そうした宇宙においてこそ、欲望は生産の秩序へと反転し、何も欠けるものがない分子的要素へと送り返される。何も欠けることがないのは、実在が欲望の対象であることとして定義されると同時に、欲望は自然的で感覚的な対象であることとして定義されるからである[159]」。その結果〔この著作では〕、いくぶん嚙みつかれた跡はあるにせよ、ラカン博士は、分裂者分析《スキゾ・アナリズ》の先駆者として、また欲望する機械を用いる高度に洗練された産業の先駆者として列聖されることになる。

慈悲深い姉妹である〔分裂者分析と産業との〕両者は手に手をたずさえて進む。分裂者分析は自我・主体・人格を倦むことなく呵責なく粉砕する。分裂者分析は「自我・主体・人格が放出し、受容し、遮断できるような流態を作り出す」。分裂者分析は「たえず分裂をより遠くまで、より繊細に」明らかにしていく。分裂者分析は、切断面を互いに照らし合わせ、断片を他の断片とひとまとめにするような「欲望する機械」を構築する。(160) 分裂者の分析家は、壊れた茶碗の一つ一つのかけらを黄金でつなぎ合わせる禅の職人に似ている。そのようにして彼は自分の素材を精神分析の方法によって神経症化するのではなく、分裂症化することに専心する。そのようにして彼は、専制君主が「長椅子」という領土の主権性を確立しようとして始めた運動を、指のひとはじきで逆転させる。〔二四〕そのようにして彼は、さまざまな流態と結託し、見せかけを、果てしない境界まで押し広げる。その境界では見せかけは、もはや作為ではなくたえず新たに創造すべき大地となる。彼は最も傲岸不遜なソフィストでもたんに推測するだけにとどめておいたこと——蜃気楼の中にしか実在がないこと——を実験的に証明しようとするのであり、欲望を細分化することによって脱領土化の担い手となる断片を露呈させるのである。

この上ない悪意に満ちた中傷を招きかねないこの「欲望する機械」という装置については、次のように言って間違いはない。すなわち、自然は特殊的かつ独創的であるから、そうした装置は技術に由来する装置とはいかなる意味でも似ていない、と。類比点が一つあるにしても——生産力を我がものにしようと努めているうちに反‐生産の審級に出会う、という共通点がある——、深淵が両者を隔てている。欲望する機械は逸脱するもの、散在するもの、非連続なものの中でしか作動することはない。技術的機械は、部品に分かたれ、嚙み合わされ、油の中を泳ぐ。歯車がたった一つ狂うだけで全体が止まってしまう。技術的機械が千篇一律に産み出すアイデア商品《ガジェット》を売り込もうとするうまい言葉に乗せられてはならない。欲望は商業に嫌悪を感じる。欲望の標的は決して確認できず、欲望は炸裂することによってしか判然とせず、いかなる目標も狙わず、どんな日程も消化せず、およそ欲求を充足させることもないからである。欲望は資本主義とその全体主義的な継承者の損害になるものなら何でもこしらえ、それらの城塞に開けられた突破口を塞ごうとする試みを打ち砕く。供給を雨あられと浴びせることによって需要をせき立てる汚れた機械、金銭ずくの機械は神経症的社会に帰属する。欲望する機械、美しい機械は精神病的である。

私としては、アイデア商品は分裂と縁が深いということを読者諸兄に言っておきたい。私たちの友人〔たるドゥルーズとガダリ〕をも、そして彼らの隠語をも小手先で軽がると運んでいる機械文明は、空虚を普及させるために錯乱する機械を構築する。さらに、美しき欲望が無の欲望である以上、抑圧の所産たる神経症は根強く生き残ると信じなければならないのであって、その神経症がドゥルーズを引きずり込んで、彼に、こののち、錯乱する機械の純粋な子孫たる不毛性を、かつてない辛辣さで攻撃させるだろう(161)。それは、光輝ある精神分裂病の地所、亀裂に覆われた地所、差別も序列も価値体系もない地所に完全に安住している凡庸な不毛性である。

洗いざらいを言ってしまえば、『アンチ・オイディプス』とは、一九七二年現在における服飾雑誌とバカンスクラブからの「消費せよ」という圧力のもとにある諸欲望の星座の中に、諸器官が統一的に機能しなくなった身体を浮かび上がらせる一大絵巻であり、利害の超越であり、技術をその俗悪な使用からそらすために技術を使おうという教えであって、半ば寓話的で半ばユートピア的な忘れられた道徳のジャンルに属するということに私は確信を持っている。それにしても、小説のとりこになっていたはずの才人ガタリ——私は彼のユーモアを愛している——が、プルーストやカフカのユーモアを抽象的言表によって窒息させていることは残念である。オイディプス的なしかめ面をものともせずに抽象的言表に揺さぶりをかけるいわゆるスキゾ的な笑いが、そうした非合法の企てが、そうした「新しい文学機械——本来の意味で文学を作る機械、あまりに人間的すぎる愛を脱オイディプス化する機械——の非人間的な創設」[162]が、かえって文学の本来の面目たる嘲笑を、その無政府主義を、その悪魔主義を見えなくし、言葉が言表するのとは別のことを表現する言葉の裏側を見えなくし、見かけに対する意味の意趣返しを見えなくしていることは残念である。

49

一九七二年

パリにおける「現代芸術の一二年」展

〔大統領〕ポンピドゥーは、大学時代に古典の知恵を探索する短い冒険を行なったあと、第二の人生において銀行家・政治家の知恵を身につけながら時代の趣味と深く交わる。夫人のクロード・ポンピドゥーがこの交わりに関して大いに貢献する。椿事を待つ性格の彼女はミシェル・ギーにぞっこんである。鉢植え植物の帝王にして社交界と芸術の友であり、しかもそうした社交界も芸術も利用し尽くそうとするくらいスノッブであったギーは、テュブフが連れて行ってくれるオペラや演劇にすっかり惚れ込み、一九八四年現在でもなお、「秋の祭典」では司会をつとめるほどであるが、そのギーが、大統領ポンピドゥーをも巻き込んで、絵画に熱を上げる。その成果として、このグラン・パレの展覧会が開催される運びとなるのであって、それは凍りついた文明――その文明の悲劇的な道程を、私はこの本で一歩一歩たどり直しているわけだ――の収支決算書とでも言うべきものである。

一九五〇年から一九六〇年にかけて、意識《コンシアンス》は次第に思考から引き離されるようになる。一九六〇年代になると、知が構造の茶番で思考を満たすが、そうした思考の中では、かえって空虚が我がもの顔に振る舞う。一九六八年の出来事も、非存在のこうした独裁を快楽と反権力のクーデターによって動揺させるどころか、学知を欲望に従属させることによって、むしろそうした独裁をいっそう激化させる。

演劇においては、一九七二年、何がパラダイムの地位を得てもおかしくない状況が生まれる。アヴィニョンが支離滅裂の王国の都である。『アンチ・オイディプス』の中で巧みに記述された「分裂」や「故障」や「流態」がアヴィニョンでの演出にリズムを与え、欲動に下駄を預けた身体が演出の中心軸を構成する。

かと思えば、リヨンでもパリでも唯美主義者たち（たとえばパトリス・シェロー）や大学教員たち（たとえばアントワーヌ・ヴィテーズ）が舞台の厳密さを保守しようとし、人知れず歴史の闇に沈んでしまう諸作家の慎みを欠いた自己主張を売り物にするような最新の作品よりも、「定番もの」（シェイクスピア、マリヴォー、モリエール）をよしとする。

造形美術は置き去りにされる。造形美術は、一九世紀にはしばしば詩を出し抜いて時代の空気に強い影響を与え、その抽象表現が最後の微光を放つ一九五〇年代まで、芸術の牽引車であり続けた。一九六〇年代に新写実主義の世代が前の世代との切断を敢行し、自らの作品を豊かな社会の日用品に接ぎ木する。それらの作品は、圧縮された自動車や規格品のごみ箱や各種の機器といった、愛と憎しみの混じった両価的なオブジェであり、消費財をただ積み重ねたものや、模造したものである。しかし、「新時代性とは、嘲笑的態度と不可分なのだ」ということが暴露されてしまうと、小説や音楽や人類学における新傾向のチャンピオンたちが理論家ふうのしかつめらしさの中に抗いがたい変化の装置を見い出すかたわらで、クリスト、アルマン、セザール、レスと彼らの友人たちは、自分たちに逆風が吹き始めていることを知る。一九六四年にヴェネツィア・ビエンナーレでラウシェンバーグに賞が与えられたことを皮切りに、創造の中心地はアメリカに移動し、過ちを悟った何人かの新写実主義者は幸運を求めてアメリカへ渡る。

現在、一八世紀以来めざしながらいまだ成就されない大願を抱きつつ、フランスにおいて有無を言わせない仕方で君臨しているのは「言説」である。ドラクロワは一八五〇年以前に画家に対して、「文学にはよく注意したほうがいい。さもないと仕事をすべて持っていかれることになる」と助言している。一世紀以上もの間、注釈という力によって文学は、芸術を併合はしないまでも、その後見人を僭称してきた。一九六〇年頃になると芸術は、目的が共通だという理由で、自分の捕食者である文学に身を委ねるようになる。

その共通の目的とは、消え失せた世界を操り人形として生きる主体を捨て去ることである。セザンヌは、その世界のほとんど不可能な立て直しを英雄的に引き受けたのであるが。

その共通の目的とは、作品の物質性・肉体性による意味の排斥である。人間主義的形而上学から与えられた愚かな基盤にすがりついているような解釈とはもうおさらばである。「自我」が後ろから虫喰いだらけの操り糸を引いているような想像界とはもうおさらばである。バルトが押しも押されもしない巨匠となる。輝かしい業績を持つ画家や彫刻家も、自分の文章表現《エクリチュール》の零度を恐れ、自分の記号を解読する鍵を握る聖書ででもあるかのようにテクストにお伺いを立てる。

悲しいかな、彼らが収穫する果実はまだ熟していない。祭典〔を名乗る美術展〕がニューヨークで開催され、ヨーロッパでは、ロンドン、デュッセルドルフ、ミラノで開催される。パリでは不人気が頂点に達する。画商はもはや作品を売って[二五]利益を得るところまで行けない。画商が二万五〇〇〇フランの値をつけた絵画が一万フラン以下でドゥルオに持ち込まれる。これは、ラカンやデリダによって自分の存在を正当化してきた創作者たちが突如そっぽを向かれたと考えなければ、経済的繁栄が頂点に達した時代においては理解不可能な零落ぶりである。絵画商の苦境は顧客の迷いに端を発している。顧客は、ポリアコフやエステーヴが、スペーリの「残飯」とかアルマンの廃棄物によって荒っぽく追い払われてしまったショックから十分に立ち直っていないうちに、いきなり高等研究院の支店のような画廊に引きずり込まれれば面食らうわけだ。〔しかし〕学者が少しずつ一般人の感性に支配力を及ぼすにつれて、マーケットは一九七二年頃に勢いを取り戻し始める。

ニューヨークでもレトリックが君臨する。しかし、〔その地での〕絵画と支配的集団・支配的文化との関係は、フランスで猛威を振るった両者の関係とはいかなる共通点も示していない。

小説と詩を除けば、アメリカ合衆国の芸術の過去は厚みに欠ける。そのため、一九四五年にポロック、ロスコ、デ＝クーニング、ジャスパー・ジョーンズらアメリカ合衆国の造形作家たちが世界絵画競技会へ参入したことでセンセーションが巻き起こるほどである。一九五〇年代の終わりに、漫画から出たポップアートが、芸術における最近の寡頭体制とアメリカの伝統的な水脈との間に絆を作り上げる。ミニマルアートも、いかなる意味でもこの絆を断ち切っていない。ポップとは日常的な表象と実践の物語である。コンセプチュアル・アートもまた、異議申立て運動と、アングロ＝サクソンのイデオロギー的資産との両方に同調的な、もう一つの言葉の冒険以外のものではない。当時は、とりわけ大衆的な芸術である映画が深刻な不況を経験する時代である。また映画とは対照的に、過ちを悟った演劇人や音楽家や造形美術家が自分の根っこを発見する時代でもある。フランス記号論の大学における成功に、古くからの習慣が加勢する。古くからの習慣とは、感情を足手まといにしかならないものとして排斥するとか、見せかけが支配する広告文明の中で所記を能記のために犠牲に供するとかいった習慣である。そのことからまったく自然に、ウィトゲンシュタインの数学的認識論に裏打ちされ、分析的・経験的・論理学的なパース学派が後見をつとめて、人間の追放が起こる。このウィーン人が時流に合ったニューヨークの創作者たちに準拠枠として役立つ。各々の言語は、ひとつの構造を隠し持っている。人は、一つの言語の内に閉じこもっているかぎり、その言語の構造について語れなくなるが、しかし、この構造は第二の言語によって暴露される。この第二の言語は、今度は第三の言語の内部において定義可能な構造を持つ。以下同様である。(163) ジョゼフ・コスースが、カール・アンドレが、あるいはソル・レウィットが代数の問題によって、詩によって、記号論研究によって、あるいは何であれ非視覚的なメッセージによって、絵画にメッセージを語り伝える。つまり感覚的な絵画表現は時代遅れであると決定的に宣言するのである。

パリのグラン・パレには、公の展覧会の厳粛さに守られるようにして、新時代性こそが需要に応えるのだという錯覚、挑発行為も商取引によって合法化されるという錯覚が広がっている。そこでは二つの道が提示されているが、いずれの道も原理的に、まったくどこにも通じていない。

第一の道は、脱人間化され、現実から遊離したイマージュである。このイマージュにはいくつかのバリエーションがある。

その一。観念の抜け殻、知的構築物の複製のような「見世物《フェノメーヌ》としてのイマージュ」。作者はティティュス＝カルメル。作品は写実的デッサンと設計図を向かい合わせに置き、前者によって錯覚を、後者によって絶対的なものを示している。ここには、パスカルに対する賛辞と否認が同時にあり、黄金数が批准されるとともに、絵画が罷免されている。

その二。自分自身以外の何も指し示さないレトリック的・文字的なイマージュ、代理的ではなく帰納的なイマージュ。実在についてのイマージュというよりもイマージュそれ自体のイマージュ。(1)作者はケルマレック。作品は動物的もしくは人間的な感覚世界の断片であり、何であるかは言えないが、何かのコードに従って分節化されている。(2)作者はモノリ。作品は青みがかったモノトーンの、写真と見まがう超写実画であって、事物をもじることでかえって夢をただよわせ、相似形を描き込むことでかえって異物を増殖させている。(3)作者はシュテンプフリ。作品は自分の本質を求めるかのように突起し肥大するタイヤや瓶。

その三。存在の廃墟の上に、六八年五月の精神がいくばくかの積極性をすべり込ませている戦闘的イマージュ。作者はレ・マラシ（キュエコ、フルーリ、ラティル、パレ、ティスラン、ゼメールからなるグループ）。その作品は、フランスの政治的、経済的、文化的現実の否認、共同制作による否認である。これは、大衆版画から借りられた寓意画で「大食事会」というタイトルがつけられ、この展覧会のために制作された。一枚が縦一六二センチ横一三〇センチの四五枚のカンバスからなる。

空虚へと通ずる第二の道はフォルムである。

その一。支持体《シュポール》＝表面《シュルファス》〔一二六〕——それは、作品それ自体のことでもなく、作品を固定する空間のことでもない。いうなら、熟成過程にある記号、そぞろ歩く記号である。〔その支配下にあっては〕一九世紀の家具の上に押されていたような検印などはいっさいなく、今は使われなくなった、画家が過去を振り返る目印に使う日付けもない。そうした「タブロー」の隔離のために指定された場所——美術館やアパルトマン——もない。優良品マークのついた木枠や紙や絵の具などの画材もない。消尽線とか遠近法とか奥行きといった造形上の逃げ道もない。カンバスはその組成によって定義されている。カンバスは、しなやかであるから、巻き癖がつき、折り癖がつき、縮みもする。裏も表もなく、その織られ方や織糸や表面のでこぼこや毛ばだちや毛の散り方によって扱いが決まる。(164) それは、画布というよりは帆布であり、色が塗られるというよりは色で染められている。それは、木や金属といった他の材質による異議中立てにさらされている。霊感のくだらなさを強調するために、あえて反復的たらんとする。この点については音楽におけるフィリップ・グラスの似たような実験を参照されたい。(1)作者はヴィアラ。作品はしなやかな繊維を素材として制作された結び目や紐や網。(2)作者はジャカール。作品は防水シート《トワル・バッシュ》の上に巧みに描かれた安っぽい《トワル・バッシュ》感じの絵。

その二。グラン・パレのどこにも置けないもの——「ボディ・アート」すなわち行動。空洞化し、解体され、悪評を買い、すべてを奪われてその画材の廃墟を残すのみとなった絵画は、最終的に、これをもってお払い箱となる。(1)作者はボルタンスキー。作品は画家とその二人の兄弟の写真である。ここにあるのは三重の殺害である。画家が乾板と化することによる絵画の殺害、絵画以前の表現形式による画家の殺害、三人物が互いに識別不可能であることによるその表現形式の殺害。(2)作者はジュルニアック——彼は、公衆の面前で女性の身体に彩色をほどこしたイヴ・クラインにならって、何と絵を描く代わりに、教皇然として、大まじめな聖体拝領者たちを相手にミサの儀礼をやってみせる。

50

一九七四年

カルル・フリンカー画廊におけるビザンティオスのデッサン展

一九六〇年代になると画家たちはもはや未来を語ることをやめ、現在の教訓——すなわち、見えるものの破産という教訓、言説による抑圧という教訓——を反芻する。頑固者は絶望の中で感覚にしがみつく。

そのような頑固者の一人を私は知っている。彼は力のある明敏な芸術家で、空疎な言葉には情け容赦なく、尊大さの中に気品をただよわせ、魂の高貴さ故に決して妥協せず、誰もが不安から身を守ろうとする時代に不安によって身を守っている。ビザンティオスである。彼は一九四六年からパリに暮らしているが、古代ギリシャから無邪気さを、つまりハイデガーふうに言えば、孵化しつつある存在に敏感に反応する無垢のまなざしを受け継いでいる。彼はまた、私たちの社会がなくしかけているエネルギーをそうした存在から受け取ってた。私も、自分の小舟「メデューズ号の筏」の上でそうしたエネルギーを受け取っている。私はその小舟の主要株主を何人かすでに指名しているが、彼らはバルザックの『一三人組』の流れを汲む離反者の同盟、すなわち共謀するダンディーたちの同盟を結成している。

一九六二年にビザンティオスはジャンヌ・ビュシェの画廊で一九枚の絵を展示する。それらは、具象的表現を求める旺盛な創作活動の幕間をなす非具象的な作品群である。あたかも彼は、芸術が芸術自体を否認する流れの中で、抽象化が造形的表現の最後の飛翔であったことに薄うす気づいているかのようである。あたかも彼は、「主題＝主体《シュジェ》」が、灰の中にそれを甦らせる新写実主義の遣り口によって踏みにじられてしまうにせよ、その前にあらゆる還元に抵抗するということを何とか確認しようとしているかのようである。たしかに主題は、ビザンティオスのそれらの美しい作品群の中で輝きを放っている。ポリアコフ、リオペルあるいはヴィエラ＝ダ＝シルヴァが絵の背景から奪い取った権利が、ここでは背景に返還され、主題はそうした背景と先を争うかのように、世界に向かって微笑みかける全体の構図の中で、手前に向かってせり出してくる。ハルトゥングやマテューは線影、塗り残し、配色、唐突な筆遣いなどを使って空間に空虚を穿つ。ビザンティオスは空間に充満と直証とを元どおりに置き入れる。彼のデッサンは苦しい緊張という代償を支払って色の中に住みつき、光を導く。実際、強いタッチの連続の中に光が破れ目を作ろうと身構え、うずうずしているかに見えるのである。光は、自らのはやる心を自制するかのように、目くらましになる一歩手前にとどまり、そして記号〔的表現〕も、人物像や物体像として振る舞うことによって、意味を厄介払いするのではなく、むしろ意味を新たに生み出す。

そうした意味は一九六五年にゼルヴォスの画廊で、もう一度、激しく湧き出している。ゼルヴォスは学識が豊富な異色の画商で、それまでの一五年間、〔ギリシャの〕キュクラデス諸島からピカソへと至る美術品の道を散策していたのだが、絵画の動向に無頓着な自分の画廊に、ビザンティオスの木立や果実や野菜〔の絵〕を受け入れる。ところがそのゼルヴォスの画廊で、ジャンヌ・ビュシェの画廊で始まった〔ビザンティオスの作品における光と主題の〕闘争が激しさを増し、どうやら形勢は決定的に光のほうに有利となり、主題はぎらつく採光と悪戦苦闘しなければならない様子となる。つまりビザンティオスはここでもう一度、彼本来の傾向よりも過激な立場を選んでいるのだ。彼は、新写実主義とポップアートによる擬似具象化のうちに埋没しつつあった絵画を抽象画によって立て直したあとで、コンセプチュアル・アートが始動しつつあったこの時期に、知覚されるものの玉虫色のきらめきこそが、ぐらついている具象的表現に正当性を回復させる目的で捧げなければならない貢物であることを証言するのである。しかし、二〇年経った今でもなおインパクトが失せない何枚かのすばらしい絵の中で吐露されているそうした信仰は、デッサンの鍛え直しへと彼を導くのであって、ビザンティオスは現実を再び見つけ直すための、四つの段階からなる長い道程をたどり始める。彼の仕事は、公衆のマヒした判断力からすると、「言い落とし」についての何やらよく分からない仕事だから、そうした仕事によって名声を得たにもかかわらず、彼がスターたちの万神殿《パンテオン》にはいまだに入っていないということは、彼の才能をいささかも傷つけるものではないし、いかなる種類の重要性も帯びるものではない。すでにニーチェは「場違いな発明しか発明というものはない」と教えることによって、流行の価値についての迷妄を打破し、私たちに精神の健康を取り戻させている。

〔まず第一段落として〕一九七二年にガリエラ美術館で、ビザンティオスは手のうちを明かす。彼の大型の絵は青年時代から彼を魅了していた模範的作品の系譜に属することが見て取れる。〔二七〕彼の模範はビザンチン、古代ローマ、中世ロマネスクの作品であり、とりわけファイユームの作品である。彼は私をルーヴル美術館に連れて行き、いくつもの頭部が射貫くような目で宇宙を見据える様子や、いくつもの主題が自己を忘却して本質との対話にのめり込む様子を何度も見せてくれる。しかし、要求の多い彼のデッサンは色彩の熱狂を抑止するだけでは十分でない。彼のデッサンにとっては、色を色自身の罠にかけ、色をおとなしくさせるためにそれを厚塗りすることが必要である。ベタ塗りの地の中から、材質と化した色の厚い層の中から、力強い静物が浮かび上がってくる。それが人間のシルエットだったとしても同じである。彼のデッサンは、人間を取り戻すと称してその戯画しか生み出さなかったポンピドゥー展覧会の時代に、仮面もかぶらず逃げも打たずに人間のシルエットにためらうことなく生命を回復させる。しかし、人間のアイデンティティはそうしたデッサンの中でまだためらいを見せているように思える。人間のより内奥の諸特徴を探り当てるためには、それらを煮詰め、純化しなければならない。六年に及ぶ隠遁生活の間、彼は一枚を描くごとに何百本という鉛筆を使いきるデッサン、身を削るようなデッサンを続け、〔第二段階として〕一九七四年にカルル・フリンカーの画廊で自分の秘密を明かす。

そこには流行品店の前やリュクサンブール公園の木立の下を行く人、来る人、立ち止まる人がいる。彼らがその素朴な現前のままに、いわば、ただそう見えるがままにスケッチされるさまを想像せよ。次に、広大無辺な白い紙の上に、定規を使って丹念に長く引き延ばされた垂直線・水平線を、すなわち視野を埋める碁盤の目を想像せよ。男が、女が、通りが、ショーウィンドーが、少しずつかき消され、諸線が交差し、短絡し、複雑な網の中に解け込んでしまうのであって、そうした網の目の力学は最初の視覚ではとらえきれなかったものである。それはちょうど、ライプニッツにおいて、知覚されるものの裏地とでも言ったらよいような微細な諸力が、その総和によって感覚的なものの明証性を生み出すのと同じである。紙が埋まれば埋まるほど、余白はそれだけますます力を発揮する。というのも、包み込まれることに抵抗する光が、遠さとか深さといった錯覚を生むことなく、強いタッチを落ち着かせ、それらにリズムを与え、それらを分割し、結び合わせるからである。ビザンティオスが昔から掲げていた「前景」の要求は、ここにその完璧な満足を見い出す。隣接するものによって立体感をこしらえる精神の中においてでなければ、「前」も「後」もなくなるのである。

〔第三段階として〕一九七八年にビザンティオスは、決定的なこうした様式を色彩画の中にも持ち込み、一九八〇年にはフリンカーの画廊で、〔ゼルヴォスの画廊にあったのと〕別の果物や野菜が、回復された具象化の可能性を表現する。しわの一つ一つが数えられるナプキンの上に並べられたジャガイモ――私の勘定では全部で一六個ある――とナイフを見よ。光と影のコントラストもなければ、内も外もなく、消尽線もない。物語もない。すなわちこれらの物体像は、逸話とは無縁な造形的必然性にもとづいている。この絵画ほど現実を間近に生きている絵画はなく、心理的なものから遠い絵画はない。それと言うのも、この絵画はルネサンス以降、空間を魂の状態として扱うように私たちを慣らしてきた遠近法を放棄しているからである。

〔第四段階として〕一九八二年にビザンティオスは、彼の昔からの懸案だった人物画に真正面から挑む。鋭いタッチの頭部、一人あるいは複数で黒・白・赤の服を着て寝そべり座り立っている女性像、次第に簡素さに甘んずることがなくなっていく場面性、次第に派手になっていく装飾性。これは懐古趣味の絵画だろうか。とんでもない。新しい絵画である。新時代人の激しい攻撃に直面しているデカダン派の絵画だろうか。新時代人について言えば、私はこの長い冬の旅のあいだ中、彼らがただ単に技巧家の凡庸さと調子が合っているにすぎないということを声をからして叫び続けてきた。ビザンティオスの才能は、そんな人びとよりも荘厳に、或る文化のレクイエムを歌い上げている。彼の才能は、神話と夢が独自の道すじをたどり終えるであろう西暦二〇〇〇年以後に、コンピュータ上に開設される「歴史末博物館」の中に収められて、私たちの孫たちがしげしげと眺めやる記念すべき聖遺物の中に立ち現れることだろう。

51

一九七六年　ジャン・ボリ『フランスの独身者』(165)

やや太り気味、声は低音、口ひげの手入れが行き届き、イギリスふうの上品さをただよわせ、しばしばフランネルを身にまとい、飛行機より列車を愛し、特に海外に出るときは船旅を選び、品位よりも過激さが売りの、ギャツビー〔＝フィッツジェラルド『グレート・ギャツビー』の主人公〕よりもバルナブース〔三八〕のほうに似ている四〇がらみの男を想像されたい。さらには、学生にはひたむきで、授業の演出に非の打ちどころがないが、同僚からは――無作法な奴だと判断する守旧的な人びとからも、時代にそぐわないと判断する今ふうの人びとからも――概して好まれない、生まれて来る時代を間違ったような大学教員を想像されたい。それがジャン・ボリである。

ギユマンのものを除けばフランスにはもはや文学史なるものは存在しない。文学史は伝記物の中で無味乾燥になり、あるいは諸々の形式主義によって見捨てられてしまっている。ゴルドマンは、一九五〇年代に、マルクス主義的な知識社会学から文学史の地位をかばい守る。法にたずさわる者たちの星座の中にパスカルとラシーヌの位置を探し求める彼の『隠れた神』のあとを継ぐ者はいない。ピエール・バルベリは、著述家が自分の時代のとらわれ人であることを完全に暴露するところまでは行っていない。彼は時代を外皮とか標識とか支柱のように考えるが、栄養源と考えることはめったにない。これに対してボリが、自分の「生きられる現実」を著述家のそれに結びつけることによって著述家を投げ込むのは、まさにこの時代という炉床である。一九世紀については、世俗の小学校教師をつとめていた或る修道女から伝えられたことが彼自身の記憶となっている。彼女は彼にその時代の大義を生き生きと語った。その大義とは、民衆であり、教育であり、進歩である。彼としてはできれば記憶としての一九世紀を孤立させたままそっとしておきたいのだが、逆に、ブルジョワ・イデオロギーの表面を飾っている矛盾と夢想を嗅ぎ当てるという道が彼の前に引かれる。

彼の舞台装置はゾラの内にその根っこを持つ[166]。売るほどたっぷりある実証的な知識と、最新の知に支えられた創作技法。二五年かかって端から端まで航路標識で埋め尽くされ、文字どおり熊手でならされてしまって、〔出番を奪われた〕熟練人を苛立たせる社会。生殖とか遺伝といったメカニズムの中に追い込まれた生物学。恐れを知らないその自然主義を前にして右往左往する亡者、すなわち獣性や狂気や肉体の放蕩。そして最後になってやっと明かされる、地に満ち額に汗する人間への信仰。〔『ナナ』に登場する〕ルネの初めての吐き気と転落、パリ中央市場の悪臭、アルビーヌ公園の植物の繁茂、ナナの奇形性といったものと、ルーゴン＝マッカール家という吐き溜めが歌い上げる多産と労働と正義と真実に対する最終的な賛歌との間に、贖罪のいくつもの兆しがほとばしり出ている。企業の長でありながら貧者に慈善をほどこし、無邪気であって世間知らずではなく、惚れっぽいが独占欲はなく、横柄だが冷たくないポーリーヌ〔＝ゾラ『ルーゴン＝マッカール叢書』1「生きる喜び」の登場人物〕の君臨がそうであり、エピローグの中で、遺伝的な欠陥を背負う彼女の家族に、再生を予感させる赤ん坊を遺贈する善良な医師の希望がそうである。かくして、一九世紀フランスに一貫する神秘主義を人目から隠し、もしくは遠ざけていた、決定論と不可知論的左翼という二つの仮面はおのずとはがれ落ちることになる。

神秘主義は、当時のフランス全体にまんべんなく浸透し、神秘主義の危険から最もよく守られていると信じられている人びとにさえ取りついている。サン＝シモン主義者の管理職あるいは技術官僚が、誰よりも先に女性崇拝の誘惑に負ける。売春と姦淫という遺伝的な病いから救われ、癒された偶像〔たる女性〕。傷ついてはいるけれども、しかし母として子をかばい守るという役割にふさわしい筋骨を隠し持つ小鳥。解放者によってたちどころに囲われ、この上なく屈辱的な欲求不満の中に縛りつけられている幸薄き者。〔サン＝シモンの弟子〕アンファンタンが神のごとき伴侶に掟を破る権利を与えるのは、そのほうが彼女を快楽から遠ざけられるからである。尊大な貴族であり、戦争に明け暮れていたヴィニーにとっては、〔彼の『運命』に登場する〕苦しみにやつれ、やや血の気の失せた青白いエヴァが霊感の泉たる対象である。「訪問客が不意に現れ、彼女が紹介され、誉めそやされ、微笑みをもってお役ご免となる。彼女は請け合いはするが、決して自分を押しつけることなく、慎み深さによって安心を与える」(167)。外見上、ヴィニーほどマッチョではなかったミシュレは、二度目の妻アテナイスの足元に平伏して彼女に敬意と慈愛とを雨あられのように注いでいるが、しかし西欧の諸価値から切り離されている原住民を、尊厳ある人間の位置まで高めてやろうと気遣う植民地支配者として振る舞っている。ミシュレがアテナイスこそが自分の話し相手としてうってつけであると宣言するとき、男くさい帝国主義がその敬意のもとに透いて見える。

そして他のデリケートな頼みごとを引き受けてくれる部屋つきのメイドが絶対に必要なら、なりたくてうずうずしている女性で、しかも、ジュリー嬢やリセット嬢〔＝いずれもミシュレ『愛』の登場人物〕やその種の名の知られた女性よりも百倍も熱意のある女性を紹介いたしましょう。彼女は、おまけに、気立てがよく、あなたの不利になるようなことを隣人にはいっさい漏らさず、愛人と一緒になってあなたをせせら笑ったりもせず、あなたが話している最中に背中の後ろで舌を出したりもいたしません。――しかしそんな逸材がどこにいるのかね？ もしいるなら雇いたいものだ。私にはそんな娘が必要だ。――どこにいるか、ですって？ あなたの横におります。[168]

サンド、ユゴー、ミシュレ、ゾラといった予言者、改革家、ユートピア主義者は、殉教者かつ贖罪者たる民衆のうちにある、人類の罪を贖う犠牲的行為を誉め称える。それなのに『ジェルミナール』の中で、著者ゾラを忠実に代弁する技師のエヌボーは率直に次のように宣言する。もし社会の進歩が裏目に出て、労働者が本能的欲求の静かな充足から、満たされない情念の苦悩へと進むとしたら、地上の不幸は際限もなく拡大していくことだろう、と。この言葉は、卑しい人びとは彼らのレベルに留め置いて、獣のように姦淫するがままに任せたほうが、高貴な人びとの美的かつ反道徳的な誘惑にさらすよりもよいという意味に理解せよ。これこそ保守的な博愛主義者によって読み直されたルソーの考えそのままではないか。

こうした偽善〔を暴き出すこと〕の内に、ジャン・ボリは悪魔的な歓びを見い出す。というのも、フロベール、ボードレール、ゴンクール兄弟、初期のユイスマンスといったボリ自身の共犯者、友人、兄弟たちが〔サンドたちの〕敵の陣営にいるからである。彼らは、そろって冷笑的で斜に構えたダンディーである。こうした反抗的人種に向けて、彼は或る怪物の肖像である『フランスの独身者』を提供するのであって、そこでは、「宗教家」たちも戦士たちも、一方では結婚せざる男性であり他方では諸々の政治的・社会的な悪の象徴であるという同じ汚辱の中にあって区別がつかない。中世には、司祭と、甲冑をつけた戦士がいて、アンシャン・レジーム期には、貧乏人や田舎者につきまとう自由思想家がいたが、いずれの時代でも彼らは初夜権を行使する貴族であり、無防備な貧しい娘に自分の影響力を行使する聖職者である点で変わりがなかった。夫婦者に栄えあれ。女と子供という象徴的な図像によって表現され、夫はいつも一歩下がったところにいる民衆の家族に栄えあれ。[169]それこそは、ヴェズレーやオータンやコンクの寺院のロマネスク様式のペディメントに描かれているような、死に勝利する生、神が見放した人びとに対する義人たちの勝利である。

その結果、いかがわしい系譜に対する不安、病的宿命に対する不安が人びとに取りつく。一八五〇年以後、諸々の学問体系を組織するまでになるそのような不安心理の探検家であるジャン・ボリは、もはや「文学的」と言われる言説に立てこもってはいない。彼は医者や統計学者や衛生学者や経済学者のうちに、或る集団的感性を嗅ぎ当てているのであって、その感性のうちで左は『四福音書』を書いたゾラの超進歩主義に始まり、右は『民族のエネルギー』[170]を書いたバレースの超反動主義に至るすべてが、純粋な人種という妄想のもとに見境いなく共謀している。文化史家であり、科学史家であり、流行に対する無関心を表明することをやめない、陽気で刺激的な本来の歴史家であるボリは、その最後の著作を誉めそやす賛辞を他ならぬ流行から受け取っているが、その著作名と、新時代人の一味に深い関係を持つその出版社名とが誤解を招いて、一部のだまされやすい人びとは、彼が理論性と退屈の側へ寝返ったと信じ込んでしまった。とんでもない誤解である。

52

一九七七年　ロジェ・ケンプ『ダンディー——ボードレールと仲間たち』(171)

私たちの新時代人は差異に夢中になり、差異をトロフィーのように見せびらかすが、それは冬の嵐のもとで春をよそおう、偽りの微笑みである。フーコーが、ドゥルーズが、デリダが、「監禁」とか「分裂者」とか「抹消線」とかいう看板を出して、自分の差異を誇っている。しかし、それらは、全地球的なイデオロギーのざわめきの、とりとめのない残響のようなものである。女性は女性で自分の差異にこだわりを持ち、ホモセクシュアル・病人・高校生・移民、いまだに隷属的な人びと、あるいはすでに自由を獲得した人びとも自分の差異にこだわりを持っている。痛ましくも興味深いことは、差異を享受する権利を騒々しく要求するや誰もがそれを危険にさらす、ということである。

人はたんに細分化と微視的権力を夢見ているにすぎない。人びとは街路にあって、ウォークマンによって相互の間に壁を築いている。現実とは、ライプニッツによれば「共可能的なもの」であり、それぞれが特殊で還元不可能なモナド相互の調和、神によって思念された調和のことである。〔ところが〕私たちの現実は、そのすべての要素が交換可能な渦巻きである。人はテレビの画面上で、一つのチャンネルから別のチャンネルへ、一時間に一〇回も二〇回も三〇回も移動する。人は旅行会社によって企画され調整された同一の異国情緒を楽しむために、バンコクにもバルバドスにも出かける。人は一国の首都でも最も小さな郡でも、似たような作りの膨大な数の店で似たような料理を注文する。自己正当化のつもりで、生産者に対する所有者の存在論的優位という幻想をはぐくんでいた一九世紀のブルジョワ階級は、長い目で見れば、自分の野心を粉末化する〔とともに万人に植えつける〕結果に導く或る過程を始動させたことになる。民主主義とは——スタンダールやボードレールやニーチェの慧眼が瞬時に見抜いたように——一般的平準化を招き寄せる抗いがたい調整原理である。マルクスの迂闊さは、資本主義の物質的エネルギー——つまり技術的、経済的エネルギー——と、拡大がもたらす陶酔のために利潤がもたらす便益をいつでも犠牲にしようと身構えている象徴的エネルギーとを混同したことである。これと照応してマルクスは、プロレタリア階級の内にある苦痛と革命への衝動とを混同した。というのも、被抑圧階級は、世界を変革するためではなく、彼らなりに世界を享受するために搾取者に攻撃を仕掛けるのである。趣味や習慣や感性の異質性は、産業社会においては消滅する宿命にあり、それに呼応して品位も消滅する。私は社会的正義の名において品位の破裂を何らの留保もつけずに祝福するけれども、私が頑固一徹な白馬の騎士として守りたい美的・文化的価値の名においては悲しみに耐えない。

様式の一様性のもとでは、反抗者、逸脱者、離反者との妥協は許されない。私は、一九四五年を起点にとって、哀れむべき羊の群れや、大勢追随者の安心しきった満足感や、既成の言語に則った師と弟子との相互従属などをめぐる叙事詩を物語ってきた。このような因習の中で、いったい、ダンディズムに出る幕があるだろうか。ロジェ・ケンプが単独性《サンギュラリテ》に捧げられたユニークな著作を世に問うて三〇年にもなるのに、その著作がさしたる反響を呼び起こしていないからといって驚くことがあるだろうか。人びとが「ニューモード」の店のことを「ダンディー」と呼び習わして怪しまないこの既製服の時代に、これら二つの言葉が互いに排斥し合うこと、「最新流行」は、それらダンディーなる野生人の何よりも忌み嫌うところだということを人びとは知らないのか。本物のダンディーたちの黄金時代であった一九世紀には、彼らは、どんな場合にも、軽蔑と肩すかしと沈黙と失地回復運動《イレダンティスム》をもって自らの旗印としていた。彼らは、人びとが愚かにも描いたような挑発者ではまったくない。ルイ＝フィリップ時代のゴシップ欄を賑わせていたサン＝クリック、「カフェ・アングレ」で牡蠣と一緒にチョコレートを口にしていたサン＝クリック、ロワイエ＝コラールの指導のもとにある騒々しい医学部生について「人間の服を着たこれらのくそどもを十人ばかり殺してやれば、さぞ気分がよいだろう[172]」と公言していたサン＝クリック、頭に薔薇を差し爪を極彩色に塗りバヴァリアふうに胴回りをきつく締めていたサン＝クリックは、どう考えても反ダンディーである。真のダンディー、正統的ダンディーと言えば、（ボードレールとバルベ＝ドルヴィイはその系譜の淵源を古代のうちに求めているが）ブランメルである。実際ブランメルは、公式にも「ダンディーの父」ということになっており、「伊達者ブランメル」あるいはたんに「伊達者」と呼ばれるが、濡れたモスリンのように手の形にしっとりと合った手袋をはめていた。その手袋は、一人が親指を作り他の三人が残りの指を作るといったぐあいに、四人の芸術家が仕事を分担した知られざる傑作である[173]。しかしダンディズムはこうした傑作性のうちにあるのではない。ルイ一五世の腹心で大使もつとめ、のちに元帥を名乗るリシュリュー公爵——バルベ＝ドルヴィイによればダンディー登場以前のダンディー——をウィーンの諸貴顕の中で一人際立たせていたものは、その豪勢な暮らしぶりや派手な衣装といった栄華の外見ではなく、その細部である。たとえば彼の馬には、馬車用、乗馬用、狩猟用を問わず、銀の蹄鉄がついていたが、二つに分かれた金属がごく小さな釘で留められていただけであったので、蹄鉄はあっという間にはずれて、民衆はその残骸を分け合うことができた。ダンディズムとは一本の釘にこだわること以外の何ものでもなかった。(174)

だからこそダンディズムは、一九世紀の支配階級が自らの条件を拒否するためにもぐり込んだ神秘の領域に属するのである。自らの条件を拒否するとは、ブルジョワ的な水平性と透明性の統治のもとでアンシャン・レジームの曖昧性と垂直性を甦らせることである。バルザック的ダンディズムが横溢する『一三人組』の中では、すべてが影の領域で生起し、影の領域で決着する。昼が夜から官能的で脅迫的な不透明性を受け取るときに、無法者と領主との共謀が、加入儀礼が、そして謎が生起し決着する。女性ダンディーである〔『赤と黒』の〕マチルド・ド・ラ＝モールおよび〔『ボヴァリー夫人』の〕エンマ・ボヴァリーと並んでこの誉め言葉に値する稀な女性〕ランジェ公爵夫人は、アルマン・ド・モンリヴォの屋敷の前に車と従僕を送り込む。彼女が彼に身を任せたという世評を人びとに信じ込ませるためである。実際は、彼のほうはマルセと平穏な散歩を楽しみ、彼女自身はと言えば、自分の屋敷の奥で胸をドキドキさせながら潜んでいる。慎みを欠いた見せびらかしによって慣例を破るというやり方とはほど遠く、彼女は自分が慣例を軽蔑することに熱中する或るサークルに所属しているのだということをそっと証言しているのである。一つ告白するごとに、彼女は一つ秘密をでっち上げるのだ。

ケンプが習俗に——ということは差異に——情熱を傾けるようになって長い年月が経つ。彼は著作活動に入ってすぐにサン＝ヴァンサン＝ド＝ポール協会に魅惑される。〔三九〕おそらく彼自身が青年期に貧困家庭の世話をしていたからであろう。〔協会の設立者〕オザナムが抱えていた貧しい人びとの金持ちのような目つきや言葉遣いをケンプは揶揄しているが、そのときの揶揄〔のセンス〕が、小説家あるいは戯曲家として最高に輝かしい経歴を手にするための跳躍台として役立たなかったことを私は残念に思う。後年、彼は、作者が自分の作品を愛するように愛したアメリカに小著[175]を捧げるが、その中に私は、あるがままの他者に対して関心を持った稀なフランス人の一人であるトクヴィルの精神を見い出す。アメリカでは礼儀が憎しみを隠し、抑えつけ、手なづけていることや、長い年月、手に負えない火災に悩まされてきた都市型社会において他ならぬ火が愛されていることや、カリフォルニアふうの死の償い方、あるいは、のどかなシカゴ郊外の地エヴァンストンのレストランでの儀礼などを記述することによって、ロジェ・ケンプは人類学と〔知の〕快楽をしっかりと仲直りさせている。

彼は隠語に最大限の意義を認める或る文芸批評の中で、そのような和解の芽を育てる。隠語とはバルザックの葉巻であり、プルーストの乗り物であり、ブヴァールとペキュシェが友愛を成就する対になった書見台である。その友愛はフロベールと彼の友人のアルフレッド・ル＝ポワトヴァンとの間ではついに実を結ぶことがなかった友愛、男らしく向上心に富み、自分に厳しく相手に嫉妬深い友愛である[176]。私たちの同時代人の「テクスト内在主義」によって言説は氷河の内に閉じ込められているが、その氷河を破砕する「生きられる現実」と言説との往復運動〔がここにある〕。とはいえケンプは、言説から言説なりの特権を決して剝奪したりしない。〔『失われた時を求めて』の〕シャルリュスは、いくぶんモンテスキューが混じっているせよ、シャルリュスにしか似ていない。『赤と黒』がジュリアン・ソレルのさまざまな読み方によって豊かになるように、書物は書物によって豊かになる。しかし、ジュリアン・ソレルは手紙《レットル》／文字の中で隠しごとをすべて語っているわけではない。〔それなのに〕記号論は書物の豊かさを認めようとせず、その点で責任が問われなければならない。〔その結果〕表現されていることを罠にかけて打ち消してしまう言い落としなどはないことにされる。当然、ユーモアも神話もないことにされる。ユーモアとか神話は能記の斜行的で跛行的な道行きのもとに想像界が突然乱入することだからだ。

想像界の突然の乱入が身体に影響を及ぼすということを誰も警戒していなかった一九六〇年代に、ロジェ・ケンプは、この分野のパイオニアとして、身体のうちに小説的なるものを確実に浮かび上がらせる暗号を探り当てる。彼はそうした暗号を、ディドロにおける仕草、態度、涙、ふさぎの虫、衝動のうちに、またさまざまな仮面のうちに読み解く。[177]仮面は、現前に衣を着せることによって、かえって現前を破壊的にする点で悪魔的である。その自在さに多少のばらつきがあるものの、彼はいくつかのエッセイの中で、〔フロベール『感情教育』の〕アルヌー夫人の衣装のうちに、〔ルソー『新エロイーズ』の〕ジュリーの病気のうちに、〔プルースト『失われた時を求めて』の〕シャルリュスの臀部に、〔バルザック『ゴリオ爺さん』に現れる〕ド・レストー夫人宅の窓扉に片足をかけたラスティニャックの中途半端な姿勢のうちに、小説の生きた神聖文字を掘り当てる。[178]

53

一九八一年五月一〇日　フランソワ・ミッテランの共和国大統領選出

　その日の午後八時に右翼が感じたのは、敗北感以上に恐怖である。まるで諸民族の統治〔＝フランスの国政〕という場面で、狂気が叡智のふりをし、無秩序が規則の外見をまとい、怪物性が自分こそ規範であることを誇っていると見えたからである。敗者は、茫然自失の時期が去ると、ただちに落ち着きを取り戻す。なあに、醜聞がいつまでも慣例を脅かすことはありえないし、下劣がいつまでも胸を張っているわけにもいかない。サイクロンが遠ざかると、河がおのずとその河床に落ち着くように、酔いから覚めた自然が法のもとに帰ってくるだろうと期待して。

　というのも、右翼は、一七八九年以前の貴族がそうだったように、度しがたいほどに、自分たちが合法であると信じて疑わないのである。事実、右翼は一五〇年前から政権を握ってきたのであって、一八四八年のバリケードも、パリ・コミューンも、人民戦線も、政権を決定的に右翼の手から奪い取ることはなかった。むしろ政権の所有権はそれらの事件のたびごとに強化されたとさえ言える。共産党が政権にまで手を出そうと考えることは稀である。野党であることのほうがずっと得意なのだ。ほとんど満場一致とも言えるこうした国民的合意を、この四〇年間の選挙の結果が如実に示している。右翼のフランスと左翼のフランスはそれぞれ四八パーセントの票を集め、残り四パーセントの「沼地《マレ》」と呼ばれる第三党派が投票結果を左右している。第五共和政下においては、この二三年間、この第三党派がド゠ゴール派とリベラル派の連立政権を成立させてきた。一九八一年にフランソワ・ミッテランに味方したのはジスカール゠デスタンに対するアレルギーといくつかの危機の先鋭化であって、ミッテラン自身が愛されていたわけでは決してない。彼は、到底守りきれない約束に後押しされて大統領に選出されたのであって、しかも当選を祝福する歌声は彼のスタッフが、彼のために、あらかじめ広めておいたものである。ミッテランの勝利という出来事は一連の過程の端緒ではなく結末である。すでに国民は一時の感情の高まりから大統領に信用貸しした票を回収しにかかっている。底意地の悪い反動勢力は、あえて動こうとはしない。動くまでもなく、社会のすみずみから〔新政権に対する〕恨みの声が湧き上がっているのを感じているからである。その声は、新政権の小心さや、一貫性のなさや、変化を呼び入れる性急さに失望させられたあらゆる陣営から――左翼陣営からすら――湧き上がっている。さらに全階級がこぞって農民的な警戒心を発揮してこの一〇世紀間守ってきた財産権を奪い取られるのではないかという脅えが変化を尻込みさせている、という事情もある。

敗北した諸政党によって巧みに組織された憎悪は、数ヶ月で社会主義政権に壊疽を起こさせる。敗北した諸政党は、すでに公権力が肩入れしていた事業所の国有化に対して金切り声を上げて反対する。公権力によるエネルギー、輸送、株式銀行、巨大企業に対する支配は五〇年も前から抑えがたい勢いで強化されている。軍隊と財務と移民局を例外として（昔は連邦政府の牙城であったが、その非能率の故に持ち株会社を頭に戴くことになった郵政はもちろんこの例外には入らない）あらゆるものが私的に運営されているアメリカの見方からすると、〔家電メーカー〕トムソンや〔製薬会社〕ローヌ・プーランクに対する国家統制が盗みの範疇に入るものであることは疑いを容れない。しかし、フランスでは、君主政によって発明されたこの種の横領が、政体がどうあれ、中断される見込みはこれっぽちもない。

好き勝手はさせじとばかりに、七月から、ジャック・ラングを陥れようとする策謀が活発化する。私はこれまで長ながとパリの知的・文学的「文化人仲間《クラン》」の神聖不可侵性について省察をめぐらせてきたのだから、最後ぐらいは、この文化大臣を救出するために発せられた〔その「文化人仲間」からの〕アピールが右寄りであることをからかっても構わないだろう。マルローの業績を称えて、文化に一つの省を与えたのはド＝ゴールであることを知らぬ者はない。その文化省は、貧弱な助成金にもかかわらず、演劇人、音楽家、多方面の芸術家といった仲間たちの懇願やら権利要求やら空涙の量に比例して、次第に図体が大きくなる。そうした仲間たちは、私たちの文明が寒さに凍えるようになるのと軌を一にして年を追うごとに、懇願するその声を、公務員や労働組合といった、社会保障のマントに身をくるんでいたいあらゆる立場の市民の声に紛れ込ませている。一九八一年のはるか以前からすでに、こうした厚かましさのチャンピオンたちは国家予算の相当な割合を生活の糧としてむしり取っているのである。ラングの誤りは以下のとおりである。文化予算の実質的な増額。行政部局の新設に現れている造形美術家への思いやり。彼が公然たる隔離状態から救い出した考古学に対する敬意。ジャン＝ピエール・コランの注射器による美術品の監獄の中への注入。庶民のほうを向いているとは言いかねる或る職業を満足させるためのモード美術館の創設と、反動的な美食の伝統から〔結局〕は無視された簡素な食習慣を普及するために繰り返されるキャンペーン。映画、オペラ、ロックのクリエイターおよび消費者の利益のための多種多様な施策。いくつかのショー（たとえば、パリに始まっていつの間にかフランス全土に、そして近隣諸国に広まった夏の昼間の音楽祭）を除いても、彼の誤りはこれだけある。彼の著書には私も敬意を払うし、共感さえする。悲しいかな、彼は、彼を中傷する者と同様に、フランスの文化制度の機能の仕方をよく呑み込んでいない。知識人の「進歩主義的」な傾向を政府への協賛と勘違いして、知識人が招待をすっぽかすごとにそのことを嘆いている。「文化人仲間」は伝統的に、政権の座にあるいかなる権力にも反対の声明を発してきたのであって、それに味方したことなど一度もなかったということに、彼は何と無自覚であることか。何百年と続いてきた原理にきわめて特殊なかたちで違背して、文化人仲間が今日しぶしぶとではあれ権力を支持したのは何たる奇跡であることか。これには文化人仲間の運命と名誉がかかっており、文化人仲間が自由について自分なりに作り上げた観念がかかっている。もし人が彼らに偽証を教唆しようものなら、闘牛場の場面でのカルメンのように、「自分は屈伏するよりも死を選ぶ」と大声で叫ぶことだろう。

この文化大臣は、一五年の間「ナンシー祭」に惜しみなく注ぎ込んできた型破りの企画力と集客力を、一九八〇年末以降ミッテラン主義者のシンポジウムを組織する仕事に向け変える。そのとき、少なくとも彼は自分の持ち札を躊躇なく人目にさらし、自分の色合いを率直に出すことになる。そのシンポジウムには、政権誕生後数ヶ月まではむずかっていた「文化人仲間」のお歴々が、外国の友人と一緒になってそれぞれの小旗のもとに嬉々として集う。生物学者はヴァランセに、映画人はイエールに、地中海地方の高名な作家、演劇家、歴史家、人類学者はサン＝マクシマンに集まり、リュフィエ、ベルク、ミケル、ケマル、ストレーレルといった面々が肩を並べる。これに比べて、権力の座によじ登った社会主義者たちは、さしたる熱意を示さず、自分たち自身に自信が持てず、あるがままの自分を引き受けることを拒み、頑迷な言葉と小心な行動との間を行ったり来たりする。頑迷な言葉の一例は、ヴァランスの学会におけるキレスとメルマーズの演説、サン＝ジュストふうの長口舌である。それは呪詛と破門宣告との嵐であって、一七九三年の囚人護送車の残響を聞くかのようである。小心な行動について言えば、敵対者への色目使いばかりが目につく。一九七四年に、ジスカール＝デスタンは、すみやかに粛々と、一〇〇人ものテレビ・ジャーナリストを追放する。〔これに対して〕一九八一年に、社会主義政権がほんの一ダース弱のジャーナリストを左遷すると、反対勢力はパージだと言ってがなり立てる。司法大臣の偉大さは、ギロチンを解体しその代わりに、法的に自らの権威に従属する検事団をつうじて〔犯罪に対する〕自らの侮蔑を示してきたということにあるはずなのに、その司法大臣が今では検事団に対して微笑を押し殺すのではなく、むしろ振りまいている。[179] いつも同じこうしたシナリオから、また、至るところで浪費されるこうした善意やデリカシーから、さらに、復讐をたくらむ敵を扱う際のこうした手加減からは、敵から政権を奪ったことに対する許しを他ならぬ敵自身に乞うているような印象が生ずる。

しかし最悪なのは、王位簒奪者という噂を立てられないように、社会主義政権は前政権の鋳型に自らをはめ込み、技術官僚的で非人間的で寒さに凍えていた第五共和政の「見た目」を採用していることである。私は、語源的には封建領主の特性である「高邁 gentillesse」が、「尊大」や「現実離れ」を押しのけている、そのような社会的人間関係が出現することを夢想していた。私は、新政権の長たちが、成り上がり者が着るような下品なフロックコートをますます頻繁に身にまとうようになっていることが残念でならない。私は、国家が国立行政院出身者に牛耳られて抵抗もしていないことが悔しくてならない。彼らの中に左翼でない者がいるからではない。彼らのイデオロギーがたんなる飾りにすぎず、彼らが、自ら喜々として歯車をつとめる或る愚鈍な決定機構の、無ければ無くても構わない贅沢品にすぎないからである。

方法の点でも様式の点でも自ら望んで凡庸化したこの新権力が、しかし、優先的に実現しなければならなかった一事、すなわち差異の復権という一事をし損なってしまったことは驚かれるべきである。たしかにドゥフェールは内務大臣の椅子に座るとすぐに、わずかではあれフランスをパリから解放するような地方分権化法案を準備する。しかしこの見事な最初の動きから、私たちの指導者は恐れをなして引き返し、以後、彼らの行動に取りついて離れない凡庸さの中に厳かに身を隠してしまう。彼らには不可識別者の文明〔＝単独性を見分けられない文明〕に単独性への嗜好を教え込めないことが証明されたのである。そうした文明は、単独性への嗜好の利用法を見失って、ポップスに対抗するババスとかパンクに対抗するニューウェーヴといったモード——単独性をむしろ殺すようなモード——の中に単独性を追求しているにすぎない。一九八一年春の大統領選の間に、私は、「社会主義社会は対抗諸勢力のリズムでしか開花することはないだろう」という私の内的確信をフランソワ・ミッテランに吹き込んだ。しかし、対抗諸勢力との溝を最大限に生かし周縁諸勢力をうまく取り込むためには、冷静さや勇ましさが必要であり、端緒を作るという使命感が必要だったはずである。〔だが〕社会主義社会は過去の栄光にしがみつくほうを選ぶ。それは、目下の状況では危険な選択である。感性の狂乱の中にも欲望の混乱の中にも、鼓舞すべき緊張があり力づけるべき衝動がある。忍び寄る無気力の中にも創造性のつぶやきがあり、倦怠の中にも連帯的な生の萌芽がある。地下鉄には多くのミュージシャンがいて、ラジオにはたくさんの海賊放送がある。政府はそれらから恩恵を受けることもできたはずだ。一般的無関心の中に実存の残滓があって、それらをすくい集めることこそが急務なのである。

一九八四年の四月に、ミシェル・ロカールは三年間でただ一回だけテレビ番組に出演を依頼されて、「自分が左翼を支持することに説明はつけられない。心情に発するものだからだ」と発言している。

おっしゃるとおりである。私の場合〔も〕、モーツァルトを愛するように左翼であって、八四年の五月の或る夜にテレビでほんの数秒間「正当防衛協会」のやくざ者フロランタンの姿を見て、話を聞いただけで、根源悪という概念を想起するには十分だった。それが、社会主義の現実回避および旧套墨守によっても、なぜ私の信仰が傷つけられないのかの理由である。それにしても一九八一年以後、〔私の信仰を揺さぶるような〕一連の出来事が続いている。経済が停滞する中での神話的消費――たらふく詰め込め！――がそうであり、ほんの少しでも成長を取り戻せるという兆しがまったく見られない危機的な世界の到来を見越して「対抗改革」の側から提起された右翼的な締めつけ――食べる量を減らし、生活を質素にし、泣きごとを言わずに今まで以上に自分から進んで失業しろ――がそうであり、左翼連合の楽観的な綱領の悲壮な放棄がそうである。こうした期待はずれや方向転換が心ある人びとを或る悲痛な問いかけに追いやっているのもそうである。ひょっとしたらフランスに特有の管理主義と〔弱肉強食の〕ジャングルとの間で妥協が行なわれているだけではないのか、「妥協」という言葉は、「社会主義インターナショナル・フランス支部」（フランス社会党の前身）によって、とことん忌まわしいものとみなされたので口に出すことすら憚られているだけではないのか、という問いかけである。

フランス共産党から入閣した新しい「同志たち」の大言壮語や、社会民主主義者の低劣さには心を痛めていると言わんばかりの彼らの顔つきには誰もだまされていない。ギー・モレはいかなる代償を払っても「社会主義学習研究教育センター」（ＣＥＲＥＳ）の保証人を続けるつもりだろう。シュヴェヌマンは根っからのデマゴーグである。政治的には老練で、党を自分のレールに引きずり込むためにつねに居丈高になる正義の味方である。社会学と経済学に造詣は深いが、そのいずれにおいても、半ば詭弁家、半ば教条主義者といったところか。こうなると、今後フランスが進むことになる方向は二つに一つである。一つはソ連とは寝室を別にして——無条件にソ連の側につくのは難しいから、ヨーロッパ共同体に、そして当然、全世界的な自由貿易共同体にとどまりながら——その上で、思う存分消費して、もう耐えきれなくなるところまで借金を重ねるという方向である。というのも〔現政権の〕自主独立路線などというものは目くらましであり、見せかけであり、口先だけのおしゃべりであるからだ。実際、社会主義学習研究教育センターとその所長にはいつも私は「何を言ってもだめ」という印象を抱いてきた。彼らは私が批判するもの——技術家支配体制、計画化、形式主義——に夢中になる。研究大臣であるシュヴェヌマンも意味の墓掘り人たちを誉めそやすことをやめない。

もう一つは中途半端を黙認し、第三の道に同意するという成り行きである。オーストリア・イギリス型のモデルとドイツ・スウェーデン型のモデルの間で、すなわち穏健な国有化と急進的な組合主義との間で、つまり生産手段の部分的な私的所有と生産者からの適度の圧力との間でバランスを取るという方向である。いずれにせよ二〇世紀末には過剰な支出が排斥され、資本主義のピューリタン的源泉への——富裕化の精神に内在する厳格への——回帰が起こる。そのとき「フランス型」社会主義の企てが葬られる。ミッテラン大統領はそれを承知の上でなお、社会主義を選び取ろうというのである。

54

一九八三年　マネ展

エジプトのミイラやクレタ島の陶器、ラファエロの肖像画や日本の浮世絵、〔西アフリカのマリ共和国に住む〕ドゴン族の小立像やサン＝マルコ寺院の財宝、ロマネスク絵画やカルポーの彫刻、古代の作品や最近の作品、素朴な工芸作品や知的洗練を経た作品——芸術は、大量消費用のバカンスや、医薬品や、冷凍食品の流行が背景となって、ひときわ生彩を帯びる。ベルシー＝シラクにおける〔ヴェルディのオペラ〕『アイーダ』の公演は二〇万人の観客を、グラン・パレ美術館の「マネ展」は八〇万人以上の入場者を集める。

　歴史というものは危機的な局面に差しかかるとバランスシートを作成しようとする傾向がある。四世紀のアレクサンドリアでは世界の知の再点検が行なわれている。私たちの時代の百科全書編纂事業は記憶たることではなく見せかけたることを望んでいる。この事業はジェット・ツアーでバーレーンからパンジャブ地方に飛び移るように、〔三〇〕オペラから演劇へ、プーサンから抽象画へ、ヴィスコンティの回顧上映からシャルル一〇世のキリンへと飛び移ることによって互換性のある情報を攪拌しているのである。

こうした冷たい文化に対抗するために、マネが祝福した生命と自由との残高を減らしてまで、彼を神格化する必要があるのだろうか。大衆は、今、彼が与えた教訓に思いを馳せるどころではなく、むしろその教訓をひつぎの中に入れようと躍起になっているのではないか、と私は恐れる。

二二一枚に及ぶ油絵、水彩画、パステル画、エッチング、デッサンのうち、一ダースほどの文句なしの傑作が、大いなる氷河期の門口で絵画の白鳥の歌をうたっている。ここに白鳥と言うのは、言説に従属することのないまなざしのことである。その後、感覚することを禁ずる時代の手にかかって、いく人かの呪われた天才たちに降りかかった運命は周知のとおりである。たとえばヴァン・ゴッホは三七歳で自殺する。麦畑とひまわりの快楽にすっかり身を預けるために。

「生きられる現実」に関する現代の紋切り型にマネは戦いを挑む。「生きられる現実」は魂の諸状態の描写がおさえられれば、それだけ豊かに表現される。「バルコニー」という作品の中で、登場人物は互いに話をしなくても意志をつうじ合っている。一見して古くさい構図――家の中でポーズを取っている三人の友人――によって、前代未聞の対位法の中にいくつかの造形的な和音もしくは不協和音が統合されている。この対位法は個々の態度や感情を語り明かすことはしない。現実が、知覚についての観念からではなく、知覚〔そのもの〕から湧出しているのである。魂の状態の説明は心理主義を助長するだけである。手すりや鎧戸の強烈な緑（一八六八年には誰も思いつかなかったはずである）、衣服の白さ、アントワーヌ・ギユメのネクタイ、前景に置かれた鉢植えの花、背景にぼんやりと描かれている青年、小さなテネリフエ犬――それらのすべてが口を動かす必要もなく会話をしている。見れば見るほどその主題が謎めいてくる。その意味では、すべてが内面的である。〔他方では〕画面の推進力――すなわちファイユームとビザンツ人が教える魔術そのままに、前にせり出してカンバスを突き破るかのような気配――によって、すべてが外にさらけ出されている。
マネはほかにも驚嘆すべき作品を完成させている。彼のカンバスには一枚として同じものがない。いかなる体系もカンバスに先行することがなく、ただ感覚されたものがカンバスに生命を与える。「アトリエでの食事」は多様なるものの氾濫であって、そこでは彼は豪奢を好む。「笛を吹く少年」では、すみずみまで節約が行き届いている。ほぼ単色の背景に浮かび上がる少年はジャンセニストふうにいっさい飾り気がない。ゾラが指摘していることであるが、いくつかの突飛な色彩だけでこの絵の本質を定義するのに十分である。すなわち、ズボンの青、ズボン吊りとゲートルの白、上着と靴と帽子飾りの黒、そのほか三箇所の黄。ここには遠近法がない。あのすばらしいシカゴの「蒸気船」にも遠近法がない。そこでは何隻かの船が青い海を際立たせる薄暗いアクセントになって、西欧絵画の四世紀に及ぶ手品的技法を拒絶する。マネの作品においてはすべて――ささやかなもの、つかの間のもの、そして沈黙――が調子はずれの歌をうたう。私たちの新時代性に取りついている強迫観念のすべてが〔マネには〕ささいな過ちである。ミシェル・レリスが言っているが、書くこと――おそらく、より一般的には、創作すること――は危険に近づくことであり、たえず痛手を負う危険に身をさらすことである。この偉大な作家レリス（私は、彼の友人であるバタイユに対してと同様に、彼にも、精神と大学教員たちとの和解の空しさを六〇年にわたってその大きな体躯で覆い隠したという罪以外にはいかなる罪も認めることができない）については、この恐れを知らない精神については、私は、ほとんど語ってこなかったし、私の愛するジャン・ドゥメリエやミシェル・シァイユーといった著述家についてはまったく語ってこなかった。彼らこそは、いく人かの稀な画家たちとともに、おそらくさらに稀な音楽家たちとともに、大浮氷群の中に新しい道を切り開いている孤立者であり離反者である。こうした変わり者に[180]、こうした無頼の徒たちに、こうした使徒たちに、いま始まりつつある歴史終焉後の時代の中で、意味の還元不可能性を証言する使命が託されている。いかなる文明も完全な冬眠状態を生き延びることはできない。公認された実証主義医学に対抗して現代における感性の復権を要求したり、身体の主体性に関する道教的な表象によって人びとの関心を感性に惹きつけたりということを、そろそろ本気で考えなければならない。いま寒気は、どっかりと腰を落ちつけ、すべての社会、すべての文化を覆っている。いかなる社会、いかなる文化も、今後存続していく上で、この寒気を逃れることはできない。人類は、自らの物理的死を遅らせるために、温室を整備する義務を自らに負うているのである。

授与するというご機嫌取りまでやっている。それに対してロジェ・ボンタンのほうは死刑が確定し、〔1972年11月29日〕死刑執行の場に臨んだとき、彼の弁護人ロベール・バダンテールの目の前でリションに向かって「おまえがオレの目隠しをしろ、リション！」と叫んだのである。

(180) その筆頭が、当代の最も深遠な思想家の一人、E. M. シオランである。

(152) Claude Blanchard, *Paris-Soir*, 8 août 1938.

(153) Cf. Régine Gabbey in *L'Express*, février 1984.

(154) Gilles Deleuze, *Marcel Proust et les Signes*, Paris, P. U. F., 1964.

(155) Gilles Deleuze et Félix Guattari, *L'Anti-Œdipe*, Paris, Editions de Minuit, p. 164. ジル・ドゥルーズ、フェリクス・ガタリ『アンチ・オイディプス』市倉宏祐訳、河出書房新社、1986、p. 173。

(156) *Ibid.*, p. 292. 同訳書、p. 294。

(157) *Ibid.*, p. 288. 同訳書、p. 290。

(158) *Ibid.*, p. 370. 同訳書、p. 368。

(159) *Ibid.*, p. 370-371. 同訳書、p. 368-369。

(160) *Ibid.*, p. 434. 同訳書、p. 432。

(161) Cf. Gilles Deleuze, «A propos des nouveaux philosophes et d'un problème plus général», supplément au n° 24 de la revue bimestrielle *Minuit*, Paris, Editions de Minuit, 5 juin 1977, reproduit dans *Le Monde*, 19-20 juin 1977.

(162) *L'Anti-Œdipe*, p. 472.『アンチ・オイディプス』前掲訳書、p. 468。

(163) Cf. Jean Clair, *Art en France*, Paris, Editions du Chêne, 1972, p. 90.

(164) Jean Clair, *op.cit.*, p. 101.

(165) Jean Borie, *Le Célibataire français*, Paris, Le Sagittaire.

(166) Borie, *Zola et les Mythes*, Paris, Le Seuil, coll. «Pierres vives», 1971.

(167) Borie, *Le Tyran timide*, Paris, Klincksieck, 1973.

(168) Michlet, *L'Amour*. ミシュレ『愛』(上・下)森井真訳、現代思潮社、1976。

(169) Borie, *Le Célibataire français*, p. 154.

(170) Borie, *Les Mythologies de l'hérédité*, Paris, Galilée, 1980.

(171) Roger Kempf, *Dandies. Baudelaire et Cie*, Paris, Le Seuil, coll. «Pierres vives». ロジェ・ケンプ『ダンディ』前掲〔原注(39)〕訳書。

(172) スタンダールがメリメに伝えたサン=クリックの言葉。

(173) Roger Kempf, *op.cit.*, p. 177. ロジェ・ケンプ、前掲〔原注(39)〕訳書、p. 191。

(174) *Ibid.*, p. 81〔同訳書ではこの箇所を含む章は割愛されている〕.

(175) Roger Kempf, *How nice to see you !*, Paris, Le Seuil, 1971.

(176) Kempf, *Mœurs*, Paris, Le Seuil, coll. «Pierres vives», 1976.

(177) Kempf, *Diderot et le Roman*, Paris, Le Seuil, coll. «Pierres vives», 1964.

(178) Kempf, *Sur le corps romanesque*, Paris, Le Seuil, coll. «Pierres vives», 1968.

(179) 現在、司法大臣は体面を捨て、ボンタンとビュッフェに対して憎悪を露わにしながら死刑を求刑したあの次席検事リションに、レジョン・ドヌール勲章を

(131) Jean-Paul Sartre, *Réflexions sur la question juive*, Paris, Gallimard, 1954. ジャン＝ポール・サルトル『ユダヤ人』安堂信也訳、岩波新書、1956。

(132) Maurice Barrès, *Scène et Doctrine du nationalisme*, Paris, Félix Guben,1902, p. 134. モーリス・バレス『国家主義とドレフュス事件』稲葉三千男訳、創風社、1994、pp. 190-197。ブルダンの好著でも引用されている。J. -D. Bredin, *L'Affaire*, Paris, Julliard, 1983, p. 37.

(133) R. Neher-Bernheim, «Humanisme de l'Unique», in *Aspects du génie d'Israël*, Cahiers du Sud, 1950, p. 144.

(134) Roland Barthes, *Le Plaisir du texte*, op.cit., p. 65-66. ロラン・バルト『テクストの快楽』前掲訳書、p. 77。

(135) Mouvement du 22 mars, *Ce n'est qu'un début, continuons le combat*, Paris,Maspero, 1968, p. 20-21.

(136) *Ibid.*, p. 25-26.

(137) 六日戦争の際のことである。

(138) *Qu'est-ce que le structuralisme?*, Paris, Le Seuil, 1968.

(139) Mouvement du 22 mars, *op.cit.*, p. 7.

(140) Cf. F. M. Samuelson, *Il était une fois Libé*, Paris, Le Seuil, 1979.

(141) Cf. Sartre, *Critique de la Raison dialectique*.

(142) F. M. Samuelson, *op.cit.*, p. 76.

(143) *Temps immobile, Ⅳ :Et comme l'espérance est violente*, Paris, Grasset,1976.

(144) Cf. F. M. Samuelson, *op.cit.*

(145) *Annales, Économie, Sociétés, Civilisations*, Paris, Armand Colin, n°s XXⅥ, XXⅧ.

(146) *Annales, E., S., C.*, XXⅥ, «Le Quantitatif en Histoire», Paris, A. Colin, 1971, repris in *Atelier de l'histoire*, Paris, Flammarion, 1982, p. 65.

(147) マンハッタンの南に位置する〔この原注は初版本にはなく folio / essais 版で追加されたもの〕。

(148) これは今でもあいかわらず根強い偏見である。たとえば1984年6月30日、ミシェル・ポラックのテレビ番組「答える権利 Droit de réponse」で、アンドレ・ピエール・ド・マンディアルグが出し抜けにこう言い放つのを私は聞いた。「雑魚寝部屋や兵舎や徴兵審査会場で男同士が身体を寄せ合いひしめき合っているところを想像しただけで、自殺の観念が私の頭をよぎる」。

(149) Cf. *Le Nouvel Observateur*, 2 décembre 1974.

(150) Paul Bocuse, *La Cuisine du marché*, Paris, Flammarion, 1976.

(151) A. Beauvilliers, *L'Art du cuisinier*, t. I, Paris, Petit, 1816, p. 28-29.

(114) Spinoza, *Ethique*, Quatrième partie, Proposition XLIII, démonstration. スピノザ『エチカ』「第 4 部 定理43　証明」畠中尚志訳、岩波文庫、1976、p. 55。

(115) Roland Barthes, *Le Plaisir du texte*, p. 36-37. ロラン・バルト『テクストの快楽』前掲訳書、p. 39-40。

(116) Sade, *La Philosophie dans le boudoir*. サド『閨房哲学』澁澤龍彦訳、河出文庫、1992。

(117) «Le Stade du miroir», 1936.

(118) Séminaire, 15 janvier 1980.

(119) Cf. *Ecrits*, «Réponse au Commentaire de Jean Hyppolite ...», Paris, Le Seuil, p. 388. ジャック・ラカン「フロイトの否定についてのジャン・イポリットの評釈に対する回答」『エクリ II』所収、佐々木孝次他訳、弘文堂、1977、p. 107。

(120) Cf. in *Ecrits*, «Subversion du sujet et Dialectique du désir dans l'inconscient freudien», conférence de Royaumont, 1960.

(121) Cf. René Taton, «Clairaut et le Retour de la comète de Halley», in *Minerva Publikation*, München, 1982, p. 253.

(122) François Jacob, *La Logique du vivant*, Paris, Gallimard. フランソワ・ジャコブ『生命の論理』島原武・松井喜三訳、みすず書房、1977。

Jacques Monod, *Le Hasard et la Nécessité*, Paris, Le Seuil. ジャック・モノー『偶然と必然――現代生物学の思想的な問いかけ』渡辺格・村上光彦訳、みすず書房、1972。

(123) Jacob, *Génétique de la cellule bactérienne*, Stockholm, reprint from *Les Prix Nobel*, 1968, p. 13.

(124) Michel Foucault, *Les Mots et les Choses*, Paris, Gallimard. ミシェル・フーコー『言葉と物』渡辺一民・佐々木明訳、新潮社、1974。

(125) Claude Lévi-Strauss, *Du miel aux cendres*, Paris, Plon, 1967.

(126) Rorand Barthes, *Système de la mode*, Paris, Le Seuil, 1967. ロラン・バルト『モードの体系――その言語表現による記号学的分析』佐藤信夫訳、みすず書房、1972。

(127) Michel Foucault, Archéologie du savoir, Paris, Gallimard, 1969, p. 122-123. ミシェル・フーコー『知の考古学』中村雄二郎訳、河出書房新社、1981、p. 141。

(128) *Ibid.*, p. 123. 同訳書、p. 142。

(129) Cf. Robert Misrahi, *La Condition réflexive de l'homme juif*, Paris, Julliard, 1963, p. 27.

(130) André Neher, *L'Existence juive*, Paris, Le Seuil, 1962, p. 134.

ミシェル・フーコーの亡くなる前に執筆された。

(94) Michel Foucault, *Histoire de la folie*, Plon, 1961, p. 429. ミシェル・フーコー『狂気の歴史』田村俶訳、新潮社、1975、p. 379。

(95) Foucault, *Raymond Roussel*, op.cit., p. 21. フーコー『レーモン・ルーセル』前掲訳書、p. 17-18。

(96) *Ibid.*, p. 82-83. 同訳書、p. 85-86。

(97) *Ibid.*, p. 146. 同訳書、p. 155。

(98) Cf. *Les Cahiers du Chemin*, Paris, Gallimard, 15 octobre 1971.

(99) Eugène Ionesco, *La Cantatrice chauve*, scène 1, Paris, Gallimard, Théâtre, tome I, p. 23. ウジェーヌ・イヨネスコ「禿の女歌手」『イヨネスコ戯曲集』所収、諏訪正訳、白水社、1969、p. 11。

(100) 17世紀の著述家の自筆原稿は、いくつかのきわめて稀な例外（たとえばパスカルの『パンセ』）を別にすれば、見つかっていない。

(101) このプロテスタントで数学者だった16世紀の人文主義者ラミュスが、少し前のところでは聖ユリウス１世〔35代教皇〕を研究していたと設定されたかと思うと、ここでは『隠者の宵』という19世紀の大衆小説を書いたとされているわけで、設定が実に奇想天外である。

(102) Bruce Morrissette, *Les Romans de Robbe-Grillet*, Paris, Editions de Minuit.

(103) 本書61～62ページ参照。

(104) Shoshana Felman, *La Folie et la Chose littéraire*, Paris, Le Seuil, 1978. ショシャナ・フェルマン『狂気と文学的事象』土田知則訳、水声社、1993。

(105) この作品の音楽が受け入れられるようになったことはよいとしても、この作品の振り付けの品のなさは、なお罵声が浴びせられてしかるべきではないか〔この原注は初版本にはなく folio / essais 版で追加されたもの〕。

(106) Proust, *La Prisonnière*, Gallimard, «Bibl. de la Pléiade», t. Ⅲ, p. 245. プルースト『失われた時を求めて８　囚われの女』井上究一郎訳、ちくま文庫、p. 428-429。

(107) *Ibid.*, p. 266-267. 同訳書、p. 466-467。

(108) Roland Barthes, *Le Plaisir du texte*, Paris, Le Seuil, coll. «Tel quel», 1973, p. 17. ロラン・バルト『テクストの快楽』沢崎浩平訳、みすず書房、1977、p. 15。

(109) *Ibid.*, p. 35. 同訳書、p. 38。

(110) *Ibid.*, p. 51. 同訳書、p. 58-59。

(111) *Ibid.*, p. 60. 同訳書、p. 70。

(112) *Ibid.*, p. 80-81. 同訳書、p. 95。

(113) *Ibid.*, p. 101. 同訳書、p. 121。

(71) *Ibid.*, p. 3.

(72) Jean-Paul Sartre, *Critique de la Raison dialectique*, Paris, Gallimard. ジャン＝ポール・サルトル『弁証法的理性批判』竹内芳郎他訳、人文書院、1962-1972。

(73) Laurent Dispot, *La Machine à terreur*, Paris, Grasset, 1978. ローラン・ディスポ『テロル機械』村澤真保呂・信友建志訳、現代思潮新社、2002。

(74) Jean-Paul Sartre, *op.cit.*, p. 27. 傍点はサルトルによる。ジャン＝ポール・サルトル『方法の問題』平井啓之訳、人文書院、1972、p. 34。

(75) Sartre, *Situations IV*, Paris, Gallimard, p. 248. サルトル「メルロー・ポンチ」『シチュアシオンⅣ　肖像集』所収、佐藤朔他訳、人文書院、1966、p. 208。

(76) Sartre, *Critique de la Raison dialectique*, op.cit., p. 25. サルトル『方法の問題』前掲訳書、p. 30。

(77) ド＝ゴール将軍の盲従者たちのこと。

(78) Jean Cocteau, *Thomas l'imposteur*, Paris, Gallimard, 1920.

(79) Frédéric Houssay, *Forces et Causes*, Paris, Flammarion, 1920, p. 34.

(80) Maurice Merleau-Ponty, *Sens et Non-sens*, «Le Doute de Cézanne», Paris, Nagel, 1948, p. 23. モーリス・メルロ＝ポンティ『意味と無意味』滝浦静雄他訳、みすず書房、1983、p. 16。

(81) *Ibid.*, p. 28. 同訳書、pp. 20-21。

(82) James Lord, *Un portrait de Giacometti*, Paris, Mazarine, 1980, p. 60. ジェームズ・ロード『ジャコメッティの肖像』関口浩訳、みすず書房、2003、p. 62。

(83) Cf. Bernard Sichère, *Merleau-Ponty*, Paris, Grasset, 1982, p. 93.

(84) *Les Temps modernes*, n° 184-185, octobre 1961, p. 245.

(85) James Lord, *op.cit.*, p. 99. ジェームズ・ロード、前掲訳書、p. 111。

(86) *Ibid.*, p. 40. 同訳書、p. 35。

(87) Michel Butor, *Passage de Milan*, Paris, Editions de Minuit, p. 113. ミシェル・ビュトール『ミラノ通り』松崎芳隆訳、竹内書店、1971、p. 103。

(88) *Ibid.*, p. 122-123. 同訳書、p. 112。

(89) *Ibid.*, p. 130-131. 同訳書、p. 120。

(90) *Ibid.*, p. 140 et 152. 同訳書、p. 129. および p. 140。

(91) Jean Beaufret, *Dialogue avec Heidegger, Philosophie moderne*, Paris, Editions de Minuit, 1973, p. 26.

(92) Michel Foucault, *Raymond Roussel*, Paris, Gallimard. ミシェル・フーコー『レーモン・ルーセル』豊崎光一訳、法政大学出版局、1975。

(93) 本書は、全体が直説法現在形で書かれここでも直説法現在形になっているが、

ニズムについての書簡』渡邊二郎訳、ちくま学芸文庫、1997。

(52) Heidegger, «L'Origine de l'œuvre d'art», in *Chemins qui ne mènent nulle part*, traduction par Wolfgang Brokmeier, Paris, Gallimard, 1962, p. 35. ハイデガー「芸術作品の起源」『ハイデッガー全集5　杣径』所収、茅野良男他訳、創文社、1988、p.44。

(53) Marcel Martinet, *La Nuit*, Paris, 1921, p. 14. コトゥの好著でも引用されている。David Caute, *Le Communisme et les Intellectuels français*, Paris, Gallimard, traduction de Magdeleine Paz, 1969, p. 79.

(54) 入党していない共産党シンパのこと。

(55) Roger Garaudy, *Les Intellectuels et la Renaissance française*, Paris, Editions du Parti communiste français, 1946.

(56) Préface d'*Aden Arabie* de Paul Nizan, Paris, Maspero, 1960, p. 11. ポール・ニザン『アデン アラビア』「序文」篠田浩一郎訳、晶文社、1966。Sartre, *Situations*, t. IV., Paris, Gallimard, 1964, p. 132に再録。ジャン＝ポール・サルトル「ポール・ニザン」『シチュアシオンⅣ　肖像集』所収、鈴木道彦訳、人文書院、1964、p. 106-158。

(57) Dionys Mascolo, *Le Communisme*, Paris, Gallimard, p. 488.

(58) Roland Barthes, *Les Mythologies*, Paris, Le Seuil, coll. «Pierres vives».『ロラン・バルト著作集3　現代社会の神話 1957』下澤和義訳、みすず書房、2005。

(59) Barthes, *op.cit.*, p. 15. 前掲訳書、p. 13-14。

(60) Proust, *Sodome et Gomorrhe*, Paris, Gallimard, «Bibl. de la Pléiade», t. Ⅱ, p. 686. プルースト『失われた時を求めて6　ソドムとゴモラ』井上究一郎訳、ちくま文庫、1993、p. 150。

(61) *Tel quel*, n° 1, Déclaration, p. 3.

(62) Maréchal de Richelieu, *Mémoires*, t. Ⅱ.

(63) Gracián, *L'Homme de Cour*, n° 120, trad. Amelot de la Houssaie, Champ libre.

(64) シュルレアリスムから無意識のうちに影響を受けているわけである。ブルトンは特にこの手の遊びを好んでいた。

(65) *Change*. 1972年以降はロベール・ラフォン書店 Robert Laffont から刊行されている。

(66) *Tel quel*, n° 40, hiver 1971, p. 104.

(67) Jean-Pierre Faye, *Langages totalitaires*, Paris, Hermann, 1972.

(68) Cf. Luc Boltanski, *Les Cadres*, Paris, Editions de Minuit, 1982.

(69) Cf. Guy Chaussinand-Nogaret, *La Noblesse au XVIIIe siècle*, Paris, Hachette, 1976.

(70) *Les Cahiers du cinéma*, décembre 1962, p. 21.

ストロース『構造人類学』前掲訳書、pp. 174-175。; cf. Lévi-Strauss, «Introduction à l'œuvre de Marcel Mauss» in Marcel Mauss, *Sociologie et Anthropologie*, Paris, P. U. F., 1950,p. 41. マルセル・モース『社会学と人類学』有地亨他訳、弘文堂、1973、pp. 1-46、参照。

(36) Roland Barthes, *Le Degré zéro de l'écriture*, Paris, Le Seuil, coll. «Pierres vives». ロラン・バルト『エクリチュールの零度』森本和夫訳、林好雄訳注、ちくま学芸文庫、1999。

(37) Cf. «Les mots et les Notes», in Jean-Paul Aron, *Qu'est-ce que la culture française?*, «Collectif Médiations» n° 2, Paris, Denoël-Gonthier, 1975.

(38) Pierre Boulez, in *Cahiers Renaud-Barrault*, n° 41, p. 363-364.

(39) Cf. Roger Kempf, *Dandies, Baudelaire et Cie*, Paris, Le Seuil, coll. «Pierres vives», 1977. ロジェ・ケンプ『ダンディ』桜井哲夫訳、講談社現代新書、1989。

(40) この内部は『ミュジック・アン・ジュ』誌のイデオロギーに支配されている。

(41) Cf.Boukouretchliew in *L'Arc*, «Beethoven», 1970.

(42) In *Cahiers Renaud-Barrault*, op. cit., p. 365.

(43) この論文は *Situations* t. Ⅲに収められている。サルトル「絶対の探求（ジァコメッテイの彫刻)」『シチュアシオンⅢ』所収、滝口修造訳、人文書院、1953、pp. 167-181。

(44) In *Essais critiques*, «Mère Courage aveugle», Paris, Le Seuil, 1964.「盲目の肝っ玉おっ母」『ロラン・バルト著作集5　批評をめぐる試み 1964』所収、吉村和明訳、みすず書房、2005。

(45) 生没年1907-1982。

(46) Jean Beaufret, *Dialogue avec Heidegger, Approche de Heidegger*, Paris, Editions de Minuit, 1976, p. 219-220.

(47) Beaufret, *Introduction aux philosophies de l'existence*, Paris, Denoël-Gonthier, «Médiations»,1971, p. 202.

(48) Beaufret, «Les deux paroles de Nietzsche», in *Dialogue avec Heidegger, Philosophie moderne*, Paris, Editions de Minuit, 1973, p. 214.

(49) Nietzsche, «Sternenfreundschaft», in *Le Gai Savoir*, § 279. ニーチェ『悦ばしき知識』信太正三訳、ちくま学芸文庫、p. 293-294。

(50) Maurice Merleau-Ponty, *Le Visible et l'Invisible*, Paris, Gallimard, 1964, p. 132. モーリス・メルロ＝ポンティ『見えるものと見えざるもの』中島盛夫監訳、法政大学出版局、1994、p. 157。

(51) Heidegger, *Brief über den Humanismus, an Jean Beaufret*. ハイデガー『ヒューマ

(16) Lévi-Strauss, *La vie familiale et sociale des Indiens Nambikwara*, Paris, P. U. F., 1948.

(17) Lévi-Strauss, *Anthropologie structurale*, Paris, Plon, 1958, p. 287. レヴィ＝ストロース『構造人類学』荒川幾男他訳、みすず書房、1972、p. 285。

(18) Lévi-Strauss, «Le Triangle culinaire», in «Claude Lévi-Strauss», *L'Arc*, n° 26, 1967, p. 19. ベルナール・パンゴー他『レヴィ＝ストロースの世界』伊藤晃他訳、みすず書房、1968、p.41-63。

(19) Lévi-Strauss, *Leçon inaugurale* au Collège de France. レヴィ＝ストロース「人類学の課題」『今日のトーテミスム』所収、仲澤紀雄訳、みすず書房、2000、pp. 171-227。

(20) Claude Blanchard, in *Paris-Soir*, 9 août 1938.

(21) とはいえ、ジッドがこの作品に著者として自分の名前を出すようになるのは、ようやく1924年になってのことである〔この原注は初版本にはなく folio / essais 版で追加されたもの〕。

(22) Jules Simon, *Victor Cousin*, Paris, Hachette, 1887, p. 12-13.

(23) Etienne Pasquier, *Les Recherches de la France*, revues et augmentées de quatre livres, Paris, J. Mettayer et P. L'Huillier, in-fol, 1596.

(24) In *Le Monde*, 25-02-1982, p. 13.

(25) シャルル・デュ＝ボス夫人のこと。

(26) フィレンツェにあるベレンソン邸のこと。

(27) 1926年6月21日付の手紙。

(28) L. M. Chauffier, in *Paul Desjardins et les Décades de Cerisy*, Paris, P. U. F., 1964, p. 202.

(29) 昔からフランスでは文学的言説が優位な地位を占めてきたが、この二人はその文学的言説の地位を神聖なものとして確立したということで選ばれたのである。

(30) Daniel Lagache, «Mémorandum à l'Association internationale de psychanalyse», in Supplément au n° 7 d'*Ornicar*, 1976, p. 109.

(31) *Ibid*..

(32) 1980年2月、於フリンカー画廊。

(33) Alain Robbe-Grillet, *Les Gommes*, Paris, Editions de Minuit. アラン・ロブ＝グリエ『消しゴム』中村真一郎訳、河出書房新社、1978。

(34) 特にジャン・モト Jean Mothes がそうである。

(35) Claude Lévi-Strauss, *Anthropologie structurale*, op.cit., p. 176. クロード・レヴィ＝

原　注

（1）Daniel Guélin, *Facisme et Grand Capital*, Paris, Gallimard, 1945.

（2）J. et E. de Goncourt, *Journal*, 1er mars 1863. ゴンクール『ゴンクールの日記』斎藤一郎編訳、岩波書店、1995。

（3）Alexis de Tocqueville, *L'Ancien Régime et la Révolution*〔この原注は初版本にはなく folio / essais 版で追加されたもの〕. アレクシス・ド・トクヴィル『旧体制と大革命』小山勉訳、ちくま学芸文庫、1998。

（4）Pierre Klossowski, *Sade mon prochain*, Paris, Le Seuil, 1967, p. 66-70. ピエール・クロソウスキー『わが隣人サド』豊崎光一訳、晶文社、1969、p. 71-84。

（5）Jean-Paul Sartre, *L'idiot de la famille*, t. Ⅲ, Paris, Gallimard, 1971, p. 91.

（6）Maurice Blanchot, *Thomas l'Obscur*, Paris, Gallimard, p. 66-67. モーリス・ブランショ「謎の男トマ」『筑摩世界文學大系82　ベケット・ブランショ』所収、菅野昭正訳、1982、p. 140。

（7）Antonin Artaud, *Le Théâtre et son double*, Paris, Gallimard, «Idées», 1938, p. 69.『アントナン・アルトー著作集Ⅰ　演劇とその分身』安堂信也訳、白水社、1996、p. 66。

（8）Georges Bataille, *La Part maudite*, Paris, Editions de Minuit. ジョルジュ・バタイユ『呪われた部分』生田耕作訳、二見書房、1973。

Maurice Blanchot, *Lautréamont et Sade*, Paris, Editions de Minuit. モーリス・ブランショ『ロートレアモンとサド』小浜俊郎訳、国文社、1970。

（9）Cf.la Décade «Bataille», 29 juin-9 juillet, à Cerisy-la-Salle.

（10）Lucette Finas, *La Crue*, Paris, Gallimard, 1972.

（11）オリエの好著を参照のこと。Denis Hollier, *Le Collège de sociologie*, Paris, Gallimard, 1979. ドゥニ・オリエ編『聖社会学』兼子正勝他訳、工作舎、1987。

（12）Maurice Blanchot, *L'Espace littéraire*, Paris, Gallimard, 1955, p. 180. モーリス・ブランショ『文学空間』粟津則雄・出口裕弘訳、現代思潮社、p. 241.

（13）René Char, «Partage formel»in *Fureur et Mystère*, Paris, Gallimard, p. 91.

（14）Montesquieu, *Cahiers*, Paris, Grasset, 1941, p. 72.

（15）Claude Lévi-Strauss, *Les Structures élémentaires de la parenté*, Paris, P.U.F.. クロード・レヴィ＝ストロース『親族の基本構造』福井和美訳、青弓社、2000。

フランスで1960年代後半から1970年代前半にかけて活動した芸術家集団の名である。

〔二七〕訳注〔六〕参照。

〔二八〕バルナブースは南米に生まれヨーロッパを放浪した大富豪と伝えられるアルシバルド・オルソン・バルナブース。彼の短編、詩、日記をヴァレリー・ラルボーが編纂したという体裁で書かれた作品が出版され、邦訳もある（Valéry Larbaud, *A.O.Barnabooth, ses* œuvres complètes. ヴァレリー・ラルボー『A.O. バルナブース全集』岩崎力訳、河出書房新社）。

〔二九〕サン＝ヴァンサン＝ド＝ポール協会とは、フレデリック・オザナムが20歳の学生のときパリで設立したカトリック系の国際慈善団体。日本支部名は「聖ヴィンセンシオ・ア・パウロ会」。

〔三〇〕1826年、エジプト総督ムハンマド・アリーが当時のフランス国王シャルル10世に生きたキリンを一頭贈って大きな話題となった。

者）の無機的表現（言説）を指している（皮肉っている）ことに注意。

〔一八〕スッコートは秋の収穫を祝うユダヤ教の祭りで、ユダヤ暦ティシュレ月（西暦の９月末〜10月半）の15日から８日間。三度の食事をスッカー（仮庵）でとる。キップールは贖罪の日（ヨーム・キップール）のことで、ユダヤ教同月９日。この日はいっさいの労働を禁じられる。

〔一九〕1982年のイスラエルによるレバノン侵攻によってPLO（パレスチナ解放機構）が追放された直後、レバノンのキリスト教徒（ファランジスト）民兵がパレスチナ難民村であったサブラとシャティーラを襲って、子供や女性を含む多くの難民を虐殺した。この件について、のちに、イスラエルの調査委員会は当時イスラエル国防大臣だったアリエル・シャロンに間接的な責任があるとした。

〔二〇〕イスラエルによるレバノン侵攻があった1982年はヨーロッパの主要都市で反ユダヤのテロ攻撃が頻発しているが、ローマでは、特に、10月９日、シナゴーグ（ユダヤ教会）がパレスチナ・ゲリラに襲撃され、子供を含む多数の死傷者を出した。

〔二一〕溶融集団 groupe en fusion とは、サルトルが『弁証法的理性批判』で展開した集団論における集団類型の一つ。バスを待つ人びとのように外側の第三者によって関係させられるのではなく、1789年にバスティーユ監獄を襲撃したパリ市民のように自ら第三者となって関係し合う人びとの集団。

〔二二〕フランスのブザンソンにある時計メーカー「リップ」で1973年に労働者の自主管理闘争が起きた。その指導者シャルル・ピアジェは翌74年の大統領選挙の立候補者として有望視されるが左翼政党・労働組織の指導部によって立候補を差し止められ、結局、この年の選挙は、もっぱら、左翼統一候補のフランソワ・ミッテランと独立共和派のヴァレリー・ジスカール＝デスタンの戦いとなった。決選投票の結果、ミッテランが僅差で敗北するが、もしピアジェが立候補していたら（決選投票でピアジェ票がミッテランに流れて）左翼が勝利したのではないか、という憶測が当時からあった。

〔二三〕後成説 épigenèse とは、個体発生の端緒である生殖細胞（卵・精子）にすでに分化した構造が存在するとする前成説に反対して、存在しないとする説。ここでは、歴史理論を説明するために生物学の用語が転用されている。

〔二四〕長椅子 divan が、もっぱら「分裂病」ではなく「神経症」の分析治療に用いられる古典的な道具立てであることに注意。

〔二五〕1854年にパリ・ドゥルオ通りにフランス国営の美術品オークション会場として設立されたオテル・ドゥルオのこと。

〔二六〕「支持体＝表面 Support-surface」とは、以下に説明される絵画理念を掲げて

の地方の葬儀の際に用いられた肖像画は王侯貴族ではない一般人のそれとしては世界最古と言われている。その何点かがルーヴル美術館に展示されている。

〔七〕デカルト『方法序説』第二部冒頭の一節にある言葉。「その頃わたしはドイツにいた。[…] わたしは一日じゅうひとりで暖房に閉じこもって思索にふける余暇を持った」(小場瀬卓三訳、角川文庫、p. 20)。

〔八〕ブルデュー『ハイデガーの政治的存在論』(桑田禮彰訳、藤原書店、2000) 参照。

〔九〕『パリ・マッチ』誌に赤ん坊連れで食人族の国へ赴く若い教員夫婦の記事が掲載され話題になったことがあるが、ビションとはその赤ん坊の名前。

〔一〇〕もともとは、ヒトラー親衛隊である「突撃隊 (SA)」の司令長官エルンスト・レーム Ernst RÄHM とその配下の者たちがクーデターを企て失敗し粛清された事件を指す。1934年6月30日、この反徒たちがミュンヘンに結集するという報告を受けたヒトラーは、彼らを逮捕させ首謀者たち70名を銃殺刑に処したが、旧友だったレームには自殺を勧告したという。

〔一一〕Jacques Atali, *Histoire du temps*, Fayard, 1982. ジャック・アタリ『時間の歴史』蔵持不三也訳、原書房、1986。

〔一二〕Bruce Morrissette, *The great Rimbaud forgery : The affair of La chasse spirituelle*, Washington University, 1956.

〔一三〕ラカンはこの年に、高等研究院 École pratique des hautes études の講師の資格を得て、高等師範学校 École normale supérieure の講堂を借りて講義をすることになった。

〔一四〕ルネサンス期イタリアのボロメオ家の紋章で、ラカンは、現実界・想像界・象徴界の関係を示すためにこれを用いた。右図のように三つの輪のどの二つもつながっていないため、どの一つの輪をはずしてもすべての輪がはずれる。

〔一五〕フロイトは、1920年代初頭、六人の弟子 (サンドール・フェレンツィ Sandor FERENZI, ハンス・ザックス Hanns SACHS、オットー・ランク Otto RANK、カール・アブラハム Karl ABRAHAM、マックス・アイティンゴン Max EITINGON、アーネスト・ジョーンズ Earnest JONES) に、精神分析家の連帯の証として、ゼウスの頭部をデザインした指輪を贈った。

〔一六〕エミール・ゾラが政府軍部を攻撃するために大統領フェリックス・フォールに宛てて書いた公開状『私は弾劾する』を指す。

〔一七〕活喩法 prosopopée とは、追憶の中の人物や死者などその場にいない人間にしゃべらせる技法。「擬人法」という訳語もあるが、擬人法が、通常、無生物の生命的表現と解されるのに対し、この文脈では、逆に、生命的なもの (作

訳　注

〔一〕次の一節を参照のこと。「たまたま本屋で偶然のこと、私は四巻か五巻のベナール訳『美学』を見つけた。それはこの大きな主題について継続して行われたいくつかの講義を再録している。私は新しい国へ踏みこんで、これまでだれひとりヘーゲルについて、私に正しく語ってくれなかったことがすぐにわかった」(『アラン著作集10　わが思索のあと』田島節夫訳、白水社、1982年、p. 249)。

〔二〕原文は Que vient faire Bataille dans cette galère?。これはモリエール『スカパンの悪だくみ』第２幕第７場（鈴木力衛訳、岩波文庫、1968年、p. 69。ただし、この岩波文庫版では第２幕第10場）中のセリフ「どうしてあいつはそんな危ないことにかかわりあってしまったのだろう Que diable allait-il faire dans cette galère ?（Molière, OEuvres complètes, Bibl. de la Pléiade, t,II, p. 698.)」という成句化した表現をもじったもの。ちなみにプレイヤッド版の注によれば、モリエールはこのセリフをシラノ＝ド＝ベルジュラックの戯曲『担がれた衒学者 Le pédant joué』から借用したとのこと。

〔三〕バタイユからカイヨワへの手紙（1939年７月20日付）の中の一節。ドゥニ・オリエ編『聖社会学』兼子正勝他訳、工作舎、1987、p. 533参照。

〔四〕リュフ Marcel Albert RUFF は『流謫者ボードレール――生涯と作品』（井上輝夫訳、青銅社、1977年、p. 251）で次のように書いている。「その外見にもかかわらず、『内面の日記』のノートから発せられる怒りは彼らベルギー人が原因なのではない。怒りの癇癪が彼らの上に落ちたにすぎない。というのも、生活事情がたまたま彼〔＝ボードレール〕を彼らのもとに連れて行ったからであり、彼の例の講演が全般的にみて大失敗で、彼自身の過失によって（彼はそう白状したがらないが)、その講演から雀の涙ほどの利益しかあげられなかったからである」。

〔五〕レヴィ＝ストロースはエリボン Didier ERIBON によるインタビュー（『遠近の回想』竹内信夫訳、みすず書房、1991年、p. 112）の中で、「人間の大地」という叢書を考えていたマロリーからの申し出を受けて『悲しき熱帯』を書こうと思い立ったことを述懐している。

〔六〕ファイユームとは　エジプト中部ナイル西岸の地方名。古代ローマ時代にこ

訳者あとがき

桑田禮彰

本書はJean-Paul Aron, *Les modernes*, Gallimard, 1984の全訳である。原著は一九八六年にfolio/essais叢書の一冊として携帯版も出版されたが、その際右の初版本にわずかな修正が加えられた。本書は初版本を底本としつつ、携帯版での修正も活かして訳出してある。尚、本書の副題「フランス現代文化史メモワール」は原書にはなく、本書版元・新評論と相談の上、訳者の責任で付したものである。

一　著者について

著者ジャン＝ポール・アロン（一九二五〜一九八八）は歴史研究者であると同時に小説家・戯曲作家である。つまり本書の中心問題の一つは、フランスにおける「大学教員」と「作家」という知識人の二つのカテゴリーのあいだの関係（分裂・対立・接近・合流）であるが、著者はまさに自らの存在において同時に二つのカテゴリーを生きていることになり、著者自身がこの中心問題を体現しているわけである。

著者の歴史研究の対象は、一方では特に一九世紀以降のフランスにおけるブルジョワジーの発展にあり、それを著者はたとえば食生活や性生活のレベルで跡付けているが、その研究の一端は本書でも随所で紹介されている。他方、著者は歴史家としてフランスにおける生物学を中心とした科学史、あるいは広く制度を含む文化史にも強い関心を持っている。もちろん本書は、この文化史的関心の流れから生まれた傑作である。

歴史研究の主要業績は以下のとおり。

- *Essai sur la sensibilité alimentaire à Paris au XIXᵉ siècle*, Armand Colin, 1967.
- *Essai d'épistémologie biologique*, Christian Bourgois, 1969.
- *Anthropologie du conscrit français ?* (avec Emmanuel Le Roy Ladurie et Paul Dumont), Mouton, 1972.
- *Le Mangeur du XIXᵉ siècle*, Laffont, 1973. 邦訳：『食べるフランス史——一九世紀の貴族と庶民の食卓』佐藤悦子訳、人文書院、一九八五。
- *Qu'est-ce que la culture française ?*, Denoël-Gonthier, 1975.
- *Le Pénis et la démoralisation de l'Occident* (avec Roger Kempf), Grasset, 1978.
- *Misérable et glorieuse, la femme du XIXᵉ siècle* (collectif animé et présenté par Jean-Paul Aron), Fayard, 1980. 邦訳：ジャン゠ポール・アロン編『路地裏の女性史——一九世紀フランス女性の栄光と悲惨』片岡幸彦監訳、新評論、一九八四。

主要な文学作品は以下のとおり。

- *La Retenue*, Grasset, 1962.［小説］
- *Point mort*, Grasset, 1964.［小説］
- *Théâtre*, Christian Bourgois, 1970 : *Le Bureau et Fleurets mouchetés*.［戯曲］
- *Les Voisines*, L'Avant-Scène, 1980.［戯曲］

本文（特にエピソード44）でも触れられているように、著者はアルザス生まれのユダヤ人として、つまりアルザス人かつユダヤ人として二重になった困難な歴史状況を生きたこと、さらには晩年エイズに罹患し、そのことを公表する患者などほとんどいなかった時代に公けにしたことでも知られている。尚、著者は社会学者レーモン・アロンの甥である。

二　眩いばかりの小宇宙

本書が扱う二〇世紀後半のフランス文化、厳密には第二次大戦終結以降約四〇年間のフランス文化は、眩いばかりの小宇宙である。

哲学ではサルトル、メルロ゠ポンティ、フーコー、デリダ、ドゥルーズ、文学ではバタイユ、ブランショ、ロブ゠グリエ、ソレルス、ビュトール、芝居ではアルトー、イヨネスコ、ベケット、ジュネ、美術ではジャコメッティ、スタール、ビザンティオス、映画ではゴダール、レネ、マル、音楽ではブーレーズ、さらには人類学のレヴィ゠ストロース、精神分析のラカン、歴史学のブローデル、生理学のジャコブ、モノー、批評・社会学のロラン・バルトといった綺羅星たちが居並ぶ中、過去の巨星たちが甦り（ルーセルの芝居、マネの絵画など）、外国特にドイツ語圏から物故存命を問わず大きな星たち（ヘーゲル、フロイト、ブレヒト、ハイデガーなど）が招き入れられて、この小宇宙の輝きを一層増す。

本書は、この小宇宙のメモワール、つまりこの小宇宙を「生きる」著者が現在形でその「生きられる」小宇宙の歴史を濃密な言葉を選び見事に表現した作品である。

なるほど私たちはこの小宇宙から生まれた作品を書店・図書館・美術館・劇場・映画館・コンサートホール等で目の当りにし、しかもそれらの作品についての情報も既に山ほど手にしている。しかし私たちの目の前の作品とこの小宇宙との深い溝は、それらの情報によって埋められているだろうか。入門・紹介・解説さらには研究という名の情報は、この宇宙の「生きられる現実」から距離をとったところに無色・無害なものとして現れ、むしろ逆にその溝を広げてはいないか。

これに対して本書は、この「生きられる現実」から逃げることを拒否し冷静な観察力と鋭い洞察力をもって、同時代のフランス文化に巣食う深刻なニヒリズムを暴き出し、しかも力強くそのニヒリズムを克服する道を提示している。

三　時代と生き様

ご覧のように本書は、時間順序に並んだ全部で五四のエピソードから成っている。もちろん読者は、順序は気にせずご自分の関心に従って面白そうなエピソードを自由に選んで読んでいくこともできよう。しかし、できれば一度は、最初から最後まで順序どおりに読み通していただきたいと思う。本書は、フランス現代文化史の中から面白そうな断片的エピソードを五四個寄せ集めたたんなる「エピソード集」ではない。冒頭の「1 ストラスブール大学の哲学研究所」から末尾の「54 マネ展」まで、個々のエピソードは、いずれも著者が時の流れに沿ってフランス現代文化史を体験した一場面、著者によって「生きられた」フランス現代文化史の一場面になっている。だから読者が五四のエピソードを一つ一つ順序を追いつつ辿るなら、読者の眼には、一方ですべてのエピソードの背後に、客観的現実としてのフランス現代文化史の大きな流れがくっきりと浮かび上がり、他方でエピソードの手前に、その歴史を生きる一貫した著者の主体性が明確に現れるであろう。要するに読者には、五四のエピソードから、著者が生きた時代と著者の生き様を読み取り見極めていただきたい。

以下では、読者のこの見極め作業に僅かでも資するために、この「時代」と「生き様」に絞って、本書の叙述をまとめておく。

四　ニヒリズムの冷気

本書が扱う時代（二〇世紀後半、第二次世界大戦終結後四〇年間）を著者は「氷河期」あるいは、すでに本書冒頭エピグラフのヘルダーリンの言葉にあるように、「冬」と特徴づける。これは、まずは、この時代に政治・経済・社会における深刻な問題が累積し、人間活動が停滞したということを意味する。しかし特に重要なことは、見かけはむしろ逆に人間活動は活性化されているかに見える点である。つまり根本問題は深刻さを増しているのに、たとえば経済は活況を呈し「豊かな社会」が広がり、人びとは「妙に元気」（ユイスマンス。本書八ページ）に感じられるのである。

このように「厳寒期」にあって「妙に元気」な人びと、特に文化の世界にあって時代の「新しさ」を追い求める人びと――それが本書タイトルの「新時代人」である。彼らは確かに一見「エネルギッシュ」なので、貴重な暖気をもたらすかのように思えるかもしれないが、実は全く逆に、この厳冬期における冷気の第一の源は彼らにある。この時代は、何よりもそれ自体の文化の冷え込みによって凍りついたのであり、その文化を冷え込ませたのは他ならぬ彼ら新時代人だからである。

新時代人が広める冷気とは、ニヒリズムのことである。まず彼らの感性に重大な問題がある。「数十年間にわたって戦後のフランスを支配することになるこの感性は、事物を捨てて言葉を取り、現前を捨てて幻想を取るのだ」（本書一五ページ）。彼らは、事物・現前・現実・意味・所記、要するに実在を排除・隠蔽・無視し、逆に言葉・外観・幻想・記号・能記など空虚な「見せかけ」を、実在として提示することによって、空虚なニヒリズムを伝播させるのである。著者は「見せかけ」について次のように注意している。

「『見せかけ simulacre』と『見かけ apparence』の違いは次の点にある。『見かけ』がただ本物を装うだけなのに対して、『見せかけ』は本物をなぶりものにし本物になりすます。そして『見かけ』が充満を欠いた空虚として現れるのに対して、『見せかけ』は儚さの乱舞によって充満のパロディーを演ずる」（本書一八二ページ）。

「見せかけ」は「見かけ」と比べ、本物になりすましニヒリズムを広げる点で有害であり危険である。つまり氷河期とはニヒリズムの時代であり、「見せかけ」の時代である。

では、このニヒリズムはどのようにして広がったのか、著者の説明を見てみよう。

著者によれば、このニヒリズムの原因の一つは、言葉を過度に高く評価する姿勢にあるが、まず、こうした姿勢はそもそもフランス文化の伝統の中にある文学の地位の高さに認められる。フランスで文学は音楽や美術に対し支配的な地位を与えられ、歌詞や批評という言葉が音楽や美術の作品に強い影響を与えてきた（本書エピソード17・49）。この伝統は、現代音楽においても現代美術においても著者によって確認されている。

さらに、その優位を持った言葉が特にこの時代に変容する、という事情がある。つまり、かつてはほとんど没交渉であった文学者と研究者が、この時代になって接近するようになり、文学者が研究者の言説に馴染みながら自らの言葉を変容させていくのである。これは、本書を貫く軸の一つとして著者が設定する一種の「知識人史」が明らかにしているところである。そうした文学者と研究者の新たな出会いの場は、『レ・タン・モデルヌ』『クリティク』という雑誌であり、ポンティニーやがてスリジーで開かれる「一〇日間討論会」である（エピソード2・3・11）。

著者は、こうした歴史学的考察とともに、社会学的考察も忘れてはいない。「8　「地中海クラブ」の創設」「28　『パリ＝プレス』紙の「雑報面」」「48　『アンチ・オイディプス』」などでは、社会生活の中に広がるニヒリズム、とりわけ身体と欲望に収斂するニヒリズムが描き出される。新たな観光のかたちである「地中海クラブ」の創設とともに、今後は「海洋、砂漠、山岳、オアシスが、日用品に範をとって、啞然としたいという情欲の道具になる。地球という惑星は次第に、場所も名前も、政治も歴史も、ばらばらの記号となって舞い踊る万華鏡に変貌しつつある。それらの記号は、目がくらむような動きで、一箇所にひしめき合ったかと思うと、互いに入れ替わり、今度はパッと消え去るのである」（本書五六ページ）。

五　新時代人に対する批判

さて、以上のような道具立てをベースにして、本書では個々具体的な文化的作品が扱われるが、本書の醍醐味がこの作品論にあることはまちがいない。上でその一端を紹介したように、その文化的作品のジャンルは、知的・学問的領域（哲学・人文社会科学、さらには生物学など）から芸術的領域（文学・演劇・音楽・美術・映画など）まで、驚くほど網羅的である。ご覧のとおり、著者のこの作品論はおおむね極めて辛口であるが、作品評価の基準は明快である。つまり、ニヒリズムに擦り寄り迎合する作品は厳しく批判され、それに抵抗しさらにはその克服をめざす作品には高い評価が与えられている。

基本的には「ニヒリズム批判」として特徴づけられる著者の立場が、あえてかつての「実存主義か構造主義か」という図式に従えば、実存主義の側に分類されることは明らかである。サルトルが主催する雑誌『レ・タン・モデルヌ』について著者は、「この雑誌が主体 sujet と意味 sens を高く評価することによって、諸々の客体 objet と構造 structure のうちに地歩を固めつつあるイデオロギーをさかんにかき乱そうとしている」（本書一五ページ）と述べているが、これは著者自身の基本的態度でもある。要するに著者は、広い意味での実存主義の側から、構造主義的傾向の背後のニヒリズムを批判しているのである。

もちろん、だからといって著者がサルトル主義者であるということにはならない。エピソード30における著者のサルトル論の冷静さからすれば、両者の距離は歴然としている。

　したがって著者のニヒリズム批判は、或る程度、構造主義批判のようなかたちをとる。実際その批判は、レヴィ＝ストロース（7・26）、ラカン（14・41）、ロラン・バルト（16・23・40）、フーコー（37・43）らについて、また彼らと密接なつながりを持つ雑誌『クリティク』の思想家、たとえばバタイユ、ブランショらについてもかなりの紙幅が費やされ、彼らの思想の根底に巣食うニヒリズムに照準を絞って、端的に展開される。

　著者によれば、ニヒリズムは「生きられる現実」を見逃す、ないし隠蔽する。文学が表現する「生きられる現実」の核心の一つは、「ユーモア」である。たとえばフーコーはその著『レーモン・ルーセル』で、ルーセルのユーモアを味わうことなく、彼の緻密な「手続き」ばかりを詳細かつ無感動に分析している（本書二七〇ページ）が、このような姿勢がニヒリズムを広げる。あるいは「生きられる現実」は「神話」によって表現される。しかしレヴィ＝ストロースにかかると「神話を縦横に貫くあふれるような力、神話にたぎる激情が、冷ややかな一覧表になって私たちの前にしつらえられる」（本書一五五ページ）ことになってしまう。

　本来、「神話は祝祭的なのである。神話は教訓的でも実用的でもなく、知識の獲得には少しも役に立たない。〔中略〕〔神話は〕捕まえようとしても、ウナギのようにするりと逃げる。神話は、努力すれば生まれるようなものではないから、なおさら扱いが難しいのである。〔中略〕いずれにせよ、神話はすぐれて破壊的な言説であり、一座の興をそぎ、辛辣なやり方で真実を暴露する。それゆえ神話はふつうの言語から迫害され、場合によっては魔女狩りの犠牲になる」（本書一五九～一六一ページ）。

ただし、バタイユとバルトに対する著者の評価は、全体としては決して低いものではない。それに対して、ブランショ、ロブ＝グリエ、ソレルスらに対する批判は痛烈であり、彼らには否定的評価しか与えられていない。

上述したように芸術におけるニヒリズムの主要な原因は、言説による支配である。たとえば美術における「生きられる現実」とはまず何よりも、言説を超えた「感覚的現実」である。ところが現代美術は言説に支配され、その「感覚的現実」を思考対象へと変貌させてしまう。その結果「セザンヌを発端として、キュビスムからコンセプチュアルアートに至るまで、七五年の間、絵画内容は際限なく空っぽになっていく」（本書一五二ページ）。現代音楽についても、同様のことが言える。

六　反時代人

さて、こうした「新時代人」つまり「没時代人」のニヒリズムの圧倒的な勢いに対して、それを批判し克服しようとする者、「反時代人」は稀である。しかし著者は、そうした人びとを発見し、その貴重な活動を具体的に指摘・提示している（もちろん、特定の作品のみが著者によって評価される場合もある）。イヨネスコ（9）、ジッド（10）、サルトル（2・30）、ジャコメッティ（18）、ゴダール（29）、メルロ＝ポンティ（33）、ビザンティオス（50）、ジャン・ボリ（51）、ケンプ（52）、マネ（54）らである。

著者は、「新時代人」が支配するニヒリズムの時代にあっては孤立と後退を余儀なくされているかに見えるこうした「反時代人」たちの本来の姿を、ニーチェに従い、古代ギリシャ人をモデルにして見事に描き出す。「ニーチェがそうしたギリシャ人のもとへ戻るのは、ハイデガーのように彼らに存在の祖国へ連れて行ってもらうためだけでなく、彼らの生き方の精髄――すなわちヘーゲルが大いに利用した完璧な都市国家に先立って存在した情熱――を再発見するためでもある。それは神話を地で行く極端で陽気で無垢なギリシャ人、軽やかさの中に深遠なところのあるギリシャ人、軽やかさの中から軽佻浮薄の部分を取り去るすべを心得たギリシャ人、アクロポリスの明るさに幻惑されることも洞窟の暗さの中に湧き出る有毒な観念に盲従することもないギリシャ人である」（本書一三四ページ）。そして著者は、次のようなニーチェの言葉を引きながら、「反時代人」相互のつきあい（さらにはおそらく「新時代人」も含めた相手に対する「反時代人」の側のつきあいの姿勢）を、「星辰の友情」として提示する。

「[…] 目には見えないが、途方もない軌道、星の通り道がおそらく存在しており、私たち一人一人のそれぞれに異なる道や目的はその大きな軌道の小さな切片となっている――こうした思索の高みにまで昇ろうではないか。しかし、私たちがこうした究極の可能性の次元で実際に友人以上のものとなるには、私たちの生はあまりに短く、私たちの視力はあまりに弱い。そうであればこそ、星々の次元における私たちの友情を信じようではないか。この地上にあっては敵どうしでなければならぬにしても」（本書一三五ページ）。

本書で繰り返し取り上げられるこの「星辰の友情」と上述した「古代ギリシャ人」が、

おそらく、著者自身の反ニヒリズムの「生き様」の最も基本的なイメージである。もちろんこの著者の場合は、これに「フランスに住むユダヤ人」としての「生き様」も加えなければならない。この点について著者はこう述べている。「離散状態にあって〔フランスなどの国に住みつつ〕責任あるユダヤ人であるということは、霊感の源としての苦悩や、アブラハムが子孫に伝えた普遍性に対する渇望を捨て去ってしまうことではなく、他者を積極的に受け入れる集団の一員としての役割を十全に演じきることである」（本書三三〇ページ）。つまりフランスのユダヤ人は自己閉鎖的に特権的な自らの伝統に閉じこもることなく、フランスの一員として積極的に他者を受け入れるという役割を果たすことによって、アブラハムの教える普遍性というユダヤ的価値を実現できるのであり、この場合はまさにそのことがニヒリズムの克服に繋がるのである。

＊　＊　＊

ここで本書の翻訳作業について記しておこう。まず時崎が全体を訳し、次に三者で役割分担（1～20：桑田、21～40：時崎、41～54：阿部）を決定の上、時崎の訳文をもとに各担当者が自分の担当分を仕上げつつ三者相互に訳文チェックを行ないながら全体を完成させ、最後に桑田が全体の統一を図った。

時崎の翻訳作業の開始から数えれば、既に十数年の歳月が流れている。遅延の第一の理由は、私・桑田の作業の遅れである。お待ちいただいた読者、版元・新評論、さらには共訳者の阿部・時崎両氏に対して、ここに深くお詫びしたい。ただし、遅延の理由は、それがすべてではない。原著のフランス語の文章の濃密さも、遅延の大きな原因となった。この味わい深い濃密さこそ、訳者を翻訳作業に駆り立てる魅力であるとともに、適切な日本文の発見を困難にする躓きの石でもあった。

さて、本書がこのように公になるまでには、実にさまざまな方々の貴重なご協力をいただいた。まず、お名前は挙げないが、訳者たちのさまざまな質問に答えてくださった研究者の皆様に厚く御礼申し上げる。次に、見事な装幀を制作していただいた山田英春氏に心より感謝したい。今回の装幀も、心に残るすばらしい作品に仕上げていただいた。最後に、この場を借りて、新評論編集長 山田洋氏に対し、訳者を代表してあらためて深甚の謝意を表したいと思う。振り返れば、今回の訳業は、かなり長い道のりであった。山田洋編集長の忍耐と励ましなしには、そして適切な注文とアドバイスなしには、私たち訳者はここまで辿り着くことはできなかっただろう。

既述のように訳文は訳者三人で慎重に検討を重ねたが、思わぬ誤りがあるかもしれない。識者のご批判を仰ぐ次第である。

二〇〇九年四月二一日

−2004　哲学者）136, 137

ローゼンバーグ夫妻（［夫］ローゼンバーグ、ジュリアス ROSENBERG, Julius　1918−53［妻］ローゼンバーグ、エセル ROSENBERG, Ethel　1915−53　スパイ容疑で処刑されたアメリカのユダヤ人夫妻）36

ロード、ジェームズ LORD, James（1922−　アメリカの美術評論家、エッセイスト）230, 235, 432

『ジャコメッティの肖像』432

ロード、ジャン LAUDE, Jean（1922−84　詩人）30, 187

ロートレアモン LAUTRÉAMONT（1846−70　詩人）289

ロカール、ミシェル ROCARD, Michel（1930−　政治家）420

ロザンタール、ジェラール ROSENTHAL, Gérard（1903−92　ボルシェヴィキ＝レーニン運動のリーダー。トロツキーの顧問弁護士）34

ロスコ、マーク ROTHKO, Mark（1903−70　ロシア出身のアメリカの画家）395

ロッシュ、ジャン ROCHE, Jean（1901−92　パリ大学区長）343

ロッシュ、ドニ ROCHE, Denis（1937−　小説家）189

ロッセル、ルイ ROSSEL, Louis（1844−71　軍人）168

ロテルラ、ミンモ ROTELLA, Mimmo（1918−2006　イタリアの画家）233

ロネ、ジャン LAUNAY, Jean（ハイデガー研究者）138

ロブ＝グリエ、アラン ROBBE-GRILLET, Alain（1922−2008　作家）43, 94−9, 112, 119, 126, 175, 184, 187, 200, 203, 216, 229, 271, 273, 276, 278, 288, 289, 435

『消しゴム』94−9, 435

『覗く人』97

『迷路のなかで』187

ロベスピエール、マクシミリアン・マリー・イジドール・ド ROBESPIERRE, Maximilien Marie Isidore de（1758−94　政治家）365

ロマノ、ルッジエロ ROMANO, Ruggiero（1923−2002　歴史家）74

ロメール、エリック ROHMER, Éric（1920−　評論家、映画監督。本名 Maurice SCHÉRER）202

ロラン、ジャック＝フランシス ROLLAND Jacques-Francis（1922−2008　作家、レジスタンス運動家）146

ロラン、ロマン ROLLAND, Romain（1866−1944　作家）145

ロワ、クロード ROY, Claude（1915−97　作家）146, 216

ロワイエ、ジャン ROYER, Jean（1920−　トゥール市長）359

ロワイエ＝コラール，ピエール＝ポール ROYER-COLLARD, Pierre-Paule（1763−1845　政治家、哲学者）68, 340, 411

ロンサック、シャルル RONSAC, Charles（1908−2001　ジャーナリスト）34

ロンブローゾ、フェルナン LOMBROSO, Fernand　132

ワ行

ワトソン、ジョン・ブローダス WATSON, John Broadus（1878−1958　アメリカの生理学者）227, 313

レ、ジル・ド RAIS/RETZ, Gilles de（1404－40　軍人）247
レ、ミシェル・ド・ガリエニ RÉ, Michel de Gallieni（1925－79　俳優）61
レイン、エドワード・ウィリアム LANE, Edward William（1801－76　イギリスのアラビア学者）12
『近代エジプト人の風俗習慣』12
レイン、ロナルド・ディヴィッド LAING, Ronald David（1927－89　イギリスの精神医学者）384
レヴィ、ベニー LÉVY, Benny（1945－2003　哲学者、作家。別名ピエール・ヴィクトル Pierre VICTOR）338, 356, 357, 361
レヴィス、ギイ 1 世 LÉVIS, Guy 1er de（1180－1233　ミルポワ Mirepoix の領主）80
レヴィ＝ストロース、クロード LÉVI-STRAUSS, Claude（1908－　民族学者）38, 48－53, 64, 98, 112, 126, 155, 173－80, 184, 211, 212, 231, 237, 260, 275, 288, 295, 298, 305, 315, 337, 338, 346, 367, 387, 435, 436, 440
『悲しき熱帯』49, 440
『構造人類学』50, 434, 435
『今日のトーテミスム』435
『親族の基本構造』48－53, 174, 434, 436
『生のものと火にかけたもの』51, 176
『ナムビクワラ・インディアンの家庭生活と社会生活』49
『裸の人間』178
『蜜から灰へ』178
『野生の思考』212, 231
レウィット、ソル LEWITT, Sol（1928－　アメリカの彫刻家、画家）396
レーヴィット、カルル LOEWITH, Karl（1897－1973　ドイツの哲学者）138
レーニン、ウラジミル・イリイチ LÉNINE, Vladimir Ilitch（1870 － 1924　ロシアの革命家、政治家）190, 338, 387
レオトー、ポール LÉAUTAUD, Paul（1872－1956　作家）150
レジェ LÉGER（神父）139
レス RETZ（1613－79　枢機卿。作家）21
レス、マルシアル RAYSSE, Martial（1936－　画家）233, 234, 393
レスタニー、ピエール RESTANY, Pierre（1930－2003　評論家）233
レスピナス、ジュリー・ド LESPINASSE, Julie de（1732－76　サロン主催者）307
レセップス、フェルディナン・マリ LESSEPS, Ferdinand Marie（1805－94　外交官）162
レティフ＝ド＝ラ＝ブルトーヌ RESTIF DE LA BRETONNE（1734－1806　作家）59
レネ、アラン RESNAIS, Alain（1922－　映画監督）137, 202, 203
「去年マリエンバードで」203
「二四時間の情事」202－4
「夜と霧」202
レ・マラシ LES MALASSIS（1970年に5人の画家［キュエコ、フルーリ、ラティル、パレ、ティスラン、ゼメール］によって採用された協同組合 coopérative の名称）397
レリス、ミシェル LEIRIS, Michel（1901－90　民族学者、作家）23, 24, 67, 117, 181, 217, 246, 251, 264, 355, 425
レンツ、ヤーコプ LENZ, Jakob（1751－92　ドイツの詩人、劇作家）124, 387
レンブンラント・ヴァン・レイン REMBRANDT VAN RIJN（1606－69　オランダの画家）119

ロヴァン、ジョゼフ ROVAN, Joseph（1918

本名 Philippe Marie de HAUTECLOCQUE LECLERC）36
ルクレール、セルジュ LECLAIRE, Serge（1924－94　精神分析学者）292
ルクレール、フィリップ LECLERC, Philippe　150, 151
ル＝ゴフ、ジャック LE GOFF, Jacques（1924－　歴史家）74, 169
ル＝シュヴァリエ→ル＝シュヴァリエ＝ド＝サン＝ジョルジュ
ル＝シュヴァリエ＝ド＝サン＝ジョルジュ LE CHEVALIER DE SAINT-GEORGES（1745－99　作曲家）109
ルジュヌ、マックス LEJEUNE, Max（1909－95　政治家）224
ルソー、ジャン＝ジャック ROUSSEAU, Jean-Jacques（1712－78　思想家、作家）22, 59, 190, 292, 414
『新エロイーズ』414
ルター、マルティン LUTHER, Martin（1483－1546　ドイツの宗教改革者）18, 75, 103, 366
ル＝ダンテク、ジャン＝ピエール LE DANTEC, Jean-Pierre（1943－　作家）354, 356, 357, 360
ルッセ、ダヴィッド ROUSSET, David（1912－97　作家）34
ルディネスコ、ジェニー ROUDINESCO, Jenny　89
ルデュック、ヴィオレット LEDUC, Violette（1907－72　小説家）19
ルドルフ、エルツェルツォーク RUDOLF, Erzherzog（1788－1833　大公。ベートーヴェンの庇護者）104
ルナール、コレット RENARD, Colette（1924－　歌手、女優）170
ルナン、エルネスト RENAN, Ernest（1823－92　作家）175
ル＝ナン兄弟 les frères Le Nain（17世紀の三人の兄弟画家）231
ルネ、ドゥニーズ RENÉ, Denise（画商）151
ルノワール、ジャン RENOIR, Jean（1894－1979　映画監督）90
「ピクニック」90, 248
「ランジュ氏の犯罪」90
ルバル、ジャック LEBAR, Jacques（1911－2004　ジャーナリスト）168
ルフェーヴル、アンドレ LEFÈVRE, André　150
ルフェーヴル、アンリ LEFEBVRE, Henri（1905－91　哲学者、社会学者）216
ルフォール、クロード LEFORT, Claude（1924－　哲学者）15, 34
ル＝ブリ、ミシェル LE BRIS, Michel（1944－　作家）357
ルベイロル、ポール REBEYROLLE, Paul（1926－2005　画家、彫刻家）217
ルベリュー、マドレーヌ REBÉRIOUX, Madeleine（1920－　）218
ルベル、ジャン＝ジャック LEBEL, Jean-Jacques（1936－　作家）301, 360
ルボヴィシ、セルジュ LEBOVICI, Serge（1915－2000　精神分析学者）88
ル＝ポワトヴァン、アルフレッド LE POITTEVIN, Alfred（1816－48　親密な家族づきあいの中でフロベールが幼い頃から強い影響を受け早逝した年上の友人）413
ルマルシャン、ジャック LEMARCHAND, Jacques（1908－44　ジャーナリスト）63
ルリシュ、ルネ LERICHE, René（1879－1955　医師）176
ル＝ロワ＝ラデュリ、エマニュエル LE ROY LADURIE, Emmanuel（1929－　歴史家）369

リナール、ロベール LINHART, Robert（1943－　社会学者）338, 341, 358
リニエール、ルイ＝アンリ・ド LIGNIÈRES, Louis-Henri de　161
リニエリ、ジャン＝ジャック RINIERI, Jean-Jacques（哲学者）167, 282
リヒノフスキー皇太子、カルル・アロイス LICHNOWSKI, Karl Alois prince（1761－1814　モーツァルトとベートーヴェンの庇護者）104
リファテール、ミカエル RIFFATERRE, Michael（1924－2006　文芸評論家、理論家）276
リュカ、プロスペル LUCAS, Prosper（1805－85　医師）18
リュニェ＝ポー LUGNÉ-POE（1869－1940　俳優、劇場支配人。本名 Aurélien LUGNÉ）61
リュフィエ、ジャック RUFFIÉ, Jacques（1921－2004　医師）418
リュベル、マクシミリアン RUBEL, Maximilien（1905－96　歴史家）206
リュミエール RUMIÈRES（プロレスラー）156
リュリ、ジャン＝バティスト LULLY, Jean-Baptiste（1632－87　イタリア生まれのフランスの作曲家）107, 108
リヨテ、ルイ・ユベール・ゴンザルヴ LYAUTEY, Louis Hubert Gonzalve（1854－1934　軍人）71
リルケ、ライナー・マリーア RILKE, Rainer Maria（1875－1926　オーストリアの詩人）142, 173

ルイ9世 LOUIS IX（1214－70　フランス王）365
ルイ13世 LOUIS XIII（1601－43 フランス王）184, 365
ルイ14世 LOUIS XIV（1638－1715 フランス王）366, 368
ルイ15世 LOUIS XV（1710－74 フランス王）22, 28, 366, 411
ルイ16世 LOUIS XVI（1754－93 フランス王）28
ルイ＝フィリップ LOUIS-PHILIPPE（1773－1850　七月王政のフランス王）377, 411
ルー、ジャン ROUS, Jean　34
ルージュリ、ジャン ROUGERIE, Jean（1929－98　俳優）260
ルーセル、レーモン ROUSSEL, Raymond（1877－1933　劇作家）95, 242, 255－61, 263－7, 270, 293
『アフリカの印象』95, 257, 258, 260, 261, 264
『額の星』95, 258, 260, 261, 264, 266, 268
『無数の太陽』258
『ロクス・ソルス』95, 258, 260
『私は自著のいくつかをどのように書いたか』258
ルーベンス、ペーター・パウル RUBENS, Peter Paul（1577－1640　フランドルの画家）119
ルール、ルイ ROULE, Louis（1861－1942　動物学者）227
ルヴェル、ジャン＝フランソワ Revel, Jean-François（1924－　哲学者、エッセイスト）216
ルヴェルション＝ジューヴ、ブランシュ REVERCHON-JOUVE, Blanche（1879－1974　精神分析学者）88
ルヴォフ、アンドレ LWOFF, André（1902－94　生物学者、医師）306－13
ルオー、ジョルジュ＝アンリ ROUAULT, Georges-Henri（1871－1958　画家）150
ルクレール LECLERC（1902－47　軍人。

ラモー、ジャン＝フィリップ RAMEAU, Jean-Philippe（1683－1764　作曲家、音楽理論家）107－10, 264, 265, 281
「イポリットとアリシー」108
『和声法提要』109
ラランド、ジョゼフ・ジェローム・ルフランソワ・ド LALANDE, Joseph Jérôme Lefrançois de（1732－1807　天文学者）307
ラルドロー、ギー LARDREAU, Guy（1947－　エッセイスト）193
『天使』（ジャンベとの共著）193
ラ＝ロシュフコー、フランソワ・ド LA ROCHEFOUCAULD, François de（1613－80　モラリスト）21
ラング、ジャック LANG, Jack（1938－　法律家、政治家）162, 417
ラング、フリッツ LANG, Fritz（1890－1976　ドイツの映画監督）124
ラングロワ、ベルナール LANGLOIS, Bernard（ジャーナリスト）360
ランジュヴァン、ポール LANGEVIN, Paul（1872－1946　物理学者）176, 308
ランスコイ、アンドレ LANSKOY, André（1902－76　ロシア出身のフランスの画家）152
ランズマン、クロード LANZMANN, Claude（1925－　映画監督）216
ランセ、アルマン・ジャン・ル・ブティリエ・ド RANCÉ, Armand Jean Le Bouthillier de（1626－1700　修道士）291
ランドン、ジェローム LINDON, Jérôme（1925－2001　ミニュイ書店社長）181, 216
ランベール RENBERG　358
ランベルシエ、ガブリエル LAMBERCIER, Gabrielle（1683－1753　ルソーの寄宿先の牧師ジャン＝ジャック・ランベルシエの妹）292
ランボー、アルチュール RIMBAUD, Arthur（1854 － 91　詩人）29, 59, 61, 245, 273
『地獄の一季節』61

リヴィエール、ジャック RIVIÈRE, Jacques（1886－1925　評論家）28
リヴィエール、ジョルジュ＝アンリ RIVIÈRE, Georges-Henri（1897－1985　民族学者）24
リオタール、ジャン＝フランソワ LYOTARD, Jean-François（1924－98　哲学者）13, 161, 352, 387
リオペル、ジャン＝ポール Riopelle, Jean-Paul（1923－2002　カナダの画家）151, 400
リギーニ、マリエッラ RIGHINI, Mariella 359
リクール、ポール RICŒUR, Paul（1913－2005　哲学者）139, 140, 296
リシュリュー、ルイ・フランソワ・アルマン・ド・ヴィニュロ・デュ・プレシ RICHELIEU, Louis Fraçois Armand de Vignerot du Plessis（1696－1788　公爵。軍人。リシュリュー宰相の甥の子）411
リス、クリスティアン RISS, Christian 360
リスト、フランツ LISZT, Franz（1811－86　ハンガリー出身のドイツのピアノ奏者、作曲家）110
リチャードソン、サミュエル RICHARDSON, Samuel（1679－1761　イギリスの作家）12
リッジウェイ、マシュー・バンカー RIDGWAY, Matthew Bunker（1895－1993　アメリカの軍人）208

－1937　作曲家）108, 114
「カヌードの書物のための飾り扉」114
「四本の手で演奏される二台のピアノのためのリチオッタ」114
ラウシェンバーグ、ロバート RAUSCHENBERG, Robert（1925－2008　アメリカの画家）393
ラガイヤルド、ピエール LAGAILLARDE, Pierre（1931－　弁護士、政治家）224
ラガシュ、ダニエル LAGACHE, Daniel（1903－72　医師、精神分析学者）13, 88, 90, 91
『愛の嫉妬』13
ラカン、ジャック LACAN, Jacques（1901－81　精神分析学者）11, 13, 14, 38, 43, 44, 88－91, 93, 95, 99, 123, 141, 142, 171, 184, 192, 231, 232, 248, 254, 275, 276, 288, 292, 295－305, 314, 318, 337, 338, 352, 355, 388, 394, 430, 439
『エクリ』301, 314, 430
ラグランジュ、ジョゼフ・ルイ LAGRANGE, Joseph Louis（1736－1813　数学者）269
ラグロレ、ジャン LAGROLET, Jean　186
ラコシ、マーチャーシュ RÁKOSI, Mátyás（1892－1971　ハンガリーの革命家、政治家）209
ラコスト、ロベール LACOSTE, Robert（1898－1989　政治家）166
ラザフォード、アーネスト RUTEHRFORD, Ernest（1871－1937　イギリスの物理学者）366
ラザレフ、ピエール LAZAREFF, Pierre（1907－72　ジャーナリスト、プロデューサー）196
ラシーヌ、ジャン RACINE, Jean（1639－99　劇作家）267, 268, 404
ラ＝スシェル、エルナ・ド LA SOUCHÈRE, Elena de　216
ラットル＝ド＝タシニ、ジャン＝マリ・ガブリエル・ド LATTRE DE TASSIGNY, Jean-Marie Gabriel de（1889－1952　軍人）36, 137
ラティル、ジャン＝クロード LATIL. Jean-Claude（1932－　画家）397
ラピック、シャルル LAPICQUE, Charles（1898－1988　画家）139
ラビン、イツハク RABIN, Yitzhak（1922－95　イスラエルの軍人、政治家）320, 323
ラファエロ、サンティ RAFFAELLO, Santi（1483－1520　イタリアの画家）423
ラフォリ、セルジュ LAFAURIE, Serge（1928－　ジャーナリスト）216
ラ＝フォンテーヌ、ジャン・ド LA FONTAINE, Jean de（1621－95　詩人）59
ラ＝ププリニエール LA POUPLINÈRE（1693－1762　芸術後援者）104
ラプランシュ、ジャン LAPLANCHE, Jean（1924－　精神分析学者）13
ラブルース、エルネスト（LABROUSSE, Ernest（1895－1988　歴史家）368
ラブレー、フランソワ RABELAIS, François（1494頃－1553　作家、医師）258, 289, 366
ラマルク、ジャン・バチスト・ピエール・アントワーヌ・ド・モネ LAMARCK, Jean Baptiste Pierre Antoine de Monet（1744－1829　博物学者、進化論者）151, 227
ラミュス RAMUS（1515－72　数学者、哲学者。本名 Pierre DE LA RAMÉE）269, 431
ラムネー、フェリシテ・ロベール・ド LAMENNAIS, Félicité Robert de（1782－1854　作家、思想家）136

モレ、ギー MOLLET, Guy（1905－75　フランス社会党書記長）34, 168, 214, 348, 421
モレル MOREL（神父）139
モロ＝シール、エドゥアール MOROT-SIR, Edouard（1910－93　在米仏大使館文化顧問）276
モロワ、ピエール MAUROY, Pierre（1928－　政治家）147
モンテヴェルディ、クラウディオ MONTEVERDI, Claudio（1868－1922　イタリアの作曲家）114
モンテーニュ、ミシェル・エケム・ド MONTAIGNE, Michel Eyquem de（1533－92　作家）59
モンテスキュー、シャルル＝ルイ・ド MONTESQUIEU, Charles-Louis de（1689－1755　モラリスト、思想家、哲学者）46, 188
『ペルシア人の手紙』188
モンテスキュー＝フザンサック、ロベール・ド MONTESQUIOU-FEZENSAC, Robert de（1855－1922　作家。プルースト『失われた時を求めて』の作中人物シャルリュスのモデルとも言われる）413
モンドリアン、ピエト MONDRIAN, Piet（1872－1944　オランダの画家）119

ヤ行

ヤーコブソン、ローマン JAKOBSON, Roman（1896－1982　ロシア出身のアメリカの言語学者）52, 173, 180, 275, 298
ヤコブ（旧約聖書に現れユダヤ人の祖とされる人物）324
ヤング、アーサー YOUNG, Arthur（1741－1820　イギリスの経済学者、農学者）106
ユイスマン、ドニ HUISMAN, Denis（1929－　作家）161
ユイスマンス、ジョリス＝カルル HUYSMANS, Joris-Karl（1848－1907　作家）244, 272, 407
ユクスキュル、ヤーコプ・フォン UEXKÜLL, Jakob von（1864－1944　ドイツの動物学者）10
ユグナン、ジャン＝ルネ HUGUENIN, Jean-René（1936－62　小説家）181, 186, 187
ユゴー、ヴィクトル HUGO, Victor（1802－85　詩人、小説家、劇作家）65, 78, 407
『レ・ミゼラブル』65
ユベール夫人 HUBERT, Mme　277
ユベルスフェルド、アーヌ UBERSFELD, Anne（1921－　演劇評論家）333
ユンガー、エルンスト JÜNGER, Ernst（1895－1998　ドイツの小説家、評論家）12

ヨナ（旧約聖書に現れる予言者）328

ラ行

ライト、リチャード WRIGHT, Richard（1908－60　アメリカの黒人作家）19, 35
ライヒ、ヴィルヘルム REICH, Wilhelm（1897－1957　オーストリアの精神分析学者）341
ライヒ、シュロモ REICH, Schlomo　325
ライプニッツ、ヴィルヘルム・ゴットフリート LEIBNIZ, Wilhelm Gottfried（1646－1716　ドイツの哲学者）130, 177, 178, 267, 402, 409
ラヴィス、エルネスト LAVISSE, Ernest（1842－1922　歴史家）365
ラヴェル、モーリス RAVEL, Maurice（1875

ムニエ、エマニュエル MOUNIER, Emmanuel（1905－50　思想家）34, 37

メーヌ＝ド＝ビラン MAINE DE BIRAN（1766－1824　哲学者。本名 Marie François Pierre GONTIER DE BIRAN）340
メサジエ、ジャン MESSAGIER, Jean（1920－99　画家）151
メシアン、オリヴィエ MESSIAEN, Olivier（1908－92　作曲家）83, 84, 115
メスメル、ピエール MESSMER, Pierre（1916－2007　政治家）360
メルマーズ、ルイ MERMAZ, Louis（1931－　政治家）419
メルロ＝ポンティ、モーリス MERLEAU-PONTY, Maurice（1908－61　哲学者）10, 19, 34, 95, 131, 135, 176, 208, 225－32, 298, 299, 432, 434
『意味と無意味』432
『行動の構造』10, 19, 228
『知覚の現象学』19
『見えるものと見えざるもの』434
メロ、ジャンヌ MÉLOT, Jeanne　74

毛沢東 MAO, Zedong（1893－1976　中国の政治家）191, 192, 254, 301, 338, 339, 342, 345, 354－7, 360
モース、マルセル MAUSS, Marcel（1873－1950　社会学者、民族学者）24, 40, 42, 50, 68, 121, 176, 366, 434
『社会学と人類学』434
モーゼ（古代ユダヤの民族指導者）323
モーツァルト、ヴォルフガング・アマデーウス MOZART, Wolfgang Amadeus（1756－91　オーストリアの作曲家）84, 114, 421
「コシ・ファン・トゥッテ」84
「二台のピアノのためのハ長調のフーガ」114
モーパッサン、ギー・ド MAUPASSANT, Guy de（1850－93　小説家）17
モーポメ、クロード MAUPOMÉ, Claude（生年不明－2006　プロデューサー）293
モーリヤック、クロード MAURIAC, Claude（1914－96　作家。フランソワ・モーリヤックの息子）361
モーリヤック、フランソワ MAURIAC, François（1885－1970　作家）37, 76, 168, 181
モーロワ、アンドレ MAUROIS, André（1885－1967　作家）73, 76
モク、ジュール MOCH, Jules（1893－1985　政治家）34
モクレール、ジャック MAUCLAIR, Jacques（1924－　画家）61
モヌロ、ジュール MONNEROT, Jules（1909－95　社会学者）20
モネ、クロード MONET, Claude（1840－1926　画家）152
「睡蓮」152
モノー、ジャック MONOD, Jacques（1910－76　生化学者）18, 306－13, 430
『偶然と必然』18, 430
モノリ、ジャック MONORY, Jacques（1924－　画家）397
モラン、エドガール MORIN, Edgar（1921－　社会学者）146, 180, 276, 349
モリエール MOLIÈRE（1622－73　劇作家、喜劇俳優。本名 Jean-Baptiste POQUELIN）393, 440
『スカパンの悪だくみ』440
モリセット、ブリュス MORRISSETTE, Bruce（1911－　作家。シカゴ大学教授）96, 271－9
『ロブ＝グリエの小説』271－9

小説家、劇作家）73, 74
マルティーニ、シモーネ MARTINI, Simone（1284頃－1344　イタリアの画家）129
「グィドリッチオ・ダ・フォリアーノ騎行図」129
マルティネ、アンドレ MARTINET, André（1908－99　言語学者）175
マルティネ、ジル MARTINET Gilles（1916－2006　ジャーナリスト、政治家）217
マルブランシュ、ニコラ・ド MALEBRANCHE, Nicolas de（1638－1715　哲学者、神学者）132, 269
マルロー、アンドレ MALRAUX, André（1901－76　作家、政治家）34, 37, 44, 58, 74, 145, 167, 216, 223, 348, 417
マルロー、フロランス MALRAUX, Florence（1933－　アンドレ・マルローの娘）216
マロリー、ジャン＝ノエル MALAURIE, Jean-Noël（1922－　）49, 440
マン、トーマス MANN, Thomas（1875－1955　ドイツの小説家、評論家）124
マンソー、ミシェル MANCEAUX, Michèle（1933－　作家、ジャーナリスト）359
マンデス＝フランス、ピエール MENDÈS FRANCE, Pierre（1907－82　政治家）165, 348
マンドゥーズ、アンドレ MANDOUZE, André（1916－2006　ジャーナリスト、反植民地主義活動家）216

ミケル、ピエール MIQUEL, Pierre（1930－2007　歴史家）418
ミシェル、ジョルジュ MICHEL, Georges（1926－　劇作家）206
ミシュレ、アテナイス MICHELET, Athénaïs（1828－99　ジュール・ミシュレの2度目の妻）406
ミシュレ、ジュール MICHELET, Jules（1798－1874　歴史家）17, 18, 175, 406, 407, 428
『愛』407, 428
ミショー、アンリ MICHAUX, Henri（1899－1984　ベルギー出身のフランスの詩人、画家）283
ミソフ、フランソワ MISSOFFE, François（1919－2003　政治家）341
ミツキェーヴィチ、アダム MICKIEWICZ, Adam（1798－1855　ポーランドの詩人）173, 246
ミッテラン、フランソワ MITTERRAND, François（1916－96　政治家）147, 149, 348, 363, 415－22, 438
ミュザン、ミシェル・ド M'UZAN, Michel de（精神分析学者）187
ミュンツェンベルク、ヴィリ MUENZENBERG, Willi（1889－1940　ワイマール時代のドイツ共産党指導者）145
ミヨー、クリスティアン MILLAU, Christian（1929－　ジャーナリスト）196－8, 378
『ゴー＝ミヨー』（ゴーとの共著）197
『ジュリアール社版パリ案内』（ゴーとの共著）197
ミルトン、ジョン MILTON, John（1608－74　イギリスの詩人）264
ミルネール、ジャン＝クロード MILNER, Jean-Claude（1941－　言語学者、哲学者）357
ミロ、ジョアン MIRÓ, Joan（1893－1983　スペインの画家）116

ムーヴレ・ジャン MEUVRET, Jean（1901－71　歴史家）368
ムージル、ローベルト MUSIL, Robert（1880－1942　オーストリアの作家）173, 187

マゾー MAZAUD（プロレスラー）156
マゾッホ、レオポルド・フォン・ザッヘル MASOCH, Leopold von Sacher（1836－95　オーストリアの作家）292
マソン、アンドレ MASSON, André（1896－1987　画家。バタイユの義兄、のちにラカンの義兄）90, 283
マッカバイオス、ユダス MAKKABAIOS, Judas（前2世紀頃　シリアにおける対ギリシャ反乱のユダヤ人指導者）323
マッチョッキ、マリア＝アントニエッタ MACCIOCCHI, Maria-Antonietta（1922－2007　イタリアの作家、ジャーナリスト）192
マティス、アンリ MATISSE, Henri（1869－1954　画家。本名 Henri-Emile-Benoit MATISSE）116, 153, 289
マティス、ピエール MATISSE, Pierre 117
マティニョン、ルノー MATIGNON, Renaud（1935－98　作家）181, 186
マティルド皇太子妃 MATHILDE, la princesse（1820－1904　ナポレオン1世の末弟ジェロームの長女。ナポレオン3世の婚約者）281
マテュー、ジョルジュ MATHIEU, Georges（1921－　画家）152, 400
マニ MAGNY　281
マニ、オリヴィエ・ド MAGNY, Olivier de（詩人）216, 282
マネ、エドゥアール MANET, Edouard（1832－83　画家）117, 247, 281, 423－6
「アトリエでの食事」425
「オランピア」281
「蒸気船」425
「バルコニー」424
「笛を吹く少年」425
マネシエ、アルフレッド MANESSIER, Alfred（1911－93　画家）151
マブリー、ガブリエル・ボノ MABLY, Gabriel Bonnot（1709－85　神父。歴史家、哲学者）109
マラルメ、ステファヌ MALLARMÉ, Stéphane（1842－98　詩人）10, 25, 44, 59, 83, 92, 101, 133, 142, 172, 174, 184, 235, 244, 251, 281, 288, 299, 303, 335
『イジチュール』25
『骰子一擲』25
マリア、ジュリアン MARIAS, Julian　140
マリア（マグダラの）（イエス・キリストの弟子）148
マリヴォー、ピエール・ド MARIVAUX, Pierre de（1688－1763　小説家、劇作家）188, 393
マル、ルイ MALLE, Louis（1932－95　映画監督）202, 203
「恋人たち」202
「死刑台のエレベーター」202
マルクーゼ、ヘルベルト MARCUSE, Herbert（1898－1979　ドイツ出身のアメリカの哲学者）124
マルクス、カルル MARX, Karl（1818－83　ドイツの哲学者、経済学者、政治学者）24, 105, 124, 127, 138, 145, 164, 190, 191, 205－9, 211, 231, 253, 288, 295, 305, 317, 333, 336－9, 357, 387, 388, 404, 410
『聖家族』333
マルスラン、レーモン MARCELLIN, Raymond（1914－2004　シャバン＝デルマス内閣の内務大臣）356
マルセル、ガブリエル MARCEL, Gabriel（1889－1973　哲学者、劇作家）139－41
マルタン、アンリ MARTIN, Henri（フランス共産党員の水兵）208
マルタン＝デュ＝ガール、ロジェ MARTIN DU GARD, Roger（1881－1958

Gabriel（1925－72　文字主義の詩人、画家）119
ホメロス HOMEROS（前8世紀頃　ギリシャの伝説的詩人）131
ボリ、ジャン BORIE, Jean（1935－　文学史家）404－8
『フランスの独身者』404－8
ボリ、ジャン＝ルイ BORY, Jean-Louis（1919－79　作家、映画評論家）216
ポリアコフ、セルジュ POLIAKOFF, Serge（1906－69　フランスで活躍したロシア人画家）85, 151, 153, 395, 400
ポリニャック公爵夫人 POLIGNAC, princesse de →サンジェ、ヴィナレッタ
ボルタンスキー、クリスティアン BOLTANSKI, Christian（1944－　造形作家）398
ボルヘス、ホルヘ・ルイス BORGES, Jorge Luis（1899－1986　アルゼンチンの詩人、小説家）12
ボレッリ、ジョヴァンニ・アルフォンソ BORELLI, Giovanni Alfonso（1608－79　イタリアの物理学者、生理学者）226
ポロック、ポール・ジャクスン POLLOCK, Paul Jackson（1912－56　アメリカの画家）237, 395
ポワリエ、リュシアン POILIE, Lucien（1918－　軍人。核政策の理論家）224
ポワリエ、ルネ POIRIER, René（1900－95　科学哲学者）74
ボワルヴレ、フェルナン・ド・ジャクロ＝デュ BOISROUVRAY, Fernand de Jacquelot du（1934－96　作家）181, 185－7
ポンジュ、フランシス PONGE, Francis（1899－1988　詩人）79, 117, 146, 186, 187, 283
「乾しイチジク」186
「プロエーム」186
ポンス、モーリス PONS, Maurice（1925－　小説家）202
ポンソン＝デュ＝テライユ、ピエール・アレクシス PONSON DU TERRAIL, Pierre Alexis（1829－71　作家）96
ポンピドゥー、クロード POMPIDOU, Claude（1912－2007　ジョルジュ・ポンピドゥー夫人）392
ポンピドゥー、ジョルジュ POMPIDOU, Georges（1911－74　政治家）337, 345, 346, 348, 360, 392

マ行

マーグ、エメ MAEGHT, Aimé（1906－81　画商、芸術後援者）116－20
マール、ピエール MÂLE, Pierre（1900－76　精神分析学者）88
マイユー、ジャン＝ジャック MAYOUX, Jean-Jacques　218
マイユー、ジュアン MAYOUX, Jehan（大学視学官）218
マクサンス、ミシェル MAXENCE, Michel 181
マクルーハン、マーシャル MCLUHAN, Marshall（1911－80　カナダの社会学者）112
マジャンディ、フランソワ MAGENDIE, François（1783－1855　生理学者）176
マシュ、ジャック MASSU, Jacques（1908－2002　軍人）116, 213, 214, 348
マジュレル、ジャン MASUREL, Jean（1908－91　美術収集家）150
マショー、ギヨーム・ド MACHAUT, Guillaume de（1300頃－77　作曲家、詩人）113
マスコロ、ディオニス MASCOLO, Dyonis（1926－97　作家）146, 149, 215

134, 141, 142, 187, 250
『平和の祝典』141
ヘルツル、テオドール HERZL, Theodor（1860－1904　オーストリアのユダヤ人作家）329
ベルナール、クロード BERNARD, Claude（1813－78　生理学者）176
ベルナール＝ド＝クレルヴォー BERNARD DE CLAIRVAUX（1090－1153　聖人。神秘思想家。ラテン名 BERNARDUS）332, 356
ペルフィット、アラン PEYREFITTE, Alain（1925－2000　政治家、エッセイスト）345
ベルモンド、ジャン＝ポール BELMONDO, Jean-Paul（1933－　俳優）204
ペルラン、フロランス PELLERIN, Florence（1660頃－1716以前　パリ・オペラ座のダンサー）16
ベルリオーズ、エクトル BERLIOZ, Hector（1803－69　ロマン派の作曲家、指揮者）108
「イタリアのハロルド」108
「幻想交響曲」108
ベレンソン、バーナード BERENSON, Bernard（1865－1959　アメリカの美術史家、絵画取引市場形成者）76, 435
ヘンデル、ゲオルク・フリードリヒ HÄNDEL, Georg Friedrich（1685－1759　バロック後期の作曲家）265
ベン・ベラ、アーメド BEN BELLA, Ahmed（1916－　アルジェリアの政治家）166
ベンヤミン、ヴァルター BENJAMIN, Walter（1892－1940　ドイツの評論家）124, 129

ボヴォワール、シモーヌ・ド BEAUVOIR, Simone de（1908－86　作家）18, 36, 207, 215
『物の力』37
『レ・マンダラン』207
ホー・チ・ミン HO CHI MINH（1890－1969　ヴェトナムの政治家）166
ボードレール、シャルル BAUDELAIRE, Charles（1821－67　詩人）35, 45, 49, 59, 112, 135, 156, 200, 253, 281, 407, 410, 411, 440
『悪の華』281
ボーヌフィ、フィリップ BONNEFIS, Philippe（文学研究者）333
ボーマルシェ、ピエール・カロン・ド BEAUMARCHAIS, Pierre Caron de（1732－99　劇作家）245
ボーモン、エティエーヌ・ド BEAUMONT, Etienne de（1883－1956　伯爵。サロン主催者）282
ボーモン、ポリーヌ・ド BEAUMONT, Pauline de（1768－1803　作家。シャトーブリアンと親交）168
ポーラン、ジャン PAULHAN, Jean（1884－1968　作家）35, 63
ボシュエ、ジャック＝ベニーニュ BOSSUET, Jacques-Bénigne（1627－1704　ルイ14世の宮廷説教師として専制政治と王権神授説を強力に支持）188
ボスト、ジャック＝ロラン BOST, Jacques-Laurent（1916－90　ジャーナリスト）215
ホッブズ、トマス HOBBES, Thomas（1588－1679　イギリスの哲学者）385
ボドリ、ジャン＝ルイ BAUDRY, Jean-Louis（1930－　作家）189
ボナール、ピエール BONNARD, Pierre（1867－1947　画家）61, 150
ボフレ、ジャン BEAUFRET, Jean（1907－82　哲学者）130－3, 136－9, 141－3
ポムラン、ガブリエル POMERAND,

ヘイリー、ビル HALEY, Bill（1925－81 アメリカのロック歌手）170
ヘーゲル、ゲオルク・ヴィルヘルム・フリードリヒ HEGEL, Georg Wilhelm Friedrich（1770－1831　ドイツの哲学者）11－3, 18, 44, 45, 122, 123, 132, 134, 141, 143, 210, 227, 247, 253, 277, 298, 327, 383
『キリスト教の精神』327
『宗教哲学講義』11
『精神現象学』11, 141, 210,
『美学講義』11,
ベーコン、フランシス BACON, Francis（1909－92　イギリスの画家）117
ベートーヴェン、ルートヴィヒ・ヴァン BEETHOVEN, Ludwig van（1770－1827 ドイツの作曲家）51, 104, 105, 113, 114, 116, 117
「大フーガ変ロ長調 Op.133」114
ペール、アンリ PEYRE, Henri（1901－88 フランス出身のアメリカのフランス文学研究者）276
ベガ、ロペ・デ VEGA, Lope de（1562－1635　スペイン黄金世紀演劇の創始者、詩人、小説家）261, 262
ベギン、メナヘム BEGIN, Menahem（1913－92　イスラエルの政治家）328
ベグブデール、マルク BEIGBEDER, Marc（1916－97　哲学者、ジャーナリスト）216
ベケット、サミュエル BECKETT, Samuel（1906－89　アイルランド出身の小説家、劇作家）58, 60, 62, 64, 92, 98, 126, 151, 265, 301, 387
『おお、美わしの日々』60
『クラップの最後のテープ』92
『ゴドーを待ちながら』126, 265
『勝負の終わり』265
ペケル＝デュポール PESQUEL-DUPORT（ジャーナリスト）223
ペジュ、マルセル PÉJU, Marcel（1922－2005　ジャーナリスト）216
ペタール、ジャン PEYTARD, Jean（フランス語学者）336
ペタン、フィリップ PÉTAIN, Philippe（1856－1951　軍人、政治家）36, 164
ベックル、バルタザール BEKKER, Balthazar（聖職者から医師となったオランダ人）370
『オナニア』370
ペテル、ジャン＝ピエール PETER, Jean-Pierre（歴史家）74, 106
ペトルマン、シモーヌ PÉTREMENT, Simone（著述家。国立図書館職員）139
ペパン PÉPIN（神父）139
ベフロワ＝ド＝レニー、カトリーヌ＝アベル＝ジュスティーヌ・ド BEFFROY DE REGNY, Catherine-Abel-Justine de（ポール・デジャルダンの祖母）71
ヘラクレイトス HERAKLEITOS（前 5 世紀初頭　ギリシャの哲学者）141
ペラン、ジャン PERRIN, Jean（1870－1942　物理学者）176, 308, 366
ベル、ハインリヒ BÖLL, Heinrich（1917－85　ドイツの小説家）217
ベルク、アルバン BERG, Alban（1885－1935　オーストリアの作曲家）114, 124
ベルク、ジャック BERQUE, Jacques（1910－95　社会学者、東洋学者）418
ベルクソン、アンリ BERGSON, Henri（1859－1941　哲学者）9, 18, 176, 383
ベルサーニ、レオ BERSANI, Leo（1931－ アメリカのフランス文学研究者）277
ベルジュ、アンドレ BERGE, André（1902－95　精神分析学者）90
ヘルダーリン、フリードリヒ HÖLDERLIN, Friedrich（1770－1843　ドイツの詩人）

ブルデュー、ピエール BOURDIEU, Pierre（1930－2002　社会学者）139, 273, 439
『ハイデガーの政治的存在論』439
ブルトン、アンドレ BRETON, André（1896－1966　詩人）29, 30, 35, 62, 65, 122, 145, 216, 433
ブルボン、カトリーヌ・ド BOURBON, Catherine de（1559－1604　アルブレ公爵夫人。アンリ4世の妹）208
ブレイエ、イヴ BRAYER, Yves（1907－90　画家）116
プレヴォ、ピエール PRÉVOT Pierre（1912－2003　ジャーナリスト。『クリティク』誌編集長）20
フレーブニコフ KHLEBNIKOF　191
ブレジンスキー、ズビグネフ BRZEZINSKI, Zbigniew（1928－　ポーランド出身のアメリカの地政学者。カーター政権時の国家安全保障担当・大統領補佐官）112
プレスリー、エルヴィス PRESLEY, Elvis（1935－77　アメリカのロック歌手）170
フレッス、ポール FRAISSE, Paul（1911－96　心理学者）34
プレッツォリーニ、ジュゼッペ PREZZOLINI, Giuseppe（1882－1982　イタリアの作家）73
プレティ、アシル PERETTI, Achille（1911－83　政治家。ヌイイ＝シュル＝セーヌ市長）223
プレネ、マルスラン PLEYNET, Marcelin（1933－　詩人、小説家、歴史家、芸術評論家）189, 192, 289, 333
ブレヒト、ベルトルト（BRECHT, Bertolt（1898－1956　ドイツの劇作家）58, 121, 122, 124, 125, 128, 129
『アルトロ・ウイの興隆』126, 128
『カラール夫人の銃』128
『ガリレオの生涯』125, 127, 128
『肝っ玉おっ母とその子供たち』121, 125, 128
『コーカサスの白墨の輪』126
『三文オペラ』128
『セツアンの善人』126, 128
『バール』128
『プンティラ』126, 128
『マハゴニー』128
『例外と原則』125
フロイト、ジークムント FREUD, Sigmund（1856－1939　オーストリアの精神分析学者）12, 14, 52, 123, 124, 171, 227, 298－300, 302－4, 337, 386, 388, 439
ブローデル、フェルナン BRAUDEL, Fernand（1902－85　歴史家）49, 295, 346, 367, 368, 370
ブロック、マルク BLOCH, Marc（1886－1944　中世史家）37, 364, 366, 367
ブロッホ、エルンスト BLOCH, Ernst（1885－1977　ドイツの哲学者）124, 173
フロベール、ギュスターヴ FLAUBERT, Gustave（1821－80　作家）22, 35, 42, 47, 49, 101, 245, 258, 266, 276, 281, 289, 407, 413, 414
『感情教育』414
『ブヴァールとペキュシェ』47, 266
『ボヴァリー夫人』281, 333, 412
フロマンジェ、ジェラール FROMANGER, Gérard（1939－　画家）359
フロランス→ペルラン、フロランス
フロランタン、ジャン FLORENTIN, Jean（1903－　）421
ブロンデル、モーリス BLONDEL, Maurice（1861－1949　哲学者）364
ブロンバート、ヴィクター BROMBERT, Victor（1923－　ドイツ出身のアメリカのヨーロッパ文学研究者）192

ブスケ、マリ＝ルイーズ BOUSQUET, Marie-Louise（サロン主催者）282
フッサール、エドムント HUSSERL, Edmund（1859－1938　ドイツの哲学者）99, 118, 124, 132, 139, 229, 277
『イデーン』132
プティ＝ド＝ヴォワズ、イヴ PETIT de VOIZE, Yves（音楽ディレクター）108, 162
ブトニエ→ファヴェ＝ブトニエ
ブニュエル、ルイス BUÑUEL, Luis（1900－83　スペイン出身のフランスの映画監督）281
「アンダルシアの犬」（ダリとの合作）281
フュレ、フランソワ FURET, François（1927－97　歴史家）74, 346, 369, 370
フラスリエール、ロベール FLACELIÈRE, Robert（1904－　高等師範学校長）295, 301
ブラック、ジョルジュ BRAQUE, Georges（1882－1963　画家）116, 142, 152
プラトン PLATON（前429頃－前347頃　ギリシャの哲学者）132, 277
『テアイテトス』132
フラマン、ポール FLAMAND, Paul（1909－　スイユ書店初期の経営者）186, 190
ブラン、ロジェ BLIN, Roger（1917－84　俳優、演出家）30, 58, 61, 126, 216
フランク、フィリップ FRANK, Philipp（1884－1966　オーストリア出身のアメリカの物理学者、論理学者）123, 173
ブランシュヴィック、レオン BRUNSCHVICG, Léon（1869－1944　哲学者）11, 77, 81, 340
ブランショ、モーリス BLANCHOT, Maurice（1907－2003　小説家、評論家）20, 24－6, 38－47, 58, 64, 100, 181, 184, 187, 210, 215, 217, 246, 248, 251, 259, 288, 387, 436
『アミナダブ』24
『来たるべき書物』187
『謎の男トマ』24, 436
『文学空間』436
『ロートレアモンとサド』38－47, 436
フランソワ1世 FRANÇOIS Ier（1494－1547　フランス王）175
ブランメル、ジョージ・ブライアン BRUMMELL, George Bryan（1778－1840　イギリスのダンディー）411
フリードマン、ジョルジュ FRIEDMANN, Georges（1902－77　社会学者）146
フリッシュ、マックス FRISCH, Max（1911－91　スイスの作家）124, 217, 283
『ビーダーマンと放火犯人』283
ブリッツ、ジェラール BLITZ, Gérard（1912－90 「地中海クラブ」創設者）54
フリムラン、ピエール PFLIMLIN, Pierre（1907－2000　政治家）167, 169
フリンカー、カルル FLINKER, Karl（画商）399－403, 435
プルースト、マルセル PROUST, Marcel（1871 － 1922　作家）9, 10, 46, 73, 172, 286, 288, 312, 391, 413, 414, 431, 433
『失われた時を求めて』9, 10, 46, 70, 158, 159, 286, 312, 413, 414, 431, 433
フルーリ、リュシアン FLEURY, Lucien（1930頃－　画家）397
フルケ、ミシェル FOURQUET, Michel（1914－92　軍人）224
ブルゴワ、クリスティアン BOURGOIS, Christian（1933－2007　出版者）80
フルシチョフ、ニキータ KHROUCHTCHEV, Nikita（1894－1971　旧ソ連の政治家）144－9, 207, 254
ブルック、ピーター BROOK, Peter（1925－　イギリスの舞台・映画演出家）58

フーケ、ニコラ FOUQUET, Nicolas（1615－80　ルイ14世の財務長官）36
フーコー、ミシェル FOUCAULT, Michel（1926－84　哲学者）10, 13, 43, 82, 83, 87, 176, 184, 188, 189, 204, 219, 249－70, 277, 296, 312, 314－9, 337, 338, 352, 359, 361, 362, 409, 430－2
『監獄の誕生』318
『狂気の歴史』10, 188, 249, 255, 431
『言葉と物』204, 314－9, 430
『知の考古学』430
『臨床医学の誕生』255, 318
『レーモン・ルーセル』249－70, 431, 432
プーサン、ニコラ POUSSIN, Nicolas（1594－1665　画家）423
ブールデ、クロード BOURDET, Claude（1909－　ジャーナリスト）168, 217
ブーレーズ、ピエール BOULEZ, Pierre（1925－　作曲家、指揮者）82－4, 104, 105, 110, 112, 114, 115, 126, 180, 192, 252, 283
「四重奏曲のための書」83
「主なき槌」83
「プリ・スロン・プリ――マラルメの五つの肖像」83
フェーヴル、リュシアン FEBVRE, Lucien（1878－1956　歴史家）176, 364, 366－8
フェサール、ガストン FESSARD, Gaston（1897－1978　哲学者、イエズス会神学者）139
フェディエ、フランソワ FÉDIER, François（1935－　ハイデガーやヘルダーリンの研究者、仏訳者）139
フェリペ2世 PHILIPPE II（1527－98　スペイン王）367
フェルナンデス、ラモン FERNANDEZ, Ramon（1894－1944　評論家、小説家）74, 76
フェルナンデス、ルイス FERNANDEZ, Luis（1900－73　スペインの画家）117, 284
フェルニオ、ジャン FERNIOT, Jean（1918－　ジャーナリスト、作家）34
フェルマン、ショシャナ FELMAN, Shoshana（アメリカのフランス文学研究者）277, 431
『狂気と文学的事象』431
フェロー、マルク FERRO, Marc（1924－　歴史家）74
フォークナー、ウィリアム FAULKNER, William（1897－1962　アメリカの作家）12
フォール、エドガール FAURE, Edgar（1908－88　政治家、作家）272
フォール、エリー FAURE, Élie（1873－1937　エッセイスト、美術史家）204
フォール、リュシ FAURE, Lucie（1908－77　ジャーナリスト、小説家）167
フォール＝デュジャリック、エミリー FAURE-DUJARRIC, Emilie　282
フォーレ、ガブリエル FAURÉ, Gabriel（1845－1924　ベル・エポックを代表する作曲家の一人）123
フォコン＝ランボワ FAUCON-LAMBOI　138
フォシヨン、アンリ FOCILLON, Henri（1881－1943　芸術史家、美学者）176
フォンタナ、アレクサンドル FONTANA, Alexandre　308
ブザンソン、ジュリアン BESANÇON, Julien（1932－　ジャーナリスト）345, 348
プシェ、ジョルジュ POUCHET, Georges（1833－94　解剖学者）307
プスール、アンリ POUSSEUR, Henri（1929－　ベルギーの作曲家）115

ピネー、アントワーヌ PINAY, Antoine（1891－1994　政治家）168, 213
ヒューム、ディヴィッド HUME, David（1711－76　イギリスの哲学者）235, 383
ビュシェ、ジャンヌ BUCHER, Jeanne（画商）400
ビュッフェ、ベルナール BUFFET, Bernard（1928－99　画家）116
ビュデ、ギヨーム BUDÉ, Guillaume（1467－1540　人文主義者）175
ビュトール、ミシェル BUTOR, Michel（1926－　作家）58, 110, 187, 189, 200, 217, 238－43, 432
『心変わり』242
『ディアベリのワルツによるルートヴィヒ・ヴァン・ベートーヴェンの三三の変奏曲』242
『ミラノ通り』239, 241, 432
『モビル』238－43
ビュヒナー、ゲオルク BÜCHNER, Georg（1813－37　ドイツの劇作家）124
ビュラン＝デ＝ロジエ、エティエーヌ BURIN DES ROSIERS, Etienne（1913－　外交官）252
ビュルギエール、アンドレ BURGUIÈRE, André（1938－　歴史家）74
ビリエール、ルネ BILLIÈRES, René　348
ビロー、アンリ BIRAULT, Henri（1918－89　哲学者）138
ビンドシェドラー、マリア BINDSCHEDLER, Maria（スイスの哲学者）143

ファーブル＝リュス、アルフレッド FABRE-LUCE, Alfred（1899－1983　エッセイスト）76
ファーユ、ジャン＝ピエール FAYE, Jean-Pierre（1925－　エッセイスト、詩人、小説家）139, 187, 189－91, 284
『全体主義的言語』191
ファヴェ＝ブトニエ、ジュリエット FAVEZ-BOUTONIER, Juliette（1903－94　精神分析学者、臨床心理学者）88, 90
ファスビンダー、ライナー・ヴェルナー FASSBINDER, Rainer Werner（1946－82　ドイツの映画監督）58
ファデーエフ、アレクサンドル・アレクサンドロヴィチ FADEEV, Aleksandr Aleksandrovitch（1901－56　旧ソ連の作家）207
ファノ、ミシェル FANO, Michel（1929－　セリー音楽の作曲家、作家、映画作家）83
ファブリ、ジャック FABBRI, Jacques（1925－97　俳優、演出家）61
フィールディング、ヘンリ FIELDING, Henry（1707－54　イギリスの作家）12
フィッツジェラルド、スコット FITZGERALD, Sccott（1896－1940　アメリカの作家）404
『グレート・ギャツビー』404
フィナス、リュセット FINAS, Lucette（1921－　作家、エッセイスト）39
プイヨン、ジャン POUILLON, Jean（1916－2002　哲学者、民族学者）211, 215, 218
フィリップ、ジェラール PHILIPPE, Gérard（1922－59　映画俳優）124
フィリポ、ミシェル PHILIPPOT, Michel（1925－96　作曲家、数学者、音楽学者）106, 108, 109
フィロネンコ、アレクシス PHILONENKO, Alexis（1932－　哲学者、哲学史家）139
ブーヴ＝メリ、ユベール BEUVE-MÉRY, Hubert（1902－89　ジャーナリスト。『ル・モンド』紙創刊者）217

（1873－1935　作家）59, 145
『砲火』145
バルベ＝ドルヴィイ、ジュール・アメデ BARBEY D'AUREVILLY, Jules Amédée（1808－89　作家）35, 411
バルベリ、ピエール BARBÉRIS, Pierre（1926－　作家）404
パルムラン、エレーヌ PARMELIN, Hélène（1915－98　小説家、美術評論家）216
パルメール PALMER（ゲルマニスト）137
パルメニデス PARMENIDES（前510頃－没年不明　ギリシャの哲学者）141, 282
パレ、ミシェル PARRÉ, Michel（1938－　画家）397
バレース、モーリス BARRÈS, Maurice（1862－1923　作家）36, 72, 326, 408, 429
『国家主義とドレフュス事件』429
『民族のエネルギー』408
バロー、ジャン＝ルイ BARRAULT, Jean-Louis（1910－94　演出家、俳優）60, 104, 347
パンゴー、ベルナール PINGAUD, Bernard（1923－　小説家、評論家）203, 218, 435
『レヴィ＝ストロースの世界』（共著）435
ハントケ、ペーター HANDKE, Peter（1942－　オーストリアの作家）124
バンベルジェ、フィリップ BAMBERGER, Philippe（1923－　企業経営者）358

ピアジェ、クリスティアン PIAGET, Christian（リップ自主管理闘争を指導した CFDT 所属の労働者）363
ピアジェ、ジャン PIAGET, Jean（1896－1980　スイスの心理学者）140
ピエール PIERRE（1912－2007　神父。本名 Henri GROUÈS）157
ピエール（尊者ピエール）PIERRE le Vénérable（1092－1156　修道士）332
ピエール＝カン、レオン PIERRE-QUINT, Léon（1895－1958　出版者、評論家）139
ピエル、ジャン PIEL, Jean（1902－96　作家、編集者。バタイユの義兄、のちにラカンの義兄）90, 248, 284
ピエロ＝デッラ＝フランチェスカ PIERO DELLA FRANCESCA（1415/20－95　イタリアの画家）118
ピカソ、パブロ PICASSO, Pablo（1881－1973　スペインの画家）86, 116, 400
ビザンティオス、コンスタンタン BYZANTIOS, Constantin（1924－2007　ギリシャ生まれのフランスの画家）93, 161, 223, 233－6, 284, 285, 399－403
ビシエール、ロジェ BISSIÈRE, Roger（1888－1964　画家）152
ピシェット、アンリ PICHETTE, Henri（1924－2000　詩人、劇作家）30
ビシャ、マリ・フランソワ・グザヴィエ BICHAT, Marie François Xavier（1771－1802　解剖学者、生理学者）228
ビション Bichon　157, 439
ビスマルク、オットー BISMARCK, Otto（1815－98　ドイツの宰相）123
ヒチコック、アルフレッド HITCHCOCK, Alfred（1899－1980　イギリス出身のアメリカの映画監督）202
ピトエフ、ジョルジュ PITOËFF, Georges（1884－1939　ロシア出身のフランスの俳優、劇場の主宰者）60
ビドー、ジョルジュ BIDAULT, Georges（1899－1983　政治家）224
ヒトラー、アドルフ HITLER, Adolf（1889－1945　ドイツの政治家）85, 138, 190, 327, 328, 439
ピニョン、エドゥアール PIGNON, Edouard（1905－93　画家）216

（1897－1962　作家、思想家）11, 16, 20, 23－6, 38－47, 59, 60, 90, 95, 180, 184, 187, 191, 217, 244－8, 251, 297, 425, 436, 440
『呪われた部分』38－47, 436
バタイユ、シルヴィア BATAILLE, Sylvia（1908－93　女優。バタイユの妻、のちにラカンの妻）90, 248
バタイユ、ニコラ BATAILLE, Nicolas（1926－2008　演出家、俳優）61－3, 273
『精神的狩猟』（アカキア・ヴィアラと共謀しランボー著と偽って発表した作品）61, 275
バッハ、ヨハン・クリストフ・フリドーリヒ BACH, Johann Christoph Friedrich（1732－1795　ドイツの作曲家）109, 114, 178
「音楽の捧げ物」114
バッリヴィ、ジョルジョ BAGLIVI, Giorgio（1668－1707　イタリアの医師）226
バティ、ガストン BATY, Gaston（1885－1952　演出家）60
バディア、ジルベール BADIA, Gilbert（1916－2004　歴史家、ゲルマニスト）190
『現代ドイツ史』190
バトリン、ビリー BUTLIN, Billy（1899－1980　イギリスのバカンス代理店「バトリンズ・ホリデー・キャンプ」創立者）54, 380
バニュ、イオン BANU, Ion（1913－93　ルーマニアの哲学者）192
バビ、ジャン BABY, Jean（経済学者。フランス共産党のイデオローグ）216
バラケ、ジャン BARRAQUÉ, Jean（1928－73　作曲家）83, 252
パラン＝ヴィアル、ジャンヌ PARAIN-VIAL, Jeanne（1912－　哲学者）139
パリス、ガストン PARIS, Gaston（1839－1903　中世文学者、文献学者）78
バルザック、オノレ・ド BALZAC, Honoré de（1799－1850　作家）21, 150, 272, 399, 412－4
『ゴリオ爺さん』414
『一三人組』399, 412
バルデ、ジャン BARDET, Jean（1910－　スイユ書店初期の経営者）186
バルテュス BALTHUS（1908－2001　画家。本名 Balthazar Klossowski de Rola）117, 251
バルト、ロラン BARTHES, Roland（1915－80　評論家、記号学者）40, 95, 98, 100－3, 121, 128, 155－62, 174－6, 179, 185, 187, 192, 251, 275, 285－94, 296, 315, 333, 334, 337－9, 346, 394, 429－31, 434
『S/Z――バルザック「サラジーヌ」の構造分析』288
『記号の帝国』103
『サド、フーリエ、ロヨラ』103, 288
『神話作用』100, 103, 155－62, 174, 178, 288
『テクストの快楽』290, 291, 333, 429－31
『ミシュレ自身によるミシュレ』288
『モードの体系』286, 430
『零度のエクリチュール』100－3, 434
ハルトゥング、ハンス HARTUNG, Hans（1904－89　ドイツ出身のフランスの画家）152, 400
バルドゥング＝グリーン、ハンス BALDUNG GRIEN,Hans（1484/85－1545　ドイツの画家）63
バルトーク、ベーラ BARTÓK, Béla（1881－1945　ハンガリーの作曲家、ピアニスト）105, 114
バルビュ、マルク BARBUT, Marc（社会数学者）218
バルビュス、アンリ BARBUSSE, Henri

ニレンバーグ、マーシャル・ウォレン NIRENBERG, Marshall Warren（1927－ アメリカの生化学者）310, 311

ヌリシエ、フランソワ NOURISSIER, François（1927－ 作家、エッセイスト）102

ネール、ルイ NÉEL, Louis（1904－2000 物理学者）306
ネモ、フィリップ NÉMO, Philippe（1949－ エッセイスト）193
『ヨブ』193
ネルヴァル、ジェラール・ド NERVAL, Gérard de（1808－55 詩人、小説家）12
『東方紀行』12

ノアイユ、マリ＝ロール・ド NOAILLES, Marie-Laure de（1902－70 サロン主催者、芸術後援者）282
ノヴァーリス NOVALIS（1772－1801 ドイツ初期ロマン派の代表的詩人）29
ノディエ、シャルル NODIER, Charles（1780－1844 作家）246, 281
ノラ、ピエール NORA, Pierre（1931－ 歴史家、出版者）348
ノルダウ、マックス・ジーモン NORDAU, Max Simon（1849－1923 ハンガリー出身のフランスのシオニズム指導者、評論家、作家）329

ハ行

パース、チャールズ・サンダース PEIRCE, Charles Sanders（1839－1914 アメリカの哲学者、論理学者）275, 396
バール公 BAR, duc de（1409－80 ルネ1世［善王］）208
バーンズ BURNS 73
ハイデガー、マルティン HEIDEGGER, Martin（1889－1976 ドイツの哲学者）116, 123, 130－43, 187, 203, 210, 229, 230, 277, 284, 298, 299, 371, 383, 399, 433, 434
『カントと形而上学の問題』136
『形而上学とは何か』136
「芸術作品の起源」433
『思惟は何と呼ばれているか』138
『存在と時間』136, 138
『問い1』138
『ヒューマニズムについて』138, 434
『ヘルダーリンと詩の本質』136
パウロ（5～15頃－62～64頃 聖人。イエス・キリストの使徒）157
パヴロフ、イヴァン・ペトロヴィチ PAVLOV, Ivan Petrovich（1849－1936 旧ソ連の生理学者）227, 313
パウンド、エズラ POUND, Ezra（1885－1972 アメリカ出身のフランスの詩人）187
パシュ、フランシス PASCHE, Francis（1910－96 精神分析学者）88
バシュラール、ガストン BACHELARD, Gaston（1884－1962 哲学者）81, 270
パスカル、ブレーズ PASCAL, Blaise（1623－62 思想家、科学者）79, 131, 132, 396, 404, 431
『パンセ』431
バスティド、フランソワ＝レジス BASTIDE, François-Régis（1926－96 作家、外交官）186
バスティド、ロジェ BASTIDE, Roger（1898－1974 民族学者）49
パストゥール、ルイ PASTEUR, Louis（1822－95 化学者、生物学者）228, 307
パスロン、ジャン＝クロード PASSERON, Jean-Claude（1930－ 社会学者）273
バタイユ、ジョルジュ BATAILLE, Georges

トマ、エディット THOMAS, Edith（1909－70　作家）146, 148
トマ、コレット THOMAS, Colette（女優。詩人アンリ・トマの妻）25, 30
ドム、シルヴァン DHOMME, Sylvain（1918－　演出家）61, 63
ドムナク、ジャン＝マリ DOMENACH, Jean-Marie（1922－1997　ジャーナリスト）34, 216, 359
トラークル、ゲオルク TRAKL, Georg（1887－1914　オーストリアの詩人）142, 173, 187
ドラクロワ、フェルディナン・ヴィクトール・ウジェーヌ DELACROIX, Ferdinand Victor Eugène（1798－1863　画家）117, 119, 394
トラモニ、ジャン＝アントワーヌ TRAMONI, Jean-Antoine（生年不明－1977　ルノー自動車の工場警備員）360
ドリーブ、レオ DELIBES, Léo（1836－91　作曲家）123
「ラクメ」123
トリガノ、ジルベール TRIGANO, Gilbert（1920－2001「地中海クラブ」取締役）56
トリュフォー、フランソワ TRUFFAUT, François（1932－84　映画監督）202, 203, 217
「あこがれ」202
「大人は判ってくれない」202
ドルーアン、マルセル DROUIN, Marcel（1870－1946　哲学者、評論家。ジッドの親友であり義弟。本名 Michel ARNAUD）73
ドルスト、タンクレッド DORST, Tankred（1925－　ドイツの劇作家）124
ドルト、フランソワーズ DOLTO, Françoise（1908－88　精神分析学者）88, 90
トレーズ、モーリス THOREZ, Maurice（1900－64　フランス共産党書記長）34, 87
トレノ、ロベール TRENO Robert（1902－69　ジャーナリスト。本名 Ernest Raymaud）34
ドレフュス、アルフレッド DREYFUS, Alfred（1859－1935　ユダヤ人将校）17, 36, 70, 215, 248, 308, 326

ナ行

ナヴァール王妃→ダルブレ、ジャンヌ
ナシュト、サッシャ NACHT Sacha（1900－77　ルーマニア出身のフランスの精神分析学者）88, 89
ナセル、ガマル・アブデル NASSER, Gamal Abdel（1918－70　エジプトの政治家）320
ナドー、モーリス NADEAU, Maurice（1911－　エッセイスト、評論家）180, 216
ナポレオン・ボナパルト NAPOLÉON BONAPARTE（1769－1821　皇帝）365

ニーダム、ジョゼフ NEEDHAM, Joseph（1900－95　イギリスの中国学者）192
ニーチェ、フリードリヒ NIETZSCHE, Friedrich（1844－1900　ドイツの思想家、詩人）18, 39, 45, 59, 90, 98, 111, 113, 132, 134, 135, 178, 247, 251, 253, 334, 383, 401, 410, 434
『悦ばしき知識』178, 434
ニザン、ポール NIZAN, Paul（1905－40　作家）131, 433
『アデン アラビア』433
ニミエ、ロジェ NIMIER, Roger（1925－62　作家、シナリオライター）102

TOYNBEE, Arnold Joseph（1889－1975 イギリスの歴史家）140
トゥ、クリストフ・ド THOU, Christophe de（1508－82　初代パリ高等法院長）74
トヴァルニキ、フレデリック・ド TOWARNICKY, Frédéric de（作家、評論家）137
ドゥヴォス DEVOS　170
ドゥギー、ミシェル DEGUY, Michel　138, 284－6
ドゥノワ＝ド＝サン＝マルク、ルノー DENOIX DE SAINT-MARC, Renaud（1938－　高級官僚）221
ドゥフェール、ガストン DEFFERRE, Gaston（1910－86　政治家）348, 420
ドゥフェール、ダニエル DEFERT, Daniel（1937－　）175
ドゥプラン、ジャン DEPRUN, Jean（1923－2006　哲学者）383
ドゥブレ、オリヴィエ DEBRÉ, Olivier（1920－99　画家）151, 348
ドゥブレ、ミシェル DEBRÉ, Michel（1912－96　政治家）151, 217, 223
ドゥメリエ、ジャン DEMÉLIER, Jean（1940－　作家、画家）425
ドゥリュ＝ラ＝ロシェル、ピエール DRIEU LA ROCHELLE, Pierre（1893－1945　作家）36, 42
ドゥルーズ、ジル DELEUZE, Gilles（1925－95　哲学者）18, 124, 139, 296, 352, 383－5, 387, 388, 390, 409, 428
『アンチ・オイディプス』（ガタリとの共著）18, 124, 372－91, 393, 428
トゥルベツコイ、ニコライ・セルゲイエヴィチ TROUBETSKOÏ, Nikolaï Sergueïevitch（1890－1938　ロシア出身のオーストリアの言語学者）52, 173, 180
トーヴァン THAUVIN（プロレスラー）156
ドーセ、ジャン DAUSSET, Jean（1916－　医師、遺伝学者）306
ドーデ、レオン DAUDET, Léon（1868－1942　ジャーナリスト、作家。アルフォンス・ドーデの息子）36
ドービニエ、アグリッパ d'AUBIGNÉ, Agrippa（1552－1630　詩人、歴史家、軍人）21, 59
ドーミエ、オノレ DAUMIER, Honoré（1808－79　画家）151
ドール、ベルナール DORT, Bernard（1929－94　演劇評論家）58, 121
トクヴィル、シャルル・アレクシス・クレレル・ド TOCQUEVILLE, Charles Alexis Clérel de（1805－59　歴史家、政治家）21, 413, 436
『旧体制と大革命』436
ド＝ゴール、シャルル de GAULLE, Charles（1890－1970　政治家、軍人）33, 149, 151, 163－9, 171, 195, 213, 214, 216－8, 221－3, 252, 254, 328, 337, 341, 345, 348, 352, 356, 416, 417, 432
トタン、ジル TAUTIN, Gilles（1951－68　五月革命時に憲兵に追われて死亡）349, 354
トドロフ、ツヴェタン TODOROV, Tzvetan（1939－　歴史家、エッセイスト）276
ドニオル＝ヴァルクローズ、ジャック DONIOL-VALCROZE, Jacques（1920－89　映画監督）217
ドビュッシー、クロード DEBUSSY, Claude（1862－1918　作曲家）83, 105, 108, 114, 123
「前奏曲集」108
トポロフ、ウラジミール・ニコライヴィチ TOPOROV, Vladimir Nikolaevich（1928－　言語学者）191

Georges（1884－1966　作家）70
デュヴィニョー、ジャン DUVIGNAUD, Jean（1921－2007　社会学者、人類学者）146, 162, 280
デュクロ、ジャック DUCLOS, Jacques（1896－1975　政治家）208
デュティユー、アンリ DUTILLEUX, Henri（1916－　作曲家）115
デュトゥール、ジャン DUTOURD, Jean（1920－　作家）102
デュパン、ジャック DUPIN, Jacques（1927－　画家）117
デュビー、ジョルジュ DUBY, Georges（1919－96　歴史家）370
デュビヤール、ロラン DUBILLARD, Roland（1923－　劇作家、俳優）283
『骨の家』283
デュファイ、ギヨーム DUFAY, Guillaume（1400頃－74　15世紀ブルゴーニュ楽派の作曲家）113
デュ＝ファイユ、ノエル DU FAIL, Noël（1520頃－91　ブルターニュ地方の法律家、作家）106
『田園閑話』106
デュブール、ジャック DUBOURG, Jacques（1897－　絵画鑑定家）151
デュ＝ブシェ、アンドレ DU BOUCHET, André（1924－2001　詩人）44, 117
テュブフ、アンドレ TUBEUF, André（1930－　音楽史家）392
デュ＝ボス、シャルル DU BOS, Charles（1882－1939　エッセイスト）73, 76, 77
デュボワ、ピエール DUBOIS, Pierre（1912－　ピレネ＝オリアンタル県知事）282
デュポン、アリス DUPONT, Alice　85, 150
デュポン、アンリ DUPONT, Henri　85, 150, 151
デュマ、アレクサンドル DUMAS, Alexandre（1802－70　劇作家、小説家。［通称］大デュマ DUMAS père）222, 333
『三銃士』222
デュマルセ、セザール・シェノー DUMARSAIS, César Chesneau（1676－1756　文法学者、哲学者）257
『比喩論』257
デュミュール、ギー DUMUR, Guy（1921－91　作家、評論家）121
デュメジル、ジョルジュ DUMÉZIL, Georges（1898－1986　歴史家）40
デュラス、マルグリット DURAS, Marguerite（1914－96　作家、映画作家。本名 Marguerite DONNADIEU）146, 200, 203, 216, 355
デュラン、クロード DURAND, Claude 187
デュラン、シャルル DULLIN, Charles（1885－1949　俳優、演出家、劇場支配人）60
デュリュイ、ヴィクトル DURUY, Victor（1814－94　歴史家）71
デュルケーム、エミール DURKHEIM, Émile（1858－1917　社会学者）18, 24, 340
デュレンマット、フリードリヒ DÜRRENMATT, Friedrich（1921－90　スイスの劇作家）124
デリー DELLY（小説家姉弟の筆名。本名 Marie PETITJEAN DE LA ROSIÈRE 1875－1947／ Frédéric PETITJEAN DE LA ROSIÈRE 1876－1949）96, 267
デリダ、ジャック DERRIDA, Jacques（1930－2004　哲学者）189, 192, 276－8, 337, 338, 394, 409
『プラトンのパルマコン』189

トインビー、アーノルド・ジョゼフ

ダンテ・アリギエーリ DANTE ALIGHIERI（1265－1321　イタリアの詩人）250

チョムスキー、ノーム CHOMSKY, Noam（1928－　アメリカの言語学者）275

ツキディデス THUKYDIDES（前460頃－前400頃　ギリシャの歴史家）130

ディアトキーヌ、ルネ DIATKINE, René（1918－97　精神分析学者）88
デイヴィス、ゲリー DAVIS, Gary（1921－　平和活動家）35
ディスポ、ローラン DISPOT, Laurent（1950－　作家、ジャーナリスト）162, 205, 354, 432
『テロル機械』432
ティスラン、ジェラール TISSERAND, Gérard（1934－　画家）397
ティソ、サミュエル・オーギュスト・アンドレ・ダヴィッド TISSOT, Samuel Auguste André David（1728－97　スイスの医師）316, 370
『オナニスム』370
ティツィアーノ・ヴェチェルリオ TIZIANO VECELLIO（1490頃　－1576　イタリアのルネサンス期の画家）116
ティテュス＝カルメル、ジェラール TITUS-CARMEL, Gérard（1942－　造形作家）396
ディドロ、ドニ DIDEROT, Denis（1713－84　作家、思想家）22, 200, 281, 307, 414
『百科全書』（ダランベールとの共編）151
ティボドー、ジャン THIBAUDEAU, Jean（1935－　作家）181, 186
ティルロワ TILROY（シュルレアリスト）73
ティントレット TINTORETTO（1518－94　イタリアのヴェネツィア派の画家。本名 Jacopo ROBUSTI）119
テヴナン、ポール THÉVENIN, Paule（作家。アントナン・アルトーの遺産管理人）187, 191
テーヌ、イポリット TAINE, Hippolyte（1828－93　哲学者、評論家）17
デカルト、ルネ DESCARTES, René（1596－1650　哲学者）10, 104, 131, 133, 136, 205, 229, 253, 269, 439
デ＝クーニング、ヴィレム DE KOONING, Willem（1904－97　オランダ出身のアメリカの画家）395
デジャルダン、エルネスト DESJARDINS, Ernest（ローマ美術・碑銘学の研究者。ポール・デジャルダンの父）71
デジャルダン、ジャック＝ギヨーム DESJARDINS, Jacques-Guillaume（エルネストの父。ポールの祖父）71
デジャルダン、ポール DESJARDINS, Paul（1859－1940　評論家、哲学者。ポンティニー「10日間討論会」創設者）71－3, 77－80
デジャルダン、ルイーズ DESJARDINS, Louise（ポール・デジャルダンの妹）71
デジャルダン夫人 DESJARDINS, Mme（ポール・デジャルダンの妻）73, 78
デシャン、ジェラール DESCHAMPS, Gérard（1937－　画家）233, 234
テズナ、シュザーヌ TÉZENAS, Suzanne（1899－1991　サロン主催者）110, 283
デスペス、ジャック・ファーユ d'ESPESSE, Jacques Faye（1543－90　高等法院評定官）75
デ＝ボルム公爵夫人 des BORMES, princesse　223
デュアメル、ジョルジュ DUHAMEL,

セルトー、ミシェル・ド CERTEAU, Michel de（1925－86　宗教学者、人類学者）185
ゼレール、アンドレ ZELLER, André（1899－1979　軍人）221
セロー、ジャン＝マリ SERREAU, Jean-Marie（1915－1973　俳優、演出家）61, 63, 125
セロー、ジュヌヴィエーヴ SERREAU, Geneviève（1915－　女優、作家。ブレヒト劇の仏訳者。ジャン＝マリ・セローの妻）216

ソヴァージュ、カトリーヌ SAUVAGE, Catherine（1929－98　歌手）217
ソクラテス SOKRATES（前469－前399　ギリシャの哲学者）79, 131, 142, 209
ソコロフ、レーモン SOKOLOV, Raymond（1941－　ジャーナリスト）279
ソシュール、フェルディナン・ド SAUSSURE, Ferdinand de（1857－1913　スイスの言語学者）175, 184, 231, 277, 386
ゾラ、エミール ZOLA, Emile（1840－1902　作家）17, 18, 22, 281, 405, 407, 408, 425, 439
『ジェルミナール』207
『ナナ』405
『四福音書』408
『ルーゴン＝マッカール叢書』405
ソレルス、フィリップ SOLLERS, Philippe（1936－　作家）39, 181－5, 186－92, 260, 289, 296, 301
『奇妙な孤独』181
ソンタグ、スーザン SONTAG, Susan（1933－2004　アメリカの評論家）67

タ行

ターナー、ジョーゼフ・マラード・ウィリアム TURNER, Joseph Mallord William（1775－1851　イギリスの風景画家）119
ダヴィデ（前1000頃－前972　古代イスラエル王）323
ダニー→コーン＝バンディ
ダニエル、ジャン DANIEL, Jean（1920－　ジャーナリスト、エッセイスト）358, 359
ダバディ、ジャン＝ルー DABADIE, Jean-Loup（1938－　ジャーナリスト、作家）187
ダミッシュ、ユベール DAMISCH, Hubert（1928－　哲学者）218
ダミロン DAMIRON　69
ダランベール、ジャン・ル・ロン D'ALEMBERT, Jean Le Rond（1717－83　哲学者、作家、数学者）109, 307
『百科全書』（ディドロとの共編）151
ダリ、サルバドール DALI, Salvador（1904－89　スペインの画家）116, 281
「アンダルシアの犬」（ブニュエルとの合作）281
タリカ TARIKA　151
タル＝コアト TAL COAT（1905－85　画家。本名 Pierre JACOB）152
タルデュー、オーギュスト・アンブロワーズ TARDIEU Auguste Ambroise（1818－79　法医学者）66
タルデュー、ジャン TARDIEU, Jean（1903－95　作家）73, 117
ダルブレ、ジャンヌ D'ALBRET, Jeanne（1528－72　ナヴァール王妃。アンリ4世の生母）208
タングリー、ジャン TINGUERY, Jean（1925－91　スイスの画家、彫刻家）233, 234

Jacques（1912－90　民族学者、政治家）166, 168, 214, 224
スーラージュ、ピエール SOULAGES, Pierre（1919－　画家）152
スターリン、ヨシフ・ヴィッサリオノヴィチ STALIN, Iosif Vissarionovitch（1879－1953　旧ソ連の政治家）86, 88, 122, 190, 336, 357, 363
スタール、ニコラ・ド STAËL, Nicolas de（1914－55　ロシア出身のフランスの画家）150－4, 283, 289
「コンポジシオン」152
スタール夫人 STAEL, Mme de（1766－1817　評論家、小説家）79
スターン、ロレンス STERNE, Laurence（1713－68　イギリスの作家）12
スタロバンスキー、ジャン STAROBINSKI, Jean（1920－　スイスの評論家）139, 285
スタンダール STENDHAL（1783－1842　作家。本名 Henri BEYLE）21, 216, 280, 410, 428
『赤と黒』377, 412, 413
ステファヌ、ロジェ STÉPHANE, Roger（1919－94　作家、ジャーナリスト）167, 168, 217
『冒険家の肖像』168
ストラヴィンスキー、イーゴル STRAVINSKY, Igor（1882－1971　ロシア出身のアメリカの作曲家）105, 110, 114, 281, 282
「春の祭典」281
ストリンドベルイ、ヨハン・アウグスト STRINDBERG, Johan August（1849－1912　スウェーデンの劇作家）29
『夢』29
ストレイチー STRACHEY　73
ストレーレル、ジョルジオ STREHLER, Giorgio（1921－97　イタリアの演出家）126, 418
スピノザ、バルフ・ド SPINOZA, Baruch de（1632－77　オランダの哲学者）48, 291, 383, 430
『エチカ』48, 430
スペーリ、ダニエル SPOERRI, Daniel（1930－　ルーマニア出身のスイスの造形作家。本名 Daniel Isaac FEINSTEIN）233, 234, 395
「残飯」395

セーヴ、リュシアン SÈVE, Lucien（1926－　エディシオン・ソシアル書店社長）282
セール、ミシェル SERRES, Michel（1930－　哲学者、作家）252, 277, 387
セザール CÉSAR（1921－98　彫刻家。本名 César BALDACCINI）233, 393
セザンヌ、ポール CÉZANNE, Paul（1839－1906　画家）119, 120, 133, 142, 143, 152, 229－31, 234－6, 289, 300, 394
「サント＝ヴィクトワール山」143, 235, 300
ゼゼット Zézette　76
セナック、ミシェル CÉNAC, Michel（1891－1965　精神分析学者）88, 91
ゼノビ伯爵夫人 ZÉNOBIE, comtesse　293
ゼメール、クリスティアン ZEIMERT, Christian（1934－　画家）397
セメカ E・S　SEMEKA, E. S.　191
セリーヌ、ルイ・フェルディナン CÉLINE, Louis Ferdinand（1894－1961　小説家）67, 70, 245, 258
『夜の果ての旅』67
ゼルヴォス、クリスティアン ZERVOS, Christian（1889－1970『カイエ・ダール』誌出版者。美術評論家、画商）400, 403
セルジュ、ヴィクトル SERGE, Victor（1890－1947　ロシアの作家、詩人）144

Peter（1937－　スイスの造形作家）397
シュトックハウゼン、カルルハインツ STOCKHAUSEN, Karlheinz（1928－　ドイツの作曲家）83, 105, 115
シュトラウス、ボート STRAUSS, Botho（1944－　ドイツの劇作家、作家）124
シュトラウス、リヒャルト STRAUSS, Richard（1864－1949　ドイツの作曲家、指揮者）117
ジュネ、ジャン GENET, Jean（1910－86　作家、劇作家）19, 58－60, 117, 283, 355
『黒ん坊たち』58, 283
『女中たち』58
『バルコニー』58
『屏風』58
『ブレストの乱暴者』60
「ブレストの乱暴者」（映画）58
ジュネット、ジェラール GENETTE, Gérard（1930－　評論家）38, 187, 276, 284, 346
シュランベルジェ、ジャン SCHLUMBERGER, Jean（1877－1968　作家）72, 73
シュランベルジェ、マルク SCHLUMBERGER, Marc（1900－70　医師、精神分析学者）88
ジュリ、セルジュ JULY, Serge（1942－　ジャーナリスト、エッセイスト）357, 360
ジュルニアック、ミシェル JOURNIAC, Michel（1938－95　造形作家）398
ジョイス、ジェイムズ JOYCE, James（1882－1941　アイルランドの詩人、小説家）12, 105
ジョーンズ、ジャスパー JOHNS, Jasper（1930－　アメリカの画家）395
ジョスラン、ピエール JOSSERAND, Pierre（1898－1972　作家）20
ショニュ、ピエール CHAUNU, Pierre（1923－　歴史家）368
ショパン、フレデリク・フランチシェク CHOPIN, Fryderyk Franciszek（1810－49　ポーランドの作曲家）110, 117
ジョフロワ、フランソワーズ GEOFFROY, Française（サロン主催者）280－4
ジョフロワ＝サン＝ティレール、エティエーヌ GEOFFROY SAINT-HILAIRE, Etienne（1772－1844　博物学者）27, 307
ショメット、マドレーヌ CHOMETTE, Madeleine（ラモン・フェルナンデス夫人）74
ジョリオ→ジョリオ＝キュリー
ジョリオ＝キュリー、フレデリック JOLIOT-CURIE, Frédéric（1900－58　物理学者）176, 308, 366
ジョレス、ジャン JAURÈS, Jean（1859－1914　政治家、哲学者、歴史家）
シラー、フリードリヒ SCHILLER, Friedrich（1759－1805　ドイツの劇作家）124
ジラール、ルネ GIRARD, René（1923－　哲学者、人類学者）276
ジラルデ、ラウル GIRARDET, Raoul（1917－　歴史家）224
ジルー、フランソワーズ GIROUD, Françoise（1916－2003　ジャーナリスト、政治家）200
シルキン A・I　SYRKINE, A. I.　191
ジルソン、エティエーヌ GILSON, Étienne（1884－1978　哲学者）364
ジルダ、フィリップ GILDAS, Philippe（1935－　ジャーナリスト）360
ジロドゥー、ジャン GIRAUDOUX, Jean（1882－1944　作家）57, 61
『シャイヨーの狂女』57

スーステル、ジャック SOUSTELLE,

本名 Jacques DELMAS）218, 223, 356, 360
シャプサル、マドレーヌ CHAPSAL, Madeleine（1925－　作家、ジャーナリスト）314, 315
シャフツベリ、アンソニー・アシュレー・クーパー SHAFTESBURY, Anthony Ashley Cooper（1671－1713　イギリスの哲学者）12
シャプラン＝ミディ、ロジェ CHAPELAIN-MIDY, Roger（1904－92　画家。本名 Roger CHAPELAIN）116
シャブリエ、エマニュエル CHABRIER, Emmanuel（1841－94　作曲家）123
シャブロル、クロード CHABROL, Claude（1930－　映画監督）201－3
「美しきセルジュ」202, 203
「いとこ同士」202
ジャリ、アルフレッド JARRY, Alfred（1873－1907　詩人、劇作家）61
『ユビュ王』61
シャルダン、ジャン＝バティスト・シメオン CHARDIN, Jean-Baptiste Siméon（1699－1779　画家）119
シャルル6世 Charles VI（1368－1422　フランス王）71
シャルル10世 Charles X（1757－1836　フランス王）423
シャルル＝ドルレアン CHARLES D'ORLÉANS（1394－1465　詩人）21
シャンジュー、ジャン＝ピエール CHANGEUX, Jean-Pierre（1936－　生物学者）313
シャントレル、ポール CHANTREL, Paul（1929－　出版者）161
ジャンヌ＝ダルク JEANNE D'ARC（1412－31　聖女）365
ジャンベ、クリスティアン JAMBET, Christian（1950－　小説家）193, 354, 357
『天使』（ラルドローとの共著）193
シャンペーニュ、フィリップ・ド CHAMPAIGNE, Philippe de（1602－74　フランドル出身のフランスの画家）119
ジュアンドー、マルセル JOUHANDEAU, Marcel（1888－1979　エッセイスト、年代記作家）131
ジュイアン、アルフォンス JUILLAND, Alphonse（1923－2000　ルーマニア生まれのフランスの言語学者）175
シュー、ウジェーヌ SUE, Eugène（1804－57　小説家）333
『パリの神秘』333
ジューヴ、ピエール＝ジャン JOUVE, Pierre-Jean（1887－1976　詩人、小説家）88, 283
ジューヴェ、ルイ JOUVET, Louis（1887－1951　俳優、演出家）30, 58, 60, 61
シューベルト、フランツ SCHUBERT, Franz（1797－1828　オーストリアの作曲家）106
シューマン、ローベルト SCHUMANN, Robert（1810－56　ドイツのロマン主義音楽の代表的作曲家）117
シュヴァルツ、ローラン SCHWARTZ, Laurent（1915－2002　数学者）217
シュヴェヌマン、ジャン＝ピエール CHEVÈNEMENT, Jean-Pierre（1939－　政治家）421, 422
ジュオー、エドモン JOUHAUD, Edmond（1905－95　軍人）221
ジュカン、ピエール JUQUIN, Pierre（1930－　組合活動家、政治家）342
シュゾン、ジル SUSONG Gilles（哲学者）354
シュテンプフリ、ペーテル STÄMPFLI,

サント＝ブーヴ、シャルル・オーギュスタン SAINTE-BEUVE, Charles Augustin（1804－69　詩人、評論家）281

サン＝ファール、ニキ・ド SAINT-PHALLE, Niki de（1930－2002　彫刻家）233

ジヴレ、クロード・ド GIVRAY, Claude de（1933－　映画監督、シナリオライター）202

シェイクスピア、ウィリアム SHAKESPEARE, William（1564－1616　イギリスの劇作家、詩人）64, 159, 393

シェーンベルク、アルノルト SCHOENBERG, Arnold（1874－1951　オーストリアの作曲家）92, 109, 114, 124

ジェズアルド・ディ・ヴェノサ GESUALDO DI VENOSA（1566－1613　イタリアの作曲家）113

シェリング、フリードリヒ・ヴィルヘルム SCHELLING, Friedrich Wilhelm（1775－1854　ドイツの哲学者）131

ジェルマン、リュシ GERMAIN, Lucie（サロン主催者）110, 283

シェロー、パトリス CHEREAU, Patrice（1944－　俳優、演出家）39, 58, 124, 393

ジスカール＝デスタン、ヴァレリー GISCARD D'ESTAING, Valéry（1926－　政治家）220, 363, 373, 416, 419, 438

ジッド、アンドレ GIDE, André（1869－1951　作家）30, 31, 59, 65－7, 70, 72, 73, 76, 77, 82, 102, 103, 145, 206, 245, 435
『コリドン』66
『日記』67

シニョレ、シモーヌ SIGNORET, Simone（1921－85　女優）219, 360

ジプ、シビル・リクティ・ド・ミラボー GYP, Sibylle Riqueti de Mirabeau（1850－1932　小説家）267

シミアン、フランソワ SIMIAND, François（1873－1935　社会学者、経済学者）366

シモン、クロード SIMON, Claude（1913－2005　作家）186, 200, 216

シモン、ミシェル SIMON, Michel（1927－）87

シャール、フィラレット CHASLES, Philarète（1798－1873）69, 175

シャール、モーリス CHALLE, Maurice（1905－1979　軍人）221

シャール、ルネ CHAR, René（1907－88　詩人）37, 44, 83, 142, 146, 250, 283

シャイユー、ミシェル CHAILLOU, Michel（1930－　小説家）425

シャガール、マルク CHAGALL, Marc（1887－1985　ロシア出身のフランスの画家）116

ジャカール、クリスティアン JACCARD, Christian（1939－　画家）398

ジャコブ、フランソワ JACOB, François（1920－　医師、生化学者）306－13, 430
『生命の論理』430

ジャコメッティ、アルベルト GIACOMETTI, Alberto（1901－66　スイスの彫刻家、画家）58, 93, 116－20, 206, 230, 234－6, 282

シャトーブリアン、フランソワ・ルネ・ド CHATEAUBRIAND, François René de（1768－1848　作家）21, 36, 70, 101, 168, 238, 280

シャトレ、フランソワ CHÂTELET, François（1925－85　哲学史家、政治哲学者）217

シャバリエ、エルヴェ CHABALIER, Hervé（1945－　ジャーナリスト、テレビ司会者）360

シャバン＝デルマス、ジャック CHABAN-DELMAS, Jacques（1915－2000　政治家。

（1798－1857　哲学者）340
コンドミナス、ジョルジュ CONDOMINAS, Georges（1921－　民族学者）218

サ行

サガン、フランソワーズ SAGAN, Françoise（1935－2004　小説家）217
ザップ、ヴォー・グエン Giáp, Võ Nguyên（1912－　ヴェトナムの軍人）166
サティ、エリック SATIE, Eric（1866－1925　作曲家）282
サド、フランソワ・ド SADE, François de（1740－1814　作家。[通称]マルキ・ド・サド）25, 42 － 5, 59, 100, 184, 246, 251, 293, 430
　『閨房哲学』246, 293, 430
　『ジュリエット物語、あるいは悪徳の栄え』246
　『ソドムの一二〇日』246
サファン、ムスタファ SAFOUAN, Moustapha（1921－　精神分析学者）14
サミュエル、ルネ SAMUEL, Renée　216
サラン、ラウル SALAN, Raoul（1899－1984　軍人）167, 221
サルドゥイ、セベロ SARDUY, Severo（1937－93　キューバの詩人）289
　『コブラ』289
サルドゥー、ヴィクトリアン SARDOU, Victorien（1831－1908　劇作家）57
サルトル、ジャン＝ポール SARTRE, Jean-Paul（1905－80　作家、哲学者）18－20, 22, 33 ,34, 36, 37, 43, 57－9, 66, 102, 103, 117, 131, 148, 205－12, 215, 220, 248, 282, 356－8, 360－2, 387, 429, 432－4, 438
　『悪魔と神』57
　『恭しき娼婦』57
　『嘔吐』57
　『壁』57
　『シチュアシオンⅢ』434
　『シチュアシオンⅣ』208, 432, 433
　『自由への道』57
　『存在と無』18
　『出口なし』57
　『墓場なき死者』57
　『弁証法的理性批判』205－12, 432, 438
　『方法の問題』432
　『ユダヤ人』429
　『汚れた手』57
サロート、ナタリー SARRAUTE, Nathalie（1902－99　作家）10, 19, 187, 200, 216
サン＝クリック SAINT-CRIQ　411, 428
サン＝サーンス、カミーユ SAINT-SAËNS, Camille（1835－1921　作曲家）123
サンジェ、ヴィナレッタ SINGER, Winaretta（1865－1943　エドモン・ド・ポリニャック皇太子妃。ポリニャック公爵夫人）110, 282
サン＝シモン、クロード・アンリ・ド・ルヴロワ SAINT-SIMON, Claude Henri de Rouvroy（1760－1825　伯爵。社会主義者）246, 406
サン＝シモン、ルイ・ド・ルヴロワ SAINT-SIMON, Louis de Rouvroy（1675－1755　公爵。作家、政治家）16, 21, 70, 96, 195, 293
サン＝ジュスト、ルイ・アントワーヌ・レオン SAINT-JUST, Louis Antoine Léon（1767－94　政治家）419
サン＝タルバン、ルイ・シャルル・ド SAINT-ALBIN, Louis Charles de（1698－1764　神父）16
サンディエ、ジル SANDIER, Gilles（1924－82　演劇評論家）58, 283
サンド、ジョルジュ SAND, George（1804－76　作家。本名 Aurore DUPIN）59, 110, 407

－88　作家、歴史家）15, 216
ケルマレック、ジョエル KERMARREC, Joël（1939－　造形作家）397
ケロール、ジャン CAYROL, Jean（1911－2005　詩人、小説家）181, 186, 203
ケンプ、ロジェ KEMPF, Roger（1927－　評論家）12, 62, 107, 132, 143, 188, 276, 409－14, 428, 434
『ダンディー』409－14, 428, 434

コイレ、アレクサンドル KOYRÉ, Alexandre（1892－1964　科学史家、哲学史家）138
コー、カシア KAUPP, Katia（ジャーナリスト）359
ゴー、アンリ GAULT, Henri（1929－2000　ジャーナリスト）196－8, 378
『ジュリアール社版パリ案内』（ミヨーとの共著）197
『ゴー＝ミヨー』（ミヨーとの共著）197
ゴーション、シュザーヌ GAUCHON, Suzanne（レーモン・アロンの妻。1933に結婚）74
コーン＝バンディ、ダニエル COHN-BENDIT, Daniel（1945－　フランス生まれのユダヤ系ドイツ人。［通称］ダニー。5月革命の指導者で現在は欧州議会議員）341, 343, 344, 353
コクトー、ジャン COCTEAU, Jean（1889－1963　作家）58, 110, 282
コジェーヴ、アレクサンドル KOJÈVE, Alexandre（1902－68　フランスにヘーゲルを紹介したロシア出身のフランスの哲学者）11, 12, 40, 68, 251, 298
コスース、ジョゼフ KOSUTH, Joseph（1945－　アメリカの造形作家）396
コスト、ユルバン COSTE, Urbain（1793－1828　医学者）18
ゴダール、ジャン＝リュック GODARD, Jean-Luc（1930－　映画監督）200－4, 358, 359
「勝手にしやがれ」200－4
「気狂いピエロ」204
「男性・女性」204
ゴッホ、ヴィンセント・ヴァン GOGH, Vincent van（1853－90　オランダの画家）424
コティ、ルネ COTY, René（1882－1962　政治家）167, 169
コポー、ジャック COPEAU, Jacques（1879－1949　作家、俳優）73
コラン、ジャン＝ピエール COLIN, Jean-Pierre　417
ゴルドーニ、カルロ GOLDONI, Carlo（1707－93　イタリアの喜劇作家）380
ゴルトシュタイン、クルト GOLDSTEIN, Kurt（1878－1965　ドイツ生まれのユダヤ系フランス人の脳病理学者）10, 227, 228
ゴルドマン、リュシアン GOLDMANN, Lucien（1913－70　哲学者、評論家）139, 140, 404
『隠れた神』404
コルバン、アンリ CORBIN, Henry（1903－78　哲学者、神学者）136
コロレド、ヒエロニムス・フォン COLLOREDO, Hieronymus von（1732－1812　ザルツブルク大司教）104
ゴンクール兄弟（ゴンクール、エドモン・ド GONCOURT, Edmond de　1822－96　作家。ゴンクール、ジュール・ド GONCOURT, Jules de　1830－70　作家）35, 281, 407, 436
『ゴンクール日記』436
ゴンザレス、グロリア GONZALES, Gloria（ジャック・ラカンの秘書＝家政婦）301
コント、オーギュスト COMTE, Auguste

グランヴィル GRANDVILLE（1803－47 画家。本名 Jean-Ignace-Isidore GÉRARD）151
グリーン、アンドレ GREEN, André（1927－ 精神分析学者）298
グリオール、マルセル GRIAULE, Marcel（1898－1956 民族学者）24
クリステヴァ、ジュリア KRISTEVA, Julia（1941－ 小説家、エッセイスト）189, 191, 192, 276, 289, 332
クリスト CHRISTO（1935－ ブルガリア出身のアメリカの美術家）233, 393
グリナ、ミシェル GOURINAT, Michel（哲学者）138, 139
クリムト、グスタフ KLIMT, Gustav（1862－1918 オーストリアの画家）335
グリモー、モーリス GRIMAUD, Maurice（1913－ 五月革命時のパリ警視総監）346
グリモ＝ド＝ラ＝レニエール、アレクサンドル・バルタザール・ロラン GRIMOD DE LA REYNIÈRE, Alexandre Balthasar Laurent（1758－1837 美食家）196
グリュックスマン、アンドレ GLUCKSMANN, André（1937－ 哲学者）221, 296, 346, 358
クルティウス、エルンスト・ローベルト CURTIUS, Ernst Robert（1886－1956 ドイツのロマン語文学者）12, 73, 76
クルノー、アントワーヌ・オーギュスタン COURNOT, Antoine Augustin（1801－77 数学者、経済学者、哲学者）340
クレイユー、ルイ CLAYEUX, Louis（画商、美術評論家）118
グレコ、エル GRECO, El（1541－1614 クレタ島出身のスペインの画家。本名 Domenikos THEOTOKOPOULOS）119
クレティアン＝ド＝トロワ CHRÉTIEN DE TROYES（12世紀 韻文物語作家）250
グレトゥイゼン、ベルンハルト GROETHUYSEN, Bernhard（1880－1946 ドイツの文化哲学者）76
クレベール、ジョルジュ KLEIBER, Georges（神父。言語学者）139
クレランボー、ガエタン・ガシアン・ド CLÉRAMBAULT, Gaëtan Gatian de（1872－1934 ラカンが「精神医学における唯一の師」と認める精神医学者）303
クレロー、アレクシス・クロード CLAIRAUT, Alexis Claude（1713－65 天文学者、数学者）307
クローデル、ポール CLAUDEL, Paul（1868－1955 詩人、劇作家）13, 60, 70
『繻子の靴』60
クロソウスキー、ピエール KLOSSOWSKI, Pierre（1905－2001 作家、芸術家）184, 246, 251, 387, 436
『わが隣人サド』436

ケインズ、ジョン・メイナード KEYNES, John Maynard（1883－1946 イギリスの経済学者）387
ゲーテ、ヨハン・ヴォルフガング・フォン GOETHE, Johann Wolfgang von（1749－1832 ドイツの詩人、作家）27, 78, 124
ゲオン、アンリ GHÉON, Henri（1875－1944 劇作家、詩人）73
ケスティオ、ニコル QUESTIAUX, Nicole（1930－ 政治家）147
ゲスマール、アラン GEISMAR, Alain（1939－）344, 357
ケナン、アモス KENAN, Amos（1927－ イスラエルの小説家）325
ケマル、ヤシャル KEMAL, Yashar（1923－ トルコの作家）418
ゲラン、ダニエル GUÉRIN, Daniel（1904

（1769－1832　動物学者、古生物学者）27, 307, 365
キュヴリエ、マルセル CUVELIER, Marcel（1924－　俳優）63
キュエコ、アンリ CUECO, Henri（1929－　芸術家、作家）397
キュスティーヌ、アダン・フィリップ CUSTINE, Adam Philippe（1740－93　軍人）69
キュニ、アラン CUNY, Alain（1908－94　俳優）216, 296
ギユマン、アンリ GUILLEMIN, Henri（1903－92　歴史家）404
ギユメ、アントワーヌ GUILLEMET, Antoine（1841－1918　画家）424
ギュルヴィッチ、ジョルジュ GURVITCH, Georges（1894－1965　ロシア出身のフランスの社会学者）138
『ドイツ哲学の今日の傾向』138
キリコ、ジョルジオ・デ CHIRICO, Giorgio de（1888－1978　イタリアの画家）116
キレス、ポール QUILÈS, Paul（1942－　政治家）419
キンスキー、フュルスト・フェルディナント KINSKY, Fürst Ferdinand（1781－1812　伯爵。ベートーヴェンの庇護者）104

グァレスキ、ジョバンニ GUARESCHI, Giovanni（1908－68　イタリアのジャーナリスト、作家）186
『ドン・カミロ』186
グーアン、アンリ GOUIN, Henry（1900－　実業家）82
グーアン、イザベル GOUIN, Isabelle（アンリ・グーアンの妻。1931に結婚）82
クーザン、ヴィクトル COUSIN, Victor（1792－1867　哲学者）11, 68, 69, 340
クードル、ジャック（作家）COUDOL, Jacques 181, 182, 185, 186
クーパー、デイヴィッド COOPER, David（1931－86　イギリスの精神医学者）384
クーリエ、ロベール COURRIER, Robert（1938－66　医学生理学者）80
クセナキス、ヤニス XENAKIS, Yannis（1922－2001　ルーマニア出身のギリシャの作曲家）83, 115
クノー、レーモン QUENEAU, Raymond（1903－76　作家）11, 35, 63
グベール、ピエール GOUBERT, Pierre（1915－　歴史家）366
クライスト、ハインリヒ・フォン KLEIST, Heinrich von（1777－1811　ドイツの劇作家）121, 124
『こわれ甕』121, 124
『ペンテジレーア』124
『ホンブルク公子』124
クライン、イヴ KLEIN, Yves（1928－62　画家）233, 237, 398
クラヴェル、モーリス CLAVEL, Maurice（1920－79　劇作家、エッセイスト、小説家）355, 356, 358, 359, 361, 362, 387
グラシアン、バルタサール GRACIÁN, Balthasar（1601－58　スペインのイエズス会修道士。モラリスト）185, 186
グラス、フィリップ GLASS, Philip（1937－　アメリカの作曲家）398
グラネ、マルセル GRANET, Marcel（1884－1940　中国学者）42, 121
グラネル、ジェラール GRANEL, Gérard（1930－2000　哲学者、翻訳家）138
グラパン、ピエール GRAPPIN, Pierre（1915－97　ドイツ語翻訳家。5月革命時にナンテール校の文学部長）343
クラフチェンコ、ヴィクトル KRAVCHENKO, Victor（1905－66）85

『アンチ・オイディプス』（ドゥルーズとの共著）18, 124, 372－91, 393, 428
カニュ兄弟 les frères CANU　354
カフカ、フランツ KAFKA, Franz（1883－1924　ユダヤ系のドイツ作家）76, 173, 391
『審判』76
ガブリエーリ、ジョヴァンニ GABRIELI, Giovanni（1553/6－1612/13　イタリアの作曲家、オルガン奏者）113
カミュ、アルベール CAMUS, Albert（1913－60　作家）30, 34－7, 57
『カリギュラ』57
カムレル、ピエール KAMMERER, Pierre（精神分析学者）14
ガラール、エクトール・ド GALARD, Hector de（1921－90　ジャーナリスト）217
カラヴァッジョ、ミケランジェロ・ダ CARAVAGGIO, Michelangelo da（1573－1610　イタリアの画家）63, 119
カラス、ジャン CALAS, Jean（1698－1762　トゥルーズの織物商人。カルヴァン派）36
ガリレオ・ガリレイ GARILEO GALILEI（1564－1642　イタリアの物理学者、天文学者）127
カルヴァン、ジャン CALVIN, Jean（1509－64　宗教改革者、作家）102,175
カルナップ、ルドルフ CARNAP, Rudolf（1891－1970　ドイツの論理学者、哲学者）123, 173
カルパッチョ、ヴィットーレ CARPACCIO, Vittore（1455頃－1525頃　イタリアのヴェネツィア派の画家）63
ガルボ、グレタ GARBO, Greta（1905－90　アメリカの映画女優。本名 Greta Lovisa GUSTAFSSON）157
カルポー、ジャン＝バティスト CARPEAUX, Jean-Baptiste（1827－75　彫刻家、画家）423
カルミッツ、マラン KARMITZ, Marin（1938－　ルーマニア出身のフランスの映画制作者）359
カルル5世 KARL V（1500－58　ドイツ皇帝）192
ガロディ、ロジェ GARAUDY, Roger（1913－　哲学者、政治家）147, 252
カンギレム、ジョルジュ CANGUILHEM, Georges（1904－95　哲学者）9, 10, 249, 250, 311, 383
『正常と病理』10
カンティニオ CANTINIAUX（トゥールコワン高校の学監）85
ガンディヤック、ジュヌヴィエーヴ・ド GANDILLAC, Geneviève de（モーリス・ド・ガンディヤックの妻）139
ガンディヤック、モーリス・ド GANDILLAC, Maurice de（1906－2006　中世哲学史家）137－9
カント、イマヌエル KANT, Immanuel（1724－1804　ドイツの哲学者）9, 18, 72, 131, 140, 176, 226, 300
『判断力批判』9

ギー、ミシェル GUY, Michel（1927－90　政治家）392
ギゾー、フランソワ・ピエール・ギヨーム GUIZOT, François Pierre Guillaume（1787－1874　政治家、歴史家）68
キネ、エドガール QUINET, Edgar（1803－75　歴史家）175
キャロル、ルイス CARROL, Lewis（1832－98　イギリスの作家。本名 Charles Lutwidge DODGSON）387
キュヴィエ、ジョルジュ CUVIER, Georges

エリオット、トマス・スターンズ ELIOT, Thomas Stearns（1888－1965　イギリスの詩人）76, 187
エリオン、ジャン HÉLION, Jean（1904－87　画家）117
エリュアール、ポール ELUARD, Paul（1895－1952　詩人）187
エルンスト、マックス ERNST, Max（1891－1976　ドイツ出身のフランスの画家）116
エレディア、ジョゼ＝マリア・ド HÉRÉDIA, José-Maria de（1842－1905　詩人）246
エレミヤ（前7世紀　古代ユダヤの予言者）332
エンゲルス、フリードリヒ ENGELS, Friedrich（1820－95　ドイツの社会主義理論家）105
エンペドクレス EMPEDOKLES（前490頃－前435頃　ギリシャの哲学者）141, 299

オヴェルネ、ピエール OVERNEY, Pierre（1948－72「プロレタリア左翼連合」［GP］の活動家）360
オカンガム、ギー HOCQUENGHEM, Guy（1946－88　小説家、活動家）360
オザナム、フレデリック OZANAM, Frédéric（1813－53　歴史家、カトリック作家）412, 437
オズ、アモス OZ, Amos（1939－　イスラエルの小説家）325
オディベルティ、ジャック AUDIBERTI, Jacques（1899－1965　作家）30
オバルディア、ルネ・ド OBALDIA, René de（1918－　劇作家、小説家）79
オリヴィエ OLLIVIER　366
オリヴィエ、アルベール OLLIVIER, Albert（1915－　フランス放送協会［RTF］会長）20
オリエ、クロード OLLIER, Claude（1922－　小説家）187, 217
オルサノ ORSANO（プロレスラー）156
オルレアン公爵夫人、エリザベート・シャルロット duchesse d'ORLÉANS, Elizabeth Charlotte（1652－1722　オルレアン公フィリップ2世の母）16
オルレアン公フィリップ2世 duc d'ORLÉANS, Philippe II（1674－1723　ルイ15世の摂政）16

カ行

カイヨワ、ロジェ CAILLOIS, Roger（1913－78　社会学者）23, 40, 42, 440
『冬の風』40
カヴァイエス、ジャン CAVAILLÈS, Jean（1903－44　哲学者、論理学者）37, 131
ガヴァルニ、ポール GAVARNI, Paul（1804－66　画家。本名 Sulpice-Guillaume CHEVALIER）281
ガヴィ、フィリップ GAVI, Philippe（1940－　ジャーナリスト）361
カスー、ジャン CASSOU, Jean（1897－1986　評論家）85
カスト、ピエール KAST, Pierre（1920－84　映画監督）217
カストレール、アルフレッド KASTLER, Alfred（1902－84　物理学者）306
カストロ、ジルベール CASTRO, Gilbert（「プロレタリア左翼連合」［GP］の元幹部）357
カストロ、ロラン CASTRO, Roland（1940－　建築家。「革命万歳」［VLR］元指導者）355, 357, 359, 360, 373
ガタリ、フェリックス GUATTARI, Félix（1930－92　精神医学者）18, 124, 296, 383－5, 388, 390, 391, 428

Françoise（1928－2004　出版者、作家）162
ヴェルニエ、ジャン＝クロードVERNIER, Jean-Claude（1943－　建築家、活動家。『リベラシオン』紙創刊メンバーの一人）359, 361
ヴェルヌ、ジュールVERNE, Jules（1828－1905　作家）95
ヴォラール、アンブロワーズVOLLARD, Ambroise（1868－1939　画商、作家）234
ヴォルテールVOLTAIRE（1694－1778　作家、思想家）22, 59, 65, 108, 245
ヴォルフ、エティエーヌ・シャルルWOLFF, Etienne Charles（1904－96　生物学者）80
ウセイ、ベルナルド・アルベルト HOUSSAY, Bernardo Alberto（1887－1971　アルゼンチンの医師）227
ウッチェッロ、パオロUCCELLO, Paolo（1397－1475　イタリアの画家、工芸家。本名Paolo di Dono）118, 236
ヴュルムセール、アンドレWURMSER, André（1899－1984　ジャーナリスト）85－7
ウリ、ジャンOURY, Jean（1924－　精神医学者）384
ウルゴン、マルクHeurgon, Marc（1926－2001　政治家、歴史家。アーヌ・ウルゴン＝デジャルダンの息子）224
ウルゴン＝デジャルダン、アーヌ HEURGON-DESJARDINS, Anne（ポール・デジャルダン夫妻の娘。スリジー「10日間討論会」創設者）78, 80, 81, 130
ウルゴン夫人→ウルゴン＝デジャルダン
ウルバヌス2世URBAIN II（1042頃－没年不明　157代教皇）332
ウルバヌス8世URBAIN VIII（1568－1644　233代教皇。ガリレオと親交を結ぶ）127
ウルフ、ヴァージニアWOOLF, Virginia（1882－1941　イギリスの作家）186

エヴラール、マルセルEVRARD, Marcel（民族学者。民俗環境博物館長）85
エウリピデスEURIPIDES（前480－前406　ギリシャの悲劇詩人）372
『バッコスの巫女たち』372
エーメ、マルセルAYMÉ, Marcel（1902－67　作家）57, 102
エグジュペールEXUPÈRE（411年以降に没　聖人。トゥルーズの司教）263
エグラン、ピエールAIGRAIN, Pierre（1924－2002　物理学者）252
エスタン、リュックESTANG, Luc（1911－92　ジャーナリスト、詩人、小説家。本名Lucien BASTARD）186
エステーヴ、モーリスESTÈVE, Maurice（1904－2001　抽象画家）151, 236, 395
エステルハージ、ニコラウスESTERHAZY, Nikolaus（1714－90　ハンガリー王。特にヘンデルの庇護者として知られる）104
エックハルト、［通称］マイスター ECKHART, Meister（1260頃－1327　ドイツのドミニコ会修道士。神秘主義的神学者。本名Johannes）138
エピクロスEPIKUROS（前342頃－前271頃　ギリシャの哲学者）290
エピファネスEPIPHANES（前215頃－前163　セレウコス朝シリアのギリシャ人の王。アンティオコス4世の異名。「現神王」の意）323
エプタンジェール、ピエールEBTINGER, Pierre（精神分析学者）14
エラスムス、デシデリウスERASMUS, Desiderius（1469頃－1536　オランダの人文主義者）175

ヴァン＝ヴェルデ、ブラム VAN VELDE, Bram（1895－1981　オランダの画家。本名 Abraham VAN VELDE）151
ヴィアラ、アカキア VIALA, Akakia（女優。本名 Marie-Antoinette ALLEVY）61
『精神的狩猟』（ニコラ・バタイユと共謀しランボー著と偽って発表した作品）61, 275
ヴィアラ、クロード VIALLAT, Claude（1936－　造形作家）398
ヴィアルトン、ルイ VIALLETON, Louis（1859－1929　比較解剖学者）227
ヴィエラ＝ダ＝シルヴァ、マリア・エレナ VIEIRA DA SILVA, Maria Elena（1908－92　ポルトガル出身のフランスの画家）151, 283, 400
ヴィクトル、ピエール→レヴィ、ベニー
ヴィスコンティ、ルキノ VISCONTI, Luchino（1906－76　イタリアの映画監督、舞台演出家）423
ヴィダル＝ナケ、ピエール VIDAL-NAQUET, Pierre（1930－　歴史家）216, 359
ヴィテーズ、アントワーヌ VITEZ, Antoine（1930－90　俳優、演出家）393
ウィトゲンシュタイン、ルートヴィヒ WITTGENSTEIN, Ludwig（1889－1951　オーストリア生まれのイギリスの論理学者、哲学者）123, 173, 396
ヴィニー、アルフレッド・ド VIGNY, Alfred de（1797－1863　詩人、作家、劇作家）406
『運命』406
ヴィヨン、フランソワ VILLON, François（1431頃－1463以後　詩人）59
ヴィラール、ジャン VILAR, Jean（1912－71　作家、演出家）125
ヴィルグレ、ジャック・マエ・ド・ラ Villeglè, Jacques Mahé de la（1926－　造形作家）233
ヴィルマン、アベル＝フランソワ VILLEMAIN, Abel-François（1790－1870　政治家、評論家）68
ヴェイユ、エリック WEIL, Eric（1904－77　ドイツ出身のフランスの哲学者）20, 139
ウェーバー、マックス WEBER, Max（1864－1920　ドイツの社会学者）123
ウェーベルン、アントン WEBERN, Anton（1883－1945　オーストリアの作曲家）84, 92, 114, 115, 117
「第二のカンタータ」115
「パッサカリア」115
ヴェーレンス、アルフォンス・ド WAELHENS, Alphonse de（1911－81　哲学者）139
ウェスパシアヌス VESPASIANUS（9－79　ローマ皇帝）324
ウェルギリウス、マロー・プブリウス VERGILIUS, Maro Publius（前70－前19　ローマの詩人）250
ヴェルクマイスター、アンドレアス WERCKMEISTER, Andreas（1645－1706　ドイツの音楽理論家、オルガン奏者、オルガン調律家、作曲家）109, 110
ヴェルコール VERCORS（1902－91　作家。本名 Jean BRULLER）35
ウェルズ、オーソン WELLES, Orson（1915－85　アメリカの映画監督）75
ヴェルディ、ジュゼッペ VERDI,Giuseppe（1813－1901　イタリアのオペラ作曲家）423
『アイーダ』423
ヴェルナン、ジャン＝ピエール VERNANT, Jean-Pierre（1914－　歴史家）218, 276
ヴェルニ、フランソワーズ VERNY,

Barthélemy（1796－1864　サン＝シモンの弟子だった社会主義者）406
アンブロ、カトリーヌ HUMBLOT, Catherine（ジャーナリスト）359
アンリ4世 HENRI IV（1553－1610　フランス王）208, 365
アンリオ、エミール HENRIOT, Émile（1889－1961　作家、評論家）200

イヴァーノフ、ヴィアチェスラフ・Vs IVANOV, Viatcheslav Vs.（1866－1949　ロシアの詩人、哲学者）191
イエス・キリスト 103, 148, 254, 295
イェルムスレウ、ルイ HJELMSLEV, Louis（1899－1965　デンマークの言語学者）386
イグナティウス＝デ＝ロヨラ IGNATIUS DE LOYOLA（1491頃－1556　聖人。スペイン人でイエズス会の創立者）185, 291
イザール、ジョルジュ IZARD, Georges（1903－73　政治家、ジャーナリスト）33
イスラエル、リュシアン ISRAËL, Lucien（1925－96　精神分析学者）14
イポリット、ジャン HYPPOLITE, Jean（1907－68　哲学者）10－3
『ヘーゲル「精神現象学」の生成と構造』11
イヨネスコ、ウジェーヌ IONESCO, Eugène（1909－94　劇作家）57－64, 79, 92, 126, 261, 263, 264, 285, 431
『アメデ、あるいは厄介払いの方法』63, 64
『椅子』63, 64
『犀』60
『授業』63, 79, 92, 263
『禿の女歌手』57－64, 263, 264, 431
『瀕死の王』64
『無給の殺し屋』64
イヨネスコ、ロディカ IONESCO, Rodica（1936－　ウジェーヌ・イヨネスコの妻）285

ヴァール、ジャン WAHL, Jean（1888－1974　哲学者）11, 23, 136
ヴァール、フランソワ WAHL, François（1925－2007　編集者、哲学者）39, 186, 353
ヴァイヤン、ロジェ VAILLAND, Roger（1907－65　作家）146, 147
ヴァイヤン＝クチュリエ、ポール VAILLAND-COUTURIER, Paul（1892－1937　政治家、ジャーナリスト）148
ヴァインガルテン、ロマン WEINGARTEN, Romain（1926－2006　作家、詩人、劇作家）30
ヴァグナー、リヒャルト WAGNER, Richard（1813－83　ドイツの作曲家）105, 123
『パルジファル』123
ヴァシェール、ジェラール VACHER, Gérard　162
ヴァディム、ロジェ VADIM, Rogér（1928－2000　映画監督）202, 203
「素直な悪女」202
ヴァラン、ミシェル WARREN, Michel（1930－75　画商）151
ヴァルダ、アニェス VARDA, Agnès（1928－　映画監督）359
ヴァレーズ、エドガール VARÈSE, Edgard（1883－1965　フランス系アメリカ人の作曲家）105, 114
ヴァレリー、ポール VALÉRY, Paul（1871－1945　詩人、思想家）10, 76, 110, 176, 282

アミ、ジルベール AMY, Gilbert（1936－ 作曲家、指揮者）83, 252
アラゴン、ルイ ARAGON, Louis（1897－1982 詩人、小説家）86, 146, 181
アラン ALAIN（1868－1951 哲学者。本名 Emile-Auguste CHARTIER）10, 11, 145
『わが思索のあと』440
アリエ、ジャン＝エデルン HALLIER, Jean-Edern（1936－97 エッセイスト、小説家）181, 186, 187, 271, 357
アリエス、フィリップ ARIÈS, Philippe（1914－84 歴史家）249, 370
アリストテレス ARISTOTELES（前384－前322 ギリシャの哲学者）9, 131, 259
『動物部分論』9
アリデー、ジョニー HALLYDAY, Johnny（1943－ 歌手。本名 Jean-Philippe SMET）170－2
アルキエ、フェルディナン ALQUIÉ, Ferdinand（1906－85 哲学者）383
アルチュセール、ルイ ALTHUSSER, Louis（1918－90 哲学者）82, 295, 336－8
アルトー、アントナン ARTAUD, Antonin（1896－1948 詩人、演出家）27－32, 43, 58, 59, 61, 160, 184, 187, 191, 216, 277
『演劇とその分身』436
『チェンチ一族』28
アルトマン、ジョルジュ ALTMAN, Georges（1901－60 ジャーナリスト）34, 35
アルニム、アヒム・フォン ARNIM, Achim von（1781－1831 ドイツの詩人、小説家、劇作家）29
アルプ、ジャン／ハンス ARP, Jean/Hans（1887－1966 画家、彫刻家、詩人）33
アルブヴァクス、モーリス HALBWACHS, Maurice（1877－1945 社会学者）176, 340, 364
アルマン ARMAN（1928－2005 フランス出身のアメリカの造形作家。本名 Armand Pierre FERNANDEZ）233, 234, 393, 394
アルラン、マルセル ARLAND, Marcel（1899－1986 作家）80
アレグレ、マルク ALLÉGRET, Marc（1900－73 映画監督）73
アレマン、ベダ ALLEMANN, Beda（1926－91 スイスのゲルマニスト、哲学者）140, 141
アロン、ジャン＝ポール ARON, Jean-Paul（1925－88 歴史家、作家。本書著者）107, 233－7
アロン、マックス ARON, Max（1892－1974 生物学者。本書著者ジャン＝ポール・アロンの父）20, 80
アロン、レーモン ARON, Raymond（1905－83 哲学者、社会学者。本書著者ジャン＝ポール・アロンの叔父）19, 20, 74, 123, 131, 220, 346, 347, 358
アロン＝ブリュヌティエール、ロベール ARON-BRUNETIÈRE, Robert（1915－93 医師。本書著者ジャン＝ポール・アロンの兄）162, 323
アングル、ジャン・オーギュスト・ドミニク INGRES, Jean Auguste Dominique（1780－1867 画家）63, 117
アンス、レーモン HAINS, Raymond（1926－2005 画家、写真家）233
アンセル、ナルシス ANCELLE, Narcisse（1801－88 ボードレールの法定後見人）45
アンテルム、ロベール ANTELME, Robert（1917－90 作家。マルグリット・デュラスの夫）146
アンドレ、カール ANDRE, Carl（1935－ アメリカの造形作家）396
アンファンタン、バルテルミ ENFANTIN,

人名・作品名索引

＊以下では本文（本書９～426ページ）に現れる人名を見出し語とし、その見出し語は本文以外の原注・訳注（本書427～440ページ）についても拾っている。
＊見出し語の人名は原則として個人名だが、例外的に夫婦・兄弟・グループ等の場合もある。
＊本文に現れず原注・訳注にのみ現れる人名は見出しに挙げていない。
＊見出し人名の表記・説明は原則として以下のとおり。
①カタカナ姓、②カタカナ個人名、③原綴姓、④原綴個人名（⑤生年－没年、⑥身分・職業、等)、⑦本書ページ番号
例：アリエス、フィリップ ARIÈS, Philippe（1914－1984　歴史家）249, 370
＊作品名は作者の人名見出しの直後にまとめ、出所ページ番号を記してある。

ア行

アーヴィング、ワシントン IRVING, Washington（1783－1859　アメリカのエッセイスト、歴史家）275
『ニッカーボッカーのニューヨーク史』275
アイヒマン、カルル・アドルフ EICHMANN, Karl Adolf（1906－62　ナチス・ドイツの親衛隊将校。ユダヤ人大量虐殺の責任者）330
アヴネリ、ウリ AVNERY, Uri（1923－　ジャーナリスト）325
アクセロス、コスタス AXELOS, Kostas（1924－　ギリシャ出身のフランスの哲学者）139, 141, 180
アストリュック、アレクサンドル ASTRUC, Alexandre（1923－　映画監督）202, 203, 359, 361
「不吉な出会い」202
アダモフ、アルチュール ADAMOV, Arthur（1908－70　劇作家）30, 31, 79, 216
アタリ、ジャック ATTALI, Jacques（1943－　エッセイスト）253, 439
『時間の歴史』439
アトラン、ジャン＝ミシェル ATLAN, Jean-Michel（1913－60　画家）151
アドルノ、テオドール・ヴィーゼングルント ADORNO, Theodor Wiesengrund（1903－69　ドイツの哲学者）124
アヌーイ、ジャン ANOUILH, Jean（1910－87　劇作家、演出家）57
『アンチゴーヌ』57
アビラーシュ、ロベール ABIRACHED, Robert（1930－　評論家、エッセイスト、小説家）284
アブド・アルカーディル ʻAbd al-Qādir（1808－83　アルジェリアのアラブ人総督。抗仏運動指導者）47
アブラハム（ユダヤ教・キリスト教・イスラム教を信じる「聖典の民」の始祖）323, 324, 327, 330
アベラール、ピエール ABÉLARD, Pierre（1079－1142　哲学者、神学者）332

著者紹介

ジャン＝ポール・アロン　Jean-Paul ARON（1925－1988）　歴史家・作家。1925年、フランスのストラスブールに生まれる。ストラスブール大学卒業後、国立科学研究センター（CNRS）、リール大学等を経て、1977年より社会科学高等研究院（École des hautes études en sciences sociales）主任。1988年、没。歴史研究の専門は特に19世紀以降のフランスの文化史および中産階級史。

訳者紹介

桑田禮彰（くわた・のりあき）　1949年東京に生まれる。1985年一橋大学大学院社会学研究科博士課程満期退学。現在、駒澤大学総合教育研究部教授。著訳書：『フーコーの系譜学』（講談社選書メチエ、1997）、P・マシュレ『ヘーゲルかスピノザか』（共訳、新評論、1986）、A・クレメール＝マリエッティ『ミシェル・フーコー――考古学と系譜学』（共訳、新評論、1992）、P・ブルデュー『ハイデガーの政治的存在論』（藤原書店、2000）他。

阿部一智（あべ・かずとし）　1952年小樽に生まれる。1981年一橋大学大学院社会学研究科修士課程修了。現在、女子美術大学講師。訳書：V・ジャンケレヴィッチ『アンリ・ベルクソン』（共訳、新評論、1988）、A・ド・リベラ『中世知識人の肖像』（共訳、新評論、1994）他。

時崎裕工（ときざき・ひろのり）　1963年千葉に生まれる。1996年東京都立大学大学院人文科学研究科博士課程満期退学。現在、暁星中学・高等学校仏語教諭。論文：「生殖医療の諸問題――不妊治療をめぐる言説の要点」（『暁星学園研究紀要』第11号、2002）他。

新時代人――フランス現代文化史メモワール　（検印廃止）

2009年7月15日 初版第1刷発行

訳　者　桑田禮彰
　　　　阿部一智
　　　　時崎裕工

発行者　武市一幸

発行所　株式会社 新評論

〒169-0051　東京都新宿区西早稲田3−16−28
http://www.shinhyoron.co.jp
TEL　03（3202）7391
FAX　03（3202）5832
振替　00160-1-113487

定価はカバーに表示してあります
落丁・乱丁本はお取り替えします

装幀　山田英春
印刷　フォレスト
製本　河上製本

ISBN978-4-7948-0790-8 C0010
Printed in Japan

新評論の話題の書

社会・文明

人文ネットワーク発行のニューズレター**「本と社会」**無料配布中。当ネットワークは，歴史・文化文明ジャンルの書物を読み解き，その成果の一部をニューズレターを通して紹介しながら，これと並行して，利便性・拙速性・広範性のみに腐心する我が国の人文書出版の現実を読者・著訳者・編集者，さらにできれば書店・印刷所の方々とともに考え，変革しようという会です。（事務所，新評論）

V. ジャンケレヴィッチ／阿部一智・桑田禮彰訳
〈増補新版〉
アンリ・ベルクソン
A5　488頁　6090円
ISBN4-7948-0339-7　〔88，97〕
“生の哲学者”ベルクソンの思想の到達点を示し，ジャンケレヴィッチ哲学の独創的出発点をなした名著。初版では割愛された二論文と「最近のベルクソン研究動向」を追補収録。

A. クレメール＝マリエッティ／赤羽研三・桑田禮彰・清水　正・渡辺　仁訳
ミシェル・フーコー　考古学と系譜学
A5　350頁　3873円
ISBN4-7948-0094-0　〔92〕
フーコー思想の全容を著作にそって正確に読解し平明に解説する現在唯一の試み！フランスでもフーコー思想への最良の導きとしての地位を獲得している名著。

P. マシュレ／鈴木一策・桑田禮彰訳
〈新装版〉
ヘーゲルかスピノザか
A5　384頁　4725円
ISBN4-7948-0392-3　〔86，98〕
《スピノザがヘーゲルを徹底して批判する。逆ではない！》ヘーゲルによって包囲されたスピノザを解放し，両者の活発な対決，確執を浮彫ることで混迷の現代思想に一石を投ず。

A. ド・リベラ／阿部一智・永野潤訳
中世知識人の肖像
四六　476頁　4725円
ISBN4-7948-0215-3　〔94〕
本書の意図は，思想史を語る視点を語る所にある。闇の中に閉ざされていた中世哲学と知識人像の源流に光を当てた野心的かつ挑戦的な労作。「朝日」書評にて阿部謹也氏賞賛！

J=L. ナンシー／メランベルジェ眞紀訳
〈小さな講演会①〉**恋愛について**
四六　110頁　1470円
ISBN978-4-7948-0801-1　〔09〕
「永遠の愛ってありうると思いますか」。10歳から大人まで，異なる世代どうしが出会う画期的な哲学読本の第一弾！人生や世界についての問題を言葉できちんと分かち合うために。

B. スティグレール／メランベルジェ眞紀訳
〈小さな講演会②〉**向上心について**
四六　118頁　1470円
ISBN978-4-7948-0802-8　〔09〕
〔人間の大きくなりたいという欲望〕「転んでも，なぜ人はまた立ち上がるのですか」。現代フランスを代表する哲学者たちが子どもと大人たちに語りかける哲学読本の第二弾！

B. スティグレール／G. メランベルジェ＋メランベルジェ眞紀訳
象徴の貧困
四六　256頁　2730円
ISBN4-7948-0691-4　〔06〕
【1. ハイパーインダストリアル時代】規格化された消費活動，大量に垂れ流されるメディア情報により，個としての特異性が失われていく現代人。深刻な社会問題の根源を読み解く。

B. スティグレール／G. メランベルジェ＋メランベルジェ眞紀訳
愛するということ
四六　180頁　2100円
ISBN978-4-7948-0743-4　〔07〕
【「自分」を，そして「われわれ」を】現代人が失いつつある生の実感＝象徴の力。その奪還のために表現される消費活動，非政治化，暴力，犯罪によって崩壊してしまうものとは。

B. スティグレール／G. メランベルジェ＋メランベルジェ眞紀訳
現勢化
四六　140頁　1890円
ISBN978-4-7948-0742-7　〔07〕
【哲学という使命】犯罪という「行為への移行」の後，服役中に哲学の現勢化（可能態から現実態への移行）を開始した著者が20年後の今，自らの哲学的起源を振り返る。

M. クレポン／白石嘉治編訳
付論　桑田禮彰・出口雅敏・クレポン
文明の衝突という欺瞞
四六　228頁　1995円
ISBN4-7948-0621-3　〔04〕
【暴力の連鎖を断ち切る永久平和論への回路】ハンチントンの「文明の衝突」論が前提する文化本質主義の陥穽を鮮やかに剔出。〈恐怖と敵意の政治学〉に抗う理論を構築する。

白石嘉治・大野英士編
増補　ネオリベ現代生活批判序説
四六　320頁　2520円
ISBN978-4-7948-0770-0　〔05/08〕
堅田香緒里「ベーシックインカムを語ることの喜び」，白石「学費０円へ」を増補。インタヴュー＝入江公康，樫村愛子，矢部史郎，岡山茂。日本で最初の新自由主義日常批判の書。

価格税込